U0113014

天津博物館藏

直報

貳

天津古籍出版社

光緒二十一年四月

直報

光緒二十一年四月初一日　第七十七號
西曆一千八百九十五年四月二十五日　禮拜四

知更者說

知更者何巡夜者也或云支更或云司夜或云擊柝其事或一人爲之或數十人爲之或擊柝巡夜各分爲之而以一人總其事謂之知更宮禁閭閻皆有之以司更點五更盡乃歸息五更者何顏氏家訓或問一夜何故五更答曰漢魏以來謂甲夜乙夜丙夜丁夜戊夜爲五夜後云五更以五爲節或謂更者代也換也司夜者分班輪直夜輒五易其班今則一方或有爲一人司之者其在古昔先王分十二時於一晝一夜以漏箭準十二時爲百刻周禮挈壺氏掌之夜漏將盡則雞人叫旦漢宮儀宮中與臺不得畜雞漏夜未明三刻雞鳴衛士候於朱雀門外著絳幘雞唱雞唱則知更者息矣自西洋製以時刻爲表爲鐘及時鐘自鳴歷一時鳴者再子正午正相對皆作十二響丑初則一響丑正二響寅初三響寅正四響卯辰巳午初正皆以次遞增至十二響爲極未初至子正亦如之宮禁官府市廛或入直交易操作進退動息聚散晝夜以鐘鳴之點數爲度夜入省垣直宿者署置鐘身佩表表或兼鐘名問表以手按之作鐘鳴點數即按時以報司夜者不必視表針所指已知幾點幾刻爲某時柝聲當作幾擊矣客有欵啓生傭爲記室於津南之海濱者地去郡治遙南風時來則城市之鐘聲不到耳欵啓寒士室不陳鐘表居停鐘響或不聞聞亦不確生飽飯黃昏每出步月遇知更人必以鐘刻點數問輒告之其人亦非佩表者及與佩表者考之杪忽無舛屢試皆然生異之間奚以知對曰小人所知何事豈敢知而不知冒不知以爲知耶小人日以漁火未明佛燈初上爲定更候即執柝以從事視鐘點數傳柝響鐘之點耳無聞如在耳也生曰以予知更可謂名實相符矣知更者曰未已也吾柝聲之輕重之急徐及點數之多少與音節斷續心初未嘗一爲計目初未嘗一爲視而左右手所執之柝與桴不習而擊無不中往來所經徑淵井溝隍岸涯曲仄類羊腸足二分垂在外雖月黑夜半風雨臨之無失足又思某衢某巷竊其戶闃其無人恐盜乘之迤里暗巡憶屢中蓋以耳習知其鐘手習知其柝足習知其徑心習知其情事念茲在茲釋茲在茲而鐘而柝而徑而盜賊之情事遂與耳與手與足與心無不應念而知者無謬巧也生益異之曰奇矣知更者曰何奇乎爾古語云知此知彼百戰百勝倘予以百萬之衆不辨天時爲行止不察地勢爲進退不識敵情爲攻守遽以蒼赤之身命寄諸敵人任其生殺焉用帥小人誠賤役假令知而不知並冒不知以爲知違心僨事干國紀攖罪戾何以異是奚以邀主人知而屢委任也欵啓生憮然爲間起而長嘆曰嗟乎天下之事敗于知而不知並冒不知以爲知者自大子以至于庶人幾何哉易以智臨爲大君之吉書曰惟天錫王勇智經曰唯天下之至聖惟能聰明睿智足以有臨也又曰唯天下之至誠唯能經綸天下之大經立天下之大本知天地之化育故帝王聖賢與夫中人士庶之大學先知止而后能得止知止之功又在格物以致知知之義豈有盡乎天下大矣人民衆矣事賾職繁天子父母於天下天下一家中國一人將定其制犂然各當於人心擇天下士使稱其職居天下人使安其業視都知野視野知國視國知天下遠邇細大手據其圖而與經筵政府一二大臣討論其理詳察其情分位其人與事以

庶人之在官者等而上之由徒隸里胥上而為士為大夫為卿為公臺為六部判為百役外薄四海為總制撫院今之欽差即古之節度使者其次有方伯廉訪郡守州牧邑宰方伯謂之布政亦號藩憲廉訪謂之按察亦號臬憲均為欽使一將使之承宣德意布施政治以為屏藩古侯國之長也一將使之身秉國法廉知下情以為圭臬今風憲之司也二者所司之事與督撫等下則郡守為知府州牧為知州邑宰為知縣以其職漸近民故皆重其名謂之知欲其知小人之依通下情之疾苦以轉告於上古之所謂有司今之所謂正印也外此上則有所謂觀察者即古制分道之使下則有所謂佐貳佐雜者觀察以佐憲治佐貳佐雜以佐府州縣之政治又其下則有胥吏隸役以供府州縣之差役其外官自觀察等而上之謂之憲其自稱與稱於人也皆曰本院曰本司自府守等而下之謂之職其自稱也亦曰本其稱於人也則曰卑府卑職國制方鄭重之而命名曰知豈轉卑之乃自卑之從謙也又外此如鹽法織造管務等項為職甚衆皆為國計為國備非為國治姑勿論且論其出治者要皆聽命於佐天子秘務之相臣任其舉而加指而使條其紀綱齊其法制以盈縮而整頓焉非真詳知其事與情者奚以治　　此稿未完

割股療親　○夫刲股療親之事於例本合請　旌善謂彰異節而勵孝行足以為士民之觀感故未便苛責以身體髮膚不敢毀傷也頃聞西安門有孝子田六者平時孝養慈親固已能竭盡心力去歲其母忽為二豎所困延醫市藥問卜求神百計營求無間寒暑閭里中鮮不稱其賢者至三月二十四日其母病日沉篤幾於藥石無靈田竟於侍湯藥之餘焚香告天割左臂肉合湯以進以冀親年之永駐而期天意之可回一片愚誠竟邀神佑翌日母疾若失是真足以風流俗之波靡兼可備輶軒之采擇者也甕牖小儒動輒以愚孝相譏未免深文周內耳

老者指迷　○京師彰儀門外某甲之子年甫九齡愛之不啻掌上珠三月廿四日晌午時偶與羣兒嬉戲轉瞬忽失所在家人亟向各處找尋苦不能得次晨徧覓沿街呼喊謂四房祇此一子有人送到准謝京蚨若干將至草橋忽有老者向之致詞謂昨晚見三四十歲之男子挈八九齡之男孩彳亍中途疑為拐匪趨步後塵至玉泉營見其將孩藏諸茅屋中未知是君家冑馨否甲遂懇老者指示迷津同至是處見柴門緊閉破關而入闃其無人惟孩在牀上啼哭甲細審無誤立解其縛以衣衣之同入一小茶社取水盥面飲以香茗良久始出聲呼父曰吾何以至此然神情仍不甚清爽知被拐匪迷藥所致旋即抱孩歸家以白鏹二十金贈老者尚以未獲拐匪為憾次日邀約族人赴宛平縣控告當蒙飭差將拐匪張三拘獲嚴訊之下拐孩情形和盤托出縣尊大怒令取竹篦笞臀八百下釘鐐收禁照案懲辦

妓寮窩賊　○京師地面烟館賭局妓寮三項地方最為窩盜之藪雖經五城步軍統領嚴飭司坊營汛各員弁無分畛域一體訪拿務期有犯必懲以靖地面無如前門外一帶妓寮林立烟館甚多恒有內監與人尋衅滋事三月二十六日燕家胡同私門內有內侍與某與李某結交李某向以三寸柳葉刀在途強封銀錢已非一次是日拜盟經北城練勇訪聞將李某並妓女龜奴等十七名口一併鎖拿解送北城司訊辦所有行刦各情雖經拷訊堅不吐實並聞其中尚有別情諒經此雷厲風行不難水落石出也

鴛鴦嬌小　○男子生而願為之有室女子生而願為之有家此固為人父母之常情也然未聞男女皆未及歲而遽使之合卺成婚者客述一事洵新奇矣京師宣武門外延旺廟街張某家世儒素景況頗充膝下無兒祇掌珠一顆年纔十三許字錢氏子門戶相當年亦相若錢蓄老蚌生珠者現以夫婦耄年多病擬使佳兒佳婦早成琴瑟之歡含飴弄孫娛桑榆之景商之於張張亦慰丁向平之願欣然允之諏吉三月二十六日行奠雁禮屆備彩輿鼓樂八音齊奏新婦則垂髫羅綺不勝衣新郎則猶有童心偉堪舞象交拜花燭偕入洞房兩小無猜喜成鴛侶他日椎兒牽母行將於錢氏見之矣用特訪錄以符新聞體例云

報應不爽　○京師左安門內三轉橋地方有喻氏子者家頗小康惟終日尋花問柳視床頭人如敝屣其妻年方少艾不慣吃獨睡丸遂與同居世襲某甲結露水緣三月二十五日鴛鴦交頸時忽被其夫撞見遂雙雙被獲意欲捉將官裏去事為鄰右所知出為排解以喻終日作狎邪遊致閨門不謹其咎不專在妻今報及妻身亦事所應得遂勸其作速遷避以戒後來喻思其言頗似有理遂隱忍而罷然一頂綠頭巾不免壓倒鬚眉七尺矣

災區甚廣　○督辦籌賑總局　示　據武清縣六道口村紳董劉元書等稟批稟悉查順屬被灾州縣應辦賑撫向由地方官查勘災分稟請　尹盡撥欵散放今該村等所稟民情困苦請撥欵賑濟候行武清縣確切查勘徑稟　尹盡酌核辦理仰即回村靜候此批　又示據武清縣文童劉永義等稟　石各莊民人黃體中等稟批稟悉查順屬被災州縣應辦賑撫向由地方官查勘災分稟請　尹盡撥欵散放今該村等所稟民情困苦請撥欵賑濟候行武清縣確切查勘徑稟　尹盡酌核辦理仰即回村靜候此批　又示據東安縣王村莊紳董議劉珍等稟批稟悉查順直被災州縣應辦賑撫向由地方官勘明輕重情形稟請　尹盡查核撥欵散放歷經辦理在案今該村民等所稟上年被灾甚重民情異常困苦候行東安縣確切查勘稟辦並移順天籌撫局查核辦理仰即各回本村靜候查驗此批

失慎詳紀　○襪子胡同及天后宮南一帶被回祿之災已紀昨報茲據訪事查悉自廣立順起計寶興隆棧大門東房後椽被燒

火灼舖　水舖　萬　帽舖　萬順合肉鋪　裕盛和綵繸舖　日升恒布店　德興首飾樓　新開洋貨舖　合春鼻烟舖　烟葉舖
長盛和鮮貨局　恒興號　李宅大門被燒　成衣局　永春茶葉店　永興齋　洋鐵舖　飯館五間大樓　花轎舖　剃頭房　切面舖
火灼舖　恩德園　四合染坊　繩蔴舖　瑞長泰　瑞馨閣　瑞記烟局　京貨舖　帽舖　義成永　秀昇鍋店　東如昇門面被燒
秤戳舖　恒裕號　興隆染坊　東盛海味店　芸香閣　洋鐵舖　永裕錢局　湧盛鮮貨局　義興德　鴻升鞋舖　鐘表舖　東興號
同升鞋舖　恒益鼻烟舖　鴻興刀剪舖　恒益茶葉店　利源湧　馥源檳榔舖　桂升鞋舖　祥茂烟土店　祥源雜貨局　火灼舖
廣盛醫園　新春鮮貨局　孟家供魚店　森源烟局　孟家住宅　東德順洋燈舖　洋線舖　恩玉齋　萬全烟舖　染坊棧房兩處
茶葉店棧房　天后宮桅桿　宮內財神殿後院　皂君殿後院　鐘樓一座　東南面有堆貨棧數處　民宅四五家共七十九戶亦巨灾已

犯官到通　○候補縣寶嵐村大令押解蔣統領赴京已登前報大令以案情重大由官船局僱民船一隻以期妥慎奈數日來北風大起兼河中壅沙節節壅塞以致稽延時日昨已行抵通州大約明日可抵京矣

不孝宜誅　○東門外邱家胡同有李姓老嫗者既貧又寡年已七旬膝前僅一子名李富嫗之夫故時子纔四歲賴嫗小本營生撫養成立令學木作手藝於前三年爲子娶婦嫗以爲可娛桑榆晚景矣詎其子自娶媳後聽信枕邊之言作踐其母不與飽暖時常辱駡終日眼淚洗面於上年曾赴守望局送逆局員聞之不勝大怒立將其子及媳掌責並諭此後務當孝養如敢忤逆定即送縣懲辦無奈其子與媳梟獍性成行同禽獸不但不知悛改較前尤惡嫗無法惟仍以小生意自尋衣食而其子復逼其母將草房二椽賣出得價欲在東門外北城根開木匠鋪實則得錢非嫖即賭尤好鴉片其媳日購甘美自肥食後即赴各處作葉子戲日以爲常昨晚因賭負歸適嫗言語稍有不合媳竟將飯碗向嫗擲去立即血流滿面嫗又痛又憤撲倒在地其子歸家非特不善慰其母反以母爲尋事自招痛楚街鄰莫不切齒擬即控告其媳聞風浼人攔阻刻尚未了噫老嫗守節撫孤賴小本營生其子得以長成此中辛苦已自可憐而子爲媳所唆一同忤逆其罪固通於天人人得而誅之倘不嚴加懲儆將來難免釀成逆案吁可懼哉

死於非命　○昨有裝米糧船將過河北大關時值風順溜急因該處河內泊有多船深虞碰撞於是船夥人等皆脫衣攘臂各執長篙兩面撐拄詎有一夥用力太猛篙竟兩折篙頭刺入腹中直透其背隨即拔出血噴如泉大腸亦從刺穴流出不逾時名登鬼籙噫人之生死雖有定數未聞有如此之喪命者實令人慘不忍聞凡行船之人可不慎哉

地各有主　○施棺掩埋號稱善舉阻柩拒葬厥咎匪輕茲有顏二者昨日奉其親柩在小稍直口地方破土營葬詎該處土著陳某出爲攔阻因此兩相爭執兇毆不已該管地方恐其毆傷即携二人赴縣報案吁寸地各有其主苟非自置坟塋或義地斷不敢妄行埋葬此中孰曲孰直一經官訊自不難水落石出也

峰山進香　○京西北妙峰山上祀天仙聖母歷年四月初一日起至十五日止闢廟之期香火最盛四方數百里之外進香之人絡繹不絕風雨無阻晝夜不息男婦老幼有車馬來者有步行來者莫不竭敬盡誠奉此心香一瓣自三月二十五六日已陸續趲程夜間

告曾路燈得以暢行無阻滬北方一大香會也

鹽店被擾　○近來外省調來各營已至唐官屯靜海縣獨流鎮楊柳青一帶約有四十餘營恪守軍法者固屬不少其任意妄爲者亦所不免昨有某營勇丁口操南音赴獨流鎮鹽店買鹽因鹽色不佳致相口角將某鹽粉頭顱打破幸獨流汛張總戎帶兵彈壓聞將某營兵送營懲辦某營總見之怒甚謂其不守軍法飭兵重責軍棍一百插箭游營以示儆戒云

爲花請命　○女閭三百管子富齊自古相沿莫能禁止然亦不必禁也天津爲畿輔要衝四通八達自通商後中外聚處尤覺人海人山商旅實居其大半是以侯家後一帶樂部歌場無一不備南北仕宦各商浪擲金錢揮霍如土是亦得管子之遺利也自去歲海疆不靖所有客居此地者都思歸去巨商大賈亦多裹足不前以致賣笑生涯頗爲蕭索兼之以兵勇蹂躪更覺不堪鶯鶯燕燕之儔已屬可憐生矣詎昨又有府署差役某甲勾串書吏口稱已奉憲票欲將各小班下處娼窰一概查禁實則勒索錢文計每小班需錢十千每下處七千每娼窰五千名之爲鐵鎖規費其差帳另外再講或百千或數十千不等並聲稱如照此付給仍准照舊開張倘敢不遵立即驅逐出境如當時執拗後卽悔過仍准自新卽赴署中與周先生商議納錢若干許其開設各等語並勒定限期遵與不遵卽分別辦理以致近日間桃花源者見若輩愁眉雙鎖淚眼對人偏向漁父叩求生活而無賴輩復又乘間煽惑欲留不得欲去不能有進退維谷之勢吁驅逐賭博流娼自是地方善政但差役果奉差票亟應實力奉行乃先定價索錢卽是藉端訛詐且又勒定限期以爲准否開設之計更屬假公濟私娼妓亦無告之民也想上憲仁慈決不令虎狼橫肆魚肉然乎否耶恐此票未必眞也

海州近事　○揚州訪事人云海州自經兩江總督張香帥檄派各營前往防堵關心時局者莫不尋消問息欲得確音無如地僻書稀以致言人人殊莫衷一是玆有某叟從是處販豬至江南銷售者道經邗上述及上月十九日到有某國兵輪船二艘奇椗口外瀕海居民甚爲惶駭嗣兵輪管帶恐民人誤會急遣人駕小舟登岸操華語告人曰我非倭船乃德國兵船因避颱颶在此小泊愼勿驚恐居民疑信參半來人謄又邀約耆民四人同至船上察看果無可疑形跡耆民乃登岸遍告鄉里而富户之膽小者仍紛紛遷徙以致淮徐一帶到處傳說咸有戒心至下午風漸息此船卽啓輪他往此爲初次虛驚之緣起也此後防營逐漸加增戒備日益加嚴迨至月杪各營瞭見海面濃烟縷縷有白身兵輪船二號衝渡飛駛似是倭船各營遂相與安排一切嚴陣以待繼見游弋片時倏已不見居民不知深淺遠近哄傳謠詠紛紛駭人聽聞目下已安堵如常當月初起程時見口門一帶旌旗蔽野壁壘森嚴每日操演槍砲聲震山林軍容頗極如火如荼之盛沿途又見金陵派往各營整隊前進想抵防後兵力愈厚矣以上皆叟所言又按靑口爲瀕海巨鎭商賈雲屯揚鎭各埠錢土等店皆有夥友在彼坐莊頃詢之錢土各店僉云近接夥友來信市上照常貿易安謐無譁証以叟言似尙可信云　錄申報

西報譯登　○英京日報云　中國駐英欽差龔照瑗於華二月初五日由英外部大臣引見　英皇恭呈　皇太后手書及餽英皇之繡畫中有　皇太后親製者蓋以祝　英王之壽并賀其國祚綿長也

陳雨蒼施醫　啓者有病之家無力延醫請於早辰九點鐘午後一點鐘下午六點鐘至海大道養病院後陳宅診視有不能就診者必須寫明住址及姓氏名號送交本宅方能撥冗往診本宅存心濟世門診輿規一槪不取分文

告白　岑宮保介福圖　左文襄公奏稿　皇朝一統輿地圖　北洋中外沿海詳細圖　東三省圖　四國日記　俄遊彙編　四述奇　小方壺齋輿地叢鈔　萬國公法　公法便覽　日本地理兵要　日本外史　東藩紀要　中俄界約斟註　中外交涉類要表　日本新政考　武備志兵書　登壇必究兵書　俄羅斯地圖　西國近事彙編　地球五大洲圖　亞細亞圖　文美齋謹啓

四月初二日輪船出口
禮定　輪船往上海　禮和行
怡生　輪船往上海　怡和行
禮順　輪船往上海　禮和行

四月初一日錢洋行情
天津九七六錢
錢盤二千八百八十五文
洋元二千零九十文
紫竹林九六錢
錢盤二千九百三十文
洋元二千一百二十文

直報

光緒二十一年四月初二日　第七十八號
西曆一千八百九十五年四月二十六日　禮拜五

上諭恭錄

上諭瑞洵奏各項保舉人員請申明定例等語朝廷簡用人才全在中外大員核實保荐方可收羣策羣力之効乃近來臣工荐舉雖不乏可用之員而徇情濫保以致劣跡敗露者亦復不少殊非以人事君之義着通諭各部院及各省督撫等嗣後保舉人才務當秉公核實不准稍涉冒濫如保舉之員有犯貪劣不職者定將原保大臣交部查取職名照例懲處以示澄叙官方之至意欽此

知吏者說　續前稿

嘗觀于昔之創有天下者唐虞而後非小國即外番即臣庶其初發必極窮阨困心恒慮雖非盡出布衣與出於布衣者等其於二三將相臣類皆把臂盟心爲杵臼交誓同生死諸臣雖不皆如是要其屢同患難素所信依知其才並知其心即不盡知第己知其統率之信心則端人之取友必端應亦不謬一旦出治即以其所深知者居樞要當孔道次爲道府及州縣此輩爲多其平時甘苦存亡之與共彼此相知如家於身如手於心苟有疾雖痛楚不言已喻不招自來相守相衛無不應時無不周至必致於安而後已蓋其知者深故愛者切也數傳之後其人已亡其政已息法制概屬具文共主但知守府生深宮習餘勢上日以驕下日以諂分愈懸絶例愈繁多名則近臣情同邁路恩義愈薄忌諱愈嚴君躭逸豫之安臣不惟不敢諫其過即災異凶耗異日將不可救藥者亦不敢一一瀆陳縱有一二忠鯁臣計以逆耳爲批鱗且恐徒犯天顏難回天聽其同列鄙夫患得患失又將造蜚語飛短流長起議其後以擠排之非遇中興之主立辨忠佞將見心未効其悃誠身已竄于異域清介之澀囊既不能以賄賂贖交遊莫救視左右大臣非其親近不爲一言落落孤臣情殊堪憫而全軀保妻子之輩旅進旅退遂皆相率以箝口唯諾而成風動云臣非之當誅謗贊天王之明聖其在下僚末吏有氣節者貌相承而心實不服寡廉恥者天良喪而好官自爲其庸碌齷齪第求苟容者餘子卑卑尤不足道矣如此則天下之事皆若各不相知各不相屬君臣相視毫不關心不待寇深已成瓦解仇敵盜賊之起不過適乘其隙耳不然蕞爾彈丸蠢茲萑苻音敢狡焉思逞乎而當路者云云猶咄咄以蹙地失城爲怪事噫何其知而不知也今夫天下之所以貫乎治平者以各得其欲各釋其仇各白其冤有求必應有訴必察耳縱難盡察必以情務使遠臣末吏不抑於權貴之憑陵大難奇冤不誤於隸胥之顚倒雖未治平實即治平之由來也如此則方域雖遙分位雖隔其關節無不通即觸無不動不特君民相知相愛吏民亦相知相愛則憂樂可同緩急可恃矣季世不然饑饉相因加以師旅殘於强暴擾於匪民屈抑困窮況冤不照流離顚沛死於四方水利不興田野不治任其旱潦不治澤陂聽其攘奪不緝莠惡大臣欽憲勢不能察下情亦不暇察下情例不應勤細故亦不願勤細故其所察者宮闈如何好尚內侍某某當權貴戚誰堪倚附下走誰可關通某患若何豫避某利若何暗摟某名若何詐冒某譽若何幸邀與某交厚可使子弟爲卿如某行爲可以身名俱泰以某作心腹以某生羽翼以某備爪牙以某植黨援以某爲

魚肉某欸可如何報銷某事可如何推諉某罪過富如何掩飾某政績富如何鋪張某親屬富如何安插某僚屬富如何威喝夙昔恩怨每飯雖忘甚至僕役故吏之干求床第姬妾之好惡歷歷在抱憧憧往來其所勦者聲色之外或飲或食一切偏嗜各隨其人之私爲君爲國之心一若生而未賦所謂民政者概委下僚下僚之心猶是心也而奔走酬酢應接不遑更加百倍最緊要者盡之家人幕友吏胥親眷立呼立至不呼而至者幹員也其官階之升轉與否原不係乎民政民政之無足輕重由來舊矣何需乎知因竟安於不知諉諸胥吏任其短長民有所需輒呼於天所苦輒告於神豈不知天之高神之遠乎第以爲如緣木求魚雖不得魚無後災也　此稿未完

禮部奏稿　○禮部謹　奏爲奏　聞事恭照本年四月二十一日　殿試　欽點　讀卷大臣於二十日密擬策問進　呈　御覽恭請　欽定　後讀卷大臣捧至內閣密行刊刻護軍統領帶領護軍校等在內閣門外嚴密稽察是日鴻臚寺官設黃案於　保和殿內東旁又設黃案於　保和殿外丹陛上正中光祿寺安排試桌於　保和殿內兩旁臣部同鑾儀衛漢堂官督率員役粘貼貢士名次於桌上二十一日黎明內閣官朝服捧題設於　保和殿內東旁黃案上臣部及鴻臚寺官皆朝服帶領貢士由　中左右門魚貫入序立於丹陛東西之末讀卷執事各官皆朝服序立於丹陛東內閣大學士一人進殿左門至案前策題由　保和殿中門閾左出至檐下授臣部堂官臣部堂官跪受興由中路至丹陛跪設於案行三叩禮退鴻臚寺官引讀卷執事各官就丹陛拜位北面立聽贊行三跪九叩禮與退次分引貢士就丹陛東西拜位重行北面序立聽贊行三跪九叩禮禮畢仍北面立臣部司官散題諸貢士跪受畢行三叩禮畢鴻臚寺官引貢士各赴試桌對策交卷以日入爲度授彌封等官俱於　中左門下收卷彌封畢用箱盛貯交卷堂官送讀卷大臣公閱二十二二十三等日讀卷大臣閱卷畢擬定前列十卷於二十四日黎明　呈　欽定後吏部禮部司官預傳前十卷貢士由讀卷大臣帶領引　見恭候　欽定甲第名次讀卷大臣將原卷捧至紅本房前三卷塡寫一甲第幾名後七卷塡寫二甲第幾名交內閣列入金榜至　陞殿傳臚儀注臣部另行具　奏爲此謹具　奏　聞

瓶砲解京　○山東撫院李由武庫提選瓶砲一百尊瓶砲鐵彈五千餘斤瓶砲引火五千餘枝札委候補知縣劉大令聚奎管解赴京管交納原定三月十一日起程因此項軍械極爲笨重恐船小不能任載劉大令益加詳慎復易堅固船隻於十三日由山東起程矣

析木官聲　○統領榆防親兵雷砲等營升用總兵馬金叙統帶銘軍砲隊總兵龔元友統領徐防馬隊陳鳳樓統領宏字營吳宏洛山東登州鎮章高元樂字營梅東益通永鎮吳育仁前大名練軍翼長李鶴山親兵營王得勝因相節旋津俱各來津叩見日內已陸續回防○前河南臬司候補道麟觀察椿三月二十六日病故○總辦行營文案河南候補道易希甫觀察順鼎候選道左子異觀察孝同因公來津○署薊甯縣吳攀桂赴任○護理山海關道奉天候補府樹之觀察福培來津稟商公務即日回關○遷安縣隆昇到津○候補直隷州廖炳樞由馬關回○署分司駱育瀛奉運司委赴石碑場歸化場公幹

關心民瘼　○欽命二品頂戴直隷分巡天津河間兵備道呂　示舉人趙景新等稟批柳灘漫口已派夏丞等勘估堵築其河身之積淤亦當亟籌挑挖以免商船停滯候稟請　督憲咨商　倉場督憲並行通永道迅飭漕運通判酌帶約力弁兵並多携刮板赴工疏瀦此批　又示職員鄭士莊稟　批據稟情詞是否屬實石料應否挪存他處候移工程局查明核辦摺發還即具領狀備案此批　又示獻縣人王步雲等呈批復呈並告示悉柴家屯既曾被災放賑何以復派差徭是否向章如此所派者究係何差差役人等有無弊混仰河間府督飭該縣遵照前批迅速認眞查辦具覆毋稍含糊爾等仍回縣候示不准逗遛呈抄存告示並發　又示天津民婦尹沈氏呈批前查縣卷氏夫尹兆元實有侵佔尹池氏地畝情事今經斷令出錢和息必有依據何復飾詞瀆辯殊屬不合着俟詳覆到日核奪不得嘵瀆仲天津縣查照呈抄存

爭坐位　○慨自海上軍興徵調徧天下津郡適當其衝赳赳之徒羣聚州處遇事生風本報已紀不勝紀不意竟有辱及官長者三月二十八日新派大沽船隖會辦周太守因公來津在塘沽搭坐火車隨帶親兵弁數名當登車之際適有古州鎮丁軍門自榆關來隨從苗兵多人太守以其嘈雜也諭令退讓先由親兵指揮苗兵不理太守不得已自向理說詎苗兵胆敢用武太守腮頰大不幸受其兩

筆太守覩其勢衆祗得退入後車抵津後聞徧告同僚尚不得一伸其枉可慨也夫

[illegible]加防範 ○軍興以來征調頻繁兵勇在津滋生事端者直有書不勝書言不勝言之概茲東門外南城根某甲者在南局作工早出晩歸於上年娶妻某氏乃小家碧玉性好修飾晨粧甫畢閒立院中詎有勇丁三人由門前經過覩此佳麗突然闖入婦駭極狂呼該勇即欲囉唣幸同院急忙出爲攔阻言此係良民並非妓館豈可混鬧該勇等自知理屈相顧嬉笑而出及甲歸聞知不勝憤恨究不知該勇等名姓亦無可奈何祗得付之一歎按兵勇一經入伍即如身披護符有恃無恐迥異平民氣象所賴該管者申明紀律不准恃強藐法並應隨時嚴密查察非公事不得出外即辦公亦應限以時刻如違或重責或插耳箭以示懲儆庶不致無法無天滋擾閭里似此闖入民戶人家成何事體惟望有管帶之責者愼以防之身名俱泰不勝似惹禍招尤同歸於盡耶

魚子斃命 ○每屆暮春之時黃花魚後必有河豚魚又名曰信魚此魚味極肥美價亦極廉貧民多喜食之茲靜海縣人鄭某因被水災偕妻就津謀食住南門外廣仁堂西其妻每早起赴各營門外縫補破衣鄭某拉車爲業日昨鄭在西關橫街買得河豚魚子一二斤以釜烹之熟時其妻未回鄭即自飲自食飽即高臥迨至晚間毒發身死其妻無可如何於今早討棺殮埋按此魚之肉以及魚之白皆可烹食惟魚子毒氣甚大今鄭某因食此而亡爲告喜食河豚魚者宜早戒之

愍不畏法 ○本埠混混無所事事皆以妓女爲魚肉昨晩李甲率領十餘人各持刀械赴紫竹林順喜妓館以擇配爲名實欲挾妓謀定李某直入屋內將順喜誘在門外雇備洋車守候該妓一經出門即掖之登車拉走如飛其餘混混等肆意橫行搗碎黃鶴樓踢翻鸚鵡洲任其興盡而返館內之蝦兵蟹將閉目吞聲一時羣相躲避云

汎官德政 ○梁王庄汎黑千戎彭年在任數載凡堤工一切無不盡心照料保衛田廬昨奉道憲呂庭芷觀察札調天津縣趙家場汎於四月初一日卯時接印任事查千戎在梁王庄任時知堤工緊要督修堅固不辭勞瘁今調趙家場汎事同一律各村小民何幸如之千戎愼旃

失愼餘談 ○襪子胡同失愼已兩紀報端聞係由廣立順洋廣貨鋪起火該鋪後有小樓積存貨物其時鋪夥持燭上樓取貨樓本不高正注意揀物未經防範燭已燃及樓頂草把及抬頭看見火已透頂急下樓叫喊值東南風大起霎時火已穿屋而出始趨至對面顏料鋪並轉角之雜貨鋪繼而火勢反逆風延燒先南後東竟轉入石頭門坎兩面對燒南面至素館北面至山成玉鞋鋪且又順風延燒至宮南對面均成灰燼東面至戲樓西面至天后宮南便門鼓樓二門內之財神殿方熄自初鼓至天明歷數時之久以風大地窄雖水會雖齊集力難施展致成巨災計共八十餘家誠爲非常大火按聞火頭廣立順之鋪東由小本營生積成此鋪年來生意極盛今一但付之烏有情何以堪被其害者在有力之家猶能重整市面力稍弱者身家性命付之一炬關係匪輕現當春暮夏初多日未雨正值風乾物燥更宜愼中加愼以免疎虞所望居民鋪戶各自小心防備可耳

民團遣撤 ○前以海氛肆擾津郡密邇大沽邑尊李樨霄大令於火會中每局挑取若干人共募兩營以資保衛蓋以津民衛地法美意良曾紀前報惟是營皆係土著各有身家各有執業非同別營招募立即入伍者可比故餉項皆從減省現因事已平靜各上憲及邑尊俯念民艱恐若輩荒於本業當於昨日一律遣撤每名各給津錢若干詎營官以應有扣還官項之欵各勇丁皆不願照辦大有恃衆之勢幸本道本縣彈壓得以無事於以見聚之易散之甚難也

宜照舊章 ○本埠火會向例每逢火警即響鑼馳報俾得聞聲齊集合力灌救緣街道挾窄撲救稍遲一經對面延燒殊屬可惜洵保衛閭閻一善法也自海氛不靖八十餘家火會相約若敵人犯境即鑼聲爲號各火會齊出禦敵尋常火警即由近處會所救後不得響鑼誤傳警報昨宮南一帶被焚聞火會到場者僅二十餘家殊不足以資撲滅以致火勢燎原通宵達旦竊謂刻下戰事將及敉平縱不能復照舊章亦宜以鼓令相代由近及遠俾得周知庶不致延燒太廣似亦防患變通一法謹爲各火會衆伍善商之不識有當於事理否

廟塲減色 ○本埠西門內城隍廟每屆四月初六初八兩日聖駕出巡之期向由府三班各役縣八班各役承辦燈棚儀設玩會

聯內後懷燈光炫目燈彩逼人觀者無不稱羨昨初一日又屆關廟之期聞各鬼會以及赦孤等會因大兵雲集一概停止廟場大爲減色云雖然神道設教在彼不在此

吳門官報　〇三月十三日從九吳承勳由甯解餉來　未入王棣銷分常差遣　中鎮飛府常通知赴常熟公幹　十四日都司王永陞謝奉撫憲札調督門各路緝巡差　十五日辦理太湖水師營務處管帶中營道銜安徽即補府李松榮稟知江浙一帶會哨辭　通判郭士沛謝奉飭給勳委一次　知縣邵文炳解餉赴甯辭　縣丞耀賡奉揚州堤工局飭知二十年春防汛蒙督憲批給獎優差一次　江陰縣顧山司巡檢吳廷勳辭赴任　委署荊溪縣典史汪聿桐辭赴任並銷金櫃保甲差　從九張廷璟稟知甲午文闈蒙給予勞績委署一次

風鶴驚心　〇廈門信云廈人聞倭人侵犯澎湖即非常驚懼嗣得媽宮失守之信不僅商民遷徙一空即分符綰綬之流說項依劉之輩亦無不彷徨失措於夜靜更深時雇轎奔逃道至鄉間甚至同安縣四鄉民房爲之填塞幾有在坑滿坑在谷滿谷之勢分廈差遣及各局委員均請病假攜眷回籍供北輪船由廈開往上海裝載衣箱行李數百件搭客數百人即此可見逋客之多矣十途之貿易北洋香港時逾冰洋亦無人開手採辦漳州白糖冰糖待價而沽竟無問津之人淡水茶例於清明後十日收買今則茶棧夥多在廈門觀望未敢即至臺北放借銀欵與茶販也誰生厲階至今爲梗能不爲之慨然歎想然傷哉〇地方官以倭奴既佔澎湖恐犯臺灣順攝廈門官民互相驚悸又慮本地匪人乘勢搶掠焚燒房屋下令民間自籌保護之策各修街道柵門自雇守柵人夫看守並將各街市店門前所搭遮陽披水板一律拆去以免火患又出示曉諭凡遷赴鄉間者途中倘有封格殺勿論〇廈民因官商眷屬皆遷至內地不免爲之掣動心搖搖如懸旌近日法國美國兵船不時往來入港停泊雖經照會言明彼此概免升砲而西國領事兵船管帶及提道憲登舟回拜均升炮敬送炮聲隆隆小民益切驚疑十二日德國水師提督坐依勒納克大兵船進口美兵船燃炮十三門迎之德船亦放炮十三門答禮廈門誤以爲開戰猱升屋頂側足而立凝眸以覘辨其是否爲倭人來犯膽小如鼷眞不値一笑也〇澎湖失守後廈門地方官特於上月杪安設水雷封禁港口夜間無論何國之船皆暫泊口外以待天明時由福清利濟兩船帶引入口否即由理船廳西人引港進口以免倭船溷入且免商船誤碰水雷　錄申報

茲啓者本堂新刻津門孟筱帆孝廉平舒劉紫山選拔兩名士合刻賦鈔註釋詳明誠爲後學之津梁也更有靑照草堂重註七家詩並試帖舉隅二種大爲士林推重洵屬古學金針又有覇州吳河帥文安陳學士合輯水利叢書實爲目前急務凡有志於水利者無不以一見爲快至於各種書籍筆墨無不揀選精良善本以期近悅遠來凡刻詩賦文集善書等板刷印裝訂書籍自當精益求精工省價廉萬不敢稍涉含混有負　賜顧

寓河北關上毘盧室義合主人謹啓

陳雨蒼施醫　啓者有病之家無力延醫請於早辰九點鐘午後一點鐘下午六點鐘至海大道養病院後陳宅診視有不能就診者必須寫明住址及姓氏名號送至本宅方能撥冗往診本宅存心濟世門診與規一概不取分文

告白　續系慶昇平　續施公案　醒世姻緣　彭公案　第一奇女　花月姻緣　巧合奇寃　續今古奇觀　後列國　後聊齋　三續聊齋　五虎平西南　挑燈新錄　雪月梅　玉姣梨　後英烈傳　鐵花仙史　南北宋　髮逆圖記　五十名家手札　前後七國　醉蓋志怪　草木春秋　昇仙傳　楊家將　西樹佳話　萬年青初二集　文美齋謹啓

四月初三日輪船出口

禮定　輪船往上海　禮和行
禮順　輪船往上海　禮和行

四月初二日銀洋行情

天津九七六錢
銀盤二千九百零五文
洋元二千一百零五文
紫竹林九六錢
銀盤二千九百五十文
洋元二千一百四十文

直報

光緒二十一年四月初三日　第七十九號
西曆一千八百九十五年四月二十七日　禮拜六

上諭恭錄

上諭庶吉士散館着於四月十八日在保和殿考試欽此

知吏者說　續前稿

以若所爲求若所欲於官司之守難於求天求神其事前事後之災難一一述也試先即一縣之民舉其凡天下之政合而言之自大于由分而言之則自諸侯出古之諸侯今之州縣也古諸侯之分爵分地不一等其爵皆以侯國爲言其地約以百里爲斷今知縣似之猶桑治也故其政柄等而上之則總於　皇上等而下之則操之知縣向以爲縣縣治則天下治者此也知其縣者無論爲某項人員即爲名家進士出身八股試帖之外兵刑錢穀皆所不知不能不延請刑名錢穀兩幕賓以佐治而出治斯二人也各皆專門名家之徒共未出山以前讀例抄例外如雍正上諭學政全書經世文編留青新集福惠全書撫豫宣化錄駁案新編等書名目甚夥所讀以各種集錄爲向尤以抄本爲佳夫有所授之也其師所謂伏龍鳳雛品學兼優得一可以安天下者所在皆是出山以後所處館地一邑志賦役全書到館即飭該房呈進諺云刑名刑名問老書供錢穀錢穀該房稟覆蓋欲政與人宜人與地宜非問該處書吏無處可問亦非所當問不問則無能爲役也書吏之人不士不農不工不賈家無擔石儲其仰事俯畜累亦猶人其日用應酬勝於城鄉之富翁埒諸在任之官府即極儉朴其耆糜亦過於有中人之產者也古之庶人在官者與下士同祿例以上農夫之祿等亦不過能食九人今則坐支項下每房工食銀僅領數金減平折扣僅得京錢數串每房之經承夥件書手大縣多至數十人小縣少亦數人之數人之仰事俯畜酬應概卽以工食爲恒產加以各處各科每歲之例規本縣官爲門丁各項之支應需索卽該書吏等各自破中人之產亦不敷用況本官到任本身陋缺等缺承一名計費數百金或數十金不等本管官必得其錢始委以事得其錢一多者所委之事得錢亦必多該管官當不知該書吏之輸獻果從何來該書吏豈不知該管官之委任實出何心乎此其人尚皆幼能讀書長能曉事其進身時官或試以筆墨試以辦公在署多年論其資格然後遇有缺額取其例規斯以其人補授乃縣署辦公之衣冠人物候吏滿則選以末職然吏滿則其年多衰其家已富深知宦味不願仕者甚多願仕者亦必願爲州縣例弊清趨避熟也當其初在署辦公官所委任之事非特爲經承一人不能辦卽舉一房之人共辦之亦不知其爲何以辦也於是定例於六房之外更設三班曰皁壯快壯班坐支項下有工食銀器械銀以備弓矢戈矛之用其人子孫例應考試謂之民壯皁快有工食銀無器械銀其銀每班亦皆數兩減平折扣與房書同每班人數視每房書輒多數倍不多不足以供使令也其進身之初各處例規花費視房書爲輕其飲食衣服應酬則視房書每重不如此不足以廣交遊闊耳目以便辦公也且皁快之子孫雖亦有出仕者乃國家破格用人間有之事其實皆例不爲考夫國家既擯其身與子孫於忠孝節廉之流品外矣而反任其人以襄理爲國爲民之事其進

身時官既納其輸獻門丁索其例規其辦差時卻禁其沾潤既擯諸流品復假以事權假以事權又惡其訛詐令其枵腹從公其人生而菩薩乎生而聖賢乎抑因其獲罪於天罰使贖辜獲罪於國罰使効力乎又不然其前身爲官府之仇今世命爲賤役復困苦之以自報怨乎夫何引之爲非而反責其非教之遭罪而反誅其罪此理非特古所未聞即今亦難索解也況若輩不獨非讀書明禮之人抑且多常人不齒之數貪殘之外無所爲心其權其弊視其服役之所與服役之官以爲差等所以小民有事於公門其簋請郵典也若輩與上下內外交通務多方以爲留滯其呼寃待剖也必力爲顛倒待民之煩人祈請議價名爲料峯視小民之貧富以量小民不待見官家已破矣　未完

粵貢到京　○各直省例須虔備方物貢登天府以紓獻曝之誠現聞粵省已將應貢之葛紗葵扇端硯女兒香等物共裝盛二十四箱派委守備陳守戎謹齎管解於三月二十九日由東華門抬赴　內務府呈驗以備　御用云

化民成俗　○京師五城各在所屬地面每逢朔望恭設香案供奉　聖諭傳令講生至期伺候中城在前門外西柳樹井裕巡寺東城在崇文門外花兒市火神廟南城在東小市南藥王廟西城在彰儀門大街增壽寺北城在梁家園壽佛寺各廟內俱設立龍牌香案由司坊各官敬謹伺候巡城侍御向前行三跪九叩禮畢即盤膝端坐諭令司坊官督飭講生宣講　聖諭廣訓士民環而觀聽者日不乏人是亦化民成俗之一道也

節烈可嘉　○司馬曹某晉人也寓西安門內酒醋局胡同家有一妻一妾妾虞氏經理家政井井有條而侍大婦尤能得其歡心於是親族皆稱其賢鄉黨亦無閒言今正司馬感受風邪驟患瘟疫延醫調治補瀉雜投平素身體本極虛弱以致轉爲勞瘵虞氏侍奉湯藥衣不解帶者三閱月三月二十八日司馬病卒不起虞氏赶即料理身後一切親視含殮畢揑稱頭痛難禁須用洋烟貼腦當即遣丁購買是夜乘間吞服殉節經其家屬稟報請免相驗遂即備棺成殮於二十九日同朝送路延僧䲮醮是夕往弔者濟濟師師罔不嘖嘖歎羨而沿巷觀者亦皆欷歔不置探聞該氏得年二十五歲似此節烈可嘉爰敬紀之以備輶軒之採擇焉

擒獲窩家　○京師近畿一帶搶刦之案層見疊出京北順義縣地方盜風尤熾里閈靡有甯日頃聞署東路廳蔣司馬近塤帶領捕盜營兵赴該處巡緝以資彈壓惟聞該縣所屬之蔣家屯某甲富冠一鄉不務正業勾串盜賊始猶夜集曉散繼即明目張胆肆無忌憚於三月二十八日經鄉約舉發蔣司馬即帶領所率捕盜兵並調馬隊二百六十名前往兜捕獲賊至二十餘名之多而甲仍漏網該邑尊現已榜示通衢懸賞購緝盜賊稍知斂跡大抵窩家利其財盜黨恃爲藪一經破獲則賊無容身之地民享安靜之福矣司馬之功德眞不淺也哉

醉漢捉奸　○京師東便門外高碑店地方居民劉四捕魚爲生娶妻齊氏性悍且淫與鄰人吳羣兒有染乘劉出外吳時至氏處赴陽台之會三月二十九日劉因事至戚串家酒醉而歸大踏步入房中見吳與妻正在交頸之際不覺憤火中燒將兩人一併梱縛送交守戎署內訊究詳解步軍統領衙門以按律究辦矣

唐山會議　○兩江督憲劉峴莊大帥久欲與督憲王夔石大帥面商要公祇以關外軍務紛繁不能分身來郡聞昨有　廷旨令在唐山營次會議是以夔帥於今早八點鐘乘坐火車馳赴唐山闔郡印委各官以及各營兵練即送如儀云

將赴新任　○道憲李勉林觀察前署津海關道任時於交涉事件措置裕如又辦理支應總局尤臻妥善今補授天津河間兵備道任郡城印委各官皆屬舊隸忭幪行政用人駕輕車而就熟路甯見敷政優優前因憲體小有違和請假調理現已喜占勿藥聞日內將諏吉履新矣

招募技勇　○欽憲王雲舫大帥去歲辦理津團三十營督率操演頗費苦心昨又在西頭育德菴廟內招募親兵衛隊一百名須叅棒熟習武藝精通者方可入選聞每月口糧較營兵多給一半而聞各棚頭賞給六品軍功以示鼓勵云

三取課題　○三取書院四月初二日官課　生童詩文題目　生題　仁之於父子也一節　童題　聖人之於天道也命也

詩題賦得醉燈人語酒家樓得人字　生五言八韻　童五言六韻

實惠均霑　○楊村廳所轄剝船五千餘戶前奉道憲呂庭芷觀察飭將南運河西河一帶所停泊剝船刻即赴楊村水次聽候差用等因已紀前報昨楊村廳沈太守已派差役人等催令各剝船齊集北上毋許遲延聞各船到楊村時後每船賞給津錢若干以示格外體䘏云

接充魚捐　○東海河一帶各魚店二十餘家每年應納魚捐由經手之邢平安王興順趙起順等承辦歷年並無貽誤惟近來生意賠累不堪昨赴縣具稟告退邑侯李大令已悉各情俯如所請當日派四合魚店接充給諭帖一張內云魚捐不准增長亦不准少交如有抗違不遵許爾等拘案從重懲辦云

發病投水　○本埠窯窪有王某者年逾不惑家有一母一妻並無子女每日賣青菜爲生王自幼患羊角瘋症屢病屢愈不料昨早挑菜在窯窪過渡忽又發病船上人等不知病由見王某倒身自投於水赶救無及業與河伯爲伍幸南岸泊船多隻協力撈救將屍身起獲云

賣兒代乳　○日昨本埠西門內大街有武清縣逃荒少婦王姓年約三十歲左右懷抱小兒未及週歲口稱情願將子給人好謀生路否則被子飄身無可生活其言辭悽慘頗覺動人適有一人自稱亦王姓在鹽務作事多年因無子嗣願買此兒遂給津錢二十吊作買子身價並商之少婦以爲僱爾代乳是否情願該婦聞之喜形於色蓋既得賣母子又不分離又得啖飯之所是以樂極而嬉滿口承允王即將其母子一併率領回寓云

摔砸茶店　○勇丁三五成羣滋生事端者不一而足已數見不鮮昨院門口單街子東口德源泰茶葉店開市匝月貨物皆新有某營營兵數人入舖購買茶葉爭減價錢口角吵鬧該某兵恃人手衆多竟將茶店傢俱什物摔砸一空店掌冤抑莫伸赴營務處理論當此大兵雲集軍規亟宜嚴肅似此目無法紀定必按律懲辦決不姑寬也

游戲掠物　○昨侯家後有一人身穿守望局號坎口稱苗姓率領十數人往各娼寮作樂稍不如意各出器械且意摔砸前日將三順班砸毀又到盧洛輝家內摔砸一空名爲查拿窩盜每日於黃昏時挨戶游戲必袖攜首飾器皿等物始各散去究不知若輩爲何如人也

冒官受責　○巨騙劉棋即劉殿臣經任榮卿在英公廨控被騙去洋錢皮袍逃往江陰宋通刺備文關提到案連原告及行李等物一併移送上海縣請辦前晚黃大令升坐花廳提訊任榮卿呈上白稟大令閱畢見任戴金頂大帽問爾是何前程答捐布理問爲何僅戴金頂可有執照答照在蘇州大令曰爾與劉一流人也任供職員浙江歸安縣人在蘇州宏茂元綢莊經手去年十一月二十日與劉相遇伊云已在上海貨捐局總辦差使並示憲札托言用度缺乏必須借貸職員因貪厚利借洋二百元每月三分給息直至年暮僞稱到滬接差職員隨來取洋住大寶棧多日不見動靜探悉差使是假方知被騙向伊催討借洋其日有趙姓仝住棧內有皮袍一件賣洋六十元職員說價太昂劉起意騙取即云三百元我寫就一信爾可赴南市怡康莊取洋此洋是上海縣允借之款伊攜皮袍赴衣莊估看價值即同職員信以爲眞持信赴南市尋訪並無此莊迨回查點劉連烟具攜之而去至晚不回趙向職員索討皮袍職員緝訪得往江陰稟請英公堂關提來滬盤問之下認當廿四元吊取原贓移送案下大令曰爾既是生意人自應謹慎何以萍水相逢之人輒借洋三百元之多又無憑據是誰之咎耶任語塞求恩訊追劉棋供原籍江西南昌後遷建安今年四十五歲先捐通判保舉知府於光緒十一年正月十八日奉
上諭免補知府以道員用至十七年六月十二日至金陵督轅稟到見劉峴帥數次求賞差委後蒙瑞大人照拂給洋使用夫秋瑞大人晉京祝
嘏職員送至滬上因思金陵尚無差委不如到蘇謀幹因赴蘇稟見撫憲奎大人求差寄寓臬轅左近客棧內黃幼農方伯素來熟悉蘇城保甲總巡某君亦是至交其時陳舫仙廉訪有軍糧一萬石某總巡爲職員押解山海關職員以任重却之故常住蘇另覓差委十一月二十日職員到元妙觀前某烟館吸烟任亦來開燈彼此閒談道及刻下情景任云圖事必須內引聞撫轅可有認識之人如無我有老友夏文卿在撫轅爲幕友可邀來與老兄一談或有汲引之處職員曰諾次日同來寓次相見之下職員設筵相待懸爲

援手倘有機會決不有負大德夏一力擔承且稱前曾提挈多人毫不費力職員信之延至十二月朔日來說有松滬貨捐總局一差需洋一千五百元先付現洋五百元尚有一千元立票交來藩臺札一件職員正欲赴藩轅謁見適黃大人赴金陵公幹職員即措付二百五十元餘候到申籌劃至十二月二十日同任來申求見厘捐總局督辦朱大人查知並無此事時在歲闌無法可想適棧中趙姓皮袍求售職員與任明言欲賒皮袍當錢爲川資到江陰借貸再作計較職員携皮袍水烟袋烟具任挾被褥同到質當典洋二十四元職員一人趁船赴江陰措錢不料任人面獸心即投英公堂誣指職員誆騙關提職員到申遭此縲絏無面見江東父老確未借伊三百元大令曰照爾供詞情罪已大十一年正月十八日過班以道員用何至十七年六月十二日到金陵以通判禀到前後顛倒詞甚支離況任夏兩人付爾之札出洋二百五十元一層援例即是通同買賣彼此同罪而奉札來申援著藩轅何日謝委何日禀辭札中句語迥異尋常爾供入歷宦途豈不知眞僞耶答稱因道員尚未引　見十七年分聞南北洋遴員差委洋務職員前在臺灣亦以通判投軍當過差委故此次仍以通判禀到至謝委禀辭日期稍有模糊約在十二月初五日在號房掛號謝委並禀辭惟未傳見大令謂藩憲既有差委必有面諭焉有不傳見之理爾何以強辯若此飭差將送案之紅皮箱開視中有考籃藏信札履歷等件取視皆是冒認官長騙錢假信其履歷內有破綻大令逐層指駁支吾以對又有圖章數顆比對札上所印即此章也刊三品銜補用道等字問爾稱札是任夏交來何以是爾自己官銜圖章所印顯見僞札是爾自造又檢有棚燈一對上有補用道江蘇候補府總辦松滬貨捐局總辦字樣大令曰爾非冒充官長招搖撞騙乎如不實供定予重責劉仍東扯西拉曉曉強辯大令大怒喝戒責二百下責至十六下稱愿供明懇求恕責大令准之無如供仍游移辯駁良久大令問爾之執照何在供現在金陵家中求限十天可以呈案任稱劉供盡屬子虛大令遂將劉收待質所任交差候再覆訊起到皮袍及箱件暫行存庫　錄申報

茲啓者本堂新刻津門孟筱帆孝廉平舒劉紫山選拔兩名士合刻賦鈔註釋詳明誠爲後學之津梁也更有實照草堂重註七家詩並試帖舉隅二種大爲士林推重洵屬古學金針又有覇州吳河帥文安陳學士合輯水利叢書實爲目前急務凡有志於水利者無不以一見爲快至於各種書籍筆墨無不揀選精良善本以期近悅遠來凡刻詩賦文集善書等板刷印裝訂書籍自當精益求精工省價廉萬不敢稍涉含混有負　賜顧

寓河北關上毘盧室義合主人謹啓

拍賣告白

啓者準於本月初五初七兩日禮拜一禮拜三上午十點鐘在紫竹林高林洋行內拍賣各樣銅鐵貨物及各樣洋雜貨等件

貴客仕商如欲買者請早來行內細看而拍可也特此佈聞

集盛洋行謹啓

告白　本齋運到新譯各種兵書　克虜伯礮說　行軍測繪　海道圖說　攻守礮法　繪地法原　礮法心準　測地繪圖　營城揭要　營壘圖說　測候叢談　臨陣管見　列國陸軍制　英俄印度交涉書　開地道轟藥法　礮乘新法　礮法求新　前敵須知　礮法畫譜

文美齋謹啓

陳雨蒼施醫　啓者有病之家無力延醫請於早辰九點鐘午後一點鐘下午六點鐘至海大道養病院後陳宅診視有不能就診者必須寫明住址及姓氏名號送交本宅方能撥冗往診本宅存心濟世門診與規一概不取分文

四月初四日輪船出口

怡生	輪船往上海	怡和行
樂生	輪船往上海	怡和行
西安	輪船往上海	太古行
禮定	輪船往上海	禮和行
禮順	輪船往上海	禮和行

四月初三日銀洋行情

天津九七六錢
銀盤二千九百零五文
洋元二千一百零五文
紫竹林九六錢
銀盤二千九百五十文
洋元二千一百四十文

直報

第八十號
光緒二十一年四月初五日
西曆一千八百九十五年四月二十九日　禮拜一

風雨記

津海大荒有莨楚生者與無言子太憨生三人友以松竹梅相况三人者不同道或出或處或介乎出處之間然道不同而趣同故三人者無日不相見見無不談心其所談天時人事物理各見所見各聞所聞各道所道要皆相視莫逆也邇來日半晴陰知近熟梅天氣是月自朔生魄雲陰雷動風緊而寒固意天將大雨焉向晚如霡霂黃昏後風雨交作晨起街道成渠淋漓猶未休也天近午風伯益驕雨師益怒傾盆漂竈室若為搖夜尤甚加以豐隆聲火車聲輪船聲各行機器聲樹聲水聲颼颼淅瀝奔騰澎湃齧牙屋角飛瓦墮甎隆隆嘈雜渾無所辨夜不成眠及旦無言子與太憨生同至於莨楚生舍各道夜來情事無言子曰余因蕭蕭者時與耳謀為憶漏雨蒼苔句遂取表聖廿四品悲慨章讀之苦其書自古無註　國朝袁子才先生亦謂其書甚佳苦於難解因為續詩品三十二則刻入隨園三十種集內以愚觀之表聖廿四品乃表聖之四言詩也故昔人收入全唐詩內其以雄渾沖淡分品者如莊子以秋水山木分篇之意以廿四分者亦猶莊子所云六勃志六繆心六累德六塞道此四六者不盪胸中則正正則靜靜則明明則虛虛則無為而無不為也詩品之取義大率類此愚曾註之疏之並為十間以辨其為四言詩非以品為法律也若子才子之續三十二品誠為詩法詩律耳今即悲慨一品論其詩論其世以知其人即以奇漏雨蕭蕭之慨其起言大風捲水林木為摧者即莊子所謂起北海折大木取毛詩匪風之義傷天下也承言適苦欲怨招憩不來者言當此時况理宜以無用為用止息乎無何有之鄉方為至樂乃至樂無樂適為俗之所苦反是則致怨又為俗之所大欲俗人誤矣奈何招之憩而不來也義本莊子至樂篇來其時朱全忠當國弒昭宗矯詔立昭宣忠重表聖之望命柳璨以詔徵表聖偽為步履維艱墜笏於朝得以老髦被放還二句乃諷同朝附勢之流忘守自家之門而守他人之門戶者百歲如流富貴冷灰二句與上文不接而接提空發論如太白詩所謂功名富貴若常在漢水亦應西北流冷灰二字直將富貴熱腸奪而置之冰窟然表聖非有聞心為富貴人打算亦非想自己當年貧賤而富貴富貴而貧賤撫今以追昔也杜詩云聞道長安似奕棋百年世事不勝悲正是此一幅眼淚蓄唐自高宗聽李勣許敬宗立武后以周篡唐中宗私武三思韋后與安樂公主合謀毒弒中宗元宗寵貴妃任李林甫楊國忠賜安祿山王爵陷長安帝避於蜀肅宗受制於張良娣李輔國擅政不得以子道事上皇代宗任程元振吐番入長安德宗受欺於盧杞趙贊以至於敗憲宗敬宗皆為宦官所弒文宗受制於家奴昭宗復為全忠所弒昭宣乃全忠矯詔所立是時全忠當國視君不如奕棋唐室已為灰燼矣不言國政者將以責執政之人令思富貴所自來為為臣者警也故接云大道日喪若為雄才即莊子繕性篇道喪世矣世喪道矣之義以引起結意故結云壯士拂劍浩歌彌哀蕭蕭落葉漏雨蒼苔其言拂劍浩歌者古詩云世無知劍人太阿混此鐵拂此劍已足寄悲慨而表聖之意尤深焉楚辭少司命從長劍兮擁幼艾蓀獨宜兮為民正言神持此劍足以除凶穢護善良又云臨風怳兮浩歌言失意也又莊子云獨弦哀歌

慨世人之不知已品義言劍能除凶鋤護善良壯士所當假手者一拂字多少思量此心脉脉矣是時全忠篡謀已成以大唐世界獨無一仗劍之士掃盪欃槍夫豈眞無壯士抑亦太阿之不靈乎此其所以悲慨也蕭蕭漏雨二句楚辭山鬼篇雷塡塡兮雨冥冥猿啾啾兮 夜鳴風颯颯兮木蕭蕭思公子兮徒離憂表聖忠悃見於言表愚擱筆聞雞鳴風雨亦少歇是夜來風雨適助愚讀也　此稿未完

樹扑傷人　○烈風雷雨弗迷迅雷風烈必變惟聖人能信天亦惟聖人能敬天也以平人遇之鮮有不顚仆昏憒者三月二十八日黃昏時彰儀門內北烟閣地方有宋某者素以販賣菜蔬爲生是時由廣渠門外十方院販來青菜一担赶欲進城忽遇狂風大作只得于某糧店門前息肩暫行躲避詎風狂似虎益復怒號將糧店旁邊槐樹一株吹折宋某適當其衝竟被壓傷甚重當經該店覓人將宋抬回延醫調治醫云傷勢太重恐有性命之憂噫宋終日奔波竟罹此禍可謂命當慘斃者歟

大好身手　○日前恭奉 廷寄嚴拿著名匪棍蕭松亭大頭王老等二十四名已列前報茲聞有著名匪棍金標趙六者亦係奉旨密拿之犯旋經聞風遠遁今於三月二十九日該犯胆敢在西四牌樓迤南甘石橋地方搶刦某庫兵聚衆互毆並施放洋鎗經該管地方官人共拿仍被乘間逃逸現聞步軍統領衙門劄飭左右兩翼嚴密查拿務獲按律懲辦想似此兇惡之徒終難倖逃法網也

賢使出山　○德國前駐北京公使巴蘭德君在華將及廿年於交涉事件一秉大公宅心仁恕爲各國公事之冠前歲因年邁花甲歸思甚濃奏請本國乞身而退瀕行中外人之贈答者俱有依依不捨之情可見巴君之爲人非同恒泛矣頃閱西報巴君兒奉德國廷旨起用爲外務大臣與巴君有一面之交者無不額手稱慶蓋巴君在東方出使歷三十餘年中韓日本皆曾閱歷情形實爲熟悉德廷知人善任當有一番振作也

西報彙譯　○昨見英國泰晤士電報云中東馬關條約於英國亟無不合云○又電日皇出示曉諭馬關條約日國已經批准深願吾民從此安平與鄰國和好不以威力加人○又云俄國政府會同德法兩國政府電致東京各本使臣知照日本馬關條約尙須另議不能作准云○又英國電報俄德法欲日本改議向無此例云○又電云日本答復各使言民心不順不能另議云

津門官話　○新授廣東南韶連鎭郭善臣軍門寶昌奉 旨賞同劉制軍辦理軍務陛見出都小作勾留即赴榆關謁見峴帥○毅軍營員遊擊崔凌雲來津公幹○江蘇候補道朱福春由江蘇來委辦電報學堂差使○舊州營守備李若璽謝委回本任○前署新河縣葉大令人鏡由江西查電桿回津○調署通州張兆玨雞澤縣錢錫宗延慶州蔣嘉彬因公來津

諏吉回任　○津海關道盛杏蓀觀察體氣素弱公務繁多每交冬令益復不支前年自九月間因政躬違和恐公事或有貽誤請假養痾由上憲委黃花農觀察代理◎花農觀察歷辦招商津局於交涉事務本極攸宜是以權篆關道益覺駕輕就熟去歲海疆事起盛觀察籌餉籌軍以及各路電務較尋常益形冗雜秋末冬初舊疾復作援案仍請黃觀察署理關篆而於軍務緊要事件仍力疾運籌現已春融喜占勿藥聞日內有回任之說黃觀察亦仍回商局本任云

揭曉有期　○往歲春闈揭曉約在四月望前登癋榜者三百餘人本屆因海氛不靖南數省之舉子每多在申江觀望適開河過晚致誤場期者不少北省士子則因冬春雪大途路泥濘抵京即在初六七投文等事概不及辦不得與試者實繁有徒據出京友人談及今年得與禮闈之人較往年少五分之一是以日前恭奉 諭旨各省取中人數祇二百數十名闈中閱文諸 公可比昔年稍省目力矣聞都門有初七夜看紅錄之說本館已承官場允將電傳紅錄交印閱報諸公當得先覩爲快矣

示拏匪首　○欽加三品銜賞戴花翎保薦卓異陞用道府在任候補直隸州天津縣正堂兼辦營務處李　爲出示曉諭事案蒙臬府憲轉蒙　督憲札准　兵部火票遞到　軍機大臣字寄　署直隸總督雲貴總督王　察哈爾都統熱河都統崇護理黑龍江將軍恩　齊齊哈爾副都統增　奉　上諭恩澤等　奏教首孟毓奇呂大拙等創立武聖教如意教等名目自吉林至山海關內外以迄張家口一帶被其誘惑實繁有徒孟毓奇業經拿獲正法呂大拙等現尙潛匿未獲請飭查辦等語教匪造言惑衆刊刻邪書到處勾結日久恐滋蔓延亟宜設法查辦以期消患未萌著裕祿王文韶恩澤銘崇禮增祺通飭所屬嚴密查拿呂大拙等務獲懲辦一面

出示曉諭解散脅徒該將軍等務當不動聲色妥籌辦理愼勿操之過蹙激成事端是爲至要原片均着抄給閱看將此由四百里諭令知之欽此遵 旨寄信前來等因到本署督部堂承准此合行恭錄札飭札到該司即便欽遵查照轉行所屬一體嚴密查拿該逃匪呂大拙等務獲懲辦一面出示曉諭解散脅 徒勿任滋生事端此札計粘抄原片等因蒙此除分行外合亟札飭札到該縣立即遵照 憲札辦理此札計粘原片一紙等因蒙此除飭差嚴密查拿呂大拙等務獲究辦外合行出示曉諭爲此示仰闔邑軍民人等知悉自示之後爾等須知武聖教如意教均是邪教名目教匪造言惑衆罪干斬决現孟毓奇業經正法所有脅從之人旣往弗咎爾等務各安分守法切勿聽邪敎誘引致干罪戾各宜凜遵毋違特示

借寇一年 ○天津縣調署宣化縣李搏霄邑侯蒞任已逾五載歷辦河工賑務全活飢民億萬名口而平日勤求民隱案無留牘獎勵士子培植文風不遺餘力去歲海上有事首先倡保衛之法中外咸孚尤嘖嘖人口日前因邑尊量移在卽各村送傘送匾立德政碑者指不勝屈復有士紳多人聯名稟請借寇一年者噫斯世惟蚩蚩之氓有眞愛惡邑尊秉儒術治民民乃感慕至此際此江河日下吏道日衰如邑侯者洵堪爲斯世宰官法矣

霪雨爲灾 ○自前日東南風如吼時雨時止入夜風益怒號雨如瀑布昨日自黎明起風雨相攪直如萬馬奔騰通宵達旦至今午風雖小而雨仍飛灑租界房屋向稱堅固亦無屋不 其餘茅檐草舍傾倒者不計其數茲據訪事來言永豐屯陳姓家一家五口俱被屋倒壓傷斃一幼女河北關下水舖住屋坍塌壓斃一人此外之房坍殞命者不知凡幾噫時非盛夏來此霪霖田廬禾稼被淹直意中事胡天之不弔也

奇人軼事 ○四明鷦寄草廬主來函云王千戎金滿浙省之台州人本姓金名滿迫爲綠林渠魁改姓曰王光緒七年甬上日報中詳記其事時先大夫澥園公主筆政而鄙人年才總角旁侍案前屢供筆墨之役惜越年報停遂致千戎之軼事未得盡載今將聞之耆傳者補誌於此當千戎之踞銅鍾山爲巢穴也貝鎮戎錦泉領兵往勦千戎亦列陣相待令旗高掛諸嘍囉咸聽指揮俄而欒彈告竭千戎笑謂錦戎曰吾欲停戰矣遂鳴金而退鎭戎見其隊伍整齊首尾相應不敢緊逼亦退而告屬弁曰吾不如也一日千戎隻身爲官軍所圍是地貧黎有素受其賙濟者欲爲出拒千戎阻之曰汝輩不知戰法徒致血肉飛耳不如令我臥於舊楟汝輩縞衣泣送藉以出圍貧黎從之男導於前婦哭於後官軍未知其計遂爲所瞞及翌日挨戶查搜竟不可得不知千戎已逃至三百里外之某島中當道某公聞之怒甚誓欲寸磔其身千戎亦不肯畏避三舍親率心腹密赴郡中某號購辦綵緞臨行佯謂號夥曰刻欲乘潮回里有某公一書未暇遞呈敢煩遣伴轉送號夥允之及某公得書大致皆揭其短處且有恫嚇之言欲查究遞書人號夥始知爲千戎所愚旋由市人簽名同保得了其事某公愈怒榜示於通衢曰有能獻某首級者賞銀蚨一千翼詰朝其旁亦有示之者曰有能獻某首級者賞銀蚨二千翼聞者爲之肉跳心驚不已自某兵輪棄營帶被戕官軍竭力進勦而千戎亦勢窮形蹙逼困海濱有黨數人皆爲之仰天號泣曰大兵進於前巨川阻於後吾輩其同盡於此乎千戎曰事急矣海闊數十里惟我尙可勉力泅遁爲今之計不若將君輩先縛於樹倘官軍逼近當大呼援命而詭告之曰我輩俱爲王某所縛蓋渠已由西路竄去恐洩其蹤跡故被倒懸在此官軍信之急釋其縛勦兵而西不知千戎實匿跡於東當與厥黨從容遁去其計之妙類如是然千戎雖仗俠氣爲此刧富濟貧之舉而有心歸正旋願投誠於彭剛直公約定不官 省良以梓鄉富室夙昔多遭蹂躪恐其挾嫌報復致千戎身蹈危機故也噫剛直之所以保全之者如是周至而今江督張香帥拔諸偏裨之列畀以統帶之權破格用才尤非尋常知遇所可比古時甘寧徐勣皆起自伏莽而後俱功業昭昭千戎殆其流亞歟

來信照登 ○諸大善長大人公鑒竊在社末汰濫不陳敬啓者弟於初一日早九點鐘乘火車起身四點抵胥各莊廬同發店内旋卽赴粥廠於路見領粥貧民絡繹不絶有領得粥者有領得米者及抵廠中見貧民分屯三處尤覺擁擠異常詢之執事者王子上兄據云自上月二十七日開廠初不過四五千人日聚日多至今日已有萬五六千矣其鳩形鵠面奄奄待斃者殆有十成之五六餘者亦面黃肌瘦舉步維艱甚至力不能進遂不得食者亦有粥雖領得氣結不能下咽者種種苦狀筆不能宣言莫能盡至日暮回店後仍徧詢士人

均稱豐屬以東南西南兩方被災最苦民間悉以草根樹皮為食甚有吃麥稭樹葉者談之下酸淚齊流是日晚飯因之竟不能下咽此弟起身後當日目覩之實在情形也目下宣莊業已分設粥廠此外則王蘭莊小集稻地錢家營開平等亦相繼開辦使貧民皆各擇近村粥廠就食免其匍匐遠方饑斃於途也十一點回店吃飯後抵唐山即上街閱看果見滿街滿巷盡是飢民有倒臥道旁哼聲唧唧者有已斃將斃者有哭男喚女者慘苦之狀殆不忍言計之共有五萬餘如不急籌賑撫將來難免不盡塡溝壑其餘別廠雖目覩大約災情亦不相上下若不一律給賑亦必盡數飢餓以死矣苦哉苦哉以弟觀之災況之重較諸昔年晉豫兩省情形不相上下聞諸災民云如十日內仍無賑濟必有析骸而炊易子而食者因此望賑之殷直比旱之望雨死之求活尤切尤急衆善士公議施粥自是救急之道但祇可苟延殘喘將來何日了局為今之計惟有細查戶口優加撫恤彼飢民自食無不千方百計耕種田畝萬一蒼蒼者雨水調和秋收有望或麥苗間有收種便可截止粥廠否則粥廠之設何日是為了局昨晚籌議至四鼓皆云即灤豐兩屬論之災民既如此之多災象又如此之重總須多籌巨款作救人救澈之舉方為盡善盡美且災象如此萬不容緩目下各廠人數唐山為最多每日染病就醫者數十口百十口不等若不遣散回籍優給賑恤轉瞬日漸炎熱病必日多傳染亦必日衆將有不可救藥之日即如今日風雨交加難民皆露坐街巷哭叫之聲不絕於耳往來之人皆目不忍覩多有望之酸心流涕者伏思 諸善長痌瘝在抱惻隱為懷為今之計務乞 體 天地好生之德於萬分無可設法之中廣為勸募多多益善逾速逾妙籌捐本至難之事況連年旱澇頻仍各處籌捐已成弩末弟曾親歷其境親任其事焉有不知籌捐之苦何敢强詞瀆懇乃目覩災況心如刀割不得不哀呼以伯尚乞 原諒苦衷 大施如天之力源源籌解佛氏云救人一命勝造七級浮圖倘能全此方人民性命不獨身受者合家感 再造之恩即弟亦感激涕零勒銘肌骨矣草草布告雖盡萬一處請 善安諸惟 慈照不宣

愚弟顧文翰頓首初三日午正自唐山客次發

新紹朱鈍翁脉精醫癒余弟重病均賴治愈傳感謝

拍賣告白

啓者準於本月初七日禮拜三上午十點鐘在紫竹林高林洋行內拍賣各樣銅鐵貨物及各樣洋雜貨等件 貴客仕商如欲買者請早來行內細看面拍可也特此佈聞

集盛洋行謹啓

悅來洋貨號

本號開設天津紫竹林大街自運各國洋貨電鍍金銀𧎡練鋼表練西洋畫片電鍍銀烟捲盒茶釣梟釵彩畫懷鏡鐘表料器首飾梳篦水評水池洋琴大抬頭鏡等

格外減價消售發客

陳雨蒼施醫 啓者有病之家無力延醫請於早辰九點鐘午後一點鐘下午六點鐘至海大直養病院後陳宅診視有不能就診者必須寫明住址及姓氏名號送交本宅方能撥冗往診本宅存心濟世門診與規一概不取分文

告白 岑宮保介福圖 左文襄公奏稿 皇朝一統輿地圖 北洋中外沿海詳細圖 東三省圖 四國日記 俄遊彙編 四述奇 小方壺齋輿地叢鈔 萬國公法 公法便覽 日本地理兵要 日本外史 東藩紀要 中俄界約斟註 中外交涉類要表 日本新政考 武備志兵書 登壇必究兵書 俄羅斯地圖 西國近事彙編 地球五大洲圖 亞細亞圖

文奎齋謹啓

四月初六日輪船出口

怡生 輪船往上海 怡和行
樂生 輪船往上海 怡和行
西安 輪船往上海 太古行
禮定 輪船往上海 禮和行
禮順 輪船往上海 禮和行

四月初五日銀洋行情

天津九七六錢
銀盤二千九百零五文
洋元二千一百零五文
紫竹林九六錢
銀盤二千九百五十文
洋元二千一百四十文

直報

光緒二十一年四月初六日　第八十一號
西曆一千八百九十五年四月三十日　禮拜二

風雨記　續前稿

太憨生曰予與頗不惡勝於愚之憂喜交集矣昨甫滂沱聞之甚喜喜田野之潤澤歲有秋民富則君不獨貧也繼而憂從中來不可斷絕矣既憂舟行之險旅況之艱乞食之無門老屋之頹敗更悲征戍之士幕中濕冷寢食不安既受飄搖復罹鋒鏑枕戈待旦鐵甲無温猶將滅此而朝食較之東山零雨苦文甚焉爲統帥者當如何以體卹乎蒉楚生曰汝兩君者一儒林一循吏各自努力夫子朂哉我則異於是二君曰願聞子之志蒉楚曰愚草木人也如草木之夢生無所志春風風夏雨雨任運而已二君曰雖然果何以遣蒉楚曰愚聞南華經云大塊噫氣其名爲風是唯無作作則萬竅怒號而獨不聞之嘐嘐乎又列子云雨爲地中淺氣上騰高處遇寒氣則化而爲水故各處旱澇不同乃其地之寒暖不同天氣與地氣之應有節有不節非一朝夕故也水在空中遇風則散爲點滴風勁而高至地力微則風細雨細風緊而低至地力雄則風粗雨粗理其然與嘗於人身驗之天寒則噓氣爲水堅冰在鬚是其驗也愚舍近河濱鄰鐵路舟車往來日夜如風雨驟至是夜與僮秉燭坐不辨風雨之眞假僮曰眞風雨也愚方側聽聲頓大目眩耳聾恍若坐舟中走洪濤山木盡啞遂與述往歲所經風雨暴一卅年前於鄱湖沙山解纜遇風浪拍天艙半沒水雨繼入艙二舟已失其一舟中不知舟子知之不遑顧愚危坐與同人說洞庭君柳生事衆若罔聞愚甚怪之晚泊滕王閣舟子云今半日行幾二百里快哉險哉想昔年王君於馬當山乘風破浪趣應如是一於廬山下遇蛟水望之若烟若霧與風雨偕來輿夫飛上山坡回看水幾與坡平與輿夫暫避巖下巖有古松下臨谿水若一綫白光或云是處深無底愚以一手攀松根一足垂巖下衆恐愚墮曰墮無命矣愚曰如此高深即墮亦當在半空中須幾炊黍其勢飄飄當不啻自天飛下也一於江左柯城監修貢院貢院以咸豐間燬爰即書院改爲之院落于城内之小山上監修之舍跨山腰推窗東望府署樂豐亭如蓋如笠俯視平原將百丈峭如壁愚愛其危峻設榻近窗夜半風雨東來窗爲落帳爲揭雲見月顧而樂之曰此際清味當少知者由是每見叱於高年曰予所謂初生犢不懼虎者也今日言之乃知登高臨深之危不堪設想天下事當前易忽痛定思痛大率如斯矣然愚聞之海國之際天外有黑風不周廣莫不一處一名沙漠之野有風絲富之者人馬俱杳無可問今聞外洋則能覘風信以旗預示當亦博物君子所當格致者二君知否無言太憨無以對三人復相視而笑

塾平街道　〇四月十四日恭行常雩大典　皇上親詣致祭所有各部院應行預辦禮節業經遵辦今聞步軍統領衙門督飭八旗兵丁由正陽門前直至天壇一帶御路撥兵掃除平墊於初一日爲始每日派員按段稽查倘有疏懈平墊不齊立即懲辦以昭慎重

皇州春滿　〇右安門外豐台村各花廠呈進牡丹花一百盆玫瑰花六十顆於四月初一日用筐裝盛覓夫由東華門抬進內務府轉呈以備　內廷各宮點綴景致藉抒報効之忱云

多士關懷　○昨據官場傳說有初七夜看紅錄之說據以登報頃接都友來信云本科舉行乙未科會試向於四月十三日揭曉今因朝考翰林散館在邇閲禮部票傳五城司坊各官飭傳棚匠於四月初九日在署前搭蓋榜棚初十十一十二等日每日派役赴署前看守榜示始悉本屆揭曉己定於本月十一日想濟濟多士必己企足延頸以竢矣

米珠薪桂　○米珠薪桂長安本不易居乃自軍興以來凡日用必需之件更無一不貴老米每斤五百文白麵每斤五百六十文小米麵每斤五百二十文玉米麵每斤四百四十文蔴油每斤一吊二百八十文燒酒每斤一吊六百文白米每斤四百二十文惟南來包米每斤三百八十文其餘菜蔬等價亦倍於往歲而銀價每兩松江銀易當十大個錢十四吊洋錢現在都中缺少每元可易錢十吊零五百文順治門外一帶居住官宅貪圖攙和私錢每銀一兩可易二路當十錢十六吊五百文以致舖戶居家以及小本營生者莫不日用維艱嗟嘆於道路也

訟棍稽誅　○京師宣武門外南堂子胡同有孫秋兒者係廚役之子自幼攻讀文理稍通不務正業專習刀筆挑詞架訟無所不爲在宣武門大街路西開設同順和賃貨舖以爲藏身地步遇有西北二城詞訟案件即從中設法煽惑無中生有名曰聚圈做套顛倒黑白被累者甚衆業被某侍御訪聞孫乃假冒某官之名從中賄託某侍御益稔其惡即密派司坊拘拏孫與西城司科房劉某係屬姻親素日朋比爲奸聯同一氣迫一經飭傳而劉早已春光洩漏孫即鴻飛冥冥無從弋獲矣似此惡迹昭著天所不容想終不能漏網尤可恨者在官人役胆敢扶同作惡尤屬罪不容誅不知袞袞諸公果眞充耳不聞耶噫

海嘯失軍　○諺稱水火無情自是確論日前宮南大火竟焚燬廬舍七八十戶昨日風雨漂沒土屋將及千數百家無故遭此奇變已慘不勝言頃據訪事來言定武軍之駐新河者營壘依傍鐵道地勢本低初四日風雨中忽值海嘯水勢如排山倒峽而來其始營哨官弁人猶疑雨急所致緊閉營門不准兵勇亂走霎時水扑營墻而過欲出無門欲行不得將領兵勇淹斃者一百餘名軍械漂失不少其能水性者得以逃命是亦一巨災已

關心民瘼　○統領親兵營王少卿軍門移紮軍糧城已志前報茲悉該村一帶去年被災當此青黃不接災民待哺嗷嗷不舉火者十有八九軍門覩此情形頗深惻隱爰派妥友協同各該村地保將極貧次貧各戶詳細查列清册擬捐廉接濟民食或放錢文或給米糧現尚未定然既已清查戶口自必愷惠同沾猶憶前數年西鄉民飢軍門首倡捐賑全活無算今東鄉得遇軍門殆亦該處小民之生佛也

天災流行　○本埠城廂內外居民約有十餘萬戶紳富之家十居其一貧苦之家十居其九四月初三初四初五等日大雨連綿徹夜不息駭斃人口之處已聞有數處現城內城台子武學東三義廟西等處坍塌房間不可勝計惟南門外廣仁堂西養病所內西門外來豐屯北門外關上關下等處不僅坯土房屋支持不住即磚瓦房屋亦類朽不堪倒塌者十有六七各處居民身無棲止東移西撤浩歎之聲耳不忍聞此亦津民一巨災也噫

好行其德　○河東有數家善士聚集錢財以備施捨立一公地名曰集積社逢五排十施捨膏藥每年冬月散一公正人訪查貧民暗給玉米麪帖或小米帖令其赴舖自取或有極貧死不能成殮者即到西方菴前德和增周宅訴明情形給棺一口外給錢四百五十文以爲掩埋零費緣捨材係周宅代辦也種種善舉其心可嘉訪以登報亦樂道人善之意也

輔仁課題　○輔仁書院四月初三日分府馮課題　生童題目　生題見賢焉然後用之左右皆曰不可　童題見賢焉　詩題賦得邑有流亡愧俸錢得錢字　生五言八韻　童五言六韻

南鹽起行　○豫省所屬各州縣皆食津鹽當此春暮之時本埠鹽商雇工打捆趕緊南上日前各船隻起運上壩絡繹不絕已開往東關北關上游停泊趙家場沿河等處奈水稍淺不能行駛幸昨運河水漲數尺所裝鹽船均喜出望外今早一併開往不日即可抵豫暢銷矣

簷下致傷　○亞聖云知命者不立乎巖牆之下昨大雨連綿所有房簷房山泥濕殆盡路經行人稍不小心貽禍匪淺昨鈴鐺閣丁家胡同內挑水路過之區有某鄉某甲挑水一担正行走間簷瓦忽落將某甲頭顱擦破無傷性命亦云幸已

大田可稼　○訪事云本埠西營門外運河南岸趙家庄等村地居窪內去年泛溢之水已成澤國茲該村民屢稱本年大秋無望實之浩歎幸連日北風大作一片汪洋被風捲盡適當播種之時大田可稼尚不甚晚近河各村小民可有生望等語然日來大雨兩日夜風雖能以捲水而雨水之積貯者又不知多少果能耕種尚不得而知也

失而復得　○日前單根城西排地有王三者小本營生與逃勇宋某認識時常來往宋見王之姪婦頗有姿色陡起不良之心於本月初一日夜間率同游勇數人將王姪婦金氏並金氏之母一同拐逃　王三知覺後赶即至天津西門外客店內尋訪居然僅見該住櫃者喊控將宋等一併獲住未能委縣堂訊宋某認拐不諱蒙將金氏斷回本夫將宋某責押候訊斯亦不幸之幸矣

一絲不掛　○昨有某南紙舖夥友至河北某浴塘洗澡照例脫衣歸入箱內自赴盆池浴畢出而穿衣詎該夥浴罷尋衣已化爲烏有向澡塘掌櫃詢問而掌櫃見其赤條條一絲不掛疑爲訛詐者流大肆口角某則理直氣壯非賠償衣服不可正在爭論適外來一人與夥相識因述來歷並言頃見一人從此門出去記得平日極爲襤縷今忽衣裳麗都大約係是人所爲盍往追乎掌櫃頓悟出門狂追已無影響

粵東防務　○粵東訪事人函稱聞倭人意欲來犯而又探知虎門防守嚴密料難得逞遂擬改由焦門崖門兩路進兵以攻我無備大憲得此消息即委幹員前往此處測量海道深淺設法防堵並札飭新會順德香山等縣鄉民舉辦團練以壯聲威連日探報紛紛多聞係放在海中藉以阻遏敵船使不得進○大憲以倭氛不靖海防戒嚴省中兵勇無多未易收折衝禦侮之效日前特請三湖書院山長麥鑑石主政寶常到署面商請其回南海九十六鄉舉辦團練以佐官兵之不逮主政初尚婉辭大憲再三勸諭並許以事竣之後奏請獎叙始肯承命聞大憲探得九十六鄉民情勇往從前紅匪擾亂此處團練最爲得力故有是舉云○大憲探知省中居民恐倭人來犯紛紛遷避遂頒發示諭以安民心畧謂現李中堂在馬關與日國議和彼此均暫停戰務斷無來犯之理爾等慎勿惑於浮言致滋擾累等語然憲示雖屬詳明而小民仍未盡信故刻下遷徙者仍絡繹不絕○省中各大紳現聯謁撫憲禀請在新城水母灣設立局所辦理團練而經費浩繁苦難籌措故練勇尚未開招現聞衆紳會議欲捐抽房租以爲團練之用未知能舉行否也

萑苻不靖　○粵東高州府屬之電白縣近有匪徒嘯聚爲亂勢頗猖獗電白縣城幾爲所奪幸兵勇用命將賊擊退城得保全賊以大人山爲巢穴黨羽甚多四出刦掠地方爲之不安刻下此處鄉民來省稟請大憲派兵馳往剿辦當此海防吃緊之時未知大憲能兼顧並籌否○南海縣屬周村鄉李姓日前被匪徒百餘人行刦連刦十七家失去贓物約值七千餘金迄今賊勢益復猖狂附近之白塔西華等鄉無夜不刦鄉民驚擾異常幾至夜不安枕噫盜賊橫行地方受害彼有守土之責者何竟充耳不聞哉

邗江春訊　○兩江總督張香帥檄調各營健卒赴海州防守絡繹馳過揚州有某營隊伍遵陸前進某日行至陳家溝勇丁某甲見田中野雉甚多不禁見獵心喜隨將手中洋槍實以藥彈對之施放不虞田畔有某村婦呆立聞槍聲響處婦被飛彈擊中而倒立時斃命婦夫某乙聞聲出視悲痛非常然兇手爲誰急切無從查悉不得已喚同地保奔至邵伯鎮向營官處哭訴情由營官曰爾既未知兇手名氏其相貌年歲及幾哨幾隊能指出否乙亦茫然不敢妄指惟哀乞不已又經地保代訴苦衷營官憫然用好言撫慰一番並許代訪後查出名姓定按軍法從事隨賞給洋銀十餘圓令自行收殮乙始叩謝而去

來信照登　○諸大善長大人公鑒屬在社末汰濫不陳敬啓者弟於初一日早九點鐘乘火車起身四點抵胥各莊鳳凰發店內旋即赴廠於路見領粥貧民絡繹不絕有領得粥者有領得米者及抵廠中見貧民分屯三處尤覺擁擠異常詢之執事者王子上兄據云自上月二十七日開廠初不過四五千人日聚日多至今日已有萬五六千矣其鳩形鵠面奄奄待斃者殆有十成之五六餘者亦面黃肌瘦舉步維艱甚至力不能進遂不得食者亦有粥雖領得氣結不能下咽者種種苦狀筆不能宣言莫能盡至日暮回店後仍偏[illegible]人往

均稱豐潤以東南西南兩方被灾最苦民間悉以草根樹皮爲食甚有吃麥稭樹葉者傍談之下酸淚齊流是日晚飯因之竟不能下咽此弟起身後當日目覩之實在情形也目下宜莊業已分設粥廠此外則王蘭莊小集稻地錢家營開平等亦相繼開辦便貧民皆各擇近村粥廠就食免其匍匐遠方饑斃於途也十一點回店吃飯後抵唐山即上街閒看果見滿街滿巷盡是飢民有倒臥道旁哼聲唧唧者有已斃將斃者有哭男喚女者慘苦之狀殆不忍言計之共有五萬餘如不急籌賑撫將來難免不盡塡溝壑其餘別縣雖目覩大約灾情亦不相上下若不一律給賑亦必盡數飢餓以死矣苦哉苦哉以弟觀之灾況之重較諸昔年晉魯兩省情形不相上下聞諸灾民云如十日內仍無賑濟必有析骸而炊易子而食者因此望賑之殷直比旱之望雨死之求活尤切尤急衆善士公議施粥自是救急之道但祇可苟延殘喘將來何日了局爲今之計惟有細查戶口優加撫恤彼飢民有食無不千方百計耕種田畝萬一蒼蒼者雨水調和秋收有望或麥苗間有收種便可截止粥廠否則粥廠之設何日是爲了局昨晚籌議至四鼓皆云即灤豐兩屬論之災民既如此之多灾象又如此之重總須多籌巨欵作救人救徹之舉方爲盡善盡美且灾象如此萬不容緩目下各廠人數唐山爲最多每日染病就醫者數十口百十口不等若不遣散回籍優給賑恤轉瞬日漸炎熱病必日多傳染亦必日衆將有不可救藥之日即如今日風雨交加難民皆露坐街巷哭叫之聲不絕於耳往來之人皆目不忍覩多有望之酸心流涕者伏思 諸善長痌瘝在抱惻隱爲懷爲今之計務乞 體 天地好生之德於萬分無可設法之中廣爲勸募多多益善逾速逾妙籌捐本至難之事況連年旱澇頻仍各處籌捐已成弩末弟曾親歷其境親任其事焉有不知籌捐之苦何敢強詞瀆懇乃目覩灾況心如刀割不得不哀呼將伯尚乞 原諒苦衷 大施如天之力源源籌解佛氏云救人一命勝造七級浮圖倘能全此方人民性命不獨身受者合家感 再造之恩即弟亦感激涕零勒銘肌骨矣草草布告難盡萬一虔請 善安諸惟 慈照不宣

愚弟顧文翰頓首初三日午正自唐山客次發

茲啓者本堂新刻津門孟筱帆孝廉平舒劉紫山選拔兩名士合刻賦鈔註釋詳明誠爲後學之津梁也更有胥照草堂重註七家詩並試帖舉隅二種大爲士林推重洵屬古學金針又有覇州吳河帥文安陳學士合輯水利叢書實爲目前急務凡有志於水利者無不以一見爲快至於各種書籍筆墨無不揀選精良善本以期近悅遠來凡刻詩賦文集善書等板刷印裝訂書籍自當精益求精工省價廉萬不敢稍涉含混有負 賜顧

寓河北關上毘盧室義合主人謹啓

拍賣告白

啓者準於本月初七日禮拜三上午十點鐘在紫竹林高林洋行內拍賣各樣銅鐵貨物及各樣洋雜貨等件 貴客仕商如欲買者請早來行內細看由拍可也特此佈聞

集盛洋行謹啓

告白 本齋運到新譯各種兵書 克虜伯礮說 行軍測繪 海道圖說 攻守礮法 繪地法原 礮法心準 測地繪圖 營城揭要 營壘圖說 測候叢談 臨陣管見 列國陸軍制 英俄印度交涉書 開地道轟藥法 礮乘新法 礮法求新 前敵須知 礮法畫譜

文美齋謹啓

四月初六日輪船進口

飛鯨 輪船由上海 招商局

明義 輪船由上海 信義行

四月初七日輪船出口

武昌 輪船往上海 太古行

四月初六日錢洋行情

天津九七六錢

銀盤二千八百九十文

洋元二千一百文

紫竹林九六錢

銀盤二千九百三十五文

洋元二千一百三十文

陳雨蒼延醫 啓者有病之家無力延醫請於早辰九點鐘午後一點鐘下午六點鐘至海大道養病院後陳宅診視有不能就診者必須寫明住址及姓氏名號送交本宅方能撥冗往診本宅存心濟世門診輿規一概不取分文

直報

光緒二十一年四月初七日 第八十二號
西曆一千八百九十五年五月初一日 禮拜三

救亡決論

天下理之最明而勢所必至者如今日中國不變法則必亡是已然則變將何先曰莫亟於廢八股夫八股非自能害國也害在使天下無人才其使天下無人才奈何曰有大害三其一害曰錮智慧今夫生人之計慮知識其開也必由粗以入精由顯以至奧層累階級腳踏實地而後能機慮通達審辨是非方其爲學也必無謬悠影響之談而後其應事也始無顛倒支離之患何則其所素習者然也而八股之學大異是垂髫童子目未知菽粟之分其入學也必先課之以學庸語孟開宗明義明德新民講之既不能通誦之乃徒強記如是數年之後行將執簡操觚學爲經義先生教之以擒挽之死法弟子資之於剽竊以成章一文之成自問不知何語迨夫觀風使至搴然挾兎册裹餅餌逐隊唱名俯首就案不違功令皆足求售謬種流傳羌無一是如是而博一衿矣則其榮可以夸鄉里又如是而領鄉薦矣則其效可以覬民社至於成貢士入詞林則其號愈榮而自視也亦愈大出宰百里入主曹司珥筆登朝公卿跬步以爲通天地人之謂儒經朝廷之賓興蒙 皇上之親策是朝廷固命我爲儒也千萬旅進人皆鎩羽我獨成龍是冥冥中之鬼神又許我爲儒也夫朝廷鬼神皆以我爲儒是吾眞爲儒且眞爲通天地人之儒從此天下事來吾以半部論語治之足矣又何疑哉又何難哉做秀才時無不能做之題做宰相時自無不能做之事此亦其所素習者然也謬妄糊塗其曷足怪其二害曰壞心術揆皇始創爲經義之意其主於愚民與否吾不敢知而天下後世所以樂被其愚者豈不以聖經賢傳無語非祥八股法行將以忠信廉恥之說漸摩天下使之胥出一塗而風俗亦將因之以厚乎而孰知今日之科舉其事效反於所期有斷非前人所及料者今姑無論試場大弊如關節頂替倩槍聯號諸寡廉鮮恥之尤有力之家每爲之而未嘗稍以爲愧也請第試言其無弊者則孔子有言知之爲知之不知爲不知是知也故言止於所不知固學者之大戒也而今日八股之士乃眞無所不知夫無所不知非人之所能也顧上既如是求之下自當以是應之應之奈何勦說是已夫取他人之文詞腆然自命爲已出此其人恥心所存固已寡矣苟緣是而僥倖則他日掠美作僞之事愈爲之而不自知其爲可恥然此猶其臨場然耳至其平日用功之頃則人手一編號曰揣摩風氣即有一二聰穎子弟明知時尚之日非然去取所關苟欲求售勢必俯就而後可夫所貴於爲士與國家養士之深心豈不以矯然自守各具特立不詭隨之風而後他日登朝乃有不苟得不苟免之概耶乃今者當其做秀才之日務必使之習爲勦竊詭隨之事致令羞惡是非之心旦暮梏亡所存濯濯又何怪委贄通藉之後以巧宦爲宗風以趨時爲秘訣否塞聰盲眞若一邱之貉苟利一身而已矣遑恤民生國計也哉且其害不止此每逢春秋兩闈其闈內外所張文告使不習者觀之未有不欲股弁者述覩見其實事乃不徒大謬不然抑且變本加厲此奚翅當士子出身之日先教以赫赫王言寶等諸齊竅飄風不關人事又何怪他日者身爲官吏刑在前而不慄議在後而不驚何則凡此又皆所素習者然也是故今日科舉之事其害不止於錮智慧壞心術其勢且使國盡士章

漸同禽士而知其害者果詭也哉其三害曰滋遊手揚子雲有言言心聲也書心畫也故知言語文字二事係生人必具之能人不知書其夫禽獸也僅及半耳中國以文字一門專屬之士而西國與東洋則所謂四民之衆降而至於婦女走卒之倫原無不識字知書之人類且四民並重從未嘗以士爲獨尊獨我華人始翹然以知書自異耳至於西洋理財之家且謂農工商賈皆能開天地自然之利自養之外有以養人獨士楞然開口待哺是故士者固民之蠹也唯其蠹民故其選士也必務精而最忌廣廣則無所事事而爲遊手之民其弊也爲亂爲貧爲弱而中國則後車十乘從者百人孟子已肇厲階至於今日之士則尙志不聞素餐等誚十年之蛩正恩累舉朝廷既無以相待士子且無以自存棫樸叢生人文盛極然若以孫伯符殺丹陽太守坐無所知者例之則與當塗公卿皆不容於堯舜之世者也況夫益之以保舉加之以捐班決疣潰癰靡知所届中國一大豕也羣蝨總總處其奎蹄曲隈必有一日焉屠人操刀具湯沐以相待至是而始相弔焉固已晚矣悲夫夫數八股之三害有一於此則其國鮮不弱而亡況夫兼之者耶今論者將謂八股取士固未嘗誠負於國家彼目明以來用之矣其所收之賢哲鉅公指不勝屈宋蘇軾嘗論之矣果循名責實之道行則八股亦何負於天下此說固也然不知利祿之格既懸則無論操何道以求人將皆有聰明才智之儔入其彀設國家以飯牛取士亦將得甯戚百里大夫以牧豕取士亦將得卜式公孫丞相假富日見其得人遂以此爲科舉之恒法則諸公以爲何如夫科舉之事爲國求才也勸人爲學也求才爲學二者皆必以有用爲宗而有用之效徵之富强富强之基本諸格致不本格致將無所往而不荒虛所謂蒸砂千載成飯無期者矣彼蘇氏之論取快一時蓄方與溫公介甫立異抵巇又何可視爲篤論耶總之八股取士使天下消磨歲月於無用之地隳壞志節於冥昧之中長人虛驕昏人神智上不足以輔國家下不足以資事畜破壞人才國隨貧弱此之不除徒補苴罅漏張皇幽渺無益也雖練軍實講通商亦無益也何則無人才則之數事者雖舉亦廢故也舐糠及米終致危亡而已然則救之之道當何如曰痛除八股而大講西學則庶乎其有鳩耳東海可以迴流吾言必不可易也

同深義憤　○從古鄰國失和以干戈而易玉帛必有其故或以侵犯疆埸或以欺侮民庶或因失禮於使者或因爭奪失牧羣斷無一無所事而遽開兵釁者日本之釁我遼東破我門戶無理取鬧洵爲天地之所不容人神之所共怒者也三月二十八日都察院署前攔輿聯名遞呈者有三十餘名之多皆係京官三十日又有遞呈者六十餘名聞係各省在京就職及孝廉諸公同具公呈懇請代奏諸公情願捐餉自行攻剿至議和各節斷不可從大署相同現經院憲諸鉅公會議未悉如何定奪俟訪明再錄聞此次遞呈諸公共計十一行省會集聯名舉動尙有四川等七省京官現亦會議諒不日亦不約而同共伸義憤矣

行將夢醒　○本屆乙未正科會試諸孝廉皆以帖報泥金名登千佛近日在前門外廊房頭條胡同會元堂飯庄內備辦酒筵作吃夢之舉以卜會元之兆是以該飯庄較別家利市三倍嗟嗟會元會元不値一元

自遏利源　○日前己革武舉李福明因開設機器磨坊屢經禁止不服約束甚至毁鬧官署咆哮公堂經南城察院奏送刑部審訊已見邸抄茲聞刑部已將李福明擬軍於四月初一日咨送兵部定地起解發配噫自海禁開而各國通商自置機器自行開辦是第一收回利權好事機器磨坊者以機器磨麪粉也既速而潔最便民食在京開設可開風氣徒以經理者過惜小費致遭此禍若在他國獎之不遑何致受此貶斥哉李之不幸抑亦中國之不幸也

一落千丈　○京城風俗市肆新張例搭蓆棚懸燈掛彩悉由棚匠牽手其朝天四柱橫杆長約數丈該匠飛行絕迹履險如夷都人名曰扒竿實輭紅塵中之絕技也彰儀門大街某雜貨店於四月初一日新張棚匠正在扒竿得意之際而杆中斷該匠一落千丈立即肝腦塗地不省人事覓人抬回醫治逾時已赴閻王老子處修奈何橋工程矣旋經報驗詳城究辦諒新張者難免訟累

叩求撫卹　○督憲王夔石大帥自下車伊始闔郡貧民均沾愷惠已紀前報昨遭霪雨徹夜不休民無棲止郡城內外婦孺老幼俱匍匐行台左右人多於蟻無駐足之地想大帥一視同仁如傷在抱當此口無食而身無居自必設良法以撫卹之也

加惠窮黎　○本埠河北吳楚公所後異鄉貧民搭蓋窩鋪者約有一百餘戶日昨風雨作虐餬口維艱甚有兩日不得一食者督

憲王夔石大帥關心民瘼查知公所後貧民困苦情形飭差弁將米麵票錢票各給一紙俾此一百餘戶得以生活京此窮黎洵屬三生有幸矣

大慈大悲　○津西門外南閣東某大紳士平時樂善好施不遺餘力尤難得者其眷屬等無不以慈悲爲念以施濟爲懷今因津之東南玉豐等邑水患頻仍田園犀國飢民之逃集於唐山者以數萬計流亡遍野鵠面鳩形屍骸枕藉慘不忍覩經善士姚琴舫先生將此情形告諸大紳士當蒙大紳士慨解善囊樂輸銀一千兩其各房男女眷屬亦欲多方湊集另無吝惜此宗善舉洵屬大觀噫具此千金能活多命所謂勝造七級浮圖者此也古人救蟻埋蛇尚獲宰相狀元之報今大紳士能活人命如此其衆獲報不更深哉

整齊火政　○督辦工程總局　欽加二品銜長蘆都轉鹽運使司鹽運使季　欽命二品頂戴代理天津新鈔兩關監督北洋行營翼長辦理直隸通商事務兼管海防兵備道黃　欽命二品頂戴新授永定河道署理天津河間兵備道呂　爲出示曉諭事照得三月二十九日亥刻東門外襪子胡同東口不戒於火兩面延燒南至石頭門坎北至宮南約計舖戶五十餘家實堪矜憫推原其故該處街道過窄易於招災而救火水會倉猝擁擠無從施力溯查光緒十二年五月間東新街被災兩面延燒四十餘家亦由街窄所致當經本局諭飭被災各戶兩面各讓五尺舖戶行人均極稱便此次被災各戶仍應照辦以防後患除飭縣提失慎之家照例懲辦外合行出示曉諭爲此示仰現燒街道各舖戶一體知悉除石頭門坎街道本寬無庸退讓外其餘襪子胡同宮南兩處以後重建舖房總宜牆高以避風火兩面各應退後五尺以滴水爲限由局定界方准起蓋如敢故違即是有意阻撓定行拘懲不貸切切特示

人存政舉　○前府憲鄒岱東太守在郡任時因私錢充斥設立清泉公所立法嚴禁數年以來砂殼榆莢居然絕迹自太守故後錢業奸商復萌故智始而小錢舖攙和使用近來則出名錢舖亦復效尤繁竹林一帶每津錢一串竟攙砂殼魚眼多至十數文不等小本營生者得之吃虧匪細於以知人存政舉鑒人豈欺我哉

補述失軍　○昨報紀海嘯失軍一則頃悉該處不僅定武一軍尚有宏字營在彼駐紮是日海潮驟至如風馳電掣猝不及防兼以猛雨斜風捲水起立霎時營盤水深六七尺不等以致兵勇死者各數十人營哨官聞有淹斃者該處鐵道亦被冲刷隔斷幸火車壘次救人得免俚諺魚腹險矣哉

亟宜嚴禁　○買良爲娼久干例禁乘飢價買無異擄掠此其罪尚足誅乎前者晉豫直關外七屬以及畿輔飢荒有粵人向災區賤價購買婦女由輪船帶之回南養以賣娼冀圖厚利經官憲查知嚴行拏禁並將被買人口發善堂撫養破獲一二案後此風乃戢保赤全名功德無量近來豐玉灤樂等處洊災又告賣兒鬻女者實繁有徒若輩故智復萌陸續由輪船載去聞係揑稱使女或養媳等名目無日無之惟望大人君子大發慈悲設法嚴拏以清鬼蜮縱或真爲使女粵婦心辣手狠十死八九赤子何辜遭此狠毒不禁九頓首以求之

統帥告示　○貴州古州鎮丁軍門統帶四十營駐紮靜屬一帶沿路告示照錄於左

舊部大兵過境　紀律約束嚴明　所有城鄉鎮市　一概安堵毋驚　勇丁購買食物　照價付給公平　如敢恃衆滋擾　立按軍法究懲

掩埋善舉　○本埠各善舉無法不備昨霪雨連宵被壓死亡者指不勝屈西門外永明寺前河北關上趙家場東掩埋公所報喪者不一而足隨報隨埋一日有二十餘名之數當此泥途滑達步履維艱掩理等輩出於至誠分文不取其樂善之心較出貲者功德富加十倍

催辦土牛　○沿河一帶各堤積土之處名曰土牛每逢河水漫口取以堵塞最稱捷便昨道憲呂庭芷觀察諭令沿河所屬各官催辦土牛以防水患觀察保衛民生無思不備洵村民之保障也

領事回任　○有客自華盛頓遞到魚函云中國派駐古巴總領事余易齋太守思詒才猷卓練見重上遊去春因使署另有要公奉楊星使調回美都藉資襄贊而以何部郎承其乏近日部郎屢懇辭差星使遂飭太守仍回此任札中有萮次頗得民心及袞老日多妥爲設法撫綏等語太守奉札後即於二月內起程卜吉上已接印任事屈指距去春上已交卸之期剛周一歲雪來柳往　王事賢勞知海

外華工不勝還我使君之喜矣　錄滬報

來信照登　○諸大善長大人公鑒圖在社末汰濫不陳敬啓者弟於初一日早九點鐘乘火車起身四點抵胥各莊鳳發店內旋即赴粥廠於路見領粥貧民絡繹不絕有領得粥者有領得米者及抵廠中見貧民分屯三處尤覺擁擠異常詢之執事者王子上兄僉云自上月二十七日開廠初不過四五千人日聚日多至今日己有萬五六千矣其鳩形鵠面奄奄待斃者殆有十成之五六餘者亦面黃肌瘦舉步維艱甚至力不能進遂不得粥食者亦有雖領得氣結不能下咽者種種苦狀筆不能宣言莫能盡至日暮回店後仍偏詢土人均稱豐灤以東南西南兩方被灾最苦民間悉以草根樹皮爲食甚有吃麥稭樹葉者談之下酸淚齊流是日晚飯因之竟不能下咽此弟起身後當日目覩之實在情形也目下宣莊業己分設粥廠此外則王蘭莊小集稻地鐵家營開平等亦相繼開辦便貧民皆各擇近村粥廠就食免其匍匐遠方饑斃於途也十一點回店吃飯後抵唐山即上街閱看果見滿街滿巷盡是飢民有倒臥道旁哼聲唧唧者有已斃將斃者有哭男喚女者慘苦之狀殆不忍言計之共有五萬餘如不急籌賑撫將來難免不盡塡溝壑其餘別廠雖目覩大約灾情亦不相上下若不一律給賑亦必盡斃飢餓以死矣苦哉苦哉以弟觀之灾況之重較諸昔年晉豫兩省情形不相上下聞諸灾民云如十日內仍無賑濟必有析骸而炊易子而食者因此望賑之殷直比旱之望雨死之求活尤切尤急衆善士公議施粥自是救急之道但祇可苟延殘喘將來何日了局爲今之計惟有細查戶口優加撫恤俾飢民有食無不千方自計耕種田畝萬一　蒼蒼者雨水調和秋收有望或麥苗間有收穫便可截止粥廠否則粥廠之設何日是爲了局昨晚籌議至四鼓皆云即灤豐兩屬論之灾民既如此之多灾象又如此之重總須多籌巨欵作救人救澈之舉方爲盡善盡美且灾象之此萬不容緩目下各廠人數唐山爲最多每日染病就醫者數十口百十口不等若不遣散回籍優給賑恤轉瞬日漸炎熱病必日多傳染亦必日衆將有不可救藥之日即如今日風雨交加難民皆露坐街巷哭叫之聲不絕於耳往來之人皆目不忍覩多有望之發心流涕者伏思　諸善長痌瘝在抱惻隱爲懷爲今之計務乞體　天地好生之德於萬分無可設法之中廣爲勸募多多益善逾速逾妙籌捐本至難之事況連年旱澇頻仍各處籌捐己成弩末弟曾親歷其境親任其事焉有不知籌捐之苦何敢强詞瀆懇乃目覩灾况心如刀割不得不哀呼將伯向乞　原諒苦衷　大施如天之力源源籌解佛氏云救人一命勝造七級浮圖倘能全此方人民性命不獨身受者合家感　再造之恩即弟亦感激涕零勒銘肌骨矣草草布告難盡萬一處請　善安諸惟　慈照不宣　愚弟顧文翰頓首初三日午正自唐山客次發

拍賣告白

啓者準於本月初九日禮拜五下午兩點鐘在紫竹林高林洋行內樓上拍賣各樣銅鐵貨物及各樣洋雜貨等件　貴客仕商如欲買者請早來行內細看面拍可也特此佈聞

集盛洋行謹啓

告白　續永慶昇平　續施公案　醒世姻緣　彭公案　第一奇女　花月姻緣　合奇冤　續今古奇觀　後列國　後聊齋　三續聊齋　五虎平西南　挑燈新錄　雪月梅巧　玉姣梨　後英烈傳　鐵花仙史　南北宋　髮逆圖記　五十名家手札　前後七國　聊齋志怪　草木春秋　昇仙傳　楊家將　西湖佳話　萬年青初二集

文美齋謹啓

陳雨蒼施醫　啓者有病之家無力延醫請於早辰九點鐘午後一點鐘下午六點鐘至海大道養病院後陳宅診視有不能就診者必須寫明住址及姓氏名號送交本宅方能撥冗往診本宅存心濟世門診與規一概不取分文

四月初七日輪船進口

通州	輪船由上海	太古行
連陞	輪船由上海	怡和行

四月初八日輪船出口

明義	輪船往上海	信義行
順和	輪船往上海	怡和行

四月初七日銀洋行情

天津九七六錢

銀盤二千八百九十二文

洋元二千一百零五文

紫竹林九六錢

銀盤二千九百三十七文

洋元二千一百三十五文

直報

光緒二十一年四月初八日　第八十三號
西曆一千八百九十五年五月初二日　禮拜四

上諭恭錄

上諭刑部奏革員蔣希夷解送到京請旨辦理一摺蔣希夷應得罪名即着刑部遵照前旨嚴行審訊按律定擬具奏欽此　上諭國子監祭酒薩廉奏衛守備千總兩項選補遲滯請將實缺人員俸滿年限變通酌減一摺着兵部議奏欽此　上諭王文韶奏查明北洋海軍失事情形據實糾參開單呈覽一摺所有暫革守備林國祥副將葉祖珪邱寶仁都司李和遊擊林穎啓都司林文彬黃鳴球守備陳鎮培千總潘兆培遊擊藍建樞呂文經都司何品璋遊擊李鼎新候選道馬復恒牛昶昞山東候補道嚴道洪着一併暫行革職聽候查辦餘着照所議辦理欽此　上諭巴克坦布奏病仍未痊懇請賞假並派員署缺一摺巴克坦布着賞假一個月兵部左侍郎着崇光兼署欽此　巴克坦布現在賞假左翼前鋒統領着祥普署理欽此　旨吏部稽勳司主事着趙鑾揚補授雲南大理府知府着景春補授廣西永甯州知州着李鴻賓補授湖南祁陽縣知縣着林鑑中補授山東昌邑縣知縣着張驤補授山西定襄縣知縣着戴書銘補授廣東英德縣知縣着朱治和補授順天文安縣知縣着王萬震補授俸滿教職黃憲章着以知縣用張筠着以知縣用刑科筆帖式着玉謙補授起居注筆帖式着景山補授兵部筆帖式着毓桂補授翰林院筆帖式着英勳補授都察院筆帖式着存榮補授一品廕生景賢着以文職用熙明着以文職用鴻臚寺少卿着德本補授湖廣道監察御史着陳璧補授擬補內閣侍讀委與額內閣中書趙以煃俱准其補授京察俸滿官宗人府主事郭萬俊着准其調部保舉雲南候補知州王作楫着照例用京察官刑部郎中明照著准其一等加一級交軍機處記名以道府用吏部文選司郎中著恩浩補授擬補吏部筆帖式瞬佐著准其補授欽此

上劉制軍書

頭品頂戴賞穿黃馬褂簡放提督統領老湘虎字全軍廣東高州鎮一等輕車都尉兼一雲騎尉奇車博巴圖魯余虎恩上　大人閣下敬稟者電稱和議將成有賠款外割給遼東臺灣等語兵民聞之莫不吞聲飲恨憂憤填胸總兵行伍起家年經六十由田畯膺世祿拜眞除　聖主之　恩施不次　憲台之知遇獨隆有不感激涕零者斷非人類當此　君父大讐誓與　國事同終始不與倭寇共死生而和議無聊至此撤我南北藩籬任彼直窺堂奧即一小國已禍臨臥榻各國環起效尤何堪設想是和如未和且不如不和　社稷安危繫於一綫繞帳躊躇有不能引嫌自避緘默自甘者謹熟權利害冒死陳之夫和議如此遷就者殆因從前各軍屢戰屢蹶遂謂戰不足恃且抑知戰事得失必先審敵情察民情諳軍情不得徒執勝負之常置大局於不問也則試以敵情論日本幅員僅四島地不爲廣社丁不滿十萬兵不爲强洋債日增國不爲富曩歲窺我臺灣正進退狼狽而我允償兵費使彼得意以歸遂破琉球襲其故智而又有今日月初停戰一議在我被陷諸城可取皆不能取而彼得抽精銳攻我臺澎　廟算淵深已非淺近所能測今日復允賠欵並許割地

不識上年興師是何意見上年所失之朝鮮猶是附庸今日所割之遼臺實爲門戶門戶洞開則彼雖無長駕遠馭之規已有囊括席捲之勢與其俯首求和引賊入室何如以守爲戰張網待魚從前旅順各城並未交戰皆淮軍棄城與敵後有傷亡者驗之皆背面傷痕其明徵也即如牛莊一役湘撫貽羞實亦疏防所致倘得一忠勇之將訓練之師相與決一死戰則彼之火器雖利卻一人僅執一槍非兩手能持兩礮而謂無術以制之總兵殊未敢信也此敵情之宜審者也民情大可見孩提之童亦以殺倭人爲快第關外近歲大荒之後繼以重兵天災流行民不聊生久矣錦州等處盜風日熾搶往劫來所在多有良善之家至鬻妻子爲食困苦流離野有餓殍有司不以告長吏若無聞政體尚堪問乎倭奴乘隙誘惑啖以錢糧每每陰派漢奸先入內地託名貿易暗通賄賂勾結民心窮餓愚氓遂樂爲之用謂可以免死並可以養生有乳即娘無足怪也我惟通飭各屬查悉民間疾苦　奏請撥賑以重生靈救民命即以收民心民心固結斯守望相助婦孺皆兵何一地不可以戰此民情之宜察者也治兵之法首重嚴整今則三五營爲一軍八營十營爲一軍多寡不同而統領名目同即分位同其立心有忠奸曲直意見有高下才具有長短臨陣有勇怯不能强不同以爲同頭緒紛繁茫無綱紀安能同心同德嚴肅整齊此依將軍海城一戰恃劉樹元爲援軍卒因負約失援遂至潰敗良可慨已至於忠憤之士或備多力分或有步無馬即能獨當一面而於截擊尾追起伏包抄衝突馳騁諸技已難操縱隨心徒藉別軍援應其可恃乎語云師克在和不在衆和不和在心我一心人又一心離心則事終罔濟已覆轍之堪虞同心則利可斷金何倭寇之難滅也此軍情之宜諳者也由是言之彼爲客我爲主彼難深入我利久持相持久而我則安處室中寓戰於守彼則懸軍海上戰守兩難我不賠款即以賠款濟軍彼竭餉源更無籌餉之地各國偪償舊債彼國民怨愈深彼之精銳漸消我之徵調無盡區區島國不能出我掌握中堂堂　中朝何竟甘貽腹心患乾隆二十三年正月　高宗純皇帝諭曰駕馭外藩之道示之以謙則愈驕怵之以威則自畏此二言若子孫世世能守實大清國億萬年無疆之府也欽此　聖謨洋洋不獨我皇上所宜謹守內外臣工何一人不宜欽遵爲今日計不必言和而請與言戰戰則避水就陸俟其登岸聚而殲旃且不遽言戰而先與言守守則月費日新俟有機緣相時而動顧守之道亦有三焉一在選將將貴勇尤貴謀承平日久宿將凋零有存焉者或暮氣已深頹風莫振或因陋就簡整頓需時或任用非人或兵額太短以致盛名之下其實難副此外將不知兵貪緣倖進者實繁有徒視兵符爲兒戲敗由自取非敵之强夫　朝廷所倚重者　主帥主帥所倚重者統領統領所倚重者營哨官營哨官得人而什長伍長均得其人斯踴躍用命萬衆一心爲統領者乃能隨意指揮如身使臂臂使指血脈聯貫一氣呵成否則手足痿痹腹心誰衛雖衆無所用之擬請擇關津要害密邇重兵處處與　畿輔相顧合關內外通盤籌畫應練大軍六枝每軍步馬精兵六十營遴派統領六員外二內四勻派地段各專責成某處失守必某員全軍覆滅勘誅無可誅纔得諉諸氣數查彼傾國之兵不過十萬縱令聚攻一處而有三萬人捐軀赴義彼豈獨無損折乎況此聚則彼散前軍敗而後軍可勝彼所先踞者我復以別軍取之彼亦終無勝算也此選將領所以一事權而選之之法在平時留心細察實事求是未可曲狥情面貽誤戎機一在裁兵兵貴精不貴多統計徵調名營奚啻數百或招市井遊民雜以傖丐或狃制兵積習不講操防或年力就衰或吸食鴉片此即嚴加訓練其可望成勁旅乎擬請於關內外各營循名核實汰弱留强挑足三百六十營以備戰守無論旗員漢官苟非勁旅立即奏明　皇上裁減歸併務求一營盡一營之長一勇得一勇之力斯戰無不勝餉杜虛縻如精壯不足敷則赴南添募驍勇以實戎行不可濫收入伍此　左文襄入關平隴餉有成效者兵裁餉節而後餉可議加古稱重賞之下必有勇夫倭寇雖悍何難盡絕根株一在養氣古來禍變之大且奇者莫如滔天洪水而神禹得告成功其次如銅頭鐵額之蚩尤卒殞命於涿鹿則以風后力牧之出奇驅虎役豹之巨無霸卒授首於昆陽則以雲台諸將之效力蓋天地間戾氣鍾於異類以亂天下必有天地間正氣產爲偉人以安天下其大較也況以元會運數之說推之堯舜時當午會今去堯舜僅四千餘歲依然午會周孔之遺澤不應歇絕於今日即外夷之腥羶不能久溷於中土狡宋當南渡恨抱金牌尚有岳少保氣壯山河麾拌命師令諸將鉗氣令消聞風鼠竄又武穆之罪人較南渡功敗垂成尤爲憤氣無他淮軍喪氣於前湘軍耗氣於後聞者爲之氣短遂不覺其氣之餒也擬請代　奏　陛見容總兵面陳一切務期　君臣一體力撐元氣充剛大浩然之氣鼓天下忠勇之氣所恃以滅倭人者此氣恃以統馭三軍者此氣恃以固結人心維持　國脈者此

氣得養氣制勝之法而以靜馭動以逸待勞庶幾一鼓作氣衆志成城百神効力昔人謂孫吳之技擊不足當桓文節制之師桓文之節制不足當湯武仁義之勇非迂論也彼以賠欵割地議和者吾恐賠不勝賠割不勝割不徒令人氣沮即所有聞電憤激及熟籌戰守各下忱可否摘由　代奏出自　鈞裁肅稟敬請　福安伏維　垂鑒總兵虎恩謹稟　光緒二十一年四月　日

常雩大祀　〇古者龍見而雩又月令仲夏之月命有司爲民祈祀山川百源大雩帝用盛樂蓋王者重農祈穀故於星見候恐有旱乾而預爲請雨之祀也今聞　皇上於四月十四日恭詣　天壇行此典禮詢其儀注則較郊天爲稍減然其肅雍將事則一也刻下前門外至　天壇一路所有棚棚業經提督諭令一律拆撤以清蹕路伏維我　皇上勵精圖治之功亦於此可見也已

都門雨勢　〇四月初三日清晨彤雲密布雷電交馳逾時雨師驟至始猶簷瓦滴瀝繼則大雨盆傾通宵達旦初四五兩日夜未息至初六日始放晴曦聞宣武門外騾馬市一帶倒塌房屋者甚夥九城內外之頹垣敗灶傾圮者當亦不少容俟探明再報

急於救火　〇四方善長大人賜覽嘗聞救災如救火殆不可須臾緩者蓋救火稍遲則勢成燎原救災不及則死亡立致今者狂風暴雨迄無已時爲灾民計自是灾上加灾爲農田計若趁此雨後補種二麥高粱轉瞬可望有秋夫豈非灾民轉危爲安之至計哉連年大水爲災豐潤兩屬被灾尤甚少壯者流離四方老弱者轉乎溝壑幸蒙礦務局憲張燕謀徐雨之陳謌亭三觀察軫念民艱倡募捐欵力扶顛危特於唐山開平稻地胥各莊十蘭莊小集宣莊等處設立粥廠俾災民得以苟延殘喘徐張兩觀察以花甲之年更不辭勞瘁躬親廠務口講指畫幾於舌敝唇焦甚至風雨烈日中曾無片刻休息諸公保赤之懷可謂無微不至惟設廠施粥不過暫時救急之道既不能持久亦勢不能救全即以現時論唐廠灾民男婦以五萬餘計胥莊以萬三千計餘廠有一二萬八九千不等綜計殆不下二十萬衆大氣晴暖猶可乃自初三日起風狂雨急夜更甚四鄉難民迫於飢寒又不能不冲風冒雨遠道就食而抱男携女引婦挈姑者拖泥帶水尤爲可憐迫眼巴巴奔抵廠中則渾身濕透飢寒交迫候至雨點粥始行開放稍壯者一擁而進便可早得一飽其老弱者迎風輒倒稍一不慎竟至亂踐其幸而不被擠死者亦須候至更深方得領食而天寒粥冷食之每易致病加以夜間皆露處山根或寄市井廡下上冒風雨下受寒濕號哭之聲振動四野直使鐵漢下淚銅人酸心目不忍覩耳不忍聞計三晝兩夜由凍餓以死者已百餘口今早見露坐廊下倒臥山根者約萬餘衆皆口吐白沫其奄奄待斃者亦指不勝屈醫院中亦聚有千餘衆實不能容乃更設分院以廣留養礦局洋灰窰磁廠兩處粥廠共有四萬餘衆議者僉謂天不厭禍灾民既如此之多如何是救全之道不知當此時雨皆足之際倘蒙　四方樂善君子濟急仁人慨發慈祥普施法力或解囊相助或集腋成裘湊有巨欵後即將各粥廠一律停止令各回籍一面遴集好善士分投四鄉按郵稽查戶口優加賑撫彼灾民得食而後自能撙節所得賑銀謀及牛力籽種補種二麥雜粮不兩月麥秋可穫大田亦接踵得收矣而議者又謂一辦善舉便無底止不知事無巨細必一勞而後永逸粥廠雖多勞而無功放賑雖費易於見效竊維欲救此方災黎非此不能出溝壑而登衽席也再此際風雨仍怒號不已敬告　四方仁人救灾務須及時稍一遲延則二十萬灾黎都登鬼籙矣悲哉慘哉臨頴泣叩虔請　善安伏惟　亮照　江南十七齡書生百頓首上言初五日午刻自唐山發

附啓者本館於告灾書不敢刻延此信內注初五日自唐山發而本館實於初八辰刻奉到合亟刊登函內有蒙獎勵之語限於篇幅用特删節伏乞　仁人長者慨念飢區廣爲勸助如昨報所登某大紳士之慨助千金者多多益善不禁爲飢民百頓首以求之本館附啓

直藩牌示　〇樂亭縣知縣張鶴齡撤省察看遺缺詳委宣化縣知縣陳本調署宣化縣缺詳委天津縣李振鵬調署天津縣缺詳委恩補靑縣知縣趙映辰署理　准補易州直隸州知州宮昱留省察看遺缺詳委候補知府汪瑞高署理　昌黎縣知縣丁千勳撤任察看遺缺詳委候補知縣駱孝先署理　署楊村通判袁遂撤任察看遺缺以大沽海防同知沈守誠調署所遺大沽海防同知員缺委試用通判李毓琳署理

異鄉慘死　〇河北益生店所住客商多係西河販賣落花生者日昨風雨交加該店房屋坍塌數間壓斃客商九人該店掌不勝驚駭立即通知該管地方報案當蒙邑尊帶領刑仵相驗飭該店具棺暫殮論人之生死乃有命定固非該店掌所逆料但該店既以房屋

棧客自應遇有風雨之際當時時察看豈可漫不經心以致壓斃多人洵非尋常疏忽可比而該客商等跋涉奔波覓蠅頭之利一旦死於非命作異鄉之鬼可慘也夫

水將漫口　〇本埠趙家場一帶暮春前後田園菜色頗有可觀令人望之不禁色喜昨大雨連宵河水忽漲及三四尺初七日早又漲尺許村前大道已將漫口仍復一片汪洋據行人聲稱此水今正積雪所致言之亦頗合理目今時非盛夏似此情形實所罕覯當又賴各大憲一番廑念也

河間搶案　〇河間府屬乃直東毗連素爲盜賊淵藪實有防不勝防緝不勝緝之勢自去歲年景不佳貧民較衆不耐飢寒即不免流而爲匪加以逃軍遊勇更爲同惡相濟以致到處蔓延幾於無縣無賊無邑無盜行旅居民之遭其害者實非淺鮮茲聞河間縣鄭留堡村民李春田者以耕讀相傳至李仍在家讀書而家業素豐早被匪人心羨於三月某夜賊匪糾集多人撞門而入正欲焚毀室門鐵更夫知覺喊捕合家聞聲俱起竭力各將屋門支持抵禦鏖鬪該賊即將更夫拒傷未敢稍延時刻將騾馬牽搶而去次日李只得據實報案請文武會勘允即飭捕緝拿按搶刦騾馬乃藉以速逃能否弋獲未可知已

澳疫續信　〇香港來信云近日澳門地方又染疫症居民因此而死者已有數人前數日有英醫生羅孫奉派至澳查驗回港報稱該處所患之症實是瘟疫現聞香港政府預先設法不使此疫延至港中又聞廣東亦有疫症惟料其不至蔓延耳

西報譯要　〇太古洋行之重慶輪船昨由牛莊回滬據述所領關單由倭給發蓋因中國海關業已被倭佔奪故也又聞倭人以田莊台一役所得之刀械藥彈等物陳諸營口藉表戰勝之功其數不少大抵皆華兵潰退時沿路拋棄而爲倭人拾得者惟刀械半係劉重至數磅矮子得之亦無所用〇東洋西字報云東京鐵路公司中人欲在高麗及所踞中國地方興造鐵路已經倭水師提督等允准茲將其所擬條目臚列於下　一倭廷須將造鐵路之費付給高麗以備福山至義州一帶趕造鐵路　二此項鐵路由錦州造至牛莊再由牛莊接至盛京以通西比利亞之鐵路　三擬令中國于數年內開辦鐵路大工直接倭高兩處之路以便通至北京　四倭廷所索中國兵費即作此事之用〇清江浦來信云華兵之派往海州者自三十隊起至四十隊止已有十起之多向有若干未經派去〇又云上海日報所言倭奴在青口上岸之說全屬子虛不可信也該處目下安靜如常潛台已於海州一帶趕造電線以通消息并擬接至鹽河板浦地方查板浦距海州約有一百餘里距清江浦三百里〇又云此處居民十分安靜過境之兵勇亦不騷擾故生意雖不暢旺而市面尚覺熱鬧又有運兵運械諸船自南而來車輛爭先攬載以便由陸赴津　錄滬報

拍賣告白

啓者準於本月初九日禮拜五下午兩點鐘在紫竹林高林洋行內樓上拍賣各樣銅鐵貨物及各樣洋雜貨等件　貴客仕商如欲買者請早來行內細看而拍可也特此佈聞

集盛洋行謹啓

告白　續永慶昇平　續施公案　醒世姻緣　彭公案　第一奇女　花月姻緣　合奇冤　續今古奇觀　後列國　後聊齋　三續聊齋　五虎平西南　挑燈新錄　雪月梅　玉蛟梨　後英烈傳　鐵花仙史　南北宋　髮逆圖記　五十名家手札　前後七國　醉菩志怪　草木春秋　昇仙傳　楊家將　西湖佳話　萬年青初二集

文美齋謹啓

陳雨蒼施醫　啓者有病之家無力延醫請於早辰九點鐘午後一點鐘下午六點鐘至津大營養病院後陳宅診視有不能就診者必須寫明住址及姓氏名號送交本宅方能撥冗往診本宅存心濟世門診與規一概不取分文

四月初八日輪船進口

重慶	輪船由上海	太古行
飛鯨	輪船由上海	招商局

四月初九日輪船出口

通州	輪船往上海	太古行
連陞	輪船往上海	怡和行

四月初八日銀洋行情

天津九七六錢
銀盤二千八百九十二文
洋元二千一百零五文
紫竹林九六錢
銀盤二千九百三十七文
洋元二千一百三十五文

直報

光緒二十一年四月初九日　第八十四號
西曆一千八百九十五年五月初三日　禮拜五

上諭恭錄

上諭兵部等部奏遵議失守蓋平等處及營口等處各員處分各一摺盛京將軍裕祿着照部議每案降二級留任副都統濟祿着照部議降二級留任升任奉天府府尹奉錦山海道善聯署營口海防同知試用同知范樹升均着改爲革職留任該部知道欽此　上諭翰林院侍講樊恭煦奏請開缺養親一摺樊恭煦着准其開缺回籍養親欽此

風雨再記

是月也哉生魄風雨連朝日甚一日昨已操觚爲記書後聞海爲之嘯沿海兵民死傷無算怪哉不死於疾而死於飢已非正命不死於水而死於陸不死於水陸之力戰而死於風雨之寒戰奇矣諸河陡漲時有淹漫之信畿輔一帶决口經歲多未堵塞積水未退者無論其已退者民雖日日斷炊一見水退可耕必於無可稱貸之處多方稱貸或倍蓰其價借糴籽種以冀春種秋收乃甫見萌芽旋又淹澇哀鴻遍野縱我民無盡劉已不能胥匡以生此固天降之灾亦實人謀之不善也天無親亦無心漢楚之際亡項興劉豈皆天運須王力雖拔山氣可蓋世而出納之吝印刓弊而不忍予高祖儀雖粗疎口亦善駡而賞罰立决趨鐫印趨刻印則彊強人意耳自古天下無不爲患之河何况於海至天作淫雨害於粢盛天灾流行國家代有一視謀國者之知道與不知道而已孟子曰仁則榮不仁則辱今惡辱而居不仁是猶惡濕而居下也如惡之莫如貴德而尊士賢者在位能者在職國家閒暇及是時明其政刑雖大國必畏之矣於是誦鴟鴞之詩曰爲此詩者其知道乎能治其國家誰敢侮之誠以詩云迨天之未陰雨者其義可深長思也天不以不雨者縱人心之逸豫亦不以驟雨者蹙小民之生機既於將雨而先示以陰復於未陰而多需以日令人作未雨之綢繆天意亦可見矣經云至誠之道可以前知非獨至誠物莫不可以前知者蟄先寒而閉蟻先澇而徙鳶先風而翔蓬蒿黍稷先雨而生水根非惟動植之物爲然也雖陳設不動之物亦有之礎先雨而潤鐘先霽而清先　而鳴兩間之內陰陽鼓盪物機可徵直握印符之劵如此之類數之不盡物且如是何况至誠清明在躬志氣如神嗜欲所至有開必先舉凡熒惑德星川沸水鳴俯仰之間偶一觀察罔非吾心之發見故星隕石言妖由人興人無釁妖不自作也心之所發如形於影假者俯蹶者跛豈影之罪哉或且疑感應之說其理太杳遠於事情是未嘗于天事人事息息相關處一尋其確據也　此稿未完

急於救火

四方善長大人賜覽嘗聞救災如救火殆不可須臾緩者蓋救火稍遲則勢成燎原救災不及則死亡立致今者狂風暴雨迄無已時爲灾民計自是灾上加灾爲農田計若趁此雨後補種二麥高粱轉瞬可望有秋夫豈非灾民轉危爲安之至計哉連年大水爲災豐灤兩屬被灾尤甚少壯者流離四方老弱者轉乎溝壑幸蒙礦務局盧張燕謀徐雨之陳靄亭三觀察軫念民艱倡募捐欵力扶顛危特於唐山開

稍地胥各莊、蘭莊小集宣莊等處設立粥廠俾災民得以苟延殘喘餘張兩觀察以花甲之年更不辭勞瘁躬親廠務口講指畫幾於舌
敝唇焦甚至風雨烈日中曾無片刻休息諸公保赤之懷可謂無微不至惟設廠施粥不過暫時救急之道既不能持久亦勢不能救全即
以現時論唐廠災民男婦以五萬餘計胥莊以萬三千餘計廠有一二萬八九千不等綜計殆不下二十萬衆天氣晴暖猶可乃自初三日
起風狂雨急日夜更甚四鄉難民迫於飢寒又不能不冲風冒雨遠道就食而抱男携女引婦挈姑者拖泥帶水尤爲可憐迫眼巴巴奔抵
廠中則渾身濕透飢寒交迫候至兩點鐘始行開放稍壯者一擁而進便可早得一飽其老弱者迎風飄倒稍一不愼竟至乾斃其幸而不
被擠死者亦須候至更深方得領食而天寒粥冷食之每易致病加以夜間皆露處山根或寄市井廡下上冒風雨下受寒濕號哭之聲振
動四野直使鐵漢下淚銅人酸心目不忍覩耳不忍聞計三晝兩夜由凍餓以死者已百餘口今早見露坐廊下倒臥山根者約萬餘衆皆
口吐白沫其奄奄待斃者亦指不勝屈醫院中亦聚有千餘衆實不能容乃更設分院以廣留養礦局洋灰窰窰神廟兩處粥廠共有四萬
餘衆議者僉謂天不厭禍災民既如此之多如何是救全之道不知當此時雨昔足之際倘蒙 四方樂善君子 濟急仁人慨發慈祥普
施法力或解囊相助或集腋成裘湊有巨款後即將各粥廠一律停止令各回籍一面遴集好善之士分投四鄉按郵稽查戶口優加賑撫
俾災民得食而後自能撙節所得賑銀謀及牛力籽種補種二麥雜糧不兩月麥秋可穫大田亦接踵得收矣而議者又謂一辦善舉便無
底止不知事無巨細必一勞而後永逸粥廠雖多勞而無功放賑雖費易於見效竊維欲救此方災黎非此不能出溝壑而登衽席也再此
際風雨仍怒號不已敬告 四方仁人救災務須及時稍一遲延則二十萬災黎都登鬼錄矣悲哉慘哉臨潁泣叩虔請 善安伏惟 亮
照
江南十七齡書生百頓首上言初五日午刻自唐山發

附啓者本館於告災書不敢刻延此信內注初五日自唐山發而本館實於初八辰刻奉到合亟刊登函內有蒙獎勵之語限於篇幅用
特刪節伏乞 仁人長者慨念飢區廣爲勸助如昨報所登某大紳士之慨助千金者多多益善不禁爲飢民百頓首以求之 本館附啓

便民善政 ○京師自設立平糶局以來米價稍覺公平凡數米而炊之家莫不交口稱便惟京師地面遼闊小民之距局遠者糴
米跋涉惟艱皆以爲美中不足經局董體察民情復在前門外三里河宣武門外五道廟騾馬市大街等處設立分局三所以便附近人民
購取俾免負戴之勞往來之苦定價每斤售當十大錢三百八十文昨於四月初三日又由津運到包米二千數百包於是往購者絡繹不
絕街談巷議皆謂此舉爲便民之善政並頌 創辦者之功德無量云

金臺加獎 ○閏順天府特試金臺書院月課諸生諭令大宛兩縣並劄飭委員前往該書院備預一切每月二十日經順天府另
委員赴院扃試擇其文理優長者分列等第按期榜示前取者除例給膏火並優加獎賞以爲鼓勵人材之具以故名儒碩彥皆應運而
生寒畯後生更聞風而起 聖朝之雅化顧能若是乎吾不禁睪然高望曰盛哉乎斯世云

保留官長 ○楊村廳所轄堤工歷年由夏袁兩大令會同勘估凡監工修築等事最資得力昨奉憲札袁大令撤省另有差委由
沈太守接署斯篆自能辦理裕如詎昨武清縣舉人李桂芳等赴督轅具禀請留袁令督憲王夔石大帥以爲紳民保留官長有干例禁所
請應不准行云

料難准理 ○大凡街道理宜寬闊行人既便復壯觀瞻更於火政可免延燒之患是以泰西途政格外講求也本埠竹竿巷針市
街估衣街鍋店街宮南宮北等街最爲熱鬧爲各貨精華薈萃之區乃寬者五六尺至三四尺不等街道已極狹窄更兼東洋車地排車小
手車每日在各街行走者絡繹不絕倘遇擁擠竟無立足之地而又退讓不開最爲誤事昨宮南一帶被焚等舖戶亦因路狹水會不易施
展致延燒多處現司道大憲會同曉諭兩旁地基各退五尺將街道展寬法至良意至美也茲聞該處舖戶等有意再求少讓數尺之意公
商具禀想各大憲熟習地方情形久知路窄誤事當必雷厲風行斷不能任其仍照舊甚致貽後患也

優加郵賞 ○欽命記名提督軍門直隸通永總鎮統領通永馬步練軍義勝防雷等營施勇巴圖魯吳 爲榜示事本統領照得
前在高陞輪船遇難之練軍左營右營義勝水雷等營官弁兵勇業由本統領禀請郵賞銀兩經練餉局議准營官每員二百兩哨官委員

每員四十兩兵勇每名三十兩照數發給在案除郵賞未到以前各官弁兵勇有家屬在北塘邊近者先由本統領兩次賞給郵銀四兩共二千餘兩不計外今將已發練軍左營右營義勝水雷各營官弁兵勇郵賞銀兩數目併承領保人姓名開單榜示如有遇難勇丁該家屬未經領取郵銀者仍着取具的實保結來轅承領毋得觀望自悞切切特示　練軍左營已發官弁兵夫姓名籍貫數目開列於後共計二百九十二名計發銀九千四百九十兩　練軍右營官弁兵夫共九十三名計發銀二千八百三十兩　防營官弁兵夫四十四名計發銀一千三百三十兩　總兵官弁兵夫四百二十九名共發銀一萬三千六百五十兩　右仰通知

有志漸摩　○欽命二品頂戴直隸津海關道黃　示集賢書院肄業生丁鼎等稟批據集賢書院稟已悉查集賢書院歷屆獎賞銀數均係率由舊章從無增減膏火一項向歸天津道照章核發本道衙門並不經管至於本年應考諸生人數較少係因海氛不靖多士率皆回籍之故正不在膏獎之多寡也所請未便更章此批○又牌示事案蒙　署督憲王　札開以據浙江舉人張華燕沈慶平張廣祿鎔德銘章汝青張振鐸安徽附貢生陸毓秀汪家善劉國棟徐忠藎王文治徐孝棠周曉初賈善仁劉起俊戴呈輝阮志軒徐國柱等稟請補考集賢書院令即查核辦理等因蒙此本道查浙江舉人張華燕等既願補考集賢書院自應仍照定章由該舉人等取具派定各該省在津之同通州縣保結呈送清摺核明給票聽候查照舊章於四月官課時另出一題考試分別去取以杜冒濫除飭書院值年委員查照外合亟牌示為此牌仰該考生等一體遵照毋違特示

有志竟成　○中國自互市以來講求武備不遺餘力不惜重資購辦外洋器械務使精益求精各營將領如果平時細意研求自不難備鋒破敵苟不能講求精練雖有至精至良之器不但不適於用反以資敵殊可嘆也今聞江南轉運津局柯觀察以毛瑟槍一種為最利之械行軍最能制勝將如何操演如何瞄準撰擬成書印成數千本呈送欽差大臣節制關內外各軍營務處並各路軍營一體按法操演觀察之用心良苦倘各營將領於操防之際加意研練定可悉成勁旅莫謂軍事倥偬不遑講習則練一日有一日之進境有志者事竟成也

不知自量　○津郡所屬各村約有一百餘處客歲被水成災十中未及四五豐稔之村何幸如之茲當播種之時所用牛具籽種理宜自行籌備乃妄生希冀求大憲相助此誠不知自量者矣富此軍書旁午籌欵維艱兼之被災較重之區冬賑春撫絡繹不絕欵項支絀人所共知詎昨衛南各村民赴道轅具稟叩求牛具籽種等情道憲呂庭芷觀察接閱之下碍難照准畧謂今非昔比所請各節自已籌辦可也毋庸多瀆云

無枝可依　○本郡居民住房向於四月下旬及五月初間方能修理以防夏秋霖雨今春大雪已屬罕有茅檐土舍已多滲漏乃自初三日起至初五日止風雨交加驟雨晝夜之久以致房屋倒塌不少曾紀昨報茲悉初四日雨中居民已有扶老携幼紛紛遷移以避者即如東門外城根一帶房屋倒坍者六十餘家頹圮者百十餘家大半皆是貧苦之人其中毀壞器具尤難枚舉當茲百物騰貴貧民生計已屬艱難今又無枝可依其困苦尤不堪設想奈之何哉

北河漫口　○二月初間北河一帶節節壅沙壅阻凡有船隻裝貨裝糧處處起剝殊多費手以致畿輔之地糧米柴草日昂一日玉米麵每斤小制錢已售至八十文為從來所未有詎日前霪雨連宵河水忽漲丈餘業已漫口多處現各船戶雖生意興隆而上水溜大行駛不易其車輛則因兩隄田廬仍復淹沒竟不能行徒深浩歎按此次之水時非盛夏較夏漲為尤猛烈殊非人心所能逆料者也

廟會不同　○四月初八日為浴佛之期各廟皆有香火惟河東大佛寺河北窰窪大悲院香火最盛護衛營駐紮大悲院廟內歷年是日兵勇不准出入派誠實勇丁四名看守大門不准燒香男婦胡亂擁擠是亦一善法也昨屆鬬鬬之日進香者絡繹於道魚貫而行無墮釵遺履之事獨四月初六初八日城隍大會雜亂無章今歲雖因年景飢荒不敢出會祇在廟內赦孤而紅男綠女之紛至沓來者仍擁擠不動云

女工取巧　○駐津各統領營哨等官凡製造軍衣皆付之布店以期節便各布店按件包出從中取利又轉付之攬活計之工頭

轉斜飾及至女工之手每夾衣一套祗得工錢一百二十文針綫錢在內女工以無利可取也將布綵抽出用以代綫尋常衣服雙綫縫之恐不耐久况各營軍衣焉能結實昨經某營統領查見其弊將所縫夾衣一概退回飭令另作如再有綫綵等情將布店以及工頭一併送縣懲辦云

風雨紀餘 ○本埠每交夏令雖有風雨交加之際不過暫時而止縱或連陰風暴斷無終日之勢此次風狂雨驟竟至兩晝夜之久以致坍塌房間不計其數而道署左邊旗杆竟被風摧折右邊旗杆下座亦已坍塌其他處之倒屋軋傷人畜者當亦指難僂計已

台灣安堵 ○台灣自澎湖失守後防務益加緊密署撫臺唐中丞向駐台北日與會辦台防楊西園軍門籌商戰守之計遴派文武各員分赴基隆滬尾等處或驗看砲臺或解送軍裝羽檄紛馳相望於道所有至基之火車至滬之火船向係按章來往近則汽笛烏烏之聲日夜不絕兼之胆小之輩一聞有輪開駛輒携眷屬運箱籠從事於基滬兩途一時火車火船俱有應接不暇之勢此近日台北情形也至於台南自三月初旬起即聞有倭艦多艘駛至已於某日開戰繼聞倭艦駛至旗後一帶幸有劉淵亭軍門屹然坐守遂遣人登岸偵探不意軍門營中舉動迥異尋常一時或寂無一人一時或旌旗森列夜間則漫山徧嶺燈燭輝煌甚至營中所用之更夫輒以瞽者從事離奇變幻彷彿諸葛武侯之八卦陣令人莫測涯涘倭人聞之早已膽裂故雖有兵艦多艘而時出時沒終不敢近雷池一步迨十三四等日始有運械委員從臺南回至臺北向本館訪事友縷述安堵情形而外省官商猶各發電至臺詢問戰狀一似兩軍已經交綏者夫豈知市虎杯弓殊不足信乎

西報譯要 ○字林西報云前日有某輪船由香港來滬述見倭兵艦及水雷船各四艘停泊白狗島外○河南省匪亂之事已記昨報頃又接到信息悉該處縣令及武弁等已被亂黨戕害開封府中各官聞之驚訝之至陸續求援於鄰省

玆啓者本堂新刻津門孟筱帆孝廉平舒劉紫山選拔兩名士合刻賦鈔註釋詳明誠爲後學之津梁也更有齊照草堂重註七家詩並試帖舉隅二種大爲士林推重洵屬古學金針又有覇州吳河帥文安陳學士合輯水利叢書實爲目前急務凡有志於水利者無不以一見爲快至於各種書籍筆墨無不揀選精良善本以期近悅遠來凡刻詩賦文集善書等板刷印裝訂書籍自當精益求精工省價廉萬不敢稍涉含混有負 賜顧

寓河北關上毘盧室義合主人謹啓

四月初九日輪船進口

重慶 輪船由上海 太古行
利運 輪船由上海 招商局
舟山 輪船由上海 招商局
牛義 輪船由上海 信義行

四月初十日輪船出口

通州 輪船往上海 太古行
連陞 輪船往上海 怡和行

四月初九日銀洋行情

天津九七六錢
銀盤二千八百九十二文
洋元二千一百零五文
紫竹林九六錢
銀盤二千九百三十七又
洋元二千一百三十五文

拍賣告白

啓者準於本月十二日禮拜一下午兩點鐘在紫竹林高林洋行內樓上拍賣各樣銅鐵貨物及各樣洋雜貨等件 貴客仕商如欲買者請早來行內細看而拍可也特此佈聞

集盛洋行謹啓

告白 本齋運到新譯各種兵書 克虜伯礮說 行軍測繪 海道圖說 攻守礮法 繪地法原 礮法心準 測地繪圖 營城揭要 營壘圖說 測候叢談 臨陣管見 列國陸軍制 英俄印度交涉書 開地道轟藥法 礮乘新法 礮法求新 前敵須知 礮法畫譜

文美齋謹啓

陳雨蒼施醫 啓者有病之家無力延醫請於早辰九點鐘午後一點鐘下午六點鐘至津大道旁病院後陳宅診視有不能就診者必須寫明住址及姓氏名號送交本宅方能撥冗往診本宅存心濟世門診與規一概不取文分

直報

第八十五號
光緒二十一年四月初十日
西歷一千八百九十五年五月初四日　禮拜六

上諭恭錄

禮部題鈐榜官奉　硃筆着錢應溥去欽此　上諭給事中戴恩溥奏各省捐納分發花樣較小人員請暫免扣限一摺着吏部議奏欽此

上諭前因近畿一帶地方災歉業經迭降恩旨賑撫兼施現聞順屬糧價昂貴民食維艱順天府辦理平糶各局誠恐購辦無多不敷周轉着加恩賞給京倉米五千石俾資接濟該衙門知道欽此

風雨再記　續前稿

禹治洪水錫洛書法陳之洪範武王克殷訪箕子以天道箕子推衍洪範告武王以繼天立極之大典上稽天文下察地理中參人物古今之變究興亡之徵兆列爲九疇其言八政則以食爲首貨次之賓師等又次之其言庶徵曰雨曰燠曰暘曰寒曰風孔傳云雨以潤物燠以長物暘以乾物寒以成物風以動物而統歸于皇建其有極天人之感非涉虛論武王崩成王幼喪周公負扆二叔監殷流言于國謂公將不利于孺子遂以殷叛周公東征二年而後罪人斯得初公之攝政也成王疾公爲書請命于天願以身代而納其書于金縢王瘳而未察也流言已起公東征天大雷電以風禾盡偃大木斯拔邦人大恐太公召公以金縢告王啓之執書以泣遂迎公天乃雨反風禾盡起歲且大熟夫成王卽賢周公卽聖一念之疑一念之釋雖可格天何其速也孟子曰盡信書不如無書愚于金縢初亦不能無疑焉何也古帝武湯聖君也以湯之聖而天旱强秦之國暴主也以秦之暴而天稔是天自天而人自人也僖公二十一年夏大旱公欲焚巫尪臧文仲曰非旱備也修城郭貶食省用務穡勸分此其務也巫尪何爲天欲殺之何如勿生若能爲患焚之滋甚公從之是歲也飢而不害由是言之則稽首呼天撫膺問天執簡泣天投龜詬天者宜乎天之不應不答不憐不怒矣不知人第知天居萬物之上而不知天之所以爲大者實在萬物之中而體物不遺日月星辰風霜雨露之變態人皆見之至於日月何爲而代明星辰何爲而垂象風霜雨露何爲而生殺其中有徵有理統歸於陰陽之一氣宇宙間無往非氣即無往非天雷電反風之天實即成王周公胸中之天疑則天變釋則天順此固人所顯見者卒於湯何爲而旱秦何爲而稔旱之何爲而使湯修省稔之何爲而使秦速亡文仲何爲而力諫僖公何爲而遽從此中福禍之由昭然不爽人或未之見也然而易見也嘗見瘠土之處饑饉相因民之居是鄉者同被其災而貧者自貧富者自富其貧者無不因循無不躁妄歲未熟而冀其一熟一熟而望其屢熟一切日用興作之事或株守舊例或好生事端其心無刻不貪天無刻不恃天至貧無可救遂相率而怨天彼固無如天何也其富者無不修省無不振作其處心積慮事事與貧民相反且致富也一若人棄我取彼廢此興無非天之與之者而貪天恃天之民卒不以對觀而有悟也豈非天奪其魄乎書曰天視自我民視天聽自我民聽左氏云國將興聽于民將亡聽于神神聰明正直而一者也依人而行虢多涼德其何土之能得愚以爲神者心之神也天者心之天也何謂神至靈至敏之機也何謂天自然必然

之理也古之所謂上帝上天者皆尊之之託詞非眞有一人爲天之宰而司其事亦非謂此淸輕上浮之大塊也異日試更爲天說以相質可乎

太常例示　○太常寺題四月十四日常雩大祀視牲看牲奉　旨遣溥靜視牲錢應溥看牲欽此已見邸抄茲聞由禮部犧牲所揀選黃牛九頭麋鹿九隻派委前往　圜丘壇內打牲亭以備祭祀而昭愼重

鈴榜典制　○乙未科會試取中名第前經禮部具奏奉　旨各省取中名數計共二百七十六名已見邸抄今據禮部預備揭曉榜紙委派司員延部郞齡呈交貢院內簾監試官飭吏當堂按照取中名數塡寫榜示於四月初十日送交禮部經　欽派鈴官榜大臣錢子密少宗伯於夜間進署鈴蓋印信畢即於十一日黎明在署前榜棚揭曉以崇典制云頃此詞官場傳說揭曉實十三日未知確否

禮曹例示　○禮部爲出示曉諭事四月初八日　佛道良辰除知照在京文武問刑衙門是日概不理刑相應出示舖商軍民人等知悉禁止宰殺一日各宜凜遵毋違特示

誥誡良殷　○左翼前鋒統領長　爲咨行事照得　禁廷重地理宜潔淨以昭嚴肅所有　內廷值班官兵各項蘇拉茶役人等各於所司之地務須打掃乾淨不得任意唯積爐灰穢土栽種花木並於墻壁肆行塗抹種種一切均有干功令本統領奉　命值年莅事伊始自應禁令重申嚴行誥誡相應咨行景運門轉行右翼前鋒營八旗護軍營飭知內廷各項值班官兵於附近地段芟除乾淨以昭嚴肅除派委員暨京不時巡察外倘再有前項情事或經該章京稟知抑或被本統領覺察定將該值班官兵從重嚴懲決不寬貸懍之愼之云云經此次誥誡當不致如前之虛應故事矣

部院年例　○現在節交立夏京師六部各衙門堂司各官公議自四月十五日爲始均於辰刻進署辦事至午刻散署俟立秋後仍於午刻進署按照常例云

和議批准　○中東重修和好　李傅相前往議約及議定歸來均已載在報牘茲悉昨日恭奉　皇上批准照約允行另派大臣至烟台與日本國彼此互換從此息干戈而敦玉帛爾無我詐我無爾虞不禁拭目竢之

營米找銀　○兩江督憲劉峴莊大帥自督辦關內外軍務以來附近百姓以及各軍勇丁並車船等戶均沾實惠士卒談論未有不心悅而誠服者即如駐津親兵水師練軍各營向來每勇丁餉下扣軍米銀九錢由來已久今正大帥慨念兵艱每勇丁祇扣米銀五錢士飽馬騰各軍歡抃昨親兵營王少卿統領已將從前所扣米銀自正月爲始按月找淸以符新例可見大帥令出必行麾下之奉行亦無不以實力將事當此軍書旁午勇丁等各宜激發天良以洗從前畏葸逃潰積習庶不負大帥之厚德也夫

助賑淸單　○敬啓者僕等前奉　籌賑局憲面諭以灤州四鄕災民聚有五萬餘口在唐山街市屯積嗷嗷待哺諭令赶緊勸辦義賑以輔官賑之不及僕等一面赴唐查勘一面在津勸捐謹將頭次助捐各大善士姓名及捐數合登報牘以昭徵信倘蒙　四方樂善君子慨解慈囊千金不厭其多百錢不厭其少有願助捐者即祈送至溜米廠濟生社代收幷代付收條計開　孫仲英姚琴舫兩善士代募某大善紳捐公砝化寶銀一千兩　信遠洋行捐行平化寶銀七十三兩　東泉盛捐洋銀五十元　顧雲甫捐洋銀三十元　顧記捐行平化寶銀五百二十兩　無名氏捐津平足銀一百兩　顧蘭卿捐錢一千文　餐石子捐錢一百文　李桂岩捐錢一百文　孫樹棠捐錢一百文　有心無力子捐小米拾石　閻斌臣捐小米一石又錢十千文　天津義賑局同人公具

整齊營勇　○初四日海嘯新河淹斃勇丁一百餘名已登前報廣西臬憲胡雲楣方伯恐所部定武各軍趁此逃散難以收拾因於昨日遣營弁速借城隍廟廣仁堂兩處令各勇丁暫爲駐紮以便點驗如勇丁有缺額之處另行續補方伯辦理營務用心良苦洵爲不可多得者已

准駁公平　○督辦直隸籌賑總局　示據靜海縣富城村民人高偕和等稟批査上年挑挖新河所佔皆係窪區廢地積水終年不涸永遠不能耕種是以韋丞履勘插立標識居民咸以開挖新河後水有所歸應上游田畝可望涸出無不欣然樂從皋無異詞從未有

以估開民地爲言者乃事隔經年忽請賞給地價殊堪詫異茲飭據原辦委員書丞查明覆稱此項地畝原係歷年挑培大隄取土之方坑即早乾之年亦非種植之地此實刁民唆使節外生枝妄生希冀實屬胆大嘗試本應行縣查拿姑寬免究所請着不准行仰即凜遵毋得多瀆此批〇又示據五品封職鄭葆元稟批稟悉查上年挑挖新河佔用該職地畝計長三百四十四弓寬四十四弓合六十三畝四厘已飭員查明行縣立案豁除地畝糧矣仰即知照

恭送匾額 〇邑侯李搏霄大令在任數載恩周遐邇愷悌調署宣化赴任在即闔邑紳民咸思借寇恐格於成例爰備匾傘以志感忱曾紀前報昨河南衆商船戶又恭送匾額一方曰歡臚市塵四字大令之恩及商民益可見矣

官道宜修 〇四城內外自修石路以來一律坦平雨後皆有地溝洩水行人稱便每年春令必將地溝挑挖一次以免壅塞洵法良而慮周也大儀門西石路向無看官道人役舖戶居民日傾穢物遂將地溝壅塞不通雨後道中存水無處疏洩行人皆深厲淺揭時虞傾跌日昨連番大雨有某甲年逾耳順携籃買菜忽足滑倒地額角碰傷不省人事經旁人灌救移時始甦扶掖而去噫似此道途積雨不便行人幾致自傷性命是非亟修地溝俾積雨有處疏洩不可始登報端敬告諸司其事者

擇期開弔 〇前府憲汪子常太守在任數載政蹟多端至今民猶感念前調署宣化府任於去歲 皇太后六旬萬壽太守晉京祝嘏因有同鄉官遊諸公欵共盤桓勾留數月今正染恙沉痾歿於京都三月間汪公子韶年匍匐赴京遷柩於日昨抵津寓小和客棧聞擇期開弔事畢附輪回南有府署三班差役携香楮而弔者並有見柩雙淚交流者太守當日之恩及若輩概可知矣

無傷禾稼 〇日前新河一帶海嘯失單已紀前報海嘯爲歷年常有之事此次潮水過大以致營壘漂沒而鹹水沽葛沽等處村民向種稻稗爲生當海水漲發田地悉成澤國村民見之無不愁眉雙鎖嗟歎不休幸此水未蹧三朝即已東逝查看田畝稻稗兩項新禾並無傷損是誠天不絕人默處村民之福也爰登報端以快衆覽

先生倒運 〇東城根某甲以舌耕爲生賃屋一椽招童子十數人咿唔其間所謂開門受徒者是也該童俱係貧寒家之子弟多半性情鄙陋齷齪不堪現因風雨摧殘書房坍塌甲正籌算無計詎衆童不約而來口稱桌椅俱已被房砸毀須向先生索賠甲祇得用言撫慰該童等不但不知安慰竟欲攢毆其師幸有街隣將各童攔阻並向各家父兄理說毀壞器具非是先生之過何得無理取鬧被父兄輩口中諾諾而心尚糊塗爲之師者至此地步洵可憐已

上將重來 〇粵東吳雲軒軍門光亮前授臺灣總鎮民兵上下同德同心至今臺人士猶樂道之近在浙省統兵經署台撫唐中丞奏調至台月初乘輪抵淡水詣轅稟見極荷中丞倚重台民思其德澤震其威名亦莫不倚作長城攀轅附轍如家人父子之久離復聚者刻聞中丞欲以中路一帶海口屈軍門坐鎮其間臺防得此更可有恃無恐已

澎湖失守餘聞 〇臺灣孤懸海外而澎湖又獨立臺南北之間當中日事起時臺撫即奉 朝命以臺澎久爲倭人所垂涎亟須嚴加防守迨唐中丞接署撫篆旋檄林副戎福喜朱太守上泮兩公先後督兵駐紮澎地而其中難守者莫如媽祖宮與西嶼兩島對峙中隔海程二十里尋常官商各輪皆須於此出入雖有通天伎倆亦難飛越故中丞又命前在澎湖管帶宏字某營之劉襲侯都戎添募宏字一營并砲隊數百人專守西嶼會西嶼原要設砲臺兩座其一面海不待敵船入港即可施砲猛擊其一與澎岸之金龜頭砲臺遙遙相對天生險塹奚啻金湯不意倭人此次攻澎之法仍蹈旅順威海衛故智貢舍前路必由之徑而在龍門港一帶登岸剿襲我軍之後澎遂失守然西嶼雖一小島而內有雄師三營砲臺兩座猶可作孤注之一擲乃劉智不出此見倭在對面登岸祇開數砲遙擊彈子墮落城中倭兵頗有損傷羣相驚愕不知砲之從何而至使此軍若能再接再厲不難滅此朝食奈劉倉皇失措頓生一計語炮臺諸弁兵曰此時僅恃我豪無濟於事若金龜頭彼此夾攻可以轉危爲安且予彈行將告罄我當渡往彼臺與之相約順領子藥而返汝等留心防守不可疏忽言畢策馬徑去旋附漁舟偷渡 地既失倭兵四面佔踞西嶼兵無主將未幾亦潰爲敵所得以上各情係逃回臺北之文員所述其言如果確實則臨陣退縮悞國殃民一經當軸訪聞斷不任其逍遙法外也

急於救火

四方善長大人賜覽嘗聞救災如救火殆不可須臾緩者蓋救火稍遲則勢成燎原救災不及則死亡立致今者狂風暴雨迄無已時爲灾民計自是灾上加灾爲農田計若趁此雨後補種二麥高粱轉瞬可望有秋夫豈非灾民轉危爲安之至計哉連年大水爲災豐潤兩屬被災尤甚少壯者流離四方老弱者轉乎溝壑幸蒙礦務局書張燕謀徐雨之陳靄亭三觀察軫念民艱倡募捐欵力扶顛危特於唐山開平稻地胥各莊王蘭莊小集宣莊等處設立粥廠俾災民得以苟延殘喘徐張兩觀察以花甲之年更不辭勞瘁躬親廠務口講指畫幾於舌敝唇焦甚至風雨烈日中曾無片刻休息諸公保赤之懷可謂無微不至惟設廠施 不過暫時救急之道既不能持久亦勢不能救全即以現時論唐廠灾民男婦以五萬餘計胥莊以萬三千計餘廠有一二萬八九千不等綜計殆不下二十萬衆天氣晴暖猶可乃自初三日起風狂雨急至夜更甚四鄉難民迫於飢寒又不能不冲風冒雨遠道就食而抱男携女引婦挈姑者拖泥帶水尤爲可憐迫眼巴巴犇抵廠中則渾身濕透飢寒交迫候至兩點粥始行開放稍壯者一擁而進便可早得一飽其老弱者迎風輒倒稍一不慎竟至乾斃其幸而不被擠死者亦須候至更深方得領食而天寒粥冷食之每易致病加以夜間皆露處山根或寄市井無下上冒風雨下受寒濕號哭之聲振動四野直使鐵漢下淚銅人酸心目不忍覩耳不忍聞計三晝兩夜由凍餓以死者已百餘口今日見露坐廊下倒卧山根者約萬餘衆皆口吐白沫其奄奄待斃者亦指不勝屈醫院中亦聚有千餘衆實不能容乃更設分院以廣留養礦局洋灰窰窰神廟兩處粥廠共有四萬餘衆議者僉謂天不厭禍灾民既如此之多如何是救全之道不知當此時雨普足之際倘蒙 四方樂善君子 濟急仁人慨發慈祥普施法力或解囊相助或集腋成裘湊有巨欵後即將各粥廠一律停止令各回籍一面遴選好善之士分投四鄉按戶稽查戶口優加賑撫彼灾民得食而後自能撙節所得賑銀謀及牛力籽種補種二麥雜粮不兩月麥秋可穫大田亦接踵得收矣而議者又謂一辦善舉便無底止不知事無巨細必一勞而後永逸粥廠雖多勞而無功放賑雖費易於見效竊維欲救此方災黎非此不能出溝壑而登衽席也再此際風雨仍怒號不已敬告 四方仁人救灾務須及時稍一遲延則二十萬灾黎都登鬼籙矣悲哉慘哉臨穎泣叩虔請 善安伏惟 亮照

江南十七齡書生百頓首上言初五日午刻自唐山發

附啓者本館於告灾書不敢刻延此信內注初五日自唐山發而本館實於初八辰刻奉到合亟刊登函內有蒙獎勵之語限於篇幅用特刪節伏乞 仁人長者慨念飢區廣爲勸助如昨報所登某大紳士之慨助千金者多多益善不禁爲飢民百頓首以求之 本館附啓

拍賣告白

啓者準於本月十二日禮拜一下午兩點鐘在紫竹林高林洋行內樓上拍賣各樣銅鐵貨物及各樣洋雜貨等件 貴客仕商如欲買者請早來行內細看而拍可也特此佈聞

集盛洋行謹啓

告白 本齋運到新譯各種兵書 克虜伯礮說 行軍測繪 海道圖說 攻守礮法 繪地法原 礮法心準 測地繪圖 營城揭要 營壘圖說 測候叢談 臨陣管見 列國陸軍制 英俄印度交涉書 開地道轟藥法 礮乘新法 礮法求新 前敵須知 礮法畫譜

文峯齋謹啓

四月初十日輪船進口

利運	輪船由上海	招商局
舟山	輪船由上海	招商局
牛義	輪船由上海	信義行

四月十一日輪船出口

重慶	輪船往上海	太古行

四月初十日銀洋行情

天津九七六錢
銀盤二千八百九十文
洋元二千一百零五文
紫竹林九六錢
銀盤二千九百三十五文
洋元二千一百三十五文

本直報分處寓城內天津府署西三聖菴西紫氣堂梁子亨便是 諸君賞鑒閱報賜一字西報送不悞敝處由上海寄津 新聞報紙 字林滬報 代送申報各樣報紙均有 士庶官商賜顧多蒙賞閱

直報分處梁子亨謹啓

直報
光緒二十一年四月十二日　第八十六號
西曆一千八百九十五年五月初六日　禮拜一

上諭恭錄

旨綏遠城將軍着奎英暫行署理欽此　上諭江西湖口鎮總兵員缺着許雲發補授欽此　上諭御史宋承庠奏貢院號舍上年修葺之後本屆會試竟至坍塌數十間其餘危險情形不一而足請飭原修大臣詳閱賠修等語着工部查明辦理欽此

救亡決論第二

難者曰夫八股錮智慧壞心術滋遊手積將千年之弊流失敗壞一旦外患憑陵使國家一無可恃欲戰則憂速亡忍恥求和則恐寖微寖滅當是之時其宜改絃更張不待議矣顧惟是處存亡危急之秋待學問以圖功將何殊播穀飼蠶俟穫成獻功以救當境飢寒之患道門是矣於塗無乃迂乎今先生論救亡而以西學格致爲不可易夫格致何必西學固吾道大學之始基也獨具效若甚賒其事若甚瑣朱晦翁補傳一篇大爲後賢所聚訟同時陸氏兄弟已有逐物破道之譏前明姚江王伯安儒者之最有功業者也格窗前一竿竹七日病生其說謂格字當以孟子格君心之非及今律格殺勿論諸格字爲訓謂當格除外物而後有以見良知之用本體之明此尤事功無待格致之明證而先生謂富強以格致爲先務蒙竊惑之其說得詳聞歟應之曰不亦善乎客問之也夫中土學術政教自南渡以降所以愈無可言者孰非此陸王之學階之厲乎以國朝　聖祖之聖爲禹文以後僅見之人君亦不過挽之一時旋復衰歇蓋學術末流之大患在於徇高論而遠事情尚氣矜而忘實禍夫八股之害前論言之詳矣而推而論之則中國宜屏棄弗圖者尚不止此自有制科來士之捨干進梯榮則不知焉所事學者不足道矣超俗之士厭制藝則治古文詞惡試律則爲古今體鄙摺卷者則爭碑版篆隸之上游薄講章者則標漢學考據之赤幟於是此追秦漢彼尚八家歸方劉姚惲魏方龔唐祖李杜宋禰蘇黃七子優孟六家鼓吹魏碑晉帖南北派分東漢刻石北齊寫經戴阮秦王直闖許鄭深衣幾幅明堂兩个鐘鼎校銘珪琮著考秦權漢日穰穰滿家諸如此倫不可殫述然吾得一言以蔽之曰無用非眞無用也凡此皆富強而後物阜民康以爲怡情遣日之用而非今日救弱救貧之切用也其又高者曰否否此皆不足爲學學者學所以脩己治人之方以佐國家化民成俗而已於是侈陳禮樂廣說性理周程張朱關閩濂洛學案幾部語錄百篇學蔀通辨晚年定論關學刻苦永嘉經制深甯東發繼者顧黃明夷待訪日知著錄褒衣大　堯行舜趨訑訑聲顏距人千里竈上驅虜折箠笞羌經營八表牢籠天地夫如是吾又得一言以蔽之曰無實非果無實也救死不贍宏願長賒所託愈高去實滋遠徒多僞道何禆民生也哉故由後而言其高過於西學而無實由前而言其事繁於西學而無用均之無救危亡而已矣客謂處存亡危急之秋務亟圖自救之術此意是也固知處今而談不獨破壞人才之八股宜除與凡宋學漢學詞章小道皆宜且束高閣也即富強二言且在所後法當先求何道可以救亡惟是申陸王二氏之說謂格致無益事功抑事功不俟格致則大不可夫陸王之學質而言之則直師心自用而已自以爲不出戶可以知天下而大

下事與其所謂知者果相合否不遜庭否不復問也自以爲閉門造車出而合轍而門外之轍與其所造之車果相合否不齟齬否又不察也繇辟虛造順非而澤持之似有故言之若成理其甚也如■山博士說瓜不問瓜之有無議論先行鑿起秦皇坑之未爲過也盍陸氏於孟子獨取艮知不學萬物皆備之言而忘言性求故既竭目力之事唯其自視太高所以强物就我後世學者樂其徑易便於惰窳敖慢之情遂羣然趨之莫知自返其爲禍也始於學術終於國家故其於己也則認地大民衆爲富强而果富强否未嘗驗也其於人也則神州而外皆夷狄其果夷狄否未嘗考也抵死虛憍未或稍屈然而天下事所不可逃者實而已矣非虛詞飾說所得自欺又非盛氣高言所可持封也迨及之而知履之而艱而天下之禍固無救矣勝代之所以亡與今之所以弱者不皆坐此也耶前車已覆後軫方遒眞可歎也若夫詞章一道本與經濟殊科詞章不妨放達故雖極蜃樓海市惝怳迷離皆足移情遣意一及事功則淫遁詖邪生於其心害於其政矣苟且粉飾出於其政者害於其事矣而中土不幸其學最尙詞章致學者習與性成日增惰慢又況以利祿聲華爲準的苟務悅人何須理實於是惰慢之餘又加之以險躁此與武侯學以成才之說奚啻背道而馳僕前謂科舉破壞人才此又其一者矣　此稿未完

餉銀到部　○四川候補同知高德峻管解白蠟一千五百斤藏香一百五十匣於四月初六日解交戶部顏料庫收訖湖南候補通判唐介方管解京餉銀十萬兩於四月初六日戶部收訖山西候補府經歷杜灝管解京餉銀八萬兩於四月初七日赴戶部交納云

各抒義憤　○日前都察院署前有閩省孝廉爲首會同京官商民等約白餘人攔輿遞呈各情已列前報茲聞所呈乃因　中日兩國和局臺灣一省永讓與日廷管理雖蒙我　皇上俯允祇讓臺南不讓臺北然日所得之地皆不可讓倘若仍照約章辦理閩省紳民當自備軍餉與日交鋒奮勇剿除何愁不滅此朝食等詞旋據浙江廣東湖北奉天山東山西河南湖南廣西四川江西等十省孝廉亦會闔京官商民等聯名呈訴和局各條俱不可允懇請代陳又據陝甘雲貴江蘇安徽直隸七省孝廉亦會同聯名呈請代奏已據都察院於四月初四日將各省孝廉京官先後所呈各情繕摺具奏未經發抄是以初六初八兩日都察院署內各省孝廉約有千餘名之多皆不卜聚頭之兆紛紛議論頗有鬨堂之勢雖經京畿道侍御彈壓乃諸孝廉義憤填膺聲稱歷朝有事文死於諫武死於戰今我國家被侵受辱至於此極文不聞有死諫者武未見有死綏者三百年養士之恩所成全者固如是卑鄙無恥之尤耶一唱百和院憲等皆莫可如何未悉作何安慰俟探明再爲詳細續錄

不安本分　○京師前門外西珠市口迤南同信恒布店郝鳴西勾結內侍與某宦鑽營員缺由該店開出銀票二十七萬兩已有成效因分贓不均風聲洩漏旋經言官奏參得而復失乃郝利心不死屢赴某處聲稱另爲道地謀得差使於上月某日裝束前往向某宦强索白鏹六千金四月初二日攜欵返都自以爲得意洋洋無人知覺詎復經某侍御訪悉前情封章上達想該商不安本分屢次妄爲倘若澈底根究當難逃法網也

與衆棄之　○四月初七日刑部福建司由獄提出斬決盜犯大鋸王即王本連等八名在提牢廳點名即綁入囚車派撥五營兵丁二百名各持刀鎗沿途押解至宣武門外菜市口市曹監斬棚俟委派監斬官陳部郎樹勳尹部郎錫綸點名畢即令行刑將首級八顆裝入木籠懸杆示衆以儆盜風惟聞該犯等沿途高聲歌唱迨至臨行刑時面不更色歌唱之聲仍不絕於口誠所謂慾不畏死者矣

欽使起節　○和議批准已紀昨報茲悉欽派換約大臣伍秩庸聯春卿兩觀察已於十一日下午七點半鐘坐輪車至唐沽登公義輪船前赴烟臺十四日與東洋使臣伊藤三好大臣互換批准之約隨同前往者惟候補州牧盧永銘一人云

大魁預卜　○會榜今日揭曉因都門仍不准預看紅錄是以昨日電局未能傳到蓋亦愼重之意也頃悉　中堂之二少君仲彭公子經述名標蕊榜高捷南宮今晨闔城印委各官齊赴傳相行台叩賀家傳閥閱世濟詩書行見獨占鰲頭冠冕多士德門集慶誠意中事也

邑侯接印　○靑縣調署天津趙星甫大令於初二日由省起程本擬初八日接篆任事已紀昨報詎初二起程之日甫行一站値大雨連綿徹夜不息路途泥濘輿馬維艱祇得暫住旅店以俟晴霽初六日復又命駕遄行於初九日抵埠假城內沈家棚欄公館暫作行

合連日謹見上憲郟吉十二日己刻接印大令前在靜海多年澤及閭閻至今民猶感戴今署天津縣事移百里之慈雲蔭一方之化雨善政當有可紀述者已

是爲眞善　〇本埠素稱善地各善舉無一不備最難得者行善而不欲人知其名是眞善已訪事來云大城靜海兩邑民情困苦已甚不勝書各村婦女扶老携幼來津求活者不勝僂計每日在大街小巷啼飢號寒令人見之實堪憫惻昨有隱名大善士每日傍晚遣僕數人手提錢袋分路查看遇有風餐露宿者即付以津錢一二百文不等至今已經月餘仍無間斷貧婦之賴以生活者不知凡幾大善士如此好施可謂出於至誠迥非釣譽沽名者所可同日語也

灰堆路刦　〇訪事云初五日有雙港脚車兩輛前後相離半里許於日晡時行至灰堆村外忽見三四人自墳後走出向車前乞爲附載車夫疑其不良正擬逃逸其人即舉刀相擬車夫一面招架一面催馬速行馬駛如飛幸而逃脫未幾後車又至被賊攔截將車夫砍死刦去一馬現已報案未稔何日弋獲

呼籲無門　〇靜海地當沿河屢遭河流泛溢之患窮民艱難困苦迥異尋常顆粒無收惟有仰望賑撫極貧之戶例邀厚賑第各村俱有土覇惡棍出頭攬與吏役朋比爲奸雖經官長委員親查戶口親自給票而其票僅塡寫大小口數並無應領錢文數目及至查畢即由土覇惡棍向各家索票代向縣中或賑局具領領出由土覇惡棍分給各戶歷屆皆若輩把持官府無從覺察玆聞上年冬賑該縣高庄崔庄大玫堆李八庄凡屬極貧者每大口僅得九六津錢六百文每小口僅得津錢三百文按極貧例賑不但錢數不符而且又九六扣底是否發賑之人尅扣抑係經手土覇惡棍侵吞在極貧最苦之人覩一文錢無異百文受此折扣情實難堪且既得賑之名而乃未受實惠如果其中有弊未免辜負　皇恩誰執其咎耶

渡船遭溺　〇河東大口擺渡爲過河必經之地逐日來往者不知凡幾有應接不暇之勢各渡戶擬設兩船此往彼來較爲便捷詎昨正在渡河之際忽大風飆起浪即隨之竟將渡船潑翻船上滿載行人俱落河內浮者浮沉者沉雖救起多名聞淹斃者六七十名口可慘也已

酬勞璧謝　〇郡城內外各火會共有八十餘處倘遇火警無論晝夜無論遐邇立即奮勇爭先異常努力歷任各大憲無弗嘉賞於以見津民之衆志成城也按火會向例救災之家因伍善救災辛苦當場各助點心一百斤或五十斤不等並茶水一切足用由來已久昨宮南附近之廣茂居醬園助鹽坨中局點心八十斤詎會首某甲謂助點心雖是舊例奈衆伍善皆以點心爲難得不以救災爲要務殊屬可恨今將原票璧謝望乞原諒云云傳聞若此如果眞實殊爲罕有之事特錄報端以彰中局之大義云爾

房坍興訟　〇日前霪雨爲災房坍屋倒壓斃人命者不計其數天實爲之謂之何哉本埠西門外永豐屯陳某小本營生家有一母一妻子女各一租王姓東房兩間每年租價津錢二十八吊文言明分兩次交於三月二十日付給房錢一半陳即囑令及時修葺以防風雨詎王姓房錢到手將此事置之度外此次大雨連綿徹夜不息竟將陳某住屋浸塌幼女被壓斃命陳一時情急欲與王姓拚命幸有街鄰出爲調停未經交手陳某情尚不甘日前已赴琴堂理論矣

緝捕懈弛　〇盜賊猖獗責在緝捕捕役苟能奉公守法認眞嚴拿則盜賊亦當稍爲斂跡斷不敢挺身試法其所以肆行無忌者實亦緝捕者之懈弛太甚也河屬地方素稱多盜現據交河縣布客來津述及行旅之間自加謹愼或遇或不遇向有僥倖之時惟居家者直有防不勝防之勢月前縣屬梁家店李恕家務農爲生頗稱小有詎於月之某夜忽被暴客多人各持器械撞門而入李聞聲喊捕當被柜傷只得任其飽掠銀錢等物而逸次日赴縣報案雖蒙勘驗弋獲無期據言是夜鄰村亦有遭刦者未知確否

瀕河苦景　〇楊村本屬沿河地方頻年常遭漫溢去冬因積潦未涸秋麥不能播種當此春融正在補種春麥詎自初三日午刻狂風驟雨直至初五日戍刻方止平地水深數尺居民房屋大半倒塌不但秋麥春麥已難望收兼之逆河又有泛溢之勢大田亦難取多據云七八十歲之老農云首夏之際如此風雨大而且久實爲歷來所僅見麥苗業被水浸除是天收瀕河數百村嗷嗷待哺之民行將斃

難矣所往年尙有春季可望爾今已矣云云合亟錄之以告關心民瘼者

再述澎湖失守事　〇澎湖失守情形早登本報茲有在澎從軍員弁逃回台北語於本館訪事友人云倭船至澎湖時計數已有十餘艘奈皆泊於外海之八罩地方亦爲澎屬向有司官一員烟戶百餘家甚形寥落倭但遣船二艘於前月二十五六日入口一巡迴時即去繼又添至五六艘船桅皆未懸旗砲臺不敢放砲相擊迨八罩遣人送信至澎各軍正在整隊而口內倭船忽扯紅旗以示約我軍開戰之意不移時開花彈已紛紛下墮大城北砲台亟以巨砲還擊旋見二船沉於海面其受傷之二船一則將其桅桿擊斷船即欹側不平兩船拖之而逃一則見有開花子一落於烟筒之旁其子並未炸裂船面小有損傷亦即如飛而遁二十七日午後有倭兵三四千登岸爲林福喜一軍從城內抄出截殺倭兵頗有傷亡未駐足而去時則朱上泮八尊一軍駐紮西首之紗帽山聞警之下星夜與周鎮軍振邦挑選膂勇數營二十八早兩軍相見於龍門港左右彼此相離約一二里槍砲如雨血肉横飛倭兵已稍退繼聞我軍所帶車砲四尊閱兩三刻之久子彈八百全數用罄倭復呼嘯向前致難抵禦朱太尊身受數傷猶思整隊再戰令人拖至鎮署則周鎮軍聞倭登岸已携官眷人等不知去向各軍見主帥已去羣無鬥志各鳥獸散是役也我軍共十三營從布袋嘴等處逃回不過千餘人倭亦傷至八九百人有管帶定海衛隊之郭潤馨者見倭既至竟率全營五百人以降跪接道左並設盛筵欵待倭令將軍裝全數繳出唯唯受命通奸降敵誠狗彘不食其餘矣又統帶西嶼宏字等營之劉忠樑時見倭兵登岸詭令砲台弁施炮遙擊已則揚言赴總統處請領軍械亦即雇舟而遁不然其地雖小與澎相隔只二十里與龜頭斜刺對面若肯奮勇當先未嘗不可作背城之一戰乃竟聞風先遁負國殃民尙有何顏再履人世林福喜朱上泮二人聞亦因大局既潰不能復支旋由澎渡赴臺南現不知其作何舉動前言二人陣亡蓋傳聞之悞也但不知大憲於是事果能秉公查辦否耳　錄申報

茶莊計數　〇漢口信云今歲紅茶商人踴躍採辦冀獲厚利早赴山中開辦惟聞各埠山場雨水調勻黃沙不起茶芽舒放已近開採之期大約頭茶到漢總在四月初七八日茲就各埠莊數計之楚南安化十莊桃源八莊湘潭十莊瀏陽十莊醴陵八莊長壽街二十二莊聶家市二十三莊羊樓峒四十五莊羊樓司五莊通山四莊湘陰四莊平江十莊甯鄉四莊藍田永豐十莊通城柏墩馬橋石門共十莊甯州一百二十莊祁門一百二十莊九江二十莊共計現在已立牌號者四百九十三莊若內地土莊尙不在內蓋遠在山場一時無由訪悉耳

悅來洋貨號

本號開設天津紫竹林大街自運各國洋貨鐘表奇形磨花全銀彩畫鏡子茶几大横鏡電鍍金銀鐲釧冠簪異樣玳瑁梳篦花簽鏡子黃料供碟藍料點心碟白料分格碗碟洋琴洋酒等

格外減價消售發客

告白　續永慶昇平　續施公案　醒世姻緣　彭公案　第一奇女　花月姻緣　合奇冤　續今古奇觀　後列國　後聊齋　三續聊齋　五虎平西南　挑燈新錄　雪月梅巧　玉姣梨　後英烈傳　鐵花仙史　南北宋　髮逆圖記　五十名家手札　前後七國　聊齋志怪　草木春秋　昇仙傳　楊家將　西湖佳話　萬年靑初二集

文美齋謹啓

本直報分處寓城內天津府署西三聖菴西紫氣堂梁子亭便是　諸君賞鑒閱報賜一字函即送不悞敝處由上海寄津　新聞報紙　字林滬報　代送申報各樣報紙均有　士庶官商賜顧多蒙賞閱

直報分處梁子亭謹啓

四月十二日輪船進口

南昌　輪船由上海　太古行

怡生　輪船由上海　怡和行

四月十三日輪船出口

利運　輪船往上海　招商局

舟山　輪船往上海　招商局

廣生　輪船往香港　怡和行

四月十二日銀洋行情

天津九七六錢

銀盤二千八百九十文

洋元二千一百零五文

紫竹林九六錢

銀盤二千九百三十五文

洋元二千一百三十五文

直報

光緒二十一年四月十三日 第八十七號
西曆一千八百九十五年五月初七日 禮拜二

上諭恭錄

上諭理藩院奏蒙古親王等倡捐軍需銀兩懇恩獎勵並集捐銜名開單請獎一摺該親王等情殷報効洵屬急公錫林郭勒盟長蘇呢特札薩克親王銜多羅都楞郡王那木濟勒旺楚克着該衙門查明移獎烏珠穆沁親王阿勒坦呼雅克圖着賞換黃韁餘依議單併發欽此

救亡決論第二 續前稿

然而西學格致則其道與是適相反一理之明一法之立必驗之物物事事而皆然而後定之爲不易其所驗也貫多故博大其收效也必恒故悠久其究極也必道通爲一左右逢原故高明方其治之也成見必不可居飾詞必不可用不敢絲毫主張不得稍行武斷必勤必必公必虛而後有以造其至精之域踐其至實之途迨夫施之民生日用之間則據理行術操必然之券責未然之效先天不違如土委地而已矣且西士有言凡學之事不僅求知未知求能不能已也學測算者不終身以窺天行也學化學者不隨在而驗物質也講植物者不必耕桑講動物者不必牧畜其絕大妙用在於有以鍊智慮而操心思使習於沉者不至爲浮習於誠者不能爲妄是故一理來前當機立剖昭昭白黑莫使聽熒凡夫洞疑虛猲荒渺浮夸舉無所施其伎焉者得此道也此又大學所謂知至而后意誠者矣且格致之事以道眼觀一切物物物平等本無大小久暫貴賤善惡之殊莊生知之故曰道在屎溺每下愈況王氏窻前格竹七日病生之事若與西洋植物家言之當不知幾許軒渠幾人齒冷且何必西士即如其言則豳詩之所歌禹貢之所載何一不足令此子病生而聖人創物成能之意明民前用之機皆將由此熄矣率天下而禍實學者豈非王氏之言歟且客過矣西學格致非迂塗也一言救亡則將舍是而不可今設有人於此自其有生以來未嘗出戶但能讀三墳五典八索九邱而於門以外之人情物理一無所知凡舟車之運轉流行道里之險易滑巖牆之必壓坎陷之至凶擿埴索塗都忘趨避甚且不知虎狼之可以食人鴆毒之可以致死一旦爲事勢所逼置此子於肩摩轂擊之場山巔水涯之際所不殘毀僵仆者其與幾何知此則知中國由今之道無變今之俗欲求不亡之必無幸矣蓋欲救中國之亡則雖堯舜周孔生今捨班孟堅所謂通知外國事者其道莫由而欲通知外國事則捨西學洋文不可捨格致亦不可蓋非西學洋文則無以爲耳目而捨格致之事將僅得其皮毛貿井瞽人其無救於亡也審矣且天下唯能者可以傲人之不能唯知者可以傲人之不知而中土士大夫怙私恃氣乃轉以不能不知傲人之能與知彼衆騏驥我獨騎驢彼駕飛舟我偏結筏意若謂彼以富強吾有仁義而回顧一國之內則人懷穿窬之行而不自知羞民轉溝壑之中而不自知救指其行事誠皆不仁不義之尤以此傲人羞惡安在至一旦外患相乘又茫然無以應付狂悖違反召敗嶄亡孟子曰不仁而可與言則何亡國敗家之有夫非今日之謂耶且客謂西學爲迂塗則所謂速化之術者又安在耶得無非練軍實之謂耶裕財賦之謂耶製船礮開礦產之謂耶講通商務樹畜之謂耶開民智正人心之謂耶而之數事者一涉其流則又非西

學格致皆不可今以層累階級之不可紊也其深且遠者吾不得與客詳之矣今姑即其最易明之練兵一端言之可乎今夫中國非無兵也患在無將帥中國將帥皆奴才也患在不學而無術若夫愛士之仁報國之勇雖非自棄流品之外者之所能然尙可望由於生質之美而得之至於陽開陰閉變動鬼神所謂爲將之畧者則非有事於學焉必不可即如行軍必先知地知地必資圖繪圖繪必審測量如是則所謂三角幾何推步諸學不從事焉不可矣火器致人十里而外爲時一分一機礮可發數百彈此斷非徒裎奮呼迎頭痛擊者所能決死而幸勝也於是則必講臺壘壕塹之事其中相地設險遮扼鉤聯又必非不知地不知商功者所得與也且爲將不知天時之大律則暑寒風雨將皆足以破軍未聞避生之要言則疾疫傷亡將皆足以損衆二者皆紮營踞地息息相關者也乃至不知曲綫力學之理則無以盡礮準來復之用不知化學漲率之理則無由審火棉火藥之宜不講載力重學又烏識橋梁營造不講光電氣水又何能爲伏椿旱雷與通語探敵諸事也哉抑更有進者西洋凡爲將帥之人必通敵國之語言文字苟非如此任必不勝此若與吾黨言之愈將發狂不信者矣若夫中國統領伎倆吾亦知之不知道里而迷惑則傳問驛站之馬夫欲探敵人之去來則暫雇本地之無賴尤可哭者前某軍至大同無艄可渡爭傳州縣辦差近某軍紮新河海嘯忽來淹死兵丁數百是於行軍相地全所不知夫用如是之將領使之率兵向敵吾國不亡亦云幸矣尙何必以和爲辱也哉且夫兵之强弱顧實事何如耳又何必如某總兵所稱銅頭鐵額如蚩尤驅使虎豹如巨無霸中國史傳之不足信久矣演義流布尤爲惑世誣民中國武夫識字所恃爲韜畧者不逾此種無怪今日營中多延奇門遁甲之家冀實事不能或仰此道制勝中國人民智慧蒙蔽弇陋至於此極雖聖人生今殆亦無能爲力也哀哉議者又謂自海上軍興以來二十餘年師法西人不遺餘力者號以北洋爲最而臨事乃無所表見如此然則曷貴師資此又耳食之徒不考實事之過也自明眼人觀之則北洋實無一事焉師行西法其詳不可得言姑舉一端爲喩曩者法越之事北洋延慕德國數十人洎條約既成無所用之乃分遣各營以爲教習彼見吾軍事多不可者時請更張各統領惡其害己也羣然譟而逐之上游籌所以慰安此數十人者於是乎有武備學堂之設既設之後雖學生年有出入尙未聞培成何才更不聞如何器使此則北洋練兵練將不用西法之明徵夫盜西法之虛聲而沿中土之實弊此行百里者所以半九十里也嗚呼其亦可悲也已然此不具論論者見今日練兵非實由西學之必不可耳

此稿未完

催繳批諭　○向來各直省將軍督撫等所奉硃批摺件均應按年恭繳乃近年以來各省多有遺漏未繳之件其繳例則有自行奏繳者有咨行軍機處或奏事房代繳者辦法參差不一業經欽奉　上諭着各將軍督撫提鎮等嗣後將所奉硃筆等件統行咨交軍機處於年終彙繳以歸劃一其從前遺漏未繳之件均着一律補繳等因欽此當經兵部飛咨各省督撫將軍提鎮一體遵照行知在案迄今呈交者仍屬寥寥現經兵部復行咨催各省速即遵照前奉　諭旨速將遺漏未交之件一併呈交毋再延緩等因

國法難寬　○已革提督蔣希夷今據直隸制軍派員解交刑部鞫訊並奉薛雲階大司寇另派員外郎定成郎中李擢英宗室溥昂主事謝文翹員外郎松壽郎中常凱陸學源主事董翊清會同嚴訊據聞失守營口該軍並未力戰相率潰逃及帶勇回津在河東地方因欠餉滋鬧等情皆供認不諱當將蔣希夷發交北獄嚴禁並查該革員案情較重核與衛汝貴所犯之罪相同不日即行定擬覆奏國法恐難寬恕也

壓斃三命　○四月初三四五等日京師大雨滂沱通宵達旦已列前報茲聞永定門外東莊地方張某家於初四日夜間因雨勢淋漓房屋坍塌壓斃男婦三名口當赴南城司報案禀請相驗飭屬備棺殮埋詳城結案聞張姓實係赤貧無力棺殮遭茲冗妄已蒙城憲撫卹銀二十兩矣

紅錄證誤　○昨報附送紅錄係由電報傳來舛錯固所不免尤可怪者一百零七名乃李仲彭公子名經述紅錄中乃無其人據此則張冠李戴參差錯落者不知凡幾容挨官板題名另行刊送尙祈　閱者諒之

傳諭舖商　○前宮南徵灾焚去舖戶八十餘家已登前報灾後本郡運憲季都轉道憲呂觀察津海關憲黃觀察工程總局憲鑑于街道狹窄擬於各舖戶未起蓋時公商曉諭令各退讓五尺俾街道展寬于舖戶行人兩有裨益昨邑侯李大令恐各舖戶固執不化或

有阻撓因傳各舖戶面諭婉勸署謂此地人烟稠密極形擁擠兼之車輛過多每遇火災延及對面殃■可慘以後建造必須高大墻垣防避火患倘仍按舊址起造于滴水亦有違碍現各大憲公擬仿照東新街起蓋成法實爲防患起見亟應仰體憲意如有抗違拘堂嚴辦等因大令即日交替而猶惓惓於民之利害不憚三令五申其關心民瘼爲何如耶賢哉舊令尹也

讀書養氣　○前駐三韓商務大員袁慰亭觀察世凱少年英儁膽識俱優駐韓十年亟求整頓惜時移局變未能就我範圍說者每譏觀察不達洋情少不更事以此短之實則觀察明於理劇治煩昧於交鄰睦誼以致不可收拾然事權若果眞屬當萌孽之初甫易刪刈今聞欲賦遂初暫避風色倘得十年讀書十年養氣他日出山當不讓胡文忠獨建中興偉業也嗟乎袁氏三世公卿忠良後裔必有達者吾於觀察不無私望焉

駐紮馬廠　○廣西臬憲胡雲楣方伯所部定武軍前在新河駐防因海嘯移住城內城隍廟等處已紀前報計勇丁兩千人之數雜與民居諸多不便操演打靶尤多掣肘方伯知馬廠地方仁和鎭舊有營壘又爲營勇久居之地於操演諸端均稱極便因飭營哨等官率領馬步砲隊前往該處屯紮地勢既合又遠城市該軍當可日就純熟已

鄉民雙縊　○訪事云靜海縣大白村地方有農民某甲夫婦子女五口因連年被災生計維艱去冬賴有賑濟得以度過殘年今春青黃不接地水未涸無可耕種因令妻子歸甯母家以減食指而甲傭於巨室藉以餬口至三月間聞有春撫甲即將妻子接回甫經抵家適邑尊已親臨稽查戶口因見中家灶冷牛塵疑係借屋圖冒不允給賑比時甲適外出甲婦某氏聞言跪訴情由非敢假屋圖冒一再央懇仍未蒙准邑尊倏即登車某氏復又跪向車前涕泣求乞邑尊疑該婦逞刁飭役責逐該氏被責一馬鞭忍痛回室即於是夜覷兒女睡熟懸梁自縊迨甲歸來覩此情形小兒女又復啼飢索母復效其妻所爲對縊梁下次早其兒女喚父母不應駭極大哭鄉鄰皆往集觀莫不驚駭異常除由地方報案外現聞甲之族人已據實上控未知確否據該縣鄉民來言事關人命姑照有聞必錄之例言者固無罪也

老嫗求死　○本邑白廟地方乃窮鄉僻壤之地茅檐草舍比戶皆然有農民某甲者母妻子女共六名口於月初風雨交加時房屋坍塌六人全行被壓死者五人甲母年已七旬僅壓半體雖受重傷猶能言語遂大聲喊救鄰人集視嫗涕淚交流泣言全家俱已斃命我亦受傷斷難苟活惟有叩求衆鄉鄰就此將我埋瘞九泉之下感戴匪輕等語該村貧戶極多俱在自顧不暇之際何能周恤鄉人聞嫗言衆相擬議遂即允嫗所請竟將該嫗埋於屋下據該處鄰村賣菜者來言如是姑照有聞必錄之例登之慘莫甚焉

自經溝壑　○城東南海下窰上村有李某者耕種爲業因連年被水家道已極艱難今春地脈甚屬滋潤李某遂極力張羅求親告友利借錢一百餘吊種地一頃三十畝有奇日昨海嘯將其地盡行淹沒李一時忿急遂投溝而死慘已

一片汪洋　○自初間狂風暴雨之後連日風勢仍不止息河水漲發異常新浮橋一帶已經溢岸宜興埠距城數十里居民多以小船槍排捕治野鴨現在此項小船由宜興埠直達河北窰窪竟無陸地阻隔一片汪洋浩無涯涘時非夏秋乃有如此大水誠數十年罕聞罕見之事也

暴客變計　○憶少年時在山東道上聞綠林暴客行刼事與今之聞迥不相同昔之所謂暴客或技擊精能或弓馬嫻熟各分門戶各有師資或步或馬匿於松林潛伺山谷必也富商巨賈載有盈千累萬者由地頭隨來偵狹路湊其探丸技倆然亦有刼有不刼者車夫覩此輩即已知萬無脫理聞呼嘯聲即下車持鞭蹲於道左聽其所爲事已仍驅車走無論刼奪何物從無牽及騾馬者今之盜則大異是客述甯津柴胡店村客民劉傳樸開設錢店三月杪有盜多人於夜間肆刼該店人手衆多聞警集禦毆倒賊匪一名羣賊分半拒捕以一半往馬棚槍掠馬匹乘騎而去又有河間之劉張村外客帮十餘輩驅車而過賊人三五名攔路指名要卸牲口輿夫不敢與爭每車卸一邊套客貨概不曾動是眞變態之不可測度也

茶園滋事　○本埠協盛襲勝金聲廣慶四大名園從前生意鼎盛目今較前十年大相懸殊一則各處客商裹足不前二則各署貼座難分眞假至持斗收錢時寥寥無幾賠累已不堪縷述最可惡者各營營兵居心擾害滋生事端無日蔑有昨城內金聲茶園正在中

場熱閙之際不知某營勇丁因何事故互相用武以致座客恐遭不測一哄而散諸如此類不一而足生意尚堪問乎哉

雨後窘狀 ○東門外有某甲者小本營生家有一妻及子女三人租屋一椽平時衣食已屬拮据初聞大雨不能出門買賣祇得忍餓度日次日屋頂滲漏更無立錐之地只得令妻女求隣家暫避甲復入室搬取鍋碗什物詎甫進門房忽坍塌中樑下墜將甲頭面砸傷血流不止頗有昏暈之勢鄰家亦不敢存留進退維谷幸有某乙見之急爲覓傷藥敷治並與以津蚨數百文甲得以全家飽餐遂覓某小店容身嗟乎似此細事固無足紀聊以誌雨後貧民窘迫情形耳

臺防紀要 ○倭人自佔踞澎湖後將船駛至台南北一帶洋面來往窺伺上月初旬台北接到廈門官電有謂倭船至大胆口外放炮數門其聲隆隆殊屬不解旨某商輪行至近處洋面見倭船共四五艘先後結隊而行船中滿載槍砲糧食及軍中一切需用之物想自澎湖擄掠而返又恐台地有船兜截故放數炮以作虛聲恫嚇之計又上月初旬台北接台南官商各電謂旗後有倭船多艘大有狼奔豕突之勢繼又闃寂無聞傳聞劉淵亭軍門鎮守此地見倭船之至立下戰書一紙畧謂 湖爲南洋區區小島得失不足挂齒本軍門鎮守台南久欲與汝一試低昂勝願擧地相讓否則請勿駐足若稍濡滯揮我部卒駕我戰艦追襲於驚濤駭浪之中必使隻輪不返方知我黑旗聲威是說雖近兒戲然揆之軍門在越南時前後如出一轍觀此殆非虛語

遁辭敷衍 ○駐紮日本東京之法俄德三國公使不允倭人索割中國境地一事昨報已紀之矣茲又接路透來電悉倭廷覆答三公使畧謂我國人民因戰勝仗醉心不肯退讓如使國家勉從各國之意則民間必致蠢動云云此眞所謂遁辭也自明眼人觀之豈値一笑

東人畏疫 ○倭報中刊載東京巡撫及警察署員告示云自來兩國交爭輒有瘟疫隨其後兵弁紛紛染患迨至干戈既息其勢不斷則因之死喪者必多現在中國錦州暨臺灣之澎湖皆有霍亂一症恐其蔓延他處可慮之至玆査得自前月以來馬崎廣島暨由及納地方業經染及所有東京居民能否免於此疫殊難預料應飭居民格外小心以求避疫之道不可大意切切倭官此示亦可謂未雨綢繆矣雖然古人有言自作孼不可逭倭官其知之否

日人設備 ○昨聞滬上某西商接日本來電云日本傳言西國與日本意見不同駐日西人憤恨難平皆有蠢然思動之意日本知其然遂在長崎神戶兩處海口安設水雷並立章程每口祇准別國兵船停泊二艘長崎有俄兵船三艘停泊日本請俄人照章辦理撤退一艘俄人不允仍泊是處來電如此可見日人雖狡然黔驢之技亦有時而窮衆怒難犯專欲無成噬臍之悔庸有及乎

啓者天德福棧開設天津紫竹林天壇西發賣烟煤焦炭批柴葦蓆棉花貴客商有米麥木料各樣貨存棧亦可代辦各事 請到本帳房面議 本主人顧崇德謹白

告白 岑宮保介福圖 左文襄公奏稿 皇朝一統 地圖 北洋中外沿海詳細圖 東三省圖 四國日記 俄遊彙編 四述奇 小方壺齋 地叢鈔 萬國公法 公法便覽 日本地理兵要 日本外史 東藩紀要 中俄界約斠註 中外交涉類要表 日本新政考 武備志兵書 登壇必究兵書 俄羅斯地圖 西國近事彙編 地球五大洲圖 亞細亞細圖 文美齋謹啓

陳雨蒼施醫 啓者有病之家無力延醫請於早辰九點鐘午後一點鐘下午六點鐘至海大道養病院後陳宅診視有不能就診者必須寫明住址及姓氏名號送交本宅方能撥冗往診本宅存心濟世門診 規一概不取文分

四月十三日輪船進口
南昌 輪船由上海 太古行

四月十四日輪船出口
禮順 輪船往上海 禮和行
怡生 輪船往上海 怡和行

四月十三日銀洋行情
天津九七六錢
銀盤二千八百七十五文
洋元二千零十九文
紫竹林九六錢
銀盤二千九百一十五文
洋元二千一百二十五文

直報

光緒二十一年四月十四日 第八十八號
西曆一千八百九十五年五月初八日 禮拜三

上諭恭錄

上諭昨據通政使顧璜侍講張仁黼奏請賞假回籍省親當經允准本日又據翰林院侍讀學士文廷式奏請賞假修墓文廷式着賞假三個月回籍修墓現在時事多艱在京各員各當盡心職守嗣後不得紛紛請假以杜效尤欽此

救亡決論第二 續前稿

至於阜民富國之圖則中國之治財賦者因於西洋最要之理財一學從未問津致一是云爲自虧自損病民害國闇不自知其士大夫亦因於此理不明故出死力與鐵路機器爲難自遏利源如近日京師李福明一案尤足令人流涕太息者也不知是二事者乃中土眞不容緩之圖富强所基何言有損果其有損則東西二洋其貧弱而亡久矣淮南子曰櫛者墮髮而櫛不至者爲墮者少而利者多也彼唯有見於近而無見於遠有察於寡而無察於多肉食者鄙端推此輩中國地大民衆誰曰不然然地大在外國乃所以强在中國正所以弱民衆在外國乃所以富在中國正所以貧救之之道非造鐵道用機器不爲功而造鐵道用機器又非明西學格致必不可是則一言富國阜民則先後始終之間必皆有事於西學然則且事又曷可須臾緩哉約而論之西洋今日業無論兵農工商治無論家國天下蔑一事焉不資於學錫彰塞勸學篇嘗言之矣繼今以往將皆視物理之明昧爲人事之廢興各國皆知此理故民不讀書罪其父母日本年來立格致學校數千所以教其民而中國忍此終古二十年以往民之愚智益復相懸以與逐利爭存必無幸矣記曰學然後知不足公孫從事西學之後平心察理然後知中國從來政教之少是而多非即吾聖人之精意微言亦必既通西學之後以歸求反觀而後有以窺其精微而服其爲不可易也夫中國以學爲明善復初而西人以學爲修身事帝意本同也唯西人謂修身事帝必以安生利用爲基故凡遇中土旱乾水溢饑饉流亡在吾人以謂天灾流行何關人事而自彼而論則事事皆我人謀之不臧甚且謂吾罪之當伐而吾民之可弔而我尚傲然弗屑也可不謂大哀也哉嗟嗟處今日而言救亡非 聖祖復生莫能克矣 聖祖當本朝全盛之日賢將相比肩於朝則垂拱無爲收視穆清宜莫 聖祖若矣而乃勤苦有用之學察究外國之事亘古莫如其所學之拉體諸即今之辣丁文西學文字之祖也至如天算兵法醫藥動植諸學無不講亦蔑不精 廟謨所垂羣下莫出其右南齋侍從之班以洋人而被侍郎卿銜者不知凡幾凡此皆以備 聖人顧問者也夫如是則聖者日聖其於奠隆基致太平也何難不獨制藝八股之無用 聖祖早已知之即如從祀 文廟一端漢人所視爲絕大政本者 聖祖且以爲無關治體故不許滿人得鼎甲亦不許滿人從祀孔子廟廷其用意可謂遠矣而其所以不廢猶行者知漢人民智之卑革之不易特聊順其欲而已然則 聖祖之精神默運直至二百年而遙而 有道曾孫處今日世變方殷不迫 祖宗之活精神而守 祖宗之死法制不知不法 祖宗正所以深法 祖宗致文具空存邦基阽甚或廟社以屋種類以亡孝子慈孫豈願見此[illegible]

庚寅之間祈年殿與太和門數月連燬一所以事天一所以臨民王者之大事也災異至此可爲寒心然安知非　祖宗在天靈爽默示深痌也哉總之驅夷之論旣爲天之所廢而不可行則不容不通知外國事欲通知外國事自不容不以西學爲要圖此理不明喪心而已救亡之道在此自強之謀亦在此早一日變計早一日轉機若尚因循行將無及彼日本非不深惡西洋也而於西學則痛心疾首臥新嘗膽求之知非此不獨無以制人且將無以存國也而中國以惡其人遂以並廢其學都不問利害是非此何殊見仇人操刀遂戒家人勿持寸鐵見仇家積粟遂禁子弟不復力田嗚呼其傎甚矣雖然吾與客皆過矣運會所趨豈斯人所能爲力天下大勢旣已日趨混同中國民生旣已日形狹隘而此日之人心世道眞成否極之秋則窮變通久之圖天已諄諄然命之矣繼自今中法之必變變之而必強昭昭更無疑義此可知者也至變於誰氏之手強爲何種之邦或成五裂四分抑或業歸一姓此不可知者也吾與客茫茫大海飄飄兩萍委心任運可耳又何必容心於鼠肝蟲臂而爲不祥之金也哉客言下大悟奮袖低昂而去

恪恭將事　○南營大汎汎官奉飭恭戎票示內開頃奉步軍統領榮大金吾左翼英右翼長二堂憲劄諭　皇上於四月十三日內廷乘輿出乾清門　太和門　端門　天安門　大清門　正陽門至　天壇內齋宮住宿至十四日子正二刻恭祀　圜丘禮畢仍由舊路還宮所有十三十四等日充當站道防護巷口以及巡查壇牆各項差使之官弁人等均須先期傳知伺候俾無貽悞至其巡查壇牆防護巷口各舖戶門首站立各兵丁務即傳令各穿號衣攜帶腰刀於十一日齊集正陽門大街東西官廳伺候前往點名分派差使以待夜間敬謹充當毋得違悞致干嚴懲不貸

雷電以風　○四月初八日下午三點鐘時分天色蔚藍日光澹蕩忽聞雷聲隱隱自東南來似在數十里外即有片雲靉靆隨雷聲散布始猶片席繼即風與之偕隨聚隨散或當不雨詎倏忽間風聲漸大雷聲漸近雲龍變化飛揚漫天蔽日白晝暗若黃昏風伯飛砂兩折樹狂突甚於虎威雷公震谷而驚大豐隆壯如羯鼓虺虺虩虩毫無間斷雨師乃跳珠戛玉灑落點綴於其間電母更掣影飛光馳驟激射於其內如覩金滕之變如聞漢祖之歌一時敬天之怒者固悚然震惕卽婦人孺子亦莫不驚慌失色相顧愕眙而不知所措至四點鐘時雨師返駕晴霽如初似此風雲雷雨殊不解彼蒼之何所作用也

可爲殷鑒　○內西華門北長街有張某者家稱富有性好遊蕩不務正業日以嫖賭爲事養有優伶爲樂不數年家資蕩盡只落得科頭跣足在街頭乞太公九府錢一文爲餬口資四月初八日在前門外大栅欄地方路遇舊僕馮某自西而來該僕見其顚沛情狀頗爲不忍遂將張某扶同登車回至寓所立予更換新衣欵備酒飯並慨贈白鏹二十金以資用度聞此僕曾沾張某厚恩今見其坎坷追念前情藉圖報答聞者皆義馮而惜張吾不知張某者果何以爲情也世之坐擁厚資流蕩忘返者可不引以爲鑒哉

付之一炬　○前門外香廠北上坡居民趙某者向充西珠汎巡緝頭目稍有餘囊蓄造房屋藉以寄妻孥而數晨夕詎于四月初六日清晨因焚佛香火光上冲致將頂隔燃着霎時火焰熊熊不可嚮邇當卽鳴鑼報警衆水會善紳聞聲前往努力撲救僅燒燬房屋三椽幸未延及隣右

不孝宜誅　○前門外鋪陳市居住民人范某終日遊蕩不顧父母之養四月初一日因口角頂撞竟敢拳毆其父經鄰右王某見其情勢兇惡恐有不測致遭訟累始則善爲勸解繼因不服遂致拳脚交加將范毆傷扭赴中城控告於堂訊時王將范某種種悖逆不孝各情和盤托出即將范責押訊辦以爲不孝者戒

迷拐宜懲　○都下近日拍花迷拐孩撓之事層見疊出朝陽門內南小街有旅籍一女年已十五於四月初七日晨起赴門首瞭買食物旋即無翼而飛又同時王大人胡同有一九歲幼女抱其弟孩在門嬉戲瞬息間惟見幼孩在地而九齡女子踪跡杳然矣兩家久不見女同出尋覓始互相驚駭徧詢街巷迄無見者乃恍然悟爲拍花者迷拐遠遁而已無及矣噫輦轂之下妖術邪人竟無顧忌若此彼草木繁蕪則蛇虺藏其內叢巒疊翳則狐狸踞其中豈堂堂帝都竟容此鬼蜮伎倆是在有地方之責者認眞緝捕以儆効尤已耳

翔類以釘　○強討惡化向干例禁特官憲耳目難週以致地方惡丐及遊方僧道遂得施其伎倆耳四月初七日宣武門外兩橫

衖一帶有遊方僧向三德米店募化該舖夥未償其所欲至六點鐘時該僧陡出一鐵釘長約尺許由口內將左腮穿通釘在該舖門框之上血流如注富經街隣相勸給予京蚨十千仍未滿其慾壑嗣報該管營汛立將該僧解送步軍統領衙門管押候訊不知該僧何敢肆其强横否

和議續聞 ○中日和約風傳有讓地償費兩事言人人殊莫衷一是茲據官場傳說有日本自知所索太賒情願將允讓之某地退還之語未知確否查日本此次啓釁實屬無理取鬧人心莫不憤恨徒以中國兵備久虛遭其蹂躪蔦狀 聖天子深恐生靈塗炭不恤屈己曾和日前外洋電報俄法德三國同作不平曾向日廷詰問此次退還讓地或迫於公論故有是舉動歟否則恐日人無此良心也 又玉事狀終以與周我 國家受此欺凌創深痛鉅若果臥薪嘗膽斯恥又何難雪哉

食爲民天 ○本埠食力之家十居七八春初糧米昂貴經道憲出示禁止抬價居奇實爲救全貧戶保衛地方之至意彼時各糧店恐干抗違之咎勸令各米麵舖將玉米面每斤六十四文減去四文爲日無多復又仍舊本月初四五兩日大雨之後各糧店又藉詞長價玉米面每斤增至六十八文紅高粱每升七十八文詢之本地年老者以爲近百年來未有之價似此任意網利毫不顧全桑梓貧苦之情以致貧民益加窮困現聞強訛硬賴偷竊騙拐等事已經屢見不鮮倘再糧價不能平減恐地面益覺不靖而填溝壑流異鄉者猶所不計爲書云民爲邦本本固邦寗雖區區糧價顧可輕視疎忽乎哉

嗷嗷待哺 ○日昨城東數村紳民來津具稟報災者係生員劉作澎等其稟詞云爲頻年荒歉現又成災 公叩憲恩查驗矜全事黎等命事竊生等村地濱沿海爲津郡最下之區連年大水爲災歷經呈報有卷可查雖亦蒙擇尤賑撫但小民困憊已極現今日不舉火者十之八九啼飢號寒慘傷心目猶幸今春退水之地春麥一律播種共冀麥季有秋庶可稍蘇民困不料於本月初四初五日兩晝夜風雨大作一片汪洋盡成澤國所有麥苗全行淹沒更兼河水漲發兩岸大有平漫之勢飢饉成災較之先年困苦尤甚民心惶惶實無生全之路現値 仁天榮任愛民如子爲此詳報被災確實之苦情 乞恩准查驗俯賜矜全則各村老幼均感鴻慈於無旣矣

助賑清單 ○敬啓者僕等前奉 各憲面諭以灤州四鄉災民聚[illegible]數萬餘口在唐山街市屯積嗷嗷待哺諭令赶緊勸辦義賑以救數萬災民之命僕等奉此一面赴唐查勘一面在津勸捐茲將第二次助捐各大善士姓名捐數恭登報牘以昭徵信倘蒙 四方樂善君子慨解慈囊千金不厭其多百錢不嫌其少即祈送至溜米廠濟生社代收計開 大德玉西公磁化寶銀十兩 大美玉西公磁化寶銀十兩 福成德西公磁化寶銀十兩 存義公西公磁化寶銀十兩 大盛川西公磁化寶銀十兩 同順棧助錢十吊文 九思堂助錢九吊文 餘慶堂助錢五吊文 劉華亭助錢二吊文 金仰曾助錢二吊文 東雲堂助錢二吊文 耕心子助錢二吊文 督枕子助錢一百文 養石子助錢一百文 王克文助錢一百文 王克銘助錢一百文 海寗童子助錢一百文 惲李氏助錢二百文 陳余氏助錢五百文 劉趙氏助錢一吊文 劉李氏助錢一吊文 天聚公助羊毛毡一千三百五十條 天長仁助羊毛毡八百五十條 天津義賑局同人具

抬槍起運 ○月前黑龍江將軍依軍帥委員豐林前往山東購製抬槍五百桿現在均已造齊裝車至德州用船運載至津再改乘火車運赴前敵應用該委員稟請山東撫憲檄飭沿路地方官派差一體護送以昭愼重

之子于歸 ○德國定例無論士農工商富貴貧賤無不讀書識字之人人家生有子女及歲即應就塾苟有不學實罰其父母猶欽盛哉新關德司權自前歲由德國延來女塾師教其女公子品端學粹殊有儒者氣象師年雖逾笄尚未適人昨十二日即西歷五月初六日爲女塾師于歸吉期司權誼重西賓爲之肆筵設席旅居本埠之西國官商以及泊津之各國兵艦水師官弁皆詣賀焉西國婚禮與中大不相同聞之西友曰女子年逾二十即自行相攸父母祗贊成之結褵之日相率至官憲處書明文定時日並將彼此永無不合具結存案旋詣大禮拜堂向神設誓衆神甫誦經禱祝類多吉語禮畢携手同歸行合巹之樂事簡而情眞一切繁文虛飾絕無僅有較中國婚姻以兩不相識之人一旦同居共處致凶終隙末者常有所聞焉善不善相去奚啻天壤哉

鋪伙攪會 ○本郡各火會規矩嚴肅向章每年攏大會一次敬祀 赤帝眞君並酬勞伍善無不恪恭將事後各會辦法第一日邀請客位次日伍善酬勞界限分明不致彼此攪擾至日各街鋪掌委派同事或學生意一人到會觀劇藉資消遣而聯街誼法良意美歷久不渝詎十二日鍋店街靜安水局在東門外礮子胡同公地攏會所請本街客位竟自爭坐等事一再而三喧譁特甚甚至口角相爭辱詈之聲不絕于口鋪伙如此伍善可知殊屬不成事體豈非有心攪會幸會首人等忍氣吞聲細意安慰始將此日敷衍過去噫何人心之不齒也

船覆米沉 ○東泥沽田某在本村開設福昌益米鋪日昨該鋪同事郭姓來津買米一百二十石僱一小舟運回本鋪行至白塘口狂風突起船覆米沉郭某已順流而下該船夥友尚不知淹斃幾名

形同韃噴 ○統帶山東練軍馬隊五營陳軍門自二月間駐紮軍糧城當此草苗盛長之時雖被水淹不無乾地該營之馬一千餘匹盡行撒放傷害田苗不可勝數該軍門竟置之不問噫當此水災偏地祇餘尺寸乾土小民藉以生活該軍任意作踐又何貴乎兵以衛民耶

游勇鬧妓 ○十二日黃昏後有某營勇丁數人在侯家後王姓小班取樂因妓者不善酬應該勇等忿然而去邀集各營遊勇百餘人各執刀械蜂擁而至該班知其將復來也先將大門緊閉閴寂無人勇等剁門不開即飛身登屋拋磚擲瓦將院內牕戶砸得粉碎幸五段鄉甲局委員王大令聞知率領局勇前往兜拿該勇始各鳥獸散去竟未獲一人

騾馬遭瘟 ○字林報云傳聞山東道上之騾馬兩項近來大患瘟疫倒斃者已有數千頭

相貸近聞 ○台地自辦海防後瞬屆一年從前所收各項正供及海關稅銀僅敷小家之用去年新募勇丁合舊設之各營已至一百有零今歲二三月間突聞倭將犯台之警更於廣東福建等處添募三四十營加以購辦軍械旗幟每月共須用銀六七十萬兩迭向南洋籌借鉅欵而車薪杯水終覺無裨大局迫經部定息借章程委員分赴各府廳縣設法勸貸查台地富戶首推林時甫京卿維源田地之多約占全台十分之七其所居板橋府第中紫標黃標積儲不貲向者法人至臺時曾經劉省三爵宮保勉以大義報効餉銀百餘萬今唐中丞再三商勸又奉廷諭勅部議貸銀百萬歸案從優獎叙其銀仍分三年償還京卿初未應諾及澎湖既失有以身家性命相勸者且謂與其藏銀而得忤旨之咎不如輸銀而獲急公之名兩者相去奚啻天壤京卿始允貸銀四十萬而部中能否降格以從則仍未之知也曾聞京卿性尙慷慨頗明大義惟其左右有甲乙二閩人捨身事主從中勸阻果如是亦可謂不識輕重者已 錄滬報

啓者天德福棧開設天津紫竹林天壇西發賣烟煤焦炭批柴葦蓆棉花貫客商有米麥木料各樣貨存棧亦可代辦各事 請到本帳房面議 本主人顧崇德謹白

告白 岑宮保介福圖 左文襄公奏稿 皇朝一統輿地圖 北洋中外沿海詳細圖 東三省圖 四國日記 俄遊彙編 四述奇 小方壺齋輿地叢鈔 萬國公法 公法便覽 日本地理兵要 日本外史 東游紀要 中俄界約斟註 中外交涉類要表 日本新政考 武備志兵書 登壇必究兵書 俄羅斯地圖 西國近事彙編 地球五大洲圖 亞細亞細圖 文美齋謹啓

陳雨蒼施醫 啓者有病之家無力延醫請於早辰九點鐘午後一點鐘下午六點鐘至津大直養病院後陳宅診視有不能就診者必須寫明住址及姓氏名號送交本宅方能撥冗往診本宅存心濟世門診與規一概不取文分

四月十四日輪船進口

南昌	輪船由上海	太古行
武昌	輪船由上海	太古行
禮裕	輪船由上海	禮和行

四月十五日輪船出口

禮順	輪船往上海	禮和行
怡生	輪船往上海	怡和行

四月十四日錢洋行情

天津九七六錢
銀盤二千八百七十五文
洋元二千零十九文
紫竹林九六錢
銀盤二千九百一十五文
洋元二千一百二十五文

直報

光緒二十一年四月十五日　第八十九號
西歷一千八百九十五年五月初九日　禮拜四

上諭恭錄

硃筆鍾靈補授內閣學士兼禮部侍郎銜欽此　上諭李秉衡奏道員功蹟卓著請宣付史館立傳一摺已故道員戴宗騫由廩生從事戎行隨同李鴻章辦理直隸賑撫疏河營田諸務軍民咸食其力嗣在吉林剿辦馬賊搜捕巨匪江岸肅清十三年移防威海本年正月以孤軍扼守砲台勢窮力竭卒以身殉洵屬忠烈可風着將該故員生平事蹟宣付國史館立傳並准其建立專祠以彰忠藎該衙門知道欽此

知吏者說　續前稿

此種情節在知其治者猶可諉之于不知曰非我也書差也固不遑問其爲誰之書差矣及其傳遞於堂也値堂吏胥上其手曰夫子爲王子圍下其手曰此子爲穿封戍如此之類司空見慣猶無足怪所可異者官未發怒而値堂者示以目官遽云咎官未嘗恕而値堂者齧於頭官遽云釋夫折獄在審聽審聽在知音詖辭則知其蔽淫辭則知其陷邪辭則知其離遁辭則知其窮情僞莫逃曲直立判彼値堂者之聰明斷決果出於坐堂上者之右乎毋亦坐者昏然茫然如聾之倚相爲進退而爭訟之輩又或翻舊爲新以屢經斷之案冒名易詞以相傾甚至不惟與訟者訟且嘗與聽者訟情多轇轕事涉官民爲吏胥者挾其律以短長出入於其間旣以詐民兼以嚇官官府是時雖欲無訟將無奈吏胥之徒欲有訟匪民之流慣健訟何矣於是知是治者旣畏其強悍復怯其鑽營旣利其輸將復慮其箝制而一二幕友又或云難得糊塗免罣物議事事以善自爲謀時相勸戒以致一切弊竇老吏半諉之不知希圖方便一時僚友方且以妥當精明目而美之又安望其知民之隱知政之要身體而力行也哉然此猶非民政之大端也八政之目食爲先貨次之計以中國之全局食貨之產於陸者不若產於水者爲多稻秔蒲蘆是也運於車者不若運於舟者爲便河運海運是也獨是水之利於民也爲至大而其害於民也亦至深用與不用之別耳用則爲利不用則爲害北方故惜水如金南方故畏水如虎治於南者以河渠爲要資灌漑也治於北者以隄埝爲要防衝決也所以南方州縣多爭水之案北方州縣多爭隄之案此尤爲民生食貨之所關州縣最宜留心者今卽以北方言之直隸數十百河之水迸趨於津下隘則上溢勢所必然故減河不厭其多尾閭暢則其消急也今之減河多而消不急者病在淀泊之不廓淀泊廓則水之歸泊淀者容與蕩漾可以紓其奔騰之勢然後水之入河瀆者弭節安流易以禦其衝突之洶是減河之於人猶腸胃泊淀之於人猶肚腹也寧假雲南無滇池三吳無震澤兩湖江右無洞庭與鄱陽數省者尚有可耕可秔之地以養芸芸以作正供乎北直眞順廣平之有兩泊順保天河之有兩淀其納衆流以節宣者猶是也且北直之恃兩淀以瀦水灾滋蓄産便運行也猶諸湖爲尤急以其近於畿輔也其疏瀦隄防以爲受而敷施也視諸湖爲甚易以其中無島嶼也然而枝流堵塞無以殺其怒塡岸頹壓無以禦其衝莫殺其怒則澤國之蒲蘆稻秔不能殖莫禦其衝則原隰之禾黍菽麥不能收此處經行彼處議賑數河之決口經年不堵任其溢流農各輟耕四方奔走游民無業河

所不爲倉儲幾何爲能久恃財之流無以節財之源無以開徒恃勸捐抽釐殊非生財之大道實爲癸政之弊端況饑饉相因外患時起民窮丘疲而事不可息議者輒謂爲今之計宜先治其標一曰兵一曰餉餉不給則兵不雄司州縣之牧者亦競以籌餉辦團相勸切獨不思以錢穀之地而付之波臣驅耰鋤之民而遺之强敵其在圍困之中重以世守與民効死而弗去誠善矣其遠鋒鏑之處迫於饑寒任民號泣而不聞其可乎縱或云水利之政國有專司非州縣所能干豫此皆畏處分恐賠累巧規避苟且偷安之遁辭是不爲也非不能也不聞往事之成效乎滹沱一水發源泰戲至靈壽縣入直隸界水性狂濁到處爲患雍正間靈壽縣尹陸公隴其於水未漲時先在平地開河待受其泒頗遭蜚讕及水暴至順瀆如歸其歲直省皆灾靈壽獨熟同治間靜海縣尹陳公以培於子牙河建劃除河埝河套展足三百丈取土河內以築隄之議費省民安與另開減河無異蒙憲准行比時靜海連年豐稔之二公者獨非縣尹也歟如謂不能干預水利何以光緒間會計者有勘丈餘田報墾加科之議下其令於直屬州縣多報者獲異獎州縣承指無論水陸率以多報爲能磽瘠奇零俱登畝籍或以其產爲勝國文契不足爲憑或以其地與糧歧科則不符或以其有碍河流沒爲公產官府吏胥與一二劣紳朝夕指畫違者即繫逮而箠楚之一時物議沸騰民心惶惑幸上憲知其不可速罷其事否則水陸農民皆不堪命矣由是觀之有利於官則無不知有害於民有病於國則無所知孰謂州縣不能干預水利乎若夫徐司馬元禹代理文安以文汙形如釜底擬爲文汙永除水患營其地爲水田如艮鄉玉田[illegible]縣之治上其條陳圖說於各憲已蒙允行因代卸不果張司馬泳王代理靜海以靜西之子牙河黑龍港浸漫爲災擬於靜西賈口汙下游建閘聞其欵曾存質庫生息亦因代卸不果是皆人所習知有其志無其功實爲官不久於其任不獲及時以奏功如予於知吏之役倘不久於是鄉足不能習知是鄉之徑心不能習知是鄉之情不能隨地隨時以稽查盜賊是乃司其事而役知吏者之過非予之咎不得以知而不知將至於明知其事之當爲亦知其事之能爲乃竟付於不知而不爲甘心受不知之冤蒙不知之誚諱莫如深藏惟喜囿傾事變則無論公罪私罪眞知避重以就輕遇交涉則無論正財偏財確知朘民以肥己辦憲差則無論樂歲苦歲第知驅下以供上一攝大缺之家遂多延幕友遍置私人廣收㕑僕爲國乎爲民乎名曰辦公要悉爲一己之處分利害打算相習相沿如夜漫漫黑白難分仕宦之巧於今爲極舉可類推誠爲予所竊笑耳時夜漏未盡者三刻知吏者謂欵啓生曰鄰雞二叫先生休矣兩人遂啞然別欵啓生歸入黑甜鄉不知東方之旣白

敬天勤民　○四月十四日恭行常雩大典祭告祈雨壇百官照例齋戒三日於十三日卯正初刻　皇上出乾清門升太和殿看視祝版畢還宮用膳辦事已初一刻　皇上乘轎出乾清門經保和殿中和殿太和殿出太和門午門端門天安門大清門正陽門恭詣壇廟入齋宮齋宿並祭　風雲雷雨四神祭畢仍由舊路還宮是日風和日麗淑景宜人京師士女空巷往觀迫鹵簿所至咸讋蹕無譁但聞輪蹄聲得得千乘萬騎步武整齊　聖天子敬天勤民冀迓和甘而昭靈貺猗歟誠盛典也

封奏雜投　○四月初七八九等日六部九卿並各科道侍御俱呈遞封口摺奏數十件均未發抄聞悉皆係阻和局之議其中詳細因事關機密一時未得訪明俟有續聞再錄

先憂後喜　○乙未科會試四月十一日出看紅錄十二日揭曉已列前報場規塡寫榜示之時先將前五名空格自第六名寫起至二百六十六名寫畢再塡五魁是日東小市魯班館內出看紅錄時有某孝廉至夕未見紅錄有名亦未見捷報到寓意興索然蒙頭悶睡至夜交三鼓鄉入黑甜忽聞人聲鼎沸捷報傳來詢問榜示始知名在五魁因等第倒塡是以值差役傳報稍遲喜可知已

胡天不弔　○四月初三四日京師大雨滂沱已列前報茲聞彰儀門外三十里許之蘆溝橋係永定河經行之處其水由山泉發出是日雨中山水暴發波浪洶湧致將蘆溝橋十三橋孔平漫水面漂浮男屍五具豬犬二頭木器梟凳均由橋孔順水流過見者皆因水勢過猛未敢撈取前聞右安門外南苑小紅門馬家堡一帶禾苗亦被水淹沒嗟嗟生民胡天之不弔也

廟中佼佼　○南苑駐紮　神機營各隊兵丁每逢二五八日爲操演之期今聞四月初八日在德壽寺教場校閱陣伍當經慶邸發銀千兩分獎士卒其營哨各官則另獎以袍掛靴帽等物查該軍左右翼八旗馬步十營之內於教陣隊伍一事能指揮如意規矩從心

熟習金鼓口號者厥惟左翼總令官候補防禦藍翎驍騎校馬齊恩一人蓋因該軍俱係八旗子弟乘馬步箭而改操槍法已非易事其尤難始終穆節帥創辦教隊用清語口號繼經札芬帥接辦諭令改用金鼓變易之餘實難遽臻純熟乃馬君獨能神明於規矩之中擅巧於規矩之外聞其在教場中以一人指揮盛字一軍手援桴鼓口傳令語散爲蝴蝶五花八門圍作鴛鴦春雲秋月洵庸中之　者哉

南漕將至　○畿輔一帶糧價增漲日昂一日已登昨報究其何故蓋因兵食太多南漕遲滯新舊不接是以有增無減道憲呂庭芷觀察關心民瘼籌思再四前曾電商漕運督憲設法接濟茲聞本屆南漕恐由某洋行保險之輪船裝運到津後仍照向章以剝船運通以符舊例該剝船五千餘戶有此轉機可以不必另尋生路而米糧價值當亦逐漸稍貶俾糴米而食者稍減仰屋之歎矣

嘉惠士林　○欽加二品銜長蘆都轉鹽運使司鹽運使加一級隨帶加六級紀錄七次季　諭牌示事據會文書院執事陳壋張彭齡沈洪陳法錄繆嗣龍張體信等稟規蒙傳諭書院肄業舉人課藝擬集前列文字刊刻仰荷惠愛士林有加無已之至意職等實深欽感查書院自創建以來於今十有八載其光緒元二三年課前運憲如選刻止取文字八十篇刊刷成部以後均未續刻茲既蒙憲擬即選刻並示以自明年開課起發批留卷以備選刻職等恐肄業舉人未能一律遵照請即明發鈞諭張掛院中職等照可飭遵辦理其前十五年正取文字列榜囑其抄選已入仕途者函催抄寄以期多集備選敬請親操選政籌費刊刷俾刻之後復得二刻則士林觀感彌殷多均荷栽培無暨矣等情據此津邑會文書院原爲多士觀摩而設所有取列前茅課藝不乏華實並茂之作自應擇尤選刻以資觀感爲此示仰該舉人等知悉自光緒二十年開課起凡各署取列正取課卷概行留院由董事等呈送來司以備選刻其前十五年課藝日久未經選刊所有列入正取之卷迅即自行抄出並錄原批送院以便呈送彙選毋違特示○又諭會文書院舉貢並問津三取兩書院肄業生童及備取生童暨甄別未取生童知悉照得四月官課經古定於四月十七日考試合行牌示該舉貢生童等屆期親身來司領題卷回寓繕作限十日內交齊不准遲延各宜遵照毋得自悞切切特示

來信照登　○敬啓者鄙人前者敷陳唐山一帶災狀仰蒙錄登　貴報果得　諸大善士起而振撫開粥廠於唐山並分設開平實莊稻地胥莊等處以爲加惠窮黎來蘇共慶從此孑遺之民得以出水火登衽席上格天心祥和應召在指顧間矣查唐山既設粥廠遠近飢民爭來就食其數不下億萬然跋涉道途往返不易夜則幕天席地露處棲宿月初天氣轉寒礦局總辦惻然憐憫爲搭蓆篷百十所不敷則盡開洋灰棧房任其棲止奈人數過多終難遍叨廈庇於是街廡等處坐臥殆滿詎是月初一之晚天大雷雨以風連綿初三四五疾風驟雨勢如萬馬奔騰彼沿街露宿之流腹餒衣單週身濕透烈風砭肌凍斃無算歎彼遺黎不來則餓死在家來則又爲風雨所厄嗚呼豈天心尚未厭禍耶此時風雨未止死亡枕藉鄙人目擊心傷寢不安枕伏乞　大善士救人救徹　廠恐難遍及莫如多派善士分投各村命其首士赶緊造冊就地督同給發俾不至流離失所委塡溝壑不然唐山人多既防擁擠且死人太多恐釀疫癘亦不可不早籌及之也伏乞　大君子仍爲删節錄登　貴報功德無量學泐祇請　籌安傷心慘目人金瑩謹啓

民情依戀　○邑侯李搏霄大令在任數載除暴安良有陸清獻治嘉之績客歲海疆有事創辦鋪民各局改歲以來雖大兵雲集而地方雞犬不驚賴以安謐大令之苦心布置已可概見今量移在即闔郡各紳民以及舖商人等俱各製牌送傘以誌感慕不知凡幾並聞侯大令起程時咸擬公餞行旂稍盡攀轅臥轍之誼噫苟非實惠及民曷克如斯之盛也

母女同歸　○好生惡死人有同情至於自尋短見其中之不能存活已屬萬不得已之苦衷若再自斃其孩而後自就死地雖未免居心狠毒而其志亦可哀已現聞南斜街居住梁姓者開設刻字舖爲生娶妻某氏所生一女年六七歲忽於十四日夜間將女孩用繩勒死某氏即吞洋烟斃命詢係其夫梁某存有餘資不務正業而其姑又十分悍虐致某氏憤恨身死梁某已赴縣投案不知如何懲辦俟後再錄

軍心感戴　○前以海氛肆擾邑侯李搏霄大令共募民團兩營以資保衛現因中東和議已成將所募之營遣撤已登昨報按兩營一千人計共十哨內有左營哨官張千戎自充哨官甫經半載平日與所屬勇丁親如兄弟於操演訓教又能盡其所長軍心最爲浹洽

迄今遺撤已及半月該哨兵丁不忘舊德於昨日恭送萬民傘一柄額曰德恩廣被其慈惠及兵於此可見否則已撤之兵何能有此盛舉似此微末哨弁猶能感動人心爲將領者可不視兵如子弟與士卒共甘苦歟

河水大落　○本埠趙家場一帶河水漫口已登前報查此次之水連及數村田圃菜蔬盡行淹沒據村民聲稱本價若干皆利債而來今竟不得一文之穫累上加累將奈之何幸日昨水忽退落二三尺各樣菜蔬仍可播種惟冀長夏之水不再漲發則失之東隅收之桑榆尚可爲補苴之計究不知天意如何耳往年斯時菜蔬每斤四文者今漲至二十文民間仍形困苦居者行者又將何術以生活哉

心愿未償　○京西北妙峯山敬祀天仙聖母歷年四月初一日起至十五日止半月香火稱爲極盛已登前報查此廟爲京西各廟之冠最稱靈驗數百里外紅男綠女寶馬香車無分晝夜不避風雨絡繹而來自四月初三四五等日大雨連宵以致山水暴發京北三家店地方水深數尺路阻行人是處距山八十餘里香客之心愿未償者不知凡幾昨有代香人來津縷述跋涉之苦以爲時非盛夏而水勢極寬誠屬非常變異天怒亦可知矣

恃强無益　○臺灣孤懸海外其民情素稱强悍而又客籍居多平時動輒械鬥視死如歸不畏法令自澎湖失守該處民心惶惶到處結團助官禦侮日人兩次犯境俱被兵民擊敗不敢以正眼相覷頃聞省城有滋事之說或謂因中國已將其地讓與日本臺民不樂隸日向官長控訴官以事經朝命不得抗違因而羣起公憤先與官長爲難中軍官彈壓竟被所殺並殺一提督刻下撫軍之存亡未卜勢如鼎沸喧民心未去天意可知彼日人恃强恐無益也

漆油價貶　○漆油一項產於襄鄖山中者最多除銷行各埠澆製臘炬外漢鎮西商亦有購以出洋者故年來銷場頗稱暢利去年價碼提至八兩四錢之譜道途稱述俱云猶可高提大有佳境詎意囤貨愈多而西商採辦者反不如先時之踴躍以致價碼驟貶竟已跌至七兩七八錢尚無受主諸囤。又未免咸興耗折之嘆矣　錄新聞報

烟葉滯銷　○烟葉一物所產之地頗多而以湖南之郴州爲最河南之均州鄧州次之蓋地土相宜故也漢鎮銷場之大小亦即視之以爲等差大約由西商採買運之呂宋造成捲烟然後運販他處發賣華人不知近日因何洋莊不甚採[illegible]以致各路到貨堆積如山價碼頓形貶落刻下郴州老貨價十八兩均州貨三兩六錢至二錢鄧州貨三兩八錢鄧州片四兩三錢山陝烟葉五兩七錢黃岡葉七兩一錢聞價碼既貶生意仍未暢旺云　錄新聞報

告白

啓者本號開設海大道機器磨房前由四月二十二日起分設養牲院跑馬廠三天預備各色洋酒各樣洋菜大小甜麵包等是日貴客仕商欲往觀者祈請光臨價値格外公道特此佈聞

同順辦館謹啓

告白　本齋運到新譯各種兵書

克虜伯礮說　行軍測繪　海道圖說　攻守礮法　繪地法原　礮法心準　測地繪圖　營城揭要　營壘圖說　測候叢談　臨陣管見　列國陸軍制　英俄印度交涉書　開地道轟藥法　礮乘新法　礮法求新　前敵須知　礮法畫譜

文美齋謹啓

啓者天德福棧開設天津紫竹林天壇西發賣烟煤焦炭批柴葦蓆棉花貴客商有米麥木料各樣貨存棧亦可代辦各事　請到本帳房面議　本主人顧崇德謹白

陳雨蒼施醫　啓者有病之家無力延醫請於早辰九點鐘午後一點鐘下午六點鐘至海大道養病院後陳宅診視有不能就診者必須寫明住址及姓氏名號送交本宅方能撥冗往診本宅存心濟世門診與規一概不取文分

四月十五日輪船進口

南昌　輪船由上海　太古行
武昌　輪船由上海　太古行
禮裕　輪船由上海　禮和行
順和　輪船由上海　怡和行

四月十六日輪船出口

禮順　輪船往上海　禮和行
怡生　輪船往上海　怡和行

四月十五日銀洋行情

天津九七六錢
銀盤二千八百七十五文
洋元二千零十九文
紫竹林九六錢
銀盤二千九百一十五文
洋元二千一百二十五文

直報

光緒二十一年四月十六日　第九十號
西曆一千八百九十五年五月初十日　禮拜五

上諭恭錄

硃筆遣額勒和布爲滿洲繙譯正考官剛毅爲副考官欽此　硃筆內簾監試着賡颺王綽去內簾監試着杏林曾廷獻去入號巡察着暠通阿松齡宋承庠陳其璋去欽此　硃筆這場內督理稽察着左翼副都統英信右翼副都統彭壽去欽此　硃筆這收掌試卷等所官着長明祥麟存志榮恩中與禧昌阿去欽此　上諭邵友濂奏假期屆滿病仍未痊懇恩開缺一摺福建台灣巡撫邵友濂着准其開缺欽此　旨光裕成端鍾秀派進圓明園班欽此

論治貴乘時

天下圖治之始患在無君不患無臣出治之初患在無臣不患無民不有廢也何以有興興亡屢矣未有易民而爲治者亂之極即治之機易如反手機善轉實時善乘耳天下有不相時以療疾者徒束手於疾之不可治此天下之庸醫也天下有不相時以維世者遽扼腕於世之不可爲此天下之庸臣也庸醫殺人人至死而不悟庸臣誤國國將喪而不知是在君人者之明以察之健以決之而已自古無治法而有治人非無法也法爲意所生猶之灰爲火所化求灰於火可立而待求火於灰則爲不可必之數矣困學記聞曰器久不用則蠹政久不修則壞故以屢省爲戒何以省之省之於其機尤必省之於其時事莫不有機亦莫不有時機者何書所謂若虞機張是也其勢若弦之於矢銃之於火引而委之則無不去撥而燃之則無不發矣時者何書所謂慮善以動動惟其時是也若天之於二至農之於耕耘先一時不得後一時不得及其時而失之則又不得矣古之聖帝賢王默以察天下之機靜以觀天下之時握其機以待其時時至則起而乘之如矢與銃之赴的中途無阻足期無可遏勢也然而不至於犯天下之難啓天下之惑者因其機順其時勢有可乘斯往無不利故其於事也不舉則已舉之恒不勞而成往往事半而功倍孔子曰德之流行速於置郵而傳命此物此志也昔在有夏其法尙質傳數百年而法敝敝則變而尙忠殷尙忠傳數百年而法敝敝則變而尙文然則法久無不敝敝無不變天有陰陽日有晝夜序有冬夏猶是也善乘時者夏則葛冬則裘夜則寐晝則興有人焉服裘於夏服葛於冬則必不足以適體晝而不興夜而不寐則必不足以養生夫所謂晝夜冬夏者時爲之而裘焉而葛焉而興焉而寐焉者則人之乘其時而制其宜固有以察人事之當然合人意之必然順人情之同然者矣今環地球之五大洲所與我中國往來者若英若德若法若俄若美皆振起乘時以自強而與民更始而我則積弊最深而不知改頹墮廢弛如病人之軀耳目手足心肝腸胃之畢具無一可用鬱極作憤幾欲自戕嗚乎此正亂極思治天心人心已萌悔禍之機其時可乘有不必待計而可決者今夫法制之敝莫敝於有其名無其實無其實而猶建其空名則人將循名責之其敝立見見而不知速改則患將日深一敗而無可救藥非無藥也法華經如來壽量品曰亦知拜跪問訊與之好藥而不肯服此何以故毒氣深入失本心故中國之病毋乃類此夫國家所恃以常變而無虞者數端耳曰科舉曰官制曰兵法科舉以選人才官制以理政事兵法以備非常今試場半爲利藪公庭多爲私竇武備幾爲

禍根非其人盡不良其法旣敝習使然也一旦猝遇禍變何所恃而不恐往者粵匪之變知我額兵之不可爲用也於是棄兵而用勇兵法自是已一變矣然而事平額兵未全汰募勇未眞練甚至處凱撤之勇無法遣散無處安置數年之後老成凋謝所存夙將落落如碩果晨星或年髦或病廢或更業或賦閒而專權不屬其當路者半出權門半出公子其一二名將或僅屬偏裨進退不得自專或晚得事權局已殘敗莫能收拾所統之勇非其所練恩威未能深孚勇不知將將亦不知勇不愛將將不愛勇乃日費有用之國帑廣招無用之新軍驅搶湧之甚赤餉貪暴之虎狼迫 試而鋒挫發壁地以失城旁觀咄咄猶以爲怪何怪之有竊嘗謂朝鮮之變非國之害國之福也何者天將禍人必先示禍以儆之使其一聞風一震驚一言念一悚惕一戒懼 修省以恐致禍震之占也城雖失餉雖糜不爲惜誠由是而臥薪嘗膽生聚教訓縱爲城下之盟涕出女吳不爲恥所恥者泄泄沓沓昏昏瞶瞶猶昔蒙蔽猶昔貪婪猶昔貪緣猶昔欺君虐民仍猶昔則大廈一傾衆爲之鮮身未必可以獨存也此誠可爲痛哭可爲流涕者也所可幸者人心未去義憤同存有以激之則勃焉莫遏假令爲之上者鮮辭而審思之處以小心佐以大力持以悠久速出號令革故鼎新約法數章與民更始民之美俗旣可以救惡政君之新法尤可以除舊汙外聯友邦廣收義士中興之機一舉可成若是則强寇之來安在非天之福我乎時哉時哉且將拭目視之矣

好行其德 〇修橋補路功德無量京師順治門大街西茶食胡同西口地方每逢大雨之後積水泥濘行人病涉四月初六日經街道院憲督飭鋪頭雇覓夫役淘挖泥水平墊道路捐己養廉爲人方便誠所謂好行其德者也

山路難行 〇京西金頂妙峯山碧霞元君廟年例四月初一至十八日爲闢廟之期所有大宛兩縣旗民善男信女俱由南道三家店中道大覺寺新北道北安河老北道石佛殿分路而馳奔爭聖駕前焚香叩祝了願者絡繹不絕本年因三家店渾河水溢所搭浮橋均已坍塌所有諸善士由南道而來者皆繞越渾河走邊山直扒仙人古洞山坡而行其山路崎嶇無殊蜀道迨越嶺仍歸中道羅蓊地較與南道至孟嘗嶺近三十里該處茶棚只有仙人古洞大紫石童子水三座晝夜施送茶粥以解香客往來之飢渴者誠不愧普濟良緣功德無量矣道路雖較近於三家店登涉頗難聞四月初八日下午三點鐘有香客甲乙二人行至童子水上坎忽然風雨驟至甲乙二人脚力勞乏陡被風吹墜落山澗一落千丈性命堪虞經茶棚善士望見赶即覓人繞道往救幸蒙神佑竟無傷損惟甲額角稍有擦傷痕跡冥冥中當有呵護之者矣

殺生慘報 〇前門外高廟居住曹某世業陳平徽時手藝宰殺不知幾千萬億以是戾氣所鍾育有子女或手足之上或肩睫之間必茸茸生毛形如剛鬣曹某稍知儆懼即當力改他途乃仍安然自若本年四月初二日正當宰殺之際其次子年甫三歲忽然大聲喊哭一似悲從中來自此病狂或作豕鳴或作犬吠延至初十日夭殤人皆謂殺生之報放下屠刀立地成佛不知曹某能悔悟否耶

未能忘情 〇都下青樓之盛甲於列郡每逢開甲榜之年好事者平章風月就加選擇取名妓三五人亦欲以狀元榜眼探花名號爲花叢生色日昨有某侍御出操選政意欲以某妓觥錄之多爲諸花之冠詎有中涓某者抱跛不忘履眇不忘視之情素暱一妓聞花榜有人奮袂而起謂花榜如以觥錄之多寡定其甲乙吾情願爲某妓擺五百酒筵必置某妓爲狀頭而後可以此操玉尺之名公負見奪於金璫之譏者故本年花榜尙未定出人咸謂該中涓爲故違蚨怒余因憶昔時裴思謙秀才以宦者仇士良關節及第當時知貢舉者爲高鍇侍郎思謙門下不得受書函及試日思謙自懷士良一緘入貢院面白鍇曰軍容有狀薦裴思謙秀才鍇不得已接書知爲思謙求魏科答曰狀元已有人此外可副軍容請思謙曰卑吏面奉軍容處分裴秀才非狀頭請侍郎不放鍇俯首良久乃曰然則須一見裴秀才思謙曰卑吏便是鍇見思謙人物堂堂遂改容從之是古來眞榜狀頭尙可爲宦者所奪况茲青樓花榜又每况愈下者乎惟是該中涓以情根久斷之人必欲在花柳場中逞其意氣昔人有戲改元微之詩句云寄語東風好抬舉夜來曾有老鴉棲吾欲爲該中涓所暱之妓詠之

樂善不倦 〇礦務局總辦張燕謀觀察宅心仁厚樂善不倦前因豐玉等處饑民乏食首先捐廉創辦粥廠月初風雨爲害復恰蓆棚廣開灰窰俾災民棲止此中全活者以億萬計現以雨後可耕施粥斷非久計因稟請上憲撥欵賑濟並發冊籍募義賑爲饑黎籌畫無微不至昨由籌賑局撥領銀二萬兩小米一萬石解赴唐山放賑前曾由該局撥過銀十萬兩祗以人數衆多尙不敷用今領此欵恐仍

無濟於事惟望　長官大人　仁人君子慨解善囊多多益善有張觀察之實心實力安區必實惠均霑也

保持錢業

○欽加三品銜賞戴花翎保薦卓異陞用道府在任候補直隸州天津縣正堂兼辦營務處李　爲出示嚴禁事光緒二十一年三月二十六日蒙　署督憲王　札飭據錢商振泰承等號聯名禀稱竊津郡錢舖向賴出帖通融市面現錢來源短絀年甚一年商等前在南省及灤州一帶採辦現錢上年均經官示禁不准出境來源已斷現値海氛未靖各錢舖支應各路軍餉已屬爲分支絀去冬封河各洋行及辦賑各州縣在津擠取現錢搬運出境商等曾經禀飭禁止在案茲有勝芳鎮錢商藉合文安縣賑銀來津運錢鉅萬並請差護送出境以致市面搖動請查禁等情令即出示嚴禁等因蒙此合行出示嚴禁爲此示仰津郡城廂內外軍民人等知悉自示之後如有無賴棍徒勾串奸商藉稱放賑銀兩故意向各錢舖擠取現錢搬運出境許該錢舖指名禀究倘敢故違一經查出或被告發定即從嚴懲辦決不寬貸各宜凜遵毋違切切特示

釋去懷疑

○自客歲募勇以來各營勇丁因餉滋事不一而足其過固在管帶然而亦有過在勇丁者日昨河北窰窪練軍營勇丁爭鬧一節實因懷疑所致於統帶毫無干涉年初欽憲劉峴帥體恤兵艱飭各營加足月餉減扣米銀蓋因各營有九關十關之別獨練軍章程向來每年十二關餉無可再加至米銀祇扣五錢他營皆於正月奉文獨練軍營四月甫經奉文是以從四月減起該兵丁不明事理爭向統領饒舌經統領明白曉諭現已安帖無事查統領何軍門自接統是軍潔已愛兵無逾子弟軍營陋習一掃而空各隊兵丁同聲感戴此次之鬧該兵等疑爲翼長尅扣是以羣相擾攘該翼長平日固不理於衆口而此番似亦無所出入也

食鹽大短

○昔管夷吾治齊煮海爲鹽齊國大富至今鹽課爲賦稅大宗洵治國之厚利也本埠海下一帶每届初夏正當作鹽之期生鹽熟鹽兩相忙迫鹽坨等處極稱熱鬧附近居民皆得自食其力詎本届四月初旬忽遭海嘯雖事所常有而無如此次之巨者聞所有濱海山東直隸境內距海百里之處皆受是災據老民聲稱爲百餘年來所未有以致海下之舊鹽俱已漂沒而新鹽仍難成作各鹽商等殊多掣肘云

覆舟斃命

○初十日杏花村下河內有小搖船一隻坐男婦三人順流而下其行如箭激忽遇一裝雜貨船迎溜上駛猝不及讓將小船撞翻男子二名婦女一名俱被淹斃屍身尚未撈獲經屍親赴琴堂控訴奉飭裝雜貨船打撈屍身再爲判斷

澤及枯骨

○本埠各善舉無法不備皆由紳富官商捐貲樂助客籍士著受恩匪淺即以義地而論河東一帶約有數處有數千餘座每年暮春前後由善堂雇夫修補以備夏令雨水浸灌本年修補較遲者因去歲義地左右積潦尚未涸盡是以於四月初間未雨以前照章雇工修補詎工程未竟即値初三四五等日風雨摧殘以致冲刷過多徒勞枉費現已於日昨復又雇工重修一律完美九泉枯骨如受甘露楊枝已

游勇不法

○侯家後江义胡同王洛八小班不知因何得罪某營營兵十二日晚該營兵邀集三四十人各持器械將該班搽砸復到清淨菴胡同又將坐排小班搽砸並將開班之房姓毆傷該管五段守望局並舖民局聞風追捉當時抓獲一名名劉得勝局員即禀送局蒙吳太守堂訊劉得勝供稱搽砸小班持刀傷人不諱將劉得勝並開班之房姓一併送縣詎至次晚該營兵復聚集百十餘人各持器械聲稱與劉得勝報仇尋向舖民局搽砸並將器械搶去若干後至五段守望局之局所任意毆打始各散去該局員幸未在局否則難免受侮該員聞信立即禀報總局吳太守即派孫韓二弁調各段局勇數十名至五段地方查拏不知能否弋獲嘔士棍游勇到處勾結冒稱營兵尋釁滋事已非一次營兵雖有不法之徒諒不敢公然聚集百餘人肆無忌憚當又棍匪所爲似無疑義惟望有管帶之責者約束兩營戒之愼勿稍懈以貽口舌也

怒不畏法

○本埠好勇鬥狠之風甲于他省雖大憲屢經嚴辦若輩怒不畏法仍蹈故轍昨西門外永豐屯地方伙計王禿子與張四杜洛素有仇隙杜洛等持刀將王禿子剁傷傷痕徧體兼有致命處王禿子之母赴縣喊控邑侯趙大令飭値差簽傳杜洛等拘案並將王禿子抬至堂下驗明傷痕即飭皂班差役將杜洛等各責大板三百下鎖押候辦大令下車伊始久知混混等擾害閭閻定必嚴懲

行從嚴懲辦也

奸商害民 ○永平天津所屬各州縣數年以來屢被水患民困不堪而糧商等人天良喪盡苟能稍輕漁利之心饑民之受福不淺該商等利心甚熾不但不肯平價而且再加價玉米麵每斤售至七十四文白麵每斤九十六文食力之家其何能飽前鹹水沽楊柳青等處釀成搶糧之事雖蒙道憲呂觀察出示禁止抬價居奇而示者自示抬者自抬奸商攘利之私有加無已若不設局平糶恐若輩利慾熏心仍富逐漸加漲無數窮黎不將坐以待斃乎西國官商並重蓋其商人皆明大義若遇凶荒必出死力以助賑濟斷無如中國糧商之行為者宜乎中國商人之不足齒數也噫

俄法軍容 ○長崎西字報云華三月三十日有俄國兵船六號泊在長崎其中有一極大之鐵中船名尼各來第一同時法水師提督坐船偕法兵船三號於此下碇

解糧北上 ○金陵訪事人云江安督糧道馬觀察前委各員採辦粳米現已彙齊由河運解往京師以充 天庾擇吉三月二十九日起程是日鐘鳴十下排齊儀仗先赴督藩二轅稟辭繼至江寧府上元縣江寧縣辭行然後往各候補道處告別事畢回轅移時各官紛紛送別觀察 概擋駕 至三點鐘時出三山門至接官廳早有府縣各官齊集伺候觀察稍叙寒暄即一揖登舟揚帆北上 錄申報

來信照登 ○敬啓者鄙人前者敷陳唐山 帶災狀仰蒙錄登 貴報果得 諸大善士起而振撫開粥廠於唐山並分設開平胥莊稻地胥莊等處以為加惠窮黎來蘇共慶從此孑遺之民得以出水火登衽席上格 天心祥和遂召在指顧間矣豈唐山既設粥廠遠近飢民爭來就食其數不下億萬然跋涉道途往返不易夜則幕天席地隨處棲宿月初天氣轉寒礦局總辦惻然憐憫為搭蓆篷百十所不敷則盡開洋灰棧房任其棲止奈人數過多終難遍叨廈庇於是街廡等處坐臥殆滿詎是月初二之晚天大雷雨以風連綿初三四五疾風驟雨勢如萬馬奔騰彼沿街露宿之流腹餒衣單週身濕透烈風砭肌凍斃無算歎彼遺黎不來則餓死在家來則又為風雨所厄嗚呼豈天心尚未厭禍耶此時風雨未止死亡枕藉鄙人目擊心傷寢不安枕伏乞 大善士救人救徹 將粥廠恐難遍及莫如多派善士分投各村命其首士趕緊造冊就地督同給發俾不至流離失所委填溝壑不然唐山人多既防擁擠且死人太多恐釀疫癘亦不可不早籌及之也伏乞 大君子仍為刪節錄登 貴報功德無量專泐祇請 耆安傷心慘目人金瑩謹啓

告白

啓者本號開設海大道機器磨房前由四月二十二日起分設養性院跑馬廠三天預備各色洋酒各樣洋菜大小甜麵包等是日貴客仕商欲往觀者祈請光臨價值格外公道特此佈聞 同順辦館謹啓

告白 本齋運到新譯各種兵書 克虜伯礮說 行軍測繪 海道圖說 攻守礮法 繪地法原 礮法心準 測地繪圖 營城揭要 營壘圖說 測候叢談 臨陣管見 列國陸軍制 英俄印度交涉書 開地道轟藥法 礮乘新法 礮法求新 前敵須知 礮法畫譜 文美齋謹啓

啓者天德福棧開設天津紫竹林天壇西發賣烟煤焦炭批柴葦蓆棉花貴客商有米麥木料各樣貨存棧亦可代辦各事 請到本帳房面議 本主人顧崇德謹白

陳雨蒼施醫 啓者有病之家無力延醫請於早辰九點鐘午後一點鐘下午六點鐘至海大道養病院後陳宅診視有不能就診者必須寫明住址及姓氏名號送交本宅方能撥冗往診本宅存心濟世門診與規一概不取文分

四月十六日輪船進口

武昌	輪船由上海	太古行
禮定	輪船由上海	禮和行
怡生	輪船由上海	怡和行

四月十七日輪船出口

禮順	輪船往上海	禮和行
禮裕	輪船往上海	禮和行
南昌	輪船往上海	太古行
順和	輪船往上海	怡和行

四月十六日銀洋行情

天津九七六錢
銀盤二千八百八十文
洋元二千零九十五文
紫竹林九六錢
銀盤二千九百二十文
洋元二千一百三十文

直報

光緒二十一年四月十七日　第九十一號
西歷一千八百九十五年五月十一日　禮拜六

上諭恭錄

上諭劉樹堂奏特參庸劣不職各員一摺河南候補知府賈敦栓藉差牟利罔恤聲名前署上蔡縣事候補知縣劉傳壯志趣不端候補知縣陳世昌不知檢束光州州判杜壽銘操守平常許州學正袁景閎不安本分候補巡檢李循楷行同無賴均着即行革職睢州知州王枚安陽縣知縣董慶恩均不知振作難膺繁劇上蔡縣知縣李振聲不洽輿情新鄭縣知縣魁聯辦事竭蹶永寧縣知縣諸煇祖商城縣知縣劉與齡均性耽安逸俱着開缺另補蘭儀縣知縣任兆麟辦事因循前署西華縣事教習知縣馮作棟不諳吏治該二員文理尚優均着以教職選用餘着照所議辦理該部知道欽此

風氣說

盈天地間而體物不遺者何物乎氣而已即風而已氣無形亦無聲而形之所以成形聲之所以成聲者舍氣則無物是氣者形形者也聲聲者也有氣則有風漆園吏曰大塊噫氣其名曰風是也故易以巽爲風巽順也順物之情而善爲入亦順物之情而善爲動其用以入則因物付物體物不遺其用以出則因物及物順時而動天地不息則萬物不息萬物不息則風氣不息實則天地萬物之不息皆風氣之不息有以不息之也溯其始則不見不聞及其終則無不見無不聞且其見見聞聞者不必易時易地也此其故人人忽之實人人喻之非特聖人爲然也自古及今縱橫中外老幼之人無不愛財無不好色無不生氣不如此則非人不如此則竝非聖人蓋飲食男女人之大欲所存天地以此爲生聖人以此爲教故能成聖人之教以爲風以成化入人肝脾昭人耳目性理云云必有恥則可教孟子云恥之於人大矣益恥生氣氣生勇勇生知仁其氣然其風然其來舊矣所以善觀政者不觀其政觀其俗觀俗之法莫妙於觀音更妙於風更妙於觀氣氣之所向即風之所行即音之所出俗之所成政之所被一望而知一覽無餘焉朝野之相去不知其幾千萬矣非特以君視民似霄壤即以官視民奚啻霄壤哉官未嘗入民之家民未嘗登官之堂官未嘗得人人而面論之民亦未嘗得人人而親聆之出入之間猝然相遇彼此不能識面焉能知心然而以心印心無不相照無不相應者入單父見俗皆棄漁則知子賤之政入中牟見俗皆馴雉則知魯恭之政見俗之坐知其地將即於夷以俗觀政百不失一難以枚舉世之徒弊精神於簿書期會者不足以知此亦並不足以語此也何也彼方設條教事箠楚視天下之蠢蠢方將以足蹈手持嚴法峻刑恃勢力以强使而整齊之從不知民俗爲何物而民之視其條教之政漠不動心亦不知其爲何物而已矣依古以來率以仁則仁率以暴則暴上之人好惡從違其私心本不欲衆著也已早判斷於愚賤之睽睹如見肺肝下之人耳目心思其大權實不能自主也每受轉移於君相之寢興如體形影此終古不易之理也不獨是也嚴父督責其子其子或退有違言曰夫子教我以正夫子未出於正也匹夫修行於鄉不肖每感而生愧曰姓名幸勿令若人知也何以勞攜尊親而不行

誰甚雖遴而可動哉其氣既入其風自行也昔魯隱之難閔公元年齊使仲孫湫來省難仲孫歸曰不去慶父魯難未已公曰魯可取乎對曰不可猶秉周禮周禮所以本也臣聞之國將亡本必先顛而後枝葉從之魯不棄周禮未可動也夫魯之所能秉周禮者誰氏其所謂周禮者何物其時閔公爲魯君甫八歲哀姜爲君母實棄位而奸慶父爲大臣則弒逆之賊周禮之大禁無不犯之政何可問又何足觀云胡不亡湫之所謂周禮未改者亦謂其講於泮宮流於洙泗被於絃歌形於冠服先王制禮之意其氣浹洽耳濡目染民身安而心服無往非禮卽以哀姜慶父之權不能奪其俗而易其心則魯之爲國恃此風氣自非他邦所可擬矣僖之二十一年邾人滅須句須句子來奔因成風也成風爲之言於公曰崇明祀保小寡周禮也蠻夷猾夏周禍也若封須句是崇皞濟而修祀紓禍也夫周自平王東遷降於列國與政殊俗各私其私晉人有難則曰天禍晉國鄭人有難則曰天禍鄭國未聞以周禍爲言者成風請救須句若以邾滅須句勢將逼魯當曰實魯之禍其不言魯而言周者以爲普天之下皆周也魯非魯之魯周之魯也須句非須句之須句周之須句也邾爲不道滅周之須句則爲周之魯者安得不被髮纓冠而往救耶成風一女子耳所見如此是知先王之禮其氣無所不入其風無時不行也詩云於戲前王不忘彼前王者已沒世矣凡其出於學士大夫之談者殺之餘也出於故家遺老之傳者治之餘也出於匹夫匹婦之口者化之餘俗之餘是皆風氣之所成也今者海氛之惡索地索財外而友邦不平內而紳民共憤其來甚遠於此見前王之不忘中國雖弱大可爲也所望秉國鈞維世運者毋失其機毋忘前王毋負此風氣斯可也

教習傳到　〇總理各國事務衙門爲傳知事本衙門記名同文館教習夏文彬將次挨補爲此示傳該教習於四月二十日取具同鄉京官印結赴本衙門驗到倘逾限不到卽行扣除毋違特示

驗換牙帖　〇京師順天府爲凡售賣房產糧米油酒牲畜瓜菓菜蔬木料柴草各物均由牙行經紀例於順天府糧廳領取牙帖印照爲憑每年更換一次現値更換新帖昨奉新任督糧廳唐別駕維錦諭於四月立夏爲始各行經紀務將舊帖繳囘換發新帖以符定例而資辦公

孝廉被竊　〇京師宣武門外粉房琉璃街廉欽會館某孝廉來京會試暫寓該館於四月初十日夜時交三更正游黑甜鄉㝠忽被妙手空空兒挖牆而入將衣箱銀兩等物盡行竊去孝廉次早始覺卽遣長班赴北城坊西珠汛報案會同勘驗飭差嚴緝贓賊務獲究辦京師鼠竊之輩實較外省爲尤甚今某孝廉以觀光上國而遭胠篋之災雖腹笥之甚充已囊空之若洗殊有進退維谷之况矣

求吉得凶　〇四月十二日前門內松樹胡同有某別駕者其子年方十六業已定婚忽患癆瘵醫治罔效有巫婆告以取婦冲喜之法令其速卽擇吉爲之完婚花燭一諧當必喜占勿藥某別駕舐犢情深遂遵其教定期迎娶詎彩輿方至庭前而其子遽赴修文之召一時賀者在門而弔者亦已在室羣情洶洶議論沸騰有謂宜令完璧大歸者有謂應令就尸前成禮者迄閱數日尚未妥協眞有進退維谷之勢竊謂婚姻之道一經訂盟終身不敢況六禮既行則從此入執婦禮自是正義但名教綱常之大節原不能强迫諸兒女之間而某別駕不審其子病勢輕重妄聽巫言祇順一已之私以致求吉反凶是亦大覺不諒人只矣

公侯萬代　〇中國禮樂並重樂章原可被之管弦惜近人能知此調者鮮耳泰西風俗醇厚猶有三代之遺男子婦人無不講求雅樂以音歌唱漢軍門夫人爲德司權之女幼于雅擅歌詞聲調高邁昨因唐山等處飢民二十萬待哺嗷嗷夫人惻焉傷之於十四日戌刻在戈登堂爲勸賑之舉首先登場唱陽春一闋高詞逸調響遏行雲和者皆莫能及無非鼓掌稱善計是夕在座者中西官商約二百餘人計共集捐欵洋銀五百三十元夫人因爲善舉而以游戲出之雖覺別開生面而此功此德全活奚止千人嘗必公侯萬代矣

助賑清單　〇敬啓者僕等前奉　各憲面諭以永平各屬災民聚有數萬餘口在唐山街市屯積嗷嗷待哺諭令赶緊勸辦義賑以救數萬災民之命僕等奉此一面赴唐查勘一面在津勸捐茲將三次助捐各大善士姓名捐數恭登報牘以昭徵信倘蒙　四方樂善君子慨解慈囊千金不厭其多百錢不嫌其少卽祈送至溜米廠濟生社代收計開　新泰興勸捐行平化寶銀二千兩　天長仁助行平化寶銀一千兩　大德恒助西公砝化寶銀十兩　赤邑氏助西公砝化寶銀十兩　大德通助西公砝化寶銀十兩　天昌和助西公砝

化寶銀四兩 恒來號助西公砝化寶銀四兩 瑞隆泰助西公砝化寶銀四兩 乾泰恒助西公砝化寶銀三兩 集義棧助西公砝化寶銀三兩 張保六助行平化寶銀三十兩 李馥堂助行平化寶銀十兩 李杏林助行平化寶銀十兩 信善堂助行平化寶銀六十兩 閻衡山劉財迷助行平化寶銀十兩 劉俊德助錢平化寶銀二十兩 饒潔山助行平化寶銀一兩 劉子貞助行平化寶銀一兩 黃王桂清助行平化寶銀一兩 東口天長仁助行平化寶銀七兩三錢 無名氏助公砝化寶銀三十四兩 積善堂助洋銀十元 黃國卿助洋銀五元 馮商盤助洋銀四十元 黃季才助洋銀十元又行平化寶銀五兩 陳漱川助洋銀十元 劉筱舟助洋銀十元 從心齋助洋銀十元 張蓮舫助洋銀十元 張雅泉助洋銀十元 許輔臣助洋銀五元 隱士助洋銀二十元 隆聚祥誠記助洋銀十元 清河堂張養甫助洋銀五元 東海生助津錢六吊文 世德堂助津錢二吊文 張寶仁助津錢五百文 荆溪二齡童子助押歲錢二百文 李真子助津錢二吊文 文修堂助黃金丹一萬四千付 天津義賑局同人具

鎮轅牌示 ○總鎮都督府示諭 中軍知悉照得務關路馬頭汎把總弁缺茲本署鎮考驗得武舉黑在棟年力富強弓馬嫻熟武舉杜恩榮年強力壯弓馬純熟均堪選拔理合將該二弁呈送督憲考驗拔補仰即遵照可也特示

輸將恐後 ○臬憲周玉山方伯前在關道任時憫郡城內外街道崎嶇一遇連陰行人病涉因仿照紫竹林街道興修馬路一律坦平來往行人均稱極便每年歲修之欵除馬頭捐外由東洋車捐錢項下動用從前東洋車每輛每月捐錢一千文去歲工程局總辦商同盛觀察概念民艱苦力爲生者殊非易易因減去一半每月捐錢五百文以爲街道歲修之用十五日爲上捐之期各洋車等戶持錢赴局輸將恐後觀察之恩德實非淺鮮矣

荒帖折繳 ○特授直隸天津府正堂加一級紀錄三次沈 爲出示曉諭事案查雙和成換錢局於光緒十九年五月十六日荒閉諭各商民送交荒帖五百七十一吊歷經前府暨本府將該舖掌王天祥提案按限比追至今將及二載尚未及數交清後經本府提訊據鄉佑地保人等均稱王天祥實係赤貧如洗無力完交若再按卯追呼亦無非拖延時日現按已交錢欵核計僅足折扣七成五之數自應按成發給以清積牘合亟出示曉諭爲此示仰商民人等知悉自示之後凡有執持雙和成荒照者即赴清泉公所每吊按七五領錢毋得自悞切切特示

命案續述 ○南斜街梁七妻張氏母女同時自戕昨報已紀其畧茲據訪事人來言梁七尚有母在弟兄二人俱娶妻生有子女因母狂悍梁六負氣出門數年已無音信嫂亦悍虐助姑折磨七妻張氏生女年已十三母女時遭毆辱而七又不務正業終日眠花宿柳覆妻如讐十三日張氏自母家歸入門即逢姑怒大受箠楚是夜因而自戕經官驗視係用小刀先刺女喉旋即自刎徧體尚有傷痕張父控訴姑惡泣求提訊已蒙官允恐悍姑惡嫂終不免官刑也試思平日悍毒有何益哉世之爲姑者可以警已○世間姑惡比比皆然梁氏之禍乃已見者客述西頭一事尚在體面人家而亦喪心病狂作踐兒媳茲姑隱其姓名畧述大概有則改之毋蹈禍機自貽伊戚也某中以舉材起家前妻生兒聯姻士族後妻狂悍視前子媳無異寃家時肆折磨已無人理其媳家傳詩禮幼嫻閨訓長益柔巽逆來順受承無間言詎後妻生子年已及歲驕縱不堪褻衣欲令嫂氏穿着媳以叔嫂不授受爲詞婉爲謝却頓觸惡姑之怒大肆毆辱媳乃有死之心無生之氣矣噫悍婦不足怪所可異者某甲以衣冠中人縱妻無禮殊不解其是何居心也因紀梁案附志之以作當頭棒喝

色胆包天 ○城內某公館之妾被宋某拐至河東于家廠某姓宅藏匿十五日被十四段巡甲局李大令查知將宋某捉獲押送縣局吳太守堂訊宋供向在某公館充當門丁蒙姨太太見愛約同偕逃是實並無私情不料即被拿獲云云太守即將宋某發縣懲辦惟以家丁而拐逃主妾例有明條何其毖不畏法豈所謂色胆包天耶

鹽船遲滯 ○本埠口岸各商每居發鹽之處豫省居多所有船隻絡繹不絕盡行南上每船裝運鹽包約有一百餘個船寬載重非順風急溜月餘不能抵豫本年大雨連綿河水漲發水勢雖足敷用而縴道淹沒泥濘難行現鹽船停泊老菓子店前有六七十隻之多據該船戶聲稱俟縴道稍乾方能南去云

三取課題 ○三取書院四月十六日齋課生童詩文題目 生題則可以贊天地之化育可以贊天地之化育 童題動則變

詩題賦得戴仁抱義得儒字 生五言八韻 童五言六韻

編設漁團 ○臺嶠信云基隆濱臨大海常有各種小船及杉板瓜艇皆藉捕魚爲業平時出入雇之以爲引港前經基隆廳民分府方樾亭太尊訂立章程將此等漁船委員逐一查明所有船隻若干每船若干戶每戶男女丁口若干飭令造册編伍無事仍安本業有事則調入內港既免良莠不齊滋生事端復免爲敵所用惟平日應須酌給口糧暨一切辦理章程禀請撫憲批示緣由奉批所議辦法甚善應令該團長等一見敵船即飛報就近勇營官署惟給賞須希布政司轉飭遵辦並飭全台各廳縣一體遵照辦理因地制宜酌擬張貼曉諭務使防營不及之港口有人報警得以調隊馳援惟此等事總須經理認眞否則紙上空談終無裨益也此繳 錄中報

倭事日亟 ○昨報登俄日違言一事茲聞此事日人甚爲秘密不使人知且禁約本國各新聞不許登錄然仍有不免漏洩者因之東京日日新聞等四日報社已被地方官封閉蓋以日廷各執政互商此事被四日報社登錄情形故也傳聞執政之意謂中日交涉之事俄國不便與聞況俄國所派兵船寥寥有數我國何所畏葸而必俯首聽從耶然目下各國兵船漸漸將日本全國圍住法國各兵艦之在日本者已奉廷諭預備開仗之事一聞宣戰電信即可以砲火猛攻矣 錄申報

來信照登 ○敬啓者鄙人前者敷陳唐山一帶災狀仰蒙錄登 貴報果得 諸大善士起而振撫開粥廠於唐山並分設賣平糶莊稻地胥莊等處以爲加惠窮黎來蘇共慶從此孑遺之民得以出水火登衽席上格天心祥和鵲召在指顧間矣查唐山既設粥廠遠近飢民爭來就食其數不下億萬然跋涉道途往返不易夜則幕天席地體處棲宿月初天氣轉寒礦局總辦與鄰憫爲搭蓆篷百十所不敷則盡開洋灰棧房任其棲止奈人數過多終難遍叨庇於是街無等處坐臥殆滿詎是月初二之晚天大雷雨以風連綿初三四五疾風驟雨勢如萬馬奔騰彼沿街露宿之流腹餒衣單遍身濕透烈風砭肌凍斃無算歎彼遺黎不來則餓死在家來則又爲風雨所厄嗚呼豈天心尚未厭禍耶此時風雨未止死亡枕藉鄙人目擊心傷寢不安枕伏乞 大善士救人救澈 廠恐難遍及莫如多派善士分投各村命其首士赶緊造册就地督同給發俾不至流離失所委塡溝壑不然唐山人多既防擁擠且死人太多恐釀疫癘亦不可不早籌及之也伏乞 大君子仍爲删節錄登 貴報功德無量專泐祇請 善安 傷心慘目人金瑩謹啓

拍賣告白

啓者準於本月十九日禮拜一下午兩點鐘在紫竹林高林洋行內樓上拍賣各樣銅鐵貨物及各樣洋雜貨等件 貴客仕商如欲買者請早來行內細看面拍可也特此佈聞 集盛洋行謹啓

告白

啓者本號開設海大道機器磨房前由四月二十二日起分設養性院跑馬廠三天預備各色洋酒各樣洋菜大小甜麵包等是日貴客仕商欲往觀者祈請光臨價値格外公道特此佈聞 同順泰館謹啓

告白 本齋運到新譯各種兵書 克虜伯礮說 行軍測繪 海道圖說 攻守礮法 繪地法原 礮法心準 測地繪圖 營城揭要 營壘圖說 測候叢談 臨陣管見 列國陸軍制 英俄印度交涉書 開地道轟藥法 礮乘新法 礮法求新 前敵須知 礮法畫譜 文英齋謹啓

啓者天德福棧開設天津紫竹林天壇西發賣烟煤焦炭批柴葦蓆棉花貴客商有米麥木料各樣貨存棧亦可代辦各事 請到本帳房面議 本主人顧崇德謹白

陳雨蒼施醫 啓者有病之家無力延醫請於早辰九點鐘午後一點鐘下午六點鐘至海大道養病院後陳宅診視有不能就診者必須寫明住址及姓氏名號送交本宅方能撥冗往診本宅存心濟世門診與規一概不取文分

四月十七日銀洋行情
天津九七六銀
銀盤二千八百八十文
洋元二千零九十五文
紫竹林九六銀
銀盤二千九百二十文
洋元二千一百三十文

直報

光緒二十一年四月十九日　第九十二號
西曆一千八百九十五年五月十三日　禮拜一

上諭恭錄

旨新進士着於本月二十八日在保和殿朝考欽此　上諭步軍統領衙門奏拿獲挾嫌聚衆白晝搶刦盜犯請交部治罪一摺所有搶刦鋪商之連壽即連二玉文氏趙桂榮薛德勝趙狗子張子輝高得山等七名口均着交刑部嚴行審訊按律懲辦另片奏拿獲素不安分之富連即富保山着一併交部審辦欽此　上諭順天府奏知縣破獲案犯請開復原參處分等語順天順義縣知縣周兆黃於兩個月限內破獲案犯並窩主六名尚知奮勉着准其開復摘頂處分餘着照所議辦理該部知道欽此

權勢議

邦國之治忽在强弱强弱之故不在現據之勢而在現據之權有權則强無權則弱必然之理也勢刃也權持刃者也無刃不可以殺人徒刃亦不能殺人匠冶之所製武庫之所存中外山𡵓異方之所購積刃如林人日與俱未見刃之傷人也金雖在冶而躍亦未聞其無故傷人也設一遇其物使可傷人若干將若莫耶若純勾雷渙者風胡據有何術得以屢相而不爲一傷也不見世之格鬬者乎匹人發怒挺身而起揮巨刃如白[illegible]秋水光閃閃奪人目操以向前與仇猝逢驟爲所奪反刃而殺之儼如倒持太阿獻於仇而自伏其誅者勢之於權猶是也勢與權兩相待權與勢兩相需據其一失其一非善政也詳其一畧其一非通論也世之論强弱者往往遵婁敬之說以周秦爲斷謂周公營成周都洛以爲有德易以興無德易以亡不欲阻險令後世驕奢以虐民也及周之衰天下莫朝周不能制非德薄形勢弱也秦也披山帶河四塞以爲固此所謂天府也不知秦之地爲誰之地其先又安有所謂秦彼以爲披山帶河四塞以爲固者非即岐豐故都文武之境土乎自平王東遷輕棄岐豐以稗秦秦遂得據周之勢以爲勢是秦之强適因周之强以强之也秦由是雄長諸侯幷吞天下然持之非其道徒恃其勢而强爲之如人之好殺不已終以自殺故秦以二世遂亡爲始皇者使其如文武成康據岐豐以施德行仁勵精圖治爲周公之思兼三王以施四事則治之長久將未有艾也爲平王者使不爲東遷力修文武之政舉方策所謂九經者一以一心强而行之則披山帶河四塞以爲固之天府依然周土非秦土也乃以披山帶河四塞爲固之天府一壞於平王之東遷而與秦一壞於始皇之倚勢而任法周之弱爲失其勢幷失其權秦之亡爲得其勢而不知其所以權猶失權也是勢也權也相待相需闕一不可一失俱失未有權去而勢可長存者即未有勢失而權能空立者譬之於人勢如人之耳目手足心腹腸胃權如人之元氣也耳之所以能聽目之所以能視手之所以能持足之所以能履心之所以能思腹之所以能容腸胃之所以能變化者氣而已矣無元氣則百體皆爲虛器與土木之偶爲偶無百體則元氣即爲游魂難保其或變或散而消歸於烏有也世未有失元氣而耳可以聽目可以視手可以持足可以履心可以思腹可以容腸胃可以飲食而變化亦斷未有去其耳目手足心腹腸胃而可以猶存其元氣者此無論古今無論賢愚未有不解乎此者何獨至於

爲國而異之屬之平王梢岐豐以與秦既已失有周全局之半餘此破裂不完之殘局平王而後嗣統者即兢兢自守力圖恢復猶懼不給奈何不圖恢復又不知自守揮棄祖宗之疆土而不惜今日割虎牢於鄭明日割酒泉於虢至襄王之世文武成康之境域蹙朘月削瀕於盡矣春秋傳公二十五年晉侯朝王王饗禮命之宥請隧弗許曰王章也未有代德而有二王亦叔父之所惡也與之陽樊溫原攢茅之田襄王之意以爲吾周之所以爲周惟在積德以興仁制禮以作樂典章文物子孫世守也惟名與器絲毫不可以假人至區區土壤何必吝惜以犯强服之怒哉不知隧王章也陽樊溫原攢茅之田亦王章也禁其自名無實之隧與以名實並重之數邑數邑之外周復有幾陽樊溫原幾攢茅乎大勢既去其權安在文公十四年周公閱與王孫蘇訟於晉王叛王孫蘇而使尹氏與聃啓訟周公於晉趙宣子平王室而復之周公大臣也王孫蘇小臣也二臣自訟不之王而之晉周之正王怡然坐視不惟不駭反使人於晉助所厚者之訟惴惴焉惟恐其不伸巍然被袞衣之天子乃翹首企足以仰待晉侯之予奪權惡在也尚望保其大乎周秦而後以遷都割地而亡者史不勝書惟宋爲甚卒以滅亡而不能復起在遷都割地者以爲暫避其鋭以爲後圖且飽其慾以待報復豈知鋭不可避此退一尺則彼進一丈慾不可飽彼之厚即此之薄況彼愈積而其力愈厚此愈削而其力愈薄乎何異惡燃而居下畏火而救之以薪有不自速其亡者吾不信也議者又曰太王遷岐而周以興勾踐事吳而吳爲沼仲叔于奚有功於衛衛侯賞之使其繁纓以朝仲尼惜其以名器假人焉曰不如多與之邑之數議者其何以辨曰易辨有太王勾踐之志則可無太王勾踐之志則亡矣至衛之仲叔夫子謂其不如多與之邑者以仲叔于奚內臣也多與之邑猶在境內終不失爲衛地與割地以事敵國大有逕庭之別是不可以同日語若夫秉國之鈞以謀國之全局去其地則失其失其勢則失其權失其權則益失其地大權旁落大勢去矣秉國者其鑑諸

業精于勤 ○吏部奏派管理覺羅學事務奉旨派出閣學寶昌現已諭令覺羅官學教習正黃旗左海夏廷相廂黃旗郭光綸桂培勳正白旗吳登雲龔其賢廂白旗趙榮勳正紅旗韓雲章廂紅旗吳朝珍正藍旗陳榮組廂藍旗鄧鳴儀鈕家煥等嚴飭各官學生勤加課讀毋得懈怠以勵人材云

廣種福田 ○四月初旬霪雨連綿河水漲發近畿迤南各村田廬房舍俱被淹沒村婦攜男抱女逃奔都城者不可勝數今經戶部銀庫茶役關某於四月十五日假前門外打磨廠普善堂粥廠散放錢文不論大小男婦每名各給京錢一吊共計二千三百五十餘名口如數散給莫不歡聲雷動是所謂廣種福田哉

拿獲私酒 ○都門之海巡專查客商偷漏繞越等事一經查出即押令上務照例科罰所以裕稅課而杜奸私法至密也四月十五日永定門內石路之上忽有廠車一輛載有柴草甚夥自南而北馳驟而來忽被海巡兵丁趙某尾隨其後旋即向前攔阻並將車夫劉二鎖拿一面將車內所載柴草揭落但見大簍兩個內貯私酒五百數十斤一併解交崇文門稅課司訊究據車夫劉二供稱與周某攜帶此酒當經飭差將周某傳案責押議罰鍰五十金以完國課而懲偷漏云噫燒酒列在稅則即使完稅亦屬無多而周某昧於此義致遭重罰慣於取巧者盍鑒之哉

毒斃圖賴 ○京師安定門外關廂居民秦某貿易爲生娶高氏女爲妻於四月初旬秦患時疫延醫生孟某診視湯藥調治兼以針灸高氏赴藥店按方煎藥服之逾時秦竟魂歸地府高氏以庸醫殺人赴北城外坊控告當即飭差傳集醫生藥店到案質訊因案關人命即備文移送北城正指揮尙門飭仵相驗驗得已死秦某委係服洋藥毒發身死隨即責訊高氏將煎藥之時攙入烟泡四枚意圖行詐醫生等情和盤托出詳城咨送刑部按律審辦其中有無別情不難水落石出也

恩及行旅 ○山海關地方出口通衢要路來往行人絡繹不絕拐帶人口偷挖人參者亦時所常有是以本關各門例由副都統委派本旗兵弁嚴行查察凡有車輛經過必須驗票放行即行人亦必搜查身畔有無夾帶法至嚴也迨日久弊生竟爲兵弁開需索之門或車或人祇須給東錢數百文或六七百文不等即准放行不致留難於是行人視爲畏途而奸拐反爲捷徑今春兩江督憲劉峴莊大帥將關門陋規一併裁革如有奸拐等事從嚴懲辦來往行人無不稱感昨有由關來津行旅數十人縷述關口情形無不頌大帥之仁以爲

屬及行旅也

照錄憲批　○欽命直隸分巡天津河間兵備道呂　示生員楊文翰等稟批孫玉春等是否改悔並無憑據未便遽憑一面之言准予除名姑候隨時訪查虛實毋庸屢瀆○又示滄州孀婦張蘇氏呈　批該氏棚鋪前經斷令租與張恩榮三年爲滿將來願租與誰聽氏自便詳經前道批准在案現在租限屆滿自應按照原斷另行擇主轉租何得復以張六等覇產爲詞來轅呈瀆殊屬恃婦混狡不准仰滄州知照呈詞存○又示東光縣周册題呈　批此案前經批緝迄今又逾半載贓賊尙未弋獲捕役殊屬疲玩仰東光縣迅速認眞嚴比務速弋獲究辦具報毋再延切切呈抄存

關懷民食　○欽加三品銜賞戴花翎保薦卓異陞用道府在任候補直隸州天津縣兼辦營務處李　爲出示曉諭事案蒙　道憲札開爲札飭事據天津縣北倉東集各糧商赴道稟稱竊商等各集船往赴山東河南一帶販運雜糧接濟民食凡過橋閘關口輒有差役經紀埠頭人等從中朦混藉端封貼並遇有裝運銅鉛草料剝船不時訛索以及往來兵勇任意滋擾歷蒙賞發執照旗幟商等集船始得暢行無阻請照章賞發執照旗幟並分行各府廳州縣一體驗放等情據此除稟批示即發新照並分別移行外合亟札飭札到該縣立即遵照遇有晝頭集船往來過境一體驗照放行並曉諭嚴禁差役經紀埠頭人等不得留難訛索倘有前項情弊一經查出或被告發定即拘案嚴懲不貸各宜凜遵毋違特示　計開集船船戶　北倉船戶王慶德　孫玉如　淩萬成　張雲才　王季春　侯振華　東集船戶孟玉恒　孟玉瑞

馬隊得人　○管帶雲字營馬隊王總戎於上年統領津勝六營所有馬隊一差由統領選拔該營前哨哨官何都戎長吉接管蓋統領因事制宜不以資格取士於營務大有裨益自何都戎接管以來較之王總戎尤爲力加整頓諸務詳中求愼其前哨哨官一差當由都戎保舉花翎守備王大順接充詎爲日無多王竟有私自離營隔夜方回之事當被管帶查知並不稍事瞻徇立即稟請撤委飭王回籍不准逗遛哨官一缺仍由營揀選左哨哨長候補把總陳生拔補於此益見營規嚴肅賞罰分明並不絲毫遷就可爲該營得人慶矣

官聲卓著　○臨榆縣爲山海衝途所屬居民漢旗回三項素稱難治兼之土棍盜匪窩娼聚賭不一而足因案呈控層見疊出自邑侯王雨亭大令汝霖到任以來勤於聽斷除莠安良每晚提燈親自查訪如遇土棍滋事立即簽傳來案按法懲治一時不安本分之徒恂知斂迹遇有人命盜案一經審訊無不虛實立見民間有斷案如神之頌況年來大兵雲集和洽兵民招安商賈尤爲煞費苦心宜乎官聲卓著遍於遐陬也何幸如之

輔仁課目　○輔仁書院四月十八日天津縣課生童題目　生題奢則不孫儉則固　童題則不孫儉　詩題賦得邊城息鼓鼙得鼙字　生五言八韻　童五言六韻

車夫札斃　○本埠自海氛不靖各省營勇札調來津者無日無之約計人數已逾鉅萬恪守軍規者固屬甚多而不安本分者不免時有昨黃昏時南門外有王某拉洋車一輛專候座客某營營兵欲雇此車赴西關尋花問柳王以有客對營兵情急用刀將王某札斃幸爲看街兵弁瞥見即將某營兵擒獲捉將官裡去想定必按律懲辦不使倖逃法網也

拐帶幼女　○本埠五方雜處良莠不齊兼之年來大兵雲集各處土棍溷雜其間而又水患頻仍飢民乏食以致拐帶幼女等事層出不窮日前太平街西南巷內劉某苦力爲生家有一女年十四歲每日早晚在街市購買食物習以爲常劉某亦不留意不料昨晚至門前買菜一往莫返劉驚慌失措已甚即央煩街鄰四外偵探遍覓無踪此女業將及笄定必爲人所拐劉某情難割捨擬赴琴堂喊控云

來信照登　○敬啓者前見　貴報形同聾瞶一則事實奇冤今爲貴館陳之陳軍門修五於四月初間以津錢百五十千租得趙春台草地一段又以津錢二百五十千租得劉恩錫草地一段已將錢項交訖均經中友地方立有字據者以爲當此青草不接之時可以就地牧馬也此所謂軍民兩有裨益當陳修五未租趙劉二地之先本有李長茂李長富欲以己地相租而又奇價太奢因之未果及趙劉二姓將草地租成該李姓則氣不出矣乃心懷叵測假稱陳修五之馬到彼地蹂躪青苗率其本處李姓等數人到趙劉二家潑口詈罵且橫

行準確於是劉恩錫即閉門不出而趙春臺乃外來之戶居此地者見若輩恃衆欺弱貧户身遁避聞該兩姓均是良民依此數畝田園聊養家口今見此等無理取鬧聞已赴縣稟控矣若夫陳修五出鉅資租地方牧馬兩日見地主與地鄰生隙恐因此肇禍遂將馬暫行止牧以息爭端而現在租價難以索退惟靜候其兩造控告斷結再行牧馬此可謂陳爲忠厚長者若如　貴報所登諒由於傳說之悞也即祈執事釋其疑團抑或更正均無不可

起解軍裝　○海氛未靖各路軍械需用浩繁江寗製造局發運槍砲如山陰道上應接不暇近又製成鳥槍數千枝巨砲數十尊已由張香帥札委同知仲司馬文熙守備杜守戎錫純解赴山海關及錦州一帶交劉制軍與宋宮保營中以資防禦

蘇臺近事　○江蘇學政龍大宗師歲試蘇郡前於二月初六蕆事所有錄取新進童生現已頒發紅案由郡尊桐太守遵照懸牌示期擇於本月初六日親送入學想新進諸君從此庠序蜚聲共樂采芹於泮水雲程直上旋看攀桂於瓊林不禁爲之預賀○蘇省各府州縣應入本年秋審人犯均已絡繹到齊收禁初二日由府知事廳姚君定信按理刑廳孫君掾稟請憲　大中丞示期提勘旋於初四日懸牌示准於初六日午堂督同藩臬兩司提審

創辦竈團　○客有從下河而抵維揚者據言陸春江觀察奉張香帥檄赴下河東臺一帶舉辦民團以資保衛觀察抵東後拜會地方印委各官並晤商本處紳耆究看情形相度地勢以東臺興化等邑似宜創辦灶團令灶戶報名入伍竈戶者即煎鹽之人蓋兩淮鹽場所轄南北十一場皆隸兩縣境內濱海黎民窮苦萬狀類皆不事耕耨緣遍地斥滷種穀不甚相宜是以不論男婦自少而壯咸以煮海爲生得鹽即運載至場售與垣商然起火開煎以及煎成止火皆有限制由竈董竈長管轄統十一場竈戶計之何止數萬人陸觀察查悉原委因思此等竈戶煎鹽時儘多暇日且於海濱港汊歧途自幼熟習既爲土著自能衆志成城性又能耐苦似較漁團尤爲得力遂會同地方官暨該管分司責成竈董傳諭灶長令各將名下灶戶剔除老弱婦孺其餘灶丁悉令報名入冊編爲灶團平時仍各安生業遇有警報一聲號召即齊集聽令並於止火停煎日每團遴派教師一人教習槍砲等技當此鹽務銷場不甚暢旺各戶正在左支右絀之時聞此消息靡不樂於從事踴躍非常聞觀察已稟准上憲妥議章程設局開辦矣不煩籌餉而已得勁旅數萬觀察之長才卓識因地制宜誠加人一等哉　錄申報

告白

啓者本號開設海大道機器磨房前由四月二十二日起分設養性院跑馬廠三天預備各色洋酒各樣洋菜大小甜麵包等是日貴客仕商欲往觀者祈請光臨價値格外公道特此佈聞

同順辦館謹啓

悅來洋貨號

本號開設天津紫竹林大街自運各國洋貨發客各樣鐘表料器玻璃磚的彩畫鏡子抬頭鏡絨衣絨襪靴掖皮荷包磁人像譜等格外減價消售發客

朱鈍翁先生近日治救鍋店街吳協興磁店張姓瘟疹危症等數家均慶回春

啓者天德福棧開設天津紫竹林天壇西發賣烟煤焦炭批柴葦蓆棉花貫客商有米麥木料各樣貨存棧亦可代辦各事　請到本帳房面議

本主人顧崇德謹白

陳雨蒼施醫　啓者有病之家無力延醫請於早辰九點鐘午後一點鐘下午六點鐘至海大道養病院後陳宅診視有不能就診者必須寫明住址及姓氏名號送交本宅方能撥冗往診本宅存心濟世門診與規一概不取文分

四月十九日輪船進口

連陞	輪船由上海	怡和行
德生	輪船由上海	怡和行

四月二十日輪船出口

禮定	輪船往上海	禮和行
飛鯨	輪船往上海	招商局
生義	輪船往上海	信義行
南昌	輪船往上海	太古行
益生	輪船往上海	怡和行

四月十九日銀洋行情

天津九七六錢
銀盤二千八百八十文
洋元二千零九十五文
紫竹林九六錢
銀盤二千九百二十文
洋元二千一百三十文

直報

光緒二十一年四月二十日　第九十三號
西曆一千八百九十五年五月十四日　禮拜二

上諭恭錄

旨陸生榮桂着以文職用義俊着以侍衛用銳恩着以侍衛用分發浙江道郭集芬浙江知府周志崎龍錫恩山西同知崔式衡陝西同知萬聆劍湖北同知金鴻翎四川同知陳再賡廣東同知陳圖蔣茂璧東河同知吳對陝西同知張雷山西直隸州知州崔澄寰四川直隸州知州張蔚增雲南直隸州知州邱准浙江通判龔榮梓山東知縣白雲達山西知縣陳啓濬俞蘭元湖南知縣曾炳章直隸知縣汝作枚山西知縣彭城邵偉人河南知縣周雲陝西知縣胡啓虞廣東鹽大使聯裔俱照例發往截取通政使司知事陳履貞國子監監丞卓凌霄兵部司務徐兆灃俱照例用杭州將軍衙門筆帖式桂斌着准其補授兩浙永嘉場鹽大使尚其光兩浙黃巖場鹽大使李潤堂保舉江蘇候補知縣范一福俱照例用刑部郎中員缺着伊仁布補授　慕陵禮部郎中員缺着海彬補授　孝東陵禮部員外郎員缺着松齡補授擬補盛京刑部筆帖式寶珍着准其補授欽此　上諭王廉奏在籍藩司積勞病故籲懇優卹一摺已故雲南布政使曾紀鳳於咸豐同治年間轉戰湖南湖北廣東等省迭克名城功績卓著旋因告養開缺回籍旋即因病身故着照軍營立功後積勞病故例從優議卹生平戰功事實宣付史館立傳並准其於本籍及各立功省分建立專祠以彰藎績該衙門知道欽此　上諭直隸永平遵化兩屬上年被災田畝積水未消本年四月初三等日暴雨狂風晝夜不息海水騰嘯沿河村莊猝被淹沒寧河寶坻鹽山滄州靜海天津各境內園地居民亦遭淹灌閭閻困苦情形殊堪憫惻加恩着將本年起運交倉粟米截留十萬石以備順直賑撫之需着王文韶會同孫家鼐陳彝督飭所屬詳查災區輕重酌量分撥核實散放務使實惠及民不准稍有弊混用副朝廷軫念民艱至意該部知道欽此　太常寺題五月十三日致祭
關聖帝君廟奉　旨遣凱泰行禮後殿遣曾廣漢行禮欽此

支那辨亡論　照譯西報

自東邦釁啓以來西報所論中日情形業已汗牛充棟其指斥中國情弊足令觀者劌目鉥心月前華北日報有一論其言尤痛本館特託西儒據實繙譯以供諸公一覽案此論題曰支那辨亡論且言曰自日兵西指勢如破竹大勝特勝不一勝凡我西人居此土者不能無觸目驚心雖然吾輩論事要當推其所以然因事在目前故所論較為深切不若在歐諸人自德皇以下至於海陸諸公聳於日人目前武功往往有謬悠之說也刻吾輩知前此中東諸仗雖日人常勝決不能遂指為天下強兵蓋強兵須看對手如何今支那武備至不足道至於如此其極譬諸腐肉鉛刀銅刀鋼刀皆有一割之用指為刀利理必不可欲知利否須待盤根錯節之處方有定論也吾輩不謂日本無毛蘇克一流人物得用兵神技然回觀支那將領之毫不知兵如此其營伍規制全無部勒如此其歷年來上下所為無異合謀同力做成一以國與人之局又如此則勝此區區者固不得遂謂之為武也歐洲諸人處數萬里而遙今若將支那實在情形根本深弊告之有斷然不

此稿未完

能相信者即其見信亦必不料其積弊由來之深所布之廣至於省省事事皆然不經發覆尚能苟存如前如此諸公以西洋之所見概東洲之時事其論無當宜也吾輩在華日久靡雜其中亦唯至今乃始沛然無疑知中國居今所有無一事不可以弊混一言概之雖逐日敗露火烈水深皆出自然故支那今日之敗亡乃支那人人自敗自亡非日本之能敗亡人國也夫如是故歐洲談兵論政諸家其議論無往而不與吾人在東者相左吾輩見日本人愛國相保之誠與用兵運籌之智勇固未嘗不傾服然知日本之敢為此舉而無疑者蓋亦於支那君臣上下種種弊端與其當事人相傾自利不顧大局之心洞若觀火故耳且不止此凡支那人無論如何尊位重權留心世故其所知本國蠹朽渙散情形不及東京探部中所灼見眞知者十分之一也使日本之於支那非知之最眞而有以制其死命其行事不如此矣故論兩國戰爭之局見其勝負若不察其所由勢必疑訝妄談若識其原則雖敵人成功之大且易亦無足怪至不如是乃轉可怪耳嗟嗟支那自作之孽其效至此受罰可謂酷矣然尚不知過此以往禍患更當如何支那人闇於大勢恐當局者未必自知而我輩旁觀未免代為閔惻但吾輩所最急而欲知者是經此番受苦之後支那人所悔悟者幾何又受如此磨折之後支那能否受益而有轉禍為福之機若以國土廣大而論天下殆莫與支那爭衡然繼自今大國威望掃地無餘矣正如防風氏橫屍鷹鸇滿野爭欲攫食以供一飽自主自治之權行將永失未知何日方可收回若支那尚存自大之念不肯奮發至誠以小學生自處學所以致富致強之術則除却滅亡一字尚有何事可言支那地大矣然地大在他國乃所以強在支那正所以弱支那民衆矣然民衆在他國或用以富在支那正坐以貧若支那繼今以往尚能自立於天地之間正當如我法之耶穌於殘骸煨燼之中復還本體全新無舊而後可此豈今之主支那治支那者所易及耶

來函照登 ○金臺書院肄業同人均鑒 國家各省設立書院所以作育人材而培國脈者也不惟都中讀書者在此用功每逢課會得中者甚多即在各省居官人等凡其讀書子弟賴以成立者亦不乏人誠造就文人之重地也夫國家設立此地凡所擬章程條規無一不善不意積久弊生閑雜人等任其出入兼有貌充斯文硬住號舍借端生事肄業同人每被其累士風之不振多由於此種種弊端亦極難以筆述但念我同人往往有千里跋涉而來就試未第隨即入院肄業不料院中如此雜亂不但不得讀書而且無以安身莫不觸目傷心相嘆為有負 國家設立書院之厚意也現經順天府尹盡留心學校首重文事即飭大興宛平兩縣整頓書院乃肄業之人莫不歌功頌德業已名振京師豈金臺書院為人文會萃之區而獨任其雜亂其流弊不知伊於胡底但壅於上聞故雖欲整頓而不知其由伏思凡我同人孰無兄弟孰無子孫苟能讀書即有賴於書院者不少理宜同心協力以理院事況今春余自上游有鄰人蘇姓夜拆號舍强覇院地業經公稟在案諸尹憲諒無不照例究辦加罪示衆以懲將來院中之事經衆等若由此稟明則所有之弊得以盡去庶不負國家設立書院之厚意也夫 同人公啓

莫如用猛 ○嘗聞稂莠不拔難植嘉禾頑梗不除難安良善都中自榮振華大金吾蒞任以來會同左右兩翼英長二副金吾皆以嚴毅為政蓋深知都門棍匪横行動輒械鬥往往殺傷人命視為兒戲實為人心風俗之憂若不嚴行懲治不足以資整頓而又不肯不教而誅俾庸愚誤罹法網爰於所屬各地面張貼告示嚴禁土棍互毆內有云如敢再蹈前轍輕則軍流監禁重則立正典刑等語大金吾三憲此舉可謂得治法之本矣前門外大保吉巷向有富家五虎者勾結匪徒聚衆械鬥甚至肆行訛詐無所不為四月初十日經左翼番役將富連一名拿獲解交步軍統領衙門研訊確情即於十五日專摺奏送刑部飭發廣東司嚴行審訊按律究辦經此次將為首者嚴懲之後若輩當可斂迹矣

雲津宦轍 ○候選道伍廷芳聯芳赴京遞約○新授湖南岳常澧道前保定府朱靖旬赴新任由內河至湘○署廣東陸路提督張春發進京 陛見 ○庚辰編修趙伯遠太史曾重過津○新選新河縣知縣張石領憑到省○候補知縣陳泰由靜海縣春撫同張上舲由籍回○庚辰翰林徐花農太史琪回京覆命○正任津海關道盛杏蓀方伯宣懷銷假○候補道曾仰堦觀察廣照赴唐山公幹○河防同知馮清泰赴南運河勘工○統領陝西永定軍葉占魁由陝來○候選同知蕭邦愷交卸恕字營帮帶回

春賽先聲 ○西國春秋賽馬即古之農隙講武而畧為變通焉雖其間角勝輸盈要亦練習乘騎之至意法至良也本埠春賽現

已定期本月二十二二十三二十四三日在跑馬廠舉賽西國各官商皆摩厲以需期奪錦標而獲大彩與致勃勃居時風和日永草色感茵毯楊如齊投鞭公子走馬王孫乘輿而往觀者富不乏其人惜中國無人焉與之同賽斯爲缺憾耳

助賑清單　○敬啓者僕等前奉　各憲面諭以永平各屬災民聚有數萬餘口在唐山街市屯積嗷嗷待哺飭令赶緊勸辦義賑以救數萬災民之命僕等奉此　面赴唐查勘一面在津勸捐玆將第四次助捐各大善士姓名捐數恭登報牘以昭徵信尚蒙　四方樂善君子慨解慈囊千金不厭其多百錢不嫌其少即祈送至溜米廠濟生社代收計開　漢軍門助行平化寶銀一百兩　仰鑽居士助行平化寶銀一百兩　培蔭堂助公碼化寶銀五十兩　大興棧助行平化寶銀十兩　恒祥茂助行平化寶銀七兩又洋銀十元　李輔臣助洋銀五十元　清眞大寺教末仝人助津錢三十吊文　三槐堂助津錢四吊二百文　李亨裕莊助津錢二吊文　守拙子助津錢二吊文　王郁哉助津錢一吊文　趙咏庭助津錢一吊文　梁子亨助津錢一吊文　悠揚書屋助津錢五百文　永盛號助津錢五百文

天津義賑局同人具

學憲補課　○本任督憲李傅相嘉惠士林撥欵建造集賢書院專課外省士子津上寓公皆得及時摩厲栽培寒畯法良意美諸生無不鼓舞本屆甄別時尙未開河致囘南諸君未得與試昨安徽監生李其坦赴督轅具禀懇請補課嗣督憲王夔石大帥接閱之下批示具禀已悉是否與定例相符即候郡城司道查核辦理等因按補課事所恒有第須同鄉官出具印結即可附入另題考試李上舍富不至嘆滄海遺珠也

升降平允　○欽加二品銜長蘆都轉鹽運使司鹽運使季　爲問津書院備取生童知悉案查　如前司詳定問津三取兩書院條規內開官齋課生童如有接連三次不到者即行扣除玆查本年問津書院生員內有沈書年一名於三月初五日補試二月十六日齋課三月十六日齋課四月初二日官課接連三次不到自應照章扣除其所遺之額以備取生員喬瑞平一名挨補合行牌示該備取生員遵照屆期歸院課試毋得自悞特示

新政一端　○邑侯趙星甫大令兆署靜海等縣官聲卓著遐邇皆知本郡素稱極繁之缺人情奢侈五方雜處兼有營務等事在在均關緊要權攝斯篆殊非易易大令老成碩望久歷繁區行政愛民措置悉當蒞下車伊始而地方情形久在洞鑒之中是以定於每月三八兩日放告躬自收呈小民情實自必樂逃冰鑒彼揑詞求伸者恐無所施其技倆也

示禁戲館　○本埠戲園藉詞應差祇准四大園開演此外不得另開其情未免壟斷何若准其開設一同應差之爲愈也昨協盛等園又禀清河茶樓張振邦等違令演劇肆無忌憚將前縣所出封條私自揭去仍每日照常歌唱並侯家後聚豐園福聚成等處以擡桌爲名優伶三五成羣通宵達旦隨便宴樂目今大兵雲集倘有事端貽禍匪淺等語上控道轅蒙守望局吳太守邑侯趙大令會銜出示嚴申禁令以後倘敢再違一面將房產查封入官一面將房主園主拘案來轅從重治罪云云噫該四園可謂有恃而無恐矣

拿獲竊賊　○本埠自海氛不靖以來雞鳴狗盜之徒溷入其間已屢拿不勝拿辦不勝辦昨海下某營盤拿獲竊賊一名此賊每日在營中時常出入似有差使無人攔阻以致各棚游歷肆無忌憚日前午後各棚營兵均有差委外出竊賊趁此無人之時任意掠取衣物不料正出營門被營兵瞥見盤問言語支梧知爲竊賊無疑營兵將四足捆住禀明營哨各官持片抬至縣中按法懲辦昨縣委某大令將竊賊飭差重責大板五百鎖押捕班聽候核辦云

飭保調處　○本埠北門外雙街口內澡堂因有遺落錢票滋生事端已紀前報劉某爲人雖小本營生而素日行爲向無齷齪情事且澡堂之內人數衆多均可拾取何得專指劉某所獲實係疑似之情一無把握縣委某大令提堂屢訊劉某不能供認是爲堂掌誣良不問可想大令當飭該管地方某甲設法調處速爲了結毋得纏訟云

居心太忍　○本埠水陸通衢五洋雜處貨物雲屯人烟霧集街市之間各種車輛時形擁擠雖街道極寬之處亦在所不免昨兩門外東官道有八九齡幼孩在道旁嬉戲不料地排車拉運糖包約有十餘個重約千餘斤將幼孩腳面軋破疼痛難禁倒地亂滾拉車人

呼籲之不理仍拉車前行幸有看官道某甲奔馳趕上車未走晚據幼孩聲稱住關帝廟前道役送之回家車夫居心太忍當必罰令醫傷如何了結容訪再錄

廟場減色 ○本埠北門外茶店口西大藥王廟津郡之古刹也去歲有某善士捐貲雇工彩畫輪奐聿新並添置高蹻等會屆期廟內各殿以及茶棚設擺玩物光怪陸離眩人耳目觀者無不稱快本年因大兵雲集兼之又患水荒雖中外和睦而元氣大虧一切不得不從儉省今日為開廟之期祇有紅男綠女絡繹於途而向之所謂各項會景擡閣門幡等件皆寂無所聞亦可以覘世變矣

金口修堤 ○鄂省上游六十里有金口驛濱臨大江廛市數百家設巡司一員駐焉小港一道通金牛保安及馬鞍山地產煤炭可供鐵政局鍊鐵之需長堤數十里藉禦狂瀾日來大雨淋漓岸腳時有坍塌上憲有鑒於此誠恐日久則坍塌愈多修費愈巨因委調署江夏縣徐大令前赴金口勘視堤工大約四月下旬即可動工耳

龍山出虎 ○安慶府北門外四十里有大龍山高有五六里週圍約數十里歸桐懷兩縣所屬山下居民甚多皆係務農灌園為業聞諸土人云山上有田園有怪石有奇峰凹穴人跡罕至之處向有豺狼野豕鄉人時常捕捉尚不為患近時忽有大蟲出沒其間野豬種類已絕想均飽虎之腹并傷其農家耕牛兩條幸未傷人故近日牧童採薪之輩均有戒心不敢登山云

香港患疫 ○香港來電云近日是處疫病又作按此症初起於廣東北海繼延及澳門今又傳至香港何蒼蒼者不愛我民耶 錄申報

東嶽勝會 ○金陵聚寶門外東嶽廟向例三月二十八日各會共賽三天今歲因倭氛不靖業已停止後聞中日和好將成各會首稟請上憲擇四月初二日起至初四日止聊呈會景以答神庥是日也天宇澂清風和日煦前班乃誠興老會供奉萬壽無疆皇亭一架四圍有百鳥朝凰以備各轅門迎迓次則承昇保誠天福天保全盛等會各排全副儀仗均係八寶嵌成玻璃牌珍珠傘沈香亭彩龍舟鮮明奪目奇巧異常又有平台數架則以姣童裝束前朝故事以壯觀瞻神駕前提爐會紅衣會白探黑探文武侍衛紅黑軍牢十三太保十二宮監裝束可謂至周且備也然後大帝偶像端坐五朝天黃呢大轎一路笙歌如沸熱鬧非常所過地方數十處均高搭五鳳樓迎駕懸燈掛彩妙舞清音恭迎聖駕大憲猶恐演會滋事飭各段保甲派兵彈壓出巡三日會事乃畢 錄申報

告白

啓者本號開設海大道機器磨房前由四月二十二日起分設養性院跑馬廠三天預備各色洋酒各樣洋菜大小甜麵包等是日貴客仕商欲往觀者祈請光臨價值格外公道特此佈聞

同順辦館謹啓

告白 續永慶昇平 續施公案 醒世姻緣 彭公案 第一奇女 花月姻緣 合奇冤 續今古奇觀 後列國 後聊齋 三續聊齋 五虎平西南 挑燈新錄 雪月梅巧 玉姣梨 後英烈傳 鐵花仙史 南北宋 髮逆圖記 五十名家手札 前後七國 醉茶志怪 草木春秋 昇仙傳 楊家將 西湖佳話 萬年青初二集 文美齋謹啓

啓者天德福棧開設天津紫竹林天壇西發賣烟煤焦炭批柴葦蓆棉花米麥木料各樣貨存棧亦可代辦各事 貴客商如有請到本帳房面議 本主人顧崇德謹白

陳雨蒼施醫 啓者有病之家無力延醫請於早辰九點鐘至午後一點鐘下午六點鐘至海大道養病院後陳宅診視有不能就診者必須寫明住址及姓氏名號送交本宅方能撥冗往診本宅存心濟世門診與規一概不取文分

四月二十日輪船進口

西安	輪船由上海	太古行
開封	輪船由上海	太古行

四月二十一日輪船出口

禮定	輪船往上海	禮和行
飛鯨	輪船往上海	招商局
生義	輪船往上海	信義行
重慶	輪船往上海	太古行
連陞	輪船往上海	怡和行

四月二十日銀洋行情

天津九七六錢
銀盤二千八百七十文
洋元二千零九十五文
紫竹林九六錢
銀盤二千九百一十文
洋元二千一百三十文

直報

光緒二十一年四月二十一日 第九十四號
西歷一千八百九十五年五月十五日 禮拜三

支那辨亡論 照譯西報 續前稿

而無如此說之必不可易也但負氣不服原是斯民通病況支那揚己抑人之習坐無所知之故較之我輩尤深又況彼全恃此區區體制舊學用以養尊處優一旦使之改頭換面舍舊謀新人情之難莫難於此正如前者我國奈端初發太陽主天之說法國天文生羣起爲難後來知奈氏之說必不可易乃云非不知其說篤確但地靜天動之說我輩童而習之恃此爲業乃一旦忽然舊學全歸無用情實不甘此其語雖甚可笑却是當境至情夫區區學問之間尚且如此況夫國體所在權利攸關必不樂從蓋無疑義雖支那 皇帝欲之而其羣下之勢力自有以使其舉手不得者故支那變法一事雖經如此變故正未可知也此次與日本戰和之後其能否確守和約亦正難言苟能倍之無不倍者但支那人須知此番事勢大異從前日本於支那較之泰西各國實不同科與泰西有事地遠時曠自易補救而日本之於中國東角揚颿兩日即到況夫旅順澎湖二要均未必肯歸舊主即是故由前事而觀與支那人目前見識而論則改弦更張一事恐尚不能非不能也坐苟且自便之私闇於時勢而自以爲不必也不知所以爲變樂於因循而僥倖其禍之或免也負氣不服而以從人舍己爲羞也西洲亡國之事匪不皆然至其更張已爲他人之臣虜矣然則支那之深耻大辱固將如浮雲飄風事過無迹耶是又不然其國將必有賢智愛國之人或官或民見禍患之深而勸求其所以然之故者支那物產至無限也支那之兵不可計也海口台壘非不堅也海軍船隻與敵埒也海軍弁勇非不練也而一旦遇敵無異以紙片架屋一噓便倒敵軍所至游刃恢恢此何故耶此一間是棒喝當頭支那人能應則生不能應則死自我泰西人觀之直俯拾即是耳然支那人得之與否或得之矣尚不能不以爲無害而不至更蹈覆轍與否則實不能無疑吾今實告支那人一言以蔽之曰上下交征利而已矣其弊上至至高下至至深廣遠周帀無一免者穿窬相盜之風熾而國命遂以之而絕耳論者謂支那今日之禍坐爲治者之無所知此說非不甚確但無所知之弊較之交征利之弊相去遠矣日本三十年之前其無所知正與中國今日等耳一旦幡然遂克如此然則無所知不足慮也至於交征利風行則其國世道人心實有不可問者其勢將使知者無所用其知雖知亦無補且上行下效習爲固然廉恥既亡何事不可此江河日下洗滌良難此所以爲可畏也支那孔子不云乎句子之不欲雖賞之不竊豈不信哉吾輩在此問何人何日不聞中國官場此等故事今日聞某營侵蝕糧餉累萬盈千明日聞購買軍裝浮冒過半或某官得缺曾傾億兆家貲或某縣枉法坐得幾千贓賄或某人買某國挑汰舊槍以充新貨或某大人因賂遺朝貨新獲美遷尤足異者凡此告語之人從未見弱者或怒於言强者或形於色類皆談笑出之並含豔羨之意由此觀之則貪凟一事固支那官場常態人人以爲固然唯習爲固然其病乃愈不治然則亡支那者非此一事而何

舉子患癲

○京師宣武門外珠巢街雲南會館內寓有滇省公車客忽患瘋癲時而衣冠齊楚設立公案作審判狀時而攘臂揮刀

憤弓石舞蹈不止或高唱京腔聲震梁屋招集觀者如蟻經掌館王部郎過其地憫其遠道應試而來婉言約束該生不服又恐其傷人即由北城坊派差看守勿令逸出滋事刻下場期已誤未悉該生平日曾否有違心之事也

掌珠復得　○苗五者寓京師宣武門外車子營劉扇之徒也生有一女年甫九齡於四月十二日被拐匪張三拐去賣與醋章胡同羅姓爲女價銀十五兩張三親立賣字爲憑人銀兩交張以爲無事矣詎羅某於昨日抱女在街遊玩正在指東話西而苗五自失女後到處訪尋迄無踪影是日適在醋章胡同南口經過一目瞥見向羅某領認女亦對之啞啞而啼羅某細詢情由將張三覓得扭送西城司實押解城咨送刑部按律懲辦諒不日定章發遣矣

竊賊被獲　○京師崇文門外草廠十巷上湖會館現居湖南省新舊公車於四月十七日夜二更時分偶有樑上君子具好身手在房上飛躍而下偷竊銀器衣物計贓五十餘兩當被南城團防局勇丁巡夜會同東珠汎兵丁追捕拿獲一名復在花兒市三和店內拿獲三名一併解交步軍統領衙門咨送刑部究辦

局賭害人　○京師前門外甘井胡同地方於花繁柳密之旁有人設賭局一所聞局主爲部院司員院宇深沉專引各南宦西商呼盧喝雉晝夜不休爲各城坊營察所不及以故放胆爲之日昨有樂浪郡某公攜銀五千兩來京擬援例報捐一職以博宗族交游光寵詎竟走入陷阱之中一夕黴逐黃金蕩然噫化日光天之下而局賭之陷人如此雖由其人之自取然亦可謂大盜不操戈矛者矣

英材樂育　○欽命二品頂戴代理天津新鈔兩關監督北洋行營翼長兼管海防兵備道黃　示諭集賢書院舉貢生監知悉照得本年四月初二日本道局試舉貢生監制藝經文策問經解史論各卷業經評定甲乙等第並補考各生錄取名次榜示在案所有應發給獎賞銀兩本道定於四月二十一日在集賢書院憑票給領無票者一概不發其考取六名以後各試卷即於發給獎賞時一併給領前五名試卷照章留院十日以便同人觀摩仍令本人另謄送院以備選刻合亟牌示爲此牌仰該舉貢生監知悉嗣後留院傳觀各試卷務須十日內預爲謄出送院查收後方准將原卷憑票給領各宜凜遵特示○又示榜示事照得本道於四月初二日考試集賢書院舉貢生監經解史論課卷現已評定甲乙並獎賞銀兩開列於後須至榜者　○計開　超等十名　惲祖蔭　賀廷賡　蒲輪召　賈厚元

田文田　沈藹仁　汪元　方裕庠　來佐清　劉華封　第一名獎銀三兩二名至五名各獎銀二兩六名至十名各獎銀一兩五錢

特等十五名　方賓穆　湯聘之　崔作樞　汪家鼎　黃乃達　鄭鴻謙　黃桂昌　舒翹　余開甲　呂德銘　崔曠

張東瀛　趙鍾英　徐修予　華世傑　一名至五名各獎銀一兩六名至十五名各獎銀八錢　一等四十三名　黃藝斌　于廷珍

惲彥曾　陸淇賢　李熀華　黃承烈　俞志遜　徐忠揚　李毓芝　虞維翰　屠仁彬　連芳　陸沛賢　徐汝翼　沈朝輔

松筠　吳爾賓　朱炳榮　吳夔慶　于席珍　吳振升　徐之壎　汪家鼐　李瑛　李璁　李恩元　季子生　李咸熙

虞恩蔭　沈鍾湄　崔寅來　沈鍾和　崔作棟　王樸　繆聯輿　陸壽昌　孟靄斌　劉圯雲　康楠　湯銘　王鎔

吳筠　羅福保　一名至三名各獎銀五錢餘無獎

善會不善　○本郡水會禦災捍患地方善舉歷年春秋兩季大小會所酬勞伍善開觴演劇會首無不恪恭將事至於邀請街面紳商舖戶以敦會誼並藉其資贊助會中公用亦各彬彬文雅從無滋事爭端蓋人各懷一善字在胸中也惟本屆每値會期頗有勃谿之事非會首之不善經理實從會者未能以善舉爲重硃負往日之聲名耳昨日宮北公善東局在公所攏會特邀某甲演鐵蓮花戲文比時閒雜人甚夥及至唱畢驅逐閒人適戲班中有某乙因事出外被人衆擁擠撞及伍善詎伍善某丙即與口角各不相下始以拳脚交鬨繼之以飛壺擲碗會首急忙解勸而兩造勢不兩立竟將戲箱砸毀人聲鼎沸鬧干比戈其時正在謁桌開宴之際所有客位皆攏波累一鬨而散會資尙未及收而席面花費尙不知從何取償受傷者二人頗爲沉重業已赴縣成訟似此善舉竟致擾亂不堪成何事體並聞該班戲箱係現任某官資本貫與該班每日得價數竿今被砸毀又被查封則某官之憤恨可知究不知作何了結容探明再錄

露宿風餐　○順天府屬香河武清等縣各村小民屢被水災困苦艱難莫能名狀雖本年春撫義賑絡繹不絕而村莊貧民盡成

耗盡祇此餘生無可存活現在本郡北營門一帶村農婦孺扶老攜幼就食來津者日以萬計十七十八等日東風大作較春寒尤甚露宿風餐者不知凡幾觸目傷心豈容膜視所望富道大人仁人君子大發慈悲俯賜援手救人一命勝造七級浮圖也

飭捕嚴緝　○本埠五方雜處良莠不齊鷄鳴狗盜之徒無日無之倘緝捕不力縱盜養奸大爲地方之害邑侯趙大令下車伊始整頓地面有犯必懲斷難稍寬昨西門外永豐屯蕭某贊房產爲生家稱小有于十八日夜三更時分被妙手空空兒撬門入室將櫃內銀錢衣物擄掠一空及至驚覺賊已遠颺昨蕭某持失單一紙赴縣喊控大令飭捕嚴緝務期贓賊俱獲勿使漏網以靖地方云

通溝除穢　○本埠郡城內外除大小衙署外各堡居民約逾鉅萬所有汚穢之物無不傾棄溝內以致各處溝渠盡行堵塞適本月間大雨連宵將各處鬱積之水沖溢街衢行人無不病涉工程總局覩此情形派委某大令履勘城內各塘雇工淘挖昨已雇得百數十人尅期興工不日當可挖竣水有所歸汚穢之氣不致釀成疫癘總局之功德實非淺鮮矣

議閉門戶　○本埠自海氛告警前邑侯李搏霄大令創辦津團兩營並設立各街舖民等局以資彈壓而安閭閻自冬徂春直無明火搶刧之案雖鷄鳴狗盜時或不免幸邑侯有犯必懲盜賊皆爲歛迹茲聞外省營勇陸續來津者不可勝數竟有三五成羣在各街巷內持械閒遊情事以致城內一帶大小民房均慄慄危懼日未晡已謹閉門戶期各保衛身家以免驚擾所望紈兵將領守望各局加之意焉

東糧過境　○山東正衛首幫河運糧船運官胡勝海率領旗丁郭鳳來押解重船三十九隻坐船一隻於十六日全數抵津不日過閘運檣北上至通交納

書生被刦　○河間盜竊之案層見疊出雖際東作之時此風猶未少息益見窮民之多一經流入匪類狠狽爲奸不計其身遭法網罪無可逃可恨亦殊爲可憫也茲聞獻縣河頭村魯世倬者以耕讀傳家魯雖屢困場屋家資小有秉性懦弱恒被人欺前月某夜竟有賊匪多人明目張胆蜂擁而入搜掠銀錢衣服多件攜贓而逸魯只得聽其所爲俟賊走後方敢聲喘查點失物分投文武衙門報案雖蒙勘驗飭緝但鴻飛冥冥未識果能弋獲否

峰山進香　○四月二十八日爲普濟眞君聖誕津郡創建藥王聖廟多處惟距城三十里之峰山香火最爲鼎盛神靈顯赫遐邇聞欽歷年以二十二日闢廟至二十九日封山凡津城善男信女虔誠進香者日夜絡繹不絕大車小輛日計有數千輛沿路皆由脚行集費設立茶棚或施茶水或捨梅湯以便行人解渴可歇足力凡此皆係力食之人醵資辦理今歲海疆不靖白會俱停兼之生意蕭條糧米昂貴餬口已屬艱難何能顧及此舉況赴廟舊道去年被水迄未乾涸現已屆期各處茶棚尚未貼報恐有停辦之處第此廟香火歷數百年靈異昭著津人士女無不瓣香誠敬且藉此誇耀車馬如水如龍數日內無論有無茶棚策騎命輿前往者當仍不少有人已探明赴廟道路出梁家園營門過土城奔下圈走陳唐莊間郭家坟至大仁莊即抵峰山又值西人賽馬之期營門內外大道定必愈形熱鬧矣

大節精忠　○前北洋中軍副將鄧軍門世昌於大東溝一役奮勇擊敵力竭捐軀遇救不願獨生卒蹈東海以身殉難事聞於朝上諭着照提督例從優議䘏並加恩予謚褒忠典禮備極優隆茲聞部議加贈太子少保銜照提督陣亡例給䘏銀八百兩世襲騎都尉兼雲騎尉仍予恩騎尉世襲罔替其易名之典奉　硃筆圈出壯節二字公世居河南龍尾導其公子等暫留滬上不日回粵開喪大節精忠洵堪千古矣

賽會紀盛　○鎮江訪事人云距郡治東六十餘里有地名大港鎮者舖戶如林人烟比櫛南街東嶽廟每歲三月好事者例舁東嶽大帝暨王天君偶象出游即俗所謂永昌會是也今歲定於三月二十九日舉行適是日天公不做美大雨滂沱遂改至四月初一日時則天氣清和麴塵扇煖會中人與高采烈采詩之補笙詩上午十點鐘時出廟門偶象咸乘黃轎全副鑾駕簇簇生新執事諸人衣冠濟楚輿夫均服紅緞繡花駕衣前導有玻璃傘明角牌燈花茶擔鰲魚燈鳳凰燈金瓜月斧五色明角傘八仙玻璃燈繼以擡閣二架選十五六歲美貌男子改作女妝撲朔迷離幾難辨別秦宮一生花底活見者殊不知烏之雌雄矣擡閣前有鑼鼓燈棚五六起光騰巷陌響徹雲衢

綫游城內外大街斷者甫過後者又來眞如山陰道上令人目不暇給雜以高蹻三十餘起所扮蟠桃會打金枝蕩湖船彩樓配八仙過海四郎探母打鼓罵曹諸劇無不鉤心鬥角盡態極妍其扮小上墳之蕭素貞縞素衣裳大然娬媚鶯聲低囀圓如貫珠玉谷寂寞淚闌干梨花一枝春帶雨誠足令人眞个魂消也迨至日墮崦嵫各會齊集長街排如雁翅約長十餘里蘭膏萬點蠟炬千枝繡地錦大風流旖旎中有八角字燈十餘對銀鉤鐵畫遒勁異常又以綵繒紮就龍燈長約十餘丈昂然頭角夭矯雲中世有倫繇其人當不難點睛飛去此外各燈如獅如虎如鱣如鮪如魴如鯉以及神仙鬼怪莫不惟妙惟肖幾如鑄鼎象形每起間以伶工數人沿途奏樂洋洋盈耳清脆可聽以故白袷名流青樓妙伎萬人空巷絡繹於途加以遠近鄉村白叟黃童靡不豪情飈舉銅街十里轂擊肩摩酒肆茶寮座無隙地小本營生之輩無不利市三倍眞溢眉梢而妙手空空兒亦乘間擠入其中探囊取物有某中者翩翩慘綠顧影自憐正在娛目騁懷忽覺腰纏微動急撩衣視之則袋內洋銀三圓對時表一枚不脛而走只得懊恨而回某姓婦乘肩輿而出輿底忽然墮諸地　瓣乒乒乒乒其聲清脆婦仆於地滿頭珠翠被無賴攫取一空其他墮珥遺簪尋男覓女者即罄南山之竹亦苦書不勝書雖曰勝游誠無謂也

閩省官場紀事　○福州訪事人云新任閩浙總督邊制軍於二月二十三日二點鐘時到省文武各官皆往西門外五里亭跪請聖安制軍畧叙寒暄即命駕入城至八旗會館駐節二十五日清晨譚制軍將督篆飭員送往邊制軍朝冠朝服望闕謝恩至二點鐘時譚制軍起節出城邊制軍及將軍都統學政司道各員皆赴南門五里亭送別○福建學政王文宗示期三月二十九日啓節赴下游大弟考試各屬生童○新授福建鹽法道張觀察曾敭自粵東來閩於三月二十七日下午入城所屬文武各官郊迎如禮

羊城宦轍　○委署肇羅陽道候補道周曉丹觀察炳勳接奉憲札後即將各局善事交卸於上月二十五日携同眷屬人等榮桂赴任地方文武各官均趨赴河干如禮恭送至本任肇羅陽道升署臬憲吳維允廉訪仲翔聞定於二十七日由肇乘輪來省即日可以蒞止刻經兩首縣將㘭巷行臺鋪設一新以便禮帷暫住矣○現署臬憲原任雷瓊道楊廉訪文駿及中協楊鎮戎安與廣協黃鎮戎金福均己罣彈章奉　旨革職昨日電　諭傳來撫憲馬大中丞即商請督憲將該員等撤任另委幹員接署督憲欲接奉部文始行吏換而中丞謂伊等辦事如此糊塗若令多任一日則多一日之弊督憲見中丞所言如此始勉從所請會同下札云

告白

啓者本號開設海大道機器磨房前由四月二十二日起分設養性院跑馬廠三天預備各色洋酒各樣洋菜大小甜麵包等是日貴客仕商欲往觀者祈請光臨價值格外公道特此佈聞

同順辦館謹啓

告白　續永慶昇平　續施公案　醒世姻緣　彭公案　第一奇女　花月姻緣　合奇冤　續今古奇觀　後列國　後聊齋　三續聊齋　五虎平西南　挑燈新錄　雪月梅巧　玉姣梨　後英烈傳　鐵花仙史　南北宋　髮逆圖記　五十名家手札　前後七國　聊齋志怪　草木春秋　昇仙傳　家西楊　將栁佳話　萬年靑初二集

文美齋謹啓

啓者天德福棧開設天津紫竹林天壇西發賣烟煤焦炭批柴葦蓆棉花米麥木料各樣貨存棧亦可代辦各事　貴客商如有請到本帳房面議

本主人顧崇德謹白

陳雨蒼施醫　啓者有病之家無力延醫請於早辰九點鐘午後一點鐘下午六點鐘至紫大道養病院後陳宅診視有不能就診者必須寫明住址及姓氏名號送交本宅方能撥冗往診本宅存心濟世門診　規一概不取文分

四月二十一日輪船進口

廣生	輪船由上海	怡和行

四月二十二日輪船出口

飛鯨	輪船往上海	招商局
生義	輪船往上海	信義行
重慶	輪船往上海	太古行
西安	輪船往上海	太古行
開封	輪船往上海	太古行

四月二十一日錢洋行情

天津九七六錢
銀盤二千八百七十文
洋元二千零九十五文
紫竹林九六錢
銀盤二千九百一十文
洋元二千一百三十文

直報

光緒二十一年四月二十二日　第九十五號
西歷一千八百九十五年五月十六日　禮拜四

上諭恭錄

上諭光祿寺奏請簡員署理卿缺一摺光祿寺卿着慶福署理欽此　上諭李秉衡奏請將篤行紳士優加獎叙等語據稱山東在籍紳士前安徽宿松縣知縣孫葆田歷任合肥縣知縣有循吏之風嗣因乞假開缺回籍主講尙志書院躬行仁義不求聞達洵足振式浮靡深堪嘉尙孫葆田着加恩賞給五品卿銜以資觀感欽此　上諭此次新貢士覆試列入一等之蕭榮爵等五十五名二等之周之爵等一百名三等之張庚銘等一百二十四名俱着准其一體殿試欽此

治亂安危辨

治亂安危之際亦難言哉言其迹則無人不知言其由則無人或知當其迹之治安也天下無事庸碌之輩隨班進退皆安坐而無所爲山林棲隱之流亦或自附於孤高以暗藏其拙有心者不禁爲之痛哭爲之流涕焉當其迹之危亂也天下多事邪佞之人朋比爲姦類乘閒以濟其惡忠憤義氣之士抑且同淪於寃禍以卒枉其材有識者則竊爲之善藏爲之待用焉議者遂以爲天之所興誰能廢之天之所棄雖聖人亦莫如何天下之興亡猶四時之生殺物過盛則當殺剝之極卽復之始人處其中如蟻行於磨磨運而蟻隨焉可也不知天之生物因材而篤聖人之功時爲之庸凡事豫則立不豫則害臨渴掘井非計也其道在隨時以辨其機機在隱不在顯在晦不在明嘗譬諸身有人焉其耳目口舌一與人同人視之了不異人自視之亦了不異人也有善醫者望氣而知其耳將病目將病或口舌將病聞其人其人不自知其病也其人復轉問於諸人求視其耳目口舌諸人亦曰無病也其人以善醫者之言告諸人或信或疑其人亦或信或疑焉就善醫者而診其脈醫更大譁曰是必病且甚其人愈疑而漏間之有小人者因以小人之腹測君子之心謂醫之詐人倘遽信其言而延以醫治彼將先投藥致其病以驗其言然後復投藥治其病以售其術請決勿信醫憐其病而苦口卒不納已而將病者之病作因與善醫者負氣也故轉求治於他人藥愈久疾愈甚及病大作始投誠於善醫醫曰疾不可爲矣病者大泣醫亦泣曰子之病非不可治治失其時雖和緩無術也試爲子言其由可乎病者曰願忍死一聞醫者曰吾之視病非猶夫人之視病也人之視病視其病吾之視病必視其所以病肝病則目不能視腎病則耳不能聽脾病則口不能食心病則舌不能言病在顯所以病者則在隱病在明所以病者則在晦顯與隱明與晦有二致無二理隱之所藏待顯而露晦之所蓄待明而彰顯者隱之影立於此則見於彼世有癡人惡影之隨而急趨以避之者迹愈繁影愈碎明者晦之應聲乎東則擊乎西世有頑童惡應之頻而誶語以詬之者聲益大應益響事未有藏而不露蓄而不彰者不尋其由徒依其迹而求治較之不揣其本而齊其末其患有倍蓰無算者吾嘗以將天下事而竊嘆其大率類此也天下之事勝於懼而敗於忽懼者禍之門忽者禍之門非謂其徒懼而已將帥之畏強鋒勁敵無異赤子之畏雷一聞雷則身縮雷愈疾電愈速裂缺射目豐隆震耳身幾不能

以自存無當也孔子言臨事而懼即繼之以好謀而成吾所謂懼如此而已人莫患乎有所恃有所恃而不事其事必終歸於一無可恃隱公六年鄭伯侵陳大獲往歲鄭伯請成於陳陳侯不許五父諫曰親仁善鄰國之寶也君其許鄭陳侯曰宋衛實難鄭何能為陳侯以宋衛之強而懼之以鄭之弱而忽之不許其成及兵連禍結不發於所懼之宋衛而發於所忽之鄭則忽者非禍之門耶僖公二十二年朱人以須句故出師公卑朱不設備臧文仲曰國無小不可易也無備雖衆不可恃也蠭蠆有毒而況國乎弗聽戰於升陘我師敗績朱人獲公冑懸諸魚門防風氏身橫幾畝春秋叟瞞之狄其裔也文公十一年叟瞞侵齊遂伐我我敗狄於鹹獲僑如宋武之世司徒皇父敗狄於長丘獲緣斯晉滅潞獲僑如之弟焚如齊王子成父獲榮如衛人獲簡如叟瞞氏絕夫陳與魯自恃其國而致敗叟瞞等自恃其材而絕然則凡據現在之迹不知一溯其由遂以為有恃不恐人何能為未有不敗絕於轉瞬者也亡秦弱百姓而備匈奴豈非懼匈奴之勢強而謂百姓何能為乎而亡秦者非匈奴漢抑宗室而任外戚豈非懼宗室之勢迫而謂外戚何能為乎而亡漢者非宗室推之晉武以戎狄何能為而亡於戎狄隋煬以盜賊何能為而亡於盜賊如此之類史冊相望何能為之一言非即為危亂之機乎人君必謂民怨何能為故敢暴虐必謂財賞何能為故敢淫侈必謂諍臣何能為故敢拒諫何能為之一言無危亂之形要即危亂之端無危亂之名正為危亂之實至如僑如等恃其軀幹絕異於人暴蔑上國飛揚跋扈坯視城郭塊視泰華蟻視甲兵兄踣於前弟蹶於後挫愈奮敗愈張不覆宗滅祀而不止伊可懼也知其可懼而察其所由則轉危亂為治安猶反手耳同是貌也仲尼聖而陽虎狂同是目也大舜仁而項羽暴不視其形而視其心桀紂之亡湯武之興猶是也故有時朝野熙洽民物滋豐舉世從容以頌昇平而君子心憂其不逮蓋知其事權皆隳壞於冥昧之中其禍患已伏於蕭墻之內則斯世斯民之責不得不留此身以待時非忘天下也有時內憂未靖外患迭乘其勢汲汲不可終日而君子身任而不疑蓋見其上之人有怵惕惟厲之心下之人有深固不搖之氣則天時人事之相催不可不出此身以圖君非慕爵祿也總之宇宙之患氣多萌於盛無以持之則不長事勢之遷流不能不轉有以作之則維新隨其時以辨其機則治亂安危立判矣病者聞言汗下意爽心平縱然起曰勿藥有喜不瞑眩而疾瘳今滕絕長補短將五十里也猶可以為善國孟子豈欺我哉子之醫醫國有餘駕和緩上矣彼論世者往往以地之廣狹人之衆寡力之勇怯本孟子以鄒敵楚之說為治亂安危之券由此言之則固在此而不在彼也

食之者衆　○四月十六日戶部開庫之期有總督倉場衙門支領看倉兵丁共一百六十六名四月分餉銀四百五十四兩每名扣錢三錢搭放制錢一吊一百文共六十六吊又理藩院支領宏仁等三十六廟喇嘛四月分錢糧銀二千一百四十餘兩均由部庫領出分別給領夫兵有看倉之責領食錢糧自當報効彼喇嘛與僧無異每月亦叨　天庾玉粒誦經迓福宜若何虔潔也

既拐復賣　○有蔣某者直隸河間府人也前數年來京寓香廠羅家井地方充當練勇嗣因事斥革改就他業苦無機緣遊于好閒不安本分其鄰佑韓某室有豔妻秀外慧中久有彩鳳隨鴉之嘆蔣乃晝夜與韓交接日益親密漸與其妻晤言一室彼此各不避忌四月初旬蔣遂攜同韓妻遠遁旋復將韓妻售與某乙為小星昨經韓之外父母偵悉確情將蔣扭獲控宛平縣經邑令詰訊拐逃之事蔣遂和盤托出除將某實押外並拘傳韓婦到案以便質訊至如何判斷容俟訪明再錄

新聲觀止　○京師前門外大柵欄同樂戲園於四月十六日有新出小鴻奎班登場演劇新彩新切且班內優伶俱是幼童甚為奇異是日赴園觀劇者有千餘人之多甚為熱鬧該戲園門首及臺前披掛花紅共計五十餘幅金碧輝煌目迷五色一時在座諸君咸有觀止之歎

俾免流離　○欽差大臣署理直隸總督雲貴總督部堂王　示具呈民人李奇係博野縣人批查閱司批李黑旦死由自縊令稱被邸文章等謀勒身死恐係挾嫌妄控既經按司飭審有案仰按察司速飭安平縣傳集人證質究確情據實錄供擬議詳辦實究虛坐勿稍含混爾即遵批投審粘單抄存○又示灤州監生高岡等稟批仰籌賑總局會同委用道劉迅速派員查明是否屬實分別辦理俾免流離失所仍將辦理情形具報查核粘單抄存

亟宜平糶　○順天永平天津所屬各州縣村莊屢被水災困苦不堪兼之大兵雲集糧米價昂日漲一日食為民天與窮奢迫且

今京城內外居民以及各村男婦約有數十萬户待哺嗷嗷殊堪憫惻茲聞除大德福貽來年機器磨房外其餘磨房大半歇業本郡距京二百餘里爲畿輔咽喉之地尤關緊要人數較京已逾鉅萬宜仿照京中平糶章程設立各局以蘇民困不然遍野哀鴻行將塡於溝壑矣有地方之責者盍亟籌之

攔繩宜撤　○傳聞豫東一帶糧食行店各項糧米堆積如山無如船户各有戒心不敢裝運緣去歲軍務吃緊之際山東臨淸州屬附近地方有攔河大繩一段將所有路過雜貨米糧等船一經到口即行御淨用以裝運兵勇此雖移緩就急之道而食爲民天所關匪細況現在各省兵勇源源而來皆由陸路行走並未用及船隻何以至今攔繩尚未裁撤大約在官人役恃攔繩爲需索之階以致各船户視爲長途糧米來源不能暢旺價値日益增漲昨有友人由豫來津述及前因未知確否爰照有聞必錄之例登之以告關心民瘼者

賽馬改期　○駐津西國官商賽馬之期已登昨報昨日忽又東風大作小雨廉纖自辰迄戌始得風息雨止道途滑澾步履維艱頭恐賽馬一事因馬道泥濘不能馳驟已出傳單改期下禮拜一二三三日舉賽余來津十餘年觀賽馬者屢矣每値春秋兩季開賽之前數日非大風揚塵卽小雨灑道改期時所恒有今改于本月二十六七八三日一雨之後麥苗滋潤衆綠逾濃游人當更增一番雅興矣

聽候考驗　○各府廳州縣向有定例新官到任署內書差人等應聽候考驗由來已久邑侯趙星甫大令接署縣任定於本月二十二日午堂點驗八班差役並同日考驗代書等事按書差等果能誠實當差不敢舞文弄弊本官無不多派差使倘劣迹多端則棄之如遺是其自取爲書差者可不潔已奉公自求多福耶

排車宜禁　○本埠自修理官道以來所有各街來往車輛名目甚多東洋車之外又有所謂地排車者此車前在紫竹林碼頭爲轉船御貨之用裝載極多每輛約載千餘斤之譜在街道寬處頗爲合式詎自城廂內外各街官道修齊之後各排車復赴工程總局掛號納捐隨便拉貨行走無有過問者無如各街道路狹窄兼之行人稠密東洋車倘遇磚塊絆阻卽行翻倒貽禍匪輕況千斤之重豈不有關性命乎昨東新街兩口澡堂前軋傷行人一名兩點鐘時尚未甦醒醫者云性命難保伏思地排車每日拉運各貨在街行走晝夜不休於官街易於損傷於人命大有關繫不如仍按舊章在紫竹林碼頭拉貨其餘官道不准行走似可防患於未然想區區捐欵亦無關輕重也

米船被刦　○昨有劉甲者駕一葉扁舟載米十數石由津駛赴大沽至鹹水沽魚更已二躍矣恐河寬遇險因卽刺船泊岸害木茫茫浩無涯際擬稍息片時俟月上再行解纜船夥飯畢卽倚艙而臥睡味正濃忽欸乃聲至一小船載賊十餘人撐篙靠近呼嘯一聲拔刃相向喝令搬運米石一面禁止出聲將米搬完掛帆駛去船夥欲追已杳不知其所向

訟爭絕産　○不孝有三無後爲大異姓亂宗王章明禁客述青縣之欐渡口村有張姓林者耕讀爲事家道小康自置良田十餘頃房屋四十餘椽衣食無虞安居樂業該村首屈一指詎張姓林娶妻楊氏十餘年來並無生育楊氏有一內姪小名曰十自幼撫養頗似螟蛉及長娶王氏女爲室無異翁姑子媳去年秋間張夫婦相繼病歿楊十寢苫枕塊痛不欲生業已擇期安葬大事已畢乃昨族長張和及近支族姪張國防等赴府轅呈控以爲異姓亂宗例不准行不知沈太守如何判斷也容訪再錄

未免粗暴　○郡紳某甲家貲富厚生無定性或博施濟衆或暴虐刻毒一日有三變焉日前赴某處酬應攜帶朝珠一掛極貴之物是否爲人竊取忽然遺失紳素所愛玩因囑其家丁王某認眞追尋如果原璧能歸定有重賞因此王不辭勞瘁終日到處根尋至昨日忽在某古玩舖瞥見詳細勘認確係原物以事關遺失未便與該舖明言當卽赶速報與主人詎紳一聞此說疑爲王所竊定是假言欺哄卽將王送縣訊究王某向有父母聞子被押情實難甘相偕至紳宅一則手執洋藥一盒一則手執剪刀一把向紳家尋死拚命經各家丁攔阻並婉勸必向主人求情釋放而王之父母聲稱此事實屬誣良爲盜送官究治人人皆知我兒再向何處覓食實乃終身之玷等語逐逐糾纏訊索至今數日尚未了結其是否誣良抑係偷竊不得而知惟該紳並未確查實在輒以官勢懲辦未免粗暴不堪容俟訪實再錄

乎聞竊物　○河東于家廠後有范某者烟水生涯售魚沽酒每於半夜天明半未明時攜籃入市習以爲常昨于四更時分赴市營業甫出其妻守門戶要諾之際驟聞雞去而未久要忽聞推門聲夢中問是何人其人咕噥應答疑爲夫也婦乃仍赴黑甜詎日上三竿

黄粱一覺覩牀上被褥衣物已化爲烏有凝神細思始知後來者非夫也賊也然而悔無及矣

防疫近信　○香港來信云刻下澳門地方官力辦該處居民患疫一事兼請西洋總領事嚴正清潔局員之語盖因局員所報一係得諸風聞未經細察故也惟香港政府業已派人查閲澳門廣東海口汕頭等處來港之人現在港中雖無疫象然日久無雨難保其不蹈去年之覆轍先事預防豈得已哉　錄滬報

鐵政停工　○漢陽自設鐵政局以來規模宏大冶鐵鍊鋼日無停晷積存鋼鐵堆如山阜開創經營誠不易易將來需用自不必仰求於他人之鼻息局中司事工匠忽於月初大衆鼓譟會約停工不作情願退出改圖他業所用廣匠致欲大開會館評理意圖洩忿究其根末始知爲某廣匠無事聚賭爲戲繙譯余君之長隨見獵心喜亦斂資入局共博衆匠曰汝不可博倘爾主得知我等不能辭過言語齟齬竟至爭毆長隨訴於余君余適有管理機匠之權不問情由即傳衆匠至寓適有新製軍棍數根在側急命升字營勇執棍將工匠等各責一百棍匠既受責回訴於衆大衆聞言不服相約停工嗣經蔡觀察黄提調等以理勸諭衆始首肯然猶欲與余爲難經再三勸諭始照常工作辦事衆口一辭聲言非開除余某則不願辦事復經局員調停衆心始服然而勞唇費舌已費許多周折矣　錄申報

倭報姑譯　○澎湖之役言人人殊良以電信不通以故語多影響也兹閲倭歷四月十九日倭字之日日新聞云當紘領朱上泮殉節後其門下士郭潤馨即率衆降服於華二月二十三日遣庖丁及從人各一名持手書赴倭營求見海軍陸戰隊指揮官願以營中將校兵士若干人及二月糧食軍裝火藥一切悉數奉獻指揮官令開單呈閲郭遂開列部下銜名籍貫計花翎儘先游擊郭潤馨湖南人總兵銜儘先補用副將前衞總哨郭俊山澎湖防軍後衞前哨哨長藍翎儘先千總王孟光安徽人定海衞隊營前哨哨官花翎儘先補用守備徐紹坤儘先補用外委彭棟材守備朱日明湖南人補用參將歐陽進湖南人補用千總范資倫前衞左哨哨官朱光明江西守備護衞總將李達山花翎儘先即補都司范全勝標下衞隊營後哨哨長范先亮乃遣庖丁及從人投呈指揮官指揮官即派大尉栄田氏率第一中隊前往驗收各物計砲火各項外有降兵四百四十五名又捕獲若干名兩項共五百六十六名翌朝又有十餘名降服嘻眞耶假耶何此事華人未之聞西人亦不及知而獨倭報中歷歷記載耶　錄申報

告白

啓者本號開設海大道機器磨房前由四月二十二日起分設養性院跑馬廠三天預備各色洋酒各樣洋菜大小甜麵包等是日貴客仕商欲往觀者祈請光臨價值格外公道特此佈聞

同順辦館謹啓

啓者天德福棧開設天津紫竹林天壇西發賣烟煤焦炭批柴葦蓆棉花米麥木料各樣貨存棧亦可代辦各事　貴客商如有請到本帳房面議

本主人顧崇德謹白

陳雨蒼施醫　啓者有病之家無力延醫請於早辰九點鐘午後一點鐘下午六點鐘至海大道養病院後陳宅診視有不能就診者必須寫明住址及姓氏名號送交本宅方能撥冗往診本宅存心濟世門診與規一槪不取文分

告白

續永慶昇平　續施公案　醒世姻緣　彭公案　第一奇女　花月姻緣　合奇冤　續今古奇觀　後列國　後聊齋　三續聊齋　五虎平西南　桃燈新錄　雪月梅巧　玉姣梨　後英烈傳　鐵花仙史　南北宋　髮逆圖記　五十名家手札　前後七國　聊齋志怪　草木春秋　昇仙傳　家西暘　將胡佳話　萬年青初二集　盛世危言　小八義　金鞭記

文美齋謹啓

四月二十二日輪船進口

廣生	輪船由上海	怡和行
北直隸	輪船由上海	怡和行

四月二十三日輪船出口

重慶	輪船往上海	太古行
西安	輪船往上海	太古行
開封	輪船往上海	太古行

四月二十二日錢洋行情

天津九七六錢

銀盤二千八百七十文

洋元二千零九十五文

紫竹林九六錢

銀盤二千九百一十文

洋元二千一百三十文

直報

光緒二十一年四月二十三日　第九十六號
西曆一千八百九十五年五月十七日　禮拜五

上諭恭錄

上諭山東濟南府知府員缺緊要着該撫於通省知府內揀員調補所遺員缺着李芳柳補授欽此

自省篇

明如離婁不能自見其眉目智如大舜不能自是其聰明而聖賢戒人則惟自省一則云內省不疚無惡於志再則云內省不疚夫何憂何懼夫智如大舜向不能自是其聰明既無聰明將何以知其疚不疚又何以不惡於志不憂不懼哉晨起攬鏡見鏡中人有須而髭者面黎黑形若木雞愚不識其爲何如人也第見其冠少不正愚將笑爲代正之不覺觸於目驚於心而恐我冠之不正亦猶夫人之不正將先遺笑於他人也因急舉兩手而自正其冠彼亦笑舉兩手而相應焉乃知鏡中之面黎黑若木雞冠少不正者非他人也曰具其形自著其冠而不知一對鏡則一觸目一觸目則一驚心不必明若離婁明己逾乎離婁也孔子所云見不賢而內自省者其是之謂乎夫冠其小焉者也少有不正雖頑賤如愚且知惡之何况於身何况於家第苦於不對鏡則不自知也愚窶且賤者也然有一身則有衣食不能絕世而游有一室則有妻孥不能棄家而遁　身縱不志溫飽妻孥恒不免飢寒北門之憂時切於抱衣裳漸敝於曳婁倉廩漸消於升斗累戚友而不甘望豐熟而無日每思得居室之善如衛公子者而師事之又苦於前不見古人及讀楊子篇中有云世亂則聖哲馳騖而不足世治則庸夫高枕而有餘反覆思之忽然得聞如對鏡然曰使聖賢之終日馳騖者孰非此庸夫之高枕有以致之也致治未亂保邦未危善矣然見兎而顧犬未爲遲也亡羊而補牢未爲晚也第恐其不知所以振作耳數年避荒旅食城市倫閱歷覽向記有高閈閎厚墻垣堂數仞榱題數尺者一往過之則爲墟矣又曾見有鐘鳴鼎食之家丹其楹刻其桷朱其戶門庭如市外多富貴車轍馬跡者又往過之則爲墟矣豈所謂天富淫人聚而殲旃者乎客自來自桑梓者坐而一詢故鄉之鄰里族黨事云曩與吾祖居者今其室十無二三焉與吾父居者今其室十無四五焉非死則徙耳因歷歷述其起家之故敗家之由瞭如指掌一言念一悚惕爰計一己生平使吾志衰氣惰者誰歟使吾功隳業廢者誰歟使吾歲月虛棄者誰歟使吾草木同腐者誰歟使吾縱欲忘返而流於惡者誰歟使吾弛備忘患而陷於禍者誰歟去年貧無立錐今年貧錐也無塊然一身東馳西突孰非此往日之高枕晏安有以致此乎昔管敬仲言於齊侯曰戎狄豺狼不可厭也諸夏親暱不可棄也晏安酖毒不可懷也是晏安者衆惡之門以賢入者以愚出以明入者以昏出以剛入者以惡出以潔入者以汚出殺身滅國項背相望天下如是國亦有然一國如是家亦有然家之本在身一身如是子孫相之其又何則焉生於晏安死於晏安世復一世不至覆宗滅祀而不止夫有所受之也由此言之晉子以晏安比酖毒其義猶有所未盡何也酖入人口裂肝腐腸死不旋踵人人知警而畏之世之死於酖毒者古今以來千萬人中不過一二死於晏安者舉世皆是也故世事之於人無異地之於車水之於舟地之於車

莫仁於羊腸莫不仁於康衢水之於舟莫仁於瞿塘莫不仁於溪澗蓋戒險則易全翫平則易覆矣彼晏安之子弟不知憂勤亦不喜憂勤卽見人之憂勤者且將鄙之笑之是烏可以憂勤語予與氏曰不仁者可與言哉安其危而利其菑樂其所以亡者不仁而可與言則何亡國敗家之有誠哉是言也獨不思聖賢與衆人耳目一也口鼻一也其所謂飲食男女喜溫飽惡飢寒喜康樂惡勞苦亦一也使其高枕安安之可以無故而常享眞聖賢斷不迂腐早已明辨而固執之志於晏安據於晏安依於燕安奚取乎道德仁義口講指畫身體力行終日乾乾而自强不息也哉彼誠見夫衆人之高枕燕安者放肆偷惰百殃並集其戚卽中於其心其禍不俟於旋踵故以憂患爲生之途以安樂爲死之途而小心翼翼業業兢兢由是而心廣由是而體胖無人非無鬼責其燕安如泰山之四維以視夫高枕而燕安者奚啻霄壤胡不取以對鏡而自省焉爰筆之書自勉以勉世之與我同心者

請領備用　○四月二十日五城兵馬司正指揮會同出具印領赴戶部福建司呈領備用銀二千八百兩係備賞乞丐倒斃棺木掩埋及棲流所收養貧病流民口分等項於年終造册核實報銷以重庫款

咄咄怪事　○前門外後孫公園王某者部書也育有一子年十五忽於四月十六日雙眉削去次夕髮辮亦忽不知去向竟成牛山之濯濯人卽昏迷不省王某疑其在睡鄉也經人呼喚不應如是者三日竟作長眠不起之客矣哄傳都城莫不咄咄稱怪

激則變生　○某甲爲人僕役雖卑賤而主人顯貴不獨衣食充裕卽氣體亦大異尋常有婦同室素稱伉儷日昨忽有少年至甲家謂婦爲其姐爲某所騙將控告於都察院大肆咆哮並將器具破壞一空經旁觀調處暫從緩議而某甲退縮逡巡亦若理屈詞窮者竊其來路亦非正大光明大約某少年亦不過窮極無聊藉端訛索將來畧加拂拭卽可了事然若激之生變則亦可成大獄天下事大抵如斯耳

是爲義賊　○京師安定門內謝家胡同有某富室有女及笄豔麗無匹許至於同邑某翁之子爲婦翁亦世族子年十三少於女五歲蓋翁夫婦暮年得子欲爲子娶年長婦伴內紀綱且可慰門庭之寂寞至于歸之夕嫁奩甚盛女貌如仙遠近無不稱羨合巹後戚眷皆醉眠翁夫婦亦令其子伴新婦寢乃子齒太穉雖對擁芙蓉而漠然不動入房卽熟睡婦卸妝兀坐許久見翁姑並戚眷房中燈光盡滅人語寂然方欲入黑甜鄉突有一少年自床下出擁女求歡女大驚拒之曰何處强盜竟敢乃爾少年不釋以一手代解其衷衣窘甚欲喊少年抽刀喝之曰喊便殺卻方爭持間聞窗外聲如雷叱喝之曰毛賊敢爾吾特來取汝首級推窗遂入拔刀向少年斫去少年驚走越牆垣而逃時家人聞之皆披衣急起秉燭持杖覓將偷兒獲住詰爲何人偷兒曰我賊也於汝無害且人更有甚於賊者我爲若逐之所謂以賊擊賊也宜德我不宜讎我不然請問新娘子便當知之衆轉詢婦婦爲備言顛末人皆義之厚酬而去

名將元旋　○欽命提督特賞二等第一寶星漢納根軍門自光緒五年來華多著勞績前年歸去客秋又因事抵津大東溝一役名震中西旋奉　旨自練兵未果遂賦歸歟於本月二十三日辰刻携眷乘生義船開行至上海附公司船回國軍門將畧無雙而又熟於中國情事中國若廿於自廢則已若果奮發振興欲求練兵强國微斯人更向何處求將材耶日內當將戰功勞勣以及練兵中止始末詳著於篇以告寰海內外之知軍門者

諏吉遷衙　○署直隸督部堂王夔虞大帥駐節吳楚公所數月於茲該公所雖有廳事住屋數十百間無如總督衙署百執事人數衆多斷不敷辦公之用況又有洋務偵差等人爲數甚鉅更無容膝之區河北淮軍海防公所前後房屋數百間局勢寬闊氣象崇宏本來預備海軍辦公之地今海軍尙需時日王制軍諏吉二十六日移居其內以便辦公較吳楚公所有堂廡之別屆時督署及洋務鹽務人員差役等一併遷入

觀察履新　○新授天津道李勉林方伯與鈕白曾文正督畿輔時以幕府賢才來直需次前曾選授某郡太守方伯以不屑資緣部吏得而復失淸風亮節槩可想見署理關道熟諳條欵與洋員交接情文兼盡聲望卓然辦理支應局務綜核名實人不敢欺前奉　特旨補授天津河間兵備道時方伯偶抱採薪接篆稍延時日初間銷假奉督憲飭知赴任現聞諏吉本月二十六日午刻接印任事方伯在

津多年曾權關篆地方情形洞若觀火定可收駕輕就熟之效津人士何幸而得此賢觀察也

查驗水災 ○永平府署灤州等處屢被水災民不堪命四月初旬又大雨連綿積水未涸新水又侵村野小民苦中更苦昨灤州監生高岡等赴督轅具禀蒙署督憲王夔石大帥憫 爲懷飭籌賑局會同劉觀察啓彤遴委妥員馳赴該處赶緊查驗以便賑濟俾免流離失所大帥關心民瘼定有一番撫恤也

助賑清單 ○敬啓者僕等前奉 各憲面諭以永平各屬災民聚有數萬餘口在唐山街市屯積嗷嗷待哺飭令赶緊勸辦義賑以救數萬災民之命僕等奉此一面赴唐查勘一面在津勸捐茲將第五次助捐各大善士姓名捐數恭登報牘以昭徵信 竊蒙 四方樂善君子慨解慈囊千金不厭其多百錢不嫌其少即祈送至溜米廠濟生社代收計開 住張家口馬永升老爸代捐行平化寶銀一千兩 繼厚堂助公砝化寶銀十二兩 春茂堂助西公砝化寶銀十兩 乾德堂助公砝化寶銀五兩 源豐潤助公砝化寶銀五兩 志成信助公砝化寶銀二兩 仁記助公砝化寶銀四兩 怡和行助行平化寶銀五兩 三多堂助西公砝化寶銀三兩 萬裕號助公砝化寶銀四兩 無名氏助津平銀四兩 播威洋行助洋銀十元 六歲童子助洋銀一元 同義堂助津錢三十吊文 顧崇德助津錢六吊文 李瑱如助津錢一吊文 彭城子助津錢二吊文 宋慰農助津錢五百文 天津義賑局同人具

藜藿不採 ○古州鎮丁衡三軍門紉領衡字十一營如虎如貔皆苗疆精銳於二三月間陸續抵津比時因海口戒嚴此軍暫留津上以備不虞其人皆赤足草履桓桓赳赳望而知爲干城之選軍門品貌奇異儼若雷公統此雄兵令人幾疑爲天上丁甲現雖妖氛暫戢而灤州一帶爲鐵路要區又爲畿輔達道聞軍門於日內即率所部至灤州石門中間駐紮山有猛虎藜藿爲之不採殆軍門之謂歟

集賢榜示 ○欽命二品頂戴代理天津新鈔兩關監督北洋行營翼長兼管海防兵備道黄 爲榜示事照得本道於四月初二日局試集賢書院舉貢生監制藝試帖業經評定甲乙等第並補考各生錄取名次及各獎賞銀兩數目開列於後須至榜者 計開 超等二十名 賀廷賡 汪 元 丁 鼎 孫鵠仁 賈厚元 沈朝翰 呂德銘 崔寅來 黄梓昌 方 紹 黄藝垣 惲祖蔭 方寶穆 等第一名獎銀四兩 二名至五名各獎銀三兩 六名至十名各獎銀二兩五錢 十一名至廿名各獎銀二兩 特等四十名 李咸熙 傅修子 舒 翹 郭開勳 周廷善 來佐清 沈鍾滙 鄭鳴謙 凌文曜 余志遜 李重熙 鄭宧清 吳彥彬 李 瑛 王 鎔 孫鴻賓 徐之壎 湯聘之 顧化棠 崔作樸 朱肇基 姚陞開 等第一名獎銀三兩 二名至五名各獎銀二兩五錢 六名至十名各獎銀二兩 十一名至廿名各獎銀一兩五錢 廿一名至四十名各獎銀一兩 一等四十八名 史 彤 連 方 陸沛賢 屠仁彬 趙雲龍 董聯第 松 銘 孟憲斌 王文純 劉善封 俞 超 吳夔颺 田振基 李炳榮 李 瑰 范彥瀛 張東瀛 等第一名獎銀二兩 二名至十名各獎銀一兩 十一名至二十名各獎銀五錢 二十一名至四十八名各獎銀三錢 補考八名 鮑德銘等各獎銀三錢

請禁抬價 ○民爲邦本食爲民天目今糧米昂貴日日增漲若任其肆意抬高恐奸商利欲薰心無所底止小民食不充飢何以爲活聞麥子每石十四吊五百文大米每包十一吊四五百文白麪每百斤十一二千文不等其餘雜糧不問可知郡城舉貢生監等人情殷桑梓慨念民艱現已公同商議擬赴道縣兩衙署呈遞禀詞請禁糧價毋許抬高以救羣黎生命想各憲必俯如所請而糧食行店亦必激發天良稍貶貪得之念動保衛民生之心俾遍野哀鴻不致飢腸碌碌此德爲無量已

大令仁慈 ○七段鄉甲局委員盧大令於前日在河西大口渡紲過渡船夫失慎 篙將大令撥入河內幸人手衆多赶緊撈救得免沉溺然而自頂至踵水濕淋漓已寒顫不堪矣大令忿甚擬將船夫責懲經衆環求幾免

在數難逃 ○諺云在刼不在數在數也難逃觀於宮南某烟舖益信前者官南火災係由襪子胡同起火燒至宮南戲樓傍烟舖時爲時已久烟舖貨物家具俱已搬運出外未損一物災後因清理火場街道建造一時不及彭綽先搭蓆棚照常貿易詎於本月十九夜十點鐘時棚內忽然火發將貨物器具燒燬一些未得搶出大約去冊少出一家貨色故邂覩劉氏清出欠項耳

大義可嘉 ○凡人遺失財物關係性命者居多是以仁人君子拾獲物件立即遍粘告條俾人認領以免有性命之虞好義之誠深堪嘉尚昨晚北門外太平街西有行人某甲袖中遺落小布包一個被馬某拾得啓視乃津帖九十吊文遍貼告白某甲聞知即赴馬宅叩求領取帖數錢數件件說明俱屬符合馬即原璧歸還噫世情浮薄輕義重財如馬某者眞君子人也

委解軍火 ○自倭寇南犯台澎南洋濱海要區十分吃緊寗波日前有乍浦失守之謠雖屬子虛但防務必須加意因向省城電需軍火一切聞已委候補知縣張筱峯大令芳培解往交納矣

捐務續聞 ○蕪湖訪事人云蕪湖縣王宇春大令勸令合埠各商人捐軍餉銀二萬兩各商董多慷慨遵從者惟聞有數人避重就輕巧爲誘卸捐務總辦楊太尊重復激勸並令商賈中之殷實者酌量增加須湊集三萬金方能了事刻已辦理就緒計錢業認捐四千五百兩由同業十八家酌派以生意之大小定捐數之多寡巨莊兩家每莊捐銀三百七十餘兩次者二百餘兩再次者百數十兩爲之殿者不過六十餘兩而已攤派既定即湊集現銀呈繳土布雜貨紙張等業亦於日內次第繳齊聞總數已可集成二萬八千金之譜一俟通幫繳足即當彙繳藩轅轉解軍前是可見我　中朝君民一德朝野同心有非他邦所可同日而語者至前紀各商董認捐後齊集公所議事茲聞闤闠中人云當齊集時因長官諭繳現銀不得不公同籌湊是以邀集大衆俾得詢謀僉同是日商人中論及因捐漲價近於營私罔利雖曰商人重利斷不出此足徵市井中具有慷慨卓犖深明大義之人且此捐當道原許分別請獎各幫所捐之銀儘可按照捐例指請實職虛銜不日恩綸下沛華袞榮身即不然轉勸業外捐生亦可如數收償論理自不當於貨價加漲分毫致貽人以藉捐罔利之譏惟人情賢愚不一果能通幫誓約不因捐事漲及分毫則誠閭閻之大幸也　錄申報

鷺江春浪 ○自澎湖爲倭人佔據恐其順颺廈門居民驚惶異常紛紛遷避或赴同安或住漳泉各郡而慣爲海賊之徒即製造八槳快船往來內港海面攔劫渡船民船沿途被搶者甚多日前由興化府來猪船三隻已進港口亦被賊劫去一船內猪三十六口均被賊搬入賊舟揚帆而去水師駐防海內各港均恐海賊報復皆不敢出口巡緝一任海內之盜肆擾掠劫緣去秋住泊高崎之師船被賊將大砲拋入海中並欲將船焚燒經船工哀求始將布帆携去至今尤覺膽寒也　錄申報

告白

啓者本號開設海大道機器磨房前由四月二十六日起分設養性院跑馬廠三天預備各色洋酒各樣洋菜大小甜麵包等是日貴客仕商欲往觀者祈請光臨價値格外公道特此佈聞

同順辦館謹啓

告白　彭公案　楊家將　昇仙傳　南北宋
金鞭記　雪月梅　後聊齋　後列國　玉姣梨
小八義　草木春秋　西廂佳話　聊齋志怪
盛世危言　前後七國　繡花仙史　挑燈新錄
後英烈傳　三續聊齋　巧合奇冤　花月姻緣
髮逆圖記　第一奇女　續施公案　醒世姻緣
五虎平西南　續今古奇觀　續永慶昇平
萬年青初二集　五十名家手札　文美齋謹啓

啓者天德福棧開設天津紫竹林天壇西發賣烟煤焦炭批柴葦蓆棉花　貴客商如有米麥木料各樣貨存棧亦可代辦各事　請到本帳房面議

本主人顧崇德謹白

陳雨蒼施醫　啓者有病之家無力延醫請於早辰九點鐘午後一點鐘下午六點鐘至海大道養病院後陳宅診視有不能就診者必須寫明住址及姓氏名號送交本宅方能撥冗往診本宅存心濟世門診與規一概不取文分

四月二十三日輪船進口

禮順	輪船由上海	禮和行
公義	輪船由上海	招商局
山東	輪船由上海	招商局
利運	輪船由上海	招商局

四月二十四日輪船出口

重慶	輪船往上海	太古行
西安	輪船往上海	太古行
開封	輪船往上海	太古行

四月二十三日銀洋行情

天津九七六錢
銀盤二千八百七十文
洋元二千零九十五文
紫竹林九六錢
銀盤二千九百一十文
洋元二千一百三十文

直報

光緒二十一年四月二十四日　第九十七號
西歷一千八百九十五年五月十八日　禮拜六

上諭恭錄

上諭陝西漢中府知府員缺着陸繼煇補授欽此　上諭甘肅西甯府知府着什鏗額廣東雷州府知府李釗均着開缺送部引見欽此

蜂窩廟記

維月之下浣節屆黃梅陰晴無定寒暑相懸唐詩云紫櫻桃熟麥風凉謂麥天之晨氣也稗史云五月初五日天氣已大熱謂端陽之午時也一日之內朝暮迥別焉禮云寒暑不時則疾風雨不節則疾教者民之寒暑也事者民之風雨也在天之寒暑民宜自謹而小民則茫然不知故稱呡其病之由中於貪與妄貪此天之一暑不寒妄冀天之一寒不寒也故暴病多中於寒其於暑與風雨亦如之此民之咎非大之過唯教與事則爲上之責即小民之耳目心思亦有不能自主者客有客津門者述津門目前務事爲蜂窩〻不知其名何由得形何所勝廟何如神靈何以應也第見香侶雜沓老幼男婦富貴貧賤不一其人約爲疾苦已除敬神還願或因癘疫未染禱神勿加俗名爲燒太平香皆心香也朝衝寒而往暮冒暑而歸雨師淋漓風伯狂肆不顧也此亦見神之體物不遺入人肝脾有如元氣雖視不見聽不聞實能使天下之人齊明盛服以承祭祀洋洋乎在上在下在左在右神可格而不可度矧可射耶吾夫子敬神如在又曰吾不與祭如不祭是皆求神於心中而不求神於心外蓋天地之氣之靈無物不體體於礎先雨而潤體於灰先律而飛體於鳶先風而翔體於蟻先潦而避一物之微其印尚信於符券況天生聖人躬備萬物與天地一氣流通而無間上下四方之宇古今來往之宙聚散慘舒猶疾痛痾癢之於身觸之即覺所以清明在躬志氣如神嗜欲將至有開必先時而仰觀熒惑德星欃槍枉矢罔非吾心之發見俯而察之醴泉瑞石川沸水騰亦即吾心之發見而已至於焄蒿悽愴之妖木石鱗羽之異世爭怪而共傳之共神之共信之求免疾苦以犯寒暑風雨反致疾苦而不知避甚志爲不欲避且轉以致疾苦爲不敬神之咎免疾苦爲敬神之報吉凶禍福之權不操諸心而倒柄以授之於神如臧文仲之作虛器縱逆祀祀爰居同爲不智之尤而已其病皆中於任耳目而不任心以耳目所與習者爲常所不與習者爲怪常則輕之怪則神之一唱衆隨傳者奇聞而傳者以耳代目奇之又奇不知第任耳目而不〻心則耳目之所習聞習見者如赫然當空之日油然布空之雲推之星月風霜雷霆霧露山岳河海其神怪豈復可擬議又如一人之身瞭而眊者何以謂之目闢而合者何以謂之口下垂者謂之鼻上竪者謂之耳屈伸者謂之舌橫爲眉圓爲首使非司空見慣對鏡以觀豈不大爲可怪而且瞭眊者能視顧闢合者司出入下垂者主臭聞與喘息以及上竪者之能聽屈伸者之能言橫者能爲愁爲喜圓者能爲黠爲搖不更可怪而神而信之也乎而呡皆未嘗一怪〻嘗一神之者習爲常故輕〻忽之也以是知民情之有知無知皆可使由不可使知而爲大君聖人者以聰明睿知臨萬物隨其意察其機求之以勢而使其自至民遂相忘於不知習以爲常因以成性若與天之一來俱來者固可一二爲俗人道也蓋民情好逸而惡勞而其好生也甚於逸惡死也

甚於勞聖人因奪其逸死而與之勞生使民皆信禮之當然自然始雖難行終歸有益其教既深切而著明矣又恐其明則易知易知則易褻易褻則易廢易廢則不可以爲教故既治以爲禮復制爲易通天地之變窮鬼神之情以爲辭探之茫茫索索冥冥使習之而不得其源相與神之聖人即神以施其教其實幽明一理也在睽之歸妹曰睽孤見豕負塗載鬼一車先張之弧後說之弧非寇婚媾往遇雨則吉其象曰遇雨則吉羣疑亡也幽鄰於明明鄰於幽兩相表裏未嘗孤立也是爻居睽之孤孑然獨立睽幽明而爲兩途睽生疑疑生怪故爲負塗之豕載車之鬼陰醜詭幻無所不至然至理本一則終不可睽也故睽則疑疑則射解則止疑則寇解則媾彼疑爲怪者特未即幽明合一之理陰中有陽陽中有陰而一參其旨耳且夫愚民之爲心也易涉於私人有私心是生褻境人有褻心是生怖境是故明有禮樂幽有鬼神其惡念初起之地禮樂所不能化刑罰所不能施而怵以神明之威則不肖等中夜捫心慄慄危懼於以佐王化之不及其功不亦偉矣若夫以桑林之見爲妄實沈臺駘之祟爲妖謂菩薩有三身其二身者不可見惟報身可見此惟中人以上眞知幽明一理者足以語之中人以下者無望也鄉有重謗佞佛者一口衆咻未免知一而不能知二即以現在之世道人心論之神之所化敢諸刑之所化者孰寡孰衆吾友有戇生者來自蜂窩吟其即事得句云曰有天堪仰面無地可科頭愚笑慰之曰勿負氣若君者已幾乎中人以上矣

災黎蒙福 〇歷年各省偏災督撫奏懇 諭旨蠲緩錢糧無不立沛 恩施仰見 皇仁軫念民艱至優極渥地方官自應仰體德意實力奉行乃近聞各省州縣雖奉有 恩旨不能即日宣示將應徵錢漕一律收完然後曉諭輸納者既不能退還蠲緩者又不必起解黃白爨爨遂公然入貪吏之橐矣甚至捏報村莊假造都圖隨意牽溷所蠲緩者非其時所豁免者無其地即有稍黠之民意圖籲訴亦不能指實應征者何地應緩者何方是州縣藏身之固朦蔽上詳而督撫即據以入告亦實有不及細察者我 皇上恩德如天而 膏澤不能下逮是皆不肖州縣等之咎也第此弊相沿已久若非大加振厲不能清其源而究其蘊現今順直各屬被災甚廣倘爲封疆大吏者能將蠲緩錢糧之各州縣認眞稽查剴切曉諭革除弊端以儆官邪災黎皆獲福非淺矣

故智復萌 〇京師乃首善之區人烟輻輳良莠不齊匪黨逞兇之事不可枚舉平時藉端訛詐恃衆兇毆無所不爲疊經五城院憲訪拏若輩稍知斂跡近日復萌故智爭鬥之事時有所聞貽害閭閻良非淺鮮安得賢有司嚴申禁令俾匪役無從包庇若輩不敢肆行誠地方之幸也

粵餉解京 〇各省賦稅除正欵例應開銷之外歷年應解京餉及內務府各項概不准稍有稽遲自去秋海疆搆衅餉而不靖若以現銀解京甚爲可虞是以各省思患預防即將所有京餉概交滙兌莊交納現在廣東撫憲馬中丞飭委試用通判徐書祥並鹽大使金振等督解鹽課項下應解京餉共十餘萬兩由票號開具滙單該員仍乘輪船赴津再進京交納滙兌票莊無不利市三倍

韓官回國 〇東瀛朝鮮地方物產頗多古稱強富近數百年來積弱相仍遺風頓杳前者駐津有朝鮮理事官管理鮮人商務計鮮民約有百數十名現以中東和議將成朝鮮亦爲自主之國與從前體制迥不相侔聞昨奉 廷旨飭朝鮮官民暫回故國以示體卹俟該商民人等在津齊集即由鎮海輪船赶緊裝運不准一人逗遛噫數千年藩封一旦列於與國當亦箕子所深痛者已

仍紮舊壘 〇曹藎臣軍門統率津勝二十營駐紮祁口以資防堵已紀前報四月初間大雨連綿海水漲發有淹斃勇丁情事聞軍門當海嘯之際僅穿單褲一條於波濤洶湧中奔馳避匿幸吉人天相慶獲生全所缺勇丁有及時招募以補不足者祁口距小站白有餘里所統各營直抵小站一帶作爲連營之勢軍門之苦心思慮不得謂之百密一疎緣此次之水爲從來所未有殆亦天意使然歟俟海水退淨勇丁招齊後仍紮祁口舊壘云

遵諭起造 〇本埠街道狹窄來往行人諸多不便一經火警延燒對面殊屬可慘前宮南一帶被燒八十餘戶各大憲久悉因街窄所致若不亟爲變通貽害匪淺會同出示嚴禁各舖戶起造門面宜按東新街成案辦理如違禁令決不姑寬等因曾紀前報茲宮南舖戶起造門面者已有三五家各退讓地基五尺若各舖戶皆一律照辦則修齊後街道開展於舖戶行人均有裨益庶不負各大憲之諄諄告誡也

集賢榜示 ○欽命二品頂戴代理天津新鈔兩關監督北洋行營翼長兼管海防兵備道黃 為榜示事照得本道於四月初二日考試集賢書院舉貢生監經文策問課卷業經評定甲乙等第所有獎賞銀兩數目開列於後須至榜者 計開 超等八名 呂德銘 崔寅來 溫 元 方裕庠 余鵬甲 蒲輪召 濮鍾和 善世傑 第一名獎銀三兩 二名至五名各獎銀二兩 六名至八名各獎銀一兩五錢 特等十二名 李炳榮 傅修子 李咸熙 李 瑛 郭開勳 俞 超 吳夔慶 惲祖蔭 湯聘之 劉善封 徐 翰 方賓穆 一名至五名各獎銀一兩 六名至十二名各獎銀八錢 一等卅七名 于廷珍 來佐清 李 璁 李煜華 徐之熛 吳 鈞 陸琪賢 崔作棟 崔 曠 崔作檪 李重熙 王 鎔 屠仁彬 鄭鳴謙 湯 銘 季子生 李毓芝 趙雲鵬 松 鈞 羅福保 連 方 吳爾賓 于席珍 余志遜 吳振升 王之純 張東瀛 王 樸 康 楠 黃乃達 史 彤 劉圮雲 汪家禜 吳彥彬 孟憲彬 王慈初 黃藝斌 一名至三名各獎銀五錢 餘無獎

助賑清單 ○敬啟者僕等前奉 各憲面諭以永平各屬災民聚有數萬餘口在唐山街市屯積嗷嗷待哺論令趕緊勸辦義賑以救數萬災民之命僕等奉此一面赴唐查勘一面在津勸捐茲將第六次助捐各大善士姓名捐數恭登報牘以昭徵信鮑蒙 四方樂善君子慨解慈囊千金不厭其多百錢不嫌其少即祈送至溜米廠濟生社代收 計開 雙港鄉團局助湘平化寶銀二十兩又津錢五十吊文 致祥堂助津錢三十吊文 施吳氏助津錢二吊文 傅么氏助津錢二吊文 金玉蘭助空手鐲一付計重二兩合錢五吊五百文 李月姑助省點心錢五百文 王馬氏助施洗衣工錢一吊文 女芸香助施作衣服工錢一吊五百文 姜四姐助區大簪一枝計重五錢合錢一吊五百文 朱錫氏助施恤老月錢三吊文 解蕭氏助津錢五吊文 俞繡雲助津錢十吊文 天津義賑局同人具

交謫自盡 ○南斜街萬莊子迤南常五者以油漆作手藝家有一妻六子僅恃常 人為餬口計自開歲以來海氛未靖地面蕭索手藝中人閒居無事加之以糧米昂貴常又食指繁多窘迫尤甚昨日其妻某氏餓火上燒向常大肆口角尚至晚乃吞服洋藥畢命及其妻知覺已難挽救愧痛之情自可想見雖有子六人尚在幼稚無以謀生此後更向何人饒舌耶世之牛衣對泣者慎毋交謫也可殊堪憫惻 ○各處自被水災以來鄉曲貧民來津謀生者指不勝屈海河一帶住津貧民多以幫搖小船為生每日來來往往生意頗佳惟海河河寬溜大兼之輪船時常進口倘經遇撞性命堪虞昨遷安縣民人某甲以搖船為業大小五口在海河謀生前日清晨某輪船攪水致船相離不遠不知何以將船板攪散大小五口泛泛如鷗幾遭滅頂幸船戶衆多趕緊撈救無傷性命惟大小人口週身淋漓無依無食昨赴津海關道轅叩求拯濟道憲黃花農觀察哀此蒸民慈心大發每名賞給錢若干使暫餬口云

持刀尋毆 ○本埠持刀尋毆之案層見疊出紀不勝紀東門內有李二者小本營生已稱小有舊交之鄭玉時常借貸雖屢借屢還暇尾總未清楚昨鄭玉又與李二借貸李二一時手乏婉言相辭不料鄭玉素行兇橫以為區區之數吝惜若此要朋友何用因起意持刀尋毆以報夙仇幸李二同院之張有已悉各情即將鄭玉攔阻得以無事而李二恐防不勝防如再復我難以抵禦擬赴琴堂存案以杜後患云

逆子宜懲 ○本埠楊柳青鎮有居民王某者年近古稀生有三子長子次子各謀生業以資事蓄惟三子游手好閒終日游蕩前歲王之長子與同鎮何某偕往新疆小本貿易約幾年餘積蓄白金之譜於臘尾因何某由疆回津將銀全數託寄交父以資日用不料被三子偵知候王某將銀易錢盡數偷竊遍覓無踪知為三子所為怒氣勃發不可解聲稱送官嚴刑懲辦未知究竟如何似此忤逆兒留之何用尚不若送官治死之為愈也

有不如無 ○本埠南門外廣仁堂西有王某者年逾古稀僅生一子年已而立游手好閒不務正業每以賭博為事不顧父母之養昨王某携杖至賭局尋覓其子設法藏匿未曾覓得昨其子忽自歸來被王某撞見即持杖欲毆其母竭力勸解其子趁此脫逃王某自思筋力已衰子不成器不如一死反為安樂昨早餉刻至[illegible]濠邊將身投入濠中以求斃命幸有行路人趕緊撈救未致淹斃噫養子如此轉不若伯道之為乾淨也

取保釋放　〇本埠城廂內外各處脚行土棍居多稍不如意卽邀集同類恃械尋仇時所常有一經呈控到案無不嚴懲重刑及[illegible]辦日前紫竹林碼頭脚行劉恩元等與砲台莊脚行馬二等因起卸貨物兩相爭鏡致起禍端並有傷人情事在縣羈押有日昨劉恩元等赴津海關道轅具稟蒙道憲黃花農觀察體恤各情批候將馬二等提案研鞫再爲取保釋放云

咎由自取　〇東門外陸家胡同後梁七之妻被其姑嫂凌虐以致母女自戕身死已經控案曾紀報端現聞經人說合於昨日修齋禮懺令其姑身著孝服如居考妣之喪姑迫於勢祇得如命至日晡僧人送路其姑果披麻帶孝親至街市屍父張某指梁母向衆人聲稱我女實係被爾所害以致慘死今同大衆說明非我藐視於汝實乃汝之自取聚觀者人山人海莫不大笑稱快而梁母惟有低頭默不作聲如孝子涕泣者按律子死父有返服媳死而姑著重孝實所罕覯今梁母竟若此孝敬實倫常之變要亦自取其辱於人何尤並聞至發引之日尚須梁之嫂氏執魂旛引路似此則平日作惡毫無忌憚者可以鑒矣

呂宋火災　〇字林西報言小呂宋煞脫米舍地方某纜廠突於華曆三月二十四日晨失愼燒去産業計値銀五萬元又三月二十二日秦坦地方亦有失火之事燬屋一千間兵房亦在其內全境房屋之未付刦灰者僅存四百七十五間所燬産業之價約値銀十餘萬元現聞呂宋國家已經籌欵往賑該處災民云　錄滬報

舉賽龍船　〇常熟冀東門外于本月初二日舉賽龍船預備泊羅江中弔屈原故事時則風和日麗士女如雲蘭橈桂楫充塞于紅橋綠柳間以致個中人分外興高采烈計龍船十數艘莫不旂幟鮮明鏤畫精巧舊例凡有人給以洋蚨一二元該船卽向彼處往還嬉戲名曰叫划此叫划者多至十餘處夜間各船更放烟火花盒以助與一時笙歌迭奏燈燭交輝照澈[illegible]心尤爲燦爛直至日掛高墻鐘鳴僧閣始各鼓棹而歸　錄蘇報

名手新撰小說二種　金鞭記共四百九十三回逐回蟬聯奇情疊出及仙佛僧道妖狐鬼怪且有三三四四爭唱段團坐靜聽者無有不鼓掌稱奇也每部洋九角　新撰英雄小八義是書宋朝事蹟英雄半皆綠林後裔俠男奇女年皆十五六歲銅肝鐵胆結黨鋤奸諸凡飛簷走壁換馬偷頭等技各人各法能使閱者稱快每部洋九角　天津北門東文德堂發售　上洋江左書林謹啓

告白

啓者本號開設海大道機器磨房前由四月二十六日起分設養性院跑馬廠三天預備各色洋酒各樣洋菜大小甜麵包等是日貴客仕商欲往觀者祈請光臨價値格外公道特此佈聞　同順棧館謹啓

告白
彭公案　楊家將　昇仙傳　南北宋
金鞭記　雪月梅　後聊齋　後列國　玉姣梨
小八義　草木春秋　西湖佳話　聊齋志怪
盛世危言　前後七國　鐵花仙史　挑燈新錄
後英烈傳　三續聊齋　玲台奇寃　花月姻緣
髮逆圖記　第一奇女　續施公案　醒世姻緣
五虎平西南　續今古奇觀　續永慶昇平
萬年青初二集　五十名家手札　文興齋謹啓

啓者天德福棧開設天津紫竹林天壇西發賣烟煤焦炭批柴葦蓆棉花米麥木料各樣貨存棧亦可代辦各事　貴客商如有請到本帳房面議　本主人顧崇德謹白

陳雨蒼醫　啓者有病之家無力延醫請於早辰九點鐘午後一點鐘下午六點鐘至海大道養病院後陳宅診視有不能就診者必須寫明住址及姓氏名號送交本宅方能撥冗往診本宅存心濟世門診與規一概不取文分

四月二十四日輪船進口
禮順　輪船由上海　禮和行
公義　輪船由上海　招商局
山東　輪船由上海　招商局
利運　輪船由上海　招商局

四月二十五日輪船出口
重慶　輪船往上海　太古行
怡生　輪船往上海　怡和行
德生　輪船往上海　怡和行

四月二十四日銀洋行情
天津九七六錢
銀盤二千八百六十五文
洋元二千零九十文
紫竹林九六錢
銀盤二千九百零五文
洋元二千一百二十五文

直報

光緒二十一年四月二十六日　第九十八號
西歷一千八百九十五年五月二十日　禮拜一

上諭恭錄

上諭奉天錦州廣寧一帶上年秋灾既重今年春荒尤甚小民困苦情形殊堪憫惻加恩着將本年湖北漕米三萬石截留以資賑撫即由王文韶催提此項漕米到津即行截留折價迅速派員解往詳查灾區核實散放務使實惠及民毋任稍有弊混用副軫念民艱至意該部知道欽此

勸捐利弊辨

昔帝世康衢父老擊壤作歌其歌曰日出而作日入而息耕田而食鑿井而飲帝力何有於我哉此數語者古今稱道不衰相傳以爲盛世之極軌幼年甫入塾授而讀之亦以爲事之宜然情之必然初不識帝德之何以盛也又讀詩云不識不知順帝之則仍以爲理有固然不識帝則之或有不順也夫以天下之大利還之天下以天賦之至性復之斯人帝力誠無所施其技何所謂德何所謂則何怪民之並帝力而忘之及歷覲後世史册之弊政並身遭季世之亂雖百弊奇出非夷所思一爲回想耕田鑿井之樂熙熙穰穰幾生修到何上世之百姓逸而樂不待施濟而無不遂生後世之百姓勞而憂屢蒙施濟而猶不聊生也乃今而知帝德之盛無復加迥非後世之施濟之所能及其萬一者也然而施濟之擧其財槪出之府庫散鹿臺之財發鉅橋之粟無論矣即陳氏厚施貸以家量收以公量其財亦出自采邑之生息非搜求於草野之脂膏縱履畝增稅二猶不足而稅畝之外絲毫莫取猶不失藏富於民之意春秋五伯以齊桓爲盛一匡之力管氏功多其時見閭閻有儲囷積穀者則封其戶以榮之後世納粟爲員外今之納貲稱郎皆封戶之遺意實從掄秀書升興廉擧孝外別開一敎富之條惜後世無識其義善其德以力行之者使朝廷設富民一侯如泰西各國之經理商政務公務允實事求是使其利什歸於民一歸於君務使君不獨富民不獨貧何嘗非變古而不離古更法而不亂法爲季世救貧之善策乎自著其名而爲捐其義本於楚之於菟自毀其家以抒楚國之難其後則漢之卜式輸錢助邊然皆自毀自抒非由勸也捐出於勸是猶戰國魏侯移民移粟之弊政己非郅治自然之隆軌而執其政者果能倡導之激奬之其捐者如畿輔津門廿三行者以及通商各國諸大善人類能大發慈悲解囊傾貲宏施普濟奚啻萬家生佛一路福星甚至有心無力之人莫不竭盡心力於無可湊集之中多方湊集允屬樂善好施所謂行善之道有一分心盡一分力使是眞善鰲負三山蟻駝一粒其事雖殊其義則一原不論所施之多少所濟之衆寡也其勸者自 天子以至於庶人或榮以封爵旌以坊額褒以 天語庶民感激無方亦或頌以牌匾傳以口碑又自異者如大德國義士爲我 國軍門漢君之淑配德夫人非爲唐山灾黎勸捐高唱陽春歌以代哭頃醵洋銀五百三十元以助賑邺是又爲菩薩慈悲法力之變相果擴善心以行善事固有無施不可者若夫藉勸捐以沽名並藉勸捐以充橐所捐之財明爲濟人陰以肥己行已同於吏胥甚或指創建考棚修葺 文廟從中沾潤如僧道之指佛衣斂

亦爲無賴之尤卽或官不貪殘而經手之侵蝕小民之騷擾行之承平豐稔之歲猶非極善之規模何也爲借壯觀瞻博虛名貪婪餉謀傑舉無關於國計民生且有以妨民病國也況値饑饉相仍哀鴻遍野田畝已化爲澤國廬舍又付於波臣去年之積潦未消今歲之洋流又漲各處决口不謀堵築無七何種不種町收將何以爲民食將何以供 國課在執政者亦明知賑䘏實惠小民萬萬不能遍沾縱遍沾之不過暫延殘喘尚不能如草根樹皮之可以遍救飢民其所以汲汲勸捐議賑者原爲一官之考成計非以爲國非以爲民而地無不土野無靑草風濤漲落出沒無常形同澤國又無澤國之牛息中產之戶業半卽於流亡僅剩此一二富民又挾 朝廷之勢力以勸捐稍不如意卽從而鞭笞之箠楚之纖索橫加道路郞當而逮繫之疾首蹙額有相逢而詢其故者曰爲辦樂輸而赴公庭也嗚乎樂孰樂亦勸之云耳夫以大荒之際人皆失所而僅留富民安知非爲天心之所佑以大荒之後人皆失所而猶有富民安知非其祖父之所遺書曰旣富方穀凡一切難行之善惟富者能具大力以舉之易曰富以其鄰是也故嘗謂富爲貧之母而富之處此荒歲較之貧民有難焉者詩云以富ㄟ哀此煢獨飽煖招怨自古已然誠以俗情澆薄貪得無厭朝乞其米暮乞其貲旣將恃爲不涸之源且有得隴望蜀之想而無賴不逞之徒勢且相因而至抑或强盜游俠徑情借取爲富民者不敢不與牧令不思有以維持而保護之復將窺伺其隙有以短長挾制垂涎魚肉陰以濟其名利之私故入人罪情爲盜賊所不平羣圖報仇禍生伏莽而官府又以兵力强壓致激成不可收拾之案一方塗炭延及數邑古今來善人難作蓋非富室之咎實執政者不安富室之咎擢髮難數也古云救荒無善政而有善人無良方而有良吏其有以知之矣竊以勸捐之利弊關係匪輕故不敢以不辨其在賢良循吏安心以爲國爲民者亦不必以愚言爲罪也

金殿傳臚 ○乙未科會試題名於揭曉後據電傳排印附報分送較往年遲延半日蓋因軍務紛繁不克先傳社錄耳日昨已經臚唱一甲第一名駱城驤四川資州人榜眼喻長霖浙江黃巖人探花王隆文湖南湘鄉人傳臚蕭榮爵湖南長沙人合亟登報以供衆覽

可覘世變 ○翰林院散館改知縣者謂之老虎班散館主事請改知縣者卽在該班之後謂之小老虎甲榜主事改知縣者又小虎中之小虎也其選缺之次第按科分之後先以名進士現宰官身較之部署浮沈相去幾同霄壤本屆翰林院散館之期又屆乙未科會試新科甲又將層出聞有甲榜部曹請改知縣者已有十餘人矣吁唐時京官外轉謂之左遷皆鬱鬱不自得今乃動輙呈請外用豈眞爲官不過多得錢耶亦可以覘世變矣

蒼生蒙福 ○頃接都門訪事函稱本年四月初旬順直所屬被水成灾小民蕩析離居困苦不堪言狀卽以固安縣所屬而論灾情尤巨各當道愍焉憂之除飭辦粥廠以備四方貧民就食外並商同籌賑局憲提欵委員親赴四鄉查辦按日發放賑銀以期無濫無遺又京都前門外琉璃廠安平公所於四月二十日在右安門外黃村地方設立粥廠每日由義倉運米三十石雇覓駱駝數隻負至廠處以濟灾黎災民同聲感戴凡此皆諸紳暨各當道飢溺爲懷痌瘝在抱用能蒼生蒙福全活無量也

誰家兒女 ○四月二十日京師西直門外高亮橋河內浮有一俯一仰男女屍身二具經該管地面總甲稟報西城司帶領刑仵穩婆相驗驗得已死男女約年均十七八歲緣無親屬認領已由官發給棺木成殮暫爲浮厝噫七十鴛鴦同命鳥一雙蝴蝶可憐蟲玉碎珠沉正不知誰家兒女耳

津門宦轍 ○直隸臬憲周玉山方伯馥稟請開缺○署河屯協譚魁請開八溝營參將本缺○署八溝營參將汪隆元調署河屯協○副將銜參將翟振翮委署八溝營參將○獨石協德春回紫荊關參將本任○候補知縣黃山泰委解都統官桂赴京○候選道袁世凱回河南原籍○候補知州石賡臣奉府尹委查催平穀糧船

東漕抵津 ○山東東昌幫濟寧左幫河運漕糧運官張起鵬旂丁王乃疆押運糧船七十隻於二十四日全數抵津陸續過關北上至通交納

轡批彙錄 ○欽加二品銜長蘆都轉鹽運使司鹽運使季 示蘆台場灶戶張廷弼等稟批據稟灘副被灾候查明核辦該灶戶等赶卽疏消積水修復與曬切勿觀望自誤此批○又示鄧沽蘇步芬等稟批據稟灘副被灾候飭議核辦該灶戶等赶卽疏消積水修復

與晒切勿觀望自誤○又示海豐塢灶戶陳冬秀等稟批據稟灘副被災候查核辦該灶戶即行赶緊修葺與晒以濟商運切勿觀望自誤此批○特授直隸天津府正堂隨帶加六級紀錄七次沈　批示南皮縣民婦李杜氏呈批氏家與田姓究有何仇何至暗藏炮藥謀害下此毒手況田幡卿之子既係文舉其家讀書向善可想而知即使在縣署教讀亦不至誣賴氏子為匪從慂該縣拘案控情顯係虛捏姑候札飭南皮縣查案錄詳察奪呈不列抱幷飭此批○天津縣正堂　示殷育恩等呈批此次被水實屬非常奇災民情困苦自是實情惟已蒙　道憲前籌賑局憲委員前往查勘矣仰候勘明各村被水輕重核辦○又示鄧沽生員蕭聚星等稟批此次被水實屬非常奇災民情困苦自是實情惟已蒙　道憲前籌賑局憲分別委員前往查勘矣候勘明核辦○又示鄉民閻國樑等呈　孫寶成等呈　李國祥等呈　范福山等呈　毛靜山等呈　張儒林等呈　王　立等呈　張樹勳等呈　孫殿元等呈　邢長春等呈　呈廷貴等呈　郭士元等呈　王瑞生等呈　左大升等呈　鮑應得等呈　高瀛洲等呈　沈朝玉等呈　郝　泗等呈以上共報水災者十八名尚不知村庄多少俱批查前據各村呈報被淹已蒙　道憲前籌賑局憲委員前往查勘矣今據所稟候移知委員一併查明核辦此批

慧心仁術　○濟生社諸大善長先生賜鑒繡雲靜處深閨罕聞世事昨以省視外王母歸車軌所至但見道殣相望子婦流離自林西以達宜莊計程不過七十里繡雲默而識之除往來貧民不計外其倒斃路側者男婦幼孩共計十九名於戲慘哉天災流行至於此極繡雲身為女子又不幸早失怙薄田所入不足以供甘旨賴繡雲以十指佐饔飧顧焉有餘力以濟窮黎乃目擊災況不容恝視及讀十七日貴報所登德司權之女公子登場勸賑一舉盥誦三復莫名欽佩顧效顰乏術徒愴于懷意欲糾集閨伴勉襄善舉無如僻處窮鄉即有一二好義姊妹又因自顧不遑連日沿門托鉢僅集得津蚨十五千首飾二事約可易錢七千益以繡雲典質服飾錢十千共錢二十二吊文到乞查收彙解災區固知杯水車薪無濟於事乃綿力止此夫復何言專肅祗請　善安敬候收條　畿東十六齡女子俞繡雲謹啓

星期前一日由濟生社交到俞女史函並義賑捐欵清單一紙因限於篇幅先將清單錄報茲閱原信女史以弱齡閨秀目覩流亡傾生惻隱於窮僻壤之間苦心勸募復以典質湊集二十餘千為數雖不甚多而存仁濟世之心溢於行間字裏顏之曰慧心仁術誰曰不宜爰登報端以資觀感　本館附啓

思患預防　○本郡各糧行居奇增價肆無忌憚雖經官家示禁藉口來源不旺成本太重詈諸罔聞本館屢登報牘豈有仇隙於糧行耶實因關係貧民生計外侮未靖亟宜撫輯內地若奸商嗜利一再增價則貧民益加困乏其偷竊拐騙尤在其次終恐別滋禍端悔之已晚昨日各船戶具稟憲署有裝載糧食來津接濟民食請飭沿河州縣禁止勒索留難以利遄行等語蓋為事關民食俾免遲延竭蹶可見來源並非不暢而該糧商上下其手朦官則以多報少明知官不採買雜糧公然朦蔽出售則逐日增價不念民之粒食維艱居心很毒茲於二十三日玉麪每斤六十八文者又加錢四文每斤七十二文據該米麪舖聲稱此後仍然有增無減據此益見其壟斷居奇有恃無恐一味貪得無厭殊不知人急思變防患不可不先該糧商利令智昏無可詰誠惟願有力者設法平糶則糧價不必示減該商等自不容不減斯米而食之家當頌生佛矣

陷溺飄茵　○永平府屬一帶屢被水災至今尤甚有出售子女以圖活命之事骨肉分離情形慘極聞計歲索值一歲值津錢一千文有種棍匪覬此事可以發財偕往購買聲稱或作子女或作子媳一經到手即攜之來津姿色平等者即轉售於烟花窟醜陋者或售人為使婢所得即什百於所費之值兼有售與粵人載之回籍者種種弊竇不一而足噫彼出售子女之家非不謂一則得錢可以活命再則子女可以逃生殊不知一入匪棍之手女子則陷溺飄茵男子則優伶落籍轉入下流畢生莫贖當亦仁人君子所不忍也謹書其略以告執政之關心民瘼者

白晝搶奪　○沿河州縣屢遭水患貧民衆多以致地面甚不安靜防不勝防殊為可慮茲聞青縣鄭庄李少白者以舌耕為生前與友人携帶錢文赶集購物正行至捎庄以北天方晌午突遇二人手持洋槍攔住去路言若不將所有獻出即令汝二人同歸於盡李本讀書人性情怯懦何敢與較只得將錢買命其友雖未携有錢文該賊即令脫下馬褂方得放過該賊即携贓而逸按失事之處距捎庄不

時當白晝膽敢恃械攔路搶奪殊屬目無法紀李維頎請緝是否亡後殊難料也

士棍斂錢　○河方河路馬頭每有惡霸斂錢之事津通則未之前聞頃有北河來者云近日通州河岸停泊之大小船隻如遇過客雇船有士棍多人向船家各家婪索錢文名曰卦禮實不知其命意所在每大船一隻卦錢若干小船一隻卦錢若干坐客則覥其衣履爲斷麗都者或索數千文千文不等樸素者亦必數百文苟吝不與或藉詞奉差貼辦或竟將篙櫓奪去現在陸路被水碍難行走非坐船不能抵津船客均各受累云云所言若此則是南方河路陋習傳染到通矣有地方之責者幸留意焉

不知主名　○小梢直口以南道傍昨有一無名男子被傷身死當由該管地方赴文武衙門報案縣委某廉會同武汛帶領州仵前往相驗該屍年三十餘歲身穿藍布褲掛青布長袖棉馬褂其頸上刀傷一處委係被人殺害身死但不知其姓名即飭地方棺殮候緝正兇

將軍宴客　○京口副都統升授廣州將軍保頤庵軍憲茲期本月初八日午刻在北固山肆筵設席邀請領統常勝萃字等營馮觀察相榮讌飲陪座者爲統領新湘五營陳宇山軍門常鎮通海道呂鏡宇觀察寶蓋山新兵營吳軍門養吾鎮江營恭將鄭戎國祥時則佳賓賢主雅歌投壺名將風流一時無兩直至金烏西墜始各盡歡而散

限制日人　○倫敦十四日來電云法國各報館聞中日和局已成皆不以爲然悻悻然著爲論說羣謂臺灣澎湖二處不應交與日人管理來電又云法國與日人約欲令日人泊守臺澎海面之兵船與岸上之戍兵皆有一定之數不能逾額來電如是未知日人肯否首聽命否也　錄申報

名手新撰小說二種　金鞭記共四百九十三回逐回蝉聯奇情疊出及仙佛僧道妖狐鬼怪且有二三四字唱段團坐靜聽者無有不鼓掌稱奇也每部洋九角　新撰英雄小八義是書宋朝事蹟英雄半皆綠林俊裔俠男奇女年皆十五六歲銅肝鐵胆結黨鋤奸諸凡飛簷走壁換馬偷頭等技各人各法能使閱者稱快每部洋九角　天津北門東文德堂發售　上洋江左書林謹啓

告白　岑宮保介福圖　左文襄公奏稿　皇朝一統地圖　北洋中外沿海詳細圖　東三省圖　四國日記　俄遊彙編　四述奇　小方壺齋地叢鈔　萬國公法　公法便覽　日本地理兵要　日本外史　東瀛紀要　中俄界約斟註　中外交涉類要表　日本新政考　武備志兵書　登壇必究兵書　俄羅斯地圖　西國近事彙編　地球五大洲圖　亞亞細圖　文美齋[illegible]啓

告白

啓者本號開設海大道機器磨房前由四月二十六日起分設養性院跑馬廠三天預備各色洋酒各樣洋菜大小甜麵包等是日貴客仕商欲往觀者祈請光臨價値格外公道特此佈聞

同順辦館謹啓

悅來洋貨號

本號開設天津紫竹林大街自運各國洋貨鐘表玻璃磚描銀彩畫金邊包鑲大橫鏡茶几玻璃器皿口色八角吃碟佈碟懷碗中碗分碗醬盤角菓盤洋琴洋酒洋毡毯金銀連環軟得等

格外減價消售發客

四月二十六日輪船進口

禮裕　輪船由上海　招商局

四月二十七日輪船出口

公義　輪船由上海　招商局

通州　輪船往上海　太古行

德生　輪船往上海　怡和行

禮順　輪船往上海　招商局

啓者天德福棧開設天津紫竹林天壇西發賣烟煤焦炭批柴葦蓆棉花　貴客商如有米麥木料各樣貨存棧亦可代辦各事　請到本帳房面議　本主人顧崇德謹白

陳雨蒼啓醫　啓者有病之家無力延醫請於早辰九點鐘午後一點鐘下午六點鐘至海大道養病院後陳宅診視有不能就診者必須寫明住址及姓氏名號送交本宅方能撥冗往診本宅存心濟世門診與規一槪不取文分

四月二十六日銀洋行情

天津九七六錢

銀盤二千八百六十五文

洋元二千零九十文

紫竹林九六錢

銀盤二千九百零五文

洋元二千一百二十五文

直報

光緒二十一年四月二十七日 第九十九號
西曆一千八百九十五年五月二十一日 禮拜二

上諭恭錄

上諭都察院奏直隸滄州民人王鳳鳴以路命私理等詞赴該衙門呈訴據稱太監門進福毆斃伊弟太監王志慶並有私埋滅跡情事所控是否屬實亟應嚴切根究着內務府即將門進福送交刑部訊明辦理欽此　上諭志元奏病難速痊籲懇開缺　摺㕘甯鎮總兵兼總管內務府大臣志元着准其開缺欽此　上諭奉甯鎮總兵兼總管內務府大臣着祥霖補授欽此　上諭本年天津一帶及沿河各州縣猝遭水患京城糧價日昂亟宜設法辦理平糶着直隸總督順天府府尹招徠商賈販運米麥各糧並准寬免稅課以資接濟欽此

倫戒

盛之極即衰之始是語也人人知之人人不知之其理若難明其實則易明也亦視乎其人視乎其人心之所期耳期於是則必舉一身之耳目手足夢魂無不赴於是一人倡之衆人必隨之若禽獸之成羣江河之成派非有以强之實有以使之孰使之勢使之機使之皆心所期之志使之也有其志則必有其氣必有所感必有所應鳥獸且然何況於人列子云海上人有好漚鳥者每旦之海上從漚鳥遊漚鳥之至者百住而不止其父曰吾聞漚皆從汝游汝取來吾玩之明日之海上漚鳥舞而不下也山居郊遊與禽獸無心相遇禽不飛獸不驚也及欲執之我心甫動手與足猶未逮也禽刷羽獸絶塵矣夫禽獸與我不同類人之與人同類者況此身居萬民之上萬民之心思耳目仰而企之直付而寄之一任在上之進退馳驅而不自主其感應更當何如也是可以識盛衰之故矣其盛也不盛於盛盛之氣有盛於未盛之先者其衰也不衰於衰衰之氣有衰於未衰之始者及現其形人皆見之則氣之所中已深盛則興也浡焉如春草怒生屈其萌芽則旁出翁茂而爲叢衰則亡也忽焉如東逝滄江萬牛莫挽然則世際其衰將如之何而後可曰振之而已何以振之新之而已湯之盤銘曰苟日新日日新又日新一人自新天下自咸與維新人有不新則去之而已法有不新則變之而已去人而不失人變法而不亂法則衡之於道而已其道安在在物理在人情在君心之揆時度勢奮發自强夙夜寐精神淬礪而不衰則天下必皆相與爲不衰所謂苟能日新日日新自必有以新民與新命者惟在人主之一心斷之而已矣斷之以自强而已矣自强則不息安肆則日偷不息者無不盛日偷者無不衰此天下之大較也嘗即一家之盛衰驗之其興家者不必其生爲富室也其室之人類能謀生亦非其室人之皆出於性成也其勤動儉朴時時事事無不如法一人倡之一室隨之勢使然氣使然也由是人心聚則地利與家不中資不數年而膏腴壤接樓閣雲連千倉萬箱馬騰於槽人歡於室豐歲則納稼之外仍以賤價收買困糧飢歲則備荒之餘仍以賤價多置田宅時而耕也則維深時而耨也則維易陸則車水則船主伯亞旅之儔無不同力以合作羣相推以爲運之使然其然豈其然歟其敗家者不必其生爲窶人也其室之人類皆不能謀生並不知謀生且語以謀生不爲所聽則逢其怒一若安其危利其菑樂其所以亡者然衣裳甚美猶謂欒不入時飲饌甚豐猶謂食難下箸輿馬則屢易其新不必堅好僕從則惟喜其順不必忠誠少有不遂則疑宅相不佳祖塋不吉不惜重貲廣延術士毆門毆闌土木工

作無時蔑有一時親友半習奢靡棄有用之時有用之財有用之物而無不加察有時知之亦揮不爲惜諺云易圖謀者敗家產業非人謀之自揮棄也　此稿未完

光緒二十一年四月分鈌單　○同知直隸正定裕綸故　知州山西岢嵐豫臨捐離任　知縣山東新城淩漢丁廣東始興曾宗穎修墓甘肅鎮原許國榮修墓　吏目奉天復州張錦屏革　典史四川灌縣周詒本近

繙譯進士　○乙未科會試繙譯進士第一名慶斌年四十二歲廂藍旗滿洲慶綿佐領下人　第二名貴福年二十七歲廂黃旗蒙古德潤佐領下人　第三名覺羅文華年二十九歲廂黃旗滿洲覺羅德潤佐領下人　第四名壽康年二十九歲廂黃旗滿洲錫恩佐領下人青州駐防　第五名毓祥年三十四歲正黃旗滿洲文勳佐領下人四川駐防

流民載道　○昨聞三河縣屬之夏店居民男婦三十餘名口於四月二十日同往通州就食內有某婦年五十許有二子一女二子俱有妻室合共老幼八名口由東門外運河同乘渡過河不幸該婦失足落水順流而逝二子號哭撈救踪跡毫無至夕陽西下二子赴河堤候撈屍身亦尚未見浮起又有寶坻縣所屬村庄被水過重昨日有該處難民三百數十名口奔赴通永道轅叩求撫恤蒙道憲派員送入王恕園粥廠俾得飽食安居云

鋪家窩賊　○妓寮烟館最易藏奸不謂貿易場中亦有銷贜窩匪之事殆所謂教養失而民鮮恥歟實則利令智昏耳聞京師某市汛營兵於四月二十一日獲賊劉套兒一名供認窩贜於椅子圈地方某蘇花鋪內當就該鋪起出多贜爰將鋪主賈某一併鎖拏解交步軍統領衙門究辦該鋪雖小本營生猶是商賈一流人物本不當窩藏盜賊緝捕而得窩家較獲盜爲得法懲一可儆百矣雖然以視窩報所紀不操戈矛者當又有間

倖逃法網　○津地無賴名曰混星其住處曰鍋夥窩娼聚賭無所不爲遺害閭閻不獨在於天津已也即在京師亦復從同遷地而良久爲都人側目聞有若干人禽居獸處在前門外燕家胡同一帶屢有械鬥之案五城侍御恭奉　上諭嚴行查辦日前剳飭中西坊捕獲張老三等六人申送刑署審辦其餘尚有二十餘名倖逃法網儵然遠引特不知經此震驚能痛改前非勉爲良善否

春賽初紀　○前定春賽之期因雨改於二十六日爲第一日驊騮開道騄驥追風各西國官商囿與高采烈即作壁上觀者亦各馬龍車水絡繹而馳計第一次新關帮辦丹爾法醫生之馬勝第二次新關德稅司新泰興亨達利之馬勝第三次法醫生及外來之馬勝第四次寶順及外來之馬勝第五次新關德稅司法醫生順豐之馬勝第六次新泰興法醫生之馬勝計第一日法醫生德稅司兩家之馬得勝較多餘各平平賽畢歸來已夕照銜山矣

往者不究　○津郡鎮標左營衙署舊址前在天后宮迤南因年久失修坍塌不堪難以重建移在鼓樓西鎮署旁暫作行台所遺宮南衙署地基以及空闊地方准各鋪戶等搭蓋房屋門面出租本營每年按鋪房間收取租費以資辦公無如年湮日久百弊叢生每年給租者甚屬寥寥官地盡成民產早應澈底根究以清界址茲當破案之後正清理地基之時劉守戎擬傳經紀街隣人等將本營卷宗公同閱看如有佔地情事仍許搭蓋鋪戶照常生理由本營給付執照一張以資信守往者一概不究云

助賑清單　○自蒙　各憲開辦粥廠以來四方就食者絡繹不絕約計其數不下二十餘萬該處粥廠本屬新立向無房舍小民皆風棲露宿無地存身至四月初三四五等日風雨交作因之隕命者約二千有奇　各憲惻然心傷因令小民暫且還鄉在家候賑更派多員分頭散放俾小民實惠均沾洵屬功德無量惟値此青黃不接之時爲日方長雖加一賑只可以暫濟一時倘賑米吃盡無以爲繼依然飢餓以死僕等深慮及此總須多籌巨欵作救人救徹之舉方爲盡美盡善茲將第七次助捐各大善士姓名捐數恭登報牘以昭徵信倘蒙　四方樂善君子慨解慈囊千金不厭其多百錢不嫌其少即祈送至溜米廠濟生社代收　計開　武夷鄭氏助洋銀十元　徐筠卿助洋銀一元　有名氏助津錢十吊文　有心無力人助津錢五百文　陳樂田助津錢五百文　周桂卿助津錢一吊文　易至堂助津錢二吊文　近水山房助津錢四吊文　懷寧王恢善助津錢一吊文　祝平安人助津錢三吊文　壽壎堂主人助津錢三吊文　[illegible]

蘭女史助津錢一吊文　括香齋小主人助津錢二吊文　西娥女史助津錢一吊文　瑞娥女史助津錢一吊文　啞道盦如意施節省食物錢五百文　蘭姐助津錢二百文　王羅氏助工食錢一百文　夏張氏助工食津錢一百文　胡劉氏助工食津錢一百文　山東張愛祥助津錢三吊文　江西朱筱泉助津錢一千文　通州鄭仁軒助津錢一千文　易州耿惠軒助津錢五百文　蘇品齋助津錢四千文　賴雲樵助津錢一千文　閻國泰助津錢一千文　馬輔卿助津錢五百文　李松岩助津錢五百文　朱治華助津錢五百文　徐光甫助津錢五百文　楊慶榮助津錢五百文　潤香齋助津錢一千文　慧申氏助津錢二千文　黎閣童子助津錢一千文

天津義賑局同人具

行同盜賊　○客自祁口來言津勝右軍某統帶本市井無賴當髮捻交訌糾諸亡命流爲土匪迫至窮蹙投淮軍濫膺保奬後遂粤以招搖撞騙經大憲遞解回籍居鄉武斷劣迹昭彰邇來窮極無聊適海疆多事伊乘機北上百計鑽營幸充分統自宜革面洗心力圖報稱詎本性難移反視此爲利藪所招各營招費揹未發足先抽銀滙至家用各營官畏其忝撤不敢與校右營某營帶係伊保舉索賄五百金每關餉扣各營孝敬銀一百兩其餉期或四十五十日不等盡換虛數毛錢發給高抬錢價前大帥賞每營米一百包亦被乾沒各營累次鼓噪幾釀事端緣該處西阻大河沿海多壘故未敢發難耳現離大帥較遠任意食空方開差時河冰將泮中營左三正勇劉得勝深搬行李誤陷冰窟失去統領烟槍一桿威逼撈取致葬深淵其酷毒率多類此去冬奉委後電令三千偕來在營干預公事無所不爲四月初其第三子在西庄强姦民女居民來營喊寃調停始息縱兵搶民柴草殆盡此均實在情形官弁兵民同深憤恨若不懲前毖後將來必致僨事所冀當軸者密爲偵訪一察便知謂予不信請拭目以俟之

怡園來稿

勿蹈故轍　○國家養兵二百餘年深仁厚澤今當有事之秋亟宜奮勇直前以圖報效方不負　朝廷養士之恩乃統領者不以國事爲心而以侵餉爲念殊屬不成事體如某統領者素尅扣兵餉不恤勇丁致有殺身之禍凡統兵大員可不戒其自利之心而以此爲前車之鑒乎況　國家需用將材酬庸甚渥果有奇勳加之重賞名傳竹帛俎豆千秋豈不較尅扣兵餉而罹法網者相去霄壤乎彼利欲薰心七閱月而發四關餉者尚愼旃哉

供職辛勤　○東漕過境船隻數目以及員弁姓氏已登昨報月之二十五六等日所有全漕陸續進口停泊芥園邵公莊梁家嘴等處各船艙口俱粘封條以防偷竊情事委員飭令兵弁等鳴鑼打鼓徹夜不休稽查認眞已可概見當此萑苻不靖亟宜振刷精神以重職守倘有短缺遺累匪輕該員弁等可謂得其要領者矣

宜定限制　○本埠東洋車約有四千餘輛每日行人來往乘坐雖稱極便恐有無知之徒貪得錢文黃夜之間拉運贓物是以前蒙各憲會同出示以三更爲度不准行走防賊之法頗爲周備目今外來貧民多以帮搖小船爲生運河一帶北關口至姚家灣等處每日絡繹不絕無晝無夜從未停止而近來盜賊較多似宜按洋車章程以三更爲度小船亦不准行走如違禁令船即入官旣防之於陸復防之於水不更覺嚴密耶

募勇流弊　○募兵補額一事論緑營章程須年力精壯稍知技藝取具隣右保結果是良民方能入選至於隨營差操原有定期立法未嘗不善至於軍興招募期於速成礙難照章辦理但亦須覓有保結愼選其人及至招募入伍之後更當時加察看是否良莠分別革留豈可漫不經心姑息遷就耶無怪近日到處鬧事者皆目爲兵勇也以匪棍而充兵勇如虎生翼飛而食人平日睚眦之怨無不報復而居心近利更得藉勢貪婪始於妓寮烟館賭局小試其端若再姑容不與嚴辦則必明火搶刼以逞其欲吁可畏哉日昨被轟滋事之某甲經邑尊責以五百板枷令其坐板櫈墊磚二個竟默不作聲眞可謂之鐵漢似此者不乏其人可不加之意哉

飛行宜禁　○昨有東洋車一輛行如流水飛奔至南斜街將一六歲女孩撞倒車輪由腿腕軋過立卽痛暈而該車夫尙不介意拉車狂逸路人不平將車攔住聞該孩被軋骨節恐不無殘廢未知作何了結按車行飛速屢肇禍端皆未將車夫嚴辦以致若輩均恃按月上捐藉言官物益無忌憚然遭其軋傷終身殘廢又將何以爲生耶此種車輛當與世爲終始必須嚴定章程勿令任意傷人是亦保

弭之道也

甘心作賊　〇孟母擇鄰大有深意今非昔比更難選擇而爲之鄰者又豈可欺人竊物自居於非人類耶海大道貽來牟磨坊之南有吳姓者租屋而居人極老誠膝下祇生一女愛若掌珠平日以銀練繫頸昨女孩甫出門詎爲某鄰婦剪去噫銀練所值幾何而乃甘心作賊斷人也將不齒於人類已

出貨續聞　〇日本神戶華商以俄倭兩國軍務緊急電致滬上商家止辦貨色其事已畧記昨報茲聞字林西報亦言日人因與俄國齟齬之故紛亂異常貿易場中特傳電信至申囑將棉花及別項貨物暫勿裝夫並聞目下煤價飛漲較前已增至二十五釐噫強鄰壓境商賈不寧塞翁得馬非爲福其即日人之謂歟　錄滬報

慧心仁術　〇齊牛社諸大善長先生賜鑒繡雲靜處深閨罕聞世事昨以省視外王母歸車軌所至但見道殣相望子婦流離自林西以達宣莊計程不過七十里繡雲默而識之除往來貧民不計外其倒斃路側者男婦幼孩共計十九名於戲慘哉天災流行至於此極繡雲身爲女子又不幸早失怙甫田所入不足以供日自賴繡雲以十指佐饔飧顧焉有餘力以濟窮黎乃目擊災況不容恝視及讀十七日貴報所登德司權之女公子登場勸賑一舉盥誦三復莫名欽佩願效顰之術徒愴予懷意欲糾集閨伴勉襄善舉無如僻處窮鄉即有一二好義姊妹又因自顧不遑連日沿門托鉢僅集得津蚨十五千首飾二事約可易錢七千益以繡雲所質服飾錢十千共錢三十二吊文到乞查收彙解災區固知杯水車薪無裨於事乃綿力止此夫復何言專肅祇請　善安敬候收條　鐵東十六齡女子金繡雲謹啓

星期前一日由濟生社交到金女史函並義賑捐欵清單一紙因限於篇幅先將清單錄報茲閱原信女史以弱齡閨秀目覩流亡頓生惻隱於窮鄉僻壤之間苦心勸募復益以典質湊集三十餘千爲數雖不甚多而存仁濟世之心溢於行間字裏顧之曰慧心仁術誰曰不宜爰登報端以資觀感　本館附啓

名手新撰小說二種　金鞭記共四百九十三回逐回蟬聯奇情疊出及仙佛僧道妖狐鬼怪且有二三四等唱段閧坐靜聽者無有不鼓掌稱奇也每部洋九角　新撰英雄小八義是書宋朝事蹟英雄半皆綠林後裔俠男奇女年皆十五六歲銅肝鐵膽結黨鋤奸諸凡飛簷走壁換馬偷頭等技各人各法能使閱者稱快每部洋九角　天津北門東文德堂發售　上洋江左書林謹啓

朱鉞翁先生近治鍋店街吳協興磁店張姓又文美齋朱敬盛等瘟疹危症俱驗同春此外甚夥不贅

四月二十七日輪船進口
禮裕　輪船由上海　招商局
桂陽　輪船由上海　太古行

四月二十八日輪船出口
武昌　輪船往上海　太古行

四月二十七日銀洋行情
天津九七六銀　銀盤二千八百七十文　洋元二千零九十五文
紫竹林九六銀　銀盤二千九百一十五文　洋元二千一百三十文

告白

啓者本號開設海大道機器磨房前由四月二十六日起分設養性院跑馬廠三天預備各色洋酒各樣洋菜大小甜麵包等是日貴客仕商欲往觀者祈請光臨價值格外公道特此佈聞　同順號館謹啓

告白　本齋運到新譯各種兵書
克虜伯礮說　行軍測繪　海道圖說　攻守礮法　繪地法原　礮法心準　測地繪圖　營城揭要　營壘圖說　測候叢談　臨陣管見　列國陸軍制　英俄印度交涉書　開地道轟藥法　礮乘新法　盛世危言　礮法求新　前敵須知　礮法畫譜
文美齋謹啓

啓者天德福棧開設天津紫竹林天壇西發賣烟煤焦炭批柴葦蓆棉花米麥木料各樣貨存棧亦可代辦各事　貴客商如有請到本帳房面議　本主人顧崇德謹白

陳雨蒼照醫　啓者有病之家無力延醫請於早辰九點鐘午後一點鐘下午六點鐘至海大道養病院後陳宅診視有不能就診者必須寫明住址及姓氏名號送交本宅方能撥冗往診本宅存心濟世門診輿規一概不取文分

直報

光緒二十一年四月二十八日　第一百號
西歷一千八百九十五年五月二十二日　禮拜三

上諭恭錄

上諭步軍統領衙門奏拿獲結夥持械拒傷事主搶刦盜犯請交刑部審辦一摺所有盜犯二李即李友小張即張文安黑子即安洪亮王大即王田柱並窩盜存贜之彭張氏彭啓白孝義等七名口均着交刑部審明辦理未獲之一趙二陳馬順王小禿小馬等犯仍飭嚴緝務獲送部審辦至原拿此案之出力員弁着俟刑部定案時聲明請旨欽此

倫戒　續稿前

況加以不急之周旋考試之供給執事之薪水喜慶喪弔之酬酢即欲力崇儉朴而勢有萬難至宜如何盡力於南畝之事無論不知即知之亦有不暇則諺曰居室之道莫善於苟合苟完苟美不知衛公子居室之善苟於耗財斷非苟於生財也又況左右奔走以及公庭來往罔不思沾潤而魚肉之以致豐稔之歲縱平安無事所入總不敷所出年年負累一遭饑饉或遇婚喪或經涉訟則勢不可支不能不議去恒產產愈消用愈絀則心愈妄非得倍蓰之利不足以濟貧想愈妄謀愈拙其家遂萬不可爲矣然計其餘產以視興家之窶人非特不及其產之半並不及其什之一百之一也故以敗家之產半與興家之窶人不難爲猗頓而以興業之全家盡歸敗家之子弟瞬無立錐其勢然其氣然其家主一人之心有以使之然也國之於家猶是也天下之於國無殊也治天下者惟政任其政者惟人聚其人者惟財生其財者仍惟人君天下者以天下之財聚天下之人即以天下之人生天下之財在人主持其柄而招徠之指揮之培其治生除其害生者則天下平矣所以大學之道始於明明德終於生財有大道而生財之大道非特以生爲生以爲爲生即食與用亦莫非生故特以衆寡疾舒詳確而分示之以明生之之大道特讀之者只以爲作八股用不知其爲平天下之要務所謂明德者明以此時習者習以此聖人著書之本旨固將使天下萬世幼而學壯而行以上接堯之兢兢舜之業業湯之汲汲以平天下豈料竟成八股之窠臼乎今者以中土之脂膏償於强敵欵愈多則賦斂自不得不重夫賦斂而存之府庫原爲中土之食用計是用財仍以生財故謂之生財之大道償於敵國則有害於我之生矣論者謂賠欵宜取償於官以當價事贖罪之罰欵以此洩天下之公憤以此儆貪墨之將來莫論其勢萬不能行也即便能行向將委貪墨者以事權乎抑貪墨者之心術性情可妄冀其因此少歛乎縱不至激而生變恐難保不轉而之他適以爲淵驅魚爲叢驅爵是罰已不如不罰且論者文武官爵第論品級不問缺分之肥瘠事權之輕重人品之邪正殊未公允亦非　朝廷賞罰之大體特憤極而出此言誠足以續巷伯惡惡之至意云耳何裨　國是昔晉帝欲擇賢立嗣召二子而命理亂絲以覘其才其長子奉命唯謹理之而不得其緒其次子拔劍斬其絲絲立斷帝問之對曰亂者當斬嗚乎若次子者可與談爲國之道矣爲今之計惟有自强不息其臣下少有不志於强者則去之尚可以冀少安偷復安肆日偷徒斃斃於責讁二三臣如貧人之家無擔石婦姑勃谿適爲偷兒所竊笑且我賄敵以求安也

試間敵得我賄其 遂令我安乎哉何不觀六國之割地事秦者孰得高枕而臥也危乎殆哉於是乎爲倫戒

索門生帖 〇頃接都友來信云軍機大臣孫萊山大司馬府第在順治門外繩匠胡同本月二十二三等日有山東湖南兩省京官及新舊各科門生多人因中日約欵諸多不便詣大司馬府請見以爲老師毗掌樞密位極人臣當此主憂臣辱主辱臣死之秋此番約欵何以不能極諫阻止若使門生輩到老師地步必以死相爭大司馬婉爲開導詎大拂諸生之意立索門生帖不願再列門墻司馬無可如何答以執贄者甚多一時碍難查檢遲日等還何如乃各該生衆口一詞以爲帖之有無姑不具論請書給每人一銷字則此心安矣云云噫書生迂闊不能通權達變致三代老臣遭此奚落亦可謂衆怒難犯者矣

冠蓋往來 〇總辦東局江西糧道劉獻夫方伯汝翼赴江西復任遺缺委記名道傅觀察雲龍總理觀察學貫中西曾經游歷今膺是差綽有裕餘可見上憲之知人善任也〇張季端殿撰建勳由籍進京〇新授江西臬司翁小珊廉訪曾桂由湖南來進京陛見〇分省試用道魏芝廷觀察景崙由山海關來津〇口北道榮帆觀察吉順因公來津〇清河道潘觀察駿德因公來津〇候補道劉觀察啓彤由唐山放賑回

春賽二紀 〇二十七日爲春賽之第二日光風送暖長日如年第一次新關德稅司順全隆寶順之馬勝第二次新關德稅司新關帮辦丹爾法醫生之馬將第三次毛吉士高林暨外來之馬勝第四次新關德稅司亨達利愛醫生之馬勝第五次北京英國使署泰來及外來之馬勝第六次新關德稅司新泰興又外來之馬勝賽畢鐘鳴六響車馳馬驟相率而歸

竹貨來津 〇本埠山貨鋪約有五十餘家皆倚竹貨爲生涯亦屬手藝中一樁出息自去歲海氛告警南船裹足不前以致津中山貨短少不敷銷售鋪家尚可支持而手藝等輩指身爲業數口之家嗷嗷待哺無計營生殊堪憫惻本屆山貨鋪已赴上洋覓雇保險之寗船將各項山貨竹貨裝運到津計共寗船十餘隻業已進口停泊馬家口一帶藉山貨手藝人等鼓舞歡欣精神自倍頗有一番新氣象亦天無絕人之路也

正兇監禁 〇前河東李家樓火神廟後各脚行因爭車站卸貨傷斃人命已登昨報兇犯沈六等在籠羈押已有數月邑侯李搏霄大令將此案移交後任昨趙星甫大令將人証卷宗親提審訊脚行等知難推諉沈六一人祇可自認於時查供填格承無反復大令將楊濤等即行釋放將沈六釘鐐監禁按律定擬云按大令釋放無辜人等照施格外慈惠待民於此畧見一班已

有女投坑 〇樂生惡死人有同心至於自尋死所則其心必輾轉寤寐實無可生之路而後自行畢命此中情況蓋可哀已頃據訪事人言前兩日穢莊子左近有一女郎夜深號哭聲音悽慘耳不忍聞村中某甲夢中驚醒披衣出視其聲若遠若近嗚咽不堪卒因思黑夜無人恐遭波累未敢往尋次晨向人告訴適地甲聞知村外坑內有一無名女子淹斃在內偕往觀看已撈置岸上女年約十六七歲眉目清秀身著月白棉襖褲並無屍親認領當由地甲掩埋噫斯女也殆亦北區之流亡耶否則年正及笄何以自尋自死路哭爲之慘也悲夫

閱報之言 〇昨因貴報所登土棍飲錢一則僕係京之津目擊其事詢之士人並非土著實係糧船河駁於津通一路泊有二千五百餘艘今年南漕未至該船不事生理不肯裝運貨物惟以勒索爲事輒數十人聚嘯一處稍不如所求竟敢持刀恐嚇割斷辮繞刼取貨物大爲行旅客商之害然不與土宦者流爲難故無揭出者今閱貴報輒細陳之惜有斯土之責者未能剴切告之一除斯弊 來稿

眞堪捧腹 〇世間之橫死暴亡者皆以爲死非正命必有寃孽處其地者恒有戒心昨南斜街梁七之妻女同時自戕經官驗畢飭即入殮隨將梁帶署押候詳訊等因已紀前報該地方某甲因案未完時赴梁家計議聞昨晚正與梁母說話之間忽由內屋跳出一物兩眼通明其形甚巨該地方一見立即毛髮森竪口噴涼氣兩腿皆麻嚇倒在地梁母即大聲喊救隣右聚觀某甲已面如白紙旋見跳出之物復又奔回視之乃善捕尖嘴公之大狸猫也衆人不覺囅然大笑該地方甫驚定而喘慚愧無以自容遂趨出門而去今早傳徧路人無不捧腹

行路難　〇乜姓者在津某號爲夥　勤苦數年稍有積蓄於前月作衣錦還鄉之舉行至故城縣之章陸村忽遇步賊數人手執洋槍刀械攔住去路乜見勢兇惡莫敢與較該賊即將行李一切並銀兩概行搶刼而逸乜只得赴縣報案行路被刼手無分文何能久候緝捕有進退維谷之勢昨與津友來信述及爰照錄之以見行路之難

誘拐民女　〇東南城根一帶鍋夥林立而各署散役亦雜居於其中物以類聚凡包娼聚賭鬥毆打降是爲常事近復胆敢生心擾害良民公然誆騙拐帶則其罪更不容誅矣有某甲者以拉洋車爲生家有妻室並子女數人其次女年十六七小家碧玉楚楚動人竟被土棍某乙所染戀姦情切於昨日竟將甲女拐逃中四處根尋杳無蹤跡聞此女已許字某姓是以甲憤恨欲死惟甲秉性怯懦家又赤貧未敢禀官究治而地方有此棍徒良民受害不淺若不拏獲懲辦將恐視爲故常無惡不作矣

治疫金丹　〇或問大災之後必與大疫其故何歟曰臭穢之氣遞相傳染所由致也計自去歲倭奴肇衅以來東征戰士死亡既多癘氣所鍾瘟疫因之盛行加以關內永遵兩屬連年被水田廬湮沒無算災民既不得食又無棲處晝則忍饑受凍夜則席地幕天濕之氣深入肌膚人非銅皮鐵骨能不病入膏肓益以前月唐山附近分設粥廠之際風雨連朝災民積受寒濕病饑以死者綜計不下兩千餘名穢氣蒸騰傳染更速迭據查賑善紳函稱近來識東一帶瘟疫流行幾於無處無之若不亟籌醫藥必將盡人皆病嗚呼內外兵民之死於鋒鏑饑寒中者已不可以數計比幸戰事已停被災之區又蒙　當道仁人四方善士廣籌鉅欵普施賑撫方謂兩地生靈同登衽席永享昇平乃天不厭禍大災之後又復降以大疫彼蒼蒼者殆欲滅此孑遺便無噍類耶慘哉吾佛云救人一命勝造七級浮屠敝社曾施黃金丹一藥所費甚廉而於瘟疫一症投之每見奇效因恐傳之不廣敬將原方附列於後伏望　四方樂善君子救急仁人慨發慈悲照方配施倘有珍藏經驗救時良方以及治疫丸散亦望趁此廣行傳佈功德無量如嫌煩瑣敝社亦可代勞諸公須知施藥施方所費無幾而積德無涯時不可失竊願與天下仁人共勉之再敝社所配黃金丹一藥如有善士願代施送者儘可函告但能趕配得及無不隨函奉寄必不因屢索而生厭心也　天津濟生社謹啓

仙傳神效黃金丹　〇此丹專治一切寒熱暑濕感觸四時不正之氣兼治腹痛泄瀉絞腸霍亂斑痧瘧疾咳嗽時疫等症其效如神大人每服一丸小孩半丸入口嚼化開水送服病如較重二丸一服服後須忌魚蝦一天切切查近日得時症者皆因犯害三陰此丹性極溫和能固三陰故服之多速效此藥不偏寒不偏熱配合至妙可奪造化之權誠有回生之力藥雖平淡效驗非常配方附後

眞川連二兩四錢　眞川貝六錢去心　荆芥穗三錢　乾姜二兩四錢　廣陳皮三錢去白　葦撥六錢　酒芩二兩一錢　丁香三錢

麥芽二錢　炒砂仁三錢去殼　車前子六錢　檳淨空殼除皮　右藥共爲細末鮮荷葉搗汁爲丸如無鮮荷葉乾荷葉煮汁亦可每料作二百九　再此藥價廉效大并祈　仁人君子廣爲流傳隨處施送不勝企禱之至　天津濟生社施

紅茶到漢　〇本月初十日安化頭茶初到一字係牛記物華大面共五百三十三箱此已列報十一日共到茶六字十二日清晨各茶棧出店紛紛至茶商棧萬分櫁出盤當日又到十餘字業已起樣發往洋行交易但不卜批定何價玆將十二日已成盤者數字附錄於左瀏陽崇祐正貢茗三百七十一箱二十四兩五錢履泰洋行安化生記物華五百三十三箱六十二兩得和洋行又天成順壽眉四百零二件五十三兩得和又天順長大成五百零八件五十五兩得和又唐全泰如意二百二十一件五十三兩柯化威又售寧州茶四字價碼六十五兩至七十三兩以上共到寧茶十餘字〇兩湖茶到數安化九十一字共三萬八千七百二十四箱聶家市十五字共六千八百九十九箱桃源八字共四千零五十一箱咸寧二字共八百二十一箱臨湘二字共五百二十二箱湘潭十九字共七千二百箱寧鄉一字共六百件瀏陽八字共三千二百七十七件雲溪四字一千一百二十三件高橋十一字共六千五百八十六件湘陰一字共六百件平江三字共一千五百五十三件北港一字共一百七十三件醴陵一字共五百零八件四月初十至十二止共到兩湖茶一百六十九字共計二五箱七萬四千六百一十一件〇接九江來信云寧州茶於十三日開盤七十七兩至八十兩茶客謂山價昂貴且釐稅加增此價尙不能獲利也　錄申報

加票續聞 ○昨接邗溝訪事友手畢云制憲張香帥電飭兩淮運司籌借銀二十萬兩以濟軍需兼推皖平兩岸加票歸還一案送已紀諸前報茲悉此項借欵經運憲在於庫存正雜各欵內先行籌墊銀十萬兩撥解赴寗其餘十萬兩札飭淮南總局赴緊設法籌借並聲明此項借欵俟加票定案後准於票價內照數劃還局員奉文後立即轉諭各商遵照憲札刻日借欵稟復以便解濟急需旋㨿皖岸運商恒豐瑞寶記等湊借銀九萬兩平商福來順湊借銀一萬兩先後赴局繳納由局備文轉解運庫兌收嗣又聞運憲將該兩岸加票事宜秉公核議酌定章程具稟督轅計皖岸南鹽擬加三十四票以一百二十引爲一票每票飭繳票價銀三千兩共可得銀十萬二千兩平岸碱片擬加八票以五百引爲一票每票飭繳票價銀一萬兩共可得銀八萬兩綜計二共銀十八萬二千兩此項銀兩應請於 奏咨案內聲明爲各商報効海防經費之用奉飭前因理合議章稟乞批示遵行等情旋奉督鹽憲五百里排單批開據稟已悉該司請加皖岸南票每票收銀三千兩准名爲報効薄防經費據稱南鹽若加五十票不無偏重等情應即加三十四票每票三千兩共收報効經費銀十萬二千兩湘岸平江仍照原議加八票每票收銀一萬兩共收銀八萬兩惟查光緒八年楚皖加票案內每引均收票費銀二十兩此次皖鹽加票既據請收每票報効海防經費銀三千兩合每引銀二十五兩平岸即照皖鹽引價加收每票五百引應收銀一萬二千五百兩仰即遵照先將皖岸南鹽平岸碱鹽飭商稟認並將淮北加定新引一併稟候核辦軍需甚急該司業遵電飭先行籌墊巨欵解省濟用其餘亦陸續批解具徵力顧餉項嘉慰殊深繳運憲奉批後立飭淮南總局凜遵憲批事理諭商限日稟認一面札飭海州分司徐星槎分轉將北商加引事宜迅速議覆詳復以便彙詳核辦刻聞總局業已懸示通衢招商認運矣　錄滬報

啓者本局按年總結向於四月內一律核算清楚刊刻分佈於五月初一日派分股利歷辦在案茲光緒二十年分總結帳目因海氛不靖烟台營口各處之帳未能如期報山其統年總結未免因之延悞現已催令各處將去年帳目尅日彙報以憑結算分利因將光緒二十年分甲午第十　屆總結展至六月初　日在上海開平礦務滬局廣東開平礦務粵局天津開平礦務津局三處分派股利預於五月內在唐山總局彙算清楚仍請在股　諸君枉臨　查閱以便發刊至來回川資仍由總局籌備再此屆分利祈　各股友務將息摺連同股票一併持來派利各局核算派息俾於股票內加印戳記如祇將息摺送來取息即照議概回幸　垂諒是荷特此布達

開平礦務總局啓

四月二十八日輪船進口

禮裕	輪船由上海	招商局
禮定	輪船由上海	招商局
飛鯨	輪船由上海	招商局

四月二十九日輪船出口

禮順	輪船往上海	招商局
連陞	輪船往上海	怡和行
順和	輪船往上海	怡和行

名手新撰小說二種　金鞭記共四百九十三回逐回蟬聯奇情疊出及仙佛僧道妖狐鬼怪且有二三四等唱段閒坐靜聽者無有不鼓掌稱奇也每部洋九角　新撰英雄小八義是書宋朝事蹟英雄半皆綠林後裔俠男奇女年皆十五六歲銅肝鐵胆結黨鋤奸諸凡飛簷走壁換馬偷頭等技各人各法能使閱者稱快每部洋九角

天津北門東文德堂發售

告白　本齋運到新譯各種兵書　克虜伯礮說　行軍測繪　海道圖說　攻守礮法
繪地法原　礮法心準　測地繪圖　營城揭要　營壘圖說　測候叢談　臨陣管見
列國陸軍制　英俄印度交涉書　開地道轟藥法　礮乘新法　盛世危言　礮法求新
前敵須知　礮法畫譜

上洋江左書林謹啓

啓者天德福棧開設天津紫竹林天壇西發賣烟煤焦炭批柴葦蓆棉花　貴客商如有米麥木料各樣貨存棧亦可代辦各事　請到本帳房面議

文美齋謹啓

陳雨蒼施醫　啓者有病之家無力延醫請於早辰九點鐘午後一點鐘下午六點鐘至海大道養病院後陳宅診視有不能就診者必須寫明住址及姓氏名號送交本宅方能撥冗往診本宅存心濟世門診與規一概不取文分

本主人顧崇德謹白

四月二十八日錢洋行情

天津九七六錢
銀盤二千八百七十文
洋元二千零九十五文
紫竹林九六錢
銀盤二千九百一十五文
洋元二千一百三十文

直報

光緒二十一年四月二十九日 第一百零一號
西曆一千八百九十五年五月二十三日 禮拜四

上諭恭錄

上諭劉秉璋奏特參不職州縣各官等語四川茂州直隸州知州調署瀘州直隸州知州李承　操守平常安縣知縣黃敬熙辦事顢頇試用知縣辜培源舉動輕率均着即行革職以肅官方餘着照所議辦理欽此　硃筆清銳補授詹事府詹事欽此

塗說

瞥窺子出遊訪鑫測生也遇諸塗相與幕天席地坐少話遊覽便道兵燹歲荒流離苦鑫測生曰邇聞中倭之釁和約已換和議其無後言天下從此少息乎瞥窺子曰唯唯否否鑫測生曰余亦測其然也願欲息之奚爲後可瞥窺子曰余姑妄言之君亦姑妄聽之夫欲救天下之患者必審患之所由來如良醫治疾必視疾之所由得離云急宜治其標而深病巨症則既治其標自必更培其本蓋沸湯點水固不如釜底抽薪偏頭痛醫頭足痛醫足加以涼熱混投針砭誤參輕則致成痼疾重則速其危亡今之議戰議和毋乃類是請舉一二以啓其例有客數輩自遼瀋回者津屬靜邑之難民也備述靜邑及遼瀋事靜邑之東鄉連衛南巨浸也其西鄉地夾兩河東爲南運西爲子牙滹沱之下游也中有南來一港名黑龍數百里雨潦之水瀝於是北至靜境無去路新開一閘入新正河新正子牙河之下游也南運西決兩口子牙東決數口皆經歲未堵加以中間黑龍港南來滙歸之水新正河閘口北來倒灌之潦水皆注靜西一汙汙南北長六七十里東西寬三四十里明初皆陸産　國初間長蒲蘆嘉道以來仍藝禾黍今頓成澤國風濤漲落無定時專受水害不享水利鄉之人隴畝沒於水廬舍圯於水冬春水溜水活北風大作冰飛行以觸樹木墻屋劃立斷漸積漸高矗爲峰輒復倒崩壓斃人於寢夢中漁舍被冰拖去行旅被冰戳傷慘凍以死者比比也其未死者散四方壞溝壑細弱老病守故墟頹垣破屋敗竈無烟雖　皇恩浩蕩患難實沾縱得實沾萬不如草根樹皮之救民利溥乃甫盼春融冰泮而新漲暴視往歲秋波更盛無魚蝦可捕無薇蕨可餐凍餒之餘暖則發疫不能謀食焉能買藥且知醫者已挾技遠遊其不知醫而妄行其術者又無不草菅人命惟自立視其死而已司民牧者方以捐富戶建考棚修　文廟請撫邺查災辦賑催漏規爲急務災黎可以數端善政度凶荒瘳醫病得須臾死乎若猶末也則何不溯其致災之故致疾之由而爲民籌一善策乎夫靜西之民疫非天行因災而致災非天降因水成既不治水又不修堤任其潰決經年不堵田不耕歲奚熟水不去田胡耕徒汲汲於勸捐請賑建考棚修　文廟者爲報銷爲考成爲一己之官計非爲民以爲　國計也不然豈不知捐富戶則徒累富戶並非爲災黎濟實建考棚修　文廟則惟便士子便官吏藉重斯文爲地方壯觀爲一己留名一切與災黎無與至其查災辦賑實爲循例奉行故事且爲如何催錢糧催漏規地步仍爲一官打算也否則欲救民生何不爲民謀生爲民謀生何不爲民治水爲民治水爲民修隄即云治水之事工程浩大勢難舉主力有不足堵決口須堤防不過舉手之勞耳何以建考棚修　文廟則有力傾堤防堵缺口力且半藉於民

日睹顛連聽其呼籲竟不爲詳請籌辦耶如謂此事未奉　諭旨未奉憲示試問考棚　文廟之舉曾奉　諭旨憲示乎爰有以識其情之所繫矣

光緒二十一年四月分選單　〇同知直隸正定張鴻謨浙江人知州山西岢嵐徐樹璟湖南舉　知縣山東長山田耀焜湖北監新城崔煥文正白漢監　廣東三水林兆鏞湖北舉始興胡良銓安徽監　甘肅鎭原王鵬齡順天舉安定陳明德湖北文童　吏目奉天復州胡保泰順天監　典史四川灌縣楊煥文貴州監

端陽賞　〇內務府劄飭戶部提撥端陽費銀五萬兩於五月初一日以前解交內務府呈進　甯壽宮以備　恩賞云

臚傳舊制　〇四月二十五日新科狀元駱成驤榜眼喻長霖探花王龍文傳臚之期於是日黎明赴　內廷遵　制引　見謝恩畢順天府府尹預備馴馬儀仗在東華門外迎接新貴乘騎赴　先師孔子廟　關帝廟焚香出正陽門遊街至永光寺西街四川會館與同年諸年共賀登科之喜是日沿途觀者如堵大有空巷之勢惟現因兵燹之餘停止演劇較往歲稍減省糜費云〇四月二十六日爲新科狀元等赴宴之期經禮部傳令狀元駱成驤率領新中進士等於是日辰刻赴禮部望闕　謝恩畢在大堂入宴爵經三獻值差人等一齊搶循舊例也

官樣文章　〇每月初二十六日爲都察院揀發司坊各官叅堂謁見之期四月十六日叅堂之員人數寥寥當奉票傳五城司坊官未經叅堂之員務於五月初二日辰刻赴院補到毋得再悞致干叅處

點充帮操　〇神機營左驍馬隊帮操保侍衛現已調充左翼五處馬隊帮操所出之缺總理營務處繕單禀請各堂憲點派經慶邸等諭將左驍抬槍隊營總二等侍衛吉順點充

心頭割肉　〇日來都中外來貧黎多若恒河沙數無不賣兒售女慘動行人鄭監門流民圖眞能爲若輩寫照也日昨復有男婦數人籃挑瓢沿途大呼賣女其筐內置有幼女二口均不過三四歲莫不鳩形鵠面啼飢號寒令人見而酸鼻聞行至宣武門大街某宦門首已稍蒙周卹未識尙忍割心頭肉否

南漕將至　〇楊村驛所屬剝船四千餘戶每春撥運漕糧賴以生活自去歲海氛不靖沙船漕糧未能如期北駛以致稽延時日剝船各戶將所有積蓄耗蕩一空間有兩日不食者其苦況固難言喻廳憲沈太守恐該船戶自棄船隻另自謀生漕船抵津貽悞非細曾詳道憲呂庭芷觀察將剝船一槪停泊楊村水次每船酌賞津蚨若干前聞漕糧保險來津即日抵埠各項剝船均有生意斷不至如前之窘迫沿河索詐生事已

清理地界　〇欽加總鎭銜遇缺儘先補用協鎭都督府特授天津左營守府劉　爲出示曉諭事照得天后宮南舊有本府官衙因遼年房間傾頹不堪棲止移住城內鼓樓西鎭署旁所遺空地及餘房租與商民起蓋門面以作生意按年收租以資辦公無如年深日久地基隱迷雖有認租者百病叢生々欲澈底根究適値宮南被災正可清理地基俟傳官經紀按本府卷載弓口比隣各携帶契紙較明有無侵佔倘無契紙前佔官地准其來營稟明自行認租給予認承印照存執亦不究其已往合亟曉諭該管地方及比隣租戶自示之後勿得隱瞞故意抗延致送究不貸毋違特示

春賽終場　〇二十八日爲春賽終塲之日計第一次新泰興法醫生新關德稅司之馬勝第二次新泰興法醫生及外來之馬勝第三次愛醫生及外來之馬勝第四次法醫生順全隆新泰興之馬勝第五次鐵路公司洋人亨達利法醫生之馬勝第六次乃聚得勝之馬一同與賽爲新關德稅司之黑馬奪得錦標共計三日德稅司得彩最多而狀頭又爲黑馬所得各西國官商無不拍掌喝采賽畢之後又有所謂跑車跑人之事則題外文字已

龍舟減色　〇本埠每至端陽佳節有龍舟之戲傾城士女以及農工商賈居即無不各偕伴侶以資消遣飯莊茶肆酒樓歌館無不利市三倍所有茶店口河北關上下三岔河口閘口下龍王廟等處創辦龍舟龍頭龍尾彩色鮮明兼之旌旗照日鼓樂喧嘈擊龍之人

皆十六七歲精神百倍跳盪拍張龍尾之下左迴右旋隨意紆展觀者人山人海無不稱快此往年之情事也本屆因海上兵荒近地復又被水元氣大虧各處龍舟至今尚無舉動端陽在邇令人黯然不樂奈何

訛詐舖商　○本埠十三行官驛一行在其中焉所謂官驛者郡中所有乞丐無論男婦老幼皆屬其轄制估衣街鍋店街等處熱鬧地方大小舖戶每日給付官驛錢四文名曰包月乞丐即不敢再赴該舖討要至僻壞之區則按三節索取月費此例由來已久至姚家灣西怡和斗店大德福等號從無三節花費日昨官驛忽主使貧婦數十人赴該斗店索取節規店掌無可如何已講明每節給付九十文詎又主使赴大德福機器磨房索取如無賴行逕聯口便罵殊屬不成事體行同訛詐舖掌再三安慰竟不聽從只得傳地方彈壓尚未知作何了結云

緝捕廢弛　○河間屬吳橋縣十五里口地方界當河路昨有徐姓者數人坐船行至該處因天晚泊岸詎至三更時分忽覓船身鏇動心知有異即將同人喚醒而前後艙門已被打破突有暴客十數人各持洋槍刀械威嚇搜掠銀錢衣服等物有一客方欲喊捕已被拒傷只得任其飾掠　逸徐於次日通知該管地方赴縣報案雖蒙勘驗不知能否緝獲但該縣於三月初一日有馬老祥雜貨舖被搶一案至初九日又有王聘卿醋舖被搶此案過客徐金屏係三月二十五日之事未及一月連出三案可見緝捕廢弛已極

激發天良　○近來糧米昂貴無以復加郡中貧民餓斃者不知凡幾有聞不忍聞見不忍見者屢蒙各大憲出示嚴禁奸商抬價等因本報已言之屢矣近聞有平糶之議乃各糧食行店亦知激發天良諺作保衛生民之舉目前公同會議各項雜糧每石各減去津錢由數百文一千文不等玉米麵每斤減去四文白麵每斤減去四文包米亦因之畧減并據糧戶聲稱自此有減無增津郡貧民當不至嘆無米之炊云

詐騙身價　○記名總兵謝某副將邱某均四川昨赴十四段守望局聲稱其同鄉候選同知熊某現爲奉軍辦公寓居天津河北集成棧因患病身故遺有第三妾某氏並熊之元配妻弟某甲斯時該妾以熊故後伊自願賣身將銀給熊家作爲養贍遂將奉身唐大人之巡捕李某作主賣與現在河東居住潘家店剛武軍糧臺係湖南人部選通判蕭大人爲妾言明身價銀二百六十兩並立有字據由李將該妾送至蕭寓詎料李得此身價銀並未寄回熊家迄今多日顯係李容心盜賣人口誆騙身價銀兩足見欺熊太甚我等既與熊同鄉又是至厚況熊家正需養贍是以不忍坐視特懇查辦等語當經段員李大令申詳總局憲吳太守提集案內一干人証移縣嚴辦李之狡惡一經審訊當無可逃罪矣

來稿

查拿漢奸　○江北興化縣文生鄭恩沛號定齋作客鎮江僑居旅邸一日黎明有操楚音者叩門鄭啓扃納之見有信一封內洋一元塞於門縫其人已去無從根究啓而視之大畧謂倭官池田氏慕先生之名請爲內應我等乃草野之夫不知機變全仗先生畧展一籌洋四枚鄙等聊申獨敬云云信中並不書名鄭將原函呈訴常鎮道查辦閱兩日又聞叩門如故及啓戶不見一人檢視信中又有洋四元其信畧謂聞君將前信呈明道轅何至不悟如此君肯出力爲內應必有顯榮升騰現在稟明乍埔未必獎賞爲君早悟應諾爲幸鄭仍將來信呈明道轅呂觀察諭鄭明查暗訪漢奸究係何人俾得拘拿一面據情稟明兩江督憲張香帥通飭各州縣緝訪漢奸並案嚴拿上海縣黃大令現奉督憲札又即飭差捕一體查拿務獲解究

治疫金丹　○或問大災之後必與大疫其故何歟曰臭穢之氣遞相傳染所由致也計自去歲倭奴肇衅以來東征戰士死亡既多厲氣所鍾瘟　因之盛行加以畿內永遵兩屬連年被水田廬湮沒無算災民既不得食又無棲處晝則忍饑受凍夜則席地幕天潮濕之氣深入肌膚人非銅皮鐵骨能不病入膏肓爲以前月唐山附近分設粥廠之際風雨連朝災民積受寒濕病饑以死者約計不下兩千餘名穢氣蒸騰傳染更速迭據查賑善紳函稱近來畿東一帶瘟疫流行幾於無處無之若不亟籌醫藥必將盡人皆病嗚呼內外兵民之死於鋒鏑饑寒中者已不可以數計上幸戰事已停被災之區又蒙　當道仁人四方善士廣籌鉅款普施賑撫方謂兩地生靈同登衽席永享昇平乃天不厭禍大災之後又復降以大疫彼蒼蒼者殆欲滅此孑遺使無噍類耶慘哉吾佛云救人一命勝造七級浮屠敝社急施

黃金丹一藥所費甚廉而於瘟疫一症投之每見奇效因恐傳之不廣謹將原方附列於後伏望　四方樂善君子救急仁人慨發慈悲照方配施倘有珍藏經驗救時良方以及治疫丸散尚望趁此廣行傳佈功德無量如嫌煩瑣敝社亦可代勞諸公須知施藥施方所費無幾而積德無涯時不可失竊願與天下仁人共勉　再敝社所配黃金丹一藥如有善士願代施送者儘可函告但能趕配得及無不隨函奉寄必不因屢索而生厭心也

天津濟生社謹啓

仙傳神效黃金丹　〇此丹專治一切寒熱暑濕感觸四時不正之氣兼治腹痛泄瀉絞腸霍亂班痧瘧疾咳嗽時疫等症其效如神大人每服一丸小孩半丸入口嚼化開水送服病如較重二丸　服服後須忌魚蝦一天切切查近日得時症者皆因犯害二陰此丹性極溫和能固三陰故服之多速效此藥不偏寒不偏熱配合至妙可奪造化之權誠有回生之力藥雖平淡效驗非常配方附後

真川連二兩四錢　真川貝六錢去心　荆芥穗三錢　乾姜二兩四錢　廣陳皮三錢去白　䕡撥六錢　酒芩二兩一錢　丁香三錢　麥牙二錢　炒砂仁三錢去殼　車前子六錢撥淨空殼除皮　右藥共爲細末鮮荷葉搗汁爲丸如無鮮荷葉乾荷葉煮汁亦可每料作二百九　再此藥價廉效大幷祈　仁人君子廣爲流傳隨處施送不勝企禱之至

天津濟生社施

啓者本局按年總結向於四月內一律核算清楚刊刻分佈於五月初一日派分股利歷辦在案玆光緒二十年分總結帳目因海氛不靖烟台營口各處之帳未能如期報山其統年總結未免因之延悞現已催令各處將去年帳目尅日彙報以憑結算分利因將光緒二十年分甲午第十一屆總結展至六月初一日在上海開平礦務滬局廣東開平礦務粵局天津開平礦務津局三處分派股利預於五月內在唐山總局彙算清楚仍請在股　諸君枉臨　查閱以便發刊至來回川資仍由總局籌備再此居分利祈　各股友務將息摺連同股票一併持來派利各局核算派息俾於股票內加印戳記如祇將息摺送來取息即照議緩回幸　垂諒是荷特此布達

開平礦務總局啓

名角到津　連陞合班向在西頭灣子廣慶茶園開演仰蒙　貴官士商賞觀無不稱贊不置今本班格外要好由京都邀請文武老生劉廷順花旦靑菊花等諸名角又由烟台邀請靑衣花旦覇州紅來津此後仍有出名角色源源而來以期盡善盡美即以現在已來諸人而論皆屬梨園妙選無以復加擇期登場以供衆賞謹此登報伏祈　賜顧爲幸

本班謹啓

名手新撰小說二種　金鞭記共四百九十三回逐回蟬聯奇情疊出及仙佛僧道妖狐鬼怪且有二三四等唱段團坐靜聽者無有不鼓掌稱奇也每部洋九角　新撰英雄小八義是書宋朝事蹟英雄半皆綠林後裔俠男奇女年皆十五六歲銅肝鐵胆結黨鋤奸諸凡飛簷走壁换馬倫頭等技各人各法能使閱者稱快每部洋九角

天津北門東文德堂發售

上洋江左書林謹啓

告白　本齋運到新譯各種兵書　克虜伯礮說　行軍測繪　海道圖說　攻守礮法　繪地法原　礮法心準　測地繪圖　營城揭要　營壘圖說　測候叢談　臨陣管見　列國陸軍制　英俄印度交涉書　開地道轟藥法　礮乘新法　盛世危言　礮法求新　前敵須知　礮法畫譜

文美齋謹啓

啓者天德福棧開設天津紫竹林天壇西發賣烟煤焦炭批柴葦蓆棉花　貴客商如有米麥木料各樣貨存棧亦可代辦各事　請到本帳房面議

本主人顧崇德謹白

陳雨蒼院醫　啓者有病之家無力延醫請於早辰九點鐘午後一點鐘下午六點鐘至海大道養病院後陳宅診視有不能就診者必須寫明住址及姓氏名號送交本宅方能撥冗往診本宅存心濟世門診與規一概不取文分

四月二十九日輪船進口

禮裕　輪船由上海　招商局
禮定　輪船由上海　招商局
飛鯨　輪船由上海　招商局

五月初一日輪船出口

屛生　輪船往上海　怡和行
連陞　輪船往上海　怡和行
順和　輪船往上海　怡和行

四月二十九日銀洋行情

天津九七六錢
銀盤二千八百六十五文
洋元二千零九十五文
紫竹林九六錢
銀盤二千九百一十文
洋元二千一百三十文

光緒二十一年五月

直報

光緒二十一年五月初一日　第一百零二號
西曆一千八百九十五年五月二十四日禮拜五

上諭恭錄

太常寺題五月二十日夏至大祀　地於　方澤奉　旨朕親詣行禮四從壇遣鍾秀英俊立瑞黃永安各分獻欽此

牧令將師論

牧令之於州縣也水旱螟蝗人命盜賊厮打鬬毆婚姻田土錢財細故一切興養立教防患守土之責皆其責重矣乎因其重而重之曰知州知縣欲其如心宰乎身五官百骸任其令使而一身之疴癢疾痛心莫不知之莫不宰之有所弗知則心君失職肝胆楚越也而况耳目手足又安所聽令乎故知州縣者必以無所不知爲稱職一有不知州非其州縣非其縣矣浸假而鼠生于社知其社不知其鼠也浸假而狐生于城知其城不知其狐也浸假而犬生于門知其門不知其犬也浸假而虎生于里知其里不知其虎也如是則田爲石而不知閭爲河而不知民爲鴻爲鳩爲魚而亦不知則州縣猶其州縣乎惟帝單厥心于兆民愼簡牧令以子姓寄之將以子姓出水火登衽席與其城社門庭平安清吉舉憑依譸幻來人寢寐跳梁吟嘯爲妖妄以害人者屏迹而掃除之是非精明渾厚有守有猷以虛心行實政者莫務其任蓋牧令宰也宰貴得人非謂使令之門丁書吏差役也謂其地之賢士善紳巨室也子游宰武城子賤宰單父皆以此佐治而成治今胡不然然必有賢宰然後能得善紳且後世風俗澆薄奔競是尚善士恥之善紳者國與天下之善士裹足不入公庭不僅如滅明之非公不至乃宓子之所謂魴魚者也苟非虛心下士則地方之應興善舉應革弊政應舉賢才應除醜類士必不告告亦不信小則詭而拒大則嚇而仇矣雖欲知之烏乎知之至拯飢溺捍災患尤須以衆人之所知補一己之不知然後可以知之眞行之力又必不侮鰥寡不畏强禦爲慈父母爲强項令非既知且仁既仁且勇者何克當此語云士人讀書談道義知言養氣學優登仕不爲宰相便爲宰官宰相坐言宰官起行道一而已故天下得一宰與衆宰則無不安者今之宰則反是征未及分數也則思有以催之比之捐未見踴躍也則思有以勒之嚇之寵未能深固也則思有以營之謀之一心憧憧夜不能寐夜以繼日與幕友書役及左右親近之人無意不搜無法不設然以覯況於煙酒溺於淫賭狃於執拗昧於世故者上憲愛之則爲好員同寅羨之則爲能吏而於民之情國之是不及知亦不求知也無惑乎疴癢不相關肝胆楚越手足頭目之不相顧也而舉世不以爲非者誠以非牧令之過乃不愼選牧令者之過也至將帥之材一本於天一本於人腹心干城之選非若周南所云可概求諸罝兎者詩不過侈言周才之盛如武成之血流漂杵同爲率意之談于行三軍不許子路爲其第能無懼不知好謀而成也夫必禮教信義之皆窮而後繼之以武力既陰構以相軋之形矣可不愼歟蓋兵主變變而持之以平兵主奇奇而範之以正能分而復能合能合而復能分此猶戰陣之餘事也不可以黷武干天和不可以好文賊民命不可以假仁誤國是不可以私知小功名不可恃力恃力則絀於計而僨功不可任氣任氣則流於貪而敗績易占師貞丈人之吉春秋謂禮樂慈愛戰所需也說禮樂而敦詩

書卻穀一流祇爲儒將至太公周公乃召畫屬聖賢後世如諸葛武侯照人耳目當其茅盧嘯詠實係書生岳忠武雖神勇過人而自幼好學尤嗜春秋可知天資學力在在異人斷非勇悍之夫迂腐之士可以當此無憾者今則尤有難者陸營之外復設水軍弧矢之威易爲礮石舟用輪而用炸出沒洪濤分合包抄據險扼要進退策應陣法兼參西將帥諸人又不能不借才於異地其宜如何搜求如何延訪更非可以猝辦者徒以烏合之衆將以鹵莽之人雖以虛憍巧佞之輩國有不堪爲國者矣如欲振作之新非變法令不爲功何以變之亦先於選牧令求將帥變之而已　此稿未完

身季貢品○前晉　內廷遇有應用貢物先由內務府造辦處行文織造敬謹造辦解京以備差務今屆杭州織造呈進　內廷應用繡織金龍廉幔帳鋪墊等物三十二箱已於四月二十七日由浙航海到京經督解委員差役赴內務府交納矣

傳取學生○欽命總理各國事務衙門　爲傳補學生事所有本衙門記名同文館學生前次榜示聽候挨次傳補現應將記名學生劉訥等六名傳補到館學習合行開單示傳該學生劉訥等知悉務於五日內携帶同鄉京官印結到本衙門呈驗以便查明彙奏分館如無印結一概不收該學生等各宜凜遵毋得自悞特示　計開　劉訥奉天昌圖府文童　李萬蓉順天大興縣人　劉慶賡順天寶坻縣人　范緒延江蘇上元縣人　楊逢鈞山東甯海州人　李萬芳順天大興縣人○欽命總理各國事務衙門　爲傳補學生事所有本衙門記名學生霈厚現應傳補到館學習合行開單示傳該學生霈厚知悉務於五日內携帶本旗佐領圖片到本衙門呈驗以憑查明到館如無圖片一概不收務宜凜遵毋得自悞特示　計開　霈厚內務府正黃旗漢軍世奎佐領下人

故違城禁○京師正陽門向例每日清晨開城黃昏時關閉並經步軍統領衙門諭令城守禦千總每夜二更後開放城門一扇以備各部院官吏赴　內廷投遞要緊摺件倘見有頭帶官帽者經巡城兵丁盤詰是何公務始令入城至於民間凡有深夜出城者概不准行歷經照辦在案四月二十五日忽有潘某夜間貿然出城被兵丁攔阻不服盤問並將兵丁毆傷即經衆番役將潘某鎖拿解送步軍統領衙門懲辦　禁城重地豈可出入自由潘某既犯禁令復肆倔强捉將官裏去蓋亦咎由自取也

追悔無及○京師宣武門外西草廠胡同有萬全齋冥衣舖田某母子二人以此貿易積有餘資聘娶楊氏爲室楊本小家女素習勤苦侍母以孝聞獨容貌不揚田某視之如眼中釘前日與母商量將妻送回岳家意欲休棄被楊氏所聞以不得於夫自嗟命薄乘間赴該巷大仙爺廟前見有一眼水井可爲葬身之地投身於井內溺斃已有兩日之久田某疑其遠遁四出偵尋毫無蹤迹迨至四月二十六日經水夫取水之時見井泉之中漂浮屍身一具經報該地面飭役將屍打撈相驗由某當場認領備棺成殮向岳家送信而岳家以爲身死不明帶領多人將田某傢俱搗碎一空旋由和事老解釋以齋醮從厚殯葬始得寢事然田某家産已盡追悔不及矣

會防遺意○前奉署督憲王札委候補府張戟門太守本府沈太守邑侯李大令設立會防局辦理津防與鄧善卿總戎籌議在於津郡水會挑選壯士四千人並選會首一百六十人籌給津貼以三六九期操演以備防守士圍業已成議旋以和議將成軍務稍鬆暫爲停操以節糜費所有紳董議定經費一切皆係各舖集捐尚可持久認眞巡查如有緝獲奸宄即送會防局懲辦至於士圍現已一律修補齊整按周圍三十餘里有門十三挑練之士既已停操自應另籌防守其四正面四門向由鎭署派武弁四人率兵看守今將偏僻小路之便門關閉其餘仍由鎭署再派武弁四人各率兵丁看守每日早寅刻開至晚戌刻閉如遇有逃軍遊勇或行跡可疑之人聚夥持械者即一面閉關飛報會防局即明方准入關如有私自徇情即將弁兵分別責革以期保衛閭閻愼重地方之至意

簡在帝心○直隸臬憲居玉山方伯黻因病奏請開缺已紀昨報玆悉恭奉　上諭直隸臬司員缺著朱靖旬補授欽此按朱敬齋廉訪歷官畿疆由牧令洊擢監司二十餘年於地方民情洞悉無遺而又循聲卓著拜岳常灃道之命前數日甫由津啓程計期已抵山東德州境上聞昨已由縣秉專馬往追諭不日憲節當可回津赴保陽視篆矣按此缺前數日官場議論有胡雲楣方伯調補之說孰知天心另有簡在也

請示回營○親兵營王少卿總戎統率馬步各營駐紮軍糧城以資防堵已紀前報現以中東和議就緒所統各軍自應仍回舊

光緒二十一年五月初一日
直報
第三版
〇四一七

學○昨總戎赴督轅稟請率隊同營已蒙督憲王夔石大帥俯如所請聞端陽節前後將所統各軍拔隊歸來也

口碑載道 ○吳春生太守前甫任東六州縣循聲卓著遐邇咸知自去秋總辦天津守望局事宜夙夜勤勞力求整頓凡於地面有益之事無不興利除弊至於嚴緝盜賊查拿奸宄更不稍遺餘力本郡自去冬迄今並未出有巨案雖大兵絡繹境內猶能安謐太守力也至於總查採緝五守戎及韓敬修千戎均能仰體太守諄諄求治之意不辭勞瘁盡心稽查無時或懈是以三津人士無不交口頌之

虐媳不認 ○河北大街甯某之子娶溜米廠邢某之女爲妻甯某原配亡故娶一妓者爲繼室於邢氏去年過門後姑即形同冰炭時肆凌虐近來姑更暴虐無狀邢氏朝受罵而夕受打迄無甯時四月二十八日又不知因何逢姑之怒即肆毒毆徧體鱗傷登時斃命甯只自得向邢送信而邢向開木廠一聞女死立即將廠中夥計並親友邀集數十人各持石錘鐵斧鐃鈎等前往有捶倒黃鶴樓踢翻鸚鵡洲氣象家俱房屋搗砸拆毀將無遺類而邢家又連日遍邀親族婦女二三十人以及女僕多人均各乘輿前往其轎夫腳力每乘索錢五千文每日往返兩次欲令其傾家敗產而後已事經官驗尚不知作何了結按姑凌媳非有梁姓一案今又有甯某之事究不知其如此所爲果有何益殊令人索解不得此甯某雖較之梁姓財勢尤雄然遭此禍害縱不一敗塗地所餘亦可概見世之姑凌媳者可取以爲鑒矣俟續訪再錄

賊膽包身 ○河東張有德者以販賣米麪爲生向與大直沽駐紮之天津練軍營內弁勇交易先係賒帳每至月餉即行討還去秋張由該營討得錢帖二百餘千文回家行至東營門外一里許時方日落突遇二賊手持利刃攔住去路張意欲掙脫詎賊一刀將張手指削去二節立即暈倒該賊即由其身上將錢帖搶去張移時方蘇只得忍痛回家煩人報案迄今贓賊一無破獲茲又有東鄉某甲者以販賣雞蛋爲生昨日將貨售畢購得零星之物担挑而回出東營門未及二里天將日晡迎面來有三人即由身邊掏出洋槍威嚇甲携有現錢三千如數獻出始得逃命以鄉愚不敢報案並云即或報案亦難望原贓歸還噫斯時民生困頓再遭意外之害殊有不堪設想之苦有地方之責者應如何嚴加巡緝以衛閭閻營門之外地非甚僻又密邇防營時方日晡非深更可比竟敢公然一再搶刦亦足見該賊之膽大包身矣

搜砸公所 ○本埠在理公所計城廂內外約有數十餘處不吃酒不吸烟則謂之曰歸理入此道者實繁有徒數十年來並無滋事情弊蓋亦養身之一道與丁乎異端者大相懸殊也各大憲久已深知任其自興自滅不爲禁止日前河東鹽坨地方有一在理公所不知因何事故楊四謝三等率衆各持器械將公所窗屏一律搗砸經東水局王姓芬王慶隆等赴縣喊控趙星甫大令飭值班差役將楊四謝三等簽傳來案聽候審訊差役僅將楊四拿獲餘俱遠颺大令提堂訊問楊四供認不諱業已責押候擬昨仍飭差將謝三等務期速獲按律懲辦以儆兇頑云

狗偷鼠竊 ○自冬歲海氛不靖雞鳴狗盜之徒時思奏其胠篋之技幸各街舖民等局晝夜彈壓有恃無恐詎四月二十五日夜梁家嘴本有王三者家稱小有王三新婚甫經半月是夜四更時分妙手空空兒將窗上玻璃砸碎攖身入室將新婦之手鐲用力勒取新婦驚醒喊救賊已遠颺聞同夜偷竊約有三四家之多目今糧米昂貴民不聊生若再盜賊橫行民間何堪設想有地方之責者飭捕嚴緝懲一儆百庶宵小稍知斂跡歟

治疫合丹 ○或問大災之後必興大疫其故何歟曰臭穢之氣遞相傳染所由致也計自去歲倭奴肇衅以來東征戰士死亡既多屍氣所鍾疫因之盛行加以畿內亦遭雨澇連年被水田廬湮沒無算災民既不得食又無棲處晝則忍饑受凍夜則席地幕天潮濕之氣沒入肌膚人非鐵骨能不病入膏肓益以前月唐山附近分設粥廠之際風雨連朝災民積受寒濕病饑以死者綜計不下兩千餘名穢氣薰蒸致使疫更速迭據查賑善紳函稱近又識東一帶瘟疫流行幾於無處無之若不亟籌醫藥必將盡人皆病嗚呼內外兵民之死於鋒鏑餓於中者已不可以數計幸戰事已停被災之區又蒙 當道仁人四方善士廣籌鉅欵普施賑撫方謂兩地生靈同登衽席乃享昇平乃天不厭禍大災之後又復降以大疫彼蒼蒼者殆欲滅此子遺使無噍類耶慘哉吾佛云救人一命勝造七級浮屠敝社舊藏

黄金丹一藥所費甚廉而於瘟疫一症投之輒見奇效因恐傳之不廣敬將原方附列於後伏望　四方樂善君子救急仁人慨發慈懷照方配施倘有珍藏經驗救時良方以及治疫丸散尤望趁此廣行傳佈功德無量如嫌煩瑣敝社亦可代勞諸公須知施藥施方所費無幾而積德無涯時不可失竊願與天下仁人共勉之再敝社所配黄金丹一藥如有善士願代施送者儘可函告但能趕配待及無不隨函奉寄必不因屢索而生厭心也

天津濟生社謹啓

仙傳神效黄金丹　○此丹專治一切寒熱暑濕感觸四時不正之氣兼治腹痛泄瀉絞腸霍亂斑痧瘧疾咳嗽時疫等症其效如神大人每服一丸小孩半丸入口嚼化開水送服病如較重二丸一服服後須忌魚蝦一天切切查近日得時症者皆因犯害二陰此丹性極溫和能固三陰故服之多速效此藥不偏寒不偏熱配合至妙可奪造化之權誠有回生之力藥雖平淡效驗非常配方附後

真川連二兩四錢　真川貝六錢去心　荊芥穗三錢　乾姜二兩四錢　廣陳皮三錢去白　蓽撥六錢　酒芩二兩一錢　丁香三錢　麥牙二錢　炒砂仁三錢去殼　車前子六錢　檳榔淨空殼除皮　右藥共爲細末鮮荷葉搗汁爲丸如無鮮荷葉乾荷葉煮汁亦可每料作二百丸　再此藥價廉效大并祈　仁人君子廣爲流傳隨處施送不勝企禱之至

天津濟生社施

啓者本局按年總結向於四月內一律核算清楚刊刻分佈於五月初一日派分股利歷辦在案玆光緒二十年分總結帳目因爲氛不靖烟台營口各處之帳未能如期報山其統年總結未免因之延悞現已催令各處將去年帳目尅日彙報以憑結算分利因將光緒二十年分甲午第十一屆總結展至六月初一日在上海開平礦務滬局廣東開平礦務粤局大津開平礦務津局三處分派股利預於五月內在唐山總局彙算清楚仍請在股　諸君枉臨　查閱以便發刊至來回川資仍由總局籌備再此屆分利祈　各股友務將息摺連同股票一併持來派利各局核算派息俾於股票內加印戳記如祇將息摺送來取息即照議歇回幸　垂諒是荷特此布達

開平礦務總局告

名角到津　連陞合班向在西頭灣子廣慶茶園開演仰蒙　貴官士商賞觀無不稱贊不置今本班格外要好由京都邀請文武老牛劉廷愼花旦青菊花等諸名角又由烟台邀請靑衣花旦覇州紅來津此後仍有出名角色源源而來以期盡善盡美即以現在已衆諸人而論皆屬梨園妙選無以復加擇期登場以供衆賞謹此登報伏祈　賜顧爲幸預先佈　聞

本班謹啓

名手新撰小說二種　金鞭記共四百九十三回逐回蟬聯奇情疊出及仙佛僧道妖狐鬼怪且有二三四字唱段團坐靜聽者無有不鼓掌稱奇也每部洋九角　新撰英雄小八義是書宋朝事蹟英雄半皆綠林後裔俠男奇女年皆十五六歲銅肝鐵明結黨鋤奸諸凡飛簷走壁槍馬倫頭等技各人各法能使閲者稱快每部洋九角

天津北門東文德堂發售

上洋江左書林謹啓

告白　本齋運到新譯各種兵書　克虜伯礮說　行軍測繪　海道圖說　攻守礮法　繪地法原　礮法心準　測地繪圖　營城揭要　營壘圖說　測繪叢談　臨陣管見　列國陸軍制　英俄印度交涉書　開地道轟藥法　礮乘新法　盛世危言　礮法求新　前敵須知　礮法畫譜

文美齋謹啓

啓者天德福棧開設天津紫竹林天壇西發賣烟煤焦炭批柴葦蓆棉花　貴客商如有米麥木料各樣貨存棧亦可代辦各事　請到本帳房面議

本主人顧崇德謹白

陳雨蒼隱醫　啓者有病之家無力延醫請於早辰九點鐘午後一點鐘下午六點鐘至海大道養病院後陳宅診視有不能就診者必須寫明住址及姓氏名號送交本宅方能撥冗往診本宅存心濟世門診與規一概不取文分

五月初一日輪船進口
重慶　輪船由上海　太古行
桂陽　輪船由上海　太古行

五月初二日輪船出口
禮裕　輪船往上海　招商局
飛鯨　輪船往上海　招商局
禮定　輪船往上海　招商局
連陞　輪船往上海　怡和行

五月初一日銀洋行情
天津九七六錢
銀盤二千八百六十五文
洋元二千零九十五文
紫竹林九六錢
銀盤二千九百一十文
洋元二千一百三十文

直報

光緒二十一年五月初二日　第一百零三號
西歷一千八百九十五年五月二十五日　禮拜六

上諭恭錄

上諭王文韶奏臬司因病懇請開缺回籍調理據情代奏一摺直隸按察司周馥准其開缺欽此

來稿

救亡決論書後

此篇讀者共歎淋漓恚致愚則獨見其涕淚滿紙矣不變必亡變之首在改制科而講西學皆無可易者制義之取士若主者從無失誤向可見士之華實精粗無如謬種流傳蔓延日廣及今則其境已窮欲不變而不可得矣以漢宋詞章諸學爲皆可緩亦自有理但大患終在不學苟於制義小說之外會見一書即較近之而漢學尤近爲博考精思之致力同也惟講西學之先務語言文字在我華竟有未可愚意不如先將已譯之各書百種頒布通國以爲開民智之始甚也凡書繙譯必有失眞不如通其語言文字之徑捷親切日本即由此矣所以不可者語言文字之習必自少時中年已難老者不能今我華無論民間即士大夫之知識亦全未開其子弟之不率教者無論矣苟聰穎好學無不從父兄指引彼爲父兄者未知西學之切於救亡非人言所能感動必使親見其書庶有悟而使其子弟及早從事况腹內各省無從延聘教習故不若姑緩語言文字之難先與以譯書之易使無分老幼遠近皆得問津也約擬辦法先停鄉會試三年印譯書數千分儒學各給二分舉貢生監得互易讀明諭以三年後即就此中設諸科校官專司損失薄罰吝措嚴懲如此則士類之智自漸開蓄欲得出類之才必先使有其類華人非招以利祿不動而以利祿招之亦無不動也其試法未易言或慮無試官愚謂此尚非難館閣寺省各頒百分令庶僚得互易讀亦諭以三年後即就此中擇使授事則其動應更速所難者必更有臨於其上之人則誠恐皤皤諸大老皆曰不暇實亦不能斯非得一覽專注此中不可矣竊意尹吉世家甘傳碩望苟有一隙之明與一息之良必不忍不以此上達一上達而轉機即自可冀使終無可冀亦天命而非人事之未臧矣所不敢必者前見世變論已抉其自怙不甘退處之私且百僚什九以此進身尤不欲堂參政過橋拆橋之誚則利祿位望子弟徒黨交縈方寸固難自克然要當思元季之停科無謂而今則存亡所系果仍因循囁嚅必僅求一身之苟免而不可得愚亦由此叨一命者而今則爲亡國滅種之深痛所迫而不能自已矣其存其亡觀此殘棋一著而已矣

光緒二十一年四月分教職單　〇教授直隸永平文琥正藍漢稟　甘肅鞏昌慕迪吉涇州拔　河南彰德李仲增開封　湖北武昌程定祥蘄州　雲南楚雄俞蔭熊曲靖俱舉　正諭山西右玉張驥解州　河南鄢陵郭書堂陳州濬縣唐時華彰德許州梁晉山歲封　湖北漢川成可貞武昌均州錢保儁黃州　湖南湘潭蕭燛寶慶　廣西平樂于朝弁桂林俱舉　河南郾城孟鍾靈彰德歲　訓導山東招遠彭福源東昌　山西臨縣武景禹太原靈邱楊文炳代州　河南臨漳高璋開封　湖北大冶敖〃德荊州俱舉　山西汾西武鴻藻大同　河南林縣張汝梅光州俱優　山西崞縣楊逢辰太原　浙江於潛許善來湖州　甘肅通渭于履謙肅州　江西瑞金趙八

觀吉安　廣西永福黃全恩思恩恩隆吳繼宗平樂　四川金堂喻士衡重慶俱歲　復驗安徽旌德趙惟賀鳳陽恩含山崔墉登寧國恩　山東蒲台徐炳炘萊州增齊河陳汾青州歲　河南武安盧東鈞許州歲盧氏李蘭馥南陽廩　甘肅臯蘭台士鴻對固原舉　廣東興甯鍾仁寓瓊州人樂會梁登泰肇慶恩　廣西馬平李昌光南寧附博白秦恩述梧林與安黎榮光梧州俱收　四川納溪馮智宣敍州恩復訓直隸肥鄉高登榜冀州武邑胡景霖廣平　安徽宣城張國鏞潁州　山東長山苑不烈武定　山西介休郝延封代州　河南偃輝孟憲武開封　福建浦城吳豐昌福州　湖北蘄水陳恩慈荊門施城袁偉武昌俱廩　江蘇江甯陸厚基太倉歲　山東蓬萊王錫珩濟南歲　河南息縣董金相開封增　福建福鼎葉獎唐建甯舉　廣西梧州毛文裔平樂附　貴州開泰王錫臣貴陽增

祀典煌煌　○壇居祭地於方澤例應造具祭冊典禮繁多已由太常寺申明定例俾各祇遵又例應陪祀大員如遇出差告假持服及年逾六旬以上者俱得於齋戒冊內聲明扣送云

請領例餉　○管理頤和新莊四處行宮向設總管一員千總四員總管每年應領俸銀一百六十兩千總四員每年各領俸銀六十兩每年共應領俸銀二百四十兩遵照原奏支領八成實銀二百九十二兩茲據西陵內務府造具清冊咨部請領光緒二十一年該總管等八成實銀三百二十兩由部按冊核算應領銀數係與原案相符經已劄飭銀庫郎中照數備齊聽候出具印領赴部關支[illegible]將領到日期咨部暨咨內務府查核云

一死一生　○前門外陝西巷居住張致齋者部書也素無賴曾納一妓儼若夫婦張早經滿役平日以索詐爲度日之資至今景況愈迫毫無生趣與妓密商擬即擇肥而噬妓允所請於四月二十四日時交三鼓雙雙奔至興隆街地方經南城勇丁巡夜見男女二人貪夜遊行疑非善類向前盤問始知夫婦縱之使去而張攜妓遊至崇文門外關王廟前街地方乘間同吞紫霞膏爲畢命之具逾時毒發復經巡夜勇丁撞見詢知服毒即設法灌救詎該妓毒重立即斃命張經救得生隨即盤詰張何以出此短見張即舉出陰狀一紙乃控草廠二巷居住儲某謀斷產等情次日將儲某傳案鎖押總訊據儲供稱伊兄曾與張致齋同爲農吏曾欠張銀六十兩業已償清並無謀覇家產情事供詞各執惟案關人命先由南城司飭吏仵穩婆相驗一面詳城[illegible]辦其中抑或另有別情俟訪明再錄

平糶有望　○署理直隸總督部堂兼管長蘆鹽政雲貴總督部堂王　示與人陳桂等稟批閱呈係屬實在情形糧價日增由於來源不暢昨據上海招商局沈道電稱護照三十張招得殷商源泰義等十家在鎮江蕪湖一帶運米三十萬石來津業已立時辦給本日又電請　盛京將軍勿再禁止糧食出境以後來源當可漸旺此本部堂力籌接濟之情形也至辦理平糶本係救荒之一策候飭仕津司道督同府縣通籌妥議詳覆核辦總期有利無弊以使民食而濟時艱該紳等如有妥善章程亦即稟明府縣聽候采用可也此批　又示監生梁永清等稟　批此稟頗近情理仰籌賑局覆加[illegible]核督同府縣迅速辦理具報原稟併發仍繳抄由批發

漕幫阻滯　○山東漕糧進口停泊芥園地方已紀昨報茲聞漕糧四幫約船一百餘隻雖已全數抵[illegible]日前頭幫漕船業已過關餘俱停泊待發據船戶聲稱自山東濟甯起行約共八站已行十餘日之久近聞北河水急溜大縴道有湮沒之處未能一律清理扯帆拉縴殊多費手非十餘日不能抵通云云目今京師糧米較津尤貴漕糧早至一日旗民早益一日今縴道難行員弁以及兵丁人等竭力催攢恐難迅速也

直藩牌示　○樂亭縣知縣張鶴齡撤省察看遺缺詳委宣化縣知縣陳本調署宣化縣缺詳委天津縣李振鵬調署天津縣缺詳委題補青縣知縣趙映辰署理　准補易州直隸州知州宮昱留省察看遺缺詳委候補知府汪瑞高署理　昌黎縣知縣丁子懃撤任察看遺缺詳委候補知縣駱孝先署理　署楊村通判袁遂撤任察看遺缺以大沽海防同知沈守誠調署所遺大沽海防同知員缺委試通判李毓琳署理

宜立粥廠　○日今四外貧民婦孺匍匐來津者日以千計伏思貧民至津不識一人無所依靠又無所事事何以爲生兼之糧米昂貴更難餬口每日沿路乞食倒斃者不計其數令人見之慘目傷心猶憶前十六年六月初旬連朝大雨六七日之久經郡城各憲詳請

督憲李傅相設立粥廠救活數千萬人目今被災情形較前尤甚若不設立粥廠遍野哀鴻盡成餓殍國家以民爲本民以食爲天有地方之責者所亟宜籌辦者焉

蘆勇遣散　○前以海氛不靖運憲李爵轉創立蘆勇四營以二營駐防海口以二營保衛城垣津郡士紳莫不頌爵轉之德於不置留津之二營爲城守中軍游府韓錫三軍門統帶軍門爲湘淮宿將韜畧素優胆識皆壯又愛兵如子弟自統率以來講求禦敵日事操演逐日在廣仁堂空闊地方親自教練勞瘁不辭已成勁旅近以和局已成各處招募多半遣撤爵轉以經費奇絀稟請制憲亦一律遣散加賞每名半關餉銀由韓軍門點名給發各兵丁戀戀不捨之情竟有泣下者憲恩將德於此已畧見一斑矣

經之營之　○四月初旬風狂雨驟道署左邊旂杆被風摧折右邊旗杆下座坍塌曾紀前報二十六日道憲李勉林觀察赴之任期履勘衙署內外坍塌之處不一而足當飭工房趕緊雇工及時修補日前雇工十餘人將內外房間並旗杆等一併興修以壯觀瞻而資棲止不日即可竣事矣

整頓軍火　○自海中告警各省兵勇馳赴前敵者數逾百萬所用砲藥以及彈子等項皆由各省製造局裝運來津以濟前敵之用乃彈子間有不合膛口者火藥間有潮濕者於兩軍對壘之時殊不合用昨兩江督憲劉峴莊大帥察知情弊飭查各省運來軍火即時發營考驗如有不合之件仍行裝回以免貽誤大帥整頓軍火務期有利無害用心良苦於此可見已

廟場畧紀　○本年天后宮津門之古剎也是年五月初一初二初三初四初五等日闢廟之期郡城男紅女綠還愿焚香者日不暇給目今雖糧米昂貴元氣大虧而香火猶稱鼎盛聞河東小神廟亦於是日闢廟香火較天后宮者爲短少惟願明神祐祐年歲豐穰元氣一充則更形踴躍也

濁去清來　○本郡城濠左右居民衆多約有千餘戶每日傾倒穢物積日累年城濠幾至堵塞及至春末夏初薰蒸之氣臭不可聞易釀瘟疫等症自傅相憫念民生撥欵購辦西國機器創立水局自茶店口河沿迪至城濠溜濁揚清盪滌汚穢近年實受平安之福現屆疏濬之期濠滿一律通暢活水源源而來臨流俯仰益令人思陳平之對爲不謬也

輕薄招災　○目逆而送之曰美而豔此輕薄之濫觴也昨晚姚家灣西流水溝河沿地方有洋車兩輛內載青年少婦二人知爲小家碧玉有某甲路過瞥見凝目平視如痴如儍兩婦見之驚慌失措知此輩斷非善類一時情急學劉四罵人某甲轉痴作怒勢欲用武幸車傍有人趕赴武夫音將某甲以老拳相敬而洋車趁此一昏忙亂之際如飛而去得以逃脫迨某甲扒起已四顧無人祇得含忿而去噫世之輕薄者可不以此爲前車之鑒歟

盜案疊出　○湖州南鄉菱湖鎮之東有一地名楊墩者是鄉有七八十家烟戶小康者約居其半自去冬至今年三月間被盜二次均未破案且時有歹人來鄉窺探至四月十二夜又有盜匪三四百人移尸二具置之是墩以爲被該墩鄉人打死遂將浮橋拆斷使墩內人不能出入任意擄掠姦淫婦女無所不至十三日墩內人投控歸安縣沈邑尊於十六日往該墩踏勘詎知邑尊不究匪類反作人命辦理該匪得此消息愈覺肆無忌憚任性橫行現在該鄉正當育蠶之際墩內之蠶亦均被損壞衣物錢財田蠶器具甚至掠一空尤可恨者如某姓之女一年十八一年二十二當時竟被匪輪姦似此情形幾至暗無天日大抵皆由王法不彰故匪人胆敢橫行無忌也　錄新聞報

義憤同深　○昨有友人貽書本館中有台民公啓一紙伏誦之餘忠義之氣溢於言表有心時事者當亦不忍卒讀矣爰爲之照錄於下台灣紳民爲布告中外事竊我台灣隸　大清版圖二百餘年近改行省風會大開儼然雄峙東南矣乃上年日本肇釁遂至失和　朝廷休兵恤民遣使行成日本要索臺灣竟有割台之欵事出意外聞信之下紳民憤恨哭聲震天雖經唐撫帥電奏迭爭并請代臺紳民兩次電奏懇求改約內外臣工俱抱不平爭者甚衆無如勢難挽回紳民復乞援於英國英泥局外之例置之不理又求唐撫帥電奏懇由總理各國事務衙門商請俄法德三大國併阻割臺均無成議嗚呼慘矣查全臺前後山綿亘二千餘里生靈千萬打牲防番家有火

器敎戰之士一呼百萬現又有防軍四萬人皆甘備首事仇今已無天可籲無人肯援臺民惟有自主推擁賢者權攝臺政事平之後當再請　命中朝作何辦理倘日本具有天良不忍相強臺民亦願顧全和局與以利益而臺灣土地政令非他人所能干預設以干戈從事臺民惟集萬衆禦之願人人戰死而失臺決不拱手而讓臺所望奇材異能奮袂東渡佐創世界共立勛名至於餉銀軍械目前儘可支持將來不能不取資內地不日卽在上海廣州及南洋一帶埠頭開設公司訂立章程廣籌集欵臺民不幸至此義憤之倫諒必慨爲飲助洩敷天之恨救孤島之危并再佈告海外各國如肯認臺灣自主公同衛助所有臺灣金礦煤礦以及可墾田可建屋之地一概租與開闢均霑利益考公法讓地爲紳士不允其約遂廢海邦有案可援如各國仗義公斷能以臺灣歸還中國臺民亦願以臺灣所有利益報之臺民皆籍閩粵凡閩粵人在外洋者均望垂念鄉誼富者挾貲渡臺貧者能庇之絕不欺凌貧者歇業渡臺既可謀生兼同洩忿此非臺民無理倔強實因未戰而割全省爲中外千古未有之奇變臺民欲盡棄田里則內渡無家可歸欲隱忍偷生實無顏以對天下因此搥胸泣血萬衆一心誓同死守倘中國豪傑及海外各國能哀憐之慨然相助此則全臺百萬生靈所痛哭待命者也特此布告中外知之　錄新聞報

啓者本局按年總結向於四月內一律核算清楚刊刻分佈於五月初一日派分股利歷辦在案茲光緒二十年分總結帳目因海氛不靖烟台營口各處之帳未能如期報出其統年總結未免因之延悞現已催令各處將去年帳目尅日彙報以憑結算分利因將光緒二十年分甲午第十一屆總結展至六月初一日在上海開平礦務滬局廣東開平礦務粵局天津開平礦務津局三處分派股利預於五月內在唐山總局彙算清楚仍請年股　諸君枉臨　查閱以便發刊至來回川資仍由總局籌備再此屆分利祈　各股友務將息摺連同股票一併持來派利各局核算派息俾於股票內加印戳記如祇將息摺送來取息卽照議駁回幸　垂諒是荷特此布達

開平礦務總局啓

名角到津　連陞合班向在西頭灣子廣慶茶園開演仰蒙　貴官士商賞觀無不稱贊不置今本班格外要好由京都邀請文武老生劉廷順花旦青菊花等諸名角又由烟台邀請靑衣花旦覇州紅來津此後仍有出名角色源源而來以期盡善盡美卽以現在已諸人而論皆屬梨園妙選無以復加擇期登場以供衆賞謹此登報伏祈　賜顧爲幸預先佈　聞

本班謹啓

名手新撰小說二種　金鞭記共四百九十三回逐回蟬聯奇情疊出及仙佛僧道妖狐鬼怪且有二三四等唱段團坐靜聽者無有不鼓掌稱奇也每部洋九角　新撰英雄小八義是書宋朝事蹟英雄半皆綠林後裔俠男奇女年皆十五六歲銅肝鐵膽結黨鋤奸諸凡飛簷走壁換馬偷頭等技各人各法能使閱者稱快每部洋九角

天津北門東文德堂發售　上洋江左書林謹啓

告白　本齋運到新譯各種兵書　克虜伯礮說　行軍測繪　海道圖說　攻守礮法
繪地法原　礮法心準　測地繪圖　營城揭要　營壘圖說　測候叢談　臨陣管見
列國陸軍制　英俄印度交涉書　開地道轟藥法　礮乘新法　盛世危言　礮法求新
前敵須知　礮法畫譜

文美齋謹啓

啓者天德福棧開設天津紫竹林天壇西發賣烟煤焦炭批柴葦蓆棉花　貴客商如有米麥木料各樣貨存棧亦可代辦各事　請到本帳房面議　本主人顧崇德謹白

陳雨蒼國醫　啓者有病之家無力延醫請於早辰九點鐘午後一點鐘下午六點鐘至海大道養病院後陳宅診視有不能就診者必須寫明住址及姓氏名號送交本宅方能撥冗往診本宅存心濟世門診與規一概不取文分

五月初二日輪船進口

怡生	輪船由上海	怡和行
北直隸	輪船由上海	怡和行
生義	輪船由上海	招商局

五月初三日輪船出口

桂陽	輪船往上海	太古行
飛鯨	輪船往上海	招商局
重慶	輪船往上海	太古行

五月初二日銀洋行情

天津九七六錢
銀盤二千八百六十五文
洋元二千零九十五文
紫竹林九六錢
銀盤二千九百一十文
洋元二千一百三十文

直報

光緒二十一年五月初四日　第一百零四號
西曆一千八百九十五年五月二十七日　禮拜一

上諭恭錄

上諭此次散館之修撰吳魯編修尹銘綬鄭沅葉[illegible]授職二甲庶吉士吳筠孫朱啓勳姚舒密關冕鈞毓隆李家駒齊忠甲徐仁鏡梁士詒李灼華程琦余夏啓瑜汪洵朱錫恩葉大年沈鵬沈衛王廷鉽劉廷琛達壽吳敬修馮恩崐梁文燦王會釐俱着授爲編修三甲庶吉士杜坫春甯吳式釗張林焱俱着授爲檢討陳昭常翟化鵬李清琦景　余晉芳郭育才胡繼瑗王照譚文鴻耆齡俱着以部屬用鄒毅洪儲吳翰范濟黎承禮伍文琯張其淦黃秉湘尹春元池伯煒張琨陸士奎張懷信夏樹立裴汝欽汪一元田寶容李祖年譚紹裘張祥齡洪錦標于普源王瑚郭曾準孫鳴臬蔡琛林鉞陳君耀吳家俊陳兆豐葉大可江衡張琴袁桐俱着以知縣即用繙譯庶吉士崇山着授爲編修余林着以知縣即用欽此　上諭通政使司奏驛遞本章漏未蓋印請將巡撫議處等語四川總督前陝西巡撫鹿傳霖着交部照例議處欽此　上諭[illegible]潤奏校閱營伍情形請將各員弁分別勸懲一摺安徽壽州汎把總張餘慶着遇有千總缺出儘先前拔補署亳州營龍德司汎外委朱佩元着遇有把總缺出儘先拔補以示鼓勵壽中營候補守備顧發科年力衰老壽中營丁家集汎外委劉青雲宿州營世襲雲騎尉周際昌趙克樣射均無準均着即行革職壽中營效力武舉安殿魁許錦春弓馬生疎着不准留營以肅戎行餘着照所議辦理該部知道欽此　上諭李鴻藻裕德着教習庶吉士欽此　軍機大臣面奉　諭旨新進士着於五月初七日起至初十日止分作四日帶領引見欽此　上諭直隸按察使着朱靖旬補授欽此　上諭內務府奏恭逢恩詔上駟院已革廐長可否開復一摺上駟院廐長廣泰等均係降旨責革並非革職留任之員該衙門援引恩詔輒爲陳奏殊屬錯誤所請着毋庸議欽此　上諭湖南岳常澧道員缺着桂中行補授欽此

牧令將帥論　續前稿

今夫牧令者爲君保民者也膺其職則當以君民爲心選牧令者自當先知牧令之心爲何如心又必先體牧令之心以爲心務使之得安甘心以盡其心今之選人也選以剽竊之八股世襲之　恩廕刀筆供事之吏員與夫軍功勞績各項之獎叙各例之捐班其能知君民之心與否姑不先令其供職京師出入政府時備顧問得以熟察其存心行事之何如判其猷守其投供吏部也堂上一呼堂下一應書吏收互結一紙月點一次榜示於堂投供之爲本人與否不暇問也其大挑揀發也亦皆一呼一應面前一過而二三大臣彷彿睇視爰頤指而揮去之與筆以判去留留則大部帶領引　見跪遲下背本身履歷寥寥數語該部仍帶領逡巡以退專候領憑依限赴所發省分投到繳憑試用或候補實缺者札其能事到任與否一任各該省大吏隨意進退之在　國家定例之初以爲由科第起者旣再三試以文章定以科分計以先後挑揀之餘加以投供驗看重以驗放引　見雖未嘗熟察其存心行事而分發各省屬諸封疆大吏其大吏之存心行

事固爲　帝心所簡在者屬諸熟察之大吏以熟察之猶　顧問也其然豈其然乎夫大吏者半出詞曹半出世祿於小民之依不第非所習見亦並非所習聞卽甘不侈富者亦第工書畫考金石以稽古爲榮起家寒畯者又以詩文自負律例相矜牧令之出於世祿詞林者猶是也其他軍功之武斷史員之刻覈捐班之貪墨無論矣且下之事上不患不從惟患其從之過當上憲或好行其德屬吏則以姑息成風上憲或雅愛淸高屬吏則以佛老爲教善迎上意則眷可日隆拂上意則職恐被黜上有好者下必甚情也勢也其大吏之眞心爲民以爲國者又苦於屬吏乏才爲之吏者亦苦於鶴俸過廉莫贍俯仰時嗟供職之維艱何也牧令爲職位卑考成極重登仕極難無論出身何地也計自委署以來部門投供候選候鈔者幾何時轅門聽鼓候差候委者幾何時在部則聽部書之挾律例爲升沈在省則聽吏科之論資格爲輪派閒有得近上台僅冀委中者又難免宵小讒傷同僚排擠其能眞邀憲眷特拔而用者百不一人而辭家萬里携眷遨遊匏繫一隅以官爲鉢賦閒之歲積債更重奉委以來開銷種種繁缺則應接不遑供役之人或嘆僧多粥薄簡缺則支用常絀眷口之累時憂地瘠官貧兼以地方之疲難年歲之荒歉師旅之因仍左右爲難一時風土人情緩急利害知之不明處之難當不能不詢諸紳士謀諸書吏除害恐激而生變興利則力有不能即或偶有布置未奏其功照例之瓜期已及其因圖治而得罪劣紳蠹役與夫專君之鄙夫忌妬生嫌飛短流長風聞於憲以多事而望彈章者猶從也冢有一解身類飄萍今日呼我父母之人立即等於陌路浮沉宦海莫罄楮書其弊皆由於例之便然法未盡善也夫欲其爲地方義興革宜取諸近宜謀諸久宜重其權厚其祿崇其升轉之階然後愼擇一宜其地宜其民者責以成效不效則罰亦無郵乎重也孟子曰國君進賢如不得已誠有以也今也論資格論勞俸不唯其賢唯其例膺其選者亦循例爲民父母而已矣山不宜澤南不宜北成於性成於習也以山居之人官於水以南國之人官於北猶以澤國之大官於山北方之人官於南也水土不服一易地則得致中疾備身不遑遑爲民衛一出仕則一去難返謀生不暇暇爲民謀加以地勢不明與情不洽官民之聲氣不通情意不屬甘苦原不與共憂樂何以相同若謂其遠則避嫌嫌不嫌論公私不論遠近春秋戰國或百里或數百里安盡得五百里以外者而用之且入品之賢否居心之公私惟同鄉者知之眞亦惟同鄉者祖父子孫義自相親勢亦不敢爲虐何弗以其鄉之德望素孚於人者使一鄉共舉於朝加以甄試其事時詢其言以察其情可則即以其鄉屬之委以權使其力得盡厚以祿使內顧無憂遠其期使半途無廢職不職則大吏以白於朝論其善等而黜陟之賢者則崇其升階如勝國以御史與縣令爲內外升轉例使因朝廷尊其官而自重其品無使卑卑以不肯州縣自居求苟免已也其餘大小佐貳丞倅與教職一官可去者多可留者少去則免生事端以節冗費州縣供役之人亦如之如此則無益之公無名之費去而事事認眞矣　此稿未完

送節禮　○端陽舊俗懸蒲浴艾結長命縷門龍舟作角黍諸事傳自古先見於載籍惟互送節禮一事無從考証乃今世行之竟浸成風俗刻以佳節在邇都中大小人家此贈彼艾糕成盒彼報此角黍盈盤其縉紳巨室則用紅油彩盒八件半盛鮮菓半盛糕點奴隸肩擔互相餽送錯綜往復酬酢紛紜相望於途不能指數惟有位有權之宅此禮尤繁直有所接多儀食不勝食用不勝用終致腐敗拋棄街頭者然送禮者之費錢固非些須也至若外省各官兵凡於京中相契之家節禮尤須豐盛且饋須因盤食餐隱置金璧多則千金少則百金至五十四十不等方足邀達者之莞存此等節禮與苞苴公行何異乃相習成風居然不怪因憶宋趙普受人所餽海物啓時始知爲瓜子金當時眼同太祖昔不勝悚惶惜彼時尚不知節禮之名倘行之於今日固可安之若素也已

狐假虎威　○五月初一日京師前門外大柵欄三慶園戲館新出小鴻奎班演劇正在雅聲風琴興高采烈之際有匪二人似軍夫裝束與該園看座人口角相爭繼而用武該匪在腰間取出鐵尺一條風馳電掣莫之敢攖園夥見其異常猖獗遂就樓上稟知某官求爲作主某官喝將該匪綑送兵馬司懲辦詎該園人承令之下一齊動手將該匪棍棒兼施致將頭破血出觀劇人恐遭波及遂多紛紛散去在該匪容心肆慢固屬罪有應得然看座人竟假某官一言之威遂肆毒手倘有不虞殊非細故已

都門封案　○永清縣田某携帶眷口驅車四輛來京於五月初一日黃昏行經永定門外李家村外路僻入稀突來賊匪一十餘人手持洋槍刀械攔封車輛事主蜷縮而御者亦莫敢聲張計被封去銀兩衣物約值二百餘金田某之子少不更事稍與爭持被放洋槍

轟傷肢體事後開具失單投南營控告並請驗傷現經營汛踏驗被刧地方詳城飭緝贓賊以安行旅矣

力籌接濟　○督憲王夔石大帥自蒞津以來所屬貧民均燾愷患有口皆碑目今糧米昂貴餬口維艱遍野哀鴻嗷嗷待哺大帥痌瘝在抱慨念民艱覡電達上海招商局道憲沈觀察就近招殷實妥商源泰義等十家並發護照三十張在鎮江蕪湖一帶採買大米三十萬石來源暢旺價即可平指日抵津所屬貧民蒙福非淺

稟請平糶　○本埠素稱善地凡有益民生者無一不備樂善好施甲于他省目今糧米昂貴無復加遍野哀鴻嗷嗷待哺餓殍載道路無日無之奈災過較廣獨力難成不得不稟請大憲共成善舉日前郡城舉人陳桂等赴督轅呈稟督憲王夔石大帥接閱之下即飭仕津司道督同府縣通籌妥議詳覆核辦總期有利無弊以便民食而濟時艱想各司道必仰體憲心定籌善策不使一夫不獲無數災民生機可望己

殊堪痛恨　○本郡各大憲因糧米昂貴嚴行查禁抬價已登昨報各糧食行店等亦知激發天良保衛民生自四月下旬各項雜糧連日大落每石麥子前十四五吊文者目今落至十餘吊文此次減價不爲不多無奈城廂內外各米麪舖等仍不肯大減不知是何居心有意害民玉米面每斤僅落去四文白麪每斤僅落去四文伊價太速減價甚遲殊堪痛恨有地方之責者亟宜懲辦焉

行刺被獲　○目今各省兵勇擻調來津者數逾巨萬較本省兵勇大相懸殊門械打降無日蔑有好生事端己可概見昨某省五營統領某軍門不知因何得罪勇丁忽有四人夜間行刺將及動手幸被巡捕等瞥見赶將軍門喚醒同明行刺情形不料該四人即乘間脫逃昨軍門將所屬各營按花名總冊查點姓氏已將四人名字查出即派本營兵弁等嚴查務獲無使脫逃聞己捉獲押交本營俟時整頓軍伍之時軍門定必雷厲風行按律懲辦以肅軍威而免效尤也

美國賽會　○欽命二品頂戴代理天津新鈔兩關監督北洋行營翼長兼管海防兵備道黃　爲出示曉諭事光緒二十一年四月二十六日蒙　欽差署北洋大臣王　札准　總理衙門咨開光緒二十一年四月十七日准　大美國駐京大臣田函稱本年本國阿千沙士省蘭得地方於西歷九月十八至十二月三十一號設立萬國比賽之會中國無論有何藝事之人均准前來美國所來赴會各會應用物件均免徵稅緣有華人齊歐陽欲在會地照華式設立村庄內設華貨此事辦齊須有中國善執各等藝事及各行業與作百戲之人爲之襯貼應請行飭沿海各省地方官協力助其成就一切其尤須協助者則在粵省並請照章於出口賽會之貨均行免稅等因咨行轉飭各海關監督出示曉諭各藝業商民如有願赴是會者悉聽其便所有確係入會物件應於出口時查明准免納稅勿得冒濫等因蒙此除咨行外合行出示曉諭爲此示仰各藝業商民一體知悉如有願赴此會者悉聽其便所有入會物件應於出口時報查明確准免納稅其各遵照特示　光緒二十一年五月初二日

助賑淸單　○啓者敝局自辦唐山賑務以來屢蒙　各大善士　隱爲懷源源接濟則所全活者奚啻億萬人數此皆諸大善士之賜也但飢民太衆不止一隅除唐山外惟玉田災況與唐山相埒敝局己分往該邑查勘果見飢民滿路待哺嗷嗷其勢少緩須臾使登鬼

是以敝局又添辦玉田急賑玆謹將第八次助捐各大善士姓名捐數登報牘以昭徵信而乞　四方樂善君子慨解慈囊千金不厭其多百錢不嫌其少即祈送至溜米廠濟生社代收　計開　德星堂助津錢四百吊文　四川留餘堂葉助京平化寶銀十兩五錢　宋蓮居士助西砝化寶銀八兩　不書名氏助津錢二吊文　仁記洋行女東家助洋銀十一元　清河堂張羅氏率男女等助洋銀四元　廣東番禺縣馮綺坡助洋銀二元　成泰號助津錢一吊文　無名氏助洋銀二元　清風散人助津錢一百文　松生童子栢齡童子椿元甯子福姑爲保平安各助洋銀一元　清華居士書勳閣鏡芙老人栩栩仙秋岩道士仁齋逸客漱芬書屋玉書仙館主人績卿氏然犀叟拈花道人以上各助津錢五百文　益生輪船羅振全助洋銀五元　天津義賑局同人具

台灣自立　○台灣巡撫唐中丞南澳鎮劉軍門奉旨離台早見邸報該處自民變之後信息罕通頃聞商家有信言臺民深怨國家棄於化外不肯遵旨交台台撫擬即內渡亦被該民所拘現己豎立虎旗仿美國制度分南北二路各設議院各舉首領居然成自立之

國者民共主既不歸日亦不圖中唐中丞為若輩所拘近日不知作何情狀瞻望南天又樹一幟讀處民風强悍不知日人將何以圖維也

倭諭譯畧（中日和局告成本埠西報館接到前日東洋橫濱來電內有倭主睦仁諭一道照譯於下其畧云中日兩國現均派使將和局議成惟和局未成之前歐洲俄德法三國照會我國謂日人如佔遼東一境則東方永不能復享太平不如將此地交還中國等語查我國常欲保守和局即近與中國背約動兵者亦欲立長治太平之基故也俄法德三國之出場亦為此意是以我國現欲仍保和局並不决意欲佔遼東一境若使兩國人民塗炭以阻我國之恢張此非我國之所願也現將我國之舉動任天下人公論則中國與我絕交之事必我見我故允從俄德法三國之交還遼東藉為中國調停今兩國批准之和約已經調換中日和好如初且將盡從前更加聯絡想局外各國及局外各國之官民將來定能喻我此意焉（錄滬報）

啓者本局按年總結向於四月內一律核算清楚刊刻分佈於五月初一日派分股利歷辦在案茲光緒二十年分總結帳目因海氛未靖烟台營口各處之帳未能如期報山其統年總結未免因之延悞現已催令各處將去年帳目趕日彙報以憑結算分利因將光緒二十年分甲午第十一屆總結展至六月初一日在上海開平礦務滬局廣東開平礦務粵局天津開平礦務津局三處分派股利預於五月內在唐山總局彙算清楚仍請各股諸君枉臨查閱以便發刊至來回川資仍由總局籌備再此屆分利祈各股友務將息摺連同股票一併持來派利各局核算派息俾於股票內加印戳記如祗將息摺送來取息即照議駁回幸垂諒是荷特此布達

開平礦務總局啓

名角到津　連附合班向在西頭灣子廣慶茶園開演仰蒙貴官士商賞觀無不稱贊不置今本班格外要好由京都邀請文武老生劉廷俱小旦青菊花等諸名角又由烟台特請青衣花旦覇州紅來津此後仍有出名角色源源而來以期盡善盡美即以現在已來諸人而論皆屬梨園妙選無以復加擇定初四日登場開演新戲以供衆賞謹此登報伏祈賜顧為幸

本班謹啓

怡來洋貨號

開設天津紫竹林大街自運各國洋貨鐘表金銀蟒表鍊首飾鐲釧呂宋烟捲烟盒鑲嵌鍍金冠簪花簽玻璃磚磨花描銀彩畫二連外國油木邊框夢磨邊清光紅毛片大橫鏡玻璃杯等

格外減價消售發客

拍賣告白

啓者準於本月初六日禮拜三早十點鐘在海大道維羅洋行內拍賣各樣洋貨傢俱等件貴客仕商如欲買者請早來行內細看面拍可也特此佈聞

集盛洋行謹啓

告白

岑宫保介福圖　左文襄公奏稿　皇朝一統輿地圖　北洋中外沿海詳細圖　東三省圖　四國日記　俄遊彙編　四述奇　小方壺齋輿地叢鈔　萬國公法　公法便覽　日本地畧兵要　日本外史　東藩紀要　中俄界約斟註　中外交涉類要表　日本新政考　武備志兵書　登壇必究兵書　俄羅斯地圖　西國近事彙編　地球五大洲圖　亞細亞圖

文英齋謹啓

名手新撰小說二種　金鞭記共四百九十三回逐回蟬聯奇情疊出及仙佛僧道妖狐鬼怪且有二三四等唱段閑坐靜聽者無有不鼓掌稱奇也每部洋九角　新撰英雄小八義是書宋朝事蹟英雄半皆綠林後裔俠男奇女年皆十五六歲銅肝鐵膽結黨鋤奸諸凡飛簷走壁換馬倫頭等技各人各法能使閱者稱快每部洋九角

天津北門東文德堂發售

上洋江左書林謹啓

陳雨蒼施醫　啓者有病之家無力延醫請於早辰九點鐘午後一點鐘下午六點鐘至海大道養病院後陳宅診視有不能就診者必須寫明住址及姓氏名號送交本宅方能撥冗往診本宅存心濟世門診出診一槪不取文分

五月初五日輪船出口

桂陽　輪船往上海　太古行

五月初四日銀洋行情

天津九七六錢
銀盤二千八百六十五文
洋元二千零九十五文
紫竹林九六錢
銀盤二千九百一十文
洋元二千一百三十文

直報

光緒二十一年五月初五日　第一百零五號
西歷一千八百九十五年五月二十八日　禮拜二

上諭恭錄

上諭江蘇蘇州府知府員缺緊要着該督撫於通省知府內揀員調補所遺員缺着有奏補授欽此

青縣告災書

直報館主筆先生大善長大人垂鑒夙欽 霱範未親 月抱臨風景企向日傾心敬維 瑰文發藻 瓊翰噓枯至為額頌敬啓者敝邑僻近水濱地瘠民貧前者歲逢有秋尚爾饔飧不繼幸民尙勤儉耕植之餘僉事工作與濟一鎮向產草辮甚夥於是女事編織男事販運藉資衣食乃屢逢歉歲草辮之利亦日稀微畜業者既多料又非常之貴故民間徒博厚利之名難與厚利之實然有終勝無不得為一無指望不意去歲五月初九日大雨如注運河西岸連決數口水溜所至頓成澤國及至七月初七復大雨傾盆五晝夜方止一時房屋塌倒者殆不可以數計幸內岸地勢稍高秋收尚獲二三成河東與濟大興兩鎮土瘠地窪遂爾顆粒無獲然河東向得播種秋麥河西則力莫能及延至今正方擬補種春麥不料至二月十八日大雪迭降已種者悉被損傷未種者猶思補種詎天不厭禍自四月初三日起風雨暴作子牙運河決口未脩之處水勢洶湧順口瀉溢頃刻間平地水深四五尺不等房屋悉被衝倒濱河青屬地面如黃窪劉河兩鎮所轄四十二邨已悉成澤國北街在城等鎮亦復一片汪洋與濟大興兩鎮雖未被淹然歉收已十有餘稔近年來更顆粒鮮獲秋麥比又失望鄉民之少壯者流離四方老弱者半塡溝壑其死守鄉井者日啖草根樹皮以為生自春徂夏死亡殆不可以數計前月十一日起灾民淌水來城者男婦約千數百名環署哀號晝夜不息敝縣尊王端臣明府目擊慘狀趕即據情上詳惟至今未奉批迴竊思即或邀准而災情過重萬難敷用且近來灾民愈聚愈多合縣署及城廂廟宇計之已不下萬餘衆鎮日哀號抵夜彌甚敝縣舊積倉穀連豆共二百七十石業已領出糶粉賑售但粥少人多不過聊救一時素仰 執事樂善為懷用敢瀝陳灾狀伏乞 賜登報端用廣流傳倘得 仁人君子俯念敝邑災黎慕事樂助賑欵皆出自 執事之賜也感何可言如蒙 賜助敝邑賑欵請交津濟生社代收轉郵擊奉 收條並登日報以昭徵信於戲萬善之中救人為最又曰救人一命勝造七級浮圖今敝邑災民屯聚累萬嗷嗷待哺其悽慘之狀罄竹難書津地急公好義之士最多故特大聲疾呼冀求憐憫尚祈 矜鑒並請 均安不莊

天津府青縣闔邑紳衿百叩謹啓

十五善射 ○京師八旗世祿之家往往有掛十五善射門封牌者初以為必係年十五歲而即善射然無考証繼詢諸八旗大員亦不能詮釋其義或謂十五年一選善射之兵弁中鵠者遂有此稱然非確據今乃考之掌故書中始得其詳蓋 國初定制選士公大臣及滿洲都宮中之善射者四十五人善騎者三十人鵠射者二十人 賞戴花翎八旗兵丁內每旗各選善射者十五人 賞六品頂戴藍

銜恭備 皇上御射時敬謹侍側 命射則隨射之因之名爲十五善射云云仰見我 國家雖承平日久不敢弛武備並以善射爲名使八旗各員顧名思義其用意至周且密現在洋槍犀利何弗以善射者名善槍耶

都門氣候 ○近畿地面天氣旱澇不一麥苗雖保無虞而大田斷難望我稼如雲之慶此固人心惶惶之一端也且以天氣炎涼不定都中人十屢患瘟疹疲瘧等症操歧黃術者彼延此接大有應接不暇之勢值此天心無厭亂之期人事乏補苴之策安得和風甘雨解愠阜財重覩休明之象耶

怨毒甚深 ○前門內兵部街史家胡同居住陳某者浙產也充戶部福建司福倉科部書於四月二十八日被吳某手持利刃惡狠狠連砍四處陳某因疼痛難禁當即昏撲倒地不省人事當經隣居見勢兇惡剎同該管地面官廳弁兵追捕吳某鼠竄而逃身去如黃鶴旋經驗明陳某傷勢甚重恐有性命之憂嚴比中捕上緊嚴拿兇犯務獲究辦云

運庫解餉 ○長蘆鹽運衙門每月有應解督垣月餉今由季都轉開庫提銀一萬兩裝貯十鞘又搭解銀一鞘札委候補巡檢項壽增押解自津由水路起程赴轅畫簡門交納

東糧續到 ○山東河運漕糧濟甯正衛首幫及左幫並東昌幫先後抵津日期均已紀登報端茲探悉濟甯右幫運官董朝清旗丁王朝璸押解漕船五十隻於四月二十八日全數到津陸續過關北上至通交納

賑災有望 ○本埠自四月初旬大雨連綿以致河水漲發田園淹沒民間苦中之苦莫能名狀鄰紳人等昨赴縣署呈遞稟詞求爲接濟邑尊捐星甫大令已據情詳請籌賑局憲昨蒙委派王大令等十餘員赴各村履勘被災情形不日查明富即詳覆想各村貧民實惠均沾有望矣不禁拭目俟之

直藩牌示 ○大名府知府詳委保定遺缺知府請補大名府知府榮銓先行署理 定興縣典史王國楨病故遺缺詳委試用典史張文治署理 遷安縣喜峰口巡檢史昭恭病故遺缺詳委分缺先用從九品查榮樹署理 咨署香河縣管河主簿張文運奉部覆准白維飭赴新任以專責成 大名縣上汎管河縣丞陸紹源相升離任遺缺擬以河工海防即用縣丞敖鳴勳詳請咨署 題補安肅縣知縣方鳳芭 調補豐潤縣知縣盧靖 調補永年縣知縣胡賓周均奉部覆准各飭赴新任 蔚州吏目李承詰病故遺缺委試用典史周德灣署理 准補廣宗縣典史許增禧奉部覆准飭赴新任

竊搶宜緝 ○前彭湖鎮吳軍門宏洛自去冬奉檄招募淮軍六營駐紮天津沿海要隘防堵日前海嘯波及該營立即移駐高阜之處其勇丁竟有乘間潛逃者私自潛逃已干法律並有偷竊最快手槍逃去者數人尚未緝獲該勇既有防身器械即不免滋生事端憂害商民殊爲可慮總之已逃者亟宜上緊緝捕未逃者嚴行查禁倘若隱諱不究是縱其所欲終恐釀成巨患可不慮哉

私錢犯案 ○北塘有高某者以私鑄小錢爲生有夥友五人昨經縣署聞知派人明察暗訪於今早在大稍直口訪明住址派捕班數人將高某獲住其夥友俱逃逸無蹤解縣嚴委廉訊明直認不諱仍派捕班將逸犯拿獲勿得漏網夫私鑄小錢罪有應得噫高某者殆禍由自取與

村民乞賑 ○日昨有北倉以上麗家嘴一帶村庄貧民男婦百五六十人在道署求賑適道憲已出門該貧民等敬候歸來攔輿叩懇據稱自轉年以年百家中總有八九十家每日一餐者不料前月初四五日大雨二三晝夜所有房間坍塌者不少此後或兩日一飯或三日兩飯甚至三五日不能一餐者甚多云云想道憲痌瘝在抱必即有以賑濟之也

大令擒賊 ○獻縣一邑衝繁疲難最要之缺自邑尊孫少禹大令蒞任以來迄已兩月夙夜辛勤力加整頓嚴飭捕役窮搜盜源務除情面勒限什追該捕役知官志在捕賊非若從前之養盜縱奸可比於是各矢勤能實力緝捕訪明盜縱稟明大令立即會營星夜往捕現於該縣屬平王村拏獲窩頓大盜樊安一名當以兵役圍捕時該盜膽敢燃放洋槍奮力抗拒而兵勇捕役亦奮力爭先刀槍齊進樊安身受重傷始被擒獲訊據該犯直認積慣窩賊李催保 名及起獲槍刀器械多件一併押解同營審訊所謂搶賊王令既拿獲大盜慣

賊其餘亦必聞風斂跡矣邑尊下車伊始即能與民除害從此循聲卓著眞除自當不遠

夫也不艮 ○本埠杏花村下小營門內有楊氏者外鄉人也有女晷具姿首天橋義成德布鋪桑姓憑媒袁姓娶作外家租屋同居瞬經一載詎桑猷故鳥新因另有拚識將平日給楊氏銀錢巧言誆回棄之不理並聲言楊氏不貞云云然有知其事者以爲桑某慣作此種罪孽恃有貲財任情胡鬧如此者已非一人殊屬可惡因錄之以示警焉

虐媳締紀 ○昨日河北姑凌具媳斃命一案已誌聞登報頃悉並非甯姓實是王姓以跑木頭合爲生每年有千金進項其娶再醮婦某氏自謂爲妓女從良者撫其兒悍以致將其媳凌虐致死雖已經報案復又攔驗其屍親每日去轎數十乘日費不貲聞必盡刀訛其資財使之傾家敗産至如何結局俟訪實再登

小火例志 ○本埠各街舖戶每不小心以致被災之事層見疊出殊屬可惨初三日早北門外萬壽宮東瑞發成鏡子舖門面一間內有小樓一座每日早晚在小樓上小行灶炊飯習以爲常昨早不戒於火將門面小樓一齊焚燬並延燒相連之玉器作門面一間幸赶緊撲滅餘俱無碍所可笑者當時舖戶人等在城濠橋上看火愈聚愈衆橋力不勝登時蹋陷舖戶人等墮入城濠沾染汚穢泥水滿身一則救火一則救人一時忙亂可謂水火既濟也

催繳鹽釐 ○淮南鄂湘西皖四岸運商每引預徵鹽釐二兩一案經正任督鹽部堂劉峴莊制軍核准自上年九月初一日起以兩個月爲一限分爲四限繳完准其岸埸分繳以恤商艱　奏明此項銀兩將來收有成數即由兩淮運司解交江甯籌防局撥抵程提督陳臬司兩軍月餉之用茲聞截至四月底止四限已將屆滿各商繳數甚屬寥寥日前運憲接准籌防局函催略謂現在購定洋商比國小口徑連珠快槍若干枝無烟藥彈若干萬顆合價銀萬千萬兩除在蘇蕪九鎮各海關解到槍價項下提撥銀若干萬兩外應攤兩淮預厘銀二十萬兩立待湊撥敬祈速解云云運憲察閱後即將原函發交淮南總局各員責令催商赶緊繳納以濟軍需昨已經局員遍催各商按限清繳想諸商深明大義仰體　國情殷必能遵限繳齊免干覯望誤公之咎也　錄滬報

魚苗未至 ○粵省魚苗之利產自端江操其業者上至六步墟下至思賢滘一帶兩邊俟其水勢所宜者預定租稅每年多至二三百兩或二三十兩不等至來年春水方生九魚散卵之時取其魚子而養之取之之法自二三月迄七八月分樹杉椽於所稅之海旁以疎布爲網其長丈餘前寬而口張後銳而無底復蒙密羅於小木架接浮水上江魚乘西潦而上入於布袋達於木架之密羅中如放草岸焉魚子初生其小如針其嫩如苗故昔人有魚苗初上小如針之句既生數日種魚者自能辨別其鯇魚分其種類放乎池沼投以細草漚而飼之俟魚苗漸長寸許乃鬻於耕塘之家如南海之九江肇府之高明鶴山及高州等處均須來肇販歸畜養故種魚者每年二三月間即安器具以取魚苗本年雨澤稀疎西潦未漲刻下沿江一帶已布漁椿特尚未張羅耳東粵魚鹽之利如此亦何讓於青齊也哉

錄滬報

潯陽茶市 ○今年節氣雖遲而各路運茶至潯者業已不少昨聞甯州茶開盤之價約七十餘兩至八十兩不等各茶客咸謂新茶色香味雖佳然內山價値旣昂厘稅又有增無減恐未能安穩獲利也

西 茶報 ○西報載漢口西商來報云此間茶市于本月十二日開盤甯州茶價自六十二兩起至七十八兩比去年漲二十兩安化茶價自四十九兩起至六十二兩比去年漲三十兩本年茶葉收成甚好與西歷一千八百八十六年一樣雖茶係初出其色同淡幸現在採茶之時天氣晴暖故茶務甚爲興旺甯州茶其味甚濃茶亦不壞人皆謂近數年內此次最好至於祁門茶內惟數種較好餘悉不什華商皆云本年茶價甚貴大可獲利安化茶及漢口茶皆好西人所買之茶大半裝至俄國惟甯州茶間有爲西商購定者大約此屆開盤三日內所定之貨其數比去年開盤三日內所定均加一半　錄滬報

星軺在望 ○王灼棠星使之春奉　命赴俄弔唁前皇之喪并賀新皇嗣位之喜禮成後俶裝起行聞擬搭德國郵船取道香港上海然後回京覆　命富星使在德時曾偕中國使署各員遊覽學齋近船廠致察一切甚爲留心并聞中國現在擬議定購之魚雷炮船

學乃惜據謝□理二人同返自靈稀錄　錄□□

洋油減釐　○向來漢口定章洋油每箱抽釐三百文去冬因籌軍餉又加捐錢二百文合共每箱五百文實從售價內攤增賣自買者以爲苦而外洋進價近又陡漲一時爲形不便玆聞漢鎮牙厘總局李太尊俯念商情禀請上憲准自本月十六日起即將新加每箱二百文　飭停止仍照舊章辦理業已出示飭遵商民莫不頌之　錄滬報

俄艦紀名　○倫敦泰晤士報記其訪事人手函云俄國兵艦之現駐華海及由地中海駛赴會集者計有二十一艘之多按查其中之艦雖均堅固快捷而尤爲著名者蓋可屈指而數焉一曰音卑禮畢呢高叻士二曰覇滅鴉遭厤三曰勿勞理馬毛老白四曰逸馬律那指□五曰逸馬老高乃落六曰憐勝此六艘於海軍中堆爲上等可戰可守極捷極堅洵非他艦之所能及也故補譯之

啓者本局按年總結向於四月內一律核算清楚刊刻分佈於五月初一日派分股利歷辦在案玆光緒二十年分總結帳目因海氛不靖烟台營口各處之帳未能如期報山其統年總結未免因之延悞現已催令各處將去年帳目趕日彙報以憑結算分利因將光緒二十年分甲午第十一屆總結展至六月初一日在上海開平礦務滬局廣東開平礦務粵局天津開平礦務津局三處分派股利預於五月內在唐山總局彙算清楚仍請在股　諸君枉臨　查閱以便發刊至來回川資仍由總局籌備再此屆分利祈　各股友務將息摺連同股票一併持來派利各局核算派息俾於股票內加印戳記如祇將息摺送來取息卽照議璧回幸　垂諒是荷特此布達

開平礦務總局啓

名角到津　連陞合班向在西頭灣子廣慶茶園開演仰蒙　貴官士商賞觀無不稱贊不置今本班格外要好由京都邀請文武老生劉廷禎花旦靑菊花等諸名角又由烟台特請靑衣花旦覇州紅來津此後仍有出名角色源源而來以期盡善盡美卽以現在已來諸人而論皆屬梨園妙選無以復加擇定初四日登場開演新戲以供衆賞謹此登報伏祈　賜顧爲幸

本班謹啓

朱鈍翁先生近治鍋店街吳協興磁店張姓又文美齋朱敬盛等瘟疹危症俱慶回春此外甚夥不贅

拍賣告白

啓者準於本月初六日禮拜三早十點鐘在海大道維羅洋行內拍賣各樣洋貨傢俱等件貴客仕商如欲買者請早來行內細看面拍可也特此佈聞

集盛洋行謹啓

告白　岑宮保介福圖　左文襄公奏稿皇朝一統輿地圖　北洋中外沿海詳細圖東三省圖　四國日記　俄遊彙編　四述奇　小方壺齋　地叢鈔　萬國公法　公法便覽　日本地理兵要　日本外史　東𦬇紀要　中俄界約斠註　中外交涉類要表　日本新政考　武備志兵書　登壇必究兵書　俄羅斯地圖　西國近事彙編　地球五大洲圖　亞細亞圖

文美齋謹啓

名手新撰小說二種　金鞭記共四百九十三回逐回蟬聯奇情疊出及仙佛僧道妖狐鬼怪且有二三四等唱段團坐靜聽者無有不鼓掌稱奇也每部洋九角　新撰英雄小八義是書宋朝事蹟英雄半皆綠林後裔俠男奇女年皆十五六歲銅肝鐵膽結黨鋤奸諸凡飛簷走壁換馬偷頭等技各人各法能使閱者稱快每部洋九角

天津北門東文德堂發售

上洋江左書林謹啓

陳雨蒼施醫　啓者有病之家無力延醫請於早辰九點鐘午後一點鐘下午六點鐘至海大道養病院後陳宅診視有不能就診者必須寫明住址及姓氏名號送交本宅方能撥冗往診本宅存心濟世門診出規一概不取文分

五月初六日輪船出口

樂生	輪船往上海	怡和行
明義	輪船往上海	招局
怡生	輪船往上海	怡和行
重慶	輪船往上海	太古行
桂陽	輪船往上海	太古行

五月初五日銀洋行情

天津九七六錢
銀盤二千八百五十文
洋元二千零八十二文
紫竹林九六錢
銀盤二千八百九十文
洋元二千一百一十文

直報

光緒二十一年五月初六日　第一百零六號
西歷一千八百九十五年五月二十九日　禮拜三

上諭恭錄

上諭已革提督聶桂林前因屢次遇敵潰退降旨拿交刑部治罪茲據刑部奏稱該革員現解送到部請旨辦理等語聶桂林應得罪名即著刑部嚴行審訊按律 上擬具奏欽此 上諭前因御史鍾德祥奏參山東掖縣補用都司李承卿勾引匪徒王作仁等強奪地畝淫掠婦女各款當諭令李秉衡飭屬將首從各犯嚴拿懲辦茲據奏稱李承卿與于作仁等均無濟結匪徒聚衆橫行之事惟於吳連英與王作仁控爭鍋場一案輒敢干預詞訟潘俊外出未歸逼令其子女立時出屋實屬恃符妄爲花翎遊擊銜補用都司李承卿著即行革職交地方官嚴加管束餘着照所議辦理該部知道欽此　硃筆本貫補授禮科掌印給事中欽此

威海船島戰事紀實

威海南岸各台布置未善易至失守而龍廟嘴一台尤爲難守早經丁軍門議以不如早棄免資敵用後由戴道稟奉　中堂嚴諭不准折棄各在案初五早七點半起敵以水陸夾攻東南口岸未及時許而龍廟嘴砲台即失鹿角趙北兩台相繼陷當倭軍未撲南岸前數日雖經丁軍門挑選奮勇派駐各台協守藉於事急時自行毀炮惟趙北嘴台官尙允准備特臨時所派左一雷艇管帶王登雲未將該台各砲全行毀壞尙留餘害其鹿角龍廟兩台官兵匪特不許水師人等入台且指爲奸細是以倉猝之間或只折得零件或只焚去藥鵬不及將砲身毀壞自各台失後敵即時以龍廟鹿角兩台之砲反擊我軍彼時我軍艦隊分攻南岸砲臺抵禦口外敵艦並開炮擊殺沿岸西追綏鞏讀兵之倭軍立斃倭軍馬步數百人倭隊始折散而東我軍廣丙大副都司黃祖蓮等陣亡弁勇亦有傷亡劉超佩於是早即由南岸乘小火輪逃避威海初六晨丁軍門張統領牛營務處同往威海與戴道面商各事始悉綏軍均已潰散西去祇餘綏軍守北山嘴黃泥溝兩臺及左近長牆一營而已至初七晨丁軍門復往威海見戴道始知所餘守臺綏軍一營亦已於夜間潰散只剩水師扼守祭祀臺之兵未動斯時倭前隊已抵金線頂丁軍門恐北岸各臺再被倭用爲害更甚不得已一面派員送戴道到島一面急選水師奮勇以賞募應者百餘人冒雪搶燬北岸各礮臺幸及時燬盡不然我船島早已不支一面將祭祀臺兵勇撤回至晩始辦竣初六初七初八等日我軍各艦時開炮攻南岸礮臺不克因敵帶有一船布置與機廠同匠多料備隨壞隨修初八以後倭兵已遍北岸且於臺上竪旗丁軍門復懸重賞勵水師奮勇登岸迫臺奪旗臺上所竪倭旗二面同日我艦隊及雷艇焚燒近威停泊之民船百餘號蓋恐爲敵人取用以犯我者自是以後倭連日內外南岸礮臺外以艦隊夾攻我船及島夜則以雷艇進口偷營使我士卒日戰夜防無片刻休息初十夜月落後敵雷艇分隻由南岸偷渡進攻雖被我擊沉兩隻擒獲一隻而定遠卒因快炮無多受雷船側即時駛擱淺沙冀作水礮臺之用無如受傷過重漸沉益深無法補救後用水雷自轟免資敵用十一夜倭又以雷艇多隻沿南岸偷入劫營燬沉我威遠來遠寶筏三船正管輪都司陳國昌殉

陣亡兵勇傷亡甚多我亦擊沈敵艇一隻十三早倭復以全隊兵艦攻犯東口加以南岸三臺之炮內外夾攻時開排炮子彈如雨勢極兇猛當炮聲震響我雷艇十三艘々飛霆利順兩小輪船均由西口逃出向西而遁我軍艦及炮臺極力接戰弁勇多受南岸炮彈擊傷至十午日島炮臺卒被南岸排礮燬壞子藥艙被轟弁勇傷亡多名不能再守祇得將殘餘兵勇撤回彼時水陸兩軍盼望救兵而不至雷艇又于是早全行逃遁因是入夕護軍各營兵勇變亂擁衆鐵碼頭開槍亂擊言要上船逃生幸經丁軍門張鎮軍苦勸多時諭以大義聲言救兵將到始漸漸歸隊　此稿未完

貴妃大事 〇文宗顯皇帝　敦貴妃薨逝昨經　內務府造辦處轉飭工部預備吉祥板成做金棺委派福晉命婦十數人伺候衾殮並派內侍四十八名將　金棺舁請至　神武門外吉祥所暫停當經造辦處司員飭棚匠紮車轎儀仗櫃箱等物並傳　雍和宮喇嘛二十七衆誦經送路四月二十九五月初二日為初祭　大祭典禮經禮部奏請　派出睿邸怡邸按期前往致祭並經光祿寺先期預備祭品以招愼重

部庫支絀 〇現在節屆端陽凡農曹為吏者皆望飯銀領出以償逋累惟此項飯銀向由所收燒鍋稅下提欵開放本年此項燒鍋稅課寥寥無幾不敷開支須由大庫存貯項下借撥惟自軍興以來需餉浩繁庫欵奇絀日前經飯銀處部郎回稟堂憲翁叔平大司農因庫欵支絀擬放飯銀兩個月當蒙立少司農山深悉為吏清苦異常如僅開放兩個月實堪憫惻當體恤下情以責其盡心辦公與翁叔平大司農商於五月初三日由大庫撥欵仍按四個月開放於是農吏莫不歡聲雷動稱頌不置云

拏獲賭匪 〇烟館賭局最易藏奸雖經有司屢次嚴拏究辦乃遊手好閒之輩仍不斂迹昨阜成門內葡萄園地方有廣某開設賭局聚集匪人夜聚明散經右翼長石農副金吾訪聞密派番役前往捕獲賭犯四十三名一併鎖拏解交步軍統領衙門嚴行審訊諒不日奏送刑部按律懲辦以儆賭風而清盜源云

榮邀一第 〇欽差署理北洋通商大臣直隸總督兼管長蘆鹽政雲貴總督部堂王　為出示曉諭事案准　戶部咨開現在時艱孔亟需餉殷緊擬援照咸豐年間並光緒十年十六年捐助軍餉　賞給舉人成案推廣捐輸如有五貢及廩增附生出身報捐軍需銀二萬兩者准其　賞給舉人　體會試此次捐輸歸入火器新捐由部庫上兌另欵存儲外省不准收捐以一百名為限報捐足數即行停收[illegible]寒[illegible]進取之　可無妨礙而監生不准報捐則雜流素身無虞倖進銀數較咸豐年間加至一倍且限定名數不能多捐於推廣事例之中仍寓愼重名器之意等因於光緒二十一年二月初七日具奏本日奉　旨依議欽此欽遵咨行到本署大臣准此查刻下海氛不靖中外同仇凡屬紳民皆深受　國恩値此時事多艱尤當竭誠報効以佐軍儲除通飭各屬一體遵照外合行出示曉諭為此示仰各屬紳富士民人等知悉凡由五貢及廩增附生出身者如願報捐即赴　戶部衙門上兌由部咨給執照該捐生等志圖上進報効急公務當踴躍輸將以濟軍需實有厚望焉毋違特示

各回本任 〇黃花農觀察自客冬代理津海關道適値中東齟齬籌餉籌兵事多棘手觀察竭盡心力籌募左右兩營延聘西國教習認眞訓練已成勁旅又與各國西官聯絡輯睦地方賴以無虞觀察保障之功實非淺鮮月前盛觀察病痊銷假觀察即擬交替稍息仔肩上憲仍以招商局事繁責重飭即回任頃悉盛觀察於本日夜子接印任事黃觀察亦於本日回局各專責成

循爲[illegible]範 〇道憲李勉林觀察前在津郡辦理支應局務認眞經理無不實事求是茲于四月二十六日接受天河道印所延幕賓友以及僕隸從人無不端方公正約束森嚴決無流弊而觀察猶恐津郡五方雜處良莠不齊有無知之徒乘間假冒誆騙情事不得不預為防範出示嚴禁如有前項情弊許扭轅指控或經查出定從重間擬決不稍寬等因觀察防範綦嚴誠可謂無思不密者也

海糧進口 〇奉天各大憲因海中告警所有全省雜糧禁止出境以固大局本為民生起見奈津中所屬地方皆倚奉糧為止宗自客歲北糧斷絕異常窘迫各處貧民無以為活目今中東業已和睦仍按舊章照常出境以濟民食昨蘆臺等船已掛口者四五十隻來源既暢價亦將平津郡貧民不致異常窘迫餬口維艱也

協同彈壓　○目今海下一帶自經海嘯食鹽大漲價異尋恒而海下貧民不免有竊鹽情事鹽本甚鉅防範不可不嚴日前鹽商謙吉等赴縣具稟邑侯趙星甫大令已俯如所請出示嚴禁並派鹽丁胡俊廷等協同該商巡役隨時守護以資彈壓而衛鹽場如再有前項名情許該商巡役等扭送本轅從重治　云

大鬧戲園　○本埠自兩氣不靖協盛襲務金聲廣慶四大名園生意大非昔比外客裹足不前本郡災餘窘迫每日觀劇者甚屬寥寥各園主人無不深思遠慮昨姚家灣廣慶戲園在京特請名班名角初四日新戲亮臺觀者甚夥頗有餘利初五日端陽佳節郡中各行人等消遣之地戲園生意自必更勝於前主人心焉計之不料初五日午前各營勇丁以及海光寺工匠等一齊闖入約有數百人之多居然高朋滿座少長咸集呼茶喝水不名一錢觀劇之客望而生畏至將開戲之際互爭坐位始則口角繼則用武椎碎黃鶴樓踢翻鸚鵡洲園內茶碗等件乒乒乓乓如蝴蝶一齊飛起落地粉碎殊屬可慘幸十七段胡局員查知趕緊飭兵將滋事勇丁即時拿獲係河北淮練軍營右哨勇丁周得勝楊某張某三人為首局員恐彈壓不住稟請趙營總來局核辦營總已帶周得勝等回營懲辦聞勇丁等重責數落後發園枷號示衆云

水賊稍斂　○本年自入夏以來搶刦各案層見疊出既有岸上之賊復有水中之匪客民人等何以獲安耶昨姚家灣停泊山東糧船後幫約有數十隻日前被水賊將挽手等件一齊竊去船戶等四處偵尋拿獲一人交後幫頭船送縣懲辦聞該賊供認不諱所有挽手三張賣於某煤渡口未知是否邑侯趙星甫大令當此整頓地面之時定必雷厲風行懲一儆百也

游勇監禁　○前營兵搼師小班復糾集百餘人向舖民等局尋仇起釁已紀昨報茲聞滋事兵丁係某營散勇經守望總局吳太守飭各段局丁數十人認真訪拏除劉得勝之外又拿獲四名業已交縣懲辦邑尊趙星甫大令因案情重大親自提訊兵丁等尚不承認一味央懇飭令加以非刑坐櫈墊磚始各供認各節不諱釘鐐收禁詳覆核辦聞此案之兵丁等按律問擬諒亦難逃性命也歟

奪取包袱　○某甲者南方人在津貿易因接家信其母患病垂危喚甲速回因此立即束裝由針市街雇洋車拉運行李赴紫竹林上船昨晚在閘口之海關迤南忽由西胡同出來一少壯人將車上包袱搶去仍向胡同而逸甲身乘洋車面前均有零星物件未能立時下車只得大聲呼喚奈天黑難辨無從追趕只得垂頭喪氣而走據稱包袱內雖無重物有綢衣三件布衣數件似此街市之間竟敢搶奪包裹實屬胆大已極若不嚴緝懲辦貽害匪輕但失主因還鄉心急不及報案有緝捕之責者又何從代為偵緝然自此輕縱後之效尤者更恐變本加厲殊與地方無益也

助賑清單　○啟者敝局自辦唐山賑務以來屢蒙各大善士惻隱為懷源源接濟則所全活者奚啻億萬人數此皆諸大善士之賜也但飢民太衆不止一隅除唐山外惟玉田災況與唐山相將敝局已分往該邑查勘果見飢民滿路待哺嗷嗷其勢少緩須臾便登鬼籙是以敝局又添辦玉田急賑茲謹將第九次助捐各大善士姓名捐數恭登報牘以昭徵信而乞四方樂善君子慨解慈囊千金不厭其多百錢不嫌其少即祈送至溜米廠濟生社代收　計開　映雪堂　王景元　顛道人　愛日堂　阿綸　紅樹堂　聽松居士

寶樹堂　問梅居士　一桂山人　瀛洲海客　智德堂唐　玉益記　王屏山人　桐生堂　醉顛生　玉緣氏　槐蔭堂　慶餘堂

自省堂　琴鶴堂　明德堂　以上各助津錢一吊文　長白雲峰助津錢六吊文　無名氏助津錢二吊文　碧梧軒助津錢二吊文

福壽堂助津錢二吊文　永慶堂助津錢五吊文　無名氏助津錢二吊文　積和堂王助津錢二千文　此單未完

制軍蒞粵　○廣東訪事人云新任兩廣總督譚文帥於四月十八日清晨行抵省垣屬下各官親詣畫舫謁見文帥旋排導登岸時撫憲軍憲及司道各大員已齊集日近亭迫文帥步進亭中共敘寒暄小坐片時即往貢院駐節各憲亦依次叩殿回轅少焉文帥發出紅示定於十四日午時接篆聞文帥所帶僕從繁多且又有文武隨員數十人故貢院房舍雖寬亦幾無容足之地云

中縣告示書

撫寧者敝邑僻近水濱地瘠民貧前者歲逢有秋尚爾饔飧不繼幸民尚勤儉耕植之餘兼事工作與濟一鎮向產草辮甚夥於是女事

織男事以運藉資衣食乃屢逢歉歲草辮之利亦日益微藝業者既多料又非常之貴故民間徒博厚利之名難與厚利之實然有終勝無
不得爲一無指望不意去歲五月初九日大雨如注運河西岸連決數口水溜所至頓成澤國及至七月初七復大雨傾盆五晝夜方止一
時房屋塌倒者殆不可以數計幸西岸地勢稍高秋收尚獲二三成河東與濟大與兩鎮士瘠地窪遂爾顆粒無穫然河東尚得播種秋麥
河西則力莫能及延至今正方擬補種春麥不料至二月十八日大雪迭降已種者恐被損傷未種者猶思補種詎天不厭禍自四月初三
日包風雨暴作子牙運河決口未脩之處水勢洶湧舊口漫溢頃刻間平地水深四五尺不等房屋恐被衝倒濱河青縣地面如黃洼劉河
兩鎮所轄四十二邨已悉成澤國北街在城等鎮亦復一片汪洋與濟大與兩鎮雖未被淹然歉收已十有餘稔近年來更顆粒鮮穫秋麥
比又未登鄉民之少壯者流離四方老弱者半塡溝壑其死守鄉井者日啖草根樹皮以爲生自春徂夏死亡殆不可以數計前月十一日
起災民淌水來城者男婦約千數百名環署哀號晝夜不息敝縣尊王端甫明府目擊慘狀趕即據情上詳惟至今未奉批迴竊思卽或邀
准而災情過重萬難敷用且近來災民愈聚愈多合縣署及城廂廟宇計之已不下萬餘衆鎮日哀號抵夜彌甚敝縣舊積倉穀連豆共二
百七十石業已領出磨粉賤售但食少人多不過聊救一時素仰　執事樂善爲懷用敢瀝陳災狀伏乞　賜登報端用廣流傳倘得　仁
人君子俯念敝邑災象甚重樂助賑欵皆出自　執事之賜也感何可言如蒙連登幾日更爲感戴再告　四方仁人如蒙　賜助敝邑賑
欵請交津濟生社代收隨卽掣奉　收條並登日報以昭徵信於戲萬善之中救人爲最又曰救人一命勝造七級浮圖今敝邑災民屯聚
累萬嗷嗷待哺其悽慘之狀罄竹難書津地急公好義之士最多故特大聲疾呼冀求憐憫尙祈　矜鑒並請　均安不莊

天津府靑縣闔邑紳衿百叩謹啓

啓者本局按年總結向於四月內一律核算清楚刊刻分佈於五月初一日派分股利歷辦在案茲光緒二十年分總結帳目因海
氛不靖烟台營口各處之帳未能如期報山其統年總結未免因之延悞現已催令各處將去年帳目赶日彙報以憑結算分利因將光緒
二十年分甲午第十一屆總結展至六月初一日在上海開平礦務滬局廣東開平礦務粵局天津開平礦務津局三處分派股利預於五
月內在唐山總局彙算清楚仍請在股　諸君枉臨　查閱以便發刊至來回川資仍由總局籌備再此屆分利祈　各股友務將息摺連
同股票一併持來派利各局核算派息俾於股票內加印戳記如祗將息摺送來取息卽照議敬回幸　垂諒是荷特此布達

開平礦務總局啓

告白　本齋運到新譯各種兵書　克虜伯礮說　行軍測繪　海道圖說　攻守礮法
繪地法原　礮法心準　測地繪圖　營城揭要　營壘圖說　測候叢談　臨陣管見
列國歲計軍制　英俄印度交涉書　開地道轟藥法　礮乘新法　盛世危言　礮法求新
前敵須知　礮法畫譜　文美齋謹啓

名手新撰小說二種　金鞭記共四百九十三回逐回蟬聯奇情疊出及仙佛僧道妖狐
鬼怪且有二三四等唱段圍坐靜聽者無有不鼓掌稱奇也每部洋九角　新撰英雄小八義是
書宋朝事蹟英雄半皆綠林後裔俠男奇女年皆十五六歲銅肝鐵胆結黨鋤奸諸凡飛簷走壁
換馬偷頭等技各人各法能使閱者稱快每部洋九角
天津北門東文德堂發售　上洋江左書林謹啓

陳雨蒼施醫　啓者有病之家無力延醫請於早辰九點鐘午後一點鐘下午六點鐘至
海大道養病院後陳宅診視有不能就診者必須寫明住址及姓氏名號送交本宅方能撥冗往
診本宅存心濟世門診與規一槪不取文分

五月初七日輪船出口

樂生	輪船往上海	怡和行
怡生	輪船往上海	怡和行
明義	輪船往上海	招商局
飛龍	輪船往上海	招商局
武昌	輪船往上海	太古行

五月初六日銀洋行情

天津九七六錢
銀盤二千八百五十文
洋元二千零八十二文
紫竹林九六錢
銀盤二千八百九十文
洋元二千一百一十文

直報

光緒二十一年五月初七日　禮拜四　第一百零七號
西曆一千八百九十五年五月三十日

上諭恭錄

上諭理藩院奏旗婦冒請誥封投遞假造印文請交部訊辦一摺烏桂氏係已故扎薩克鎮國公烏凌阿之妻並非繼妻經伊母桂關氏轉托唐大及兵部書吏孔鑑堂冒領誥封並有假造印文情事亟應澈底根究着該旗即將桂關氏辦交刑部嚴行審訊令其交出烏桂氏並飭傳唐大孔鑑堂到案一併訊辦欽此　上諭前因步軍統領衙門帶領引見官員過多恐有積壓之弊當經明降諭旨遇有應行補之缺均當隨時帶領以重職守本日各該衙門帶領引見多至十八處補放員缺一百六十餘員不獨人數擁擠體制不肅且日中恐仍有積壓情事亟應重加申禁嗣後各衙門應行引見人員務須凜遵前旨隨時帶領不准任意稽延同日帶領多員以昭整肅欽此　上諭步軍統領衙門奏拿獲毆斃人命棄屍逃走兇犯請交部審辦一摺所有拿獲之馬秀兒即庚音布文元馬四即連瑞文治等四名着交刑部嚴行審訊按律懲辦原拿此案之員弁等着俟刑部定案時聲明請旨此案據該犯供稱於二月二十四日將連姓誆至德勝門城上用磚塊砸傷身死拋屍城外等語值班官兵所司何事着步軍統領衙門查明參辦嗣後務當嚴飭各城官兵認眞稽查毋得仍前疎懈致干咎戾欽此　上諭前因御史鄭思賀奏江蘇徐州府屬與河南歸德府接壤盜匪聚衆搶掠歸德鎮總兵楊玉書署徐州鎮總兵程允德剿捕不能得力請飭查辦等語當諭令張之洞劉樹堂嚴飭地方文武各員迅速捕拿毋任滋蔓茲據張之洞奏稱幅匪大王三在山東河南江蘇交界地方糾黨爲盜經總兵程允德徐州道沈守謙等派兵剿捕當將大王三擊斃並擒斬餘黨數十名地方安謐辦理尚爲迅速所有此案出力之徐防營守備李輔勳等着准其查明分別請獎陣亡練總武生李岡科馬勇宋錫三周長發民壯朱荃王好着交部分別照例議䘏其地方文武失查處分着一併寬免餘着照所議辦理該部知道欽此

威海船島戰事紀實　續前稿

是夕洋員某君夤夜到督船詣丁軍門用華語大聲宣言現內困孤島外無救援軍心動搖何以爲守若照西法處此情勢亟當棄地棄船與敵人約罷兵以救生靈爲是等語廣衆中大聲疾呼蓋軍心由此爲益渙矣丁軍門不之許也答以只有苦守待援而已十四日水師兵勇亦以雷艇逃遁爲詞環跪丁軍門之前泣求生路經丁軍門勸諭再三旋即安靜如初十五早倭復以水陸全力攻犯東西兩口船台且於北岸一帶施放快礮我軍四面受敵丁軍門乘坐靖遠船衝突雨彈之中督隊鏖戰我船台均自受傷而靖遠連受南岸二十八生砲彈數顆中傷最重弁兵傷亡尤多立時沉沒嗣用廣丙魚雷回轟免資敵用彼時丁軍門被救即易坐他船仍前督戰至日夕敵始停砲斯時也靖遠又失我軍更殘北岸添砲敵氛愈熾救兵不至坐困待斃是以十六日水師兵勇又環跪於丁軍門之前哀求生路亦有相率登島者復經丁軍門多方開導勸再苦守數日許以屆時如援兵不至自當爲其設法另開生路兵勇始各允從逐漸回船十七日倭復以水陸

今力攻我我船台接戰如前子彈紛飛血肉狼藉至下午而劉公島南嘴砲台兩大砲又被南岸排砲毀壞砲勇傷亡殆盡鎮遠濟遠平遠廣丙等艦亦均受傷水船煤艙沈沒無存軍心愈慌總計自開仗至今我台受敵艦砲傷者少而輕被南岸砲傷者多且重南岸不失則雷艇無從偷入船島尚可支如不輕燬砲船即不能守何至靡爛士卒至於此乎是日傍晚適有差弁由烟臺賫信潛來譯讀帥寄元電開救兵不能敵已據寧海東退守萊州將士聞此不禁絕望同歎丁軍門思欲遵電於黑夜冲圍而出無如東西兩口敵船敵艇層佈欲出不能思欲毀船而水手等藉詞把持欲毀不得思欲死守無如南岸三臺之礮資敵反擊利害已見當況敵又於北岸添設快礮自高擊下傷我船臺礮兵加以敵船時由島外施放大礮入口或落島中或中船上面面受敵使殘破數船竟無下錨之地且雷艇已逃定遠靖遠等船或被雷毀或被礮沈鎮平丙康等艦或船傷或炮損無從修理六鎮船老放炮過多或船身滲漏或炮件損壞水船煤艙已沈日需水添儲艱阻船臺米糧子藥將至空乏餉道不通援兵不至軍民萬衆晝夜呼天危困各形欲守何情自初五以至十七迭朝迪暮晝夜攻守十三天食不飽腹睡不交睫未有片刻稍休強壯者俱變爲羸瘠將士心力至此竭矣以是丁軍門張鎮軍不得已與帮辦提督洋員瑞乃爾等籌議棄船島藉救萬餘軍民生命而自以一死報國明其不得已之苦衷也按威海之失咎在戴丁不和戴丁不和者因去年十二月間戴欠營餉三關軍士切齒欲潰丁見事急往勸速發戴不從後丁強劉超佩照發而戴不得已亦發而坐扣甚多所以不過兩餘軍士之心仍屬憤憤此其所以先潰也亦即與丁不睦之由後丁欲撤龍廟嘴台戴遂執意作梗並不許移水雷之電線到劉公島歸水師操縱而臨時龍廟嘴果先此其威海失陷之絕大關鍵也噫

戴觀察宗騫初七日吞金初八下午死　劉鎮軍步蟾十五夕服毒殉十六寅死　丁軍門十八早仰藥殉十八下午四點半死　張鎮軍文宣十八早仰藥殉十八下午死　楊護鎮用霖十九早以手槍自戕殉

何等森嚴　○五月初一日刑部廣東司由獄提出盜犯小閻等十三名派役押至大堂恭候薛雲階大司寇會同都察院大理寺三法司會審畢票仰五城司坊預備囚車大籠並在菜市口市曹搭蓋監斬棚座預備公案又飭步營各汛撥派營兵二百名於初二日黎明赴部伺候該犯等決後旋由獄提出王仔即王二倪騾仔即小倪王七兒即志淋周六即周指仔小辮劉即劉山兒又貴州司提出斬決盜犯王雨兒即小趙等六名綁入囚車解至市曹行刑將首級六顆裝入木籠懸杆示衆以儆盜風惟小閻等七名因犯証翻供另行拷訊再正典刑云

自戕兩紀　（宣武門外南橫街萬順木廠舖掌劉某不知緣何於四月二十八日乘間以利刃自刺壯腹身死當經伊子赴北城呈報當經該管地面總甲訪查報案由北城陳敬菴指揮帶領吏仵前往如法相驗據仵作喝報已死男子約年三十餘歲仰面兩眼胞開口微開舌抵齒由三寸咽喉近下有紫赤縊痕一道合面腦後項頸縊痕八字不交委係自縊身死相驗時總甲喊稱並無親屬認領當即由官給棺木成殮暫爲浮厝標記詳城備案云

自行投到　（前門內兵部街史家胡同戶部書吏陳某被人砍傷兇犯逃逸等情已列前報茲聞陳某於五月初一日因傷重延醫調治未效身即斃命當經該管地面官廳詳報步軍統領衙門傳南城劉廣廷指揮帶領吏仵前往相驗正在相驗之際突有兵部皂役張某自行投案供認因口角起衅致將陳某砍傷等語當即錄供釘鐐送交刑部收禁按律懲辦是否正兇抑係頂冒俟訪明再錄

[illegible]　（欽差大臣直隸總督兼長蘆鹽政管巡撫事雲貴總督部堂王　示具呈職員高凌漢等係灤州人批本年灤州賑務官已不遺餘力災重各村均經查戶散放無待紳民呈請其未經給賑各村當查災時必有分別該職員等所開各村係一律給賑未據分晰聲明決非印委各官遺漏可知文生馬龍圖等另呈請將東越河等五十七村給賑文童鄭艮輔等另呈請將撫寧縣災重各村所稱二十三村給賑所叙災情均屬一面之辭博施濟衆堯舜猶病現當庫儲極絀凡稍可支持各村豈能與災重各村一律辦理仰候賑局飭員確切查明分別核辦具稟粘單抄存

擬修官道　○本埠自周玉山方伯創修官道以來來往行人均稱極便郡城內外陸續添修一律坦平人尤稱道不置惟河北海防公所一帶尚未修齊茲署欽差王夔石大帥假該公所暫作行台每日來往輿馬絡繹不斷該處塵土本多而且厚每遇狂風殊難開目計公所至北岸橋邊約有六七丈之譜若不及時趕修輿馬來往諸多不便茲聞諏吉興工並浮橋南北橋板一齊添換道路較各街畧為開展仍按官道章程晝夜飭差看守以防損壞經其途者當無眯目之虞矣

以示體卹　○自各國通商以來於洋務專心致力宏通博大者惟傳相一人而已創立水師武備兩學堂延西國名師教習所以育人材而為國本者不遺餘力此外更有何人見及於此即各堂學生約有數百餘人歷年章程每屆端陽准放假五日以示體恤昨於初六日假滿仍回學堂照常肄業其中傑出之才皆以為我輩蒙傳相裁成當此國步艱難宜如何激發天良以求實學而資應用一種邁往之氣令人可敬於兹見傳相之造就人材用心良苦已

逃女被獲　○小人難養近之則不遜遠之則怨歷有明徵昨唐家口某公館有使女兩名皆十八九歲不知與主人因何事故竟相約偕逃主人知覺深以為恨津中雖地面遼闊而女流究于各街道路不甚明晰當飭兵丁人等四路會訪並各營門以及來往車船處處翻查時未黃昏即一齊被獲由兵丁帶回原壁歸趙主人見之不禁色喜亦不深究即賞各兵丁每名津蚨二十千文以為酬勞之舉倘夜賊未獲不堪設想主人平素待人恩寬于此可見

命案叠見　○津邑風俗有不可解者每逢縣官新舊交替之際必出命案多起歷驗不爽邑尊趙大令抵任未及匝月自戕及威逼命案已有三四起之數昨據訪事人來言昨日陳家溝迤東園牆門外道旁有一死屍外鄉人裝飾移營地方赴縣報案經趙大令躬詣相驗驗得係刃傷致命斃處因無屍親又不知為何處人當即飭役備棺掩埋並飭地方嚴密查訪務將兇手獲案等語噫此又一起矣何命案之多也

續助賑清單　○無名氏助津錢二千文　世德堂　無名氏　德善堂　無名氏　德裕堂　松鶴堂　無名氏　九如堂　無名氏　督署子　淡然居士　無名氏　阜東氏　可仁以上各助津錢五百文　須白遊民助洋銀二元　雙清書屋助洋銀一元　韋一經堂助洋銀一元　無名氏助洋銀一元　張　啓　高桂芳　劉永發　于芳云　陳德山　張振海　李　四　晏長慶　郭玉田　于春生　吳健林　孟順來　曾炳書　佟樹棠　丁長元　許　慶　李邱德　趙國賓　李雲龍　杜文安　李玉棠　武　平　王恩順　劉　祥　左　貴　施鳳山　張　順　李　慶　馬振祥　梁大喜　高桂基　高存世　王恩和　張寶魁　孟繼銀　劉昌年　陳迪豐　姜起龍以上各助津錢一百文　馮春林　葛德　吳德勝　毛順成　于國慶　丁　文　王際祥　劉長貴　孫寶書　李廣升　張迪順　劉俊成　無名氏以上各助津錢二百文　趙明光　蔣富珍　梁兆全　周永珍　王元　陳蔭桂　閻　德　孟長發　孟　起　敬信堂　合玉堂　無名氏　同信堂　無名氏以上各助津錢二百五十文　蔣德銀　楊作林　王治平　張錦屏　竇記　于奎五　樹德堂以上各助津錢五百文　倫敘堂助津錢三百文　孫奎助津錢一百五十文　楊德明助津錢一百五十文　無名氏助津錢一千文　顧元禮助元寶銀小錁子一定重五錢又助津錢五百文　命姑助洋銀二角　觀行遺訓之子助津錢三千文　道人捐洋錢一百文

天津義賑局同人具

台事續聞　○台灣自主已紀前報茲悉該處紳民已舉總統將軍設立議院一切章程悉仿西國辦法頗似民主之局人情強悍鋒不可當正不知將來成何局面也

茶船到漢　○漢皋訪事人云十七日漢口到有英國協和洋行運茶輪船一隻船名平水寄碇租界四馬頭江心連日運茶上船絡繹如梭大約下禮拜即可裝齊鼓輪出洋赴倫頭矣

津省邸報　○新授蘇藩撫趙展如中丞已接奉部文恭錄諭旨不日將交卸起程已命各房書吏趕辦公事以便移交惟中丞在藩司任內案無留牘接到移發故書吏等均從容不迫不致手忙腳亂也○藩司篆務已奉廖穀似中丞委聶仲芳廉訪接署遞遺臬

篆岳偁諸道部芝後覲祭拔營○學臺徐季和宗師考試嘉屬於二十一日禀謁二十二日起馬二十三可抵省城二十四發棚行香
孝廉句○記名總兵鮑鎮軍萃芳統帶防海師船駐紮尖山於十四日晋省禀謁撫憲並聆要公聞係爲近時黃魚汛水漁船進出較多須添派師船查緝以防奸匪溷跡坐談至一點鐘之久出轅後即詣藩署賀喜并會營務處及防軍局各憲十五日復至撫署禀見十七日即稟辭回防

青縣告災書

敬啓者敝邑僻近水窪地瘠民貧前者歲逢有秋尚可養贍不幸民尚勤儉耕植之餘兼事工作興濟一鎮向產草辮甚夥於是女事編織男事收買資爲衣食乃屢逢歉歲草辮之利亦日益微養業者既多料又非常之貴故民間徒博厚利之名難得厚利之實然有終歲無不得爲一飽指者不意去歲五月初九日大雨如注運河西岸連決數口水溜所至頓成澤國及至七月初七復大雨傾盆晝夜方止一帶房屋場倒者殆不可以數計幸西岸地勢稍高秋收尚獲二三成河東與濟大興兩鎮十滯地窪遂爾顆粒無獲然河東尚得播種秋麥可以補救人力莫能及延至今正方擬補種春麥不料至二月十八日大雪迭降已種者悉被損傷未種者猶思補種詎天不厭禍自四月初三日起風雨暴作子牙運河決口未修之處水勢洶湧頃口漫溢頃刻間平地水深四五尺不等房屋悉被衝倒濱河青縣地面如黃洼劉河等鎮所轄四十二村已悉成澤國北街在城等鎮亦復 片汪洋與濟大興兩鎮雖未被淹然歉收已十年有餘稔近年來更顆粒鮮獲秋麥比又歉各鄉民之少壯者流離四方老弱者半填溝壑其死守鄉井者日啖草根樹皮以爲生自春徂夏死亡殆不可以數計前月十一日起災民淌水入城者男婦約千數百名環署哀號晝夜不息敝縣尊王瑞臣明府目擊慘狀不禁惻然情詳惟至今未奉批回竊思即或邀准而災區過重萬難救用且近來災民愈聚愈多合縣署及城廂廟宇計之已不下萬餘衆鎮日哀號抵夜彌甚敝縣舊積倉穀連豆共一百七十石業已領出磨粉賤售但食少人多不過聊救一時素仰 執事樂善爲懷用敢 陳災狀伏乞 賜登報端用廣流傳倘得 仁人君子府念敝邑災黎慕重樂助賑欵皆出自 執事之賜也感何可言如蒙運登幾日更爲感戴再告 四方仁人如蒙 賜助敝邑賑欵請交津齊生社代收續即擊奉 收條並登日報以昭徵信於戲萬善之中救人爲最又曰救人一命勝造七級浮圖今敝邑災民屯聚累萬嗷嗷待哺其慘慘之狀罄竹難書津地急公好義之士最多故特大聲疾呼冀求憐憫倘祈 矜鑒施濟 均安不莊

天津府青縣闔邑紳耆百叩謹啓

告白 本齋運到新譯各種兵書 克虜伯礮說 行軍測繪 海道圖說 攻守礮法
繪地法原 礮法心準 測地繪圖 營城揭要 營壘圖說 測繪叢談 臨陣管見
列國陸軍制 英俄印度交涉書 開地道轟藥法 礮乘新法 盛世危言 礮法求新
前敵須知 礮法畫譜
文美齋謹啓

名手新撰小說二種 金鞭記共四百九十三回逐回蟬聯奇情疊出及仙佛僧道妖狐鬼怪且有二三四等皆以團坐靜聽者無有不鼓掌稱奇也每部洋九角 新撰英雄小八義是書宋朝事蹟英雄半皆綠林後裔俠男奇女年皆十五六歲銅肝鐵膽結黨鋤奸諸凡飛簷走壁換馬偷頭等技各人各法能使閱者稱快每部洋九角
天津北門東文德堂發售 上洋江左書林謹啓

瓊府蒼巖醫 啓者有病之家無力延醫請於早辰九點鐘午後一點鐘下午六點鐘至海大街普濟病院後陳宅診視有不能就診者必須寫明住址及姓氏名號送交本宅方能繳冗往診本宅存心濟世門診 親一概不取文分

五月初八日輪船出口

樂生	輪船往上海	怡和行
怡生	輪船往上海	怡和行
禮順	輪船往上海	招商局
通州	輪船往上海	太古行
武昌	輪船往上海	太古行

五月初七日銀洋行情

天津	九七六錢
銀盤	二千八百四十五文
洋元	二千零七十文
紫竹林	九六錢
銀盤	二千八百八十文
洋元	二千一百零五文

光緒二十一年五月初八日　直報　第一版　〇四三九

直報

光緒二十一年五月初八日　第一百零八號
西曆一千八百九十五年五月三十一日　禮拜五

上諭恭錄

旨直隸正定府水利同知着張鴻謨補授山西岢嵐州知州着徐樹璟補授甘肅安定縣知縣着陳明德補授廣東三水縣知縣着林兆鏞補授俸滿教職張紹良着以知縣用截取舉人梁廣軒晉揆炘俱以教職用廩生達春瑞山英杰全榮恒淩俱以侍衛用桂清着以旗員用

旨補內閣中書曹中成常光斗雷在夏陳作彥荊州將軍衙門筆帖式恩豐俱准其補授保送[illegible]部主事萬錫珩着交部記名以直隸州知州用截取大理寺評事倉爾楨着照例用山西朔平府理事同知着[illegible]瑞補授擬補吏部稽勳司主事李坦着准其補授奏留吏部學習主事富森着准其留部欽此　上諭孫毓汶奏假期屆滿病仍未痊懇請續假並派員署缺一摺孫毓汶着賞假一個月兵部尚書着徐桐兼署欽此　上諭御史熙麟奏殿廷考試大臣閱卷是非倒置據實上陳一摺據稱壬辰年朝考列入一等之戴錫之字跡庸陋疏中措詞失體詩亦多不可解伍文琯卷詩中出韻皆以前列得入館選本科新進士朝考李瑞清曹葆洵二卷皆經加簽[illegible]列入一等卓孝復吳緯炳二卷竟未加籤寫作均非不佳均置之三等曹元弼一卷筆畫脫落幾不成字轉列入二等各等語即着翰林院掌院學士將戴錫之等七員原卷封固進呈另片奏本年庶吉士散館取列三等各員卷中塗改出韻失粘實非無心錯誤等語嗣後派出閱卷大臣務當秉公校閱如有文理紕繆錯誤太多應列四等及不列等之卷不得意存遷就概行從寬以昭核實欽此　上諭山東布政使湯聘珍着開缺來京另候簡用欽此　上諭昨據熙麟奏殿廷考試大臣閱卷是非倒置當經諭令翰林院掌院學士將戴錫之等七卷封固呈覽戴錫之一卷疏詩尚非失體詩多費解伍文琯詩中出韻未經簽出李瑞清曹葆洵二卷簽出之處均屬筆畫微疵吳緯炳寫作尚屬可觀而越幅粘貼亦屬違式除伍文琯業經改授知縣外戴錫之着改列三等三十九名並註銷庶吉士交吏部掣簽分以知縣即用其餘原列等第尚非倒置均着毋庸置議卓孝復寫作俱妥着改列二等第　百名曹元弼一卷字跡糢糊原置二等殊屬失當着降列三等五十名其原列三等第四名至五十名以次遞推所有原閱戴錫之卷之吏部右侍郎廖壽恒原閱伍文琯卷之工部左侍郎汪鳴鑾原閱卓孝復卷之理藩院尚書啓秀原閱曹元弼卷之都察院左都御史徐郙均着交部察議欽此

牧令將帥論　續前稿

至於不得已而用兵則在求將帥將以將兵帥以將將斷二者非臨變可以猝致也試先以將言夫將者欲其有德猶欲其有才有德則能愛兵以安民有才則能用兵以衛民今之言將者武夫耳驗天時以辨風雨辨地勢以設伏應察人情以決敵人動靜之心即以識敵人料我之心以作我軍敢戰之心即以固我軍堅守之心設無德且無才徒恃武力莫辨也曰能辨此者固不可以勇力較強弱亦不可以口舌爭是非給便捷以大言欺人巧言誑人獨取其智與勇而已智則明勇則敢明則無所蔽敵欲誘我奚從而誘之敵欲餌我奚從而餌之敢

則無所禦敵欲防我焉得而防之敵欲克我焉得而克之雖然選將者又烏從得智勇之人以選之也自唐設武舉一科未求以武舉方略之勝國明國初武科以鄉會試取材試以騎射步射勁弓刀石弓以顏高重六鈞射如由基穿七札外闈命中挽強花樣入時然後注以台式二字入挑內場默寫武經外試策論篤作須佳方能入選選之難如此其難也夫以武士鹵莽之性加以習武之辛勤聰明幾何才力幾何何能復精於文藝必強之以所不能爲則相率而不爲惟出多金募能者以代爲金少者平日弓馬之費已不能支內場焉得多金募人代作雖命中挽強雖幸邀入選矣諺曰窮文富武謂此也嘉道以來譽其弊去策論惟默寫武經實皆倩書手預本膽鈔奉行故事其不徹行裁撤者爲兵科書吏索卷資耳獨於勁弓之式樣認真選擇與其試者遂極力揣摩風氣自八旗而開摩風氣者則遍於天下爰有射藝詳說一書條分縷晰其精緻無殊於八股其無用於戎備有害於人材也與八股同何也人性相近終有上智與下愚上智者無論業文業武登科與否卒爲善士上智而外不必其下愚也即屬下愚其能習八股弓箭以獵科名者所在多有其未得之也患不能得鎗冒頂替八股之巾箱弓箭之皮絆無所不有一旦僥倖則護身有符藉此以作門楣者猶良民也次則因貧而把持衙門架弄詞訟窩娼賭招賊盜與習八股特於而作奸者有其過之無不及焉富與小康則恃科第以恣淫賭長驕矜即予以千戎百戎彼將鄙夷而不屑即屑爲之其於營規官制終不如中身行伍者之可以守分而耐勞也故選將例以行伍爲正途而行伍之得備引 見者又以品貌而不以材藝伏讀雍正上諭每遇一單鎗則云漢仗去得時語論漢仗者有丁田貫日等字之格於戰守機宜固未試及亦未言及也竊窺武制之所以爲此者以天下承平日久務爲省事以安上使未仕者科第則專心於弓箭式樣行伍則專心於進退趨承終身講之而不能精藉以去夫外鶩之私而範其歧出之志泊乎登仕則又詳爲之例多其鉗制使事事不得以自由民不知戎則無叛民將不能戎則無叛將第取其邊成例守分任運相安於無事之天而宏其規制壯其聲威暗以緯中外狡焉思逞之志其爲計也亦得矣然而中士積弱之形實始於此且其曠官敗職者不能繫其責罰復設捐例以贖其罪復其官致使冗兵驕狂負力幸賞猶復維持以姑息之至於敗軍僨事而馬不返將兵者反達令先逃于求大吏設法粉飾冀欺一人之耳目推原其弊由於上下蒙蔽將不知兵兵不愛將甚至有額無兵有餉無弁 國無餉官不給也咸同之間譽其弊故於削平粵捻回疆等匪用募勇不用額兵現擇將不用照例推陞之將爲其歷試於戰守有實績也雖然擢用之又必其知人之哲即其微以觀其顯即其始以知其終而後可以言選將也書云知人則哲惟帝其難明如武侯猶失於馬謖可易言哉若初非必皆試於戰守而後用而將將之人先有以知其能戰能守者必出於積日積時糾合四方中外之精銳非一猝之可致一隅之所有夫唐以制科得郭子儀宋以制科得狄青成一代再造之功不世之業漢初於奴隸得衛青於降敵得金日磾不循能爲將將之帥且能爲輔弼之佐是又關乎天子之聖神與王之隆遇第於科第行伍中求之不得不於科第行伍中求之亦不必得也總之事宜求實勿騖虛名痛除無益之公事節無名之費破眼前之障翳用不測之賞罰則將可得帥亦可得矣

樹雲開社 ○京師新設樹雲文社定期於五月初十日會課是日黎明在前門外後鐵廠叙州會館領題次日辰刻交卷今在各巷黏貼長紅願入課者於前三日來本館掛號註寫名姓取卷以便彌封每本酌取卷資錢一千以杜濫領之弊取列第一名獎錢四十千第二名獎錢三十千第三名獎錢二十千餘者以次遞推洵可謂激勵人材之善策矣

不法太甚 ○德勝門內有馬兆兒文元馬四文治等四名素不安分時常聚衆逞兇以詐索爲餬口之資日前起意同連姓起蹤詐不德勝門外城垣上用磚塊砸傷身死拋屍城外兇犯逃逸當經北城司相驗一面勒限嚴緝兇犯務獲究辦現經步軍統領衙門飭番役拿獲馬兆兒即馬四與文元馬四即連瑞文治等四名一併解送刑部按律懲辦云

欲歸不得 ○西直門內武定侯胡同某媼年逾耳順膝下僅有一女形影相依聊足娛暮景而慰情離掌上明珠不啻也去秋遵媒招河間府人羅某爲婿結褵之後夫唱婦隨頗稱和睦媼日對小夫婦伉儷情篤一種歡欣之忱以爲人世無此至樂矣羅某家有慈親倚閭望切急信催歸急於星火於是向母女言明並擇吉五月初三日束裝就道母女聞之殊覺不樂迫行期將至母女更依依不捨竟決意自盡同服紫霞膏冀相從於地下幸經羅某知覺甚早勸解兼施始不致雙雙殞命亦何幸如之吁羅某其尚有歸家之望乎

佇觀新政　○福建臬司張務臣方伯國正陳臬閩疆已經數載頃悉奉　旨升授山東藩司代湯方伯承宣布政按湯方伯起家軍旅前以張朗帥之荐調藩山東抵任後雖綜理營務而於地方政事亦莫不留心恐他省人或不足恃專以同鄉人補若要缺蓋亦內舉不避之意焉今張方伯晉綰藩條恐前之所稱心腹者又當視為陌路矣

升遷誌喜　○季士周方伯兩任長蘆恤商愛民仁風廣被客歲以海東有事籌備餉需苦心獨運人以嚴南保障稱之昨官場紛紛詣運署致賀方伯已奉　恩命升授福建按察司員缺指日開篆建節一月三遷不禁為方伯頌之長蘆運司一缺尚未聞簡授何人大約須先委員署理以便方伯交替進京直省需次諸公當各有望也

重禁居奇　○欽加同知銜卓異候陞題補寶坻縣署理天津縣正堂加九級紀錄十次趙　為出示嚴禁事案查順直各屬頻年被水成災歉收津邑一帶尤甚各奸商糧店囤積糧食希圖居奇高抬市價以致貧民餬口維艱當經前縣示禁在案無如該商等仍復逐日增長時價實屬有違例禁正在出示嚴禁間即據閻學珍等聯名稟稱現在輪船民船運津米糧源源不斷而各糧行竟視不遵日漸增長請示禁止等情據此除批示外合行出示嚴禁為此示仰津邑各糧商人等知悉自示之後爾等出糶米面務須公平交易隨同市價出賣勿再任意高抬倘仍不遵一經查出或被告發定行照例從嚴懲辦不貸各宜凜遵毋違特示

死於牛後　○津屬各州縣連年被水成災有水之區自難種殖水涸之處而又人力難施必資牛力茲聞鹽山縣程家庄崔姓者向其親戚告貸籽種若干並借錢買得老牛一頭正擬犁田下種忽被賊人生心於某日夜間持械闖入搶牛經崔知覺竭力尾追詎賊狠毒已極對崔施放洋槍崔應聲而倒次日崔家屬於路得崔屍身知為洋槍轟斃而牛欄之牛已蹤影全無知為被賊所劫村愚無知未稔已否報案噫嘻村民以種數畝穀費盡無限心力終於被擊身死伊誰之咎歟

河堤宜修　○本埠梁家嘴邵公莊佟家樓等村每年被水成災田園淹沒苦不勝言本年雨水過早被淹尤甚民不聊生異常窘迫目今河水大落河畔積土較前尤多易資取用當此農工未作之時將北岸河堤飭各村民自行修築從此大田可望有秋不致如前淹沒可紓夙困豈不甚善惟望有地方之責者亟留意焉

失足落水　○日昨河東小鹽坨渡口有一童子係金家窰人年約十六七歲已登渡船不料立足不定撲倒河內該渡夫急速撈救竟沉於河底未見蹤影其家聞知亦即僱船來往打撈至晚未得不知流至何處並向渡夫爭吵要人勢甚洶洶有人與兩造解說於渡夫何尤

難女偷逃　○本埠西門外育黎堂為羅大令亦韓經理歷有年所凡在堂婦孺無不真心感戴客歲兼理官車局務事事認真自軍務浩繁內無暇顧如大令者差務中不可多得者也茲者唐山一帶被災較重各村子女被拐來津者頗多日前河東車站地方有某甲由唐來津率領一女年十二歲身穿藍粗布褲掛紅花袖口形迹有可疑之處被車站總辦查見究其來路一味支吾當即飭差送道轅辦前署道憲呂庭芷觀察飭差一併送縣本邑侯李搏齋大令責押候辦將唐女送育黎堂收養羅大令囑堂內人等小心看守不料初六日下午該女混出堂門竟自偷跑羅大令查知即派差役四外偵尋至今遍覓無蹤如該女者真可謂不知死活已

見義勇為　○本郡推二把小車者人多強橫最易惹禍東洋車夫性亦非良每爭路碰撞各不相讓茲有某甲推二把小車行至東城根與洋車之某乙相撞甲憤極即用車絆毆乙絆上原有鐵鈎將乙頭顱打破血流如注詎乙鄉愚不敢較量而甲更為強橫該處有某公館馬號在號頭某丙見此情狀甚為不平當即傳喚地方將甲人車扣住即欲送縣懲辦甲始啞然若喪崩角在地復經人說合某丙令甲覓得保人甫准釋放一面由某丙尋藥給乙調治傷痕是以人多稱某丙見義勇為焉

一舉兩得　○目今四外貧婦來津者多以乳媼為生涯所難堪者以己之子棄之如遺以彼之子愛如明珠殊非全生之道也昨北門外肉市口西有外來貧婦一名欲棄其子為人代乳一種不忍分離之情不堪卒覩幸有某甲欲雇乳媼准其帶子問婦願否婦喜管定工資每月二千文擇吉上工如某甲者滿腹仁慈洵可謂庸庸皎皎者已

拒傷事主　○吳橋縣遇筵頭庄王聘卿者以開設醋坊爲生生意甚爲茂盛忽於前月初夜聞被賊以軟梯上房入院比持趕夫呼見即大聲喊捕竟被一賊放一洋槍更夫應聲而倒已受重傷該賊等即趁此毀窗入室翻箱倒篋任意搜羅銀錢衣服首飾等物包裹停當復由後槽牽一快騾馱載所搶之物相率而逸臨去放槍數聲以截追者隣衆聞槍聲已各有戒心莫敢出爲偵緝惟有任其遠颺焉於賊走後方敢出頭查點失物開單報案當蒙驗訊被搶拒傷屬實立即飭捕嚴緝能否弋獲殊難預料焉既被搶多財尙須善爲工人調治傷痕憤恨已極逢人說項抑又何益耶

翎頂依然　○吳清卿中丞前當帶兵出關在牛莊等處與倭軍接仗　聞砲聲全軍潰散致被參奏旋蒙　恩旨撤去兵權飭回本任茲據道路傳言當清帥由津起程時恐途次爲倭船截搜故將其翎頂纓帽交火船員辦密爲收藏到滬後始行取出冠戴翎頂翹然奇不失大官氣象當船至申江時船上有人疾聲報告謂大帥已到清帥旋即登岸隨赴某局有得瞻丰采者謂清帥已老弱頹唐步履維艱哮喘不息須兩人扶掖方能拾級登樓云西報所言如是其中不無過於貶抑然清帥以封疆大吏一聞寇氛即能奮其忠勇之性洵出人頭地求之官場中不可多得但出身清貴未諳軍旅一旦獨當大敵雖免佈置疎忽致遭挫辱乃指謫即隨而交加成敗論人能勿慨然　錄新聞報

倭人好買　○神戶西報言日本郵船會社議俟中日和好之後即先派輪船四艘來往日本孟買兩處並議於異日續派船艘來往日本尼依吉大及毋春又議派船專走橫濱舊金山復調船往來橫濱及閒拿打兩埠至於歐西水程亦欲派船行走惟俟圖後議與大日本以區區島國而專志貿易蒸蒸日上如此歐西通商之利將必多爲所奪故泰西各國不可不及早圖謀也　錄新聞報

啓者本局按年總結向於四月內一律核算清楚刊刻分佈於五月初一日派分股利歷辦在案茲光緒二十年分總結帳目因海氛不靖烟台營口各處之帳未能如期報山其統年總結未免因之延悞現已催令各處將去年帳目剋日彙報以憑結算分利因將光緒二十年分甲午第十一屆總結展至六月初一日在上海開平礦務滬局廣東開平礦務粵局天津開平礦務津局三處分派股利須於五月內在唐山總局彙算清楚仍請各股　諸君枉臨　查閱以便發刊至來回川資仍由總局籌備再此屆分利祈　各股友務將息摺連同股票一併持來派利各局核算派息俾於股票內加印戳記如祗將息摺送來取息即照議斂回幸　垂諒是荷特此佈達

開平礦務總局啓

告白　本齋運到新譯各種兵書　克虜伯礮說　行軍測繪　海道圖說　攻守礮法
繪地法原　礮法心準　測地繪圖　營城揭要　營壘圖說　測繪叢談　臨陣管見
列國陸軍制　英俄印度交涉書　開地道轟藥法　礮乘新法　盛世危言　礮法求新
前敵須知　礮法畫譜　文美齋謹啓

名手新撰小說二種　金鞭記共四百九十三回逐回蟬聯奇情疊出及仙佛僧道妖狐鬼怪且有二三四等唱段團坐靜聽者無有不鼓掌稱奇也每部洋九角　新撰英雄小八義是書宋朝事蹟英雄半皆綠林後裔俠男奇女年皆十五六歲銅肝鐵胆結黨鋤奸諸凡飛簷走壁換馬偷頭等技各人各法能使閱者稱快每部洋九角
天津北門東文德堂發售　十洋江左書林謹啓

陳雨蒼瞻醫　啓者有病之家無力延醫請於早辰九點鐘午後一點鐘下午六點鐘至一海大善養病院後陳宅診視有不能就診者必須寫明住址及姓氏名號送交本宅左鄰紀元谷診本宅存心濟世門診與出視一概不取文分

五月初八日輪船進口
禮裕　輪船由上海　招商局

五月初九日輪船出口
禮順　輪船往上海　招商局
通州　輪船往上海　太古行
武昌　輪船往上海　太古行

五月初八日銀洋行情
天津九七六錢
銀盤二千八百三十文
洋元二千零五十五文
紫竹林九六錢
銀盤二千八百七十五文
洋元二千零八十文

直報

光緒二十一年五月初九日 第一百零九號
西歷一千八百九十五年六月初一日 禮拜六

上諭恭錄

上諭前因步軍統領衙門奏拿獲兇犯馬秀兒等在德勝門城上毆斃人命一案降旨令該衙門將是日值班官兵查參茲據奏稱德勝門城上向歸正黃旗官兵值班段落請飭該旗都統奏參等語即着正黃旗滿洲蒙古漢軍各都統將是日值班官兵查取職名據實參奏城值班及看管馬道柵欄官兵查城大臣及步軍統領衙門各有稽查之責乃日久漸形廢弛殊屬不成事體嗣後務當隨時認眞整頓不得視爲具文欽此　上諭陸潤庠奏請開缺回籍養親一摺國子監祭酒陸潤庠着准其開缺欽此　上諭山東布政使着張國正補授李邦楨着補授福建按察使欽此

鷙虛名而賈實禍戒

名之所在實之所賅也功之所存事之所見也未有有其實而無其名者縱沒於一時久無不彰之名未有有其事而無其功者縱敗於一端終無不顯之功何也以實任事不以名任事則心之所期如樹之的而發矢以赴之自此至彼中間無可駐之理苟廢於半途必其力未充於始也實之不至事之不成名之終敗必其心未堅於始也汎然而議卒然而行忽然而廢是尙足與言爲治哉有其志矣而所志近小則其量易滿所志蹈虛則其情多僞心所期者於是則事所止者亦必於是名雖是而實則非論者或從而原之以爲其功雖小其志可嘉縱不能追盛世之隆軌較諸無志苟安衰弱不振者終屬自閒其所獲不亦多乎然而謬矣抑知逆水之舟不進則退入望之月旣盈必虧不治則亂恃盛必衰曠觀往古靜驗來茲理有固然勢所必至也古聖論政惟食與兵時賢論政曰富曰强理財與治軍其要矣二者之政不一端一言以蔽之曰務實而已務實則其效立見而利無窮不務實則效亦立見其弊百出禍且隨之矣試言理財之弊理財不外於賦稅自禹貢成賦定以五十而貢殷人易之助以七十周復易之徹以百畝徹之名通也肖也其實爲不過取於民也其斂財賄也則有九賦至宅不毛者出里布田不耕者出屋粟民不職事者出夫家之征所以警游惰也又有九貢以致邦用牲茅絲枲器械皮帛木材金寶元羽毛凡土地之所出無不貢而田賦則不過十一園廛漆林雜賦不過二十而一其實心爲輕取於民也自天王求車求金魯宣稅畝而周之法壞秦則撮粟尺布一夫之役以及鹽鐵之利約皆二十倍於古其於先王愛民之政名實俱無矣故秦之傳不過二世其亡至速漢初賦法最輕中葉以來桑孔之徒出患錢幣之輕遂有白鹿皮幣之造患商稅之輕遂作平準之法於是算舟車權酒酤稅斂錢取于民者無不至魏晉益重唐初制以租庸調德宗改爲兩稅法視前代之弊最爲善政五代則橫斂四出民不堪而禍變無已矣宋除積弊以舒民力仁厚可嘉惜熙寧以後宰相言利青苗免役之法雜然而出南渡後土宇日狹兵費日增不得不多取於民且與民爭利焉元仿唐制逮阿哈馬以聚斂爲大臣而坊場河渡之斂絲料句銀之屬紛然天下遂病勝國效唐兩稅法而其便於民也及過之第法久弊生在下則充

欺隱影射飛灑之弊在上則不無待徵加徵帶徵之弊以致民逃賦而流離歲逢荒而變亂伏莽迭起不可收拾非法之不善待法者之心未盡善故法之名雖善而法之實不善也 此稿未完

使署撤防 ○去歲中日構釁無知之徒不分東西統目之爲洋人作亂每有不辨玉石者各國使署駐節都門我 皇上深慮匪徒滋擾諭令神機營每府第門首各派撥兵丁五十名以資彈壓數月以來頗稱靜謐現在中日業已講和平安無事所有在各府門首駐守兵丁已於五月初六日一律裁撤回營歸隊操練慎重邦交之意無微不至想各國所派之兵亦當陸續遣撤也

例傳謝恩 ○吏部爲不傳事所有本部帶領引 見之直隸正定府水利同知張鴻謨山西岢嵐州知州徐樹璟甘肅安定縣知縣陳明德廣東三水縣知縣林兆鏞俸滿教職以知縣用張紹良截取舉人梁廣軒晉揆炘內閣中書曹玉成常光斗雷在夏陳作彥荊州衙門筆帖式變豐戶部主事以直隸州知州萬錫珩截取大理寺評事倉爾楨山西朔平府理事同知興瑞吏部主事李坦富森等均於五月初十日辰刻赴鴻臚寺望闕謝 恩毋得違悞特示

本兵視篆 ○兵部尚書一官在明時尊之爲本兵權勢極崇本朝則與吏戶等部同等級無所軒輕也孫萊山大司馬因病請假新簡兼署兵部尚書徐蔭軒中堂定於五月初八日巳刻上任所有闔署司員筆帖式馬館監督差務廳駐京各省提塘官步軍統領京營各汛副參遊都守千把外委等員弁暨本署書皂人等至期一體謁見行堂參之禮約與外省督撫接印時相似亦非常熱鬧也

似有隱慝 ○前門外東磚兒胡同梁某向充營汛兵丁平日巡邏向稱得力惟遇事吹求邀功圖賞此中有無隱慝不得而知要非善類五月初六日梁忽形神迷罔言語糊塗在西柳樹井地方與素不相識之行人某甲肆行辱罵喧聲甚厲事聞於官廳捉將官裏去詎旁有賣切糕車上置白刃其鋒犀利偶失隄防被梁奪入手中自斫頭顱血流如注殆有莫之爲而爲者旁觀莫不互相咋舌查瘋犯滋鬧例應報官鎖錮似此沿街逞兇傷人諒梁之家人亦難辭厥咎耳

幸即捕獲 ○崇文門內南孝順胡同某教堂於五月初四日有匪徒數人突來肆擾經該管地面官廳將爲首攪鬧之某甲擒獲重責詳解步軍統領衙門懲辦矣

循例給咨 ○各省武弁人員年例考驗名爲認眞實則虛應故事甚無謂也昨馬蘭鎮千把等員赴督轅考驗經署憲王夔石大帥考得郝晉恒盧承蔭王士塏盧承鑣盧承祜李元龍等數員弓馬嫻熟技藝淹通堪勝千把之任於日內給咨送部引見

藩憲蒞津 ○藩憲陳佑民方伯于本月初旬在省起程由水路來津因溜大水急以致遲至初八日下午始行抵埠紅橋左右各營勇丁站隊鳴槍恭迓憲節邑侯趙星甫大令飭辦差人等敬謹預備公館鋪墊等事以吳楚公所爲茶座城內沈家柵欄糧台公所內暫作行台云

賑務近聞 ○本年唐山一帶被水成災異常窘迫哀鴻遍野待哺嗷嗷幸蒙礦務局總辦張燕謀觀察關心民瘼倡辦粥廠繼來捐貲查戶放賑全活者百十萬人曾紀前報玆悉觀察以時交夏令天氣漸炎災民聚處恐釀癘疫給貲各遣回鄉靜候放賑已由觀察親自監放每名口各得數千文之譜足以接濟種植觀察救人救徹爲從來賑務所罕見現在唐山食粥者尚有二千餘人皆老病頹唐或無家可歸者日前觀察又赴唐山閒係仍因粥賑兩事風塵僕僕啓處不遑以客官而實心任事勞怨不辭洵畿南之生佛也

棄船逃走 ○自客歲海氛告警上洋關東等處雜糧禁止出境以致本埠糧米日漸昂貴兼之外來貧民衆多益形窘迫近以和局已成各糧食行店人等赴豫省一帶採買雜糧以濟民食者甚夥適有民船一隻停泊紅橋地方裝運小麥約有一千餘石不料路上被船夥某甲竊賣二百餘石約値錢千餘吊船主不知及店主卸載始知短缺大半而該船夥到津後即已離船店主向船主盤詰船主實不知情恐被所累棄船逃逸噫一則虧去血本一則棄却身家此等冤情無處可訴如某船夥者可謂傷天害理者矣

持刀自殘 ○本埠姚家灣紅橋大王廟等處向來停泊船隻之所蓋因該處四通八達易攬客商外來之船不知規例藉跑合之人爲之招攬并商定船價習以爲常而船戶與跑合人亦有定章按加一付用每船價一千給錢一百文無可增減日前有擺船一隻停泊

紅橋迦西跑合某甲攬安客商二十餘人船價共二十餘千不料該船戶不按加一付用跑合人即向客理論船戶置之不理復開口大罵異常凶橫經坐客評理該船戶竟用刀將自己頭顱劃傷約有三四處血流滿面冀圖訛詐幸有行路人等赶緊赴船搶刀未及傷人跑合人無可如何擬赴琴堂理論尚不知作何了結

錢票誤人 ○通都大邑各行鋪商必資錢票以爲流通蓋鈔法之權輿也本埠前數十年無論何項鋪家及住家戶皆可出票貫繁有徒雜亂無章每串毛錢約有百餘因小錢過多九六毛錢改爲九四九二淨錢名目於圜法大壞前府畫邠太守因而設立清泉公所毛帖毛錢一概禁止錢業爲之一振目今出票之家皆屬殷實前弊廓清但美中不足往往各錢鋪司帳者於寫票時自以爲暗藏記號字迹似是而非筆勢飛舞一千如五千五千如一千諸如此類不一而足易於混淆害人非淺日前針市街西某洋布鋪有外鄉村民赴鋪買布付錢票一紙携布而去及至船中查點錢票數目尚缺四千赶緊下船赴布鋪查對鋪掌將帳目取出查閱共看實係原帖一千並非五千不知錢票誤於何處某甲無可如何祇得一哭噫錢商乃第一等生意宜如何愼重况錢票人所必需尤宜眞書大數不可草率任意妄爲有司帳之責者亟宜速改焉

助賑清單 ○啓者敝局自辦唐山賑務以來屢蒙 各大善士惻隱爲懷源源接濟則所全活者奚啻億萬人數此皆諸大善士之賜也但飢民太衆不止一隅除唐山外其永遵各屬之災况與唐山相埒敝局已分往該邑查勘果見飢民滿路待哺嗷嗷其勢岌岌須臾便登鬼錄是以敝局又添辦玉田賑撫茲謹將第十次助捐各大善士姓名捐數繕登報牘以昭徵信 並乞 四方樂善君子慨解慈囊千金不厭其多百錢不嫌其少即祈送至溜米廠濟生社代收 計開裕盛成大善士代募 天津源豐潤助銀二十兩 天津協同慶助銀一十兩 慶元堂孟助銀一十兩 天津蔚盛長助銀一十兩 天津蔚長厚助銀一十兩 天津百川通助銀一十兩 天津蔚泰厚助銀一十兩 三多堂李助銀一十兩 天津蔚豐厚助銀一十兩 天津乾盛亨助銀五兩 天津新泰厚助銀一十兩 天津協成乾助銀一十兩 天津中和助銀六兩 天津存義公助銀一十兩 天津志成信助銀一十兩 天津協和信助銀五兩 天津大德恒助銀一十兩 天津三晉源助銀五兩 天津恒和全助銀十兩 天津長愼湧助銀四兩 天津恒利長記助銀十兩 萬泰號助銀十兩 立本堂徐助洋銀十元 德華銀行助銀十兩 寶順洋行助銀十兩 裕同春記助銀十兩 謹厚堂王助銀十兩 天津福成德助銀三兩 天津恒義隆助銀三兩 天津恒利義助銀三兩 京都仁昌銀號助銀五兩 京都□記號助銀四兩 天津大美玉助銀三兩 天津大德玉助銀三兩 此單未完

爲貧所迫 ○東鄉農民吳某之子煩同村項某作媒聘定隣村張姓女爲媳言定財禮錢三十千文業經下聘待吉迎娶詎吳子於前月暴亡吳尋向項言明已斷婚應將聘禮退還項言照例女死還聘男死不還何得索取吳復向張索討張言原定財禮實係二十千文已經用去現在窘鄉無從應付蓋項於中竟暗用十千也吳翁加憤怒因尋項口角繼欲用武幸鄉人說合將張女續配於吳之次子爲要由項與吳另立一字所吞十千作爲借錢生息事乃得寢噫以嫂配叔殊乖倫理而張爲貧所迫不得不從權解厄餘之以資笑柄

冰玉兩虧 ○子壻之於岳翁有半子之誼翁宜愛壻壻亦應敬翁斯常道也不謂世俗澆漓以翁壻而竟若路人甚至涉訟公庭者亦可哀已郡人劉天起之壻某甲游手好閒不務正業常與翁借貸錢文作狹邪遊已非一次有遂欲有不遂欲近以粮米昂貴劉翁亦賦閒無事餬口維艱昨與其壻商借數千不但不允所請反將其翁大肆詬詈翁索前欠某老羞成怒將翁頭顱打傷翁乃情急赴縣喊控邑侯趙星甫大令堂訊翁壻至戚何得以細故興起訟端殊屬有傷親誼候飭該管地方查明核實調處再爲定奪云

整頓江防 ○金陵下關爲省城長江第一要隘自香帥蒞任以來添設水雷派兵輪守砲臺整飭營壘無不實事求是雖目下和議已成而未雨綢繆不得不先事圖維日前香帥特派鶴字五營移駐下關以資防禦聞金統領滿新募浙西滿字前中兩營已於廿二日到甯香帥批飭駐紮下關以厚兵力並委鶴字營統領謝軍門德龍到下關履看砲臺添屯軍火似香帥之整頓江防關心時事以視彼之諱兵敗退者眞有霄壤之判矣

火器新捐　○揚州訪事人云甘泉縣宰接奉本府△文即抄錄出示通衢畧云奉府憲沈札奉藩憲瑞札奉署兩江督憲張札開准戶部咨捐納房案呈本部議覆奉天府府丞兼學政李培元△奏請飭各省製辦擡槍及製造內地火藥　摺於　月初七日具奏本日奉旨依議欽此相應抄錄飛咨兩江總督查照辦理再此項捐輸請獎不附新海防捐以清眉目所繳部飯照費銀兩應歸同獎册解部合併行知查照可也等因到本部堂准此合行抄錄札司遵照辦理等因到司奉此除議辦具詳外合先分別咨移札府即便通飭所屬一體遵辦出示曉諭等因到府合亟抄錄札飭轉行下縣等因奉此遵即抄錄出示有曾見李少京兆原奏者謂大旨稱洋槍雖利奈此時南道梗塞運送維艱查內地擡槍最能及遠爲敵所畏現各軍紛紛爭購奉省爐稀匠寡製辦不及不敷防勦之用擬請　飭下各省會民間製辦有能專劾千桿或數百桿者酬以重賞立解濟用如有報捐至萬桿成數千桿發交能戰之將與洋槍相輔而行定可摧堅攻銳等語旋經兵部議覆稱擡槍力能及遠實有見地惟所稱報効千桿酬以重賞無論民間製辦不易即使重員鼓勵可以湊集亦恐良楛不齊不適於用莫如令報捐者悉數輸資交由官辦似較便捷所捐銀數准照新海防例獎給實職以及各項花樣一切章程均與新海防同不附入新海防捐案擬請名爲火器新捐至每桿製辦實需價銀若干應由督辦軍務王大臣酌核一時見者咸曰是於新海防捐外又多一終南捷徑矣彼有志顯揚者尙其先著祖鞭幸毋失此機會哉

茶船失事　○漢口訪事人云月之十五日狂風大作江中白浪翻騰萬疊銀山破空直下大小各船一律戒備是日午刻有啓生祥安化紅茶七百五十六箱得價成盤派茶駁過載運至租界某洋行過磅行至中流突被風力所阻迴旋中流把持不定舟子急欲就岸奈風狂水湧無力可抵剛至某躉船旁即撞入錨鍊內船身欹側登時傾覆船中茶箱盡數入水兩岸小划救生等船馳往援救共撈起五百餘箱其餘均付東流按此茶爲某商所辦撈得之箱茶已濕透雖可另成箱面將來恐難善價而沽共計所失已不下數千金矣按兩湖茶船每値頭幫到漢即値襄漢川南各水暴漲之時茶船抵埠不能直泊小河當先寄碇於漢陽府城南關外河泊所內盤武昌城外之鮎魚套以避洪流沖刷俟得價成盤方能派定駁船分載而下此次之失事亦由此也前去兩春鄂省各大憲眷念商情諭令設立公棧各商據驗後會同公議創設公棧俟茶船到漢立時將茶起存棧中棧中又設立中西公平磅秤成盤交貨即在棧中過磅旣免風濤之險又免吃磅之虧誠一舉而兩得也所惜個中人吝惜小費不顧大局遂使良法美意徒託空言不獲徵諸實事此乃官場積弊不謂商人亦蹈之可慨也　錄申報

告白　本齋運到新譯各種兵書　克虜伯礮說　行軍測繪　海道圖說　攻守礮法
繪地法原　礮法心準　測地繪圖　營城揭要　營壘圖說　測繪叢談　臨陣管見
列國陸軍制　英俄印度交涉書　開地道轟藥法　礮乘新法　盛世危言　礮法求新
前敵須知　礮法畫譜　文興齋謹啓

名手新撰小說二種　金鞭記共四百九十三回逐回蟬聯奇情疊出及仙佛僧道妖狐鬼怪且有二三四等唱段團坐靜聽者無有不鼓掌稱奇也每部洋九角　新撰英雄小八義是書宋朝事蹟英雄半皆綠林後裔俠男奇女年皆十五六歲銅肝鐵胆結黨鋤奸諸凡飛簷走壁換馬偷頭等技各人各法能使閱者稱快每部洋九角
天津北門東文德堂發售　上洋江左書林謹啓

陳雨蒼施醫　啓者有病之家無力延醫請於早辰九點鐘午後一點鐘下午六點鐘至海大道養病院後陳宅診視有不能就診者必須寫明住址及姓氏名號送交本宅方能撥冗往診本宅存心濟世門診與規一概不取文分

五月初九日輪船進口
禮裕　輪船由上海　招商局
利運　輪船由上海　招商局

五月初十日輪船出口
通州　輪船往上海　太古行

五月初九日銀洋行情
天津九七六錢
銀盤二千八百三十文
洋元二千零五十五文
紫竹林九六錢
銀盤二千八百七十五文
洋元二千零八十文

直報

光緒二十一年五月十一日　第一百零十號
西歷一千八百九十五年六月初三日　禮拜一

上諭恭錄

上諭李希蓮着調補長蘆鹽運使山東鹽運使着豐伸泰補授欽此上諭王文韶奏特參疎防刦案限滿贓賊無獲之知縣請旨議處一摺直隸廣平縣西關外民人趙廷貫家於上年十二月間被賊行刦業經勒限兩月嚴緝迄今限期已滿贓賊無獲捕務實屬廢弛前署廣平縣知縣秦煥堯着交部照例議處仍飭嚴緝務獲究辦餘着照所議辦理該部知道欽此

名實論

古大臣有忠君愛國之心即有忠君愛國之事苟無其事徒有其名無當也顧自巧宦竊名無所不至民生之利病必廑於念國事之安危或繫於心好大喜功矯同立異虛縻所不恤徒誇任事之勇怯懦所不甘故示決機之先冠冕清流攻訐異黨名愈盛而實愈漓不將為斯世之小丈夫哉聖朝官制沿明之舊區分二十一行省各設督撫首重封疆督曰制軍撫曰撫軍皆以文職而兼攝武事責至嚴望至崇也自海禁大開以來沿海至要之區南有百粵北有畿疆界乎南北之間則三江為尤最焉　朝廷因地擇人自不得不先循其名而後責其實今南皮尚書殆異人任歟尚書通籍後職居淸要遇事敢言頗有直臣之目諫伊犁一疏洋洋萬言傳誦一時說者有謂其不達洋情不慮實害虛憍之氣溢於行間字裡者蓋縻數百萬金錢一語無異窮鄉老農多糴十斛麥自侈食指之繁不知英俄諸大國籌辦軍需所費奚止幾千萬兆而猶不敢輕於一試何其言之易易也而尚書之名則高矣督兩粵也興造百端耗費千億獨開闈姓一事稍得厚利而名由是益振鄂居天下之中據江皖上游為古今戰爭之地貨產山積商賈雲屯得其道可富可强昔胡文忠以湘鄂供四出之軍卒能奠平海宇已著明效自尚書移節武昌咸以文忠之後得有繼人拭目以俟新政尚書果創辦鐵廠購機器講求礦產開拓利源詎地勢不合運費過鉅而煤鐵又斷兩歧迄今數年仍不敵洋鐵價賤而易售矣有改作織局之議別尋煤鐵合宜之區浪擲金錢漏卮愈洩而譽其名者固不獨俗士之惺惺矣去年日本肇釁南督北調尚書承南洋之乏海內人士舉欣欣然頌朝廷之知人尚書果靡巨欵辦防務招洋將延人材勸捐輸惶惶然日不暇給庸詎知英人以商務聚於申江長江漢口尤盛皆本所關通於命脈早與日人約不得越雷池一步也當日人偪威海時尚書電飭海軍於成山頭迎擊說者又以為得兵事要領果如所議海上之勝負可皆操之於我殊不知斯時海軍船艦已在受傷之餘元氣大虧兵心已餒株守一隅瓦全莫保而顧於洪濤巨浸中當方張之寇何異以卵投石洪爐爇秋毫耶且南洋亦有船在尚書而惓懷君國壯志勤王何弗號召兵輪亦足集一二十號親自督師為北洋援助未始不可以虛聲而紓實禍顧不出此徒責備於武夫豈不為盛名之玷也哉比和議已成發一論曰與其舍棄省臺灣與倭以速其禍何如割新疆西藏邊境與俄英使其出而同仇與倭背城一戰云云說者以尚書不得已之苦衷較他人為忠實可靠夫識時務者為俊傑英俄志趣不同英所願者未必俄心所甘俄所欲者英必

英心所忌今以英俄相提並論而以新疆西藏邊境分界之不但英俄大國不居倖災樂禍之名不受漁人得利之誚即使英俄各奮私志貪得地輿試問何處畀英何處畀俄何以平英俄之心何以聯英俄之誼恐畫虎不成貽無窮之害也嗟乎盛名之下其實難副古人已慨乎其言之矣尚書賢者也請試於實際求之

長安市景　○京師八旗各營兵自端陽節開放錢糧後錢行商賈知須換錢設法勒抑銀價日見跌落每兩京平松江銀可易現錢條十三吊五百文大個當十錢十三吊五百文原串二路錢十五吊八百文制錢兩千七百文至洋銀每元易大個錢九千九白文米麵每百斤均需銀四兩五六錢不等硬煤每百斤需錢九千煤元每白斤需錢六千四百文餘者日用各物無不倍加昂貴凡居長安者無論士農工商莫不仰屋而嗟耳

緝捕宜嚴　○近來京師五城司坊所轄地面刦盜之案層見疊出雖經步軍統領衙門屢次拿獲多名按律懲辦仍不能盡絕根株而情節較重之案亦尚未破獲地安門外南鑼鼓巷某宦宅於上月中旬被刦銀物盜匪遠颺報官嚴緝日久案懸昨於五月初四日經北城練勇局哨弁等購覓眼線捉獲搶刦盜犯呂德子王虎兒李八等三名詳加研訊認供曾在河間府地面行刦過各銀兩刃傷事主等情惟南鑼鼓巷某宦宅被刦之事尚未供出未稔果係此盜所爲不得而知有緝捕之責者可忽乎哉

綑人勒贖　○京師地方向有匪徒設立鍋夥爲無賴嘯聚之所綑人勒贖之事時有所聞昨有彰儀門外羅某者於正月間娶再醮婦某氏以主中饋平和度日爲混混李鎖兒等五六人聞知見其室自紅顔囊餘白鏹起意窘辱爲勒贖計遂於五月初六日闖集其室不問皂白雙雙捆縛過謝厚資羅某畏懼若輩兇橫只得請孔方兄作和事老甫得釋縛事後愈思愈忿覔投營汛控告聞已將李鎖兒等三名捉拿解交琴堂懲辦矣

殘忍太過　○京師右安門外里仁街劉某者年逾不惑苦無克家令子而掌上明珠班聯玉筍去秋元配童氏病故爲似續計繼娶李氏過門後隨結珠胎比至五月初三日李氏分娩又得一女劉不禁忿火中燒立用布帶將女勒斃拋棄街巷之間被地面總甲瞥見探悉其故惡其殘忍赴西城稟報傳案訊究按溺女之風久干厲禁玆乃輕視王章遽忍下此毒手無怪其爲伯道之續也

前覆盡發　○夫婦爲人之大倫固以義合尤以情通相敬如賓斯爲嘉耦有吳某者住前門外慶雲巷貿易起家頗稱小有娶李氏女爲妻因貌陋而厭惡之詬誶之聲時聞于鄰里鄉黨李氏屢受折磨鬱鬱而死嗣又娶賀氏雖有姿首而德性莊重以是故不得如魚得水未及一載亦被淩虐而斃于是吳之惡名傳遍都城無敢與之論婚者而吳撫心自問頗覺自怨自尤一再倩冰上人執柯且自道悔恨之意始得娶曹氏女爲再續妻焉入門後如鼓瑟琴情深伉儷人皆謂前後如出兩人無如日久故態復萌始則呵斥繼而揮拳曹氏女借鑑前車恐蹈故轍遂乘間逸去託歸寧父母以避其鋒丈人峯爲女故將吳某前事控告於官刀鋸桁楊固爲作奸犯科者設然虐妻之罪亦豈可不有以懲之耶

毀家紓難　○總統衡軍丁衡三軍門槐前於法越交兵軍門曾經衝鋒破敵無往不克去歲以日人肇釁軍門志切同仇自奉旨帶隊即將家產折變罄盡概作軍需總數數十營北上由陸地而來一路跋涉備極勞苦及至抵津則和議已成現在駐紮灤州怏怏不樂每倡言我毀家紓難報國厚恩若果罷兵我惟有以盡臣節云云噫軍門之志則壯矣其如大廈非一木所能支何哉

台國風聞　○台灣孤懸海外地沃民富久被日人覬覦自去秋妄開兵端始以侵侮朝鮮繼而轉戈中土斯時台地紳商即有先見言日人若勝必乘勢侵台即敗亦必尋釁於台勢所必然是以紳富各有戒心及至東省屢警該紳富知中國兵勢不敵講議愈亟追總糊失守正擬助官兵之不逮唐中丞奉旨交割台地出示曉諭該紳民振臂一呼萬衆響應唐中丞爲其所阻不得主張現聞該紳民設立議院聯絡西國以期自立並與生熟番人設法要結示以大義亦皆萬口同聲以爲頭可斷志不可移番丁性多强悍平素均身帶利刃稍有不合即以兇器相拚砍殺如割草雖死不悔並且精於火器槍砲無虛發登山如履平地今由該紳民優給薪粮銀兩是以皆願爲前敵死士昨聞日人已於台地某處登岸乃無人之境頃聞已經開仗殺傷甚多傳聞之辭未知確否總之台灣地既險要人尤精悍恐得之

殊不易易耳

新疆亂耗　〇茲聞官場傳說新疆土匪嘯聚徒黨擾亂地方勢極猖獗有令董尚書福祥督率部下馳回新疆防剿之語然係屬傳言未見明文姑照錄之以覘厥後

亟宜鎮撫　〇頃據採訪人云大令程洪賓前奉憲委赴獻縣一帶查辦賑務茲因該邑屬四十八村飢民爲變程大令及從人被毆於初十日抵津禀見道憲面陳輿情云云適又據子牙河糧客來云獻縣胡車市村有屈麻子等爲首與臧家橋沙窩馬房村諸人倡率攔刦載船將糧米分去後交於載主花名一單名爲借糧實係捏爲假名藉以行刦以致子牙河下游糧道不通青靜文大諸縣各碼頭糧價日增飢民四散人心徨惑又臧家橋下新河向係北岸有隄南岸無隄今歲北岸堤又增高三尺加寬一丈其南岸獻縣屬下四十八村聚有一萬八千餘人聲言赴北岸扒隄該處有委員二位聞風閉門民衆撞門而入館內什物一並搗碎官轎靴帽鋼頂齊擲河內二員皆被毆傷一員髮辮被揪縛起將並擲入河經該處紳士勸解取具該員甘結不許上禀方得船契擲亦於是日被砸一空司事幸得逃免是日河下截住載船二十餘隻範屯以上大郭村下碼頭村直至小範二十餘里沿河到處向有匪徒手持洋鎗早晚刦掠情事今則日午行刦毫無忌憚糧米銀物船戶任其搶刦不敢報官官亦不爲緝捕愈畏事而事愈多有地方之責者急宜如何設法鎮撫萬勿激而生變以致不可收拾也念之望之

難女尋回　〇本埠西門外育黎堂難女走失一事曾紀前報羅大令即日派差役人等四出偵尋該難女出堂後不辨路逕惘惘然如喪家之狗初六日下晚行至北營門內王家柴廠天已黄昏足力已疲不能再走即倒臥柴垛之旁經王姓廠主瞥見詢其來由據難女聲稱在西門外育黎堂存養王掌即給予飲食允於明早送堂適初七日柴廠卸柴該廠主無暇親送仍照常供給初八日早堂內差役在北營門內挨戶查問廠主聞知即將此女交付差役帶回堂中如王某者可謂一片婆心矣

慎之又慎　〇閘口下劉姓者在某錢舖執業於昨晚二更後回家持燈照視門戶因見柴棚前有火星數點急視之乃賊下火種劉不勝驚駭赶緊息滅宣示於衆近來東門外一帶偷竊頻仍以其所失無多未及報案劉某若非勤爲檢點則當晚有不堪設想者矣居家人各當慎之又慎耳

冒認幼女　〇本埠五方雜處良莠不齊拐帶之案層見疊出幸各大憲有犯必懲盡法嚴治此風稍戢頃據訪事云昨午西門外橫街子西口有一幼女年約十餘歲身穿月白布褂褲某甲見之冒認此女爲所生率領而走行至西門口又有一人亦欲認此女未知誰是互相爭吵各不相讓正爭鬧間經看官道某甲查知一併送縣懲辦云

續助賑清單　〇天津萬聚德助銀五兩　天津三益成記助銀二兩　天津德記號助銀二兩　天津恒順興助銀二兩　天津恒義號助銀一兩　洪泰裕助銀五兩　天津春華泰厚記助銀四兩　鄭鎮同茂號助銀三兩　鄭鎮四聚同助銀三兩　南宮廣益號助銀三兩　南宮天盛恒助銀一兩　官銀號助銀五兩　慶善銀號助銀五兩　仁記行助銀三兩　天津義泰昌助銀五錢　良心無力人助洋銀五元　德華銀局助銀二元　寶興成記助銀二兩　隱士助銀十兩　信遠洋行助銀五兩　張家口天和德助銀二兩　天津李馥堂助銀五兩　禪臣洋行助銀五兩　德義洋行助銀五兩　天津永盛號記助銀五兩　恒豐泰助銀五兩　天津義順成皮莊助銀五兩　天津新泰興洋行助銀十五兩　張紫庭助銀一兩　范振之助銀一兩　侯奉周助銀一兩　賈蘭軒助銀一兩　陳瑞書助銀一兩　天津裕盛成助銀一百兩　謙益堂施食金丹一萬付　方修堂施食金丹二萬二千付〇附啓黄金丹藥一種治瘟疫救驗如神其藥味分兩昨已登報用廣流傳毋庸再贅今交鐵軌總局張燕謨觀察處一萬七千餘付敬祈分致沿途車站代爲施送遇有染疫者速到就近車站走取以救其急可耳　天津義賑局同人具

油市新談　〇漢口牛油一宗昔供澆灌蠟炬之用今爲出洋大宗自三月起價値疊漲至八兩有奇近因辦客寥寥各路貨又壅至銷場又滯價碼驟形跌落日內已跌至六兩五錢云〇皮油出洋初時皆用圓簍裝上貨棧四角空虛未免多占地步枉費水脚近日西

商以洋鐵製成方簍裝放船中儼同堵墻毫無空隙謔經理其事者言改圓易方每噸約少水脚五六十金○洋油一宗近年銷場甚暢每箱民坡抽收大錢三百文復於去冬出示曉諭每箱加抽大錢二百文以濟軍餉迄今和局已成各憲俯念民艱即將新壓二百文裁減仍抽每箱三百文以示體卹

茶市續述 ○漢口紅茶頭幫開盤連日共到兩湖茶葉五百七十三字共二五箱二十五萬零五百八十二件安化桃源二處之茶價在四十兩上下羊樓峒價二十七八兩至三十兩崇陽茶價二十三四兩瀏陽茶價二十一二兩高橋茶價二十二三兩聶市茶價二十兩左右連日共售出兩湖茶三百三十五字計二五箱十四萬四千五白零二件兩品之下尚存二字茶十萬有奇銷市頗旺不難於一二日中售罄也

保險改章 ○聞滬上英德各保險公司於數日前重行議事將保費更改凡綢緞洋貨各行加增保費每千加二兩五錢板門面各舖保費悉照舊章新來保者照價打九扣給還來保之人至外國行家棧房其保費概較從前加倍各保險公司無論大小皆一律照此辦理想必有利可獲也

啓者本局每年總結向於四月內一律核算清楚刊刻分佈於五月初一日派分股利歷辦在案茲光緒二十年分總結帳目因滬紙不靖烟台營口各處之帳未能如期報山其統年總結未免因之延悞現已催令各處將去年帳目尅日彙報以憑結算分利因將光緒二十年分甲午年第十一屆總結展至六月初一日在上海開平礦務滬局廣東開平礦務粵局天津開平礦務津局三處分派股利預於五月內在唐山總局彙算清楚仍請在股諸君枉臨 查閱以便發刊至來回川資仍由總局籌備再此屆分利祈各股友務將息摺連同股票一併持來派利各局核算派息俾於股票內加印戳記如祇將息摺送來取息即照議敬回幸垂諒是荷特此布達

開平礦務總局啓

五月十一日輪船進口

飛鯨	輪船由上海	招商局
禮定	輪船由上海	招商局
生義	輪船由上海	招商局
連陞	輪船由上海	怡和行
樂生	輪船由上海	怡和行

五月十二日輪船出口

禮裕	輪船往上海	招商局
利運	輪船往上海	招商局

怡來洋貨號

開設天津紫竹林大街自運各國鐘表洋貨雜色剪絨皮荷包玳瑁花簪梳篦電鍍金銀首飾菓盤雲鑼表鍊表架子洋琴洋酒酒杯水瓶水池玻璃磚磨花金邊彩畫茶桌三連油木邊框大抬頭鏡清光不掛烟塵玻璃器等

格外減價消售發客

告白

彭公案 楊家將 昇仙傳 南北宋
金鞭記 雪月梅 後聊齋 後列國 玉姣梨
小八義 草木春秋 西湖佳話 聊齋志怪
盛世危言 前後七國 鐵花仙史 挑燈新錄
後英烈傳 三續聊齋 巧合奇冤 花月姻緣
髮逆圖記 第一奇女 續施公案 醒世姻緣
五虎平西南 續今古奇觀 續永慶昇平
萬年青初二集 五十名家手札

文奎齋謹啓

名手新撰小說二種 金鞭記共四百九十三回逐回聯奇情疊出及仙佛僧道妖狐鬼怪且有二三四等唱段團坐靜聽者無有不鼓掌稱奇也每部洋九角 新撰英雄小八義是書宋朝事蹟英雄半皆綠林後裔俠男奇女年皆十五六歲銅肝鐵膽結黨鋤奸諸凡飛簷走壁換馬偷頭等技各人各法能使閱者稱快每部洋九角

天津北門東文德堂發售

上洋江左書林謹啓

陳雨蒼施醫

啓者有病之家無力延醫請於早辰九點鐘午後一點鐘下午六點鐘至海大道養病院後陳宅診視有不能就診者必須寫明住址及姓氏名號送交本宅方能撥冗往診本宅存心濟世門診與規一概不取文分

五月十一日銀洋行情

天津九七六錢
錢盤二千八百二十五文
洋元二千零七十文
紫竹林九六錢
錢盤二千八百七十文
洋元二千一百文

直報

光緒二十一年五月十二日　第一百十一號
西曆一千八百九十五年六月初四日　禮拜二

上諭恭錄

硃筆溥頲補授內閣學士兼禮部侍郎銜欽此　硃筆闊普通武補授詹事府少詹事欽此　上諭依克唐阿奏請將軍河嶺及海城等處陣亡並在營傷病身故員弁分別賜卹各摺片所有前經查明陣亡之儘先佐領驍騎校德恒雲騎尉恩陞巴彥吉爾嘎富徵五品軍功升補驍騎校領催金祥六品藍翎披甲德林六品軍功披甲永桂順喜雙明監生雙有五品軍功披甲福多七品軍功披甲俊德六品軍功富成及此次所奏陣亡之協領德克德春守備鍾秀五品頂戴儘先外委韓景與六品頂戴儘先經制外委王全勝六品頂戴披甲奎海六品頂戴恩林喜貴李子英文會官學生馬世駿六品藍翎張焜六品軍功披甲格圖肯祥榮福恩六品軍功恩林明山兆福張月堂七品軍功徐大成傷亡之五品頂戴領催德豐阿在營積勞病故之已革協領常明六品藍翎八品監生春和五品頂戴俞鋒吉凌額均着交部從優議卹該部知道欽此　上諭宋慶奏查明毅軍歷次戰鬥陣亡員弁籲懇賜卹一摺所有遊擊權大勝副將銜遊擊王玉福都司王明蘭都司銜守備王玉昆李炳仁都司銜雲騎尉李寶秀雲騎尉楊樹藩守備朱長安楊得勝張自安劉金鐘李傳傲楊敏修袁玉恒許長清守備薛洪鈞千總王振釗張清元莊應祥趙連璧劉會高把總李雲鵬胡祥麟李萬春龍安邦陳永安郭得勝韋春鐘劉葆貞高廷聘外委鄭銘盤李正六李家明軍功吳清雲韓振揚金來祥陳希智尚恒遠陳得順王全中千總全海修鄒起初外委張全忠張萬興郭華昌王克寬六品頂翎郭文會軍功王振標魏學勤江錫堂邱鳳山趙金城陳興邦張東方李恒山周應發葛學良劉得功時金聲王鳳翔侯家福徐允朋秦敬友劉學典葛從仁從九品龍在韶軍功孫玉麟王桂楊均着交部照陣亡例從優議卹餘着照所議辦理另片奏請將死事尤為慘烈各員懇恩建立專祠等語守備趙雲奇副將唐宗遠千總何占魁三員前已交部從優議卹着再加恩准其於各該員死事地方及原籍建立專祠權大勝等着一併附祀死事地方專祠以慰忠魂　部知道欽此

衆政自由疏證

韻輝堂稿

西學之大要在衆政即在自由衆政非但民政之國即君政亦必先經議院正所謂政以衆成衆政之善理甚易見譬如擇智者千人爲一院更迭辨論而施行又擇其最智者一人爲　院獨斷以施行必千人院所失較少者良因最智之一人必不敵千智人之智而況獨斷者之非即最智乎聞嘗遐稽我華古昔實非未有此事特隱存其實未嘗明立其名如比戶可封之世豈非人人得自由乎衆政之義孟子言之不一如曰民爲貴君爲輕又言舉措與用刑皆必待國人盡同而後察行其事實之存於載籍則有如舜禹受禪皆以民歸爲斷降及周衰如陽樊之不服晉可見其民猶能主持時事迨近代久已歇絕迂儒淺識狃於習見不如勤求古義遂聞衆政而駭爲夷狄之蔑大倫不知古聖已嘗默許之矣特是古聖所以默許而不爲明立者大有遠慮非可輕議此必幾經詳審知衆政亦有流弊尚不若君政之較爲可

久故權衡至當明以君政垂教於外而隱存衆政於其中所謂民可使由不可使知者正爲此也無何自呂政者出遂襲其外而又倍蓰之漢不能復古亦未遽至己甚唐尚有給諫駁黃宋尚有學士不草詔逮明而君權之無限始大成孝陵洞祖龍之具體而微者矣夫君權無限則惟其言而莫予違也喪邦而外不過以獨握其權自豪而又卒不能獨握內而僕御外而府史胥徒陰竊之者何限特陰竊其權者陽以婢膝奴顏受其頤指氣使者絕不覺怍况聞有貴之甚至慮及喪邦亦終莫能禁止又有不圖於人而圖於空如今有卑賤於此雖灼見爲堪相亦必阻於資格不合故事所無此君政之流弊已成無政也若衆政之流弊則爲平會平會者議欲使凡人皆平等者也西國自由甫行而平會即隨以起蓋人心苦不知足而衆政猶有智愚用舍之分尚未能醫其自由遂欲直使毫無分別使其說果大行則亦成無政又爲大亂之道然以衆政施於今日之華則猶病熱甚者之於芒硝如疑其寒泄而不服惟死而已矣故爲詳推其先有於古非創自西取於西者即所以法古並立可見效於今由此而反覆思之庶不復自豐其蔀也夫

館務例登 ○會典館爲片行事本館漢謄錄官王廷材現捐升戶部員外郎應改爲戶部額外漢校對官相應片行戶部查照可也○會典館爲片行事本館漢校對官內閣中書吳中欽許與文均現升漢協贊官該員等應得桌飯銀兩自閏五月初一日起由內閣自行支領又內閣中書渠本翘王壽慈楊瀠均現充補漢校對官該員等應得桌飯銀兩自閏五月初一日起均由本館支領相應片行貫部查辦可也

玉潔冰清 ○京師前門外裘家胡同前任福建莆田縣迎山寨分司張峻齋三尹應遵之女公子自幼許字文童周某於同治紀元歸周年方花信賢淑沉靜操持家政井井有條合卺未及一年周以苦讀積勞得咯血症百方調治不愈而逝氏痛不欲生經妯娌輩苦勸勉襄喪葬事均盡禮素以夫兄同居承繼兄子愛如掌珠嚙冰茹蘗二十餘年今嗣子成立於五月初七日爲授室之期先經任京同鄉紳官跡其守節數十年冰清玉潔教子有成又合請於年例爰取同鄉京官印結懇求順天府代奏經禮部議給旌表於初六日羅備儀仗黃亭鼓樂由禮部大堂抬出貞節匾額一方至宣武門外裘家住寓所恭設香案叩謝 皇恩畢敬謹懸掛以示後世而垂不朽見者咸肅然起敬焉

假銀破案 ○順治門外繳家坑地方宋某於五月初六日在騾馬市一帶錢店行使假銀被錢店看出破綻令店夥將宋毆辱正在拳腳交下之際適北城練勇段某經過將宋解交北城司坊責押辭城究辦

欠帳無賴 ○五月初六日宣武門外西橫街萬聚館猪肉舖之夥李某因與高某索討欠帳言語不合高某即奪肉案所放利刃惡狠狠一刀砍去致將李某左胳膊砍折血流如注因傷疼痛跌撲倒地不省人事當經北城官人將高某鎖拿解案詳城究辦一面飭仵驗明傷痕據仵作喝稱李某所受傷勢甚重恐有性命之憂未悉能否痊愈俟訪明再錄

告示照登 ○欽差署理北洋通商大臣直隸總督雲貴總督部堂王 爲出示曉諭事照得順直各屬連年災歉地方彫敝加以征兵雲集海水騰嘯災廣且重百物踊貴窮黎艱窘情形不堪言狀又值奉天禁止米糧出境以致京津永遵各屬糧食日短價日昂實禍之餘民生重困雖經奏奉 恩旨賞撥漕糧賑撫並免徵南糧厘稅藉平市價無如秋成尚遠糧源短絀仍恐後難爲繼當經歷述情形電請 盛京軍督部堂通融弛禁以舒接濟茲准五月初一日電復已允即日開禁凡商民前赴奉天販運米糧出境一律准行無阻合行出示曉諭爲此示仰合屬商民人等一體知悉嗣後如有願赴奉天販運米糧者准即照常前往采辦源源轉運以期市面流通於商民均有裨益該商等將米糧運到務須公平糶賣不准影射囤積抬價居奇致干查辦各宜遵照毋違特示

嚴查稅課 ○國家設立各關卡[illegible]本貨物本爲上裕 國課下便商民向有定章由來已久奈按貨納稅者固不乏人而容心走私者亦復不少前津海關道盛杏蓀觀察於初六日接印任事出示曉諭所有各貨商人等一體知照已納稅之貨任行自售未納稅之貨赶緊速報以符舊例倘誤聽跑合以及[illegible]巡役人等隱藏貨物不納稅課一經查出從重加倍治罪云

收買災孩 ○瀛玉一帶被災較重賣兒賣女者不可勝數骨肉分離殊爲可慘昨津郡富紳張其瓚等覩此情形惻隱之心怦怦

而勳託縣署具稟設局收買難孩俾各遂其生以成善舉邑侯趙星甫大令接閱之下如張其瓚等一片婆心即俯如所請畧謂如稟備案仰候移照給領一俟收買災孩到津妥爲撫養造具細册送縣存查務須實心行事勿得假借影射致滋流弊而造無窮之孽也云云大令體帖人情無微不至諒張其瓚等斷不敢存此假公濟私之念也

失足落水 ○本埠自各河氷泮以來失足落水者不一而足下與波臣爲伍見之者殊爲扼腕然生有生地死有死地富有數存焉昨姚家灣停泊官船一隻由通來津係赴豫省履任者攜眷同往有公子四人女公子一人年才十餘歲聰穎悟絕人自不榰進士之目父母愛之如掌上珠詎日前下午女公子欲登岸游玩招搖船一隻渡過河心正過船之際女僕一時疎忽女公子失足落水舟子奮身下水偏覓已查無踪影官眷痛不欲生之勢令早雇撈船數隻下鈎打撈紛紛擾擾尚未覓得殆亦命該死此也夫

浩禍無量 ○昨有難婦懷抱其子手攜其女沿門求乞兩眼淚流不止經人詢問據言係靜海縣人氏今春在家難以生活同夫來津謀食住西頭某小店夫往關外投營至今杳無音信尚有長女年十四歲因患病在店逐日出門求乞時以爲常迨前月女病已好覓不知被何人誘拐而逸至今到處尋訪並無下落但此女已經許字與人將來不知作何結局至此時乞食亦非容易數日不得一飽終恐不免一死等語近年外州縣因水成災來津乞食者正復不少在難民原冀求生終究仍不保其不死乘間誘拐其子女者亦比比皆有與剜心頭之肉何異此種拐匪可恨可殺惟望有地方之責者飭役嚴密巡查務期必獲以全人之骨肉以保人之名節則造福爲無量矣

時症神方 ○治時症畏寒發燒嘔吐頭疼心煩脈急數口渴新得者一二劑即愈重者酌量多服立能見效須每日早午夕服三次夜中一次 瓜蔞五錢花粉四錢元參五錢生杏仁泥二錢生支子二錢知母一錢貝母去心一錢引用葱白三個水煎

自戕案結 ○陸家胡同後梁七之妻被姑凌虐自戕身死一節兩經登諸報牘按梁之丈人峰本係姨丈之親因而梁懇其母舅某甲出爲解息某甲與兩造俱係甥舅誼不容辭力爲調停始得寧帖於前日修經梁母仍身穿孝服哭泣靈前至今日出殯旗旛傘輪亦極鮮明間以鼓吹僧人極爲熱鬧並以梁嫂次子爲執旛孝子以童養媳爲承重之婦梁母亦乘車親送入土一塲大禍俱已冰消售化此事幸有梁之母舅從中竭力挽轉得以寢息而梁之家產將已罄盡矣虐待子婦者試問有何益耶可以鑒矣

訊追要犯 ○前河北關上王潤田之妻王顧氏凌虐其媳吞烟斃命已紀前報邑侯趙星甫大令因案關人命已將王潤田飭差重責手板十下押追王顧氏質對以成信讞據王潤田聲稱其妻因人命之事驚怯成疾至今臥床未起等語王顧氏此案要犯一味唐塞將來何日了結終身纏訟俟病漸愈即行來案毋再遲延云云

歲試有期 ○天津文風甲於通省每鄉科中式總在二十人上下會榜亦有五六人之多不僅直隸一省所無通天下二十一行省亦所罕覯今年會試登蕊榜五人聞皆在二甲前列欽點詞林尤爲甲居之冠猗歟盛哉頃悉邑尊歲試已定期二十日考文童二十六日考武童後生新進又得一班英材屆時摩厲以需看誰錦標高奪也

咎由自取 ○海下某村有趙某者亦庠序中人素以舌耕爲業今歲在家賦閑每日在鄰右邢某家邀聚年少男婦作葉子戲通宵達旦幾成賭癖日昨賭興闌珊之際趙忽於婦人前信口開河頗涉遊戲某婦羞惱成怒謂趙某既已讀書自宜明理何竟如此褻慢悖悖不已遂效劉四罵人而趙某亦知理曲閉口無言而去某婦仍不甘心又率領多人將趙某家內搽砸一空嗣經魯仲連一流叙台始能完事噫如趙某者豈非咎由自取與

河豚肇禍 ○本郡東南鄉于家庄有徐長發者兄弟三人肩油擔於四鄉出售積有餘貲購一槽船生理由是家頗小康去歲內海上有事歇業未做迨今正在御河一帶裝載貨物頗獲利市日前歸來船夥共六人烹魚沽酒以宴享之詎食後連斃三人將斃而未斃者速以蒺豆湯灌救得生細究殞命之由蓋因隨船攜有河豚魚子未曾留心烹而誤食致有此禍噫每年因食魚豚而斃命者必有數人嗜此味者可以鑒己

[illegible]怪事 ○訪事云昨[illegible]城東小楊庄黃某家畜蘆令一對是夜三更時偶聞窗外喃喃作人語初疑院內有賊黃某即出戶窺

義門寂無人入屋將臥又聞人語妥麻於窗下詳加竊聽僅有盧令雙雙對臥一問一答似談舊年關外及海上軍務之所以致僨事而張敵啟者黃鶴聽片刻喉忽作癢微咳則聰外臥者猖猖狂吠蓋疑主人傳警聲而效其職事也云云是耶非耶姑志之以符新聞體例云爾

違多從少 ○英議院議員橋綏夫君倡議定禁種賣鴉片烟一節昨又接路透局來電云橋君在院會議此事時照例令衆籤字以驗從違當下簽其音者計有五十九人而不以爲然者則有一百七十六人

賊斃吏練 ○盜賊之多莫甚於粵東防盜之法亦莫善於粵東吏練故盜賊尤恨之番邑石井被賊擄捉吏練將體封腸慘矣不意事無獨而有偶近得粵友來書知南邑三江司屬老鴉崗 有蕭某者家道殷富履厚席豐阡陌雲連粟紅貫朽綠林鼠輩久已垂涎無如鄉內團練丁壯防守維嚴賊不敢輕爲嘗試迨至三月二十九晚二更將盡細雨霏微賊意守者必懈糾黨數十明火持械蜂擁入鄉適有吏練在鄉外探望瞥見其來鳴鑼告警大呼同伴鄉勇攔截於黨憤抢拒擱互鬥擄捉吏練一名衆練稍卻賊遂擁進蕭某家刦掠財物惟鄉近各鄉遙聞鑼聲知遭賊刦各勇結隊而至賊即携贓且戰且走過練呼衆停戰該練雖受刀械仍噤不聲張時各鄉團勇雲集賊不能支多受損傷棄贓而逃鄉勇追之捉獲一賊餘賊潰散而時已玉漏催殘螟更將動翌早有人見路旁遺屍一具羣趨視之則被擄之練也遍體鱗傷身首支解慘不忍言鄉人遂集衆公議將拾還之贓當衆估價半還事主半充賞犒其慘斃之練則由事主從豐棺殮並由鄉內祖堂給田五畝以邺該練家屬而將擄獲之賊挖眼斷肢以祀練靈及至發引之日鄉中紳耆丁壯咸往執紼以慰忠魂而勵義士惟鄉人雖遭此意外仍不敢報官蓋恐受書差婪索也宣聖云苛政猛於虎不圖今則甚於強盜能不爲之擲筆三嘆 錄羊城報

九江宦蹟 ○署九江府崔蘭嶼太尊前往湖口釐局料理公務畢後於二十六日午刻回署又次日接奉省中來電云大憲已故委太守總辦牙釐總局差務○特授饒州府吳太尊祖椿由京來潯已於二十二日抵埠次日晉謁鎮道兩憲并拜會印委各員各官亦答拜如儀聞太守擬於日內赴省禀到大約履新之期不遠矣○江西候補知縣何敬釗明府齎奉憲札押解餉銀由省至津於上月二十六日道過潯江擬小作勾留即附輪前往天津上兌○署湖口縣邢子昀明府京彬接篆後於上月二十六日來潯禀見鎮道府各憲面禀一切公事即於日內返轄○九江鹽棧張小齋鎰尹瓜期已屆現已改委江蘇候補經歷劉維善參軍○日前江省有友人來信云統領江軍水師譚軍門現丁內艱上憲已改委前任安徽寧國府林少眉太守載亨接辦

告白 岑宮保介福圖 左文襄公奏稿 皇朝一統地圖 北洋中外沿海詳細圖 東三省圖 四國日記 俄遊彙編 四述奇 小方壺齋地叢鈔 萬國公法 公法便覽 日本地理兵要 日本外史 東藩紀要 中俄界約斟註 中外交涉類要表 日本新政考 武備志兵書 登壇必究兵書 俄羅斯地圖 西國近事彙編 地球五大洲 圖亞細亞圖
文賓齋謹啓

名手新撰小說二種 金鞭記共四百九十三回逐回蟬聯奇情疊出及仙佛僧道妖狐鬼怪且有二三四等唱段團坐靜聽者無有不鼓掌稱奇也每部洋九角 新撰英雄小八義是書宋朝事蹟英雄半皆綠林後裔俠男奇女年皆十五六歲銅肝鐵膽結黨鋤奸諸凡飛簷走壁換馬倫頭等技各人各法能使閱者稱快每部洋九角
天津北門東文德堂發售 上洋江左書林謹啓

陳雨蒼施醫 啓者有病之家無力延醫請於早辰九點鐘午後一點鐘下午六點鐘至海大道養病院後陳宅診視有不能就診者必須寫明住址及姓氏名號送交本宅方能擬冗往診本宅存心濟世門診與視一概不取文分

五月十三日輪船進口
飛鯨 輪船由上海 招商局
生義 輪船由上海 招商局

五月十二日輪船出口
遠陞 輪船往上海 怡和行
禮定 輪 往上海 招商局

五月十二日銀洋行情
天津九七六錢
銀盤二千八百二十五文
洋元二千零七十文
紫竹林九六錢
銀盤二千八百七十文
洋元二千一百文

直報

光緒二十一年五月十三日　第一百十二號
西歷一千八百九十五年六月初五日　禮拜三

上諭恭錄

上諭馬丕瑤奏列保賢員懇恩獎勵一摺兩廣鹽運使英啓署按察使肇陽羅道吳仲翔候補道夏獻銘肇慶府知府文康卸署高州府補用知府吳尙恭補用知府欽州直隸州知州李受彤調署陽江直隸廳同知劉忱調署饒平縣河源縣知縣劉宇京署寧縣知縣崔曾端歸善縣知縣鄒之驎調補東莞縣知縣劉秉璋卸署陸豐縣知縣李鍾珏卸署南海縣知縣楊蔭廷仁化縣知縣盧蔚猷署合浦縣知縣柴廷淦以上十五員據該撫奏稱皆屬賢能懋著輿頌翕然着傳旨嘉獎仍飭令益加勸奮勉作循良用副朝廷策勵人才之至意另片奏糾參不職各員各等語惠潮嘉道曾紀渠乖張矜躁操守平常難勝監司之任着開缺以同知降補惠州府知府盧秉政平庸貪污嗜好更深爾雄直隸州調補羅定直隸州知州曹椿江沈嗜麴蘖公事廢弛前任南海縣准補新寧縣知縣郭樹榕糊塗貪鄙巧于鑽營徐聞縣知縣童鳳池闒茸輕浮難膺民社惠來縣知縣雷裕綸縱容丁役驕橫閭閻永安縣知縣敬輔陰險乖僻不洽輿情防城縣典史方景鑾信用門丁任意妄爲江門東口厘廠委員試用縣丞丁維翰虧短厘金侵蝕中飽前署北海驗所大使候補鹽大使王德昌把持鹽務聲名狼藉均着即行革職以肅官方該部知道欽此　上諭本日侍郎會章委散秩大臣信恪翰林院侍讀學士準良聯銜陳奏事件該侍郎等雖例得奏事惟該非同官即便意見相同亦應各抒所見單銜具奏何得率同聯銜殊屬非是會章信恪準良均着交部議處欽此　上諭刑部奏審明革員蔣希夷按律定擬罪名請旨遵行一摺已革副將蔣希夷着照該部所擬斬監候秋後處決欽此　上諭廣東惠潮嘉道員缺着裕庚補授欽此　上諭廣東惠州府知府員缺着陳維補授欽此

兵事芻言

三琴五硯齋稿

竊聞善治民者不易民而民治善治兵者不易兵而兵治東坡有云一身寄乎巍巍之上一心運乎茫茫之中安而爲泰山危而爲纍卵其間不容毫髮是以治天下則係於一人治三軍則係乎主帥主帥者將士之强弱以之社稷之安危以之鄰國之向背以之敵人之欺畏以之今倭人入寇侵我屬國擾我邊疆窺覘中原勢殊猖獗雖彰　天討未挫凶鋒凡我臣民皆思禦侮以華夏之全局而不能制一蕞爾之日本豈非不知其然而然必有其所以然乎鐘爲條陳十二以備採擇　諸軍宜聯絡也統兵大員各統　軍各執一見强敵當前並不和衷共濟此軍戰敗彼軍漠不關心此軍戰勝彼軍尚有忌心是我軍雖有數十萬之厚而不能收數十萬之用亟宜思同仇之義勿論何軍皆受　朝廷深厚之恩咸宜激發天良上報　國恩下救民命諸軍聯絡一氣連環進剿指臂相通文官不要錢武官捨得命諒此跳梁小醜何難盡數殲除哉　一派將官精選也平時紙上談兵莫不娓娓動聽一旦有事或退縮不前或觀望不進雖有强師勁旅無勇敢之將官則軍心不固勢必至於瓦解故三軍之命生死之機皆係於將官之賢否也然有識有膽有勇有謀之良將何可多得亟宜留心細求

或操守有素或識見高超或沈摯有爲或措置得體或能顧大局或能耐勞苦或能得賊情或能得人心有一長之可取者使之爲將必能盡其一己之長而可收得人之效矣　一糧饟宜厚給也招募之勇多羼鄉愚惟以衣食爲念罔知禮義爲何尋常無事時原可借資餬口一旦對敵生死即在目前其所以聞敵先潰者蓋本無戰鬭之心而難以約束其不逃走也是宜厚其口糧責其哨長什長而曉喩之以忠義之旨鼓勵其果敢之心明示以賞罰之公斯生其奮發之氣所謂重賞之下必有勇夫者也　一軍令宜嚴肅也兵凶戰危國家不得已而用之人心之不同如人面然苟不以嚴法繩之勢必玩愒偷安羣相戲侮或至聞鼓不進鳴金不退甚至搶掠百姓奸淫婦女不但不能保衛民生而且甚於強盜及其犯法而制之以法豈非不教而殺之乎成軍之始亟宜三令五申各守軍令無敢干犯即不對敵軍容亦若凜凜不可犯乃合治軍之道　一訓練宜精熟也新募之軍心粗膽怯手足不靈必須時加操練使之長識見壯膽力手足靈便步伐整齊放鎗時手托得住眼睜得開心中若有所恃則膽量自生心氣自壯訓練已久皆有躍躍欲試之心一旦臨敵不特無潰敗之虞而且自爭勝之效雖不以一當十而訓練之兵較諸烏合之衆何可同日語哉　一偵探宜的實也用兵之道知此知彼百戰百勝人同此心心同此理大敵在前苟不知敵人之衆寡強弱而漫然應之即使徼倖偶勝勢必不能常勝必須挑選智勇果敢之士厚給餉精多方偵探不可拘於一格亦不可責以時日祇要眞得賊情則彼以何來我以何往勝之彼何處設伏我以何法破之彼所畏者何我即以何出之彼所喜者何我當以何誘之而暗中何以制之所謂兵行詭道兵不厭詐而要之非眞知賊情者莫可施其計也　一器械宜犀利也近來軍需莫不以火器爲先大率以致遠命中爲首遂致刀矛等械畧而弗講不知初戰之利在火器酣戰之利專在刀矛若一交手火器全無大用則短兵接戰乃見眞著不然專尚火器而披堅執銳之士將不知所執軍器爲何事矣　一軍糧宜多積也大兵雲集商賈遠徙糧價必增銀價必減雖饟銀不缺而無從買食甚爲可慮一則枵腹不能從公甚至擄取百姓犯法而逃離軍令嚴肅亦難驅饑餓之兵而使之戰也是宜設法轉運勿使米糧稍有缺乏則保全者大矣　一戰糧宜籌備也兵勇月餉自有常例南人食米北人食麪儘可各從其便惟與敵人接仗時動輒兩三晝夜須循環更替原可埋鍋造飯倘遇敵情凶悍應接不暇若一饑餓必至潰敗亟宜設法試做乾糧或以米或以麪總期易於攜帶適身用小袋盛之所謂俯拾即是固我軍心事雖小節所關甚大幸勿輕視之也　一用計宜祕密也細作偵探防不勝防我欲知彼之情彼亦欲知我之情況倭人不惜重費買我軍民代伊探報其勢甚易我以我之軍民探彼之情其勢甚難是以用計之時當細加防範虛者實之實者虛之惟在隨機應變措置有方乃能制勝　一賞罰宜大公也忠義之士不論爲官爲兵一心報國視敵爲讎不以名利動其心不以勝敗易其志如此之人萬無一二外此則爲官者莫不爲名爲兵者莫不爲利矣有功必賞有過必罰則才能之士無不盡其才能以爲我用而佞倖之人亦自斂抑守法不敢嘗試干章倘一不公而小人得以逞其私智冒功受賞而賢智之士有不望而卻走者乎　一軍火宜變通也軍興以來自用洋鎗洋砲較諸內地所造者甚爲得力故立機器局仿照西洋做法從此馬步各營無不用之上年朝陽鬧事官兵馳至一鼓而平未始非洋鎗洋砲之力也然自有洋鎗洋砲而軍中器械莫不仰賴機器局打造鎗砲並不用心講求軍火器械所以營中製軍火器械之匠屏而不用日久失傳目今倭人猖獗橫行東省每一接仗勝少敗多伏思其故有由來矣我之器械彼悉知之彼之器械我不盡知我之器械伊必設法隄防而伊之器械我無以防戰不能勝孰是之故亟宜聘請巧匠創造軍火器械用意講求熟能生巧間雜於洋鎗洋砲之中而用之或可出其不意攻其不備庶有取勝之道也　玆數條者非必奇才異能乃盡人可爲之事而好高騖遠者不屑以人言爲是猶欲獨出心裁而逞才恃智者每失爲迂腐之談置而不顧故雖諸事林立各恃其能學無辯給互相觀望竟成孤立之形我　國家深仁厚澤養士數百餘年各路精兵何止百倍於宋其所以未獲全勝者祇欠人和耳惟望位高權重者設法力挽積弊畧一轉移則廓清奠定之功可拭目而待之也

點綴端陽　○每屆端陽中秋歲暮三節外省封疆大吏及道府監司必須緘寄多金分饋京中各相契大僚名曰節敬此風相習已久今屆端陽外省各官寄京之賀節尺素依然紛至沓來隨緘三品物與裓先生登朱門入綺閣凡當道諸鉅公大有應接不暇之勢因念楊震卻餽令之金崔㨗辭林邑之璧段秀實封朱泚之錦山巨源懸袁毅之絲古之人每以苞苴爲污人之物設行之今日而以節敬爲

名其亦能迫請莞存也乎

惠而不費 ○揚州向有因利局集貲借給貧民作小經紀爲餬口之資養身之具除娼優隸卒及開設烟館娼寮不借以示限制外其餘貧而無業或有業而無貲本者均得覓具妥保投局假借錢文由二三千至十數千止不取利息限定日期分償借本以清爲度如或宕延蒂欠責成具保者代償貧民藉貲沾注俾免飢寒此誠意美法良惠而不費之善舉也京師現在生計維艱盜賊蜂起推原其故始亦迫於貧窮流爲盜賊耳晉紳人等思得正本清源之法亦擬醵集五千金倣照因利局章程現在安定門阜成門宣武門等處設立借錢局以惠窮黎由借京錢十千起至廿千亦不取息分日清償寬予限期以便窮民輕而易舉刻已粘貼告白於城廂內外開辦後逐漸擴充至於村落云云貧民有營運之資無啼號之苦將見各安生業化莠爲良咸就範圍棄邪歸正地方安謐賊盜潛踪矣拭目俟之

虎落阱 ○地痞爲害地方到處皆然惟京師之地痞爲尤橫凡把持倉庫封路打降無惡不作聞有綽號趙五虎者係朝陽門祿米倉花戶刁民羣日把持倉務從中偷漏多端不一而足昨經步軍統領衙門將趙五虎等五名一併拏獲咨送刑部按律懲辦矣

假鬼被捉 ○順天府舊鼓樓大街後馬廠杜某乃無賴之徒自五月初旬每值夜靜更深匿鼓樓下戴極高白帽其上綫鐵一面具二尺餘頗猙獰口張舌吐身着白衣俟有携帶財物者至突然出一聲獅吼來人仆則任意掠取而歸得意已非一次端陽後又移至新街路東口如法赫詐茲於初七日晚十一點鐘有某首飾局夥文某右手提燈左手抱布懷有白鏹二十餘兩包金耳環一付歸遇之頓仆於地遂將銀布耳環並腰間佩帶衣履搜刮一空而去移時文甦赤足歸叩門入色如土問之備述受驚之事家人皆恐刻即爲之招魂其兄聞之曰此必非鬼鬼不奪人財物次夜文之兄帶領數人躡後令文攜包裹前行果遇之呼衆至去其衣冠揭其面具乃識其爲小杜遂捉將官裏去云云

批准出境 ○本埠自海氛不靖各省營勇携銀換錢者日繁有徒錢舖振泰承等恐現錢空虛稟請示禁以固市面本年春融之時適文安等縣各錢商持照到營賑總局兌換現錢以資賑欵局憲因河道已通迴非昔比詳蒙署王夔石大帥批准現錢照常出境因該商所稟飭禁之處應無庸議云云

東漕又到 ○山東漕糧河運各幫抵津日期屢次登報茲探悉山東之東平所河運漕糧運官張玉□旗丁閻肇臺押運糧船十六隻於本月十一日過天津關北上訖

亟宜嚴禁 ○衛字軍紀律雖屬森嚴無如該勇丁仍有恃強暴虐者其分駐於津靜各市鎮之隊伍前在楊柳青竟聚集多人與嵩武軍互相毆傷當經各該營巡查官調處寢息詎又在獨流鎮向典當以賤物希圖多典爭執尋□及該處汛官派兵彈壓竟將汛兵打傷復又因拔隊雇船膽敢用洋槍轟打似此種種滋生事端殊屬藐法已極在該管者亟宜嚴行查禁以免釀成巨禍地方獲益不淺

命案了結 ○前西門外永豐屯水地方紀禿子吞烟斃命已紀前報趙某裝運現錢赴隊糴糧彼時現錢不准出境經紀禿子查知即與某差商量攔截不料差至船開已無踪影趙某反以紀禿子訛詐等情送該管局段局員不知情由認以爲眞即將紀禿子勸賣局棍詐紀禿子自思冤枉已極潛服阿芙蓉膏毒發身死趙某在縣責押候辦現紀禿子之妻某氏聲稱棺槨出殯一切自辦惟罰趙某紋銀五百兩送交廣仁堂內以恩孀婦紀禿子之妻以及其女亦歸堂留養趙某業已允從此案人命自此了結永無返悔如紀妻者可謂善全其節者矣

投卷示期 ○邑尊歲試已定期二十日童二十六日文武考試已列昨報目今津中文武兩途蒸蒸日上文童可至八九百名武童可至三四百名較從前考試已加數倍足徵文武兩途之盛投正場之卷以及性理孝經等卷務須在正場前數日早爲操辦方免貽誤茲邑侯定於十六日投正場試卷出示曉諭毋得自悞云

不必龍斷 ○天津素稱繁華百藝俱備向有戲園四處在昔極爲鼎盛通商以來行旅雲集而戲園反形冷落其故一則以有名角色均被上洋重價邀去二則該園以屢次增價加錢以致坐客減少兼之收歛茶資之人又額外私加至於寫坐又欺瞞戲班是以凡遇

實正名角亦應無多卽離自戀旣無戲班又須費多錢更無人往觀而戲班中旣已不敷費用自不能不另覔生計始以仿照上洋搭桌開演繼則午茶舖上場均能獲利者以茶舖較之戲園收價較廉是以人多樂觀至於在飯庄酒館搭桌則無非多賣酒飯其戲價概不與飯庄酒館相干況且因有宴會以及另事藉爲搭桌實係戲班另謀生財之道昨見四戲園主屢次呈控禁止搭桌及茶舖開演富蒙官府俯順輿情准如所請彼禁止茶舖演戲則可若禁止搭桌是絕戲班之生計矣總之無論何項生意須在自己圖維除弊興利定獲利益否則僅以攻訐壟斷爲能徒遭謗言轉恐難操勝算況戲場者乃消歡取樂之區果然人得暢適其意焉有不心注神往而客位當無立足餘地矣

助賑清單　〇啓者敝局自辦唐山賑務以來屢蒙各大善士惻隱爲懷源源接濟則所全活者奚啻億萬人數此皆諸大善士之賜也但飢民太衆不止一隅除唐山外其永遵各屬之災況與唐山相埒敝局已分往該邑查勘果見飢民滿路待哺嗷嗷其勢少緩須臾便登鬼籙是以敝局又添辦玉田賑撫茲謹將第十一次助捐各大善士姓名捐數恭登報牘以昭徵信仍乞四方樂善君子慨解慈囊千金不厭其多百錢不嫌其少卽祈送至溜米廠濟生社代收　計開劉靜波助行平化寶銀七兩　捷孫氏助洋銀十六元　趙侉子助洋銀一元　桂姑助津錢五百文　毛詩舫助公磋化寶銀十四兩　滌塵心子助津錢二千文　玉姑助津錢一千文　胡延齡助津錢十千文　崇德堂助津錢四千文　琴西氏助津錢二千文　謙益堂助施黃金丹五十料　靜觀堂助施正氣丸二千付黃金丹一萬丸　然犀叟大善士代募高永福助津錢三十千文　王世清助津錢二十千文　德慶銅舖劉助津錢五千文　鼎祥皮舖馬助津錢一千文　祥順皮舖韓助津錢二千文　春和木舖楊助津錢二千文　崇緞邢助津錢四千文　永祥銅舖翟助津錢五千文

天津義賑局同人具

時症神方　〇治時症畏寒發燒嘔吐頭疼心煩脈急數口渴新得者一二劑卽愈重者酌量多服立能見效須每日早午夕服三次夜中一次　瓜蔞五錢花粉四錢元參五錢生杏仁泥二錢生支子二錢知母一錢貝母去心一錢引用葱白三個水煎

啓者本局按年總結向於四月內一律核算清楚刊刻分佈於五月初一日派分股利歷辦在案茲光緒二十年分總結帳目因海氛不靖烟台營口各處之帳未能如期報山其統年總結未免因之延悞現已催令各處將去年帳目尅日彙報以憑結算分利因將光緒二十年分甲午第十一屆總結展至六月初一日在上海開平礦務滬局廣東開平礦務粵局天津開平礦務津局三處分派股利預於五月內在唐山總局彙算清楚仍請在股諸君枉臨查閱以便發刊至來回川資仍由總局籌備再此屆分利祈各股友務將息摺同股票一併持來派利各局核算派息俾於股票內加印戳記如祇將息摺送來取息卽照議斂回幸垂諒是荷特此布達

開平礦務總局啓

五月十四日輪船進口

重慶輪船由上海　怡和
飛鯨輪船由上海　招商局
生義輪船由上海　招商局

五月十三日銀洋行情

天津九七六錢
銀盤二千八百一十五文
洋元二千零六十文
紫竹林九六錢
銀盤二千八百六十文
洋元二千零九十文

告白　岑宮保介福圖　左文襄公奏稿　皇朝一統輿地圖　北洋中外沿海詳細圖　東三省圖　四國日記　俄遊彙編　四述奇　小方壺齋地叢鈔　萬國公法　公法便覽　日本地理兵要　日本外史　東藩紀要　中俄界約斠註　中外交涉類要表　日本新政考　武備志兵書　登壇必究兵書　俄羅斯地圖　西國近事彙編　地球五大洲圖　亞細亞圖

文美齋謹啓

陳雨蒼施醫　啓者有病之家無力延醫請於早辰九點鐘午後一點鐘下午六點鐘至海大道養病院後陳宅診視有不能就診者必須寫明住址及姓氏名號送交本宅方能撥冗往診本宅存心濟世門診　規一概不取文分

直報

光緒二十一年五月十四日　第一百十三號
西歷一千八百九十五年六月初六日　禮拜四

上諭恭錄

上諭新科一甲進士三名駱成驤喩長霖王龍文業經授職外蕭榮爵吳緯炳傅維森曹汝驥林開謩雷鍾華張繼良齊耀琳趙炳麟劉嘉琛趙增琦孫齡阜李瑞清劉燕翼葉芾棠彭樹華陳栩胡思敬談國楫羅長琦謝馨朱永觀劉汝驥何莘耕陳望林聶延祜吳鈞蕭文葆興廉尹銘綬舉戴展誠涂福田葛毓芝成連增龔心釗李翰芬于疏枚趙鶴齡胡峻歐家廉令琳金鉽錫嘏廖基鈺世榮胡嗣芬趙黻鴻萬本端李景曦張世培雷以動林玉銘陳恩榮陳翰聲章華余炳文秦錫圭江蘊琛李之劍石長信李于鍇楊錫霖何健謝速涵沈同芳羅經權林清煦錫鐸顧祖彭俱着改爲翰林院庶吉士卓孝復劉雲衢郭燦許受衡袁緒欽秦望瀾王卓李長華孫榮枝李最高謝榮熙康有爲李國材吳命新徐豐才開泰呂傳愷趙世德趙廷珍傅蘭泰汪世杰王廼槃張瀛劉名華汪荃書李增芳陶榮孫紹宗顧壽椿豐和吳鴻森舒鴻儀汪贊綸楊恩元馬汝驥文同書張堯燊魏元　陳恩治范國樑曲江宴邢維樫昇維翰顧光照華亮維金鏡英白嘉樹高祖王栩蔭李步沆潤芳蕭槃貢樹榮龔蔭李右莖子椿周沆劉嘉斌高崧生蕭樹昇姚晋璲榮春暉呂篤何重熙貢士元王蓋臣張鍇之麟廖鳴韶王德懋譚廷颺謝元洪景灃張翰光王鳳文徐信善葉祖修曹葆珣迎禧朱珩章錦恩呂正斯繼曾呂誠熙郭景彝汪春榜林灝深魏倬侯晉康王伊劉鎧雷光甸劉彤光海鵬俱着分部學習呂鈺吳建璣曹元弼汪錫純黃秉灘劉蓉第善王恕梁士選王寶田孫秉衡宋聯杓秦綏卿俱着以內閣中書用安文瀾黃瑞蘭劉鑑麒曹邦彥周鳴方朝治曹牲孫黎敬先劉珍鄭宗郁李景祥王繩武董觀瀛崔登瀛彭錫蕃崔保齡李樂善趙家蕙邱炳萱邵守仁朱綬劉全林朝圻桂福王從禮潘宜經瑞徵張仲儒恒善李灼宜李慶霖鄒增祜張存諸林振光高如恂朱遠緒豫咸劉輝陳侃韓克敬楊瑞鱣陳楨楊雲翀愛興阿黃葆初道鈞劉東胡鑑瑩張鳳台張致安何榮烈孔慶塏光姜良材邢驤馬如鑑周丙榮凌洪才藍鏞楊書勳張錫鴻楊允文琳宗奇王桂枝黃世澤張庚銘高暄陽陳繼祥秦獻祥王樹人陳養源劉國良張之銳李體仁米穡張志軒王志昂張傚蘭余際春王耀南鮑俊卿邊三益詹愷胡調元丁良佐呂繼純周捷三張受中趙炳麟陳展石長佑陳永昌石寅恭林向滋文俊吳江瀓陳模廣樸德銳俱着交吏部掣籤分發各省以知縣即用內閣中書沈桐着仍以內閣中書用吏部候補主事姚炳熊戶部候補主事凌福彭均着以主事即用候選員外郎寶銘着仍以員外郎歸原班遴用餘着歸班銓選欽此

鶩虛名而買實禍戒　續前稿

試更言治軍之弊軍制自軒轅至成周其法大備其時寓兵於農兵民不分將不外設善矣然先王不忘戰亦不教戰當其盛也五國爲屬屬有長十國爲連連有帥二百一十國爲州州有牧比年簡車三年簡徒五年大閱天子諸侯合爲一初非後世所可擬及其衰也晉作州

兵魯作邱甲楚作兩廣秦作三軍皆非古制齊管子作內政寄軍令變司馬法爲簡畧速勝之兵于是國之士爲兵鄙里之民爲農兵不兼耒耜民不識干戈而兵民分矣蓋其心之所期者止於嵒故其弊也遂至於不能保其嵒苟安之不可以長治己見矣漢興置材官於郡國而京師爲南北屯得居重馭輕內外相制之道其兵又更調于民間有事則備爲軍旅無事則勸以農桑周制也武帝恐京師無重兵而生變分北軍爲八校八校之置以習知遠方之人充之募兵之法始於此然自是有養兵之患而兵制壞焉光武以幽冀幷州兵定天下立營黎陽復南北屯建武間罷郡國都尉幷職于太守無都試之役外兵不練安帝募民入錢穀爲羽林虎賁桓帝又減羽林不任事者半俸由是外之兵不練內之兵不精漢遂亡矣其初制之善在兵不常聚將無常員法爲近古而其後不練不選入錢穀減半俸是有軍政之名而無軍政之實也變起倉猝又安得可用之兵哉晉之兵制大郡置武吏白人小郡五十人盜賊起而州不能制至有王敦蘇峻之禍勢使然也宋齊陳梁軍政無足議北齊十八受田二十充兵六十免役法亦近古北周擇六等之民魁偉壯健者團之刺史於農隙教之每府主一大將即府兵之始隋因之唐平隋亂其兵制凡三變其始盛時有府兵一變爲 騎再變爲方鎮卒之天子弱方鎮强措置之勢固未盡善宋懲唐末五代藩鎮之强而變其制其兵之名有四曰禁兵天子之衛也曰廂兵諸州之鎮也曰鄉兵選自戶籍或土民應募團結以爲防守者也曰蕃兵塞上內屬諸部落團結爲藩籬者也自王安石罷諸路義勇變民兵爲保甲意以爲募兵者皆偷惰不振之人取其費以供保甲其意則是而未盡訓練之實其弊至有將而無兵南渡後天下多故疲於奔命矣元之兵法內外有制承平久而軍政不修名存實亡天下亦遂亡勝國軍政畿疆及各省旣仿漢之南北屯與唐之府兵薊遼邊兵仿漢募民實塞下之制有事總兵佩印領之既旋上所佩印於朝軍歸衛將歸第都督握兵籍而不與調發兵部得調發而不治兵事得宋收兵權以强幹弱枝之意其時京兵約三十萬畿內兵約二十萬盡諸邊諸省之兵不足當此及日久就窳汰其老弱不過得十五萬後則內外各營皆虛歲廩如故又以閹竪牽制閫帥名曰監軍其季也徒建空名無兵無將君民皆窮蹙不堪至鼎革殉難諸臣又皆事權不屬而貪墨之輩其私橐亦卒爲賊有爲可慨也且夫我　國家廿三行省幅隕廣大物產豐饒倉爲米山庫爲銅山竹木魚鹽外金鐵煤礦取不禁用不竭誠爲天地之無盡藏古今所不可比數者加以通商外洋異方之貨兼臻駢集不可謂不富二百餘年文武鄉會兩科既已羅取而無遺各處復設水師武備諸學堂以造育英才將相之種豈其乏人舟車軍火無不精良水陸兩營頻年操練兼以所謂天下勁旅苗兵及告憤諸軍如江如漢如火如荼不可謂不强而任封疆者又復留心時務延西士仿西法爲生聚爲訓練其求富强之志見然而舛構倉猝臨以區區數島之衆水陸交綏鮮有勝仗抗天子之威犯天下之怒人不畏我我反畏人者何也然後知建富强之名必籌富强之實倖其似而竊其名名雖似而實不然振其名於一時他日必有卽其名以求其實者則情見勢絀無不立敗以是知受名之始卽受責之始也自名爲豪人必責其揮金發粟目名爲勇人必責以赴敵突圍苟無其實其禍立見始悔前日之虛名適招今日之實禍也晚矣昔黔之好事者致北產之驢羈山下虎見之高足峻耳龐然大物也聞其聲響震山谷試以爪則趹踢連施再試復然虎笑曰技止此矣遂搏而噬之夫人爲一事志之所至氣必至焉氣之所至力必至焉一人倡而衆人和勸勸懇懇夙興夜寐以赴其志之所期誠有所畏也畏其所期之不至將以虛名買實禍也況國政乎不然者舜與湯文大聖也舜何爲而兢兢湯何爲而業業文何爲而翼翼也可不畏哉可不戒哉

查照成案　○日前　勳貴妃薨逝各衙門將應行典禮均派司員一律遵照成案辦理已登前報茲聞總管內務府大臣劄飭工部屯田司督飭各項匠役人等敬謹修飾儀仗大槓棺舉等物卽查照歷辦成案如式修飾限於五月二十日以前一律修飾齊備先期呈報毋得遲悞致干未便云

拿獲私土　○京師前門外狗尾巴胡同悅來店內有寓客陳某於五月初十日乘車五輛由永定門進城至悅來店搬卸行李箱隻進房歇宿不料被稅務巡丁購同眼線通信尾隨而至直入陳室將箱隻盤驗搜出烟土數百包當經起獲將陳某押上崇文門稅務司飭交南城司督押議罰鍰二百金以完國課而懲偷漏云

至死不變　○五月初十日刑部河南司由獄綁出斬梟盜犯湯兎仔卽老切唐六唐七三名裝入囚車沿途派撥營兵護解押至

順治門外菜市口市曹地方行刑將首級三顆裝入木籠懸杆示衆以儆盜風按唐六唐七係同胞弟兄唐七乘坐囚車高聲喊嚷我同係民年十八歲於二月初一日夜間在安定門外一帶連刦七家傷斃事主搶刦得贓分用今此收場結果可謂不冤云云可謂至死不變者矣

喇嘛逞兇 ○宣武門內舊刑部街都城隍廟每年五月初一十一兩日恭請城隍聖駕出巡覓夫穩抬綠呢大轎前排馬夫提燈夫均用銅絲掛兩腮牌按隊排行如江浙之臂香然由西單牌樓等處遊繞至酉刻駕返行宮沿途焚香了愿茶棚多處遊人紛紛擁擠熱鬧異常廟前各項賣買食物紙紮綢緞耍貨等物均在街巷高支棚帳亦都門一盛事也昨有某寺喇嘛至廟前呆立每婦女出入目逆相送恣情流盼當被者姓斥阻不應彼此口角互相毆打喇嘛寡不敵衆略受微傷遁去頃刻之間糾約喇嘛十餘人尋覓者某復行斷毆將者姓兩腿毆傷甚重幾至不能行動恐有性命之憂經官廳弁兵拿獲責押未知如何辦理諺云在京和尚出京官蓋指喇嘛而言也喇嘛亦僧之流亞也該喇嘛既具淫心復起殺機均犯禪家嗔痴宗旨恐我佛有知定當以金剛努目相對也

被騙自戕 ○有以歧途行詐騙者亦詐騙中之險徑也向遇過來人則其術當敗王某在彰儀門大街開設廣順號銅器舖日昨有韓某來購銅鍋等物計價已定合錢二百四十餘吊當付現錢五十吊餘則囑該店學徒將所購各件負送大吉巷某宅時冉冉既逃遁至其地韓某立門首誡其徒曰毋他適俟余銅器攜入當揭算青蚨畀汝歸毋他適致令乃公尋喚也言已去久不出徒躁急向內狂呼迄無應者行路人詢悉其故曰此穿堂門胡所謂某宅耶徒猶疑慮不之信乃相與穿越而過信則信矣然駭極不知所裁急還舖泣訴前情舖主知受誑弗加責但自計虧累復以近節故乘閒用刀抹喉而死報經西城司驗畢飭差嚴密查拏云

聞之足戒 ○王壓平本晉產也其先人原以善權子母起家至平承其遺貲亦逐什一之利以紹箕裘之業席豐履厚家計日盈自爲尋無過失矣不意于去年秋前其二子相繼病亡平大爲悲戚遂詣某乩壇求訓蒙孚佑帝君駕臨謂爾父錙銖必較爾復不知幹蠱無能改于其德而利息轉倍前日從而盤剝之禮應斬嗣後若能知痛改尚可望其令終云云其訓甚長不能備錄平跪聆之下汗流浹背翌日即將帳局歇業遇好事必能盡力至今竟得善士名且于五月初八日一索而得男焉平不勝慶幸深感帝君之玉成且舉以告人意在聞之足戒云

鹽場被淹 ○本埠海下鹽灘一帶每年春令收鹽頗多以濟民食詎本年四月初旬連綿大雨以致海嘯生熟兩鹽盡行淹沒殊覺虧累昨據鎮場灶戶劉文佩等赴運署呈遞稟詞運憲季大周都轉洞悉下情略謂此災數十年所未有今已淹沒已委分司赴場查看具覆核辦爾等速爲回業赶緊修齊竭力興曬毋庸觀望云云都轉體恤商艱於此已可概見已

是亦仁術 ○欽加同知銜卓異候陞題補青縣署理天津縣正堂加九級紀錄十次趙 爲出示曉諭事案准城守營徐札開竊照城垣爲地方之保障理宜整肅潔淨以固金湯查斯郡城年久未修多有坍塌殘缺之處前遇水旱偏災雖間有災黎暫搭棚厰托棲止而一經賑撫即各遷回鄉里尚無大碍惟自中外通商以來五方雜處人烟日增竟有藉此城根一帶隙地混行佔造房屋已即不成事體詎近又有傍城開設糞廠停厝棺柩更屬胆大妄爲殊甚可惡況城垣上營兵駐扎雖營規嚴肅難免婦女院中往來終有不便恐生事端再查每屆時雨連陰大雨滂沱城垣磚土多有坍陷倘砸塌房間一時不慎定必殞傷人口曷得愚昧無知毫無顧忌敝闊府縣司城守實有攸關固當隨時整飭現值時交夏季且恐炎天暑熱穢氣薰蒸兵民傳染疫症應尤嚴申禁令除出示曉諭並派弁兵認眞清查外擬合備文移請煩即查照一體示禁並希飭差協同敝營弁兵押令遷移違即拘案懲辦是所禱幸盼切施行等因准此除飭差協同弁兵清查外合行出示曉諭爲此示仰津郡城根居民人等知悉自示之後爾等務須遵照遷移如敢抗違一經該弁兵差役等稟究立即拘案懲辦決不寬貸各宜凜遵毋違特示

好生之德 ○刑亂國用重典古人已慨乎言之非得已也天津之好勇鬬很甲於通省從前無日無械鬬之事自設站籠蟒鞭等刑而後此等案件爲之頓戢術揚等刑祇有以傷其皮肉不足以動其筋骨至蟒鞭則痛徹心膂無素號强梁受此無不心摇氣沮蓋火烈

民長之意也賢聞道大令下車伊始惻隱爲懷將嵝鞭一項撤去殆亦好生之德也夫

人財兩空　○本埠各行中人藉手藝營生每年可積一二百千不等倘安分守已儘能仰事俯育積有貲財莫善於回鄉娶妻立業茲聞竹貨手藝有陶某者東光縣人在津有年積錢五六百千文動伉儷之念託跑合人等在北門內價買有夫之女某氏陶祇知係民家婦不知其中許多轇轕日昨陶某雇妥民船一隻擬載新人言歸東光詎雇洋車將氏拉至姚家衚衕經到幽突有十餘人其勢洶洶聲稱爲氏之本夫將氏從車內搶去陶某一人不能抵禦祇得任其搶走旋經往尋中人亦各各躲避無踪噫如陶某人財兩空無處申訴可爲異鄉娶妻之戒

花烟爲害　○津郡烟館如恒河沙數其納汚藏垢隱匿奸匪亦所不免雖向未敢公然開設花烟間而侯家後西關外紫竹林東南城根一帶與花烟館無異或該烟館自招娼妓以圖厚利或該娼自赴烟館爲誘客之計總之朋比爲奸居心陷害受其圈套者亦屬不少茲西關外有某妓者姿色頗豔善於招客始在該處橫街東邊于殿臣煙館內果然高朋滿坐于大獲其利詎橫街之西又自張永太者亦以開設煙館爲生頗覺冷落因將該妓誘入登時煙客雲集於于偵知不勝其怒即赴張處大肆辱駡而張亦非忍耐之人彼此辱槍口劍繼以揪扭互相鬥毆雖槍礮尚未飛揚而二人均各有傷幸經人竭力排解始各釋然仍欲各集同黨以決雌雄也

集善社小啓　○本社創辦恤嫠歷有年矣所有出入各欵向係開具清單逐月登報嗣以時報告停因之中止今直報興起百廢舉行合亟遵依向章照舊辦理除去歲帳目業經懸榜宣布無庸追登外茲將今歲正二三四等月清單先行一律錄登以供　諸大善台公鑒嗣後收支各欵每月一登用符前例特此聲明各單開列於左　集善恤嫠社乙未年正月清單　計開中午年十二月現存銀二千八百三十一兩六錢二分錢一萬六千五百三十六千六百二十四文　乙未年正月入欵　樂安郡助錢十千　劉俊德助錢十千　文修堂助恤米銀二十兩二錢八分　謙益堂助恤米銀二十兩二錢八分　出欵本月買恤米用銀一百二十四兩五錢四分計米四百七十九石每石價銀二兩六錢計嫠婦二百八十六戶內一百戶各吃米一斗一百七十九戶各吃米二斗七戶各吃米三斗　統結現存銀二千七百四十七兩六錢四分錢一萬六千五百五十六千六百二十四文內有生息治產等銀二千三百二十三兩生息錢一萬六千千除淨現實存銀四百二十四兩六錢四分錢五百五十六千六百二十四文

蠶絲得利　○杭州東鄉一帶大半皆以養蠶爲業今年天氣晴和蠶絲可卜豐收而桑葉之價頗廉開市時每擔一千文近日跌至五六百文矣養蠶之家定占利市十倍也

時症神方　○治時症畏寒發燒嘔吐頭疼心煩脈急數口渴新得者一二劑即愈重者酌量多服立能見效須每日早午夕服三次夜中一次　瓜蔞五錢花粉四錢元參五錢生杏仁泥二錢生支子二錢知母一錢貝母去心一錢引用葱白三個水煎

告白　岑宮保介福圖　左文襄公奏稿　皇朝一統輿地圖　北洋中外沿海詳細圖　東三省圖　四國日記　俄遊彙編　四述奇　小方壺齋地叢鈔　萬國公法　公法便覽　日本地理兵要　日本外史　東藩紀要　中俄界約斟註　中外交涉類要表　日本新政考　武備志兵書　登壇必究兵書　俄羅斯地圖　西國近事彙編　地球五大洲　圖亞細亞圖

文奎齋謹啓

陳雨蒼施醫　啓者有病之家無力延醫請於早辰九點鐘午後一點鐘下午六點鐘至海大道養病院後陳宅診視有不能就診者必須寫明住址及姓氏名號送交本宅方能撥冗往診本宅存心濟世門診與親一概不取文分

五月十五日輪船出口

重慶	輪船由上海	怡和
飛鯨	輪船由上海	招商局
明義	輪船由上海	招商局

五月十四日銀洋行情

天津九七六錢　銀盤二千八百零五文　洋元二千零五十文

紫竹林九六錢　銀盤二千八百五十文　洋元二千零八十文

直報

第一百十四號　禮拜五

光緒二十一年五月十五日

西歷一千八百九十五年六月初七日

上諭恭錄

上諭王文韶奏永平等屬被災較重懇恩緩徵糧租一摺直隸永平遵化兩府州屬本年四月間暴雨狂風晝夜不息廬舍民田猝遭淹沒該處係頻年災重之區貧民益形困苦現值青黃不接若將新舊糧租照常徵收民力實有未逮加恩着照所請所有永平遵化二府州屬應徵光緒二十一年新賦並節欠一切正雜錢糧旗租等項均着緩至秋後啓徵並減差徭以紓民力餘着照所議辦理該部知道欽此　旨巡視東城事務着文博去欽此　旨都察院漢都事員缺着葛維森補授欽此　旨都察院滿洲筆帖式員缺着英璉借補欽此　旨四城兵馬司副指揮員缺着張壽昌調補欽此

奮發馳騖辨

天下有同此一事爲之但見無過不見有功無識者遂病其拙而究之事無不成者同此一事爲之未見其過遽見有功無識者遂震其巧而究之事無不敗者其始也皆起於一念之振作其繼也則分爲利鈍判爲興亡迹其有進無退好勞惡逸不饒物議不避險阻同此貌似同此心同此心則事同功同始與終宜無在不同而卒之利鈍與亡相去天淵者何也人或謂其法有善否勢有强弱時有通塞而不知其皆非也亦辨于其振作之心有至有不至耳至不至奚以辨至則眞不至則僞眞則心虛而慮多周僞則心肆而意多忽心虛而慮多周者爲奮發心肆而意多忽者爲馳騖奮發者務實馳騖者爲名務實則肫摯而情亶雖愚亦勝於智故有志竟成爲名則虛憍而義薄雖智亦遂於愚故無往不敗理最明效最著也今夫遇事而謀諸途人不如謀諸鄰人謀諸鄰人不如謀諸家人厚薄分則臧否異非必家人之智遠勝於鄰人途人也以途人視家人情愈疎則愈泛動念不暇深計縱有務實之心終未絕其爲名之念事事第取便於目前如推順水之舟著手即是不顧其一往直前有無觸犯有無淺滯於船中人有無便宜妨礙也泛泛相值以泛應泛無所不假霎時而及重淵遇颶風觸機擱漏則手足失措水天外更無將伯可呼惟有坐待其沉溺始悔前此之銳意振作趁建瓴而揚帆鼓棹者適以肇沉溺災也此無他心肆而意多忽者狹也而以家人視鄰人情愈親則愈切舉念皆關休戚原無爲名之意何能易其務實之心事事將深慮夫日後如對敵八之壘到處留神必計夫兩軍之勢如何布置如何進退及臨陣時如何損益得失也實實籌算以實踏實無所不眞一旦而適衝鋒與交綏設伏策應則分合自然勝負間如有左券可握直將收功於指顧乃悟曩日之精心振作先陰雨而將荼蓄苴者豫有以成指顧功也此無他心虛而慮多周者效也且夫臣致身而事主女出嫁以從夫天下之通義也委贄而後義固不等於途人亦並不等於鄰人直家人耳舉凡一國之兵農諸政弊何以革利何以興虛心實力勸爲講求其有不合時地者仰而思之夜以繼日幸而得之坐以待旦宜如何奮發以戒馳騖也哉倘恃其才以愚人負其氣以凌人恣其意以驕人好大喜功鋪張揚厲糜府庫有用之帑浪擲于無用之鄉招中外有用之才

概置諸無用之地末事而高談經濟既事而侈肆議評口似懸河筆堪搖岳農其名者羣以爲三代而下臥龍復生從不識其任意妄爲騖虛名而不求實際承平之日儘可任其敷施侈言調劑至於時事緊急一一實課其爲逆施者道已乖雖施者道已亂偏施者道已窒然後知其振作以有爲者爲名也非務實也是馳騖也非奮發也總之務實者其情厚厚則如大河之流恃源而往風過之有損日過之有損而河亦未始其櫻也者爲名者其義薄薄則如雨集之水溝澮驟盈風過之有損日過之有損而雨遂涸可立待也者蓋情厚者則其謀必厚故慮多周義薄者則其心先薄故意多忽土厚則多豐殖薄土無豐殖也雲厚則作甘霖薄雲少甘霖也獨不思爲名者一著其名人人將循名以相責苟無其實無不立敗使其不敗則是力不費于毫末譽坐收夫邱山古今來無此捷徑竊願有志成功者尙其務實以奮發毋第爲名而馳騖也勉旃愼旃

獲福左券 ○五月十二日有樂善好施不書姓名之某大善士在廣渠門外積善寺散給錢文賑濟災黎男婦大小共計六千四百七十三名口大口每名京錢二千小口減半是日貧民如蜂屯如蟻聚除疲癃殘疾外大都鳩形鵠面慘不忍覩此舉聞費九百數十金亦[illegible]好行其德者也世之善男信女能如某大善士及妓女李仙之心存利濟又何患天災之不能補救耶惠迪吉從逆凶連類書之用爲獲福左券

愧此嬌娃 ○前門外百順胡同蘭香堂妓女俗稱水仙一子者慧中秀外楚楚可人於五月初十日乘車赴永定門外南頂遨遊正在憑眺之際瞥見沿途男婦老幼紛至沓來鵠面鳩形目不忍覩回寓後即將平日積蓄纏頭之錦賣笑之資折變銀錢在騾馬市復興合糧店開寫米麵票二千張每張三斤共計六千斤於十一日午前親赴彰儀門永定門等處散放計災民婦孺共二千三百二十餘名口其有不敷者每名另給大錢兩千災民無不實惠均霑鼓舞歡欣而去按一子不過區區一妓女耳乃能節省花粉之資作賙恤之舉使數千貧民得果一日之腹巾幗也而鬚眉矣彼席豐履厚坐視災民之餓以死而一毛不拔者對之當無愧死書之以爲該妓喜且爲守財虜勸

照例打火 ○五月初八夜時交三鼓朝陽門外神道街地方陳姓家失愼突見火光熊熊烟燄上沖霄漢鳴鑼警救幸有地面水會前往撲滅直至天曙時祝融氏始興盡率領火兵火將鳴金收軍計燒燬房屋三十餘間並未傷人經東城外坊將陳某鎖拏責押畔城審辦以爲疏忽者戒

左道宜除 ○宣武門外盆兒胡同天仙菴向係優婆夷住持之所昨聞由皖省來一半老婦人年約四旬以外據稱善能療治病症並云如有名利不遂及時運顛倒之人虔誠詣該廟祈禱該婦代爲焚香禱祝無不靈應如響近日哄動都下竟稱爲活佛降世善男信女不絕於道且有官場內眷乘車赴廟進香者該尼等幾致應接不暇事爲菜市汎守戎訪查督飭兵丁嚴行驅逐而去

清理旗地 ○本埠旗地年深日久無從查考者居多往往雖有旗地之名而無旗地之實南門外一帶有某府旗地三十二頃此地數十年前皆僻壤之區兼之水坑過多一片汪洋比屋而居者絕無僅有自督憲李 傳相駐津以來辦理洋務外省各項人等日增月盛且值連年大水各村貧民來津就食者尤形擁擠所有片土尺地即搭蓋房屋而南門外人烟更覺稠密昨京中某旗府上差赴縣署呈稟請清理旗地由委員某大令帶差役並經紀弓手書工人等齊赴南門外丈勘地基一二日內尙難完竣云

衆願難償 ○欽差署理北洋通商大臣直隸總督雲貴總督部堂王 示灤州文生李雲喬等稟批本年辦理灤州賑務實已不遺餘力趙各庄等三村均經食賑一次何得再請加恤其劉家過道莊等八村未經給賑自係災分較輕不在應賑之例所請無從置辦仰需賑局移會委用劉道查照粘單抄存○又示灤州民人馬宗寬等稟批京東一帶災廣民衆本年派員按村給撫用款甚鉅業已煞費經營爾等四十村既得賑即當自謀生計豈能永遠仰給於官所請礙難准行仰籌賑局移會委用劉道查照粘單抄存

事不可緩 ○大帥之所以奔走人材激勵將士使之摧鋒陷敵者信賞必罰二者而已日本欺凌中國以强攻弱原無足怪現在事已講和毋庸置喙惟大連灣旅順威海衛等處失陷之易敗退之速設者每歸咎於丁禹廷尙書實則尙書統率師船本非學堂出身乎

日各船將領不受調度尙書已委曲求全苦心孤詣及事變之起旣無快船又無快砲已相形見絀而各將領復藉詞畏葸不比陸軍可以選鋒銜敵是以每遇東船不能如願終以一死報國其志亦可哀矣現在事久情露中外人之存留來津者口供可按究竟孰爲禍首不難訊得實情亟宜委派忠實諳於西法者數人公同訊鞫以成信讞一則俾死者無恨一則使生者無所逃罪功罪昭然勵來許而示千古曷可緩哉曷可緩哉

稟請禁止　〇自各國通商以來所來各項洋貨皆利於民生日用卽煤油一項燃燈照夜中華無此通明久已行銷無阻雖或有擊觸之處半由自不小心於煤油何尤卽近來上洋有油池之設將來行銷更廣詎郡民柴衣言等赴縣署呈稟請禁止煤油邑侯趙星甫大令接閱之下略謂洋油已通行各省並非違禁之物現有售賣之舖戶等存放甚多豈能概行禁止所稟飭禁之處礙難准理云

眞屬新聞　〇男子生而願爲之有室女子生而願爲之有家此亦人之恒情況夫婦人之大倫生則同室死則同穴何等親暱不謂今竟有情願離異者亦咄咄怪事已郡人李沂娶王氏爲妻伉儷之間異乎流俗往往占脫輻之爻本年餬口維艱交謫之事時所常有昨李沂赴縣署呈控請發官賣邑侯趙星甫大令接閱控情殊深駭異略謂爾與爾妻旣兩不和諧情願離異應准照例辦理所謂官賣之處斷難准行云云噫世情澆薄乃至斯耶

形同聾瞶　〇兵勇過境或分防駐紮若在繁華之地最易滋生事端更當嚴加約束勿稍姑容若知而不懲縱其所欲將不免釀成巨禍矣前者楊柳青鎭武軍之勇與衛軍之勇不知因何起釁竟各自回營糾集多人互相鬭毆儼如臨敵交鋒武軍受傷三人衛軍受傷十人該處紳商無不驚駭斯時該汎官聞報立卽前往查看尙不敢以官自居僅以善言勸慰始各解釋而武竟將衛軍之勇揪去一人該汎官深恐再圖報復其禍非淺急與首紳石某會商以地面關係緊要卽由石紳與該汎官將武軍總查委員許春與衛軍總查委員江有才二公邀出說合將揪去之勇放回自此息事各自調治其受傷之勇以免因傷斃命噫兵勇鬭毆事已犯軍規復敢各自糾集多人對敵毆傷該管官俱不過問營規何在豈營哨等官皆形同聾瞶耶噫

無賴汚人　〇海下葛沽鎭有徐姓者以木匠爲生娶妻王氏係大沽人徐父母俱亡與妻子三四人度日饔飱尙可敷衍昨日王氏之胞兄某甲至徐家探望妹之夫婦適徐某他出於是兄妹二人閒話敘述家常詎突有乙丙丁三人撞入屋內聲稱捉姦任意囉唣徐之鄰佑聞知俱憤恨不平遂卽赴武汎巡檢各衙門稟報請來兵役多人將此乙丙丁三人獲住由文武兩汎具詳縣署又有該沽紳士張紹堂各孝廉等來縣投遞公稟按乙丙丁三人素非善類靑天白日汚人名節實屬膽大惡極目無法紀想必有以懲之也

來信照登　〇敬啓者敝社辦理鸞壇原爲假仙創造善書以濟世人起見所有社中經費皆係自行出貲備辦絕無知單月牌等事並議定條章每按三六九日准於午刻開壇申刻停閉不准婦女登壇不索分文卽凡香客焚香亦令自帶或由廟中買用均不與敝社相干已於門首粘有報單久爲街鄰所共知共見蘊知會廟僧亦不准於香價一十文外再索分文突於前日淸晨來有一人口稱　貴館訪友手持鈔底一則遍示敝社仝人意謂四月十四日敝社慶祝呂祖壽誕何以閉門不開豈不知一非開鸞之期二非藉之斂化所以始然稿內並有貪圖布施紅男綠女等字意汚揑敝社伏查敝社自開創之始首條卽禁婦女登壇其次卽禁貪索分文何其無中生有汚揑之甚故於讀稿之下不勝駭異又思渠果意在汚辱敝社定必先送　貴館登報何以不先送稿而反先示敝社不知是何居心所以敝社仝人皆未敢答是否果係　貴館訪友抑係冒充務請在渠送稿之後飭令妥人嚴訪的確敝社有無婦女登壇貪索貲斧等事再請登報是所切禱專此卽請

升安統希　朗照不宣

河東西方庵省心社同人頓泐

本館潔淸自矢決無在外招搖撞騙之人今接省心社來函乃有冒稱本館訪事持報給閱意在索詐可恨已極茲將原信登報以後無論何處如有此項情事祈將來人扣住送交本館處治是所感禱

本館附啓

廣善恤嫠社乙未年二月淸單　〇計開本年正月實存銀四百二十四兩六錢四分錢五百五十六千六百二十四文　二月八日收榮安鄭助錢十千　劉發德助錢十千　文彩堂助恤米銀二十一兩六分　謙益堂助恤米銀二十一兩六分　利息錢五百九十五

千七百文　易進錢七千八百文　出欵本月買恤米銀一百二十八兩七錢計米四十九石五斗每石價銀二兩六錢計嫠婦三百六戶內一百二十四戶各吃米一斗一百七十五戶各吃米二斗七戶各吃米三斗　易錢用銀二兩六錢　統結現實存銀三百三十五兩四錢六分錢一千一百八十千一百二十四文

集善恤嫠社乙未年三月清單　計開本年二月實存銀三百三十五兩四錢六分錢一千一百八十千一百二十四文　三月入欵存育堂助錢十千　劉俊德助錢十千　樂安郡助錢十千　張靜波助錢三十千　孫雲樵助錢二千　于庭耀助錢二千　王潤田助銀一兩八錢九分　文修堂助恤米銀二十一兩六分　謙益堂助恤米銀二十一兩六分　利息錢一百二十千　易進銀一百八十五兩六錢　易進錢十六千六百二十文　出欵本月買恤米銀一百三十七兩一錢二分計米四十九石五斗每石價銀二兩七錢七分計嫠婦三百六戶內一百二十四戶各吃米一斗一百七十五戶各吃米二斗七戶各吃米三斗　易出銀五兩五錢四分　易出錢五百四十六千八百七十六文　統結現實存銀四百二十二兩四錢一分錢八百三十三千八百六十八文

集善恤嫠社乙未年四月清單　計開本年三月實存銀四百二十二兩四錢一分錢八百三十三千八百六十八文　四月入欵樂安郡助錢十千　劉俊德助錢十千　存育堂助錢十千　王潤田助銀一兩四錢八分　文修堂助恤米銀二十二兩四錢四分　謙益堂助恤米銀二十二兩四錢四分　利息錢二百四十千　出欵本月買恤米銀一百三十八兩七錢八分計米五十石一斗每石價銀二兩七錢七分計嫠婦三百七戶內一百二十戶各吃米一斗一百八十戶各吃米二斗七戶各吃米三斗　統結現實存銀三百二十九兩九錢九分錢一千一百三千八百六十八文

集善恤嫠社同人公具

俄軍南下　○俄國前派兵艦五十艘出地中海中日議和之役仗義執言不准日人強割遼東地面日人自知勢力不敵當即允從中日換約時妥將此條删却此爲非常之舉足以洩公忿而折凶鋒嗣聞俄國擬令日本將戍守朝鮮之兵撤去先聲所播使聞者咸曉然於意向之所在以爲東方不久將又有變局昨接奉天訪事人信聞俄國陸軍已陸續行至琿春邊界擬向我國假道黑龍江向朝鮮進發據云將查視朝鮮是否果係自主抑聽命於他人如昔人所謂政由甯氏祭則寡人歟作何處置且誌此以俟續聞　錄申報

啓者本局按年總結向於四月內一律核算清楚刊刻分佈於五月初一日派分股利歷辦在案茲光緒二十年分總結帳目因海氛不靖烟台營口各處之帳未能如期報山其統年總結未免因之延悞現已催令各處將去年帳目尅日彙報以憑結算分利因將光緒二十年分甲午第十一屆總結展至六月初一日在上海開平礦務滬局廣東開平礦務粵局天津開平礦務津局三處分派股利預於五月內在唐山總局彙算清楚仍請在股　諸君枉臨　查閱以便發刊至來回川資仍由總局籌備再此屆分利祈　各股友務將息摺連同股票一併持來派利各局核算派息俾於股票內加印戳記如祗將息摺送來取息即照議斂回幸　垂諒是荷特此布達

開平礦務總局啓

告白　岑宮保介福圖　左文襄公奏稿皇朝一統輿地圖　北洋中外沿海詳細圖東三省圖　四國日記　俄遊彙編　四述奇　小方壺齋地叢鈔　萬國公法　公法便覽　日本地理兵要　日本外史　東游紀要　中俄界約斠註　中外交涉類要表　日本新政考　武備志兵書　登壇必究兵書　俄羅斯地圖　西國近事彙編　地球五大洲　圖亞細亞圖

文美齋謹啓

陳雨蒼彪醫　啓者有病之家無力延醫請於早辰九點鐘午後一點鐘下午六點鐘至海大道養病院後陳宅診視有不能就診者必須寫明住址及姓氏名號送交本宅方能繳允往診本宅存心濟世門診與覩一概不取文分

五月十六日輪船出口

北直隸　輪船往上海　怡和行
廣生　輪船往上海　怡和行
明義　輪船往上海　招商局

五月十五日銀洋行情

天津九七六錢
銀盤二千七百七十五文
洋元二千零二十五文
紫竹林九六錢
銀盤二千八百二十文
洋元二千零五十五文

直報

光緒二十一年五月十六日　禮拜六　第一百十五號
西歷一千八百九十五年六月初八日

上諭恭錄

上諭督辦軍務王大臣奏提督董福祥請假省親據情代奏一摺覽其所呈情詞懇切出於至誠惟董福祥現在總統甘軍一切訓練事宜正資得力未便遽允所請該提督忠勇樸誠朕所深悉際此時艱當思力圖報稱用副朝廷委任至意欽此　上諭德馨奏藩司病難速痊籲請開缺據情代奏一摺江西布政使方汝翼着准其開缺欽此　上諭江西布政使着魏光燾補授欽此　太常寺題五月三十日夏至大祀　地於　方澤視看牲隻奉　旨遣載勛視牲錢應溥看牲欽此　上諭貴州鎮遠鎮標左營遊擊着趙爲忠補授欽此　上諭步軍統領衙門奏拿獲結夥偷拆城墻磚塊賊犯請交部審辦並將值班之步軍校交部議處各摺片所有拿獲之成二即成立小陳即陳又茂小高即高玉大德子即德柱恩二即恩喜文二即文喜六名着交刑部嚴行審訊按律懲辦未獲之文大即經文端子即瑞福仍着嚴緝務獲毋任漏網兩黃旗蒙古步軍校全祿於該犯等結夥偷拆城墻磚塊毫無覺察實屬疏懈着交部議處欽此

盛世危言序

香山鄭陶齋觀察箸危言五卷吳瀚濤大令以眎余讀既竟爰綴言於簡端曰西人之通中國也天爲之也天與中國以復古之機維新之治大一統之端倪也識微見遠之君子觀於火器輪舟電報鐵路四事而知之矣自黃帝以來至於秦封建之天下一變爲郡縣之天下相距約二千餘年王迹熄而孔子生祖龍死而羅馬出故三代以上之爲治也家塾黨庠學校徧天下惟恐其民之不智而始皇愚之通商惠工溝洫徧天下惟恐其民之不富而始皇貧之建鄣設鐸惟恐下情之不通而始皇窒之遺鞮投大惟恐君威之過侈而始皇怙之民氣本强也而弱之民情本安也而危之蓋自焚書坑儒而後古聖王之遺制蕩然無存不有孔氏之書則萬世之人心幾乎息矣書曰天佑下民作之君作之師黃帝作之君者也孔子作之師者也顧形而上者謂之道形而下者謂之器空文垂訓道可傳而器不可傳古先王制作之精深器存而道亦寓焉洎古籍放失黔首顓蒙作者何師聖人弗起我中國之君民因陋就簡溯秦併天下以迄於今蓋亦二千有餘歲矣雖然聖人之心天之心也聖人之道天之道也聖人之器亦天之器也天地之生久矣一治一亂亂極於七國之季而承之以秦天亦若無如何者既生孔子以正人心達天道矣維道之中有器焉不可使之散佚而無所守也秦政酷烈熏爍中國無所可容彼羅馬列國之君民乃起而承其乏焉其聲明文物之所啓亦自東而之西自器以範之故無一藝之不精無道以維之故無百年而不亂分餘閏位迄今亦二千餘年將以還之中國也然道遠則不能自通力弱則無以自振天因其人之深思好學益假手於彼以大顯宜民利用之神功輪舟以行水也鐵路以行陸也電報以速郵傳火器以抗威棱而後風發霧萃七萬里如戶庭中國乃閉關絕市而不能習故安常而不可是故礦產化學廿人之職也機輪製造考工之書也幾何天算太史之官也方藥刀圭靈臺之掌也倚商立國洪範八政之遺也籍民爲兵管子連鄉

之制也議員得庶人在官之意而民隱悉聞書院有書升論秀之風而人才輩出罪人罰鍰實始呂刑公法睦鄰猶秉周禮氣球砲壘即輪攻壘守之成規和約使臣乃歷聘會盟之已事用人則鄉舉而里選理財則爲疾而用舒巡捕皆警夜之雞人水師亦橫江之練中宮室宏侈如瞻夏屋之遺涂徑平夷克舉虞人之職所徵異者銀行以興商務賦稅不取農民斯由列國疆土之多道里相距之遠因時而制變者也無足異也至於傳教之師用夏變夷之嚆矢民主之制犯上作亂之濫觴他日我孔子之教將大行於西而西人之所以終底滅亡者端兆於此此外良法美意無一非古制之轉徙遷流而僅存於西域者故尊中國而薄外夷可也尊中國之今人而薄中國之古人不可也以西法爲西法辭而闢之可也知西法固中國之古法鄙而棄之不可也執人而語之曰爾秦人也所行秦法也無不怫然怒語人曰爾古人也所行者古之道也無不色然喜今日日思復古而於古意之尙存於西者轉深閉固拒畏而惡之譬家有明月之珠遺之道路拾而得之者不私不秘舉而歸諸我我乃按劍疾視拒之而不受也智乎不智乎方今萬國通商五十餘載見聞日廣光氣大開順天者存逆天者亡天與不取反受其咎此其意賢者知之矣不肖者不知也少壯者知之矣衰老者不知也贍言百里者知之矣局守一隅者不知也我惡西人我思古道禮失求野擇善而從以漸復我虞夏商周之盛軌揆情審勢旦暮之間耳故曰西人之通中國也天爲之也大與我以復古之機維新之治大一統之端倪也曩擬作庸書內外篇博考旁徵發明此義簿書鮮暇卒卒未果陶齋觀察賓兼人之稟負經世之才綜貫中西權量今古所箸盛世危言淹雅翔實先得我心世有此書而余亦可以無作矣乃今　聖明在上宏攬羣才異日假以斧柯歷中外坐而言者起而行閉戶造車出門合轍方之古人抑何多讓第其間有本末先後之序焉如良醫之治疾大匠之程材所爲條理井然銖兩悉稱積習不變而民聽不疑者當別有在願與觀察大合沈幾審變及天下有心人共證之爾癸己七月瑞金陳熾叙

糧價將平　○南來米石經順天府尹憲出示遵奉　諭旨一律豁免捐稅以平市價而裕民食業將煌煌憲諭黏貼各巷茲聞都門招商平糶之議相與籌議醵貲準備南下者更僕難數故邇來京中米價亦稍見跌落想此後香生玉粒源源而至數米而炊者定可略展愁眉矣

練勇獲匪　○前門外趙錐子胡同一帶地方爲無賴嘯聚之所綑人勒贖之事時有所聞五月十一日有混混王五與高三等不知因何結怨在靈佑宮地方互相械鬥高三人數較少頗有寡不敵衆之勢遂被王五羽黨毆傷仍用繩捆綁抬至某廟內索銀勒贖經中城練勇局哨弁將王五等拿獲交坊覊押並將所獲黨羽鞫刑拷訊擬將兩造滋事之徒胥行逮案審辦藉以儆惡類而靖地方云

假票破案　○五月十一日地安門外同源當鋪有文某以單夾袍褂三套質銀十二兩隨取質票而去越一日有人携銀將原當袍褂贖去而未復據一人手持原票來贖該當鋪查閱底簿知已被假票取去悍急無措向其婉言商勸照様賠還始獲無事昨據該當鋪有持票贖當之人朱姓被當鋪查知所持當票確係假票當將朱某抓住一面稟官廳解交北署究辦已於十四日將朱枷號舖前示衆京師脫騙之風眞無奇蔑有也

派員伴接　○日本和議已定所有通商條欵尚須另爲詳議日前署憲王膺虞大帥復奉　諭旨會辦全權俟日使到來即在津同傅相會商辦理頃悉督轅已派文巡捕候補直隸州知州廖紫垣直刺炳樞馳赴大沽往迎日使刺史前曾隨節東渡與東人士已有一面之緣是以上憲派令伴接自能勝任愉快也

設局平糶　○署憲王夔石大帥自到津以來閭郡小民均沾愷惠至今無不深感昨雷達上洋招商局就近招商德源義等十家在鎮江蕪湖一帶採買大米三十萬包接濟民食已登前報茲聞大帥在西沽龍王廟地方設局平糶每升大米六十文不准至斗過午不候目今四外貧民携囊負米者每日人山人海絡繹不絕局內司事人等有應接不暇之勢而各村貧民無不頌聲載道也

各專責成　○大名鎮吳掄峯軍門天津鎮羅鼐宣軍門大沽協韓軍門本任早經部覆核准有年祇以防務不可少鬆是以仍留署篆頃悉署憲照飭各赴本任以專責成照飭略下爲照飭事照得署天津鎮實任大名吳鎮署大沽協副將實任天津羅鎮准補大沽韓副將那琦應飭各赴本任所帶練軍及雲字營馬隊一營名隨赴新任鎗仍令尉兹新城督同韓協辦理大沽防務羅鎮原帶督標親軍砲

隊一營仍歸該鎮統帶除附奏並分行遵照外合行照飭到該鎮副將即便遵照任事具報須至照飭者

基隆敗耗　○頃風聞電傳台灣基隆地方血戰六日夜兩軍傷亡不少統領傅連旺受傷全軍皆散基隆不守兵民飛奔省城云云未知確否瞻望南疆曷勝於邑

三營關餉　○鎮標所屬各營員弁以及勇丁人等約有一千餘人從前未成練軍之時老弱充數者不少自去歲海中告警署鎮憲吳揄峰軍門將疲癃殘疾者一併更換添選年富力强之人以實營伍每年按四季發餉茲夏季又屆發餉之期道憲李勉林觀察于十五日午堂命鎮標各營兵弁齊集點名將俸廉餉乾如數發給軍名曰練心胆手技當無不練決非坐食餉乾者可比

照舊行鑼　○本埠自海氛不靖各堡火會等保衛地方禁止行鑼已紀前報奈津郡地窄人稠被火之事層見疊出前宮南舖戶等延燒八十餘家殊屬可慘然禁止行鑼可以處暫而不可以處常現中東和議已有成局昨道憲李勉林觀察慨念舖戶被灾情形深以爲慮飭傳火會首事人等諭令照舊行鑼以資灑救而免延燒云

清理地界　○欽加同知銜卓異候陞題補青縣署理天津縣正堂趙　爲出示曉諭事案准　天津鎮左營守備劉移開爲移會事案查敝營衙署本係坐落城外天后宮前因遠年失修房間傾頹不堪棲止始移城內鼓樓西大街其城外所遺空地餘房經前數任租與商民改爲市房按年收租藉資辦公向係孟國立魚店承租計房十七間半自蓋房十二間共二十九間半外會所一處歷任因房屋櫛比未能澈究近聞孟國立之孫孟毓椿將官地餘房隱迷盜典百弊叢生現經卷查除孟國立魚店承租之二十九間半外另有失迷陳子玉租房六間周光彩租房七間任得與租房五間半陳豆腐店租房七間張祥租官廠棚一間韓晋草房一間韓家肉舖張家酒舖麪舖塘予等戶具載在卷正擬澈底根究適值宮南被灾房間焚燬自應及時清理業經出示曉諭恐有無知奸商狡展敝營無管地面之權理合移請查照並希出示曉諭俾衆周知施行等因准此除照移備案外合行出示曉諭爲此示仰天后宮前商民人等知悉爾等須知該處房間係屬營中官廨從前既由營中租賃作爲市房此次被灾焚燬自應仍候營中勘清界址以免日後狡執爾等如有願租該處地基修造市房即應遵照舊章呈報營中議租毋得輕信奸徒串謀私相盜典致干未便各宜凜遵毋違特示

持刀傷人　○本埠好勇鬥很甲于他省持刀行兇之案無日無之雖盡法懲治亦愍不畏死昨早姚家灣德慶園澡塘有永明寺前王閃廷劉黑塔赴塘洗浴之等素日游手好閒不務正業往往滋生事端習以爲常適李三亦在塘洗澡因悞用手巾始則口角繼則用武王閃廷等各持利刃一把將李三周身亂砍兼有致命之處李三之父某甲赴縣喊控邑侯趙星甫大令因傷痕甚重將王閃廷等立時傳案訊究王閃廷等供認不諱飭差各責大板一百押籠候辦云

送子忤逆　○溺愛者不明古人已詳言之一事不明卽事事不明一時不明卽時時不明本埠有朱桂榮者僅有一子如掌上明珠及長失教游手好閒不務正業每以嫖賭爲事耗費不貲朱桂榮恐家業被其子盡行耗蕩屢次管責怙過不悛朱桂榮一時情急赴縣喊控送子忤逆邑侯趙星甫大令已准傳案訊究不料其子手眼過大傳案未獲朱桂榮疑官差護庇昨又赴縣復控大令閱呈畧謂溺愛失教釀成忤逆及經控官傳案未獲爾反以官差推諉爲疑其實逆子手眼過大何責人甚明而責己甚暗耶所禀復傳之處姑候換票拘究云噫是眞不明之甚者矣

行李被刦　○自海氛不靖以來各省潰勇逃兵手持器械每於各大道攔路搶刦層見疊出已屬紀不勝紀日前有王某者在津雜貨生理因端節告假回鄉行至唐官屯南關口地方天已日暮行路人已覺寥寥王心甚覺惶怯忽道旁突有兩人手持洋鎗利刃等械其勢甚兇王某嚇見魂飛天外該兩人卽威嚇將行李銀錢留下王呆立任其搶掠幸未傷害人命聞王某已赴該管地方呈報被刦云

祁口鬧鬼　○四月初旬連綿大雨三日夜之久以致海水嘯溢六七丈淹斃人命無數已紀前報茲聞祁口所屬南天門地方淹斃兵勇以及外鄉牛童人等將及千餘每日傍昏時候有鬧鬼情事路人聞之不敢行走據祁口人民聲稱從來所未有之災今淹斃多命天數使然無可如何然則鬼又胡爲乎鬧哉

吳門官報 ○四月廿五日 知縣翁傳照奉委鎮江上游釐局差 又汪鳴鳳奉委江陰釐局差卸辭 又貫鎮山由南匯勘丈沙田回 又劉白篤辭赴甯見制憲 又王變埏謝甲午文闈勞績委署一次 署吳江縣丞倪普豐稟辭 縣丞楊挽瀾辭赴上海保甲差 府經歷黃經徵由甯回○廿六日 前任淮關監督常恩淮安來赴都 試用道錢志澄遵新海防例捐過道班 知府休文炳謝奉委牙釐局提調差 知縣田寶榮揚州解餉回奉委嚴家橋釐局差 又何紹聞稟奉部覆准十九年五城水會期滿案內保加同知銜 又王友桂奉委徒陽運漕項差卸辭○廿七日 江陰縣劉到 同知李福晃解餉赴揚州辭 又宋樽嚴家橋釐卡稟丁來省稟知奉調辦吳淞口釐局差 代理靖江縣宗能述交卸回仍回鎮甯局差 知縣鮑德麟奉粮道委提吳縣新陽漕項差 縣丞何金凱奉委上海貨捐局查驗差辭 道庫吳陛鏞由甯來提餘捐 從九吳樹楷謝奉飭拿獲大宗偷漏蒙記功三次

漢皋茶市 ○漢口訪事人云今歲漢口所售南北兩省及江西安徽之茶祗以山價太高未免客心焦慮詎知天必做美所出之茶色香味都美西商爭相採辦隨到隨銷雖不及去歲之盈餘然已沾什一之利箇中人莫不欣然色喜日內安化茶上莊價三十餘兩次莊亦二十餘兩甯茶上莊價六十餘兩次者亦四十餘兩祁門上莊價五十餘兩次者亦四十餘兩餘處價與前彷彿自四月十二日開盤結至四月二十六日止共到兩湖茶八百八十一字計二五箱三十六萬八千零八十件自開盤至二十六日止共售出七百七十一字計二五箱三十一萬九千六百四十七件除售之外尚存茶四萬八千四百三十三件共售甯祁河茶六百零四字計二五箱十五萬五千七百三十八件連日各埠之茶陸續到漢每日二三十字不等大約頭茶告竣當在出月望間耳 錄申報

藩臬接印 ○新授江蘇巡撫趙展如中丞於四月二十一日交卸浙江藩篆先期將印信封函以綵亭鼓吹委經歷司張參軍送至臬署并派家丁二名親兵八名一路護送署藩司聶仲芳方伯擇於是日巳刻接印屆時方伯朝服出堂望 闕謝 恩畢展拜印信然後更換公服升座各書吏預備紅箋書成上任大吉祿位高陞等字即將印信蓋用各僚屬逐班參見次及書吏營務親兵站立兩階跪叔洋槍一排庭參已畢方伯退入內堂各官復進見叩賀又兼署臬司鄆芝巖廉訪紅示於二十日寅時接印聶方伯於十九日委本經歷爲安之參軍將臬司印信送至糧署其接印禮節大抵相同故不復贅也

法艦守臺 廈門訪事人云臺灣一島議和後本地紳民食毛踐土者心如金石誓不歸日本管轄在臺官憲亦不願輕棄其民必得與倭人決一死戰以報 國恩刻下仍添募雄兵劉淵亭軍門在臺南恒春鳳山一帶扼守尤格外佈置精嚴近日法國派大鐵甲兵輪船十五六號分紮南北各海口以禦日本兵船深恐臺灣一隅倭人未易於佔取而臺民亦難免兵戈之刦也 錄申報

啓者自庚寅歲時疫流行本社配製黃金丹一藥各處散施頗著功效刻値凶荒之後人民流離染受瘟邪病死道路之間不一而足日前局友赴東放賑觸目傷心今爰不惜工資盛配該藥廣爲佈施除本社與城附代施各處任便討取外仍恐東路難民轅長莫及又托火車局友携藥前往按站代施庶期補救萬一合行登報以便週知

濟生社公啓

告白 岑宮保介福圖 左文襄公奏稿 皇朝一統輿地圖 北洋中外沿海詳細圖 東三省圖 四國日記 俄遊彙編 四述奇 小方壺齊地叢鈔 萬國公法 公法便覽 日本地理兵要 日本外史 東藩紀要 中俄界約斟註 中外交涉類要表 日本新政考 武備志兵書 登壇必究兵書 俄羅斯地圖 西國近事彙編 地球五大洲 圖亞細亞圖

文英齋謹啓

陳雨蒼施醫 啓者有病之家無力延醫請於早辰九點鐘午後一點鐘下午六點鐘至海大道養病院後陳宅診視有不能就診者必須寫明住址及姓氏名號送交本宅方能撥冗往診本宅存心濟世門診輿規一槪不取文分

五月十七日輪船進口

武昌	輪船由上海	太古行
公義	輪船由上海	招商局
禮順	輪船由上海	招商局

五月十六日銀洋行情

天津九七六錢
銀盤二千七百八十五文
洋元二千零三十文
紫竹林九六錢
銀盤二千八百三十文
洋元二千零六十文

直報

光緒二十一年五月十八日　第一百十六號

西歷一千八百九十五年六月初十日　禮拜一

上諭恭錄

旨翰林院編修孫奉着於本月十七日在保和殿補行考試欽此　上諭步軍統領衙門奏拿獲拒傷事主搶刦盜犯請交刑部審辦一摺所有拿獲之命三即金藝盛方六即方得林僧人善亭老袁即袁藍何李進信即李子厚等五名均着交刑部嚴行審訊按律懲辦未獲之楊六劉恒與孟猴筋陳小辮溫紅明王山東趙振邦等犯仍着嚴緝務獲毋任漏網另片奏拿獲倉匪坐地虎大瑞子即瑞玉又名虎兒鐵筆先生祁相華等二名着一併交刑部訊明辦理欽此　上諭溥齡等奏驗修河道泊岸各工請派員查驗一摺　惠陵河道泊岸等處應修工程着派英年敬謹查勘奏明辦理欽此

元氣說

天之高地之厚古今之遙人民之衆人閱世以生人世閱人以成世天無不覆地無不載人無不生暑往寒來應時不爽川流岳峙終古不遷君尊臣卑舉世不易何恃乎天恃其高何以高地恃其厚何以厚人恃其衆何以衆亦恃乎元氣而已矣元氣者何生天生地生人之氣在天地則曰天理在人身則曰良心中庸之所謂中所謂和皆於無可命名之處而强命之名其實天地人之所以生生不已者皆元氣也無元氣則天頓失其高地頓失其厚人頓失其衆天下之生息而世無世矣何以見之天下之事未有未見彼事之巧而遽厭此事之拙者未有未遭流離之禍而遽識安常之福者未有未經喪亂貧病殺傷死亡而遽見爲忠臣孝子仁人義士之眞心與天地參竝河山壽富貴不能淫貧賤不能移威武不能屈所欲有甚於生所惡有甚於死爰有以亘古今成世界而世界中得以倫安其五業守其四者嗚乎乃今而知斯世斯民之元氣所在矣使世世皆如唐虞之朝舉目皆德政洙泗之席入耳皆德音揚言拜手酌雅秉經縱橫交錯無非仁義左顧右盼無非道德民忘帝力士號儒行舉世成風莠良一致又何以識元氣之眞在哉人情畏亂而幸治避害而趨利忌遲而喜速惡勞而好逸普天之下自古迄今賢不肖其品分其情一而賢者每得其趣之眞不肖者恒逐其形之似得其眞則舒以長逐其似則猝而窒其處世也不外衣食其治世也不外事功世有見曳婁而倚市門者得帛於一笑之頃則回視蠶婦之浴焉而食食焉而繭繭焉而繅繅焉而織經數月之辛苦始得帛而猶不敢以曳婁自華也則訾之曰此天下之至愚者也世自有衣帛之途我既衣夫帛矣何恤乎蠶與不蠶之名見有饜飫而坐賈區者得粟於一日之間則回視農夫之耕焉而種種焉而耘耘焉而穫歷終歲之勤動始得粟而卒不敢以饜飫自飽也則又訾之曰此天下之至愚者也世自有得粟之途我既食夫粟矣何恤乎耕與不耕之名見有逞詐變而圖富强者成治於立談之際則回視王政之修焉而齊齊焉而治治焉而平積必世之仁術始成治而終不敢以富强自侈也則又訾之曰此天下之至愚者也世自有成治之途我既成其治矣何恤乎王與不王之名豈知彼之所以倚市門可以僥倖得帛者以蠶婦辛苦有以陰爲之續也彼之所以坐賈區可

以僥倖獲粟者以農夫勤動有以先力其穡也彼之所以逞詐變可以僥倖成治者以王政之仁術有以遠留其澤也非然者雖欲僥倖得帛帛奚從得雖欲僥倖獲粟粟何由獲雖欲成治治胡以成哉況鋒鏑之際民至死而不受降饑饉之餘民至死而不爲盜此皆有生來自然之元氣天地以之而立世界以之而成終古聖人隱有以化導維持先時入人肝脾爲人性命因元氣以固元氣者之力豈徒恃一師一旅一官一吏一時僥倖之功乎哉爲治者盍反其本矣

戶部奏稿　○戶部謹奏爲遵旨議奏事光緒二十一年四月二十四日軍機大臣面奉　諭旨翰林院侍讀學士準良奏穀重傷民請飭部借撥銀一百萬兩接濟平糶一摺著戶部議奏欽此欽遵由軍機處片交到部據原奏內稱京師自入夏以來糧價昂貴逐日加增由於軍務未平商販阻滯加之河水氾濫武清以東土田淹沒以致雜糧缺乏麥價騰起幾於商民交困以奴才所聞市面儲積業有不足一月之勢情景迫急實堪焦慮本年順天府設局平糶法良意美而爲數過少不足以資救請　旨飭下戶部籌日借撥銀一百萬兩交順天府設法接濟或派員採買分局平糶或傳集糧行廣行販運應如何利益民生及慎重庫款之處請　飭順天府一面開辦一面妥議具奏等語臣等伏查本年近畿一帶猝被水災以致米麥雜糧日益騰貴該學士奏請借撥部款設法接濟洵爲利益民生起見惟目下籌防善後湊濟軍需部庫支絀萬分其情形久邀　聖鑒若欲撥鉅款採購米糧實屬無從措辦且查本年四月二十四日欽奉　諭旨飭令直隸總督順天府府尹招徠商賈販運米麥各糧並寬免稅課以昇平糶一事業經奉　旨籌辦該督等體念民艱定能設法招商勿令米糧缺乏且滬商源泰義等因京津糧價日昂情願辦米三十萬石分運至京並請給發免稅護照經者直隸總督王文韶電咨有案稅課既經寬免該商獲利較厚販運自然踴躍市價可冀漸平似不必派員購糧另籌接濟所有臣等遵議緣由理合恭摺具陳伏乞
皇上聖鑒謹　奏

愧此巾幗　○嘗觀世人于兄弟鬩偶失友愛之情大半皆誘于牀頭人以詩有婦有長舌爲厲之階二語也抑知巾幗中亦有不可概而論者聞前門外校尉營有錢姓兄弟二人以家道夙號小康伯仲鬩屢欲分產析居各求樂境于是爭端互起兄若弟憤氣出門而去大有不及黃泉無相見之勢也固去冬皓月團圓後事也迨及日前乃兄與其弟不期而會皆自他鄉言旋見妯娌二人和好如初毫無間言日各責其夫以大義勸其不可爭競致貽外人笑娓娓千言竟能使兩相感悟兄弟抱頭大哭吁錢姓兄弟以昂藏七尺鬚眉幾釀成鬩牆之釁乃愧此婦人多多矣

扒城跌斃　○諺云寧走十步遠不走一步險斯言也雖不足爲躁競人說法而登高臨深人可爲殷鑒已聞五月十三日東直門外六里屯地方某姓農爲業年近花甲育有三子長子某日肩挑青菜赴城內售賣日暮返里城門已閉只得扒越城牆而過先將空担蔴筐並所賣錢十餘千由城垣擲下隨扒城而上正在邁越女牆之際詎料失足一落千丈致將頭顱跌破眼鼻牙齒亦均血液模糊不可辨認登時殞命鄰人某於十四日尋見稟報相驗委係因傷身死領屍備棺殮埋噫行險僥倖者可以鑒矣

平糶設局　○督辦直隸賑撫總局爲出示曉諭事照得近畿一帶連歲被災居民窮苦已極自上年倭氛不靖征兵雲集食用日繁糧價因之昂於以本年四月初間風雨海嘯河水漲發田禾復被淹沒民生重困前奉札行欽奉　上諭飭令購買米糧分別平糶以濟民食並奉　督憲批行以據津郡舉人陳桂監生梁永清等稟請酌定糧價按案設局平糶以濟民生飭局會督府縣妥籌辦理各等因奉此本局道等公同會商查津郡地方人烟湊集居民日食米糧繁多現查山東粟米販歸錦州等處放賑者以道遠難運本須變價自應酌定價值在於天津城外適中之地分別設局遴派妥員督同董事人等認眞平糶酌擬章程勘定地段在於西沽龍泉寺河東藥王廟及廣仁堂等三處設立平糶局並由出示曉諭凡貧民赴局糴買按升取價每糶少者不計多至五升爲度以防取巧由局派委候補通判沈倅其球沈倅寶賢候補從九檢陳振塾分駐各局並派候補知府張守振棨總司稽查不准商人囤積居奇乘虛抬價以昭核實除詳咨督分札會津外合亟出示曉諭爲此示仰津郡各該居民諸色人等一體知悉爾等須知設局平糶原爲救濟貧苦災黎而設倘有本地奸商以及痞棍地保無賴棍徒從中串勾故意阻撓藉端攪擾者一經覺查或被告發定即嚴行懲辦決不寬貸其各凜遵切切特示

血淚圖　○語云世間萬般悽慘事莫過死別與生離乃有死別生離合而爲一其悽慘之狀更當何如第非目覩者尙可漠然置之也僕讀書之餘惟好採訪善惡果報耳目所及輒筆於書以資勸懲年來畿東地方迭被水災飢民嗷嗷幾於十室十空僕一介書生人微言輕何能爲民請命不過就所見聞拉雜書之以告世之救苦救難者而已本月二十四日在玉田友人處述及李家田者邑諸生也生有四女兩男長已適人仲叔季尙在待字兩子一甫十歲一在懷抱生素以舌耕餬口比因屢遭饑饉生徒星散自是遂賦閒居而一家八口生計益絀生又顧直既少故舊垂憐又不欲靦面向人月之十八日生家不舉火者已四日矣兒啼女哭之聲不絕於耳生環顧其室更無可以易錢者乃舉其釜甑易得高粱米升許借鄰之鍋竈煮成稀粥生乃告其妻曰如此荒年難免一死與其死於流離失所之後曷若死於兒女團聚之日乎言已即投毒於釜妻止之不可相對飲泣比粥熟呼其子女就食其幼女嫌粥苦不食生慰之曰想係兒數日不得食故耳命加餳少許強而食之詎粥未盡而毒已發一家八口同時命盡比鄰佑知覺已毒深莫救正嗟嘆間其長女適歸甯攜子女各一且帶米斗餘盖欲知其父母久斷烟火持此以延旦夕之命耳不意來遲片刻慘抱終天之恨於是痛定思痛淚盡而血即昏僕不省其子甫五歲女僅七齡見粥垂涎遂染指焉迨母甦而子若女亦毒發而死嗚呼慘哉書生命薄逢此歉歲赤子無辜同罹厥難乍聞斯言爲之肝腸寸裂乃傳者猶謂如是而死者且不止一家一家之中更有不止八口者嗟嗟惻隱之心人皆有之又曰人之好善孰不如我方今天災流行近畿數十州縣人民之死於飢寒者殆不可以數計雖家各上書彰念民艱普施賑濟乃災區過廣奚能博施所望普天善士四海仁人廣施法力共拯時艱或慨解巳囊或力任勸募但得千文錢便救一條命爲善最樂積厚流芳僕雖不敏竊願與天下有心人共勉之　朱胸游子來稿

鈐印示期　○邑侯趙星甫大令定于二十日並二十六日文武正場及投卷日期已登昨報向例郡城府縣兩學每逢文武止場前數日諭令廩保等赴明倫堂監視各童書押就近鈐印茲聞文武正場之期府縣兩學今定于十七十八十九等日各廩保給文童書押並定于二十三二十四等日各廩保給武童書押是日務宜齊赴明倫堂書押畢以便鈐印毋得自悞云

刀傷垂斃　○本埠好勇鬥很之風習於性成雖各大憲嚴定刑章站籠正法並解獄十年所擬各條無可再加法律不可謂不嚴而愍不畏死者猶覺若罔聞此眞視命如兒戲者已前河東過街閣混混劉二與同夥混混胡三因自嫌隙劉二用刀將胡三腳根砍斷經邑侯李大令責蟒鞭一百鎖槓示衆適劉二患病改爲在籠鎖押昨胡三之表弟沈玉增赴縣呈究現胡三傷重垂危命在旦夕等語邑尊趙星甫大令因情節較重將劉二患病是否屬實姑候提驗再爲發落云

婆心苦口　○古者以里仁爲美惟善爲寶今則必以里富爲美惟財爲寶何也地方之有紳富平日蔭垂萬畝資之者多贍養備及鄉黨迨邑里有公務亦惟富者是資易於舉辦此富有財者之足貴也然富者應自培其本勿傷其根而後富可常富若如某富室之背本不思從前如何受恩於人至今反顚倒向恃其財多致人不直似此作用天豈祐之又如某富室以少凌長任意勃谿諺云物必自腐而後蟲生之似此紛爭人必問之是皆非養富之道也吾不禁爲富者懼更不憚爲富者勸

齋課題目　○三取書院五月十六日齋課生童題目　生題卑宮室而盡力乎溝洫　童題卑宮室　詩題賦得棋子聲疏識苦心得心字　生五言八韻　童五言六韻

假冒僧官　○本埠各寺院不下百數十處各方丈等恪守淸規深明戒律者實繁有徒紀不勝紀惟外來僧道貌似方正而心實狡詐者殊屬佛門之蠹日前有本鄉和尙一名法古又名道經一僧而具兩名其人多詐不問可知茲聞此僧冒充武備學堂五聖堂僧官在津城內外招搖撞騙昨經五聖堂方丈查知該僧冒充本堂僧官可惡已極因飭人在外查訪如知此僧下落送錢兩千文決不食言等語俗經拏獲定必送官懲治也

故作驚人　○近今風俗澆漓在守分之家閨範謹嚴不致橫招物議而中下之家婦女者流以修飾爲入時最易惹事生非動輒聲稱[illegible]此[illegible]西門外永明寺[illegible]有[illegible]氏年逾花信亦再醮之婦當居孀之時守同處女鄰里毫無閒言客歲經冰上人說合嫁李某爲

妻本月初旬甫甯父母甫逾兩月李某忽邀同署當差者五六十人昨晚至其岳家撞門入室即將周氏搶去岳家不知因何事故觀此情形俱各目瞪口呆據外人聲稱李因該氏善於修飾恐在家有闇昧事是以作此強暴之行否則命一輿來即可接之歸去又何必故作驚人之態耶

擱河劫糧　○子牙河上游獻縣地界劫糧已登前報茲又聞糧客云前次在胡車村被劫後至小範又結伴二十餘隻糧船僱冀州祥泰驃局保險每船驃價十千行抵獎屯下有雙村賀某勾串文德村桂林花村王家庄四村共聚千餘人將保驃人赶跑刺十餘將糧劫□□載船乘夜逃走二隻行抵沙窩其一隻又被沙窩□□劫去惟在小範鎮由萬勝驃局保險者每船驃價三十千皆未被劫哏同是驃局保險獨由萬務局者驃價雖增兩倍然皆幸不被劫亦必有道矣

鬧教述聞　○□日風聞川中有鬧教事其勢甚熾初以土人與耶穌教中齟齬後忽波及天主教中之三德堂肆行滋擾將教堂講舍醫院□付咸陽一炬戕斃人命爲數不少地方有此巨案想辦理者必多棘手也茲特先紀崖畧俱詳尚待續聞　錄申報

臺撫電信　○昨由臺灣尋訪軍務之西友電致本館將臺撫唐薇帥致各直省大吏電稿見示合亟照錄於下　日本索割臺灣臺民不服屢經電懇不允割讓未能挽回臺民忠義誓不服倭總奉　旨內渡甫在摒擋之際忽於五月初二日將印旗送至撫署文曰臺灣民主總統之印旗藍地黃邊不得已允暫主總統由民公舉仍奉正朔遙作屏藩商結外援以圖善後事起倉卒迫不自由已電奏幷佈告各國能否持久尚難預料惟望憫而助之景崧此皆電稿語也懷忠抱義者其亦有躍然而起同扶危局者乎拭目俟之曷禁瓣香奉之　錄申報

啓者本局按年總結向於四月內一律核算清楚刊刻分佈於五月初一日派分股利歷辦在案茲光緒二十年分總結帳目因海氛不靖烟台營口各處之帳未能如期報山其統年總結未免因之延悞現已催令各處將去年帳目趕日彙報以憑結算分利因將光緒二十年分甲午第十一屆總結展至六月初一日在上海開平礦務滬局廣東開平礦務粵局天津開平礦務津局三處分派股利預於五月內在唐山總局彙算清楚仍請在股　諸君枉臨　查閱以便發刊至來回川資仍由總局籌備再此屆分利祈　各股友務將息摺連同股票一併持來派利各局核算派息俾於股票內加印戳記如祇將息摺送來取息即照議緩囘幸　垂諒是荷特此布達
開平礦務總局啓

來洋貨號

開設天津紫竹林大街自運各國洋貨鐘表絨衣襪氈毯印花飯單電鍍菓鈫羹池茶釣鍍銀盤盖玻璃菓烙碗洋琴洋酒酒鑽首飾剪絨女工盒表盒像譜三連粧台鏡清光紅毛玻璃片大抬頭鏡雙磨邊花素彩畫磨花茶几鏡子等
格外減價消售發客

告白　彭公案　楊家將　昇仙傳　南北宋
金鞭記　雪月梅　後聊齋　後列國　玉姣梨
小八義　草木春秋　西湖佳話　醉菩提志怪
盛世危言　前後七國　鐵花仙史　挑燈新錄
後英烈傳　三續聊齋　巧合奇冤　花月姻緣
髮逆圖記　第一奇女　續施公案　醒世姻緣
五虎平西南　續今古奇觀　續永慶昇平
萬年青初二集　五十名家手札　文美齋謹啓

陳雨蒼施醫　啓者有病之家無力延醫請於早辰九點鐘午後一點鐘下午六點鐘至海大善養病院後陳宅診視有不能就診者必須寫明住址及姓氏名號送交本宅方能撥冗往診本宅存心濟世門診　規一槪不取文分

浙紹朱鈍翁現由山海關統領晉軍何鹿秋軍門處事竣回津依舊懸壺仍寓彌勒菴

德生　五月十八日輪船進口　輪由上海　怡和行
南昌　五月十九日輪船出口　輪船往上海　太古行

五月十八日錢洋行情
天津九七六錢
銀盤二千七百八十五文
洋元二千零三十文
紫竹林九六錢
銀盤二千八百三十文
洋元二千零六十文

直報

光緒二十一年五月十九日　第一百十七號
西曆一千八百九十五年六月十一日　禮拜二

上諭恭錄

自繙譯進士晉斌着仍以兵部員外郎歸原班補用貴福文華俱以庶吉士用壽康着分部行走截取工科給事中戴恩溥着照例用戶部主事卜燕賓刑部主事于崇燮俱交部記名以直隸州知州用國子監博士梁孝熊着照例用分發四川道賀綸夔楊瀚橿湖北知府韓綬陝西同知鍾壽彭浙江同知夏適桐直隸同知陳公恕安徽直隸州知州鄭淑璋廣東直隸州知州王壽卿湖北通判江鳳藻廣東通判徐書祥北河知縣王道昌直隸知縣汪驊千景沂安徽知縣陳艮楨廣東知縣宋均平廣西知縣茹沛澧王景崧安徽知縣郭集馨山西知縣賴恩榮朱鴻文田徵葵浙江知縣劉孝祜范傳衣江西知縣韓經衡湖北知縣周世樸廣東知縣鍾爲楨廣西知縣李均琦沈世培錢錫寶劉士驥謝國南劉鳴頤兩淮鹽大使許福謙俱照例發往吏部員外郎員缺着哲兒敦補授　孝陵禮部員外郎員缺着豐壽補授　盛京禮部員外郎員缺着勒福補授吏部堂主事員缺着文炳補授　盛京刑部主事員缺着榮安補授工部司匠員缺着文清補授欽此　硃筆稽察□白旗蒙古旂務着麟趾去欽此

中東西國政俗得失論

韞輝堂稿

中國開闢最先迭經五帝三王之損益與孔孟之論定故禮制大備而至當自變亂於秦君權獨擅弊即隨之二世遽亡是其明驗漢迄唐宋雖歷有大儒誘繹闡發尚未盡得而君權一端非人臣所敢諍有加無已至明斯極君權極而弊亦極遂使先聖遺徽軀殼徒存精神盡亡有外而無內矣日本開闢於周其與中國往來惟唐爲多聖教佛教遞傳入之後又阻隔故僅染漢唐之弊尚無若明以來之甚者也泰西以英爲望國其開闢較後由獉狉而漸開化百年來乃日新月盛幾蔑以加於今相提並論則中國似由明而入暗西國乃由暗而向明者其禮制雖未盡善而政與俗之超軼者固多矣其政如君民共和之適中又如巴力門之無分貴賤以及解商講武美不勝書尤難者在持論知足於屬地視同一體而容飾則各任所安不強使同正合於禮所云君子行禮不求變俗修其教不易其俗非僅爲彼自由之道宜然也俗如率以不能生財爲恥尤以無益於世爲恥不喜多男不使子孫坐享子孫亦不屑坐享此最與中俗天淵者若其不善則應以重女爲尤如自擇其配守志不旌西國所同得失亦參向可弗論至於惡夫拘束不嫁生子公侯夫人棄夫改嫁皆不爲恥則又與中俗反向天淵非僅接吻握手之禮可駭矣詳推所由殆有二端一必因女特少少則貴如冀州五男三女而邯鄲重婦人也一則因西禮草創只知順情觀於甚字以廿匹會意可悟此易太過中禮確有名分向不乏獅吼則西俗之始但無別者久必自成女貴先聖定禮多有逆情抑制故曰禮之近人情者非其至而彼未能見及耳容飾固身外細事其男服之僅取掩體自是尚質觀武梁石像知中國古服亦非甚寬大泚下惟女自幼以帛囊束成細腰已與弓鞵同一矯揉又爲高乳大臀甚至作架支裙圍可丈餘禮裙後幅曳地數尺必人攜始得行則直枉勞衣博帶更無謂矣中國聖教之至善閱西儒已多心識之特亦積重難反計前此西俗固多漸變者則於此亦應不遠矣

此□

節烈宜旌 ○三姑六婆實爲淫盜之媒婦人無識而誤聽之鮮有不受其欺者京師廣渠門內彌勒菴前居住呂某者家貧如洗於正月間病故其妻沈氏生有一子年僅七齡自呂故後沈氏無以存活遂攜子傭工爲餬口計經鄰媼張氏允爲保薦偕婦母子至宣武門外七井胡同王姓家內居住詎張暗串媒婆將沈氏私自嫁與秦某爲妾沈不知也及至乃知爲張氏所賣同秦訴其苦景秦稱費聘金若干並非拐騙沈氏復思身入牢籠終難謀脫竟於五月十三日乘間以紅礬泡糖先令子服隨後自服移時毒發母子皆歸地下嗚呼慘哉然而烈矣

明目張膽 ○京師混混之風其平時構怨與兵固已有擾閭閻之害不意近來復有橫借錢文恃刀嚇詐情事前門外牛皿胡同一帶鍋夥匪徒自大頭王老等經鍾侍御奏參已奉廷寄嚴拿懲辦地方稍見安謐近日又死灰復燃比見有混混羣黨多人向某姓強索硬借以示倚強壓騙某姓因飽其慾壑非一次也乃五月十三日午前混混中乙二人又恃刀赴該姓詐索錢文因婉辭卻之胆敢用刀將該姓婦刃傷鄰右奔集勸休始免釀成命案若輩明目張胆洵爲王法所不容矣

作僞徒勞 ○文安縣人高某居住京師前門外趙錐子胡同隨宦服役時時在外娶妻李氏向與岳家同居妻母平日不守婦道近因高續主遠出潛將伊女送入王廣福斜街巧香妓寮稱爲三姑娘遽作賣笑生涯迨五月初三日高某由晉回京入宮不見驟詫殊甚向其母詢問據言已於今春病故現有殃榜坟墓可憑蓋其母深恐洩漏早經覓人僞寫殃榜並在永定門外白廟地方假築墳墓一處預爲遮掩之計旋與高同至墳前焚燒紙錁高從此並無疑慮不過悶悶而已忽於五月初十日友人馮某探視偶爾叙及前情馮即邀高出外同赴各妓館解悶不料至巧香妓寮內正在見客之際適遇少年某公子與所謂三姑娘者有嚙臂盟喚伊橫陳一榻吐霧噴雲該妓姍姍而來將次入室被高從窗中看見似伊妻李氏形狀疑慮之餘不由心中氣忿闖入該妓屋中將三姑娘細視確是故劍無疑當即揪住究問該氏一見故夫容色慘變默無一言其客某少年未知底細頓生醋意口出惡聲向高拳脚交毆正在爭鬧之際馮某赴中城坊代友稟告前情派差將高楊二人暨巧香妓女一併傳案並將該妓寮封禁分別管押詳城立傳高之岳母李韓氏呈質訊尚稱爲適合情和盤托出李韓氏無可抵賴均供認不諱旋即咨送刑部按律定擬斷令高某當堂將妻李氏領回從此樂昌破鏡得慶重圓彼覥然稱岳母者清夜興思其亦悔作僞徒勞否

營務得人 ○欽差大臣劉峴帥前奏調黃軍門本富曁贛南鎮何軍門爲營務處現在郭軍門寶昌奉 命派爲隨同峴帥辦理軍務於日前抵關即蒙委辦營務處差使並稽查各軍事務按郭軍門謀勇兼優今既委辦稽查各軍關係利弊強弱定必詳爲查辦以期盡成勁旅也

整頓吏治 ○州縣爲親民之官府廳次之一邑得人則一邑治一郡得人則一郡治州縣府廳官之關繫民生豈不重哉陳佑民方伯丰裁峻厲疾惡如仇蒞任後以畿輔重地爲各行省冠冕勵精圖治每於接見僚屬時衡量才品寓黜陟之意爲日昨因公來津謁見署書閒攜有手摺擬登白簡內如某某之剛愎躁妄某某之取巧鑽營某某之貪婪無忌某某之庸謬糊塗約有三十餘人之多方伯意在寧使一家哭毋使一道哭蓋於官方吏治實有不得已之苦衷在也揭曉當不遠矣

東漕又至 ○山東河運漕糧先後到津已陸續登報茲探悉山東東昌備路漕糧運官王燿明旗丁魏汝則押解糧船二十三隻於本月十四日辰刻過大肆關北上至通交納

庸醫殺人 ○近來天氣寒暖不常人感其氣而病者甚多或周身火熱或頭痛惡寒或嘔吐或狂語種種不一皆時邪所致治得其法一汗即愈倘用藥不慎輕病轉成重病邪入臟腑則不可治日前本館接傳公館交來時症驗方據稱屢試皆效囑爲登報曾登過三日有病之家何弗取而試之頃據訪事人來言南門外王姓患時疫症已十餘日終日譫語於口瘟毒已經表見有梁姓醫生爲之診視重用熱藥一劑而斃王之家人欲稟官求懲經人勸解現尚未了噫天灾流行病同一律既有成方較庸醫自必妥協何以輕信醫而不信藥耶

小命案　○津地奸勇鬪很致傷人命之案幾於日有其事然鬪者必年相若有嫌隙也初不聞以壯夫而毆一小孩致死者頃據訪事來言十五日鎭署箭道居住之李姓小孩年才十三歲不知因何事開罪於韓某韓肆其方剛之力拳脚交下活活將李孩打死當將死未死時李孩滾地辱罵頗有寧死不服之槩孩但顧可以小輕之乎現由李家呈控到官恐韓未必能邀寛典也

傳辦供給　○本郡戲園四家藉口應差不准另再開設初以爲必是地方極要事件非若輩不能與辦故請示則爲之出示控入則爲之傳人地方官皆奉令惟謹今乃知不過縣府院三試及問津三取等書院考試之園供應桌椅板橙一事耳誠細事也伏思縣府院三試爲掄才大典各州縣皆有公欵辦理爲數甚鉅豈區區數百件卿木桌椅板櫈不易置辦乎何弗於公欵撥欵中略爲挪移置備此物即或試後稍有損壞添補價值有限用以存諸各書院爲肄業之用並爲官課齋課之需豈不甚便何必以區區之公事責成於娶笑之戲園致若輩藉口應官把持壟斷哉頃據訪事人言縣試現已定期邑尊趙大令飭差傳四大園園掌令其照例備辦每園桌子四十張椅櫈六十條限十九日備齊送至貢院云云按每園桌子四十件四園共一百六十件板櫈每園六十件共二百四十件兩共四百件所値不過三四百金若於公欵中籌出置辦既可一勞永逸市儈不得有所藉口似於政體爲優不識當道者以爲然乎否耶

借錢又見　○鑽穴胠篋謂之竊明火執仗謂之搶要人於路截留財物謂之刧皆得而名之曰賊獨於黃夜登人房屋手執器而不發呼主人而告語必得財而後去而美其名曰借錢此風起於前五年熾於前兩載被其借者多不過數十千少至三五千有報案有不報案蓋以所失無多不合結若輩怨也去歲此風少戢頃聞前三日南斜街某宅又有人登屋借錢經主人告以艱苦其人亦頗知愛惜祗借去津蚨三千文並稱後當歸趙噫殆亦飲盜泉者歟

火災彙志　○當此風乾物燥火宜愼防苟不小心爲害匪細昨日午後四點鐘時天會軒胡同某宅不戒於火致兆焚如幸在日間一經小鑼警救水會雲集且是時風已漸息施救迅速未被蔓延然鄰右已受驚不淺矣

誠實不欺　○本埠洋車三千餘輛拉車之人良莠不齊莠者固多而良者亦復不少南門外太平莊有張某者靜海縣人去歲因被水災就津謀食每日拉洋車爲生雖自食其力而人極慷慨日前在河東車站地方拉運某客貨物赴新浮橋交卸不料轉瞬間某客不知何往及拉至橋口無從交替張某在橋口同原車守候多時亦不見某客之至滿心疑慮迨候三日昨張某遍粘告白俾原客前來認領以便交納噫如張某者可謂誠實不欺者矣

是宜封禁　○管夷吾以女閭三百富齊後世之教坊妓館人皆目之爲銷金窩富商巨賈溺此而貧者比比皆是不能富而轉以貧者何也蓋自管子之才則富可立致無管子之才則否嗚呼富强豈得妄冀者哉本埠侯家後窰窪紫竹林西關南關外等處娼寮林立游勇士棍日事滋鬧敢爲惡習紫竹林北偪近租界尤宜肅靜昨奉局示嚴行査禁不得再行開設如敢故違定將房屋入官房主窰主一併治罪云云或謂此次査封係爲某少豪在該處吃虧所致實則藏垢納汚之所少一處即少一匪人潛跡之區禁之誠是也

失而復得　○本邑今歲値此儉年百物倍常昂貴貧民生計艱難已屬可慮再加以各省遊民及失事無業者潛跡在此益復可慮玆聞前日河東鹽坨有張姓者以鞋行手藝爲生每日晚赴鞋鋪交領活計率其學徒各負一包日以爲常昨天將日晡又往交活正行至鹽坨地方忽由背後來人搶其包袱而逸張飛奔追趕幸經路人將該犯獲住詢係甘肅人某姓當卽送交地方官不知作何訊辦似此白晝搶物大非所宜豈不深可慮哉

刼糧續聞　○子牙河上游刼糧已屢登報玆又據糧客詳述云獻縣沿河一帶地方如胡車村雙村桂林村王家庄沙窩等處不一而足約爲獻屬者多承平豐稔之年向有匪徒傍晚行刼行刼之法或于田間置一農器躍一樵擔僅意似良民暗藏洋鎗砍刀臨刼則一嘯蟻聚其侶夙名老搶其會則名砍刀奪財傷人是其慣技一値歲荒飢民之附者益衆遂於白晝公然行刼屈某賀某張某其素著者也蒞茲土者嚴捕則散而爲良政寬則聚而爲匪其人與捕役巡兵習爲同鄉保無親族其與公門聲氣之通無庸過問故自饒陽以下鏢局甚多保鏢者必隨樹鏢局旗號於舟車每過市鎭橋梁及險隘之區輒大聲疾呼先傳其號非徒恃技勇鎭盜實以聲相通氣相關勞

相博也如刻下小蒲鎮萬勝驟局係其輕寶太史賀公所爾太史門十朱輪床堆牙笏芝蘭臚秀棠棣聯芳好行其德樂善不倦義聲爲遐邇所聞 大成局保險驃價視他局會昂兩倍聞所得之價先以三分之二急給封糧諸人以爲安撫所以凡由萬勝保險者皆幸無恙嘻與其以此項爲安撫之費盍卽以此項倡賑捐之首並廣勸來往糧客與其任衆人之封査即以所貨之糧酌以數分爲賑捐一則可以濟貧民一則可以安商旅且卽於査賑之時藉清保甲以靖匪徒所捐之糧請官給票以備將來議獎之地如江省茶捐辦法一舉而四善備所望賢宰賢紳秉利度義焉

揚州命案 ○揚州仙女廟有某甲者家頗小康素有季常之懼前月二十八日甲自外歸携鮮魚切麵等物使妻烹飪詎知妻與某寺僧正參歡喜禪被甲窺出破綻妻恐無以自存卽以砒毒暗置麵中不料爲其媳知覺遂向翁盡情吐露將麵傾潑在地呼犬食之登時倒斃甲卽隱忍而出妻知事機敗露媳爲罪首晚向其子誣媳以不端之事其子大怒於三更時母子二人用麻繩將媳勒死以石磨繫於屍身拋入後井又恐日久屍浮復行撈起用刀劈成數十塊掘土埋之及甲歸不見其媳急詢情形妻誑以母家接回適媳弟前來始知並未回家頗自弊竇媳弟遂出外鳴保甲妻大懼擬以番佛六百尊作和事老媳弟不允聞已具稟呈控矣 錄申報

血淚圖 ○語云世間萬般悽慘事莫過死別與生離乃有死別生離台而爲一其悽慘之狀更當何如第非目覩者向可漠然置之也僕讀書之餘雅好採訪善惡果報耳目所及輒筆於書以資勸懲年來畿東地方迭被水災飢民嗷嗷幾於十室十空僕一介書生人微言輕何能爲民請命不過就所見聞拉雜書之以告世之救苦救難者而已本月二十四日在玉田友人處述及李家田者邑諸生也生有四女兩男長已適人仲叔季尚在待字兩子一甫舞象一在懷抱生素以舌耕餬口比因屢遭饑饉生徒星散自是遂賦閒居而一家八口生計無細生又巔直既少故舊垂憐又不欲靦面向人月之十八日生家不舉火者已四日矣兒啼女哭之聲不絕於耳生環顧其室更無可以易錢者乃舉其釜甑易得高粱米升許借鄰之鍋竈煮成稀粥生乃告其妻曰如此荒年難免一死與其死於流離失所之後曷若死於兒女團聚之日乎言已卽投毒於釜妻止之不可相對飲泣比粥熟呼其子女就食其幼女嫌粥苦不食生慰之曰想係兒數日未得食故耳命加糖少許强而食之詎粥未盡而毒已發一家八口同時命盡比鄰佑知覺已毒深莫救正嗟嘆間其長女適歸甯携子女各一且帶米斗餘盖稔知其父母久斷烟火特此以延旦夕之命耳不意來遲片刻慘抱終天之恨於是痛定思痛淚盡而血卽昏僕不省其子甫五歲女僅七齡見粥垂涎遂染指焉迨母甦而子若女亦毒發而死嗚呼慘哉書生命薄逢此歉歲赤子無辜同罹厥難乍聞斯言爲之肝腸寸裂乃傳者猶謂如是而死者且不止一家一家之中更有不止八口者嗟嗟惻隱之心人皆有之又曰人之好善孰不如我方今天災流行近畿數十州縣人民之死於飢寒者殆不可以數計雖蒙各上憲軫念民艱普施賑撫乃災區過廣奚能博濟所望普天 善士四海 仁人廣施法力共拯時艱或慨解己囊或力任勸募但得千文錢使救一條命爲善最樂積厚流芳僕雖不敏竊願與天下有心人共勉之

朱朐游子來稿

告白 本齋運到新譯各種兵書 克虜伯礮說 行軍測繪 海道圖說 攻守礮法
繪地法原 礮法心準 測地繪圖 營城揭要 營壘圖說 測繪叢談 臨陣管見
列國陸軍制 英俄印度交涉書 開地道轟藥法 礮乘新法 礮法求新 前敵須知
礮法畫譜
文英齋謹啓

陳雨蒼施醫 啓者有病之家無力延醫請於早辰九點鐘午後一點鐘下午六點鐘至海大街獲病院後陳宅診視有不能就診者必須寫明住址及姓氏名號送交本宅方能撥冗往診本宅存心濟世門診與視一槪不取文分

五月二十日輪船出口

怡生	輪船往上海	怡和行
公義	輪船往上海	招商局
南昌	輪船往上海	太古行

五月十九日錢洋行情

天津九七六錢
銀盤二千七百八十文
洋元二千零二十文
紫竹林九六錢
銀盤二千八百二十文
洋元二千零五十文

直報

光緒二十一年五月二十日　禮拜三　第一百十八號
西曆一千八百九十五年六月十二日

中東西國政俗得失論　續前稿　韞輝堂稿

夫無分彼此惟善自從固不易之正道中國聖化既成有外而無內則取西法之外不足而內有餘者正是良藥固不但製造之精巧爲必不可不倣也但民情之不易治者亦非無因英始以販毒物來拒之又以兵力脅行流毒靡涯民不知爲英一國則凡見白人即若仇教士雖多安分而所招無非莠民憑城作祟莫能究詰益以制作機巧如神工鬼斧故今除通商口岸以外民尙疑爲妖法邪術絕不知其恐本實學之可倣倣也然有不可倣者二一爲豪奢必先有英之富方可否則立敗一爲輕刑世輕世重本非一定而今則正合亂國用重直宜曾大臟孥戮一條嘗聞有達官自盡以富後人究其通病在貪大半欲使子孫坐享故非此不足以藥之日本民氣過亢今又倣用輕刑亦恐無以善其後矣惟其國中弊原較少造作亦較巧尊王之際能不貪君權無限而法衆政又能堅苦奮往宜乎西人推爲五洲第一君王大收維新之效然其大失亦有二一在改裝黃人之髮堅直而長則爲髻約束之白人之髮卷而短則薙之皆任其自然不毀傷也乃東以黃人而亦薙短欲同於白人而不能卷似是實非徒失其眞衣本古制應珍惜之不暇如嫌不宜武事則兵服自應有別卽工藝亦可謂禮不下庶人何忍無分朝野幷禮服亦毀裂之反爲西人所笑其尤甚者强使中山人與己同不使自由大異於西之公道大度此幸在最爾若遇稍衆則必因此常開兵端彼以趙武靈王自解不知暹羅改裝仍破法侮可見不在此外貌矣朝鮮爲殷之遺存古最多愚昔思取其諸衣冠而藏之今未卜能不盡亡否也一在廢大將軍而不以權屬相夫大將軍之害政以漸成世及也若公舉之相又何可不屬以權蓋政雖經二院議上亦必有可否之者是卽權之所屬沈粹生譏英以政由甯氏實大不然何則君旣世及卽未必皆賢必屬權於公舉之相以維持之否則君或英毅必漸收歸將成無限向不見弊及其嗣不克肖而旁落乃晚矣東民病在躁動恐不久而改民政不然則又成君政今日之局必不能久其躁動與中民之弛緩相反一過一不及然中難於治標而東則難於治本中民能善導之可使如德如美東則極之如法而已此二方得失之大較也

嚴示緝捕　〇京師人烟稠密良莠不齊自客歲軍興以來尤覺五方人雜防範難周民間竊盜之案層出不窮亦旣大書特書不一書矣今聞步軍統領榮振華大金吾以閭閻有夜不安枕之憂爰大張曉諭嚴拿盜匪其畧云現在街市旣己派有段落弁兵該居民遇有前項賊匪立卽知會所在段落弁兵或鳴鑼或喊捕以便住緝至各段弁兵務各不分畛域勤加巡緝倘該管段內仍出案件弁等革撤兵丁棍責以儆玩懈云云吾知自此示後弁兵當不敢奉行故事居民似可以稍紓隱憂狗偷鼠竊之徒亦必聞風退避此後賁夜借錢之事庶幾免乎但文誥諄諄弁兵等萬勿聽之藐藐庶不負大金吾一番振作耳

拾金不昧　〇慨自人心不古日趨于利巧攫豪奪以致訟獄繁滋市井中求一潔淸自好者渺不可得如李福者得不謂之難能

而可貴者哉李福大興縣人也貿易爲生五月十六日行至前門外煤市街地方中道檢得布包一個內有松江銀十五兩因思失主若果富家取之無碍倘是貧者或有急需及遣雇工人送往他處者中途遺失恐有性命之憂再四躊躇卽在全亨鞋店坐候候歷數刻忽來一人倉皇無措揮汗如雨口喊頃刻失去布包內有要物倘蒙仁人君子檢拾擲還者不但感戴救命之恩並另爲酬謝等語李卽向前詢問姓名及所失之物因言係我檢拾恐有關係故未敢稍離寸地已坐候數刻矣祇須說明所失之物若干件卽當交還據失人自稱衛姓因父被債主控告被押將衣服典質十五金以便交案未免心中慌急以致在途遺失李卽命衛點明分兩件數原璧歸趙衛得銀喜甚感激莫名卽以數金爲謝李執意不受並囑其速將此欵交官俾父出離縲絏愼勿再有疏忽云云衛卽先書拾金不昧報單黏貼楠子胡同李某寓所另日製匾懸掛哄傳都城聞者無不稱贊也

未免唐突　○京師德勝門內有甲乙二人同胞兄弟也甲年已而立風神俊秀娶妻某氏魚水和諧乙年二十餘面貌陋劣中饋尙虛甲以爲憂訪聞城外某鄉有某孀婦生一女年甫及笄秀麗無比遂浼冰上人爲之撮合某孀婦愛女綦切必欲使坦腹東牀者親來覲面始許結秦晉之緣甲念乙貌陋親往必致僨事因與冰人議約於某日冒弟之名翩然而往某孀婦見之以爲是固美丈夫也遂以女字之六禮既成擇於五月初九日迎娶吉期已屆某孀婦送女入門一見新郎駭詫不類及見其兄乃卽前之射中雀屏者因以兄弟夥同娶妻等詞赴步軍統領衙門控告旋蒙准詞傳甲乙到案移交刑部分收南北獄聽候審訊

飭領執照　○節烈孝友卓卓可風者世不乏人其湮沒不彰蓋由請旌入祠等事需費若干殊非易辦以致窮檐蔀屋苦節孤孀埋沒無聞比比皆是本郡紳富等鑒及於此在城內設立採訪總局以免遺漏所有光緒十八年分共採得節烈人等共二百十三名口已稟請　爵閣督部堂李傳相轉咨順天學政李大宗師代奏奉　旨依議等因欽此札行到局局諭所有二百十三名口各家屬等速赴局領取執照建坊入祠俾彰節烈以免馳報人索擾云云紳富存心忠厚培植風化於此已畧見一斑矣

一舉兩得　○前者奉　旨以錦州災歉小民困苦著於山東應解粟米到津截留二萬石變價將銀寄至錦州核實散放等因現經籌賑局稟請署憲卽將此項漕糧在天津平糶不但濟貧而且得價亦速是以籌賑局飭委員妥議擬定在河東藥王廟西沽龍泉寺西南城角廣仁堂三處出賣前經署帥飭買南米平糶者誤也惟是附城內外貧民較多其因購一二升之米跋涉許遠之路甚非易易可否於四城內外各設一局以便貧民就近購取斯可謂實惠窮黎無微不至矣

藩憲回省　○藩憲陳佑民方伯于初八日蒞津於轅臺暫作行臺已紀昨報閩憲節此次來津因有要公稟商署憲王夔石大帥勾留旬日郡城文武各官稟見稟安者絡繹不絕有應接不暇之勢日昨回省三營練軍以及各營馬步等隊仍恭送如儀

軍米未到　○總統功字淮練各軍直隷提督聶軍門前因軍營以糧餉最關緊要天津糧價異常昂貴曾請署北洋大臣給照特委程總戎映山前赴蕪湖採辦軍米二十萬石現在程總戎回稱上江蕪湖等處正在籌辦防務餉需尙未弛禁糧米出境可否亟赴下江揚州鎭江一帶購辦請示辦理是以此項軍米至今猶未抵營耳

道課題目　○輔仁書院五月十八日天津道課生童題目　生題莫如貴德而尊士賢者在位能者在職國家閒暇及是時明其正刑雖大國必畏之矣　童題得見有恒者　詩題賦得炎風朔雪天王地得王字只在忠良翊聖朝　生五言八韻　童五言六韻

東漕續至　○山東河運各幫漕糧到津日期節經錄報茲又探悉關內濟甯後幫運官李建烈旗丁李兆峰押解糧船六十二隻又運官李建烈兼解關外濟甯後幫漕糧旗丁李邦舉押解糧船十二隻於本月十六日陸續過關北上至通交納

求賞籽種　○本縣所屬四鄉惟北鄉災區較重屢年被水已苦不堪言本年四月初旬連綿大雨致河水暴發將衛北各村所種大田盡行淹沒至今衛北各村實無力再補耕種昨宜興埠等村某紳民赴道轅呈稟求賞籽種以救民生等情想道憲李勉林觀察痌瘝在抱定必於萬分支絀之中力籌接濟也各村小民拭目望之

子代父死　○本埠持械傷人之案屢見疊出紀不勝紀北營門外謨口地方距城三十餘里現麥秋將屆鄉村向有看青舊章習

本地土棍人等經理按畝斂錢均攤分用日前看青穆某與同夥之韓某因有嫌疑穆某用木棍將韓某亂毆不料韓某攜有幼子年僅六齡見穆某毆打其父即伏其父之身穆某並未看明連傷其子移時斃命雖由村衆設法成殮詐韓某赴縣喊控縣委某大令相驗飭責穆某手板一百下並限保辜十日將穆某鎖押再爲候辦云

解紛遭毆 ○訪事人云日昨有某鋪戶已攬安益照臨鹽觔運河南銷售在坨下掣鹽時突來朱姓等人向該鋪索債甚急益照臨所派司事馮某從中代爲緩頰云此時裝鹽忙亂何必急急討債俟晚再來不遲朱等不但不聽反將馮某毆傷馮即詣張宅告明詳細經張部郎具稟鹽憲並府縣各衙門當蒙派差役人等至該處拿人已捉獲六七人餘俱遁去尚未聞如何懲治俟再訪聞伊等之供由爲呈錄

毋庸遠離 ○邑侯趙星甫大令定於二十日文童正場已登前報本邑每居試場應考者八九百名該童等家居距城五六十里七八十里不等有頭場考罷即行歸去者大令在靜海縣試之時曾諭應考人等毋容遠離以便覆試現當考試之期昨大令仍諭應考人等本縣發榜較速距城遠者在小廟靜候毋容遠離如期覆試如覆試之日點名不到即不送考爾等毋得自悞云

夜不安枕 ○青縣屬流河鎮呂大年者家稍小有貲賊人垂涎已久忽於前月某夜糾集多人各持洋槍器械毀門而入首將事主打傷以爲先聲奪人得以搜刮衣服首飾等物得贓飛逸呂雖報案請緝已蒙勘驗究不知能弋獲否

開教三記 ○昨午本埠美總領事署接到駐紮漢口美領事信云四川成都府之天主堂及神甫住宅施醫院育嬰堂義學均被亂民拆毀神甫受傷耶穌教中傳教人之住宅亦遭毀壞其餘未詳　錄滬報

吳門官報 ○二十八日知府戴文佐由滬來謝調辦貨捐局差　直州文林奉委閩廣貨捐局兼捕盜局差即辭赴□　直州沈運樞由滬見道憲回　又林頤山專丁來省謝甲午文闈蒙給委署一次　府經何慶墀銷辦海門秋審人犯差並奉委上海川沙提漕項差即辭　又張國英奉傳甄別考試　正任光福司高捷謝飭回任　分發江蘇試用巡檢陳□蓊稟到　署無錫縣典史何樹勳稟知交卸回省　二十九日知府馬玉田巡卡回　同知李福晃解餉赴揚州辭　正任金匱縣王念祖稟知赴金匱追民欠差辭　知縣鄧復與奉委赴江陰靖江催提漕項差　又田寶榮辭赴甯見制憲　未入杜枚西謝奉委會辦上海布捐局差　五月初一日辦理太湖水師營務處管帶中營道銜安徽即補府李松榮稟知江浙一帶會哨回　知府彭文明奉委上海糖捐局差　江陰縣劉□辭　知縣鄧復與赴江陰靖江催提漕項差辭　從九曹貽禧稟知開辦蘇城絲捐分局差　府照磨崇倫二十七銷監放長元吳孤貧口糧差　未入李倬英由甯見制憲回　翰林院編修費念慈由京回　初二日前任淮安關監督常恩辭行赴都　知府沈鳳韶由滬糖捐局專丁來省稟知奉撫憲札調松滬厘捐局總巡差　知縣鮑德麟吳縣新陽楊錦江元和崑山均銷催提漕項差　正任光福司巡檢高捷辭赴任　道庫吳陛鏞提絲捐辭回甯　從九葉滋汾奉委西路二段夏防差

高日條約 ○昨接本館派赴高麗訪事友來書云朝鮮國仁川濟物浦日本租界現已滿塞必須准據明治十六年九月三十日朝鮮開國四百九十二年八月七日所訂租界條約第一條自義更行擴開是以兩國委員會同商議將租界增設事宜訂立條款如左　第一條所增日本租界劃定後另附圖上自所劃朱線起以達於海及該圖上紫線以內塡築海灘作爲地區　第二條所增設租界除道路溝渠外其餘隱按住址區域用公拍法承租與日本人民　第三海邊堤岸以及馬頭由朝鮮政府籌款建造修理而該租界內之道路溝渠橋梁亦一併由朝鮮政府籌款設置至該工辦法則應由朝鮮仁川監理通商事務與駐在仁川日本領事會商議定　第四另附圖上紫線以內海灘之處應由朝鮮政府籌款塡築平坦至其辦法即須由朝鮮仁川監理通商事務與駐仁川口日本國領事會商議定　第五凡修理灑掃道路溝渠及橋梁并建修街燈等所需費用須於租界備金支放倘不敷支用應由居住人民承擔支辦惟若非天災以致該道路溝渠及橋梁之坍塌損壞而須朝鮮政府支款與修之時則應彼此協議以定其額　第六凡公拍租界內地基應由朝鮮仁川監理通商事務與駐在仁川日本國領事會同相議後即將此事儘五日以前豫行告示方可辦行承租與拍償最貴者倘有二人以上拍

價同額者互生異論則宜更行從新公拍公拍原價定爲每方二米特上等地基朝鮮新式貨幣二兩五錢即日本銀貨五十錢中等地基二兩即日本銀貨四十錢下等地基一兩五錢即日本銀貨三十錢按該公拍所得盈餘價額者之半歸入該租界存備金內 第七任址地稅定爲每年每方二米特上等地基朝鮮新式貨幣四錢即日本銀貨八錢中等地基三錢即日本銀貨六錢下等地基二錢即日本銀貨四錢但按地稅全額之半輸納於朝鮮政府將所剩半額歸入租界 錄新聞報 此稿未完

來信照登

濟生社諸位善長大人賜鑒弟於月之初十日偕友十一人由津起行至十三日辰刻抵玉田石臼窩查該處被災共有三百餘村其無麥無禾災情最重者八十餘村將 籌賑局憲撥玉田賑銀一萬兩歸併加撫賑內專放此八十餘村其餘村莊均有麥田指日收割生機有望於十五日由玉至遵沿途所見各村房屋半爲拆售地多荒蕪麥田甚爲寥寥較玉田之苦多矣目下四鄉難民就城乞食者紛紛擾攘瘦骨相扶殊堪悲憫兼之各處出口就食貧民呻吟匍匐絡繹不絕唐山之勢復見於遵化矣由玉至遵數十里之遙瞥見倒臥十餘口身已腐爛臭氣薰天每一見之酸淚齊下詢其紳耆何死者之多據云腹無食水夜宿荒郊久之積成疾病又加瘟疫盛行俱因茲而死幷非素爲乞丐實係各村之窮民耳種種災情聞之令人淚下筆難盡宣查該處災民向以耕耘爲業此外別無生計即豐稔之年各村餓莩不一而足況連年饑饉去歲又遭雨水冰雹之災不穫一粒其苦有甚於晉省七廳者或謂順直各屬官義兩賑極多惟遵化官義賑濟也少何也是由於該處不常被災民亦不慣乞賑延至不得了之際方祈人拯救然已成朝不保夕之勢如火之燎於原矣計之被災 莊共有八百餘村災民不下數十萬鳩鵠其形仳離可憫若不急爲籌款拯救竊恐盡塡溝壑弟等自赴唐山賑撫以來屢蒙 諸大善士踴躍輸命救民無算今籌化災民出水火登衽席仍賴 諸位善長不厭繁棠之請竭力勸募得寸則寸得尺則尺總之多得百錢即多救一命弟代數十萬災黎馨香祝之肅此布懇敬請 籌安伏惟 惠照不既 愚弟顧文翰頓首

啓者本局按年總結向於四月內一律核算清楚刊刻分佈於五月初一日派分股利歷辦在案茲光緒二十年分總結帳目因海氛不靖烟台營口各處之帳未能如期報山其統年總結未免因之延悞現己催令各處將去年帳目趕日彙報以憑結算分利因將光緒二十年分甲午第十一屆總結展至六月初一日在上海開平礦務滬局廣東開平礦務粵局天津開平礦務津局三處分派股利預於五月內在唐山總局彙算清楚仍請在股 諸君枉臨 查閱以便發刊至來回川資仍由總局籌備再此屆分利祈 各股友務將息摺連同股票一併持來派利各局核算派息俾於股票內加印戳記如祇將息摺送來取息即照議歇回幸 垂諒是荷特此布達 開平礦務總局啓

新紹朱鈍翁現由山海關統領晉軍何鹿秋軍門處事竣回津依舊懸壺仍寓彌勒菴

告白 本齋運到新譯各種兵書 克虜伯礮說 行軍測繪 海道圖說 攻守礮法 繪地法原 礮法心準 測地繪圖 營城揭要 營壘圖說 測候叢談 臨陣管見 列國陸軍制 英俄印度交涉書 開地道轟藥法 礮乘新法 礮法求新 前敵須知 礮法畫譜 文英齋謹啓

陳雨蒼隱醫 啓者有病之家無力延醫請於早辰九點鐘午後一點鐘下午六點鐘至海大道濟病院後陳宅診視有不能就診者必須寫明住址及姓氏名號送交本宅方能撥冗往診本宅存心濟世門診與視一概不取文分

禮定 五月二十日輪船進口 輪船由上海 招商局

通州 五月二十日輪船出口 輪船往上海 太古行

五月二十日錢洋行情

天津九七六錢
錢盤二千七百八十文
洋元二千零二十文
紫竹林九六錢
錢盤二千八百二十文
洋元二千零五十文

直報

光緒二十一年五月二十一日　第一百十九號　禮拜四
西歷一千八百九十五年六月十三日

上諭恭錄

上諭巡視中城御史恩順等奏五城粥飯各廠擬再請展限一月一摺着照所請准將五城粥飯各廠再行展放一月以惠窮黎餘着照所議辦理該部知道欽此　上諭此次補行大考之翰林院編修豫泰着附入二等末欽此　硃筆王懿榮補授國子監祭酒欽此　硃筆王汝濟補授通政使司參議欽此

舉人成治議

治以治民出治者君佐治者臣在內惟宰相爲近君一切政治可坐而言在外惟宰官爲近民一切政治可起而行至邑之賢人是民也非官也其風裁表於一方可以成俗其經濟甲乎百爾不能爲治無其權無其例也昔聖門子游宰武城孔子亟以得人爲問得人誠爲治首務之急歟然是語也魯論載之古今政府不載此例故後世亦鮮有此舉不知中士之弊弊在例君無權諉諸例臣無權諉諸例縉紳無權諉諸例一任夫讀例之鬻工鈔例之房書藝工房書但知倚例以舞弊其於例中之旨例外之意實亦茫乎不知也乃後世之君賢者恃例以保四海不賢者恃例以保九重後世之臣賢者恃例以保職守不賢者恃例以保寵榮吏書以下則自檜無譏約不過恃例損人恃例利己恃例誤國恃例殃民耳而君若臣且將以若輩爲心腹爲羽翼爲爪牙藉例以箝制天下之豪俊焉夫天下之豪俊不虛生也天下之禍變亦不自弭也亦不能過計而遍爲之備也有一代之豪俊出即有一代之禍變隨之有一代之禍變即有一代之豪俊救之其禍變每出于所備之外實即生于所備之中聖人知其然也遂值其事於偶然成其功於自然以其所可爲者任諸己以其不可知者俟諸後古云當其可之謂時又云聖人之功時爲之庸後其時則如失晨之雞於事轉謬先其時則如膠柱之瑟其辭旋生天下萬世之事與天下萬世體時以共爲之不預定其例其爲治之道第明示以大意而畧其細節如云與賢共天位爵於朝與衆共刑於市與衆棄而不定其與賢與衆詳細之例又如孔子論政與哀公述九經之事一切去讒遠色賤貨貴德等類概不詳去之遠之賤之貴之之例與賜論政則云足食足兵民信與由論政則云先勞無倦亦不詳其足之信之及先勞無倦之例一任其與時爲通因時爲庸恐定例則生弊也定例之弊人皆謂如於秦政而不知其伏毒於周初用意過當結根於周末用法無人成形於秦之君臣過於操切潰亂於南宋之君臣過於委靡繼以勝國鼎革之際伏莽遍起以歲荒爲開口蝕藥地方俗吏半如矇瞽庸醫涼熱雜投刀砭混療不肖州縣則又以養癰流毒顯其技以貪功甚至利人之死沒其貲以肥橐病家無親丁與有親丁而無能爲者則付之於命以爲前世孽根寃寃相報其有親丁能察所醫之罪憤不甘心者莫不操刃直前冀洩其恨究之死者不能復生斷者不能復續雖足以取快於天下實亦無濟於天下比及操刃者代有天下則又不以前車爲監反將踏庸醫不肖之故轍抑且有變本加厲者蓋例之中本可藏身又可影射天下豪俊皆可以例爲覊羅而致之左右既受其政

爰附爲朋既得乎君即得乎友且便於私一朝得志便可恃例以爲所欲爲其大致在權專於上而不下逮君愈尊民愈卑知有君不知有民其政名爲爲民實皆防民病民以民皆不可使知無不可以使由者也二帝三王之治其盛時朝野皆思爲君子父子兄弟相愛悅士就燕閒以力學農就田野以力耕工商就官府市廛以安其業此非斯民之生與今異有以自向於善也上使然也戰國至秦民衽金革死而不厭亦非前之民好安生後之民樂苦死也亦上使然也三代以上使民以孝悌忠信武健壯勇聞者或予之以爵祿或令得役屬其鄉里察政由之以爲例夫小民最愚惟用心於求利則最智蓄得利則可以養身家衛性命其餘他事猶後也周秦以利誘民使民知孝悌忠信有利武健壯勇有利恃其利柄以左右斯民故能奔走乎天下而秦終以二世其亡至速萬世人人無不罪秦下逮編氓婦孺無善無惡無不痛心切齒者何也秦之定例太煩恃例太嚴意恐我身以後子孫不無愚頑特遺之例使恃例以鞭箠天下縱君非其君臣非其臣第能照例以縛制小民雖萬萬世可以常爲天子矣例如銜民雖爲駿馬能齧而馳而不敢趹踢例如圈民雖爲猛虎能齒而食而不敢搏噬例之權大矣哉　此稿未完

都門氣候　○京師自入夏以來天氣覺旱麥苗雖未枯槁而芃芃之象已失所望是以南來之米北來之糧日增其價兼之瘟疫漸大流行茅檐蔀屋之中皆以米珠薪桂爲憂既貧而再不善調攝者更有朝不保暮之患嗚乎不雨之害一至于斯哉幸五月十七日渥沛甘霖麥苗立見蓬勃田野到處青葱豐年有兆矣民心安慰矣不第此也糧價跌落疫癘潛消使歉收之歲將轉而爲大有之年矣貧病之家將相受安樂之福矣凡此皆知時之好雨有以致之也自昨厥後日放晴曦或寒或暖今早薄雲護日清風爽人大可吟傍花隨柳之詩作拾翠踏青之樂正擬乘興而往忽微雨霏阻鐘鳴十二下黑雲四起雷聲隆隆然自南而北少頃雨師稅駕兩點鐘雨過天晴雖不及深透而廉纖滴瀝頗足以祛時邪而洗塵惡惜雨中帶雹咸以爲美中不足且雹粒大如胡桃麥禾未恐有無傷損耳三點鐘時日光微露未幾而淡雲又合窺測天公之意一似欲雨而尚需醞釀者果如所料則既霑既足之詩又將爲斯民詠之矣

瘋人宜錮　○人患瘋病例應鎖錮以免惹禍然人往往或礙於名分或流於姑息以致釀生事端者不一而足據聞東直門內南小街地方有王姓者年逾不惑素有瘋迷之病妻逝後二子均爲照料雖有時放顛尚無大礙長子已娶婦某氏亦頗盡孝養之道五月十四日子適他出王忽往尋子之契友某甲邀之來家云有要事相託既而復告甲曰尚有一人未至吾速往子姑待之甲以其友之父也信而不疑詎王出門巡至于大人胡同某姓家聲稱兒婦與某甲通姦刻正在寓遂糾十餘人持械闖然而歸甲不知何意向王間訊王揮衆不容分說將甲綑縛媳自外來復行用繩背剪囑人看守貿然喊控途遇某乙詐知情由知王病作勸令一同歸家至則某甲及媳哭訴無辜乙即赶爲鬆綁縱之使去某甲有冤莫訴且爲十目所視十手所指羞忿難當竟以一蓍英蔘膏以冀斃命其母擬赴琴堂路遇某丙挾以藥方先爲灌救幸爲嘔吐當慶更生現爲媳之母家及甲家各一以詞赴琴堂對簿無事而幾釀大事瘋人之瘋可怕哉

東濟過關　○山東河運漕糧到津陸續過關節經登報茲探悉濟寧衛左幫東昌幫運官張起鵬旗丁王乃江押解糧船七十一隻於十六日過關又濟寧衛關外前幫及關內前幫運官劉[illegible]常旗丁姜績久王樹得等押解糧船共七十九隻於十七日過天津關北上至通交納

交卸軍符　○茲由官場傳聞總統津勝軍之曹嘉臣軍門於今日將營務一切均交與鄧善卿總戎接統曹軍門交卸後不知作何動止亦不知因何交代據傳聞如斯俟訪明再爲續報

局示照登　○河東藥王廟平糶局示　一出糶小米漕斛每升減價收滿津錢六十四文不准攙搭小錢　一每人糶米多至以五升爲度　一每日早晨七點鐘出糶起至午後三點鐘止過時不糶[illegible]　一糶米貧民來到分別先後糶給如有恃强爭先擁擠滋事各情立即送究不貸

土棍訛索　○昨報登船戶裝鹽有人討債一節茲據訪事人復稱並非向船戶討債開來節略再錄於後據云長蘆鹽商殷實之家有於春間告運鹽照與張商昨日雇運南鹽在河東鹽坨火神廟前據商管坨馮起雲正督令鹽扛役抬鹽上船之際突有土棍李四械

李六侯蘇德楊九等出爲攔阻藉詞訛索馮即飭其非是詎李等可欲焉聆該管地方恐釀事端立即飛報該管汛官將李等四名簽扛子扎槍一併送交縣署懲辦矣

因傷斃命 ○河東陳家溝有陳某者父母俱亡家有妻子現在定武軍當兵昨陳某之妻與其同院某甲因有嫌隙被甲拳打脚踢而陳妻已懷妊數月被打之後遂即小產又受風寒當即斃命與其夫送信而陳某亦在營中患病甚重不能歸家該管地方即禀報縣官呈請相驗是時已死三五天屍身已腐手足脫落所有來往之人皆掩鼻而過臭不可聞尚未棺殮噫慘已

故智復萌 ○本埠混混一流雖嚴法懲治斷難盡絕根株近年幸各大憲嚴定刑章犯者較少自邑侯趙星甫大令蒞任後以寬大爲政視民如傷而混混等輩不以爲用恩而以爲可欺又爲之蠢動昨西沽混混王三與同夥混混李七等因有邪仇李七率領十餘人各執器械將王三門樓一齊毀壞並將王三在家拉出羣相毆辱以致遍體鱗傷血流滿地昏迷不省雇工抬至縣中喊冤蒙縣委某大令相驗屬實將李七等十餘人一併拘案昨李七等到堂直言不諱大令飭差各責大板二百並令具保辜限五日鎖押候辦云

無理取鬧 ○河北窰窪住有閻姓柴船一隻不知因何得罪脚行張四張遂邀集同黨五人各持器械向閻尋毆閻自顧寡不敵衆急忙躲避遂由該管地方飛報汛官立即將張四等六人全數抓獲並扁担器械一併送縣而閻已先自赴縣鳴冤似此一言不合輒即聚衆尋毆何乃強悍之甚雖官法極重而若輩仍不爲意儻乃藐視刑章若不與以重懲何以肅地方而安黎庶耶

扒城被跌 ○本埠南門外廣仁堂于十九日開設平糶局即日城廂內外負囊而往者約有千餘口道路之間紛紛擾擾較前數日無米爲炊民困已稍舒矣有城內城台子某甲赴堂取米由南城扒城而入較爲捷便不料登至半途磚經著雨其滑如油中一時失傾由高跌落將囊中之米灑落滿地不可收拾幸所傷在足尚可扶墻而走噫通衢大路何處不可行走乃竟由此險路致遭仆跌性命無傷已云幸矣可不戒旃

洋烟誤事 ○本月二十日文童正課之期已紀昨報邑侯趙星甫大令於前三日照例掛牌幾更幾點由燈牌魚貫而入極爲整齊不致參差紊亂計童八九百名原可挨次而進詎有以應試爲名實則在可試可不試之間每日吸烟爲事於文章一道毫不介意日昨入場之期某童在燈牌之末時刻本屬從容乃與同考二三友人赴館吸烟及至吞雲吐霧興盡之餘至場業已門閉某童無可如何怏怏而去噫洋烟之悞人耶抑人之悞洋烟耶

亟宜設法 ○于牙河上游沿路劫糧已連日登報茲又聞由小範萬勝驛局保來糧船百餘隻泊於于牙王家口堤壹等處各驛頭文大青靜糧價賴以稍平云小範上尚有載糧船百餘隻小範下聚有劫糧者萬餘人必待此番保驛人回去方能保該船放下若由他局保者仍恐被劫蓋萬勝局以驛價三分之二先與劫糧爲首之人爲安撫故得免觀此習以爲常劫糧者以爲合貨保驛者以爲定規上游糧客之費重則下游糴糧之價昂且恐劫糧者貪慾無厭保無別生事故然執法者倘持之太急則其變立成任其恣行則其刁日甚所望蒞茲土者急與該處賢紳妥籌良法如何勸捐如何查賑先安良而後除莠其庶有豸乎

勸辦時藥 ○關內外征防統帥暨各路糧臺各營幕府列位大人先生公鑒謹啓者敝社此奉 籌賑局憲飭赴畿東各屬分頭查賑因得目覩被災之區瘟疫之盛幾於無人不病而治之之方則以敝社所配資金丹一藥較爲最靈最速敝社當即廣行勸募治戶布施計此兩月來配施已不下千餘料因而救痊者亦直不可以數計比接奉天友人書稔知關東一帶疫癘之盛較諸內地尤爲加重因思關內外征防營壘星羅棋布若以人數計殆不下百餘萬衆萬一傳染及之雖各有隨營官醫夫豈一人一手所能療治得及即或醫多手衆猶恐治不得法仍然患無底止敝社一再籌維原當無分畛域廣行配製專送 貴營用備不虞無如力薄於綿京東一隅尚留顧慮不及焉有餘力遙顧行間而揣時度勢似有刻不容緩者爲此開具原方冀邀 公鑒伏望 列位統帥暨糧臺幕府諸位大人先生俯納芻言或分飭所屬或力勸居停每營各配十料五料既可自防不測並可兼濟附近居民所費無幾功德莫大按是丹每料二百丸需牌銀不過八百文重病兩丸可以立愈輕則一粒即能見效敝社配施此丹業已五年屢試屢驗百發百中夫費却兩文錢便救一條命在各營處

官兩皆愛兵如子者當不靳此區區之費惟是防戍所在未必都有藥肆即有之爲一藥料不實配製失宜仍恐不能得法所望 統兵大帥通飭本軍糧臺在於京通衛都會地方派員監製然後分給本轄各營用備意外之需乃所至禱再丹有生薑易於發漲必須勸晒方免霉壞專肅祇請 均安伏乞 垂覽 濟生社同人謹啓五月十七日自遵甫

東粵官話 ○兩廣總督李筱帥以病乞免於四月二十四日由省垣至黃埔水陸師學堂暫駐再行擇日登舟遄回珂里督撫將軍以下有送別江干者○李筱帥遷出督轅後南海番禺兩邑宰派工匠重加修理鋪設一新至四月二十六日午時現任兩廣總督譚文帥喬遷入內○廣州府屬各邑考試文童事竣申詳到府府尊周太守即示諭各文童准於四月內齊集省垣聽候編期考試隨於五月初八日開考○自春徂夏雨澤甚稀南陌東阡禾苗將槁司道各憲愁然憂之齊集龍王廟設壇祈雨至某日果陰雲密布紅日韜光入夜大雨滂沱終宵不絕計得雨約二寸餘於是四野農人咸欣欣然謂大憲誠能格天其然豈其然乎○新會縣屬荷塘鄉容李兩姓械鬥互門已列報章日前縣主范大令赴省面稟各大憲乞派員前往彈壓並自請撤任奉象大憲允之札委候補府蕭太守丙堃督帶營勇數百人馳往查辦 錄申報

來信照登

濟生社諸位善長大人賜鑒弟於月之初十日偕友十一人由津起行至十三日辰刻抵玉田石臼窩查該處被災共有三百餘村其無麥無禾災情最重者八十餘村將 籌賑局憲協撥玉田賑銀一萬兩歸併加撫賑內專放此八十餘村其餘村莊均有麥田指日收割生機有望於十五日由玉至遵沿途所見各村房屋半爲拆售地多荒蕪麥田甚爲寥寥較玉田之苦多矣目下四鄉饑民就城乞食者紛紛攘攘瘦骨相扶殊堪悲憫兼之各處出口就食貧民呻吟匍匐絡繹不絶唐山之勢復見於遵化矣由玉至遵數十里之遙沿途瞥見倒臥十餘口身已腐爛臭氣薰天每一見之酸淚齊下詢其紳耆何死者之多據云腹無食水夜宿荒郊久之積成疾病又加瘟疫盛行俱因茲而死幷非素爲乞丐實係各村之窮民耳種種災情聞之令人淚下筆難盡宣查該處災民向以耕耘爲業此外別無生計即豐稔之年各村饑孚不一而足況連年饑饉去歲又遭雨水冰雹之災不獲一粒其苦有甚於晉省七屬者或謂順直各屬官義兩賑極多惟遵化官義賑濟甚少何也是由於該處不常被災民亦不慣乞賑延至不得了之際方祈人援救然已成朝不保夕之勢如火之燎於原矣計之被災村莊共有八百餘村災民不下數十萬鳩鵠其形仳離可憫若不急爲籌欵拯救竊恐盡塡溝壑弟等自辦唐山賑撫以來屢蒙 諸大善士踴躍輸命救民無算今遵化災民出水火登衽席仍賴 諸位善長不厭發棠之請竭力勸募得寸則寸得尺則尺總之多得百錢即多救一命弟代數十萬災黎馨香祝之肅此布懇敬請 籌安伏惟 惠照不旣 愚弟顧文翰頓首

告白 本齋運到新譯各種兵書 克虜伯礮說 行軍測繪 海道圖說 攻守礮法 繪地法原 礮法心準 測地繪圖 營城揭要 營壘圖說 測候叢談 臨陣管見 列國陸軍制 英俄印度交涉書 開地道轟藥法 礮乘新法 礮法求新 前敵須知 礮法畫譜 文美齋謹啓

陳雨蒼施醫 啓者有病之家無力延醫請於早辰九點鐘午後一點鐘下午六點鐘至海大道養病院後陳宅診視有不能就診者必須寫明住址及姓氏名號送交本宅方能撥冗往診本宅存心濟世門診與規一槪不取文分

五月二十一日輪船進口
禮定 輪船由上海 招商局
禮裕 輪船由上海 招商局

五月二十一日銀洋行情
天津九七六錢
銀盤二千七百八十文
洋元二千零二十文
紫竹林九六錢
銀盤二千八百二十文
洋元二千零五十文

直報

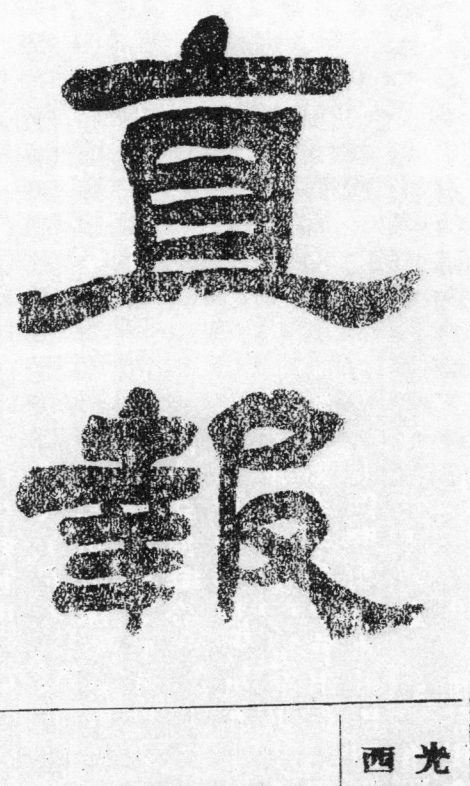

光緒二十一年五月二十二日　第一百二十號
西歷一千八百九十五年六月十四日　禮拜五

上諭恭錄

上諭祥普等奏本日據午門值班章京希鐸呈報今日辰刻見有三人肩搭紫色木形色荒張意欲溷出當即向前盤拿該犯等言語支離堅不吐實顯係偷竊得贓乘間潛逃禁城重地豈容宵小混迹著將該犯張殿甲張德元劉福等一併送交刑部嚴行審辦嗣後該統領等務當嚴飭各門值班章京等認眞稽察毋得稍涉疏忽欽此　上諭步軍統領衙門奏拿獲迭次結夥持械刨挖墳塚盜犯請交部審辦一摺所有拿獲之黃老即黃老怯王椿兒呂二王祥劉三李重玉等六名著交刑部嚴行審訊按律懲辦未獲之陳老郭九仍飭嚴緝務獲究辦餘著照所議辦理欽此

舉人成治議　續前稿

抑知古人之創例也將以備民而禦暴後世之守例也將以殘民而爲暴承平之世例便於上不便於下民無不與例爲仇一旦緊急民方喜脫銜橛圖以適自然之性遇事得以通情順理而不爲例縛非民無良也上之人猶將明恃例以爲治暗藉例以遂私照例將大而卒小將因自命爲大非大多才大以例也雖照例以大欺小既勉其餉復峻其令違所令則必殺猶挈卒之照例以愛將難矣照例官尊而民卑官因自養其尊非尊以德尊以例也雖照例以尊凌卑既食其膏復制以法置諸法則莫逃猶望民之照例以愛官難矣如此則例可以禦敵乎例可以緝盜乎可以弭亂可以救荒乎適照例滋弊以僨其事照例生變以速其潰敗而已矣所以舉凡民間錦上添花之事可以求官以官之可以藉此獲利兼以獲名且不費力故官亦必應若夫饑饉凶荒水火盜賊勢惡土豪欺壓凌虐有身家性命之憂官如置意救難民安良民則此中有名無利恐其爲名之念難以勝其爲利之私且其患生非一日來非一端斷不能以一手一足一時奏效如欲詳察地勢順體人情分別良莠本民風以緝民志非生長是處之賢紳安爲設法協贊宰以權變行之不可否則未得賢紳悉聽宰官依稀循例以爲治恐未免鹵莽滅裂弊竇百出矣且宰之依稀循例爲治動無不鹵莽滅裂者中土之例宰皆遠官動輒數千里爲防弊也而防弊之弊遂靡所底止門生故吏干謁請託部書援例撥弃是非移山倒海有一例必有一弊例何例利而已無論納貲爲郎操本圖利專爲系民脂而來即科甲出身最爲者尋得一缺其瘠也則慼然憂必多方以爲營脫其肥也則欣然喜喜將以困地方肥也且其得之有道又非循例者所能得也以故同寅垂涎以羨其能上游刮目以表其異拜爵謝恩之下便以幕客門丁之名條納諸袖爲缺肥也肥所在在漏規在乎餘羨規乎餘者民膏也國帑也此猶光明正大之利賢宰取之鄙員鄙之鄙其利之微取之拙也則鄙員所取之多且巧不可問矣其履任也新令一到猾吏蠹役劣紳爭迎獻即與令之從人內外慫恿以因民困時漁利之條欵新政遂紛然而四出至於瓜代之期不問官囊之充實若何報銷之虛冒若何鮮有不虧國帑者不獨官庶吏役亦必隨而虧否則吏書差役之衆各有身家皆何此爲不耕之穫哉方

每班工食坐支項下照例多者不過十餘金少者不過數金減平之外或以折扣發給每兩不過大錢數百文惟補實缺之經承頭役乃能得額外者無分文也經承頭役不過數人之數人者其家用之繁費與官埒往往過之額外書役多於實缺者將十倍其家用度亦遠過中人若輩服役皆由納貲而來量役繁簡以爲納貲之多寡及其服役反令枵腹從公彼何所取而自苦如此其遇事射利經手分肥宜也非過也故凡每宰 任其前後新舊交代必歷數任或十數任數十年設局派員監盤又經數年之久其官吏薪水更糜給須於無算猶不能結清積習然也蓋宰皆攜眷遠遊宦海風波已難筆罄加以登仕之際部署憲署非錢不行新舊債負專盼登場〻後以爲前日彌縫後日吃着陶淵明云聊作弦歌以爲三徑之資賢令且然況其他之遠遜淵明者自謀不暇奚暇謀民故必責官以不要錢者不情責官以專爲民者不智亦例使然也況水火盜賊之區半係瘠缺即肥者亦必因時而變民瘦則籲諸官官瘦則力求其去耳夫以無心戀缺之官加以幕友家人之慫恿速去惟假手書役劣巾循例敷衍以爲治則書役等趁勢分肥遇事影射其爲鹵莽滅裂也豈顧問哉而灾難之區民不與紳謀第求諸官民之拙也紳不爲民謀一聽諸官紳之巧也民何拙苦守成例以爲當求官不求紳紳何巧幸藉成例以爲當責官不責我而不知其失之均也試問被灾難者爲誰等之鄉與灾難者皆誰何之人所謂宰者義爲朝廷之命官情則外來之貴客　此稿未完

方澤盛儀　○禮部爲知照事祠祭司案呈恭照本年五月三十日大祀 地於 方澤 皇上親詣行禮前期一日進 壇齋宿齋宮所有不陪祀之王公文武官員咸穿朝服於三十日清晨在神武門前跪送跪迎 聖駕相應知照各該衙門轉行一體遵照

認眞緝捕　○步軍統領衙門順天府五城御史會同具奏並將緝捕章程二十條保甲章程十條開單呈覽所稱技勇營練各兵除抽調守衛園墻外僅賸五百五十名不敷分布請再抽選四百五十名一節緝捕兵丁全在認眞挑選勤加訓練方資得力若藉口撫緝不過虛糜餉項仍就現有之兵分別選汰實力整頓務期一兵得一兵之用其保獎一條向例凡遇捕封重案所有獲匪出力員弁應俟刑部定案後聲明請獎且解部人犯往往經刑部訊問間有情罪不符若先行請獎易滋弊混嗣後八旗及五營地面拿獲明火執仗重犯仍着於定案後准其擇優請獎以昭核實

京營發餉　○五營二十三汎目兵五月分餉銀經步軍統領衙門派員於十八日赴庫支領十九日五營叅遊都守等官齊集本營汎官廳令剪銀匠將銀剪碎督同字識書吏等查核錢糧册簿將各人應得之銀如數秤兌包裹既畢公同驗封然後散給可謂愼之又愼矣

天時不正　○京師彰儀門外小井村等處染患時症者不可勝數受病後越三四點鐘即斃一晝夜間病斃者不下數十口現時都門亦有染此症者率皆閉目合口吐瀉轉筋針藥不效立即斃命每日約有十數人惟大井村附近村庄尤甚此乃天時不正之故也

賢人隱　○前者周玉山方伯告病回里頃另庭芷觀察又告假回籍噫何賢人去位之速也玉山方伯出曾文正門爲文正高足弟子需次畿輔因辦河務得受知於左文襄最後隨今相國合肥太傅辦理洋務器局宏深體用兼備不獨優於吏治平反刑章實封疆將帥材也庭芷觀察以名翰林起家洊擢監司歷辦要差暫權道篆關心民瘼鉅細不遺新授永定河道將見一德格天河流順軌詢幾何之保障也今皆後先旋里豈所謂天地閉賢人隱之時乎聞之不禁浩歎

定武開操　○定武軍之設去年原擬令漢納根軍門創辦一切章程悉仿德國軍律招募洋員爲將領認眞操練俾中國緩急足恃糧臺不過按月代領餉項而已詎自開辦後糧臺擅其權與原擬辦法大不相同漢軍門恐貽畫虎之譏是以潔身而去於是糧臺獨當一面選將招兵各處分紮四月初海龍王愛惜是軍收去多人餘者狼狽而來槍械遺失甚夥夫而後定議合住馬廠計十營惟砲隊最爲整齊次則馬隊爲優惜尚未齊備餘者名爲將官其知兵與否不得而知亦不求甚解昨郭軍門奉旨操似此雄軍當爲五洲第一也

日使將臨　○本埠於十八日即聞傳日本使臣伊藤及領事荒川乘兵船來津已抵大沽院署派員伴接曾紀前報迄今已逾四日尚未到來頃由官場傳說日使已抵大沽今晚明晨一准可到惟聞議約一切事務尚須進京面見 皇帝定奪云云噫此說未知確否以我堂堂相國前往議和彼尚不讓進京只在馬館開議現在 和已議定不過爲通商條約彼此斟酌我 皇上已派兩大臣會議於事諸

可歎商又何必到京方爲定局耶

家無長物　○河間趙爾莊文生紀雲鴻向在鄰村以教讀爲生其兄紀雲鵬在家務農茲於上月某夜忽被賊插杆下院撥門入室雲鵬驚覺喊捕當被拒傷遂即任行搜掠衣服首飾等物攜贓而逸次日與雲鴻送信親赴文武衙門具報是否果能贓賊破獲不得而知惟河間盜竊之案疊出不窮閭閻不能安枕有緝捕之責者宜如何設法整頓捕務以遏盜源而清盜跡耶

幸免於屠　○南斜街某甲者賃屋一椽以屠豕爲業終日宰殺毫不費力前晚因赴別處辦事囑其夥看守詎其夥某乙旋入夢鄉致被梁上君子撬門而入撿得大褂及單布衣服數件正欲出門逃逸不料甲已言旋對面相迎該賊絕塵飛跑甲由後追赶直至鬧口居然獲住甲恨極揪倒在地即欲按屠豬故事幸經大衆解勸將原贓交回賊抱頭鼠竄而去

赴縣喊控　○人生在世幾度春秋終歸於盡何必彼此仇讎致相鼓譟況手足之親尤不可動輒涉訟也日昨稍直口村民有劉某者兄弟兩人房地若干頗稱小有惟弟與嫂素不和睦時常有口角之嫌昨又以箕帚細故嫂氏忽怒不可遏乘坐洋車赴縣喊控以爲叔氏欺人太甚斷不容於天地之間未稔賢父母作何判斷噫家庭小忿竟匍匐公堂贏得猫兒賣了牛試問值得否

正場題目　○本屆縣試者向有十九牌之多惟本年僅到十七牌零五名已缺兩牌之數據應考者稱客歲海氛不靖投營效力者應不乏人故此次人數較少今將邑尊所出正場題目照列于後　而后非諸人所藏乎身　薄稅斂　賦得小蝶穿花似繡黃　得花字五言六韻

尚未弛禁　○響鑼警救爲火會成例日前訪事人獨出心裁以爲此後仍准響鑼云云本館未加詳察據以登報昨據公會聲稱並無其事刻下並未弛禁等語合亟更正夫鑼聲作氣原爲軍旅緊急之號是以禁止救火概不響鑼刻下和局已成火災時或不免雖未弛禁然以愚意度之似弛禁較爲有益未稔首事者以爲何如

火災例誌　○自稱子胡同火災之後疊次小火已志報端詎昨二十日夜四更時分估衣街五彩號胡同北景祥泰洋貨舖柴棚忽又失愼火燄熊熊直上霄漢幸火會齊集赶緊撲滅俾焚去柴棚一間尚未延燒左右鄰俱各無碍幸矣哉

清理地面　○辦理守望總局鹽運司衙候補府正堂吳　爲出示諭禁事照得租界毗連處所有關華洋交涉地方允宜清靖至開設書廠娼寮尤易滋生事端前蒙　津海關道憲示諭即將各娼寮由局封閉乃該娼寮張貫喜張歡喜竟敢揭去封條復行開設殊屬胆玩除將張貫喜張歡喜兩處仍行封閉外合再諭禁爲此示仰租界毗連各地方軍民房主人等知悉自示之後爾等各安生業毋許容留娼女開設妓館經此次諭禁之後再敢抗違定行從嚴懲辦並將房屋封閉入官決不姑寬各宜凜遵毋貽後悔毋違切切特示

助賑清單　○啓者敝局自辦唐山賑務以來屢蒙　各大善士惻隱爲懷源源接濟則所全活者奚啻億萬人數出營讐大善士之賜也但飢民太衆不止一隅除唐山外如永遵各屬之災況與唐山相埒敝局已分科該邑查勘果見飢民滿路待哺嗷嗷其勢必須與使登鬼錄是以敝局又添辦玉田賑撫茲謹將第十二次助捐各大善士姓名捐數幷登報牘以昭徵信此乞　四方樂善君子慨解慈囊千金不厭其多百錢不嫌其少即祈送至溜米廠濟生社代收　計開　沈宅助公砝化寶銀三百兩　居易齋助公砝化寶銀二十兩　隱名氏助公砝化寶銀一兩　劉記助公砝化寶銀一兩　同義成隆記助公砝化寶銀十兩　存育堂助公砝化寶銀五兩　萬昇號助公砝化寶銀五兩　同信成助公砝化寶銀五兩　樂天堂助行平化寶銀四兩　福盛和助行平化寶銀二兩　德和洋行帳房助洋銀三十元　圓功道人助洋銀十元　李更生助錢平化寶銀十兩五錢　無名氏助津錢六千文　多病求福愿聞風而起人助津錢八千文　津邑一視同仁助津錢三十七千文　守安堂助津錢二千文　六齡女洪和貞助儉省點心錢一千文　天津義賑局同人具

巫醫爭論　○巫醫雖小道而爲之有恒亦有效驗本津巫醫兩途人數甚多有驗者固屬不少而專有其名不到草菅人命者亦比比皆是亦可見此道之衰矣昨有西關王某洋貨生理家稱小康因患時疫延張醫調治已經兩次藥頗見效王某之母急欲求痊深信巫婆復請巫者周氏調治頗亦見效迨至日前王某病已痊愈張醫向之索謝適周氏亦因索謝而來兩相撞遇王某邀令同坐彼此歎論

張醫畧言己之醫藥功正不小周還聞此言不覺勃然向有瘋病因此觸發呢呢喃喃頗有神仙下降之態立指張醫是何物事敢來爭功怒氣沖沖言之不已張醫則以爲爾乍道惑人何敢在人前賣弄必當捉將官裡去云云王見兩人其勢洶洶再三調處而兩不相下不知作何了結瘋病者全愈自有重謝又何必分爭哉眞無恥之甚已

勸辦痧藥 ○關內外征防統帥暨各路糧臺各營幕府列位大人先生公鑒謹啓者敝社昨奉籌賑局憲飭赴畿東各屬分頭查賑因得目覩被灾之區瘟疫之盛幾於無人不病而治之之方則以敝社所配黃金丹一藥較爲最靈最速敝社當即廣行勸募沿戶布施計此兩月來配施已不下千餘料因而救痊者亦直不可以數計比接奉天友人書稔知關東一帶疫癘之盛較諸內地尤爲加重因思關內外征防營壘星羅棋布若以人數計殆不下百餘萬衆萬一傳染及之雖各有隨營官醫夫豈一人一手所能療治得及即或醫多手衆猶恐治不得法仍然患無底止敝社一再籌維原當無分畛域廣行配製專送貴營用備不虞無如力薄於綿泉東一隅尚爾顧慮不及焉有餘力遍顧行間而揣時度勢似有刻不容緩者爲此開具原方冀邀公鑒伏望列位統帥暨糧臺幕府諸位大人先生俯納芻言或分飭所屬或力勸居停每營各配十料五料既可自防不測並可兼濟附近居民所費無幾功德莫大按是丹每料二百丸需津錢不過八百文重病兩丸可以立愈輕則一粒即能見效敝社配施此丹業已五年屢試屢驗百發百中夫費卻兩文錢便救一條命在各營長官固皆愛兵如子者當不靳此區區之費惟是防戍所在未必都有藥鋪即有之萬一藥料不實配製失宜仍恐不能得法所望統兵大帥通飭本軍糧臺在於京通衛都會地方派員監製然後分給本轄各營用備意外之需乃所至禱再丹有生薑易於發霉必須鋪晒方免霉壞專肅祗請 均安伏乞 鑒覽

濟生社同人謹啓五月十七日自邊肅

啓者本局按年總結向於四月內一律核算清楚刊刻分佈於五月初一日派分股利歷辦在案茲光緒二十年分總結帳目因時氛不靖烟台營口各處之帳未能如期報山其總年總結未免因之延悞現已催令各處將去年帳目赶日彙報以憑結算分利因將光緒二十年分甲午第十一屆總結展至六月初一日在上海開平礦務滬局廣東開平礦務粵局天津開平礦務津局三處分派股利預於五月內在唐山總局彙算清楚仍請在股 諸君枉臨 查閱以便發刊至來回川資仍由總局籌備再此屆分利祈 各股友務將息摺連同股票一併持來派利各局核算派息俾於股票內加印戳記如祇將息摺送來取息即照議駁回幸 垂諒是荷特此布達

開平礦務總局啓

浙紹朱鈍翁現由山海關統領晉軍何鹿秋軍門處事竣回津依舊懸壺仍寓彌勒菴

告白 岑宮保介福圖 左文襄公奏稿 皇朝一統地輿圖 北洋中外沿海詳細圖

東三省圖 四國日記 俄遊彙編 四述奇 小方壺齋地叢鈔 萬國公法 公法便覽

日本地理兵要 日本外史 東華紀要 中俄界約斟註 中外交涉類要表 日本新政考

武備志兵書 登壇必究兵書 俄羅斯地圖 西國近事彙編 地球五大洲圖 亞細亞圖

文美齋謹啓

陳丙蒼醫 啓者有病之家無力延醫請於早辰九點鐘午後一點鐘下午六點鐘至海大道養病院後陳宅診視有不能就診者必須寫明住址及姓氏名號送交本宅方能繼冗往診本宅存心濟世門診□規一概不取文分

五月二十二日輪船進口

禮定 輪 由上海 招商局

順和 輪船由上海 怡和行

五月二十三日輪船出口

禮裕 輪船往上海 招商局

五月二十二日紫洋行情

天津九七六錢

銀盤二千七百八十三文

洋元二千零三十文

紫竹林九六錢

銀盤二千八百二十五文

洋元二千零六十文

直報

光緒二十一年五月二十三日　第一百二十一號
西歷一千八百九十五年六月十五日　禮拜六

舉人成治議　續前稿

宰斯邑者名爲赤子之慈母實非孺子之親孃供以甘旨猶謂不豐曲爲承迎尙嫌不謹年歲凶荒家計窘迫則責以孝養無方童孫稚子啼飢號寒則比以束晳無狀稍不如意更以其所祖之私人來相交讁謀將不利於孺子爲順子者登堂時惟有愉色相承爲蠢子者無人時亦惟有向隅飲泣耳至於子有疾苦呼於母不如呼於天天帝縱不聞無後災也子有緩急謀諸母不如謀諸途途人縱無關不相病也惟宰之賢者則可擬以尊如天疏如途矣安得如紳之於民生於斯長於斯歌於斯哭於斯聚族於斯墳墓廬舍動相望田園阡陌動相連祖父子孫有無通而守望助也哉一方安靖福則同享一方騷動禍則同罹其勢相因其情相屬睦婣任卹例無過實紳董之條而勢與情既相關欲不盡心講求而不得又況高年之德望必以閭少壯之賢否必以閭黨類之同異志趣之得失其源其委無不歷歷在目彼與此不啻燭照而數卜之也其已往而甚遠者自幼得諸父老之傳述若先入而爲之主其現在而稍近者由已得諸耳目之聞見可隨在而得其眞語云嫁女不出當鄉者爲艮女殆謂此也故鄉有匪人鄰里不齒鄉事失足國人皆賤至鄉里稱賢人者不肯之姓名畏其知畏以志也於是每興一利本爲自謀爲人謀或不善未有自爲謀而不善者每除一害本屬身受人受害我不覺未有我受害而我不覺者其籌畫爲得不切如此興利而有不及時除害而有不拔根者吾不信也每獎一善必爲衆推否則欲獎而衆不服棄一不善必爲衆惡否則欲棄而衆不甘如此而有賞罰不當者乎雖然賞罰者天子之大權惟地方官得奉而行之紳士雖賢無此例也所以鄉有賢紳必舉之於賢宰宰不賢則舉之賢守守不賢則舉之賢方伯方伯或出自京堂或擢之外任必嘗有所歷試簡在帝心其爲不賢者寡矣以賢臣得賢士少假之權以輔政事之不及至便也孰舉之紳舉之民舉之衆民舉之衆紳舉之輿情不協勿舉也其有既舉而忽變爲不賢者斯仍爲初舉之不愼予奪民曰國君進賢如不得已庶人舉賢當亦如之否則斷無賢而變爲不賢者且既舉於官官亦宜暗訪詳察而嘗試之其權仍在上不在下下非能奪上之權也上果不以爲言置之不論不識之列則民自爲謀各結社約如看靑苗斷私錢逐游娼禁花賭設更夫認眞爲之情自由下不由上上亦不能奪下之情也惟有治水修堤練勇防盜諸端民不能自由必稟命於上其例然也其弊從此百出矣辦何以出出於不肖之官隸成於不賢之紳民官隸仗例以營私紳民藉官以偏袒名爲興利利未興而禍起上以鹵莽施於民民亦以鹵莽報于上比至禍起貪官則去任如黃鶴奸民則稱勢爲蒼鴟以歲荒而百姓之身家如梳繼以土匪而百姓之身家如篦加以官兵而百姓之身家如剃迨澈淸之日百姓之毫毛盡矣迴思亂生之初其鄉果有紳民爲曲突移薪之計亂胡至此又況亂生之後其鄉紳縱倖免玉石之焚斷難免池魚之禍爲是紳者亦愚矣哉何禍來不覺必待禍來而始覺耶我國家治邁唐虞政兼三代於歷朝例外之意無不闡發而舉行一切兵農要務必於各衙署外另開局面廣招局紳與官襄辦歷收成效誠善舉也惜尙有未盡認眞者究其底蘊[illegible]

在紳故不責官而責紳並責諸舉紳之紳以爲鹵莽滅裂戒㬎日容更爲舉紳之議

時疫可危 〇節逾芒種早晚涼似初秋居人御夾衣尚覺股慄午間又躁熱異常揮汗如雨以致瘟疫霍亂轉筋等症日甚一日五月十八日彰儀門內罐兒胡同郭某者西城差役也去冬娶李氏女爲妻忽於是日午後陡患霍亂病症赶緊醫治不及延至夜半竟魂歸地府矣當即備棺成殮尚未發引忽又一童係郭幼子年甫二齡亦患斯症其勢甚險能否痊愈尚不可知守身如玉者愼旃愼旃

因傷斃命 〇宣武門外南橫街本某因萬聚館肉舖高某索討債項致成口角隨用利刃將高某左胳膊砍折傷勢甚重茲聞高某已於五月十六日因傷身死當經北城陳敬菴指揮帶領吏仵前往相驗將一干人証詳城送交刑部按律審辦以重人命云

拐賣自首 〇順治門內二龍坑居民高某之女年甫十三歲於五月十六日被母舅王某誘至高家營地方賣與某宅爲婢旋經伊母四處偵尋杳無踪影於十八日王至高宅向伊姐訴明業將甥女拐賣得身價銀十六金均已花費等語伊姐佯爲無關緊要密稟官廳將王某鎖拿並將媒媼及買主高女一併解案詳解步軍統領衙門按律懲辦矣

妖言惑衆 〇前門外金魚池迤南天壇墻垣上有一空穴日前偶爾哄傳某仙出現眞有靈感或求治病或問機事立見靈驗於是善男信女前往焚香叩禱者晝夜絡繹不絕於途茲聞五月十九日經南城司會同花兒市汛帶領官人立將會首張某鎖拿看押詳城究辦以爲左道惑衆者戒

拐帶破案 〇誘拐子女向干例禁慨自順直水患頻仍餬口無資轉不若賣之可以得活然賣之於倡優之地則忍心害理亦王法所不容也京師近日以來拐帶子女之案屢出數起五月十七日崇文門外北官園地方孫某乘車一輛內坐女孩二口年約十餘歲後隨混混數名被東河汎兵丁看出破綻當經盤詰將孫某並車一輛一併解送守署責訊究出孫某係由通州拐帶來京等情解送步軍統領衙門咨送刑部按律懲辦

恭頌德政 〇長蘆運憲季士周都轉兩蒞斯任惠及商民無不交口感頌茲奉 恩命榮升福建臬司靜候接替即赴都 陛見而甘棠遺愛皆欲攀轅現在本郡引善濟生補遺三善社公擬敬送大匾一方德政牌二對其匾文曰萬家生佛牌文曰恩深枯鮒澤被嗷鴻誠求保赤昔散陳紅刻已製辦將竣擇吉恭送合先錄登

赶辦軍裝 〇茲有某甲者在洋貨行執業現在包辦軍裝號衣二千件帳棚二百架其號衣係紅靑布面周身鑲紅羽毛寬邊雇用南門內外貧家婦女赶緊工做當經有人詢甲以刻下和議已成其關內外尚有强兵勁旅均未遣散今又製辦軍裝何用據甲云有某軍門者已赴南省招募精壯是以預造軍裝一俟來津即可應用以免貽悞至此項新軍作何調遣實亦不知其詳惟攬此生意辦此活計等語噫國家居安思危武備不可不講况今痛深創巨正當臥薪嘗膽之時雖和議已成而從前軍旅皆不合用豈得仍爾泄沓不求振作耶此軍之所以必須招募精練也

縣示照登 〇欽加同知銜卓異候陞題補靑縣署理天津縣正堂加九級紀錄十次趙 爲出示嚴禁事案蒙 關道憲札開爲札飭事五月十一日准法國廿代領事函稱昨日晚間有本國兵丁在租界迤北閒行又有該處民人用大石塊抛擲幸未着傷赶急走回稟請查辦前來本代領事當經飭令法工部局訪査去後茲據訪得北邊租界地面晚間設有說書廠每日聚積多人良莠雜分又有春和店穆姓又張姓其房屋均與租界街道緊連素喜多事而本國駐津兵丁早晚在租界內散步閒走既未爲非本代領事未便禁止然該處民人動輒開石擊打或羣相揪扭撕搶衣帽種種動作均可隱啓釁端如不預防或出大患前者受傷之人至今未愈昨又起此風波此次法國兵丁雖未被傷而該處民人似此放尤刁風斷不可縱相應特請 貴道飭令租界武弁應將此等處所或驅逐不令設廠或令遷移他處俾得消除後患而安租界等因准此並據租界委員稟報前來查租界內設廠說書聚集多人以及租界毗連地方開設娼寮均易滋生事端上年曾經前代理關道黃將租界外娼寮飭禁茲據租界委員稟稱照舊照設殊屬胆大除札守營局委員會同該縣認眞査禁暨函佈外合將原稟抄粘札飭札到該縣即便遵照迅將租界毗連地方書廠娼寮即日分別禁止驅逐以免滋事仍將遵辦緣由剋日具覆

均毋遲延切速此札計粘抄單等因蒙此除飭差驅逐外合行出示嚴禁爲此示仰租界附近居民及說書廠並開設娼寮人等知悉自示之後爾等務各安分守己毋得拋擲磚石再滋事端所有在租界內外及與租界毗連地方設廠說書並開設娼寮之人立即遷移他處以免驅逐倘敢抗違不遵仍蹈前轍一經查明或被告發定即嚴傳到縣以憑究辦決不姑寬各宜凜遵毋違特示

宵恩待士 ○凡場外抄寫無錯至場內抄寫有錯者何也在久歷場屋者心有主宰不至手忙脚亂而初次觀光者不知場中情形心中無主不免顧一時變卷顧一時出場或有舛錯之過昨有某童正場兩文一詩並 聖諭廣訓謄清交卷竟將兩文一詩草稿未經上卷疎忽已極幸逢性理一場邑侯趙大令將某童棚號傳出正場草稿即行補錄以免被扣大令寬恩待士於此畧見一斑已

性理題目 ○性理孝經一場在正場之次日考試往往應考者以此一場不過聊以塞責並不認眞作文茲邑尊將性理孝經出處註明並示如胡亂抄寫者扣除不錄等因今經此番整頓應考諸生必兢兢業業不敢以功名爲兒戲矣茲將性理孝經題目開列於左

知微知彰不舍而繼其善論　示之以好惡而民知禁論

天不絕人 ○河北陳某者年逾四旬品端學粹素性梗直家有一妻及子女六口而無恒產僅恃舌耕餬口今歲陳因多病未曾設帳又值年景荒歉以致窘迫情形不堪言狀近日屢屢絕食甚至數天不得一飽陳又終持古道不肯作乞米之書日惟旨沉於愁城中徒作書空咄咄迫日昨竟有死之心無生之趣矣詎忽有一人叩門聲急陳不得不出問爲誰及至見面並不認識據來人云吾尋陳先生者陳曰即吾是也請問客自何來甲曰吾有至戚姚某相託前來探望先生曾記十年前有候補道任津需次其少君曾從先生受業三年乎陳於是恍然大悟遂將授徒事實向來人言之甲曰果無訛錯因又言吾今戚姚某即昔日令徒由捐輸已荐至知縣業經履任每念師恩亟思圖報但無妥實人前來以故遲遲近因某赴京假道於此專爲恭候起居並具白金一函聊盡寸意即祈先生收納賜復回信等語陳驟聞之下驚喜交集以爲萬想不到之事因係門徒孝敬未便推却當即收訖蓋姚本係南人已離津十載陳早置之度外陳之親友聞知皆謂其有忠厚之心天必垂佑到此絕境以無意得之益見天無絕人之路世之機械滿腹者可以戒已

災生无妄 ○婚禮各處不同惟本埠最爲別緻親友皆於親迎前一日賀喜及期則一無事事無論何項近親皆擯諸門外俗例使然牢不可破昨李公樓王宅娶親花轎甫經到門突有虎勇多人欲入門瞻仰新郎之兄某甲出爲攔阻以爲俗忌外人詎勇等恃强不容分說竟持刃將甲刺傷血流如注恐有性命之虞事經報案由營務處捉獲數人不知作何發落噫王宅可謂无妄之灾矣

從寬免究 ○本埠五方雜處良莠不齊無賴之徒層見疊出茲有劉恩棠者生意起家頗稱小有有某甲時常訛索以爲可以魚肉已非一次昨某甲又自殘有傷託言賴欠等情劉恩棠忠厚無能自思屢屢擾倘不經官無所底止於是赴縣呈控邑侯趙星甫大令接閱之下已悉各情即飭差將某甲傳案訊究並責以大板劉恩棠猶欲深究大令畧謂詐傷賴欠本應嚴懲姑念業已掌責從寬免究云云噫一家飽煖千家怨其劉恩棠之謂乎

僕女逃跑 ○惟女子與小人爲難養逃跑之事數見不鮮日昨河北大胡同內某公館有僕女一名年十六歲保定府人月初與同夥某口角小有氣忿不意是晚由公館逃跑身穿藍布掛紅布褲目今遍粘招帖不知落於何處如有知此女下落者即將此女送至館中敬儀津蚨二十千文以爲酬勞之費云云不知此女能弋獲否爲之主者可謂用心良苦已

非搶即拐 ○昨於三更後有東洋車數輛由洋貨街行走迅速其前車各坐婦女皆用手帕包首並有老嫗二人乘車跟隨另有男子三四人一持刀一持棍緊在車傍護衛過東浮橋而去其行跡甚爲可疑乃敢於街市之間手執器械擁護婦女且在三更以後其爲拐搶已可概見惟洋車屢經禁止三更以後不准行走今竟拉載婦女毫無忌憚若不嚴行查拿重懲則將恐拐盜之事更難稽查貽害地方何從窮詰耶

鬧教四記 ○成都鬧教一事三記前報昨日本埠西字捷報又載華歷五月十二日金陵訪事友來信云初九日督署接到電信悉此事出于五月初五日耶穌天主兩教人之住宅及小禮拜堂均被燒去兩人均逃至官衙故未遭難原其鬧事之故因有某姓大法一

小孩謂爲西人所殺遂致一發而不可遏云　錄滬報

匪耗兩則　○汕頭來信云嘉應州長樂縣有土匪數千人揭竿爲亂欲借西人傳教之事耗費以行其不軌之計此間領事得聞是耗已請惠潮嘉道派兵前往彈壓○揭陽縣寒婆徑有匪徒周姓永安縣人也邇來聚衆萬餘謀爲不軌已於四月二十三日起事二十五日攻破永安城該匪首自稱大都督曾經遍出僞示日統兵大元帥周爲先行出示曉諭事照得本帥異日渡河誓師掃北現由爾等地方經過必買公賣爾等百姓不必驚慌富者要奉軍需貧者各安生業村庄鄉約人等不可出而抵敵如有抗拒玉石俱焚閨房婦女務須遠避特示似此跳梁小醜乃敢大言不慙想官兵一到不難立刻蕩平也　錄滬報

來信照登

濟生社諸位善長大人賜鑒弟於月之初十日偕友十一人由津起行至十三日辰刻抵玉田石臼窩查該處被災共有三百餘村其無麥無禾災情最重者八十餘村將　籌賑局憲撥玉田賑銀一萬兩歸併加撫賑內專放此八十餘村其餘村莊均有麥田指日收割生機有望於十五日由玉至遵沿途所見各村房屋半爲拆售地多荒蕪麥田甚爲寥寥較玉田之苦多矣目下四鄉難民就城乞食者紛紛攘攘瘦骨相扶殊堪悲憫兼之各處出口就食貧民呻吟匍匐絡繹不絕居山之勢復見於遵化矣由玉至遵數十里之遙嘗見倒臥十餘口身已腐爛臭氣薰天每一見之酸淚齊下詢其紳者何死者之多據云腹無食水夜宿荒郊久之積成疾病又加瘟疫盛行俱因茲而死卅非素爲乞丐實係各村之窮民耳種種災情聞之令人淚下筆難盡宣查該處災民向以耕耘爲業此外別無生計即豐稔之年各餓莩不一而足況連年饑饉去歲又遭雨水冰雹之災不穫一粒其苦有甚於晉省七屬者或謂順直各屬官義兩賑極多惟遵化官義賑濟甚少何也是由於該處不常被災民亦不慣乞賑延至不得了之際方祈人拯救然已成朝不保夕之勢如火之燎於原矣計之被災莊共有八百餘村災民不下數十萬鳩鵠其形仳離可憫若不急爲籌款拯救竊恐盡填溝壑弟等自辦唐山賑撫以來屢蒙　諸大善士踴躍輸命救民無算今遵化災民出水火登衽席仍賴　諸位善長不厭發棠之請竭力勸募得寸則寸得尺則尺總之多得百錢即多救一命弟代數十萬災黎馨香祝之肅此布懇敬請　籌安伏惟　惠照不旣　愚弟顧文翰頓首

御醫當賀　敬啓者敝同人偶患瘟疫之症服藥數劑並未見效醫云瘟毒入內不治之症命在旦夕今訪太醫院候補吏目譚仰周老先生診脉據云補泄兼施之症投黃龍湯二劑而愈可稱名醫當賀外送匾額一方並登直報一揚妙手回春是乃仁術也　建帮王玉鳴　蘇炳賢　孫恩溥頓首

告白　諸親貴友知悉今義和客棧歇業兌與金姓接作爲主如原棧有拖欠帳目以及客存貨物等件俱有原業主承管不與新置主相干特此週知勿使自悞特此佈聞　金姓謹白

告白　岑宮保介福圖　左文襄公奏稿　皇朝一統地輿圖　北洋中外沿海詳細圖　東三省圖　四國日記　俄遊彙編　四述奇　小方壺齋叢鈔　萬國公法　公法便覽　日本地理兵要　日本外史　東瀛紀要　中俄界約斟註　中外交涉類要表　日本新政考　武備志兵書　登壇必究兵書　俄羅斯地圖　西國近事彙編　地球五大洲圖　亞細亞圖　文興齋謹啓

陳雨蒼施醫　啓者有病之家無力延醫請於早辰九點鐘午後一點鐘下午六點鐘至津大道醫病院後陳宅診視有不能就診者必須寫明住址及姓氏名號送交本宅方能撥冗往診本宅存心濟世門診與視一概不取文分

五月二十三日輪船進口
重慶　輪船由上海　太古行
順和　輪船由上海　怡和行

五月二十四日輪船出口
禮定　輪船往上海　招商局

五月二十三日銀洋行情
天津九七六錢
銀盤二千七百九十文
洋元二千零三十五文
紫竹林九六錢
銀盤二千八百三十三文
洋元二千零六十五文

直報

光緒二十一年五月二十五日　第一百二十二號
西曆一千八百九十五年六月十七日　禮拜一

上諭恭錄

上諭江西建昌府知府員缺着何剛德補授欽此

救亡決論第三

建言有之天不變地不變道亦不變此觀化不審似是實非之言也夫始於涅菩今成隋軌天樞漸徙斗分歲增今日遂古日之執古曆較今晷爲短天果不變乎炎洲羣島乃古大洲沉沒之山尖薩哈喇廣漠乃古大海浮露之新地江河外翳火山內彌百年之間陵谷已易眼前指點則勃澥舊界乃在丁沽地果不變乎然則天變地變所不變者獨道而已雖然道固有其不變者又非俗儒之所謂道也請言不變之道有實而無夫處者宇有長而無本剽者宙三角所區必齊兩矩五點布位定一割錐此自無始來不變者也兩間內質無有成虧六合中力不經增減此自造物來不變者也能自存者資長養於外物能遺種者必愛護其所生必爲我自由而後有以厚生進化必兼愛克己而後有所和羣利安此自有生物生人來不變者也此所以爲不變之道也若夫君臣之相治刑禮之爲防政俗之所成文字之所教吾儒所號爲治道人道尊天柱而立地維者皆譬諸夏葛冬裘因時爲制目爲不變去道遠矣第變者甚漸極微固習拘虛末由得覺遂忘其變信爲恒然更不能與時推移進而彌上甚且生今反古則古昔而稱先王有若古之治斷非後世之治所可及者而不知其非事實也中國秦火一事乃千古諉過淵叢凡事不分明或今世學問爲古所無尊古者必以秦火爲解或古聖賢智所不逮言行過差亦必力爲斡旋代爲出脫如阮文達知地員之說必不可易則取旁陀四隤一語謂曾子已所前知又知地旋之理無可復疑乃斷靈憲地動儀謂張平子已明天靜此雖皆善傅會而無如天下之目不可掩也至於孔子則生知將聖尤當無所不窺於是武斷支離牽合虛造誣古人而厚自欺大爲學問之蔀障且憂海水之涸而以洎益之於孔子亦何所益耶往嘗謂歷家以太陽行度盈縮不均於是於眞日之外更設平日以定平晷疇人便之儒者亦然故今人意中之孔子乃假設之平聖人而非當時之眞孔子世有好學深思之士於吾言當相視而笑也夫稽古之事固自不可爲非然察往事而以知來者如孟子求故之說可也必謂事事必古之從又常以不及古爲恨則謬矣聞嘗與友論中國尙古賤今之可異友曰古人如我輩父兄君家如有父兄事事自必諏而後行尙古之意正亦如是僕曰足下所以事事必諏而後行者豈非以其見聞較廣閱事較多故耶友曰誠然僕大笑曰據君之理行君之事正所謂顚倒錯亂者耳夫五千年世界周秦人所閱歷者二千餘年而我與若皆倍之以我輩閱歷之深乃事事稽諸古人之淺非所謂適得其反者耶世變日亟一事之來不特爲祖宗所不及知且爲聖智所不及料而君不自運其心思耳目以爲當境之應付員枘方鑿鮮不敗者矣友愕眙失氣然歎僕之說精確無以易也　此稿未完

饑民掠食

〇蓋聞陽伏陰愆天地不無遺憾木饑水毀蒼黎難免奇災所賴諸善士推恕體上帝好生之德仁人修福卽小民計

命之原此施濟之功爲甚大而賑恤之事爲最急也今年四月大雨連綿河水氾溢天津海嘯陡患水災滙九派之長河奔流盪岸歷數日之霪雨積潦生波地盡澤國人盡餓殍計自京南河間所屬武强獻縣順天所屬文安霸州武清三河寶坻寧河玉田灤州等處遠近村墟廬舍被冲既棲身之無所田園盡沒復餬口之無資轉徙流離呼號慘動凡經目覩莫不心酸欲盡予以生全宜速籌夫周恤惟念災區極廣來日方長雖蒙 皇恩賑濟無奈杯水車薪實屬有名無實終于無濟昨有友人由冀州買舟赴通路過子牙河地方突有饑民聚集十餘名爲一隊遇有糧船往來即蜂擁一搶而空甚至武强縣某村富戶積糧數囤亦被饑民搶盡靡即控於琴堂邑尊輾轉籌思皆因枵腹起見亦無可如何之事聞者莫不惻然云

因火成烟 ○東便門內轆轤把地方有林氏婦鸞孤鵠寡茹苦含辛白髮龍鍾形影相弔蓋亦無告之窮婆也曩年因病吸食鴉片煙致成痼癖深恐被族人鄙薄是以携九歲之螟蛉女同居寢於斯食於斯終日足不出戶五月二十日天將破曉隣人蝶夢初回忽聞其女大聲疾呼甚爲哀慘有與之相稔者破扉而入察視情形見婦榻上煙霧迷漫烟燈引燃枕角被褥化爲灰燼全體烏焦氣息全無女則呆立形似木雞嚶嚶啜泣詢之云就寢時母因天氣炎熱將被撩開迨深入黑甜不知如何將被著火奴方睡熟驀覺腿足被灼痛徹心脾突然驚醒喚母不膺是以哭喊旋有族人聞信而至報官相驗備棺收殮瘞埋其女則交本父母領回噫似此因烟癖而遭慘斃聞者莫不嘖嘖用特錄報以爲吸煙燈迷者鑒之

祖孫遇虎 ○京西石景山下辛莊附近山坡素多虎患居民屢遭虎噬已非一次昨聞五月十九日清晨有倪某年逾花甲氣力甚壯猶從事於南阡北陌其媳馮氏育有一子年僅七齡倪某鍾愛特甚耕作餘暇時以弄孫爲樂是日倪媳赴親串家探視倪携孫牧羊於山下不知如何竟遭虎噬而死倪媳歸時日已西墜羊皆下山而倪某等不返尋之不獲翌日登山遍迹之見倪已血肉狼藉僅存下體子則尚存一腿知爲虎所啖婦痛哭不已然亦無可如何惟有終日飲泣而已聞者莫不爲之酸鼻云

東使記名 ○昨報紀日本公使到津茲悉全權大臣名林董隨帶書記官中島雄參贊官鄭永昌川崎寬美繙譯書記生豐島捨松大彬正之高洲太助武隨員陸軍中佐神尾光臣海軍大佐井上良智醫官中川十全計共十人外有領事官荒川已次即前在津任者今又重來留十人內中島雄爲東方才子頗有李青蓮蘇眉山風致今隨使駐節京都都人士於公餘之暇唱和者當必不少亦一時韻事也昨日偕謁傅相今日四點鐘傅相同王夔帥會拜日內在海軍公所宴會在津之西國官商一併與宴彬彬濟濟又有一番閙熱

無厭之求 ○賑雖善舉不可以爲常也近畿一帶連年被水連年辦賑飢民視之以爲蹈常習故經賑之地又請加賑豈斯民之無良哉抑上之不爲籌開生路耶灤州一帶災固極重前經張燕謀觀察躬自督率相廉勸賑已無濫無遺詎又有李桂林等赴督署具稟求再加撫署憲王夔帥以爲京東一帶災廣民衆今春查戶給賑庫欵羅掘一空爾等村庄既已得賑現值農忙時節止可傭趁謀生何得再求加撫所請應毋庸議云云似此貪得無厭當非實在飢民所爲蓋地方有種劣戶有賑時即充村董到處代領先充己囊無賑時即出首求賑以遂所欲今桂林者殆此流亞歟

運籌善後 ○前者本報登余軍門虎恩上劉峴帥書說者以爲極有見地若果見諸施行必能安內而攘外也頃有自榆關來者因言峴帥自得此書頗爲動念刻雖兩國議和而武備不可不講遼瀋重地京師要區必得簡練雄師庶足潛消隱患於日前封章入告略謂關內外防軍太多統率不一彼此既不相轄呼應即不能靈通前事之失後事之鑒擬請分四大軍每軍各四十營依克唐阿一軍宋慶一軍鎮遼瀋以及聶士成各一軍駐關內簡練精卒厚給餉需有事內外相通互相援應無事認眞操練勿蹈舊習云云想不日當蒙 俞允峴帥此奏誠爲扼要之圖矣

兵勇逃去 ○郭軍門赴馬廠閱定武軍操已紀前報頃聞該軍自操後關餉畢兵卒之告退及潛逃者十有四五推原其故蓋定武軍初擬開辦之時一切悉照德國軍律每兵定口糧四兩五錢米在內迨糧台恐中國兵被西人教成西式諸多不便由糧台自行招募不使原奉承辦之人過問於是名爲新軍實與舊軍無異雖巧立名目紛陳工程需用物件上達 九重實則雜亂無章耗費無窮爲將

來餉錯地步則得矣迄今發餉每名仍三兩二錢明扣糧米五錢其餘零星花費每人實餘存者至多一兩有零是以軍心渙散各自潛逃除砲隊一營營官愛惜士卒不貪財不尅扣人皆感戴外次則馬隊尚未齊全此外則不堪聞問噫以二百萬有用餉銀若果任原議洋員招募訓練則當威海緊迫時即有萬人可以一戰不致如今日之財盡人散而又徒貽海龍王戕夫多命也嗚呼時事尚可問哉

智仁廉勇 ○本津游府韓錫三鎮戎前統蘆營潔己奉公寬嚴並濟逐日躬自教操無間風雨己成勁旅祇以和議已成糧餉無從措辦於月初遣撤所有該營需用家具器皿以及預備造壘之土坯等物數值九百金向例應歸營官變價韓鎮軍廉潔自待不貪小利因念數月以來該營在廣仁堂左右住紮覩堂中孤鸞寡鵠清苦可憐因將該營所用器皿及成做土坯如數捐給該堂俾可蓋屋二三十間每年得貲數百千於該堂不無小補日內已造冊交代昔人言爲將之道必智仁廉勇四者兼全如韓鎮軍者斯可以當之矣

東漕又到 ○山東河運漕糧抵津數目及過關日期節次登報茲探悉濟寧衞正幫運官胡海山旗丁郭鳳來押解糧船三十九隻又臨東後幫運官徐元璞旗丁宋繁嗣押解糧船三十七隻陸續到津楷日過關北上至通交納合亟再報

縣試榜示 ○欽加同知銜卓異候陞題補靑縣署理天津縣正堂趙 爲歲考事照得本縣考試正場民灶文童名次合行榜示為此示仰各該文童知悉於本月二十五日黎明赴貢院初覆爾等各宜凜遵毋得自悞特示 謹將前五十名開列於後

李家楨
陳寶泉 王金适 李士鈐 龐耀宗 唐肇奎 何家鯉 楊金鏞 楊以寶 王家端 陳寶樹 袁開甲 陳振藻 孟廣慈
王士珍 甯文儁 沈學尊 辛承培 王鴻文 華澤沅 黃勃 張敬紳 邵廷相 王文柱 王鳳洲 張金瀛 陳鴻年
華鳳岡 王望齡 羅問源 賈□鏞 劉寶珍 李蔭棠 何鴻元 沈學寬 高文彬 陳自中 王士瀚 宋壽彤 宋承恩
楊德蔭 魯沛文 張家鋭 李同熙 李怡曾 劉恩漢 王學勤 王錦文 丁萬林 王裕槐 又寄籍二十二名 馬緒卿
郭恩第 鄭秉典 張體元 李允昌 田晉昌 王鳳章 劉邦彥 滕殿林 郭鳳藻 張鳳藻 鄭秉第 張炳麟 鄭廼淇
孫文林 喬鳳書 張恩綸 張鳳元 陳鴻逵 張子琴 劉家棟 劉長林

糊塗已極 ○今春糧米昂貴民困不堪現今糧價稍平而時疫又起胡天之不弔也按時症一二日理宜發表至五六日理宜清熱敗毒或三消達原承氣等劑治之方保無虞詎今之有病之家多以巫覡是信不求醫藥日前西門南有何某者其妻患瘟疫已十餘日尚未見汗每日延巫用香油半斤名曰下油法伏思瘟毒在內不思攻瀉而竟以油法試之有不奄奄待斃者乎如此治病糊塗已極

幸獲再生 ○失足落水事所恒有倘遇過渡稍不小心貽禍非淺矣侯家後擺渡通至刷紙廟新浮橋窯窪等處每日來來往往過渡者絡繹不絕昨有侯家後附近張姓之子年十餘歲由河北窯窪而來亦在擺渡之中及至河南下岸之時適某中炭筐將張姓之子一擁而下幸舟子瞥見赶緊用篙撈救得慶生全未與河伯爲伍舟子理宜將張姓子送往其家安心撫慰方保無事詎舟子置之不理及張姓之子至家述說落水情形啼哭不已張之祖母携杖而來欲與舟子拚命誓不欲生舟子見來勢洶洶不敢回答只得央人說合鬮張子祖母仍欲赴官理論直至今日尚未了結云云噫張媪亦强橫矣哉

鬧市攫物 ○張某者在某署爲差官衣履鮮明人亦文雅昨日天將二鼓行至侯家後江叉胡同忽由後面突來二人將張拖翻在地一人堵其口一人將其銀表一只搶而同逸張大爲驚駭只得踉蹌而回遂即赴縣署報案蒙允飭捕嚴緝査失事處所乃樂境歡場人烟稠密終日以夜繼晝何乃該賊竟敢掀人搶物是否另有別情抑係果眞慣賊該管者若不嚴緝懲辦將恐再有効尤事在闗㕔重地當有不堪設想者矣

臺信彙登 ○華歷五月初四日臺灣滬尾訪事友來信云此間口外共有日兵艦五艘其三艘已于初二日開去餘二艘須俟他日艦到後再往他處中有一艘似是大楷結河艦亦于昨日開出至晚仍回又有耐立九艦裝載日提督拖峨及擊沉高陞輪船之某兵艦均泊口外十五里路之遙○五月初九初十兩日滬上官場接到臺電云西面沿海一帶凡有日人可以上岸之處均已安設水雷現在兵民爭先誓與日人決一死戰○又電云有特派之東兵欲在基隆北九十里地方上岸經駐紮該處之粵兵止住現在岸上並未有構仗之

事東人亦不能在沿海上岸惟基隆北面之派娜島已被日踞緣該小島並無兵丁保守且無砲臺故東人得之甚易○又電云昨日有東小輪一艘駛進淡水港內無人攔阻船上日人知照滬尾砲臺之守官曰吾欲與英德二國砲船講話告伊不可停在此處因吾倘與爾台開仗則伊船正對吾砲眼故也○台南安平地方致電於本埠華商云數日前有日小船二艘載兵數名欲在打狗北一百二十里地方上岸華兵許之該兵人即出東督樺山之告示無數畀言爾台民必須平安迎履云云該處義兵及無賴輩見而大怒立刻將上岸之東人六名悉數殺死無一得脫二小船亦即逃去　錄滬報

嚴責營勇　○鎮江現到廣東常勝萃字軍十數營駐紮各處均歸馮萃亭宮保總統營規嚴肅每當將弁進謁之時必告誡約束所部恪守紀律不准稍有滋擾各營弁奉論之下皆能仰體憲意嚴加整頓若遇營勇上街購物按名給以號牌註明時刻無事不許出外無如各營兵桀驁性成間或在街買物不無滋事一日午後有左營勇丁四名入北門營買食物傍晚回營行至砲洞地方適有某氏婦赴東碼頭探親道經此處諸營勇四顧無人上前調戲該婦大怒遽以手批其頰營勇見來勢利害意欲奔避而髮辮已被婦扭住該營管帶聞信赶至婦即告以顛末管帶怒甚命親兵將滋事各勇帶同稟明宮保從重懲辦是晚管帶點名時又有二勇不在營中次晨在西門偷拿獲旋即升坐演武廳略問數語飭各責籐條一千下責畢在耳上插以令箭遊街示衆但見該勇兩耳鮮血淋漓沿途觀者擁擠不開咸謂宮保軍令森嚴從此一番懲治想各勇自必遵守營規不敢再生事端矣　錄申報

啓者本局按年總結向於四月內一律核算清楚刊刻分佈於五月初一日派分股利歷辦在案茲光緒二十年分總結帳目因海氛不靖烟台營口各處之帳未能如期報山其統年總結未免因之延悞現已催令各處將去年帳目尅日彙報以憑結算分利因將光緒二十年分甲午第十一屆總結展至六月初一日在上海開平礦務滬局廣東開平礦務粵局天津開平礦務津局三處分派股利預於五月內在唐山總局彙算清楚仍請在股　諸君枉臨　查閱以便發刊至來回川資仍由總局籌備再此屆分利祈　各股友務將息摺同股票一併持來派利各局核算派息俾於股票內加印戳記如祇將息摺送來取息即照議概回幸　垂諒是荷特此布達

開平礦務總局啓

悅來洋貨號

開設天津紫竹林大街自運各國洋貨鐘表鍍銀菓釵湯鈞茶鈞花籃洋火盒菓盤雲鑼五色料器盅碗杯盤靴掖荷包金銀首飾軟硬鐲釧玻璃磚磨花描銀彩畫茶几三連油木邊框抬頭鏡等

格外減價消售發客

告白　彭公案　楊家將　昇仙傳　南北宋
金鞭記　雪月梅　後聊齋　後列國　玉姣梨
小八義　草木春秋　西湖佳話　醉茶志怪
盛世危言　前後七國　鐵花仙史　挑燈新錄
後英烈傳　三續聊齋　巧合奇冤　花月姻緣
髮逆圖記　第一奇女　續施公案　醒世姻緣
五虎平西南　續今古奇觀　續永慶昇平
萬年青初二集　五十名家手札　文興齋謹啓

浙紹朱鈍翁現由山海關統領晉軍何鹿秋軍門處事竣回津依舊懸壺仍寓彌勒菴

五月二十五日輪船進口
明義　輪船由上海　招商局
連陞　輪船往上海　怡和行
五月二十六日輪船出口
重慶　輪船往上海　太古行

五月二十五日銀洋行情
天津九七六銀　銀盤二千七百九十文　洋元二千零三十五文
紫竹林九六銀　銀盤二千八百三十三文　洋元二千零六十五文

告白　諸親貴友知悉今義和客棧歇業兌與金姓接作爲主如原棧自拖欠帳目以及客存貨物等件俱有原業主承管不與新置主相干特此週知勿便自悞特此佈聞　金姓謹白

陳雨蒼施醫　啓者有病之家無力延醫請於早辰九點鐘午後一點鐘下午六點鐘至海大道養病院後陳宅診視有不能就診者必須寫明住址及姓氏名號送交本宅方能撥冗往診本宅存心濟世門診出診規一概不取文分

直報

光緒二十一年五月二十六日　第一百二十三號
西曆一千八百九十五年六月十八日　禮拜二

上諭恭錄

硃筆印啓補授鴻臚寺卿欽此　上諭本日引見補行大考之翰林院編修豫泰着照舊供職並着於本月二十四日預備召見欽此　上諭倉場侍郎祥麟等奏拿獲著名倉匪請交刑部審辦一摺倉匪劉六李一前經奏拿交部有案現復招集黨與赴倉攪擾生事殊屬不法着交刑部嚴行審訊照例治罪欽此

救亡決論第三　續前稿

晚近更有一種自居名流于西洋格致諸學僅得諸耳剽之餘於其實際從未討論意欲揚己抑人誇張博雅則於古書中獵取近似陳言謂西學皆中土所已有羌無新奇如星氣始於臾區句股始於隸首渾天昉於璣衡機器創於班墨方諸陽燧格物所宗爍金腐水化學所自重學則以均髮均懸為濫觴光學則以臨鑑成影為嚆矢蜺水蜺氣氣學出於亢倉擊石生光電學原於關尹哆哆碩言殆難縷述此其所指之有合有不合姑勿深論第即使其說誠然而舉划木以傲龍驤指椎輪以訾大輅亦何足以助人張目所謂詬彌甚耳夫西學亦人事耳非鬼神之事也既為人事則無論智愚之民其日用常行皆有以暗合道妙其仰觀俯察亦皆宜略見端倪第不知即物窮理則由之而不知其道不求至乎其極則知矣而不得其通語焉不詳擇焉不精散見錯出皆非成體之學而已矣今夫學之為言探賾索隱合異離同道通為一之事也是故西人舉一端而號之曰學者至不苟之事也必其部居羣分層累枝葉確乎可證渙然大同無一語遊移無一事違反藏之於心則成理施之於事則為術首尾賅備因應釐然夫而后得謂之為學是故西學之與西教二者判然絕不相合教者所以事天神致民以不可知者也致民以不可知故無是非之可爭亦無異同之足驗信斯奉之而已矣學者所以務民義明民以所可知者也明民以所可知故求之吾心而有是非考之外物而有離合無所苟焉而已矣教崇學卑教幽學顯崇幽以存神卑顯以適道蓋若是其不可同也世人等之不亦遠乎是故取西學之規矩法戒以繩吾學則凡中國之所有舉不得以學名吾所有者以彼法觀之特閲歷知解積而存焉如散錢如委積此非僅形名象數已也即所謂道德政治禮樂吾人所舉為大道而謂西人為無所知者質而言乎亦僅如是而已矣若徒取散見錯出引而未申者言之則埃及印度降以至於墨非二洲之民皆能稱舉一二所聞以與格致家爭前識豈待進化若中國而後能哉雖然中土創物之聖固亦有足令西人傾服者遠之蠶桑司南近之若書槧火藥利民前用不可究言然祖父之愚固無害子孫之智即古人之聖亦何補吾黨之狂爭此區區皆非務實益而求自立者也尤可笑者近有人略識洋務著論西學其言曰欲制勝於人必先知其成法而後能變通克敵彼萃數十國人才窮數百年智力擲億萬貲財而後得之勒為成書公諸人而不私諸己廣其學而不秘其傳者何也彼實竊我中國古聖之緒餘精益求精以還中國雖欲私焉而天有所不許也有此種令人嘔噦議論足見中國民智之卑今固不

暇與明學爲天下公理公器亦不暇與講物理之無窮更不得與言胞與之實行教學之相資但告以西洋人所與共其學而未嘗秘者固不徒高顴斜目淺鼻厚脣之華種即亞非利加之黑人阿斯吉摩之赤狄苟欲求知未嘗陋也豈二種聖人亦有何物爲其所竊奪然何傾吐若斯也更有近者前幾尼亞人往往被掠爲奴英人憫然憫之爲費五千萬磅之資遣船購兵禁絕此事黑人且未即見德古固深以爲讐此種舉動豈英之前人曾受黑番何項德澤不然何被髮纓冠如此耶此更難向吾黨中索解人矣昨者有友相過慨然曰華風之敝八字盡之始於作僞終於無恥嗚呼豈不信哉豈不信哉今者吾欲與之爲微詞則恐不足發聾而振聵吾欲大聲疾呼又恐駭俗而驚人雖然時局到今吾寧負發狂之名決不能喔咿嚅唲更蹈作僞無恥之故轍今日請明目張膽爲諸公一言道破可乎四千年文物九萬里中原所以至於斯極者其教化學術非也不徒嬴政李斯千秋禍首若充類至義言之則六經五子亦皆責有難辭嬴李以小人而陵轢蒼生六經五子以君子而束縛天下後世其用意雖有公私之分而崇尚我法劫持天下使天下必從己而無或敢爲異同者則均也因其劫持遂生作僞以其作僞而是非淆廉恥喪天下之敝乃至不可復振也此其受病至深決非一二補偏救弊之爲如講武理財所能有濟蓋亦反其本而圖其漸而已矣否則智卑德瀉姦緣政興雖日舉百廢無益也此吾決論三篇所以力主西學而未嘗他及之旨也善夫西人之言曰中國自命有化之國也奈何肉刑既除宮闈猶用閹寺束天下女子之足以之遏淫禁奸讞獄無術不由公聽專事毒刑榜笞三者之俗蠻獷不如仁義非中國有也嗚呼其言雖逆吾願普天下有心人平氣深思察其當否而已至凡所云云近則三十年遠則六十年自有定論今可不必以口舌爭也

京榮備至 ○通政司殷秋樵叅議如璋籍隸邗江由辛未科進士以欽點翰苑轉擢秋曹升授侍御欽命巡視北城察院創建安平公所設立平糶總局光緒十六年間夏雨連綿畿南一帶被水成災親督紳士每日運米前往各鄉賑恤實惠均霑克勤厥職勞瘁不辭素爲同僚推重近因中東和約內有割地賠欵之舉叅議聞之義憤塡膺每欲糾合言官上達九重力陳其弊而又恐徒託空言無裨實用是以日夜焦思憂煩成疾竟於四月二十二日騎箕西遊經其少公子在京遵制成服舉行送路齋醮俱延龍泉寺廣惠寺增壽寺戒僧誦經禮懺五月二十一日爲發引之期雇定前門外臥牛胡同天興槓房四十八名大槓上罩紅緞寸蟒棺罩孝衣十二名各捧朝冠朝靴朝珠披肩朝服蟒袍文房四寶等物沿途舉哀槓前徐徐隨行魂轎魂車影亭誥封黃亭黃雲緞曲柄傘龍旗御棍棍爐龍鳳扇誥授朝議大夫 誥封中議大夫銜牌二對萬民傘四柄全幅儀仗官銜牌三十六對鳴鑼開道鼓樂喧闐由宣武門外驢駒胡同府第扶柩抬至南堂子胡同南頭龍泉寺叢林暫停再行擇吉扶櫬回籍安葬是日執紼者皆係諸鄉戚寅誼門生京官沿途步行誠謂京榮備至矣

力爲綢繆 ○近年雨水之災大爲數十年來所未有各屬被災之情與饑民流離之況不待言矣而畿南一帶村莊今年四月初旬霪雨連綿河水沖刷至今仍在烟波浩淼之中昨經順天府尹憲派委督飭工役挑挖引河俾汪洋巨浸早有所歸惟黃村龐各莊皮各莊一帶蓄水仍未消涸行人往來必須一葦杭之濡滯遲延既多不便且水不消退播種終屬無期小民以食爲天地不耕則百穀不生百穀不生則何以餬口言念及此殊切隱憂幸經某大善士念稼穡之艱難屏茅檐之疾苦招工於積水之區開渠引水入於固安縣金門閘河內開濬疏通自五月望日起水已決東東流決西西流向如滄海者今已桑田矣災民舉欣欣然有喜色而相告曰水已漸涸即種穀豆玉米高粱蕎麥而今而後庶免衣食不給之虞乎然非該善士等力爲綢繆曷克致此哉

忤逆宜懲 ○宣武門外四川營地方居住孀婦賈孫氏年近花甲子名賈長順年近而立隨官服役曾娶鍾氏爲媳乃賈子不務正業蕩檢踰閑肆無忌憚因揮霍無資將遺產變賣一空日前往與婦相商將母氏逐出不由孫氏忿火中燒與子撞頭拚命賈子竟忘不孝罪大胆敢以利刃向母逞兇經鄰人再三勸解不休旋經本人恐成巨禍即將賈子捆縛送交北城坊鎖押於五月二十日堂訊時賈子毆不畏法仍敢向母强橫當經王少尉將其重責釘加鐐鎖游城懲辦以爲忤逆不孝者戒（十八日）

叩求義賑 ○順天府屬各州縣屢被水災頻年饑饉而霸州一邑尤甚今春積水已涸各村民等竭力設法播種春苗冀獲有秋不料四月初旬連朝大雨以致河水泛溢將所種春苗盡行淹沒現值青黃不接之時遍野哀鴻嗷嗷待哺其愁慘情形令人不可目覩昨

覇州紳民等赴道轅具稟道憲李勉林觀察慨念民艱允爲轉稟上憲請發義賑已懸牌批示矣

漕糧進口 ○山東漕糧押解委員以及兵丁姓名並糧船幫數迭紀昨報茲聞漕船於二十四日早全幫業已進口尚未抵關停泊梁家嘴趙家場一帶每船五六隻爲一排岸上設守夜布棚一座聯絡一片終宵擊柝之聲不絕於耳保衛之方有加無已洵可謂勤於王事者也

保衛村莊 ○海下張家嘴乃一中等村莊約有一百數十戶人家其中以務農者居半浮家泛宅前往關東以運糧爲生者又居半自去夏東人侵犯遼東以致貿易視爲畏途兼之水溢爲災又值米珠薪桂居民益加窮苦其頗知廉恥者惟有聽天由命坐於未能忍耐者即不免趨於邪境有白某者乃村中最狡猾人也近來竟勾結匪徒明則魚肉鄉里暗則偷竊搶刦村民雖知其劣跡究不敢過問茲該村有富者數家深恐被其擾害又別無良策可以保衛因公議擬辦保甲以清良莠雖法良意美無如鄉僻窮壤不但欵無可籌而且乏人經理終恐一經舉辦匪黨有碍難相容之勢是以紳董聚議聯名具稟道憲請爲出示曉諭以免阻撓並請由南羊碼頭李紳朱紳邀同該管汛官蔡經廳會辦保甲張家嘴一村附入該局辦理已蒙道憲專札南羊碼頭邊卽照辦想該局首事紳董及汛官戢奉憲諭定必不分畛域一律保護現値此荒年若果各村莊均能妥籌善法以期閭閻得安而盜賊斂跡誠獲益不淺矣

蝗孽孳生 ○訪事云昨聞靜海天津兩縣所屬大龔堆及煤廠一帶目今蝗虫殘傷稼禾過甚據該地方土人云遠望一片紅色近看即係此虫約有二三尺不等蝗蝻有如此之多實出人意料之外有地方之責者若不赶緊督飭地保里甲從速驅捕掩埋一經生翅必致飛天蔽日吃盡禾稼而後已也可勝慨哉

拐孩被獲 ○買良爲賤有干法禁日昨紫竹林大街有一洋車由北而南飛行甚速車上坐有女孩數名並有一少年男子緊隨車側被紫竹林廟內租界發審公所巡兵阻住其少年人忽然遁去車內共載大小女孩九人八九十歲不等俱云京都人被人拐來有哭訴其姓氏來歷者實令旁觀者酸鼻遂由公所稟請海關道憲尚未聞作何定奪大約發廣仁堂留養並聞紫竹林附近處有某中者素昔販人嘗生每逢買來女孩帶至江南演學彈唱歌舞待至熟習仍回天津假充南班從中漁利此次所獲女孩殆亦其同類歟

不孝宜誅 ○河東十字街北有韓垒五者生有一子年已三十餘歲以推兩把車爲業子不顧父母之養早經分居各爨視父母如寇仇昨聞其子將其母打得偏體俱有傷痕其父敢怒而不敢言惟有束手坐視說者以爲若稍以言勸之伊即遷怒於父將以施於母者施諸父矣似此忤逆若不懲治更恐有意外慮也

鬥毆擬結 ○前西門外永明寺前王閃庭劉黑塔等與李三持刀刃傷已紀昨報目今李三之傷延醫調治已見大痊不致有性命之害應卽了結昨附近鄰右等出爲調處勸令自此永息仇怨兩造彼此見面各具息訟呈詞上投邑署誓不再互相鬬毆云云不知趙大令如何核辦也

搖船無理 ○自客歲被水成災洋汾港等村來津謀食者指不勝屈村民等皆以幫搖小船爲生每日可獲五六百文不等向堪餬口不致餓斃至今運河之中來來往往裝運人載貨載西至楊直口東至北大關口北至北營門口乘坐者均稱極便不料老店擺渡口高某者以搖船王甲在此招攬坐位於已不便高某出爲攔阻以爲攬擾擺渡之事王甲不服始而口角繼則用武高某雖屬舟子不善浮沉王甲善於泅水將高揪在河邊用力拉在一同滾入水中幸行路人瞥見赶緊喝令王甲鬆手高某方得出險否則卽與河伯爲伍矣搖船之無理不已太甚乎行路人之功實非淺鮮

游勇竊妓 ○自客歲大兵雲集各娼窰妓館接踵轂事層見疊出已不堪其擾然尚屬取樂起見不料今竟有居心行竊者西門外某妓寮有名順喜者妓中翹楚衣服首飾與衆不同向爲膂小所豔羨昨晚有游勇某甲聲稱住宿順喜不敢抗違當卽留髡及至順喜睡熟某甲乘隙將衣服首飾席捲一空拔關而逸及春夢初醒房中闃寂無人順喜心懷疑慮卽開匣點驗首飾等物已化爲烏有及檢箱篋衣服亦不翼而飛只好落淚浩歎而已噫彼女衣飾得來不易而游勇竟攫之以去居心殘忍爲游勇能之

助賑清單　○敬啓者鄙人一介書生罔補時艱作爲義振局蕫赴關東稽查戶口因得目覩彼災地方瘟疫之盛幾於無人不病而治之之方則以濟生社所施黃金丹一藥較爲最靈最速擬卽配製若干寄往災區廣行散布無如鄙人力薄於綿難期博施不得已而爲沿門托鉢之舉特定捐册若干本分託親友廣爲勸募茲蒙　宋桂堂善士交到爲字第一號捐册內收藥資津錢二百八十一千又洋銀七元仰見　各大善士痌瘝在抱側隱爲懷鄙人拜登之餘感同身受爲此開具各大善士姓名捐數祈登　貴報用昭徵信伏乞　公鑒　試驗有效人蕫啓　計開　宋桂堂大善士助黃金丹津錢六千文　又經募恒和金店魏東卿大善士助津錢一百五十千文　佘澂甫觀察助津錢六千文　孝友堂助津錢二十千文　彭蠖居士助津錢四千文　隱名氏助津錢四千文　竹蔭山館助洋銀三元　免遺氏助津錢五千文　叢梅山房助津錢六千文　貫杰氏助津錢二千文　捷元堂助津錢二千文　富大氏助津錢二千文　世昌洋行助津錢五千文　無名氏助津錢二千文　謹厚堂助洋銀三元　義長厚助津錢六千文　聚仲記助洋銀一元　裕同春助津錢五千文　蓬寶齋助津錢五千文　大浹江人助津錢六千文　周星北助津錢六千文　啓昌行助津錢五千文　第一樓助津錢二千文　魏鶴山堂助津錢六千文　恒利金店助津錢六千文　張鵬展助津錢二千文　祥盛號助津錢二千文　萬源德助津錢二千文　恒興堂助津錢二千文　厚德堂助津錢四千文　懷德堂助津錢六千文　東與和助津錢一千文　呂曉嵐助津錢一千文

開港約書　○大朝鮮國大君主陛下及大日本國大皇帝陛下切願倍敦兩國睦誼幷俾兩國增進利益卽欲以大朝鮮國平安道鎭南浦及全羅道木浦兩處港岸作充締盟兩國通商之區是以大朝鮮國大君主陛下簡派外部大臣金允植作爲全權委員大日本國大皇帝陛下簡派特命全權公使伯爵井上馨作爲全權委員彼此互將所奉委任全權之勅旨謹相較閱後會同議定各條開列於左

第一條大朝鮮國政府准以大朝鮮開國五百四年六月一日卽大日本明治二十八年七月二十二日爲先開平安道鎭南浦以充締盟兩國通商口復續限六十日爲期更開全羅道木浦均充兩國通商港口　第二條所有開港須要之各節細目應於第一條所載開港日期以前另行妥議訂定　第三條現定開港約書應自兩國全權委員蓋印之日起限於五十日內請兩國御筆批准後在大朝鮮國漢城卽行互換　以上各條茲由兩國全權委員繕成約書二本俱經彼此記名蓋印後各執一本以昭憑信大朝鮮國開國五百四年四月日大朝鮮全權委員外部大臣金允植大日本國明治二十八年五月日大日本全權委員特命全權公使伯爵井上馨

韓人易服　○朝鮮訪事友來函云四月二十日以後朝人服色一律尙黑昔之白羽翩翩者今皆湼而爲緇至巡捕人等則早已改爲西裝與日本捕服式無異惟鞋襪猶朝鮮舊製云

告白　岑宮保介福圖　左文襄公奏稿　皇朝一統地輿圖　北洋中外沿海詳細圖
東三省圖　四國日記　俄遊彙編　四述奇　小方壺齋叢鈔　萬國公法　公法便覽
日本地理兵要　日本外史　東華紀要　中俄界約斠註　中外交涉類要表　日本新政考
武備志兵書　登壇必究兵書　俄羅斯地圖　西國近事彙編　地球五大洲圖　亞細亞圖
文美齋謹啓

告白　諸親貴友知悉今義和客棧歇業兌與金姓接作爲主如原棧有拖欠帳目以及客存貨物等件俱有原業主承管不與新置主相干特此通知勿便自悞特此佈聞　金姓謹白

陳雨蒼施醫　啓者有病之家無力延醫請於早辰九點鐘午後一點鐘下午六點鐘至海大道養病院後陳宅診視有不能就診者必須寫明住址及姓氏名號送交本宅方能撥冗往診本宅存心濟世門診與親一概不取文分

五月二十六日輪船進口
武昌　輪船由上海　太古行
五月二十七日輪船出口
禮順　輪船往上海　招商局
重慶　輪船往上海　太古行

五月二十六日銀洋行情
天津九七六錢
銀盤二千七百九十文
洋元二千零三十五文
紫竹林九六錢
銀盤二千八百三十三文
洋元二千零六十五文

直報

光緒二十一年五月二十七日 第一百二十四號
西曆一千八百九十五年六月十九日 禮拜三

上諭恭錄

上諭刑部奏外傳人証到案畏罪自抹身死請派大員會訊一摺所有旗婦平宣氏自抹身死一案着派啓秀徐郙提集人証卷宗審訊明確據實具奏欽此

公私利害辨

利害易辨公私難辨以語世俗世俗信之不辨公私之實莫辨利害之眞不辨利害之源莫辨公私之至以語世俗世俗不必盡信之何者世半以爲公則不利於私私則有害於公顧判公私爲兩事遂混利害而不明是誠不可以不辨何以辨之惟即私以驗其公即公以驗其利即公以究其私即私以究其害則公私利害之分可以大白於天下何言乎即私可以驗公即公可以驗其利即公可以究私即私可以究其害也凡人之情悅其所便安忌其所不便安樂其所有益惡其所無益也審矣世以爲此人情之私也不知聖人治天下之法所以務期其公者非特不以公而妨私適以公濟其各得之私非特不廢私以爲公並因私去其無益之公生人之患莫切於飲食生人之欲莫大於男女聖人則以務去其患務遂其欲者爲大公即爲大利以不去其患不遂其欲者爲大不公即爲大害一飲食也聖人易毛血鮮爲粒米復進粒米爲旨甘一男女也聖人易狉蓁野合爲婚姤復進婚姤爲嫁娶此固私情所便安以爲於己有益者也復詳求飲食之道以甘旨供諸尊親而以粗糲自奉且須終歲勤動南畝俟其歲時伏臘始少休息又必耕三餘一耕九餘三勞苦拂鬱力崇節儉乃得百室盈婦子寧焉詳制男女之節以嫁娶任諸父母而令兒女聽命且須更煩媒妁執柯然後占鳳委禽始偕魚水又必夫爲婦義婦爲夫貞委曲繁重恪篤倫常乃克宜室家樂妻孥焉此宜私情之所不便安以爲於己無益者也乃世俗方疑爲情之所不適聖人必以爲道之所不易者不經利害之眞莫由識公私之至也及一經飢饉遇强暴而有備無患以禮禦狂乃知聖人之務爲公道少不便安於私者乃豫防其患適全其各得之私所謂即私以驗其公即公以驗其利者也　此稿未完

光緒二十一年五月分缺單　〇小京官中書科中書張鴻謨升　禮部司務樊曾培丁　京經奉天府楊敬修升　知府廣東雷州李劍瀾缺送部引見　直牧四川茂州李承業革　通判雲南麗江謝光熹　河南歸德徐敦治俱故　知縣四川安縣黃敬熙革　廣東樂會邵謙和丁　山東長山田耀焜近　山西寧鄉馬蓁丁　廣東徐聞童鳳池　惠來雷崧綸　永安敬輔　雲南恩安丁中立俱革

請君入甕　〇敦會妃奉移金棺在邇五城司坊各官均有沿途彈壓稽查之責於是北城吏目王少尉因恐稽查難以兼顧地面稟請派員代理旋奉北城兩院憲牌委揀發吏目孫少尉暫權斯缺據聞孫少尉素日在貿易場中常以木裙圍腰得委後居然高坐堂皇於審理詞訟無奈一竅不通每訊一案不分原被情理兩直祇以兩部肉鼓吹從事哄動都城傳爲笑柄該少尉向在前門外大柵欄地方

開設寶珍齋鐘表雜貨舖生理舖中一切貨物向由天津某洋行發來向訂兩個月爲期兌貨付銀日久百弊叢生經洋行查出破綻共計虧缺貨價銀七百數十兩蓋所虧之項皆係報捐兵馬司吏目所用甫經得缺臨民不料訟事臨身央人緩頰分作十年帑償寫立字據詎洋行因孫少尉輕浮不足取信聞已向都察院將其欠債由身和盤托出諒上憲必當有一番決斷也

一臥不起 ○京西海淀昆明湖之隈有臥佛寺一座傳此寺建自勝朝至 本朝重加修葺者屢矣年代雖遙棟宇猶巋然壯麗不意五月十七日大雨冰雹之際該廟竟塌陷地中僅留廟脊及鴟吻在地上聞將陷之際廟內僧衆先聞震撼之聲相與出廟觀望不至同入九泉亦云幸矣查該廟地基頗堅且有如此奇異然則滄海桑田之說古人豈欺我哉該寺名臥佛應此佛眞一臥不起也已

夫也不良 ○西直門內祖家街居民張某衡水縣人貿易爲生近年得有鉅資頗稱豐裕子年弱冠娶同鄉寇氏女爲媳張以病謝世子不務正業媳以夫也不良常自怨自艾憂憤成疾母亦不能約束其子遂致無所不爲其妻忿不欲生蓄謀既久於五月廿日其夫自外歸始而規勸繼而口角婦於是夜即投環自盡至次日早炊時其姑入房呼喚寂然無聲將房門打開見媳已死大驚與廚役私將其屍解下藏于臥櫃之中後廚役密告隣人事始發覺隣衆以人命重大遂鳴知該管地面官廳看街兵至其家將櫃打開果見屍身在內天氣炎熱屍身發變業有腐爛之處臭氣刺鼻衆心大爲不平遂即報官步軍統領衙門票委西城司相驗姑與夫俱已畏罪遠遁相驗後由官發給棺木收殮隨將前後門封固以免匪人乘隙搶刦現經隣人遣人赴衡水縣招媳之父來京未悉如何處置俟有續聞再行佈錄

五木無靈 ○陳某晉省人也在彰儀門內鑵兒胡同某茶社傭工人極聰慧頗得舖主歡心惟陳素有賭癖於五月二十日赴菓子巷地方收帳見有某轎夫賭局不禁見獵心喜入場共賭將所收帳銀二兩五錢作爲孤注詎五木無靈全軍盡墨陳忿無顏回對舖主遂至西便門內箭樓城垣下以釘條插入磚縫復用蔴繩自縊城根地處偏僻行人甚稀無人知覺解救逾時目瞪舌出竟作枉死城中縊鬼矣噫因賭害命之事屢不務書安得賢有司竭力禁止賭博斯亦仁政之一端也

死得離奇 ○前門外鞭子巷二條胡同居民周某者部書也於五月二十一日清晨忽聞臭氣刺鼻祇見由房沿墜落蛆虫因遣院鄰賈童登房瞭望但見男屍一具身已腐爛當經報案稟請南城御史廷指揮帶領吏仵前往相驗飭甲將屍由房搭落舁放平正地面如法相驗據仵作蔣寬陶報驗得已死男子約年三十餘歲仰面左右太陽刺有字跡胸膛近下青赤傷一處血汚流出係被洋縐火藥轟傷遍身腐爛委係因傷身死復訊周某供詞閃爍又無屍親恐有不實旋經詳城率批會同中東西北四城指揮相驗詳城咨送刑部訊辦以重人命云

志趣不凡 ○京師義塾林立皆係諸大善士捐資延師課讀栽培寒畯子弟誼至厚法至良也乃司事課師通同作弊未免大負善舉實所罕聞之事據京師訪事云前門外後鐵廠養正義塾司事王某平日尅扣學資盡入私橐與某書齋老師馮某夥養姘婦於五月二十日姘婦來塾遊戲學童李某等年幼無知冒語刻薄姘婦老羞成怒隨將李童毆打並嗾使王某同毆該師任其所爲毫不阻止詎料學童之某年雖舞象志趣不凡洞悉王馮私竊弊端當即大聲喊叫倘犯學規自應責打師犯塾規應何處置比時王馮無言對答祇得呆如木雞李童復邀集同窗輩三十二人結隊同行赴北城坊將王馮姘婦一併控告當將王馮姘婦傳案童等同聲瀝訴一切營私各情已詳城訊辦未悉如何結局俟訪明再錄

棟梁柱石 ○近聞孫萊山大司馬因政體違和請假調理因思大司馬秉性忠直十餘年在樞垣譯署兩處供職遇事能持大體不屑唯諾阿附爲中外人所推重上年軍興後夙夜在公悉心籌議戎機侃侃直言非希旨承顏之輩所可同日而語及至今春北直戒嚴念及遼瀋爲根本重地京師更宗社攸關不得不暫從和議而少年新進之門生小子不諒老成之碩畫不計大局之安危曉曉多言竟敢索還帖子設使此輩身膺大任勢必紙上談兵無裨 國是大司馬生同聖里經濟學問超出流輩寔屬洵國家之棟梁朝廷之柱石也

更便行期 ○日本全權公使林董及文武隨員到津與我傳相往返酬答已紀昨報茲悉林公使已雇定船隻於昨日午後將行李十船由北運河赴通即日北上覲見 大皇帝後仍來津門商辦一切也

節烈宜旌　○張某年逾己冠性情敏捷在捐輸局內作吏已有年所詎於五月初四日與殷姓稍有口角遂致一時之忿竟仰服阿芙蓉膏畢命所遺弱妻某氏係江蘇人為其鄰人所騙鬻於勾欄入院後視應接為恥事遂鳴官入於善堂客臘憑冰上人嫁於張某為妻花燭後荊釵布裙躬操井臼克盡婦道咸敬服之張故後殷氏寢食俱廢竟於本月二十日亦服毒以殉年僅十有九齡嗚呼某氏之節烈洵足千古矣聞大憲將有奏請旌表是所望於當軸者

恭頌德政　○鎮憲吳綸峯軍門自到任以來已有年所政績多端兵民感戴夫歲海中告警苦心獨運保衛閭閻尤屬口碑載道昨奉憲札飭赴大名總鎮本任以專責成指日榮程已登前報茲聞標下轅下各員弁敬送德政牌兩對德風廣被訓著鯉庭等額現已督工製造不久完竣標下轅下各員富敬謹恭送以表德政以志去思云爾

初覆題目　○二十五日初覆之期前十名挑在後堂後四十名挑在大堂前十名不准外出所攜夾袋文章不准翻閱粘號簽名一律飭差看守只交講書一本後四十名規矩較前略鬆茶水點心一切款待極厚邑尊終日監視不離公堂並諭各童等現所出題目時文大題十萬選小題十萬選　概皆無各童等沉心靜氣各作佳文以圖上進不必抄寫成文聊資塞責等因大令拔取真才于此可見所出初覆題目並詩題附列于左　觀遠臣　寅賓出日　賦得雲臺舊拓邊得邊字五言六韻

人才繼起　○邑侯趙星甫大令縣考正場題目榜示均列前報茲悉榜列之第三名王金适係少司馬王雲舫大帥次公子淵源家學卓犖不羣小試已列前茅他日登蕊榜占鰲頭直指顧間事耳

即日破獲　○王慶遠者以販賣烟土為生京津負販已歷多年茲於本月二十二日在天津雇轎車四輛裝儎烟土一百餘包同夥三四人自是日早由津起程行至楊村迤北老米店地方天將晌午忽迎面來有六人各持刀械洋槍攔住去路喝令王等下車搶去烟土二十餘包並衣服錢文及手槍一桿相率呼嘯同往直北而逸王等因見來勢極兇未敢聲喘只得帶轉車轅飛馳復回楊村即赴駐防雲字營報案當蒙營帶何遊戎立派三哨各帶馬勇由大道小路兩沿分投飛速追趕趕至距楊村十數里之辛庄地方果見該賊等乘車奔馳該勇等即行圍住燃槍示威賊猶狃敢拒捕潘哨官督率奮勇力敵當將賊匪拿獲五名並搜出原贓烟土衣服錢文又搜獲尖刀及火藥等物隨即押解回營時已三鼓王聞信十分欣喜即赴營聽訊當經營主何遊戎訊據該賊趙虎羣李發王三供係雄縣人氏康二係文安縣人張禿子係武强縣人訊其因何甘心作盜該賊等並不承認有烟土衣服等真贓實據何能狡賴當即送交武清縣訊辦原贓飭王認領去訖按雲字營自何遊戎接統以來巡緝認真事無巨細必親自督辦此次王姓一案若非游戎迅即兜拿該賊即不難兎脫有緝捕之責者以游戎為法也可

徘徊審顧　○長袖善舞多財善賈以富紳而開設店號既經聘定舖掌則開市固自易易又何必徘徊審顧一再躊躇也頃聞西頭某甲領本地富紳貲本開設布莊業經發帖請客並收受禮帳迄今匝月忽有中止之信說者以為其中頗有難言之隱是誠怪特之甚貿易為堂哉皇哉之事而又以富紳為之究有何難俟訪明再錄殆亦一新聞也歟

第一起唐山助賑姓字數目清單　○不著姓氏助公砝化寶銀四兩　無名氏助津錢五百文　姜桐軒助津錢一千文　怡慶堂助津錢　千文　無名氏助津錢三千文　育德堂助津錢二千文　不書名助足津錢十千文　四知堂助津錢三千文　無名氏助津錢三千文　無名氏助津錢一千文　無名氏助津錢五百文　無名氏助津錢一百文　無名氏助津錢五百文　警惕齋助津錢四千文　脩省堂助津錢二千文　知止堂助津錢五千文　無名氏助津錢一千五百文　無名氏助津錢三千文　無名氏助津錢五百文　無名氏助津錢五百文　無名氏助津錢五百文　知足者助津錢一千文　無名氏助津錢五百文　無名氏助津錢五百文　無名氏助津錢一千文　共公砝化寶銀四兩　共足津錢十千文　共九六津錢三十六千六百文　兩共四十六千六百文　集善社同人謹啟

台捷匯函　○本館昨接厦門友人來函並木板印成之台日電報新聞一紙詳述台灣與日交戰由唐總統與劉大將軍設謀獲

轉情形問之不禁躍然以喜用急抄登以供衆覽　台日電報新聞　台灣抗日唐景崧與劉永福密議兵機海口全不設備日人處無動靜先帥兵百餘人由偏港掘底登岸不傷一民繼進千餘兵直造三貂嶺頂擊行刦擄宰六畜奪五穀宴飲歡歌甚自得也不意劉軍待日兵臨觀金洞突振禍路西皮等處士勇萬餘人環攻日兵初十夜大戰於平林黎明日軍大敗亡者粥半存者莫逃況地崎嶺峻日兵被困垓心無人得脫有台民獻一日馘於唐總統總統賞以五品藍翎之爵賜以百五十兩之金臺民見賞有功莫不奮志從戎踴發誅寇日雖奸詭詎敢再犯哉　錄新聞報

罪將被獲　○維新報云旅順失守之後七統領均有應得之罪而黃仕林爲尤甚當經山東巡撫李鑑堂中丞入奏奉　旨革職拿辦詎該革員潛逃無踪僅將其家產查封通諭各省務獲歸案事過數月該革員以梓里有在粵東作顯宦者南來依之藉爲淵藪不料其人先已卸任頓失護符遂於初二日在其昌街某礦局中被南海縣李明府所獲先交讞局訊問商民聞知其事咸以爲快故是日之往觀者不啻峰屯蟻集竊聞該革員年約五旬相貌頗偉一長髯從之供認潰逃各情不諱局員錄供後問其何不回籍候罪則稱家產已罄無處可歸是以流蕩至此等語局員仍發交李明府看管初六日復提至營務處覆訊以筆代供故無從知其爲何語訊後發回原押候電奏　九重然後發落並聞該革員就訊時在肩輿中形色惨變誤　國卽以誤己得毋悔之已晚耶

啓者本局按年總結向於四月內一律核算清楚刊刻分佈於五月初一日派分股利歷辦在案茲光緒二十年分總結帳目因海氛不靖烟台營口各處之帳未能如期報山其統年總結未免因之延悞現已催令各處將去年帳目趕日彙報以憑結算分利因將光緒二十年分甲午第十一屆總結展至六月初一日在上海開平礦務滬局廣東開平礦務粵局天津開平礦務津局三處分派股利預於五月內在唐山總局彙算清楚仍請在股　諸君枉臨　查閱以便發刊至來同川查仍由總局籌備再此屆分利祈　各股友務將息摺連同股票一併持來派利各局核算派息俾於股票內加印戳記如祇將息摺送來取息卽照議駁回幸　垂諒是荷特此布達

開平礦務總局啓

浙紹朱鈍翁醫術精細脉方穩妥屢臨危症著手回春於婦幼經産驚痘等科尤有妙術

寓彌勒菴

告白　岑宮保介編圖　左文襄公奏稿　皇朝一統地輿圖　北洋中外沿海詳細圖
東三省圖　四國日記　俄遊彙編　四述奇　小方壺齋叢鈔　萬國公法　公法便覽
日本地理兵要　日本外史　東藩紀要　中俄界約斟註　中外交涉類要表　日本新政考
武備志兵書　登壇必究兵書　俄羅斯地圖　西國近事彙編　地球五大洲圖　亞細亞圖

文美齋謹啓

告白　諸親貴友知悉今義和客棧歇業兌與金姓接作爲主如原棧有拖欠帳目以及寄存貨物等件俱有原業主承管不與新置主相干特此通知勿使自悞特此佈聞　金姓謹白

陳雨蒼施醫　啓者有病之家無力延醫請於早辰九點鐘午後一點鐘下午六點鐘至津大道養病院後陳宅診視有不能就診者必須寫明住址及姓氏名號送交本宅方能撥冗往診本宅存心濟世門診與親一概不取文分

五月二十八日輪船進口
公義　輪船由上海　招商局
生義　輪船由上海　招商局

五月二十七日輪船出口
禮順　輪船往上海　招商局
重慶　輪船往上海　太古行
盛京　輪船往上海　招商局

五月二十七日錢洋行情
天津九七六錢
銀盤二千八百一十五文
洋元二千零五十四文
紫竹林九六錢
銀盤二千八百五十五文
洋元二千零八十文

直報

光緒二十一年五月二十八日　第一百二十五號
西歷一千八百九十五年六月二十日　禮拜四

公私利害辨　續前稿

夫卽私驗公與利之義詩每詠之詩云雨我公田遂及我私又曰言私其豵獻豜于公又曰遷其私人先王之政除責其力田蠶桑安分供職外餘無多求不特不諱言私抑且時慰其私其於害私無益之公去之務盡惟於貪得無厭作僞行險肆狂悖以期獨使於人情之所衆不便者始力拂其私爲之辟其例峻其法以嚴制其恣睢之習淺識者遂以爲聖人禮義之設大率爲逆制天下之情矯其所使安而施其所忌惡於是事事必以逆詐億不信者豫爲定例不問人私情之便安與否必以私意力爲强制以求夫所謂大公無私者卒之公法不堪行私情不能過私情莫遏而不敢公行公法不行而不敢不遵於是假公以濟私實則有私而無公遂使公法皆無益而有損後世之例半出於此其弊則如春草怒發刈其一莖叢出爲簇乃轉憾當年定例不嚴其亦弗思之甚矣夫天下無所謂大公也以所謂公者按諸私而有利無害斯爲天下之大公者矣古亦天下今亦天下民情相去不遠世事何往不然今也以催科撫字守土之義責牧令嚴定其例至於城存與存城亡與亡牧令之人動以極南而官極北極西而官極東以爲大公無私也究之人地生疎風土不安人情不習職卑祿薄辰遠天高其赴省也關山誰悲失路之人萍水盡屬他鄉之客到省時資斧已屢措而屢竭花樣又愈開而愈多轅門聽鼓盡冗員花縣分符賒盼想長物無多頻謀質庫妻孥縱少時慮甑塵避債無台依門乏鉢差幸委攝一篆甫慶枯尾之蘇何敢謬進危言遽作逆鱗之犯是以民間之水火聽之盜賊聽之瞬及瓜期頓成匏落耳官何所愛於民民何所愛於官不幸而寇入己深則倉庫城守營兵僉係簿書虛冒畫餅不可以療飢紙虎不堪以威衆勢不能不委而去之爲部書者則得以大公無私之斬例繩其官邀其營脫官因奔權要謀保舉一開罪名再復原銜再復原官不數年而晃爲重飛騖喬轉晋郎此一節餘多相類若是則例之所謂大公無私者無利於民有害於國雖無干於水火盜賊惟與官開方便之門爲部書作捕羅之藪名爲大公無私實則有私無公而已矣然則如之何而可也曰欲求便於國先求便於民欲求便於民先求便於官官何便勿遠宦勿速遷勿薄俸勿隳權勿輕予愼於初進之時寬其爲治之過重其考成之效實是求是如是則官便民便國於己亦無所不便各適其私而無害公在其中利在其中矣

金棺奉移　○敦貴妃薨逝　欽派睿邸怡邸前詣奠酒致祭飭傳僧衆誦經彈壓槓夫演抬各節恭錄前報今經工部祟仰五城預示槓夫於五月二十六日請　敦貴妃金棺恭舁阜城門外田村暫安處暫停秋間擇吉再往　陵寢永遠奉安由侍衛恭派田村値班大臣恩燮二公前往輪流看守敬謹致祭以昭愼重云

酌定處分　○向來軍機處鐵發公文馬上飛遞者定限日行三百里遇有緊要事件始以日行六百里字樣加鐵公文緩急既有不同則遞送遲延獲咎亦應分別乃歷來吏部辦理此等案件不按三百里六百里之分但查時刻逾違俱照相關公文之例議處[illegible]

定如係軍機處交出緊要事件限定日行六百里者倘有逾限准照扣關例議以應得之咎若遇常行事件馬上飛遞限定日行三百里祇照遲延例察議又軍機處交遞公文原係酌量事件以定程期現在軍情已靖嗣後非遇最爲緊急之件亦不得以六百里加鍰以免疲於奔命耳

普種福田 ○五月二十五日天曙時陰雲密布午後細雨濛濛至夜間雨師尚未返駕以致路途泥滑難行宣武門外夾道居地方有一叟年約古稀手執拐杖獨步街前致被泥滑跌倒一蹶不起魂歸地府昨經某善士聞知即出資雇夫平墊是途俾行人不致傾跌誠謂廣種福田者已

雀鼠之爭 （昔賢詩云紙紙家書祇說墻讓他徑尺有何妨長城萬里今安在不見當年秦始皇此因爭界址訓誡子弟之辭何等胸襟何等見識誠先達之不可及也鄉愚無知每以阡陌細故而釁雀鼠之訟昨聞大興縣屬之采育村有晏劉氏者種祖遺地二十餘畝與郭落五之地連界向來兩家連界之隴訂明各種一年郭以該氏孀居無人管業逐年將是隴自種並侵佔半畝有餘據爲己有該氏查知向郭理說郭竟置若罔聞氏亦健訟之流遂至大興縣控告噫似此細故一涉公庭曲直雖不難剖白而廢時曠業獨不計耗費孔多乎誦昔賢之詩曷憬然悟也

新婦患瘋 （京師西長安門興隆街地方某宦宅旗人也於五月二十二日與其少公子授室雇備綵輿儀仗喜燈鼓樂八音齊奏百輛盈門頗稱熱鬧迨迎娶而歸彩轎剛停而新人忽奪門而出將鳳冠蟒袍扯碎見人便毆一時賓客抱頭鼠竄不敢向前幸輿夫數人具拔山之力始將新人捉住而主人翁即向冰上人問罪將新娘納入輿中送歸母家其瘋顛之病耶仰俗所云犯花粉煞耶

圖上流民 ○查遵郡去歲之災較重鄉民之苦尤深飢民除死亡外其存者面皆枯槁直無生氣哀號之聲令人泣下並有因飢餓而倒斃者屍骸枕藉經遵州尊派人經理掩埋見者觸目傷心臭不可言狀詢之父老咸稱州屬向來未經如此奇災因去夏連陰四十餘日通宵達旦霪雨滂沱令境鄉成澤國禾稼盡爲淹沒田廬多被冲刷傷斃男婦無算七月橫流河一帶忽然山崩俗曰水凸水勢甚猛致將近山之壽王墳全村盡沒冲去男女老幼百餘口其餘附近村莊被冲者一二家三四家不等八月十六日冰雹繼降致粳稻多而且茂之官莊等五十餘村悉爲打壞甚至顆粒無收本年二月間復天降大雪積深數尺斯時貧民失所乞食四方竟有中途被雪埋沒因而凍斃者不乏其人今歲加以糧價騰貴更屬窮困已極草根木皮剝食俱盡日則行乞夜則露宿現計老幼男婦數千名口其餘家居困苦飢病交加朝不謀夕者指不勝屈竟有叫出覓食難顧子女將幼孩含淚割拋道塗旋經遵州尊聞知甚爲憐憫遂即派書差賞給小米煮粥諭令妥爲撿拾收養計三四兩月收撿男女幼孩四百餘名分爲六處收養嗣有本家領回除受瘟夭殤者現存幼孩三百餘名得免塡於溝壑查州境居處山林地氣較寒向以大秋爲接濟鄉閭雖有擇選高阜向陽之區播種春麥一村不過數畝委因地利不宜使然惟望大秋尚須中秋節後禾稼始能登場計今抵秋爲日甚久兼之現在州境瘟疫盛行若非再加調劑設法拯救恐難民之餓斃病斃者更不知凡幾此遵郡被災之實在情形也謹即可見可聞者畧陳大概敬冀　四方仁人君子爲之生死人而肉白骨也　目擊心傷人稿

南糧到斛 ○南漕由輪船裝運來津已紀昨報茲悉輪船所裝漕米業已抵津各省剝船於日前停泊馬家口上下約有一千餘隻聽候撥用道憲李勉林觀察已於二十五日飭令開斛因雨改於二十六日剝船齊赴碼頭裝運抵通以資接濟從此京師貧民不致歎米珠薪桂餬口維艱矣而各剝船等戶亦有生機不致如從前窘迫太甚也何幸如之

道試集賢 ○欽命二品頂戴直隸分巡天津河間等處地方兵備道李　爲出示曉諭事案查集賢書院課試外省舉貢生監本年五月分課期本道因甫經蒞任公務殷繁飭府提考在案茲定於閏五月初二日親詣局門考試是日仍課一文一詩限當日交卷不准繼燭另出經文經解策論各一道懸示院中由各該士子領卷回寓擬做限於初八日午前交卷逾限不收合亟出示曉諭爲此示仰該舉貢生監知悉務各遵照示期攜帶筆硯於是日卯刻齊集書院聽候點名課試不准喧嚷槍替此係專爲外省士子而設其天津本籍之人原有問津各書院可考不得冒名濫入如有籍貫不符定即扣除其各遵照切切特示

榮遷在邇 〇鎮憲吳倫峯軍門昨奉飭赴大名本任已登昨報茲聞軍門定於閏五月初二日榮程赴任而羅軍門因經手事件一時未能清楚不克履新天津鎮篆擬由中營韓叅戎暫為護理官場傳說如是未知確否目今軍務雖平而武備尤宜整頓吳軍門前曾署理大名鎮篆今舊地重來於駕馭操防駕輕車而就熟路自必綽有餘裕也

整頓場規 〇向例府縣正場二文一詩又性理論孝經論作為正場嚮做之文嗣以府縣兩尊因正場功課過多恐童等終日不能了結稟請上憲將性理孝經另分為一場以示體䘏率由舊章相沿已久詎童等性理一場無關功令往往有在初覆場補交者亦習以為常現邑侯趙大令整頓場規所有性理未考者一概不准再補以為玩視功令者戒

竊賊繁滋 〇本月二十一日河東十四段守望局李委員帶領勇丁下夜行至白衣巷前切麪舖門首見有人撬門迅即拿獲賊犯一名帶局訊究該賊供姓王名喜前在十段偷盜被局員獲住送縣責押因新舊官交替得邀寬典開釋實以餬口無資不得不再萌故智聞聽東路無有馬快所有同夥之人皆在河東一帶共有七八人隱在陳姓糞廠內居住白晝皆以拾糞影身夜間在各處偷竊等語堂訊之下即將陳姓傳案陳供係山東人在此開糞廠為生並未隱藏匪類云云局員未經深究即將二人押送總局經總局委員黃覆訊二人與前供相符即將王喜送縣懲辦陳姓取保開釋詎於是夜與隆街廣茂局醬園被人將門撬開正欲胠篋幸被舖內夥計知覺即刻持械赶逐該賊逃跑拋下糞叉一桿該舖掌次日將糞叉送至十四段報案後不知該局員若何辦理按拾糞者作賊實難防範緣若輩無論大家小戶均可出入其記認門戶路逕可為輕車熟路若不予以重懲將恐效尤貽害非淺

神道設教 〇因果報應之說儒者弗道而神道設教正為陽律所不及而設未可概以誣罔目之也客述城隍街居民王姓娶妻李氏不孝翁姑於前五年早經謝世翁尤柔懦李氏動輒呵罵於前年因氣忿投河身死鄰里雖知致死之由以事不干己未經舉發王夫婦以為從此無事矣詎月之初十日李氏晨妝對鏡忽鏡中現翁形怒目相視氏駭甚將鏡擲於地自此頭目皆痛延至昨日頭落而亡噫是殆所謂陰斬非歟如此忤逆不孝幸逃王法冥冥之中故有此報應也不孝者曷鑒諸

負荊請罪 〇河北王某繼配再醮婦某氏凌虐子媳服毒身死一案已紀前報茲悉王某懇求親友三十餘人出為說合邢某言必須王妻親至邢家門首叩頭跪請恕罪然後再議至殮經出殯一切均要從豐鮮明云云王已謹依照辦其妻亦無可遏強聞於昨日自了事者三十餘人同王妻到邢某門首叩頭陪罪觀者人山人海莫不鼓掌稱快該氏惟有低首服禮而已至於出殯時尚不知將其如何布置俟此情形凌虐子媳者見之當亦動心否即果何益哉俟訪明再為續登

飛蝗蠢動 〇本埠連年非水即旱民間困苦情形不堪言狀目今衞北乾地無多尚難播種惟南鄉一帶可望有秋茲聞有飛蝗已見萌孽乃有水時魚子所變水則成魚旱則成蝗根株實難斷絕與其俟其羽翼長成撲之於後曷若於孳生際各村合力掘坑掩埋較尚易易否則新禾苗壯之時肅肅而飛又將何法以羅致耶此事不必經官各鄉讀書明理人即可設法詰誡俾小民預先布置也

獨占旺相 〇本埠協盛襲勝金聲廣慶四大名園於去歲海中告警生意維艱目今和議已成各園等稍有起色現協盛襲勝金聲等園每日茶位不過五六十人生意仍屬不佳惟姚家廠廣慶茶園名角甚多如花旦霸州紅青菊花水上漂十香花月月鮮老生劉赶順宋可寶等俱為出色當行每日茶位四五百人不等生意頗盛然則各該園欲求生意茂盛祇須覓得名角自能招攬座客金聲等園何不向都門求之

唐山賑啓 〇蓋聞大德曰生君子愛物古人不忘救蟻矧此父兄子弟之倫窮黎盡屬哀鴻誰非虞夏商周之裔幽者深樂一帶淫雨成災田禾不殖巨浸比々堯水災氓集於唐山捐田疇鬻妻女木酪不飽豆糜立亡匍匐何濱望汎粟之舟而不至縱橫道殣下發倉之令而斷蘇死者已矣生者奈何茲同人擬立集善社伏願 紳富士商推情資助起自百餘錢量為捐輸附入濟生社代為賞送倘能具有成數再營親履災區明知杯水車薪萬戶之瘡痍無濟且恐捐金助麥仁人之囊篋幾空第念菀苑寒酸託書齋以協賑閭門豪義脫簪珥以總貧瓸誼高風允魁務式吾輩數條無恙得免瘋雨飄搖斗粟能供未餐晨昏餐膳際此蕭條滿目曷勝悃但為懷憂樂既判若天淵

肥瘠敢視同秦越稍節靡費已潤生民冀成集腋之謀權作慰心之舉榜諸直報借傳姓字之芬倘沒錙銖定啟明神之殛如蒙慨助請列尊芳即乞送至戶部街信源成錢局代收　天津集義社謹啟

第二起唐山助賑姓氏數目清單　○有心無力齋主人津錢二千　益善堂津錢二千　脩省堂津錢四千　聚善堂津錢八千　黃張氏足津錢二千　槐蔭山房足津錢四千　石李氏津錢四千　李朱氏津錢三千　文杏軒津錢二千　竉齋逸士津錢二千　錙塵無補齋足津錢二千　杜翰臣津錢六千　陳漸逵津錢四千　敦厚堂喬津錢五十千　王寅階足津錢十千　張蔭棠津錢三十千　共足津錢十八千文　共九六津錢一百一十七千文　兩共一百三十五千文

新撫徵行　○昨據服官浙省現丁內憂在籍之某別駕云新任蘇撫趙展如大中丞於前月交卸浙藩後帶領跟僕一人及隨身行李扮作客商搭乘木輪船至蘇私行察訪地方利弊以及各府州縣賢愚且至青樓遊玩細訪流氓地棍姓名勾留三四日仍坐木輪返杭然後換乘官舫用小火輪拖帶赴滬刻已由滬起節至甯謁見香帥大約月半以後即可履新且聞大中丞前在浙江由溫處道升任臬台時未到新任以前亦曾私赴省垣將地方利弊察訪明確迨履任後興利除弊一一舉行無不瞭如指掌浙民口碑載道今者移節三吳行見下車以後政令一新吳民誠獲福無涯也　錄新聞報

蘇垣仕版　○五月十一日儲憲吳辭行北上　昭文縣陸鈞即辭　正任南滙縣汪以誠辭赴甯見制憲並赴南滙任內算交代　同知李福晃銷解准餉差　知縣葛培忠由甯來　委署吳江縣丞戴爾恒辭赴任　元和縣主簿趙光瑜謝飭知請補吳縣縣丞缺　青浦縣主簿沈潮稟辭　十二日城守參府曾上海回　知縣梁慶桂謝委辦閔行釐局並謝獎甲午文闈勞績委署一次　又莫鎮疆銷解南河工需回　縣丞黎耀森由南渡釐局來謝奉飭迭次拿獲大宗偷漏併案記功二次　又趙雲倬巡檢陳鳳翥奉傳甄別考試　十三日知府王毓莘學丁憂又省銷淞滬貨捐局總辦差即辭赴津　同知王秉忠謝奉飭記功二次　內閣中書記名車機章及李象寅由廣東來　知縣莫鎮疆謝奉委水路總巡差　又孫寶穀辭赴海州沭陽會審案件又王錫齡辭回滬　准補江陰縣丞孫昭謝奉飭知赴任　府經歷何慶墀銷上海川沙催提漕項差　又陳翊書謝甲午文闈勞績委署一次　十四日知縣梁慶桂辭赴閔行釐局　又莫鎮疆謝奉委催提江震漕項差即辭　十五日知縣宗述奉臬憲委赴揚屬會審案件辭又王友桂銷徒陽催提漕項差回　揀選知縣姚濤由金匱籍來稟知奉憲委書局襄校差　縣丞雷鳴豫稟知聞訃丁母憂　府知事陳鈞丁憂起復回省

告白　岑宮保介福圖　左文襄公奏稿　皇朝一統地輿圖　北洋中外沿海詳細圖　東三省圖　四國日記　俄遊彙編　四述奇　小方壺齋叢鈔　萬國公法　公法便覽　日本地理兵要　日本外史　東瀛紀要　中俄界約斟註　中外交涉類要表　日本新政考　武備志兵書　登壇必究兵書　俄羅斯地圖　西國近事彙編　地球五大洲圖　亞細亞圖

文英齋謹啟

告白　諸親貴友知悉今義和客棧歇業兌與金姓接作為主如原棧自拖欠帳目以及寄存貨物等件俱有原業主承管不與新置主相干特此通知勿使自悞特此佈聞　金姓謹白

陳雨蒼施醫　啟者有病之家無力延醫請於早辰九點鐘午後一點鐘下午六點鐘至海大營養病院後陳宅診視有不能就診者必須寫明住址及姓氏名號送交本宅方能撥冗往診本宅存心濟世門診與親一概不取文分

五月二十九日輪船進口
新濟　輪船由上海　招商局
公義　輪船由上海　招商局
生義　輪船由上海　招商局

五月二十九日輪船出口
重慶　輪船往上海　太古行

五月二十八日錢洋行情
天津九七六錢
銀盤二千八百一十五文
洋元二千零五十四文
紫竹林九六錢
銀盤二千八百五十五文
洋元二千零八十文

直報

光緒二十一年五月二十九日　第一百二十六號
西歷一千八百九十五年六月二十一日　禮拜五

上諭恭錄

上諭徐桐奏外省釐差隨務關務閑員甚多內地腹省並無軍務藉口彈壓多招勇營安置私人歲糜鉅款請飭痛加删汰等語近來仕途冗雜營謀各項差務濫支薪水甚或侵漁肥己蠹國病民此等惡習皆由大吏瞻徇情面不肯認眞釐剔以致浮費日多正項轉絀亟應大加整飭着各直省督撫即將營局各員核實裁減毋許濫竽充數以挽積習而杜虛糜欽此　上諭巡視南城御史□林等奏遵保會同拿獲強刦盜犯請將出力之司坊紳董各員分別獎勵及請將拿獲白梅仔等一案出力官紳一併照擬給獎各摺片着吏部議奏單片併發欽此

中外異同辨

中士執政衙署之外一切公務類各設局務之重且緊者總局外復設分局如團練公議善後籌捐籌賑交代報銷工程礦務及各種善舉二十三行省無省無之無處無之隨地隨事以命名其名亦不可枚舉與春秋鄭國之鄉校今世外洋之議院其義同其名異其實則大異何異乎爾鄉校議院主自民官得以考其政治之得失今兹各局主自官民不得以論其政治之是非雖間有紳董司事等名內除善舉各局紳好善自誠其他則半爲局員私人或爲世交子弟謀一薪水以安其羈旅之踪或爲華胄子孫謀一保舉以闢其梯榮之徑至該局所辦何事其人固未嘗知亦無庸知也第知申移照會札諭報銷冊卷之虛文苟能是是亦足矣故局之義雖與鄉校議院同而局之實大與鄉校議院異鄉校議院有是非無賞罰中士之局有賞罰無是非且以公非而不獨是者爲賢非賢其爲國爲民賢其善自爲也其弊由於紳董司事之進身皆其自謀非由衆舉比其得事其鄉之衆且將羨之豔之枝之求之或冀爲茹之連或求爲廈之庇即平素不浹洽不聞問者亦皆不招而來屢揮不去及轉爲推荐入局有過則代爲不光得寵則漸多負義甚至反眼不相識排擠入井而下石焉者不乏也以故紳董司事第求獲乎上不知其他其情然其勢然也然則局雖設如不設且或有不如無有紳董司事雖在局如不在局更有因入局中轉若置身局外者甚矣風俗之不善也其或有因地方要務如修隄治水捕蝗辦團等項迫於時勢不能不由地方自謀者仍係由地方官選派出入公門之數紳以董其事平日行不由徑非公不至與片紙不入公門者雖經濟夙優亦皆抱璞懷瑜不肯輕獻何也官不爲芻蕘之詢民恐蹈仗馬之疢也又況世俗之所驚駭而誇耀者高牙大纛桓圭袞裳之巨公閭院瓊林之貴客次則刁生劣監勢惡土豪恃其頭巾族姓足以武斷一方把持公事者立一意民不敢不從出一言官不能不聽治水修隄則此防以鄰爲壑辦團捕蝗則藉詞以阻差徭以致所向無功動多掣肘必強行之則此處與彼處動成械鬥拚命尋仇頻年累世滋鬧不休爲之官者或以齟齬而生嫌或以失察而罣議或以左袒而被傷其事固由地方官不早爲之計主治無方而所謂巨公貴客生監族姓者名賢而外或不無世祿之驕矜詩文之□紳矜聚居之跋扈是以有局幾如無局抑且不如無局終不能如春秋之鄉校外洋之議院實事求是爲有益於民生國計也總之鄉校議院

以便於大衆而不强拂人情爲公中士之局以能有箝制而寓於敷衍局面爲公所志不同無惑乎其成功迥別也

京師勸捐　〇京師現在勸捐助餉昨聞仁記等洋藥十號每號捐銀三百兩共捐銀三千兩業經遵辦按數交兌在案乃宛平縣復傳富矩成等洋藥各局三十餘號亦照仁記等號每號捐銀三百兩等因各該號人答稱我等之生意本小利微與大號迥不相同况京地目下各貨滯消交易之家碍難周轉生業之苦一言難盡每舖若再勸捐實係無從報命等語縣尊富即飭令各回本舖赶緊安商務須急公好義云云然各舖能否允從容訪明再錄

會商彈壓　〇本月二十三日午刻英法二國公使各乘輿至總理各國事務衙門拜會與王大臣聚談許久說者以爲係因四川省鬧教之事公使與王大臣熟籌辦法其如何商議甚爲秘密一時無從訪知俟得的音再爲錄報

貽笑大方　〇本月十七日漢軍八旗兵丁在安定門外按期操演有西國某某二客人乘馬閑遊適至該教場觀望二馬並立意在看操所有旗兵軍械除神機營改用洋槍洋砲外其餘滿蒙漢八旂之兵軍械仍用鳥槍刀矛以爲行軍利器其操演之法排隊出陣如逢大敵擎槍在手始而裝子繼則取繩終以龍火始放一響其笨無比洋人見之未免哂笑致觸兵丁之怒齊用土塊亂擲當時洋人亦難理論撥馬而回至英國欽署將旗兵無端取鬧等情訴與公使使署即照兵丁無禮各情赶辦文書送請總理各國事務衙門究辦昨聞恭邸已經傳諭各旗統領飭將滋事爲首兵丁速爲交出治罪以儆傚尤云

當堂自刎　〇五月二十三日刑部江西司提審平二拐帶一案平二業經收禁飭役拘傳平二之妻平宣氏追究伊夫拐帶情由說者以爲平二雖無拐帶情事而問官於平宣氏到案輒嚴加刑訊平宣氏含冤莫伸隨在公堂用薙髮刀自抹咽喉身死於二十四日經刑部專摺奏派大員啓徐二欽使提案審辦一經秉公研訊不難水落石出恐原問官不免有鐫職之咎抑或其中另有別情俟訪明再錄

賭爲盜媒　〇前因兇犯馬秀兒等在德勝門城垣上將人羣毆致死一案已紀前報茲悉步軍統領衙門札飭各城門領認眞稽查不准閑雜人等任意登城以昭愼重等因詎雷厲風行大張曉諭爲日無幾竟有賭徒劉二等七人相將至崇文門城樓上意欲聚賭幸被官人瞥見當即捉獲送至提督衙門堂訊劉二等供認聚賭不諱各責以小板二百枷號崇文門大街示衆以昭炯戒夫賭爲盜媒劉等甘認賭事焉知其非盜耶俾予枷責亦云幸矣

反面無情　〇生意以主顧爲本交易則帶欠爲常至欠債不償而復恃力逞兇且公然以干禁之洋鎗意任置人于死地此其藐法爲何如乎阜城門内白塔寺地方李三者與劉五朋友也素有通財之事於五月望間偕赴天祿軒茶社茗叙把酒話桑麻情景大致類昆潁行時劉五向李三索討舊欠李允於某日清晨如付屆期索賫李三無以應更請展限至二十四日限期又屆李三不但不踐前言轉向劉五刺刺不休賫其過於煩瑣劉驟聆之下怒髮上衝不免有傷和氣而李三更不念前情膽敢以洋鎗向劉燃放幸無彈丸尚未釀成人命重案劉不得已據情訴於琴堂云

更正昨報　〇日本全權大臣林董並隨員等坐船進京已紀昨日報章內稱領事官荒川君先於二十五日赴都云云茲悉領事官並未晋京合亟錄登以正誤報

賑濟船戶　〇楊村廳所屬剝船約有一千餘隻本年南糧較遲各船戶等耗費一空有連日不得一飽者困苦情形不言而喻現雖漕糧抵埠不能枵腹從公昨楊村廳沈太守慨念船夫窘乏禀請上憲酌加賑濟已蒙俯如所請每船大口賞米一斗小口賞米五升按船點名發給各船戶既有漕糧可運又得此格外賑恤莫不歡欣鼓舞頌太守之鴻恩於靡旣也

濟世活人　〇本埠南門外養病所原爲夏令時氣不正病者較多而設歷年五月初旬開局施治今年五月逢閏夏令較長現聞該局總辦定於閏五月初一日開局延請内外兩科名醫六七人分班診眎從前開治之日每晨求醫藥者五六十人七八十人不等近來時疫流行較往年抱病更必繁多是以延請名醫亦較往年多加一倍該醫生各以濟人爲念當有著手回春之技並聞該局每遇有極貧之人給以方藥有病者盍早來乎

初覆榜示　○欽加同知銜卓異候陞題補靑縣署理天津縣正堂趙　爲歲考事照得本縣考試初覆文童名次合行榜示爲此示仰應考文童知悉於本月二十九日黎明赴　貢院二覆爾等各宜凜遵毋得自悞特示　計開共取二百五十名謹將前五十名列後

王士瀚　陳寶樹　李士鈐　趙　鎮　陳寶泉　辛承培　李家楨　王家瑞　辛錫培　王鳳洲　高文彬　楊金鏞　周桂芬
黃　渤　龐耀宗　楊以寬　華世培　華澤沅　李起善　魯沛文　楊鴻駿　甯文雋　李蔭棠　王鴻文　陳振藻　顧寅昌
華澤灝　唐肇奎　王文桂　陳自中　張受昀　李之敏　沈學尊　劉元樸　王士珍　陳鴻年　穆祥和　王國棟　楊德蔭
沈學寬　朱家琦　華鳳岡　劉學瀛　劉　楷　王　驥　王錦文　張敬紳　米炳榮　李金鑑　何家鯉

因傷殞命　○前日報登河東李公樓王姓娶親進門時忽有營勇聲稱要看新婦王某兄弟攔阻不住因此爭吵新郎亦出來理論該營勇不容分說遂即用刀將新郎肚腹刺傷血流如注王某即稟請鄉甲局將勇獲住解送營務處訊究現聞被刺之新郎已於昨日因傷殞命業經縣委某大令相驗棺殮矣噫以看新娘而肇此奇禍當亦新郎所不及料也兵勇之橫暴可勝誅哉

械鬥未成　○河東于家廠有劉起者與陳賓有隙彼此皆是土棍於前日之晚兩造各邀百餘人長槍撓勾木棍砍刀蜂擁而集意欲械鬥幸鄰舍有爲魯仲連者口若懸河解紛排難兩造各皆首肯各鳥獸散否則打至一處必有人命事雖能休向不知以後仍明故能否

雌虎逞威　○俗稱女壻謂之嬌客既呼之爲客則當敬而不當辱也明矣訪事人來言一事殊足令人駭怪云河東白衣菴前有張姓者小本營生人頗勤儉積貲娶母老虎王氏之女爲室女亦有小虎之目平日與張尙稱和睦日昨以米鹽細故兩相口角適士氏米省女以唇槍舌劍相助張不堪其虐乘隙即擬出門暫爲躲避詎王母女知其欲遁也用泰山壓頂之勢一手抓住張之髮辮一手掌其頰拮括有聲血流滿口仍不放鬆張狂呼救命經隣右齊集見王氏仍騎張之脊痛毆不已鄰皆狂笑力勸甫得撒手張乃脫去而王仍呶呶欲送六逆云

匪亂續聞　○粵東潮嘉兩屬土匪不靖玆有來自嘉應州者言土匪之亂先在永安縣境勾通外賊嘯聚山林官兵馳往勦辦無如該匪黨衆勢銳負嵎抗拒莫可如何隨入長樂縣交界地方官軍迎頭截擊該處土匪又聞風而起由內疫應官軍衆寡勢殊不能取勝鄉村遂遭蹂躪長樂邑宰急即會營調團閉城守禦一面通稟省憲酌調安勇馳往查辦○又據惠州人述該匪肇衅之由甚爲明晰爰詳述之據云是處亢旱爲災貧民逃荒百十爲羣咸向富厚之家乞求賙恤揚高鄉有朱姓作客外洋場面頗闊近因年老還里擁貲鉅萬其子尙紹箕裘貿易南洋今因婚期將屆始整歸鞭行李赫奕益見譽於鄉閭貧民遂聯羣闖進坐索數百金朱非惟不與且假意延緩密遣僕從稟報地方官請派兵差拿辦乃事機不密爲貧民所知亣將朱家十人盡行殺戮朱僧一僕僅以身免貧民即搶奪朱家財物搜括無遺自知罪戾深重斷逃法網遂相結而爲匪迨官軍雲集土匪望風而走沿途搶掠至藍亭墟有彭姓糾其族衆協助官軍截殺土匪十餘人匪黨又復他竄旋即擇險固守四出滋擾居民行旅均受其害馴雉司屬土匪聞之意欲揭竿響應邀集衆人購備紅布以爲旗幟局紳知其謀將爲首者拿獲解交分司司官擬解府訊辦局紳以案情重大誠恐中途有失商請司官電禀上憲就地正法司官又懼匪黨報復致罹不測遂赴惠州府稟報至今月餘尙留府城未返而長樂之匪亦蠢動矣現已通詳到省大憲急於平亂除調勇勦辦外并委田直刺明曜督同營縣馳往查辦未知么魔小醜果能尅日肅清否

亓溝夏景　○揚郡自四月迄今雨澤稀少當此插秧布穀之候鄉農望澤情殷江甘兩邑宰關心民瘼深恐亢旱成災閭閻受害遂於本月十五日齋戒沐浴招集羽士在城隍廟設壇祈禱并禁止屠戶宰殺以昭恪敬想精誠所致定能感格蒼穹也○本月十三日俗傳爲關聖帝君誕辰是日早晨合郡官紳整肅衣冠咸詣小東門關帝廟拈香行禮祈福消災左衛街錢業會館每屆聖誕必僱梨園子弟演戲數部以答神庥玆由董其事者捐集公欵特招雙玉班開臺演唱氍毹貼地袍笏登場曲奏琅璈響騰碧落城廂內外之紅男綠女聯袂往觀幾于舉國若狂萬人空巷其他如復茂恒銅豐豫福和祥裕和永等四錢莊均各排設香花古玩間以五色琉璃製成之十二花神　錄滬報

寺式齊羅列凡古炫目矜奇神像前高懸姜黃盤龍緞幕映以大鏡參差高下十色五光該莊等又大開軍門彷彿元夜張燈金吾不禁光景各段保甲委員督率巡丁輪班查察故遊人雖衆尚少滋事未始非彈壓之力也　滬報

圖上流民　○直遵邯去歲之災較重鄒民之苦尤深飢民除死亡外其存者面皆枯槁直無生氣哀號之聲令人泣下並有因飢餓而倒斃者屍骸枕藉經陳州尊派人經理掩埋見者慘目傷心莫可言狀詢之父老咸稱州屬向來未經如此奇災因去夏連陰四十餘日通宵達旦霪雨滂沱全境幾成澤國禾稼盡爲淹沒田廬多被冲刷傷斃男婦無算七月橫流河一帶忽然山崩俗曰水凸水勢甚猛致將近山之壽王墳全村盡沒冲去男女老幼百餘口其餘附近村莊被冲者一二家三四家不等八月十六日冰雹驟降致粳稻多而且茂之官莊等五十餘村悉爲打壞甚至顆粒無收本年二月間復天降大雪積深數尺斯時貧民失所乞食四方竟有中途被雪埋沒因而凍斃者不乏其人今歲加以糧價騰貴更屬窮困已極草根木皮剝食俱盡日則行乞夜則露宿現計老幼男婦數千名口其餘家居困苦飢病交加朝不謀夕者指不勝屈竟有四出覓食難顧子女將幼孩含淚割拋道途旋經陳州尊聞知甚爲憐憫遂即派書差賞給小米煮粥諭令妥爲撿拾收養計三四兩月收撿男女幼孩四百餘名分爲六處收養嗣有本家領回除受傷夭殤者現存幼孩三百餘名得免塡於溝壑查州境居處山林地氣較寒向以大秋爲接濟鄉間雖有擇選高阜向陽之區播種春麥一村不過數畝委因地利不宜使然惟望大秋尚須中秋節後禾稼始能登場計今抵秋爲日甚久兼之現在州境瘟疫盛行若非再加調劑設法拯救恐飢民之餓斃病斃者更不知凡幾此遵邯被災之實在情形也謹即可見可聞者畧陳大概敬冀　四方仁人君子爲之生死人而肉白骨也　目擊心傷人稿

啓者本局按年總結向於四月內一律核算清楚刊刻分佈於五月初一日派分股利歷辦在案茲光緒二十年分總結帳目因南氣不靖烟台營口各處之帳未能如期報山其統年總結未免因之延悞現已催令各處將去年帳目尅日彙報以憑結算分利因將光緒二十年分甲午第十一屆總結展至六月初一日在上海開平礦務滬局廣東開平礦務粵局天津開平礦務津局三處分派股利預於五月內在唐山總局彙算清楚仍請在股　諸君枉臨　查閱以便發刊至來回川資仍由總局籌備再此屆分利祈　各股友務將息摺連同股票一併持來派利各局核算派息俾於股票內加印戳記如祇將息摺送來取息即照議緩回幸　垂諒是荷特此布達

開平礦務總局啓

告白　盛世危言一書香山鄭陶齋觀察所著也觀察負經世之才庚申之變目擊時艱遂棄舉業日與西人游足跡半天下攷究各國政治得失富今時勢強鄰日逼儼成戰國之局凡有關與中外情勢商權利弊旁搜遠紹無遺隨手筆錄積年累月共成五十篇凡用鎗礮設電綫建鐵路開礦織布商務農工治河防海防邊練兵等事瞭如指掌皆時務切要之言凡　士大夫留心經濟者家置一編俾人人洞達外情事事講求利病使天下除厥弊端不誠有裨於大局哉每部五本存書無多急來購取可也

文美齋謹啓

告白　諸親貴友知悉今義和客棧歇業兌與金姓接作爲主如原棧自拖欠帳目以及寄存貨物等件俱有原業主承管不與新置主相干特此通知勿使自悞特此佈聞

金姓謹白

陳雨蒼施醫　啓者有病之家無力延醫請於早辰九點鐘午後一點鐘下午六點鐘至海大道養病院後陳宅診視有不能就診者必須寫明住址及姓氏名號送交本宅方能發兄往診本宅存心濟世門診與視一概不取文分

五月三十日輪船進口

西安　輪船由上海　太古行

怡生　輪船由上海　怡和行

五月三十日輪船出口

公義　輪船往上海　招商局

生義　輪船往上海　招商局

新濟　輪船往上海　招商局

五月二十九日銀洋行情

天津九七六錢

銀盤二千七百七十文

洋元二千零三十八文

紫竹林九六錢

銀盤二千八百一十五文

洋元二千零七十文

直報

光緒二十一年五月三十日　第一百二十七號
西歷一千八百九十五年六月二十二日　禮拜六

上諭恭錄

上諭巡視南城御史秀林等奏拿獲迭次結夥搶劫舖戶攔劫過客隣境各盜犯請交部訊辦一摺所有拿獲之葛鳳起即葛大王贊即王雛李禿子即李磬韻傻憤李栯即李台趙馬劉芳隣等七名著交刑部嚴行審訊按律懲辦其未獲之葛胖陸長順殷白慶吳大兩王二庚韓鎖子等犯仍飭嚴拿務獲究辦至原拿此案之文武官紳員弁著俟刑部定案時聲明請旨該部著照所議辦理欽此　旨詹牛裕昆著以文職用鄂林著以侍衛用崇俊着以侍衛用英銳着以侍衛用國蔭着以文職用延春着以旗員用吏部給事中員缺着燦良補授翰林院侍讀員缺照例將熙元轉補所遺侍講員缺着嵩恩補授欽天監左監副員缺照例將連華轉補所遺右監副員缺着景奎補授擬補內閣中書周子懿吳炯李湘俱准其補授陝西布政司廣濟庫大使馬惟淩着照例用實授員外郎察哈爾游牧主事桂豐着授爲游牧員外郎擬補兩浙批驗所大使胡坊着照例用吏部筆帖式瑞清着准其補授卓異俸滿陝西潼關廳同知王諏着回任准其卓異加一級仍註冊候升解餉官山西試用知縣高錡着以應升之缺升用年滿山西巡撫衙門筆帖式慶和着發往原省照例用獲盜官前四川瀘縣知縣龍錫恩着准其加一級欽此

強弱辨

客有問于余曰小不可以敵大寡不可以敵衆此勝負之所決其即強弱之所判乎余曰此特強弱之似而非強弱之眞也客曰眞何在曰眞在氣氣在志客曰何所驗而徵之曰驗之於形體徵之於事爲客曰形體事爲獨非所謂大小與衆寡乎譬之於人志與氣則意之所生神之所聚也大小衆寡則五官百骸之所成也有人於此去其頭目斷其肢體刳剔其臟腑而專使之生意以聚神得乎天之生人繁矣如桑麻如竹樹稚則易傷老則不拔單則易折叢則難摧民生而知其然也故喜爲聚有聚則有所分分則不能無所爭其小而寡者必就其大而衆者以聽命焉大衆之外又有彌大彌衆者則又羣聚而聽命焉又有極大極衆者則又聚大衆之衆以聽命焉故有諸侯復有方伯復有天子豈非以小大衆寡之形以成其強弱之勢乎堯舜禹湯之世不具論周自太王或謂其陰欲翦商初居邠以小寡事戎狄不獲已而遷岐迄武王會八百國以誅紂以其大且衆也然此八百者各君其國各子其民不歸於一勢不能不裂地封之始則惟方百里及其盛也諸侯之大者有五百里天子之畿終亦不過千里擬之大侯僅兩國衡諸天下而統核之其勢則類於小寡陵夷至幽厲以後王室東遷有問鼎之輕重者僅憑空言以禦之有取麥取禾射王者轉類大侯爲平之小之極寡之極即弱之極也秦有天下監周之弱裂都會侯衛爲郡邑守宰自據天下之雄圖都上游以控榼四海大之至衆之至遂強之至而一統之制肇後世悉取法焉漢疑秦之過於強也矯秦而徇周立宗子封功臣致有平城之困後乃創諸侯而自守郡國居其半乃知大之與衆其勢不可失也唐制州邑立守宰其制遂至宋不改

此稿未完

宋於縣令郡守外更設轉運便以大系小絲絲而貫之牽其絲於天子之手毁陛一呼萬里之外可以召歸於掌握至南渡而勢微遂弱不可支自宋之後以迄勝國亦戒其失史册俱在孰謂大者弱而小者强衆者弱而寡者强乎昔孟子語齊宣王曰鄒人與楚人戰則王以爲孰勝曰楚人勝又曰海內之地方千里者九齊集有其一以一服八何以異於鄒敵楚哉由此言之大小成勢也衆寡顯形也强弱定理也審矣何得有異詞余曰千何信古人之深而誤古並以誤今也且孟子已言之矣曰盡信書則不如無書以今日視孟子奚啻以孟子視武成況孟子又曰誦其詩讀其書不知其人可乎是以論其世也若論其世周受命於武王武王不泄邇不忘遠盤盂几杖皆有銘敬勝怠勝之言丹書載之斯其志爲何如志其氣爲何如氣也以越成康無有失德諸侯大小罔不臣服後王不修厥德諸侯侵擾王室僅區區以姑息待之故不足以制强服宜王雖稍振其規而不能定魯侯之嗣東遷以後徒建空名自侮自伐其弱不徒失勢也鄭之武莊入爲平王卿士君臣之分懔如也君之於臣賢則用之不賢則去之復何隱王貳於虢鄭伯怨王王曰無之故周鄭交質王子狐爲質於鄭公子忽爲質於周王崩周人將畀虢公政夏四月鄭祭足率師取溫之麥秋又取成周之禾故交惡夫平王天子也鄭伯諸侯也平王欲退鄭伯而不敢退欲進虢公而不敢進又爲虛言以欺臣乃互易其子以爲質王先不以天子自處不然鄭雖跋扈第一叛臣何敢遽凌天子至射王中肩鄭固早不以天子待王矣非第鄭也左氏論事頗稱直筆至論此事一則曰周鄭交質再則曰周鄭交惡夫季氏於魯如二君陳氏於齊如二君左氏皆不以魯季齊陳並稱獨於此則云周鄭且引君子之言曰信不由中質無益也意不責鄭而責周則周之昏弱有以啓舉世無王之心者在左氏亦流露於不覺焉失德如此即使仍據岐豐千里之故都亦不可以爲國是有周已若無周矣奚以强秦自孝公日趨强大及其子孫幷天下專任法以斬撻平民可謂强之强矣乃非惟不能長勝而敗亡益速者何也譬之病患孤陽無醫調劑名爲强病轉成弱症已見强之不可徒恃形勢矣且夫論形勢以定强弱不如論其所以成此形勢以爲强弱者秦不之察漢亦未及深究也漢初戒秦孤立而封諸侯高帝在時反已九起至文景遂爲淮南濟北吳楚之亂於是武帝裂諸侯而損其地不意百年之間禍竟內起於王莽光武中興而無以爲繼蘇文公云秦漢之間不求其勢之本末而更相懲戒以就一偏之利故其禍循環無窮而不可解其失利時總由於求治之不精用人之未當故劉漢之武侯云親君子遠小人此前漢之所以興隆也親小人遠賢臣此後漢之所以頹也不能用人焉能求治夫天下者天下之公器其位當與賢共之天子者天下之一人其道當自己求之者其創也我迫於人而强以脅之其計蹙不如人附於我而因以撫之其策長其守也多爲之法而顯以制之其情逆不如少寓其道而陰以招之其情順其盛也遞增其閥而恣意肆之其計疏不如時反於約而精心持之其機秘其衰也我依於人而苟以安之其勢危不如我庇乎民而力爲圖之其事治此古今强弱之大較也

皇恩浩蕩 ○禮部謹五月三十日 大祀 地於 方澤奉
旨朕親詣行禮欽此查屆鑾輅所經必須清塵除道所以崇體制而
昭愼重茲悉 皇上體念民艱道旁擺設買賣攤及窩棚等項諭令毋庸拆毁屆時祇須廻避片時仍舊開設以免改作多有糜費大哉
皇恩眞浩蕩無微不至已

呈進銅人 ○太常寺爲知照事恭照五月三十日夏至大祀 地於 方澤所有齋戒銅人應於二十六日寅刻呈進相應知照
景運門值班護軍統領飭知經過之西長安門值班官兵屆時開放正門照例預備

立標備認 ○關山難越誰悲失路之人河水長流竟作隨波之鬼其情良可憫已五月二十五日有年約三十餘歲之男子屍浮於東便門外護城河岸全體已膨脹如鼓蠅虎之聲不絕於耳而蛆攢嘬尤令人傷心慘目經該處總甲瞥見恐再順流飄去用麻繩將屍身拴牢一面呈報東城坊指揮率領仵作至河相驗委係自淹身死塡格備案並由官先行掩埋立標備認迄無屍親認領噫生是何鄉人死作異鄉鬼首邱之卜何日償之也

慘動行人 ○近日以來京師外來貧黎多若恒河沙數無不賣兒售女慘動行人鄭監門流民圖眞能爲若輩寫照也日昨有男婦數人攜筐挂瓢沿途大呼賣女其筐內置有幼女四口均不過五六歲莫不鳩形鵠面啼飢號寒令人見之酸鼻聞行至西華門內某大戶門首已稍蒙周邺正未識不致割此心頭肉否也

招商平糶 ○豐潤灤州兩邑屢年被水成災各村小民無以餬口日不聊生殊屬可憫現在村民困苦已極雖有義賑如盃水車薪究屬無濟聞署臬王夔石大帥慨念民艱亟籌救荒之策以活窮黎擬在豐灤兩邑地方招集糧商設立平糶總局俾村民等藉資接濟不至餓斃聞閏五月初旬即可開局平糶矣不禁爲村民翹首望之

愷惠均霑 ○京東一帶各州縣貧民困苦情形不可言狀豐灤兩邑殆尤甚焉昨津海關道盛杏蓀觀察慨念民艱飭委某大令赴豐灤地方按戶查明施放義賑聞每大口給付東錢十千文小口給付東錢五千文從來義賑無此優者當此青黃不接之時而貧民等受此愷惠自可頓甦厥生無虞餬口救活者當不下數萬餘人觀察此次之恩旣廣且遠宜乎有口皆碑頌聲載道矣

杜絕弊竇 ○南省漕糧于二十六日開斛已紀昨報各剝船等戶往往于斛頭斛手人等不免有應酬之費昨江蘇海運大憲總局恐染故習將各船陋規一併裁革並諭各斛頭斛手等認眞經理開斛之際不准稍有弊端旣斛之後用秤較量輕重倘有懸殊等情立即將斛頭斛手重責革退決不寬貸等因經總局此番整頓于斛事旣無所偏向于船戶亦無所費杜絕弊端用心良苦

無厭之求 ○督辦直隸籌賑總局 示諭豐潤縣小集鎭南王莊監生王秉衡等稟 批查豐潤小集鎭黃米廠鎭各村業經津海關盛道台派員查放每大口東錢十千小口五千較各處所放官義賑從優該紳等何得更爲無厭之求現在已奉 督憲批歇自應遵照辦理豐灤招商平糶開辦已久各村皆可就買亦無庸按村設局之理所稟礙難准行目前奉粮開禁粮價漸平麥秋伊邇貧民可無乏食之虞仰即回村各安生業勿再瀆稟致干查咎凜凜此批

請修河堤 ○客歲夏秋之間河水漲發北村堤岸決口六七處田園房舍盡行淹沒民無棲止困苦難堪現河水稍平決口堤工允宜及時修築以固田園而衞民命昨霍家嘴等村紳民等赴道轅具稟請修河堤等情想道憲李勉林觀察關懷民隱定必詳請上憲設法興修俾堵各處之決口也

二覆試題 ○二十九日二覆之期挑選堂號仍照前嚴肅棚號各童等亦均各守坐位思周慮密各出新裁勉圖上進茲將二覆題目並各詩題附列于左 何如則仕孟子曰所就三 賦得五月不熱疑清秋 得搖字五言六韻蘇詩上句平頭奴子大扇搖 再律詩題目 荷筆 苕錢 蒲劍 秧針 不論何題竟作一首亦不限韻

覓死得生 ○日昨河東小神廟渡口有一少婦懷抱一子渡河將子放在渡船上伊忽蒙頭投於河內衆人驚喊救人幸有停泊小船甚夥即爲撈起船上岸上人衆問其因何尋此短見該婦哭言是下西河人因連年田禾不收屢被水患來津乞食無門朝夕不得一飽又無住處夜夜露宿現在藥王廟外尋思不如棄子投河一死言罷淚下如雨衆聞婦言各解囊資助並代爲歛湊頃刻得錢十五千有奇又有過路之人亦憐其苦施助洋銀三元並僱洋車將婦拉至藥王廟附近處賃妥房間將婦安插云

匿女不交 ○人家生兒娶媳本所以娛暮景而樂含飴也斷無淑女賢德翁姑夫婦率皆和睦而歸寧父母一去不還者其事可異已訪事云本邑有劉某者自娶子媳後於翁姑間亦無不合情事惟昨歸寗父母一去不返屢經屢次支吾托病不能言旋等語日前劉某情急赴縣呈控邑侯批示略謂接女回家亦屬常有之事何致匿女不交其中顯有別情候飭差查明再爲核奪云

拿獲賊犯 ○賊亦人也人而甘心作賊則非人矣然時和歲稔人皆易於得食未必甘心作賊且作賊者皆窮餓不堪覓倡處此耳賊固非人而亦可哀也已日前西沽附近地方有龐某者家頗小有於某夜被妙手空空兒撬門入室將所有首飾衣物席捲一空即報該管汛官設法嚴拿昨將該賊拿獲送縣治罪昔人詩云若使桑麻眞偏野肯行多露夜深來細味斯言賊亦在可哀矜之列

漁舟覆溺 ○諺有有路莫登舟之語行船之險可想而知而漁舟片蓆飄飄乎汪洋巨浸之中而人以爲樂不以爲險者何哉因得魚也現北窪一帶積水尚未涸盡深及三四尺四五尺不等附近村民皆以治魚爲生聊資度日昨夕陽在山人影散亂之際有王姓父子駕一葉扁舟烟波欸乃鮮鱗滿載正可沽酒與婦子同傾詎行至中流忽暴風大起船竟覆溺魚皆隨流而去人如鳧上之鷗泛泛水面幸中央水淺王姓父子旋即扒上彼岸得免於難亦云幸矣

京江待學 ○鎮江訪事人云三月下浣迄今歷五十餘日時多雨少寒燠靡恒十二日天氣炎蒸居民揮汗如雨葛巾蕉扇酙坐花陰猶喘若吳牛熱不可耐十四日飛廉氏忽飛揚跋扈走石飛沙江中浪湧如山銀濤壁立直至薄暮始殺淫威目下龍隰鳩塍禾苗初插深望痴龍睡醒霖雨普施庶新綠如烟得免槁同薪槱至二麥時將刈穫偶行郊外但見黃雲徧地餅餌香吹胼胝老農頗覺欣然心喜云 滬申報

圖上流民 ○查遵郡去歲之災較重鄉民之苦尤深飢民除死亡外其存者面皆枯槁直無生氣哀號之聲令人泣下血有因飢餓而倒斃者屍骸枕藉經陳州尊派人經理掩埋見者觸目傷心莫可言狀詢之父老咸稱州屬向來未經如此奇災因去夏連陰四十餘日通宵達旦霪雨滂沱今境竟成澤國禾稼盡爲淹沒田廬多被冲刷傷斃男婦無算七月橫流河一帶忽然山崩俗曰水凸水勢甚猛致將近山之壽王墳全村盡沒冲去男女老幼百餘口其餘附近村莊被冲者一二家三四家不等八月十六日冰雹驟降致粳稻多而且茂之官莊等五十餘村悉爲打壞甚至顆粒無收本年二月間復天降大雪積深數尺斯時貧民失所乞食四方竟有中途被雪埋沒因而凍斃者不乏其人今歲加以糧價騰貴更屬窮困已極草根木皮剝食俱盡日則行乞夜則露宿現計老幼男婦數千名口其餘家居困苦飢病交加朝不謀夕者指不勝屈竟有四出覓食難顧子女將幼孩含淚割拋道途旋經陳州尊聞知甚爲憐憫遂即派書差賞給小米煮粥論令妥爲撿拾收養計三四兩月收撿男女幼孩四百餘名分爲六處收養嗣有本家領回除受瘟夭殤者現存幼孩三百餘名得免塡於溝壑查州境居處山林地氣較寒向以大秋爲接濟鄉閭雖有擇選高阜向陽之區播種春麥一村不過數畝委因地利不宜更忽惟望大秋尙須中秋節後禾稼始能登場計今抵秋爲日甚久兼之現在州境瘟疫盛行若非再加調劑設法拯救恐飢民之餓斃病斃者更不知凡幾此遵郡被災之實在情形也謹即可見可聞者畧陳大槪敬冀 四方仁人君子爲之生死人而肉白骨也 目擊心傷人稿

啓者本局按年總結向於四月內一律核算清楚刊刻分佈於五月初一日派分股利歷辦在案茲光緒二十年分總結帳目因海氛不靖烟台營口各處之帳未能如期報山其統年總結未免因之延悞現已催令各處將去年帳目尅日彙報以憑結算分利因將光緒二十年分甲午第十一屆總結展至六月初一日在上海開平礦務滬局廣東開平礦務粵局天津開平礦務津局三處分派股利預於五月內在唐山總局彙算清楚仍請在股 諸君杜臨 查照以便發刊至來回川資仍由總局籌備再此屆分利祈將股票一併持來派利各局核算派息俾於股票內加印戳記如祇將息摺送來取息即照議歇同幸 垂諒是荷特此布達

開平礦務總局啓

告白 盛世危言一書香山鄭陶齋觀察所著也觀察負經世之才庚申之變目擊時艱遂棄舉業日與西人游足跡半天下考究各國政治得失言今時勢强鄰日逼儼成戰國之局凡有關與中外情勢商權利弊旁搜遠紹無遺隨手筆錄積年累月共成五十篇凡用兵礦設電綫建鐵路開礦織布商務農工治河防海防邊練兵等事瞭如指掌皆時務切要之言凡 士大夫留心經濟者家置一編俾人人洞達外情事事講求利病使天下除厥弊端不誠有裨於大局哉每部五本存書無多急來購取可也 文美齋謹啓

告白 諸親貴友知悉今義和客棧歇業凭與金姓接作爲主如原棧有拖欠帳目以及寄存貨物等件俱有原業主承管不與新置主相干特此週知勿使自悞特此佈聞 金姓謹白

陳雨蒼施醫 啓者有病之家無力延醫請於早辰九點鐘午後一點鐘下午六點鐘至海大道養病院後陳宅診視有不能就診者必須寫明住址及姓氏名號送至本宅方能撥冗往診本宅存心濟世門診與視一槪不取文分

浙紹朱鈍翁醫術精細脉方穩妥歷治危症著手回春於婦幼經產驚痘等尤有妙術寓獺勒巷

五月三十日輪船進口
飛鯨 輪船由上海 招商局
閏五月初一日輪船出口
怡生 輪船往上海 怡和行

五月三十日錢洋行情
天津九七六錢
銀盤二千七百七十文
洋元二千零三十八文
紫竹林九六錢
銀盤二千八百一十五文
洋元二千零七十文

光緒二十一年閏五月

直報

光緒二十一年閏五月初二日　第一百二十八號
西曆一千八百九十五年六月二十四日　禮拜一

上諭恭錄

上諭張煦奏已故知縣虧短正雜各款請革職查抄等語已故山西汾陽縣知縣李其滋任該縣任內虧短正雜銀錢爲數甚鉅前經勒限完交迄未清解實屬玩延李其滋着即革職由該撫行提該家屬及丁書人等嚴訊是侵是挪分別懲辦一面將該故員歷過任所寓所資財嚴密查抄其原籍家產並着江西巡撫查封備抵以重庫欵餘着照所議辦理該部知道欽此

强弱辨　續前稿

繼漢之後越數朝大一統而永其祚者爲唐太宗定制以沿邊爲節度府各帶甲十萬足以制夷狄之難靖草莽之亂禁大臣之變貞觀中天下之兵八百餘府居關中者五百舉天下不足當關中之半而外之節度天子得時選其人而易置從命內之宰輔天子得時考其人而進退從心故外無世臣暴虐之患內無權臣逼奪之危無强之害而有强之利任用得人也天寶間府兵四出以禁兵戍趙魏外强而內弱其時名將如郭汾陽僅隆以王名而兵權不屬必待事急乃召之故坐視祿山犯京師天子蒙塵以身免至朱全忠廢昭宗矯詔立昭宣其視君直如奕棋弱在君强在臣矣卒之君亡臣亦與之偕亡焉唐之後大一統者爲宋宋初之治權盡歸君可謂强矣其後卒歸於弱者賞濫而刑弛也賞濫則得賞者不以僥倖自居不得賞者謗以沉淪爲怨形弛則逮刑者恃其曾脫而復爲奸逃刑者任其縱恣而無所忌其弊以仁宗神宗之世率以科舉取人雖得盧陵眉山南豐諸公數人之外其四方之應科舉者來如歸市使有司第之於一日有司非素知其才不才與其才之高下也特試以文定棄取於一夫之目得成進士者遂以一日之片長而博終身之富貴但能旅進旅退有人推挽不十年循例可爲兩制彼視天子之封疆大吏如探囊可得自負以爲無愧共諒以爲宜然自負者何負其一日之考試也共諒者何諒其十年之資格也孰知爲天子之賞而感其恩者其不得成進士者則怨及有司怨及朋友即不尤人而自尤亦惟日夜講求于文藝簡練揣摩以爲異時干祿之券而不知其與政治無關也及命官也東人而之任於西南人而之任於北朝使典禮暮使典刑既以治財又以治兵甚或一歲而歷數區一人而兼數事加以所用非所習其勢有必不能爲者必不能爲則相率而不爲縱有過得之罪實無不赦之人若夫武將之敘績士卒之散逸則又任其優游而不一責罰無惑乎其邀賞而不知感恩避刑而不知獲罪也且中國之所以稱爲華夏夷狄望之而生畏者豈因其關隘之險兵馬之多哉亦畏其國之有人如高山巨川能出雲爲風雨現怪物故羣仰而神之耳怪物何所現現之以出使之數人而已宋之中葉以後其出使者不擇人才第以其職應爲使者則使之以歲月爲計如戍卒然瓜期而往及瓜而代則以例獲賞其於專對之才與衆之概可即禮節談讌間破奸謀而相囂氣者舉無所當不當亦無所加非例無是刑也不知狄已易視而竊笑所以歲敝命幣屢遷狂悍者宋實自啓非狄之强於宋也不觀忠武一軍所至則狄呼以爺且相戒以爲撼泰山易撼岳家軍難非猶是南渡之將

宋平忠武何以强若此威惠以實不以名賞無濫而刑必中也　此稿未完

光緒二十一年五月分選單　○小京官中書科中書楊樹統山東附　禮部司務陳炳華順天廩　京經奉天府于鏡璇直隸附　知府廣東雷州郅馨正白監　直牧四川茂州長清湘紅生人　通判雲南麗江劉金榜安徽人　甘肅甘州曾道貫湖南人　河南歸德呂慶堈山東監　知縣廣東□閻葉叔亮安徽監　四川安縣田耀焜湖北監　江西分宜馮全琮浙江舉　山東長山劉文烇貴州舉　雲南恩安石渠四川甲　廣東惠來武玉昆河南監　山西甯鄉鄭世璜浙江舉　廣東海康吳朝昌安徽附貢　樂會張樹滋甘肅中　永安姚庭輝浙江附貢

光緒二十一年五月分教職單　○教授雲南楚雄寶□珍曲靖舉　正諭順天薊州張銘河間歲　河南祥符易子鎔光州　福建南安邱炳萱福州　江西命谿□夢庚南昌　高安譚振鵬南康　湖北安陸呂璜武昌　廣西臨桂羅邦烜平樂　雲南寧州鄭德彬元江　俱舉　訓導安徽銅陵張衍華安慶　彭縣朱步雲廬州　河南濟源孟樹楷許州　延津李德元開封　浙江奉化黃福綝杭州　分水黃以周寧波　湖南瀏陽胡鎮北衡州　俱舉　山西崞縣郭垣晉汾州挨　湖南桑植陳壽南長沙副　教諭直隸邯鄲路景儀冀州　廣東河源麥夢元廣州　四川富順段其儀潼川　俱廩　直隸淶水孫福昌河間歲　江蘇豐縣朱頡雲常州舉　河南西華張嵐峯許州歲　陝西興平高承訓榆林拔　甘肅西寧韋冕鞏昌副　湖北穀城安瀾武昌副　復訓直隸延慶單鴻圖深州廩　山西洪洞岳亮采太原舉　河南永城胡贊采光州廩　太康張仰文歸德增　滑縣謝泰階河南增　湖北天門王家鳳漢陽優

日使前馬　○前月二十六日晚六點鐘一武弁隨帶津防練勇二名護送日本學生馬某等二人到京說者謂該學生係為日使前站先●收拾府第預備鋪墊以待該國欽使將至云

第一疑案　○前五月廿六日前門外半壁街有少年夫婦攜手偕行似農家子夫忽身倒氣絕婦狀作哭而意欲逃者官人疑其迹將該婦扭送官廳訊辦其中有無別情與屍身如何斃命容探明再錄

第三窮民　○老而無子情已難堪稍有財產尤屬難過所謂匹夫無罪懷璧其罪也前門外高挑胡同楊姓家頗小康夫婦俱近花甲子忽夭亡遺孀婦無子息子之堂弟生孩數月思以襁抱物把持其產適又有龐姓生子甫離胎便強與孀媳為嗣龐與楊子之堂弟因此操戈尋門無已楊之夫婦老矣喪子後受此騷擾情將誰告也

塗面何益　○鬼之為物陰類也賊之為物亦陰類也而賊究屬有氣之鬼然必裝作無氣始能嚇人此作賊之必作鬼也李某於阜城門外夕月壇後身置菜園數頃因以小康月初每黃昏後園之左近隱聞哭其聲慘絕行人者旬日矣五月廿五六日李某赴菜園檢所種蔬似有偷跡久之偷跡倍眾因疑鬼哭者其物也夜囑菜傭數人各持械隱窩棚魚更初躍有數人闖入甫奔刀剪蔬李遽擊以火槍其一應聲身倒遂縛之見面色黝然乃塗澤者夫面本白也而飾使黑可謂捦其善而著其不善矣而卒被人縛則何益矣送之琴堂官不止面責已也

愼重執照　○永平天津兩府所屬各州縣自去歲被水成災民不堪命督憲王夔石大帥慨念民艱亟思籌畫昨招募各商赴外省購糧並給付平糶執照以資查驗奈各商等日久弊生近來以平糶為名所購之糧不下數十萬石運到者甚屬寥寥是請照圖免釐稅起見而于平糶毫無實濟也上月二十五日督憲電飭查有無影射情弊是此後發照不能不恪外慎重等因應平糶給照本為關卡放行而設而各商等徒有平糶之名而無平糶之實其負大帥之心已不小矣

月餉開差　○長蘆運署每月有應解督署省城月餉現經季都轉飭庫提兌足銀一萬兩裝鞘十桿作為閏五月餉札委候補經歷蕭源森督運解兌藩庫今日由水路起程赴保陽矣

東漕又至　○山東河運糧船陸續抵津關屢登前報茲又探悉臨東前幫運官毓樸率旗丁朱守義押解糧船三十七隻於上月二十七日過天津關北上至通交納

三軍頌德　○鎮憲吳掄峰軍門蒞任以來於屬下威惠並施同深感戴去秋以東人肇釁津郡尤關緊要深恐標下兵丁錢糧缺薄難以督令操練稟明督憲挑選精壯五百名除底餉外津貼月餉改習洋槍駐紮四城上晝則練習夜則巡查保衛地方商民無不稱頌營內弁兵素本清苦得此津貼亦均能養家餬口現因軍門榮遷本任該弁兵等思德懷恩恭製紅緞軟匾一方文曰恩周挾纊大傘一柄大旗四桿文曰渤海謳歌化被丁男誠爭甲士憲台勳績於今日午後三營都守率同練兵哨弁兵丁並首樂執事送至鎮署軍門再三謙讓而後受之似此官清似水愛兵如子再無如軍門者

馬勇遣散　○本年二月間鳳字等營在天津一帶招募勇丁前後左右馬步四營俱屬年力少壯異日足備干城並有天津混混等充當棚頭什長同願赴前敵報効國家二月間奉憲調赴關外錦州防堵數月以來頗稱得力現以中東和議已成聞於上月中旬將鳳勇四營一併遣撤並聞孫營總已回南省歸標銷差云

善事可爲　○前有客商王慶連在楊村以北老米店被賊搶去烟土等物當經雲字營馬隊奮勇爭先將案內贓賊立時並獲似此該馬隊奮勇精壯眞不愧勁旅之稱近又訪悉於兜捕該賊時當即擒獲五名未便使其一名漏網兼以不辭勞瘁往返奔馳搜求未免將該處麥地踏踐數段事後該地主知悉情形據言馬隊在此駐紮多年護我居民感戴不盡況且因公踐麥我等雖係至貧決無怨口惟是王客商以貴重貨物價值亦巨竟以失而復得眞乃萬分之喜可否將我鄉人因此被踐麥地之窮苦者量爲周恤不致無端受害遺恨莫釋實亦美善之舉但不知王客商以爲何如然鄉民本屬窮苦異常値此麥收在邇遭此蹂躪豈有不痛惜之理且施食濟困亦屬大商富賈所願爲況行善事定獲善報耶

耆老解人　○東鄉某村耆有數家田地稍高雖連年患水尚可少有收成今歲麥苗尤盛附近數村貧無賴陰集多人議於麥熟時以一半人對敵毆打一半人割搶麥子事爲村中善翁所聞以爲如此起衅不但有性命之虞更恐無賴效尤非但冤冤相報村已困苦若此倘再自相殘害更難相安因亦會集同志數人出爲息和議定麥場後凡有收成之家各須備出一成之糧借與極貧等家俟大秋或冬歲豐收再行歸趙聞貧富兩造俱允言歸於好此雖傳聞遐邇周知皆以鄉老聯合鄉誼所全非小

校武榜示　○欽加同知銜卓異候陞題補靑縣署理天津縣正堂加九級紀錄十次趙　爲歲考事照得本縣考校武童初覆台行榜示爲此示仰應考武童知悉於本月初二日攜帶步箭三枝赴貢院二覆爾等毋得自悞各宜凜遵特示　謹將考校武童前二十名附列于左

賈雲輝　王德銓　宛振銘　蕭琳瀚　楊士鵬　劉錫元　杜源楨　張家卿　穆祥魁　穆聯貫　李葆琛　崔承恩
張國清　高士英　岳世忠　張萬鵬　馬克昌　王毓藻　王　淇　趙振昌

土棍訛詐　○目今畿輔內外糧米昂貴無以復加現各城前後設立平糶米局以濟民食由道府各衙門給照購糧本期迅速尅日抵通奈沿河鹽巡刹船土棍等自天津窰窪起至通三十四五里六七里不等土棍等向平糶各船任意訛索稍不合意即阻前行昨順天府尹君知此情形札飭天津邑侯並鹽運憲通永道憲派差役人等一體嚴拿務期有犯必懲以免訛詐云云噫平糶糧船土棍等胆敢攔阻任意訛詐眞不知王法者已

搶妓勒贖　○目今本埠混混等往往持刀行兇各處娼窰任其索取以爲魚肉昨晚河東過街閣混混等約有十餘人各持短刀木棍赴紫竹林租界外李某娼窰將玉香搶去聞玉香一妓女中翹楚在紫竹林一帶出色當行棍棍等擬搶之心原非一日聞搶去後風示該窰非給錢二百千文不能原璧歸趙云云

童子成軍　○自來兒戲之事如打毬蹴踘捉迷藏騎竹馬鬥蟋蟀諸類大率司空見慣然父兄之有家教者猶且禁之無他以其無益故也不謂竟有愈出愈奇如蕪湖訪事友所報之童子成軍一事者是眞罕見罕聞矣據云昨有人自太郡來傳述郡中近有一種頑童年皆十五六左右計數不下五六百人大半皆家有父兄者突於今春私自邀約集成一軍設立前後左右中五哨而以一童督帶之一切部署居然井井有條如有干犯營規不遵約束者即以軍棍從事或數十或數百毫無徇縱故諸童莫敢或違其平日操演之勤不待言

變事為上憲所聞委員查辦後因地方官以童子無知未足深究稟覆了事乃至今數月此風仍未盡息為之父兄者亦置之不見不聞甚不禁廿古人有言涓涓不塞將成江河萬一姑息養奸詎非大負督父母一片保赤之心哉定律孩童犯法并究家長督有司於此如之何其不察　錄滬報

蕪米兩則　○蕪湖米糧經粵商稟奉大憲咨准來蕪採辦三十萬石運粵平糶繼因所執護照與原咨辦法不符奉南洋商憲批駁不准復經蕪湖道袁觀察因蕪商囤米已多勢難久擱電懇南憲俯恤勉予儘購就並經報稅之米七萬六千石出口一次並令該商酌捐餉銀移補江甯之稅厘學蒙張香帥批准如議迅籌稟復等因已紀前報粵東董梁少尉邀集經承代辦之廣號八家共相籌議雖有難色然時當夏令恐致霉變遂即慷慨樂輸於上月初八日赴齊現銀五千兩呈繳道轅並遞稟聲明蕪米禁令本因海氛肆擾而設刻下和局已成民生商務困憊已甚可否仰懇憲恩轉詳弛禁廣商願每石另繳捐銀四分移補江甯籌防善後之一助並蒙俯准願請自開禁之日起扣足一年為滿截止等語袁觀察閱稟當即函請新關稅務司班君准該商藥經報稅之七萬六千石先行出口弛禁一節則俟稟詳南洋再定是日傍晚五點鐘廣商所雇運米之鐵輪名坤埃奪來奪滴經駛到隨於次晨稟請新關簽字艙盤驗上載連日河下駁船江干小工皆招致一空撐駁馱負所宵不絕至十三日輪船已將滿載計裝四萬八千句呈請掣給艙口單於十四日五鼓啓椗卜駛所剩之米尚約過半聞一兩日即另有某船續到裝運擣數至呈請開禁並願繳甯捐臘道轅亦已奉到回批於認捐之四分一石似嫌太少盍謂蕪禁一弛江甯所恃按月多出之稅厘兩三萬金即歸烏有善後籌防等事緊短如許進款何以為繼然而蕪商又求之綦切因即遴委前署江甯府篆之羅小春太守璋前來專與道憲商酌辦理此項米捐約十四五即可捧檄蒞止如何定局尚容隨時續報○又天津大憲前派員來蕪採購軍糈數萬石雇定太古公司杭州輪船來蕪裝運於初九日抵埠亦因當道飭令認捐未經就緒仍復空船而去該米中蕪湖永泰豐廣號代辦五日傍晚聞該號接到天津來電謂此事已經南北洋大憲往返電商事已就緒仍准用輪船前來裝運云

悅來洋貨號

開設天津紫竹林大街自運各國鐘表洋貨白雲石盤塔表電鍍金銀馬表奇形異樣軟硬鐲釧蟒鐲蟒鍊玳瑁梳篦洋畫絨衣絨襪絨毡毯彩花飯單菓叉茶鈞玻璃器皿大小方圓玻璃磚磨花彩畫茶几大抬照鏡等格外減價消售發客

本直報分處寓城內天津府署西二聖庵西紫氣堂梁子亨便是　諸君賞覽賜一字函隨送不悞敝處由上海寄津　新聞報紙　字林滬報　代送申報各樣報紙均有　士庶官商賜顧多蒙賞閱

直報分處梁子亨謹啓

新紹介鈍翁醫術精細脈方穩妥應診危症着手回春於婦幼胎產驚痘等科尤有妙術寓爛勒菴

閏五月初二日輪船進口
禮定　輪船由上海　招商局
普濟　輪船由上海　招商局

閏五月初三日輪船出口
怡生　輪船往上海　怡和行

閏五月初二日銀洋行情
天津九七六錢
錢盤二千七百五五十文
洋元二千零二十八文
紫竹林九六錢
錢盤二千七百九十五文
洋元二千零六十文

告白　盛世危言一書香山鄭陶齋觀察所著也觀察負經世之才庚申之變目擊時艱遂棄舉業日與西人游足跡半天下致究各國政治得失為今時勢強鄰日逼儼成戰國之局凡有關與中外情勢商權利弊旁搜遠紹無遺隨手筆錄積年累月共成五十篇凡用銀礦設電綫建鐵路開礦織布商務農工治河防海防邊練兵等事瞭如指掌皆時務切要之言凡士大夫留心經濟者家置一編俾人人洞達外情事事講求利病使天下除厥弊端不誠有裨於大局哉每部五本存書無多急來購取可也

文英齋謹啓

告白　諸親貴友知悉今義和客棧歇業兌與金姓接作為主如原棧有拖欠帳目以及寄存貨物等件俱有原業主承管不與新置主相干特此通知勿使自悞特此佈聞　金姓謹白

直報

光緒二十一年閏五月初三日　第一百二十九號
西曆一千八百九十五年六月二十五日　禮拜二

上諭恭錄

上諭劉坤一奏山西練軍分別遣留歸併請將統領革職一摺山西練軍統領賀星明所部勇丁多以疲弱充數且於撤遣後尤復爭鬧銀兩短交洋鎗至六十五桿之多實屬庸劣不職記名總兵賀星明着即行革職短交鎗枝並着照數賠繳餘着照所議辦理該部知道欽此

強弱辨　續前稿

宋以忠武之精忠乘勝之下已約與諸軍直抵黃龍痛飲其志其氣己吞兀朮兀朮去計己決使非有書生叩馬告以自古未有權人在朝而大將能立功於外者兀朮定將受降不復言戰忠武奉詔班師之際設亦有書生叩馬告以將在外君命不受者宋師一鼓作氣金兵自一鼓成禽一木之支可撐南渡半壁從此君子道長小人道消弱宋可頓成強宋千秋而後孰得謂弱宋不堪救藥乎然則宋之亡不亡於兀朮之強實亡於中王之貪爲中王者獨不思所拜者誰氏爵所食者誰家祿以兀朮之桀驁獨於申低首下心言甘幣重者其謂之何畏申乎親申乎私申乎何薄於宋獨厚於申耶一旦宋失金未必合申獨存一旦金與金豈肯與申並立乃利令智昏遽許兀朮之和力忮忠武之戰且以莫須有三字羅忠武於死地以致岳亡宋亡身雖得歿於宋土名己不齒於人臣昔日之奸何所害於萬年之世而婦人孺子罔不是岳非申則是三字獄成非以害岳直害宋以自害耳長國家者志與氣如此其昏南宋烏得不弱以越勝國較諸秦漢唐宋其時爲彌近其事爲易考其強弱　實更可溯其由來矣太祖得天下於馬上並無寸土可憑惟有寸心可恃耳然安不忘危洪武時上諭指揮曰凡訓練士卒當推恩義以懷之嚴號令以一之庶幾臨陣可得其死力其後王驥有練膽練技練陣練地練時五練之法練地如習登躡于山習涉行于水習巷戰于街衢習設伏搜伏于林麓習分行合部于田塍練時如寒暑晝夜雨暘風霾耐其勞苦尤爲得練之之法而其要則在行之以信恤之以仁強之原也至高帝將將不吝爵賞嘗謂劉基曰克敵在兵制兵在將兵無節制則將不任將非其人則兵必敗故上徐達之紀律次常遇春之敢戰成祖將將號令嚴明信賞必罰又不避勞與同甘苦論侍臣曰任人不專則不能成功況大將受命邊寄豈可盡拘文法其兵制有京兵腹內衛所兵邊兵之目京兵有二一爲錦衣十二衛以衛宮禁留守四十八衛以衛京城仿漢南北軍之制錦衣等衛爲親軍番上宿衛無所隸屬京城之衛分屬五軍都督府仿唐府兵之制腹內衛所兵列于各省扼要害之處以指揮司統之邊兵則捍禦各邊如薊遼大甯等備邊仿漢募民實塞下之制有事則命兵佩將印領之既旋則上所佩印於朝將歸第兵歸衛督都握其符而不調發兵部得調發而不治兵專即宋收兵權之意京兵約三十萬畿內兵約二十萬盡諸邊諸省不足當此誠得強幹弱枝之道嘗其初立之既廢凡大閱上必躬閲遣臣致祭其後治兵寬卒僅存虛制玩治之弊與弱宋同其緝盜也郡縣捕盜特設別駕牧縣佐官以時緝

察正德時各處盜發立連坐之法奸人遂無所容王守仁上禦盜策曰盜賊之所以日滋由于招撫太濫招撫太濫由于兵力不足兵力不足由于賞罰不行而盜賊之所由起則在有司不能撫緝民間又無防禦若嚴行保甲使斗日互相覺察凡有習爲匪類者即行捕送官司明正典刑此所謂治之于未然也嘉靖初汪鋐修以爲弭盜大畧不過安之撫之之策有六曰閧賊黨用豪傑開糾告阨險要明賞罰以勸士分首從以招降而安之策則在擇守令而已故邱濬嘗曰得一艮令如得勝兵三千得一艮守如得勝兵三萬誠哉是言此皆自強之政所必講者也　此稿未完

五城院示　○欽命五城察院　爲曉諭事照得今夏各處收成麥粒甚好並無糧價昂貴之時乃因　畿南一帶偶有水災即任意高抬糧價近聞各糧店擅將糧米囤積居奇例有明禁爲此剴切曉示該糧店舖戶知悉嗣後各舖戶務將糧食公買公賣倘敢不遵嚴拿懲治或將該舖抄封斷難決不寬貸凜之愼之毋違特示

秋曹[illegible]筆　○去歲因中日失和經步軍統領衙門拿獲漢奸趙某吳大山東張各一名當即送交刑部趙吳二犯已照律定斬監候今歲秋後出決山東張定罪五年代執等情該三犯原係日本領事署服役之人前月二十六日日使前詣到京二十七日刑部即將三犯提出送交總理衙門令各犯取保開釋三犯堅不找保放也聽之不放聽之堂司各官惡其倔強仍交刑部還禁廿九日仍由刑部提出復送總署即令發坊討保釋放誰謂虎口不可安坐耶

道路以目　○前月三十日晚六點半鐘日使帶參贊繙學生等共二十餘人綠呢肩輿六乘轎車十數輛率營武弁帶小隊二十名護送抵都進齊化門走東四牌樓東單牌樓東長安街台基廠入東交民巷日本使署所經處道路以目云

風憲審獄　○日前刑部具奏旗婦平宣氏自抹身死一案已紀前報茲聞於五月二十六七八三十日均係會審之期經都察院徐頌閣總憲諭令經歷廳督飭皂役閉大門防窺探事甚機密未能訪悉惟據偵差者傳云已死平宣氏實係被人誣告拐帶以堂訊時間官不容分訴寃情難伸自抹斃命其中有無別情訪明再錄

插圈被縛　○京師無賴動輒揑詞詐財名曰插圈弄套又有一種圈套圈者如某甲控告某乙拘傳到案任乙供攀某某妓院某庫兵明知伊等不敢到案對質便可藉此訛詐得贓分用更有一種非圈而套圈者如某丙被丁砍傷控經官署拘獲到案押收候訊丁即唆使同黨向丙關說以孔方兄爲和事老旋在案下供稱與丁實起口角並未動手凶毆時有某某在旁抱打不平持刃砍傷云云翻覆無常起滅任意是亦明知伊等聞拘傳必托人說合慫慂即由此而飽誠使聽訟者洞燭隱情遇有此等控案立將原告懲責未嘗不可挽回惡習前聞張某在南城憲署攔輿控告某某妓院借欠銀兩延未付償有中保人爲憑城憲批示云素悉張乃插圈弄套一流人今所控者雖有中保人爲據諒亦訛詐無疑飭交坊署押收候訊越日帶城笞責二十下當堂枷號遊行示眾枷上註明張某圈套訛詐枷號十日限滿釋放似此神明決斷無賴之徒自當不寒而慄矣

是乃仁術　○前門外琉璃廠善成堂書坊主人饒某豫甯產也平日精於岐黃現在發愿在街巷黏貼報單施治小兒食積虫積吐瀉驚風等症兼之慨吞洋藥手到病除分文不取遇有無力之寒助給藥餌聞由饒某醫治痊愈者頗多具活人之手抱救世之心如饒者可稱矣

作僞徒勞　○俗謂出入權門爲人關說夤緣者爲吃葷飯說不可解或謂從魏風不素餐兮句對面想出然亦無考總之以詐財混食義與肉食者鄙等有筆政某者遙遙之華胄也喜狹邪遊囊時羞澀以其多權術工詞令善窺人意伺公卿往往得聞官場事誇耀於人都門謀官者多附伊爲階梯以此得無窘愈久愈熟愈熟愈巧或憑空結撰學妙手空空兒奇技不獨竟有懸貂懸特焉不意爲人向某大僚關說一事白戰不持寸鐵苞苴則取入己囊其機緘已爲大僚識破至揭實處乃大反其說以行之托事人知爲所誤遂與間非之師辰罟再三揭發擠囊而去因憶晉劉炎與于仲祖同行有相識小人餽以盤餐炎却之仲祖曰聊以充飢何苦却之炎曰小人不可與作緣其有遠見也哉世之富軸處中而不峻其門墻者觀此事其鑒諸

亦在車下　○本埠西門外親兵營自二月間移駐軍糧城防堵已紀前報現中東和議已成昨奉李傅相札飭王少卿軍門將所部馬步防軍一併撤回初二日兩點鐘時全隊回營未徂東山亦在車下矣

直藩牌示　○南路同知陳鏡清保升遺缺擬以大興縣京縣知縣趙文粹升補　良鄉縣知縣范履福開缺另補遺缺擬以候補知縣王汝廉詳請題補　署祁州知州惲秀孫署事期滿遺缺詳請輪委即用知縣程樗萬署理　題補保定府經歷調廣南撤任遺缺詳委候補府經歷賈毓瑚署理　委署定興縣典史張文治查無下落扣委遺缺詳委試用縣丞先典史杜沛霖署理　調補承德府教授崔命丁母憂遺缺詳委宣化府教授張丕弼調補　署萬全縣知縣青照期滿遺缺以現署臨榆縣知縣王汝霖調署　准補臨榆縣知縣賈國楨飭赴新任　署平山縣知縣何紹庭撤省遺缺以現署清豐縣知縣石崑山回本任清豐縣知縣員缺詳請以實缺之前良臣回本任

縣示照登　○欽加同知銜卓異候陞題補青縣署理天津縣正堂加九級紀錄十次趙　爲出示嚴禁事案蒙順天府尹札開札天津縣知悉照得畿輔連年水災民情困苦本衙門欽奉　諭旨設局平糶並勸諭殷實紳商捐給護照前往河南山東等處買糧運京糶售嗣因京城需糧孔急商運之米久不來京札委候補知州石牧赓臣沿途查催速運在案茲據石牧稟稱查有天津等處鹽巡同河剝船土棍自窯洼起至通州止或三五里或六七里遇有商人糧船經過攔阻訛詐勢甚兇橫索錢到手方能放行稍不遂意聚衆尋衅且不服彈壓商人受累實深請出示嚴禁並行知該管各官嚴拿懲辦以便商民等情到府除出示嚴禁並札飭鹽運使通永道飭屬外合亟札飭札到該縣立即遵照如有前項不法船戶及地方匪類阻撓糧船訛索情事迅即拿究以除商害而速糶運切切此札並發告示二張等因蒙此查平糶糧船過境該土棍人等胆敢攔阻訛詐實屬目無法紀除將奉發告示張貼外合行出示嚴禁爲此示仰津邑各色人等知悉自示之後凡有平糶糧船過境勿得攔阻訛詐倘敢不遵一經查出或被告發定即拘案從嚴懲辦決不寬貸其各凜遵毋違特示

二覆榜示　○欽加同知銜卓異候陞題補青縣署理天津縣正堂加九級紀錄十次趙　爲歲考事照得本縣考試二覆文童名次合行榜示爲此示仰應考文童知悉於本月初三日黎明赴　貢院三覆爾等各宜凜遵毋得自悞特示謹將考試二覆文童取五十名開列於後

陳振藻　陳寶樹　陳自中　王家瑞　穆祥和　李家楨　高文彬　楊葆元　李士鈐　楊鴻綬　王士瀚　趙　鎮

陳耀宗　楊以寬　陳寶泉　孫恢業　劉　楷　劉恩漢　馮遇源　魯沛文　張彤喬　李起善　辛錫培　周桂芳　黃　勛

辛承培　黃　濤　沈學尊　杜寶賢　于文桂　劉毓曾　王士珍　華澤灝　高爾昌　周　馨　宋雲程　朱家琦　華世培

唐肇奎　王鳳沼　于錦文　吉夢熊　孟廣慈　章　晃　顧寅昌　楊金鏞　于春源　李之敏　孟繼鐸　沈學寬

懸不畏死　○本埠河東李公樓營勇因看新婦刺新郎越日身死已紀前報茲聞堂訊該犯供詞狡展大令飭責大板二百始吐實情現已釘鐐收禁云

罵曹結禍　○縣署差役曹萬興在侯家後開設娼窰侯家後土棍李四等與曹不合李四領衆土棍至縣署前罵曹曹因糾縣差數十人將李四等毆傷李復糾同類赴曹娼窰碎砸曹又糾百人赴李棍窩夥碎砸縣署飭差將李棍等抓獲四人河北汎又將曹夥計等抓去幾人加號於侯家後示衆冤冤相報官不爲結何時休也

是何意態　○人生也直事無干而心不平見義不爲是無勇也天以是氣付斯人原不擇雄雌而畀惟學道者則須持而勿暴耳婦人孺子何知焉日前關上某甲之妻慘虐其媳同院某乙婦大爲不平憤持木杖毆甲妻體幾遍且責且數快哉易曰坤至柔而動也剛信夫然一家有事四鄰不安爲之鄰者尚須爲之妥辦善後

迹疑打虎　○有王姓者由唐山買來飢民口稱爲妾昨日初下火車至河東西方菴後有土棍某某以王某販賣人口將此人搶去王姓即在十四段鄉甲局控告李大令即派差將某棍等抓獲與王姓一併送總局懲辦云

刁風宜禁　○自客歲糧價昂貴沿街乞食者絡繹不絕昨午河北大胡同某號古玩舖忽有乞婦四五人坐舖前乞食舖掌答以此舖旬月歸霈不給分文乞婦等遂將該號古玩摔碎數件以罵代喊幸被看街營勇叱散如此刁風何可長也

莫任瘋狂 〇本埠西門外萬閣山門雲封素無香火昨晚街鄰見閣內火烟大起恐有不測即傳該管地方某甲禀報該管局憲飭勇獲住一人疑以為賊熟視之乃邱瘋子也即傳其家屬去視此恐有他變幸勿再任瘋狂外出矣

娼窰魚肉 〇本埠侯家後娼窰妓館自客歲大兵雲屯攪擾情事屢見疊出紀不勝紀目今較前稍為安靖不料又有某營勇丁五六人狠狽為奸每日在娼窰妓館任其所為稍有不合即捏詞呈控各娼窰爭鄂傾同恨格外調處盤許重資明則了事暗則分肥又要假作好人兩面見光如此情形殊為可恨噫兵勇足可卜達今日為兵為勇異日為將為帥何不於營中著意求之若竟以娼窰為魚肉返已自思亦覺無味如其改諸子日望之

麥大有秋 〇鄂友來信云邇日節過芒種小麥俱已登場四鄉農民之來至會城者告人云今年春後雨暘時若小麥頗稱有秋雖春初為冰雪所傷間有減收之處然麥粒飽綻出麵甚佳較之去歲所勝不止一籌矣按鄂省附近農民向以二麥為上半年收成之大宗今小麥既佳實民間第一樂事濡筆誌之輒為之慶幸不已

大風誌異 〇前月十七日下午七點鐘時金陵居民突見有黑雲一片從東北方而來不轉瞬間業已遮天蔽日衆人咸謂連朝炎熱意者雨師或將稅駕遂各疾趨以避之詎語聲未畢陡覺狂風大作飛沙走石不啻萬馬奔騰令人目不能張足不得動且風所過處不但草房為之揭去即鱗鱗屋瓦亦多被其掀翻甚至有奔避不及竟被飛瓦擊碎頭顱者約歷一點鐘之久其風始息共計被風刮去之房屋不知凡幾尤可異者下江考棚暨察院公廨旗杆均遭吹折一時居民咸相驚詫以為是數十年來所未見之奇舉謂非災異不可得矣

子茶到漢 〇漢鎮頭茶已畢子茶接踵而來連日運到者已有一十餘字約數三四千件前日出樣計崇陽雲溪茶山價約合十五六兩西商還價祇得十二兩零斷折恐必不少矣所望山中司莊人諸慎從事或可挽回一二也惟聞甯州子茶得盤廿五兩尚可保本

拍賣告白

啓者准於本月初六日禮拜五下午兩點鐘在紫竹林高林洋行內拍賣貨架代抽屜貨櫃糊屋紙架玻璃貨架貨櫃數十件並煤筒燈皂㯳框等件 貴客仕商如欲買者請早來行內細看赴拍可也特此佈聞

集盛洋行啓

啓者敝行新到上等三鞭酒金牌每大瓶二元七角五分小瓶一元五角銀牌大瓶二元二角五分小瓶一元二角五分色如玫瑰味勝哀梨 諸公欲購者請來本行 看便知不謬

西賓館洋行啓

本直報分處寓城內天津府署西三聖菴西紫竹堂梁子亨便是 諸君賞鑒閱賜一字函隨送不悞敝處由上海官津 新聞報紙 字林滬報 代送申報各樣報紙均有 士庶官商賜顧多蒙賜閱 直報分處梁子亨謹啓

告白 盛世危言一書香山鄭陶齋觀察所著也觀察負經世之才庚申之變目擊時艱遂棄舉業日與西人游足跡半天下考究各國政治得失旨今時勢彊鄰日逼儼成戰國之局凡有關與中外情勢商權利弊旁搜遠紹無遺隨手筆錄積年累月共成五十篇凡用礦設電綫建鐵路開礦織布商務農工治河防海防邊練兵等事瞭如指掌實時務切要之言凡 士大夫留心經濟者宜置一編俾人人洞達外情事事講求利病使天下除厥弊而不誠有裨於大局哉每部五本存書無多急來購取可也

文美齋謹啓

告白 諸親貴友知悉今義和客棧歇業兌與金姓接作為主如原棧有拖欠帳目以及寄存貨物等件俱有原業主承管不與新置主相干特此通知勿使自悞特此佈聞 金姓謹白

閏五月初三日輪船進口

禮定 輪船由上海 招商局

桂陽 輪船由上海 太古行

閏五月初四日輪船出口

普濟 輪船往上海 招商局

閏五月初三日銀洋行情

天津九七大錢

銀盤二千七百四十五文

洋元二千零二十文

紫竹林九六錢

銀盤二千七百八十五文

洋元二千零五十文

直報

光緒二十一年閏五月初四日 第一百三十號
西曆一千八百九十五年六月二十六日 禮拜三

上諭恭錄

上諭李秉衡奏縣丞因事詐贓任性妄為請旨革職驅逐回籍等語山東候補縣丞翁壽辦理黃縣軍裝分局曾經團紳稟揭該縣丞情虛畏罪意圖反噬竟敢臚款妄訐實屬行同無賴翁壽着即革職驅逐回籍交地方官嚴加管束該部知道欽此 上諭李秉衡奏山東昌邑縣蠹役劉占沅平時貪毒狡詐兇暴最著上年秋間兵差過境該署縣張鴻憲備價飭分雇車該役聚衆刁難復向鄉閭藉差訛詐小民受其捕噬不敢告發似此蠹役殃民最為地方之害業經李秉衡提訊正法足昭炯戒第念山東如此他省恐亦不免着通飭各直省督撫隨時訪查如有蠹役殃民即着從嚴懲辦以除積蠹而安良善欽此

強弱辨 續前稿

奈兵制日久就窳雖經于中肅汰其老弱以勝兵十五萬改為十團後又或置或廢各營皆虛廠廩如故衛兵亦然繼又以閹豎牽制閫帥其弊終至無兵亦無將緝盜之法久亦浸衰鄉里平日不能講信修睦奸細匿迹于其間與盜為應民無守望相助之義而伏莽迭出矣穆宗朝沿邊土蠻種類無算其大者如炒花花大姑嗜伯言煖兎猛骨字羅楊吉奴清佳吉奴王杲王台等時犯邊入關至今永平一帶去來無定驛擾不堪帥多死之後得薊遼巡撫李中丞松薦其幕下李成梁為遼總戎又以所畜健兒李甯李與李平胡等付之遼撫與成梁屢設奇計奏大捷十餘次拓地七百里賊衆刑白馬攢刀誓永不犯邊每捷帝告郊廟受廷臣賀其時頗稱中興成梁以總鎮加宮保御賜中第京師子九人幼子尚主其弟成材及建兒等皆以總游戎擁專城與戚繼光齊氣聯絡繼光駐一片石土蠻一時不敢正視中土以強將下無弱兵也明制六部分位天下事內閣不得侵自學士嚴分宜陰侵部權漸攬入閣張居政則顯奪其權稱大學士居政前無以大稱者由是內而六部外而封疆出其門歲償精察內外大吏非其私輒去勿用御史劉臺倔強入臺非廷杖死而赴謫廣西至則西梟譏以謝死之居政意也惟一片石戚帥繼光與薊遼巡撫李公松及遼總戎成梁諸人不附居政時數公握重兵鎮邊有慶居政亦不置議撓其事土蠻之狂悖不敢肆中土戰戰得少息者職是故居政事敗劾遼巡撫李公松與江西巡撫曹公大埜奉旨查抄居政黨遂替然綜居政之生平尊主權求實是國是一振中外以安昔有以明之居政例宋之秦檜者其友曰檜何可比居政居政不撓鎮邊諸將明之強遂可攝塞外世幾中檜時恐大將成功宋之弱遂莫保江南祚以漸促使檜不外交兀朮害忠武宋亦何遜於明而弱之甚忘之速也然明以數將無外患而內憂蹙矣萬歷中主少國疑時幸承平君臣志懈政無主張制皆虛設止一戚帥足守一片石薊遼巡撫李中丞以丁憂旋里遂不起成梁亦以奉朝請歸邸第如唐郭汾陽故事薊遼自是凡八易帥皆不利再起成梁鎮遼成梁年九十矣精力已疲其巡撫又無如前之李公可倚為主者其健兒甯與平胡輩半歸零落九子亦莫紹父績邊備以弛朝政日非詔勅多不奉行懷宗朝君非亡國之君政皆亡

國之政海內伏莽無算最後大股爲李闖自成八大名臣中能躬自爲將與闖數敵者僅豫撫元大中丞默一人矢加闖目目爲眇周總戎鞭擊闖弟臂爲傷至街戰巷戰之李鄧諸君以身報國蓋知事已萬不可爲矣然則務國之弱非弱以勢弱以政實弱以人耳弱以臣不皆用命實由以君之見賢而不能舉舉而不能先見不善而不能退退而不能遠自慚於樹德務滋除惡務盡耳　此稿未完

夫人侍御　○某侍御居宣武門外前五月某日被竊富即報案北城坊迄今賊贓未獲聞某夫人乘輿親赴城坊坐催緝捕不獲不返夫人將發奮爲雄乎是否屬實姑妄聽之

勦庇司空　○左安門內法塔寺迤東地方向本低窪形如釜底每歲伏秋雨集積潦不消行人苦吟厲揭現由東交民巷巾帽胡同關善士捐資雇夫導水由廣渠門水關宣洩並將該處加高培厚眼前功德行見旅歌於途矣

陣開蝸國　○都中巨室奴隸外畜護宅健兒待暴客壯聲威也若輩遂假虎威恣蛙怒焉前月二十七日有牛肉灣松氏護宅某與某宅轎夫某某同在脂粉夜叉院一言相觸各肆猖狂護宅某嗔於翌日集夥觸師約三十餘衆蜂擁於夜叉門首索某轎夫角鬥幸經和事老排解散去聞該轎夫亦怒不能梓更擬集儕輩報復噫光大化日中何物鼠輩敢爾披猖若是耶

輕風牛浪　○崇文門外金魚池名區也方塘數十龍頭鳳尾之魚以遊以詠綴以蘋田葦地飯濠上觀別有天園池遊設茶社顏日泉相魚芳自閏五月初一日起每日邀青年子弟稱曰隨緣時話彈絲竹演唱五聖朝天挑簾裁衣金山寺文戲謎武戲謎風流醱口債精等劇馬識俞調無所不有公子調冰佳人雪藕即此納凉固不必放船落日也

未免影射　○欽差北洋通商大臣署理直隸總督雲貴總督部堂王　示從九品職銜張國楨稟批近來以平糶爲名由道府各衙門及籌賑局請領購運執照者不下百數十萬石之多而運到者殊屬寥寥是請照專爲圖免釐稅起見於平糶毫無實際也上月二十五日奉　電旨查有無影射情弊是此後發照不能不格外慎重張國楨向習何業永慶和係屬何商平空一稟一保本部堂無從稽覈所請應不准行

冠蓋往來　○新授直隸臬憲朱廉訪靖旬因公來津○總辦浙江海運通局候補府蔡　曾光吳京培由浙來○新授廣東臬司魏恭甫廉訪入覲晉京陛見過津○郭軍門寶昌赴唐山○雲南十三起二批京銅督解委員王司馬國江解銅過津關道津道兩憲添委候補按經歷金丞軍培源一同護運赴通○新授安徽布政司王介艇方伯廉自湘來進京陛見○江蘇糧道吳廣菴觀察承潞自申來○特用員外郎程建勳自關外回津

直隸牌示　○灤州許之軾調省另委以靜海縣楊文鼎署理平谷縣典史程懷庭病故遺缺以海防先用典史孫志銘補定興縣典史王國楨病故遺缺以海防簡用典史孫德明補南宮縣縣丞福厚捐升離任遺缺以海防縣丞象銘補房山縣縣丞杜友仁病故遺缺以海防縣丞王維琛補阜城縣典史王思純捐升遺缺委試用從九品汪德啟署理遷安縣沙河堡巡檢洪恩撤省遺缺詳委試用未入流方延禧署理通州通濟庫大使朱驥奉部覆准飭赴新任蠡縣知縣馬殿麒撤任遺缺詳委即用知縣譚嗣泉署理　州吏目李承詰病故遺缺擬以新海防先用吏目俞光琳詳請不補寧強縣典史李咸昌丁憂遺缺詳請以新海防遇缺先補用典史王裕堂咨補歷城縣典史王宗周病故遺缺詳請以新海防遇缺先補用典史劉慶泰咨補玉田縣典史王[illegible]鑾丁母憂遺缺詳委試用從九品周景章署理阜平縣典史張積成丁母憂遺缺詳委試用巡檢殷溥元署理

觀察奉諱　○劉丹廷觀察啓彤以部曹游歷西洋著書立說有裨時事引見以道員發交北洋差遣到直後歷奉要差勝任愉快頃飛觀察接奉電報太夫人於五月二十八日在籍仙逝例應丁憂稟報上憲將經手公務交代清楚即奔喪南下云

爲善無小　○王少卿軍門前在軍糧城駐防捐廉放賑已登前報更有細微善舉書不勝書於日昨撤回之日又自備棺材十數具胎產合丹數十付交該村紳士收執代爲施捨古人云勿以善小而不爲勿以惡小而爲之軍門其有味斯言乎

集賢題目　○閏五月初二日爲集賢書院考試之期輪值道憲李勉林觀察監試試牛等黎明齊集議將是日制藝試帖題目附

列於左　制藝題目　詩云迨天之未陰雨徹彼桑土綢繆牖戶今此下民或敢侮予孔子曰爲此詩者其知道乎能治其國家誰敢侮之

試帖題目　賦得安危須仗出羣材得羣字五言八韻

久餓氣竭　○日昨天后宮戲樓下死一外鄉婦人年約五旬以外據該處鋪戶人云伊於樓下歇坐未片時卒然跌倒有時已氣絕矣噫久餓之人精氣已竭倒便不能復續故卒絕者多縱有別故亦無從問流民之苦可勝言哉

火災例誌　○本年火災不一或係家人不慎或係外賊所縱事俱層見昨夜更鼓初敲東門外扒頭街某公館火光烟燄頓起數丈火會齊集比即撲滅幸未延燒僅焚柴棚一間其或家人之不慎乎

假途滅虢　○估衣街廣聚成紬線莊昨夜被竊東綢細若干疋已在該管守望局報案聞是夜附近別號見賊三四人行房上遂放洋鎗攻賊亦放一鎗聲言假道於爾無干盜蹠云盜亦有道以有所擇爲智盜遵是道歟然充斥矣

不善造因　○灘局之戲南省有之北亦習焉今本年小班下處及洋烟館內往往以此相招利頭錢而不知共十例禁也日前窰姐某甲烟館設灘局某營勇丁聚賭於內因賭起爭將開館之某甲毆傷出血甲又已赴營務處鳴冤矣嗟乎夜賭近盜花賭近姦情事皆相因而致茲聚勇爲賭無惑乎其被毆出血也

生愧於死　○昔晉獻公欲立驪姬之子奚齊公將卒囑奚齊於其臣荀息曰何謂忠貞息對曰使死者復生生者不愧於其死可謂忠矣但以此求之爲臣不少概見今世俗徵逐之交相誓指天日轉眼不相識事涉財色輒思征入井而下石焉者比比也是又民罔不憝者矣東門內某甲者素與某乙善甲生子而身鰥續膠甫續甲復卒臨卒囑其子於相善之某乙葬甲畢甲繼妻便託某乙同縣差戚往送前子之逆吁繼母送前子之逆保無別情例難遽准幸經排解事寢否則甲繼妻恐遭毆譴也若某乙者既受某甲之囑不深護惜其子反陰謀害其子縱甲死不可復生乙獨不畏鬼責乎

風吹別調　○女事二天國人所賤況蕭郎未識頓思別抱琵琶乎然禍肇紅鸞致生別故强而合之如果生悔恐多不適於口矣邑民郝某爲子聘婦未娶而婦家忽議退婚現已控縣在案邑侯批示略謂既有婚書媒證候即傳案訊究云

勸播良方　○敬再啓者敝社於黃金丹一藥之神驗合效情形業已兩登　貴報想　仁人君子一經屬目無不廣爲傳佈敝社又何必一再饒舌第恐遼瀋一帶去津窵遠報章傳遞不到則被瘟之區仍舊苦於不知是不獨有辜　貴館一再登之盛心於敝社亦殊有遺憾焉爲此大聲疾呼想我津之經商於　瀋者何止數千家倘蒙　諸君子口角生春逢人傳佈俾被疫之區咸知共聞則功德之大正比布金施藥者爲尤厚焉　濟生社同人再啓

新絲上市　○金陵絲業爲貿易大宗近屆端陽節過城廂內外鄉絲早已登市南門一帶各街之設櫃收買者不下百餘處聞絲行中人云今歲絲市消場較之往年有盈無絀故已由同業議定價目於上月十八日開收矣

開埠風傳　○自中東和議告成蘇城設立通商碼頭亦已允准日前有人傳言日商會至蘇垣遍閱閶胥盤婁齊葑六門地基形勢擬爲開築碼頭之用是以省中牟利之人一聞此信凡閶胥門外一帶瓦礫基地無不爭相購買以備日後轉售蓋其價可獲倍蓰也

內渡傳聞　○昨聞傳言前台撫唐薇帥自台灣紳民推爲民主後咸深倚賴及日人攻打台北之三貂嶺時薇帥即微服搭駕時輪船來滬另換輪船泝江至金陵暫駐日督署則早已內渡矣傳聞如此未知是否姑照述之俟有續聞再錄　錄申報

營口近情　○營口近日行旅甚少上河小船一律停滯高粱貴至每斗六千八百文倉民日食惟艱流而爲盜南來之客大半折回前日順和輪船僱營裝米一萬袋是日銀價七千七八百文大米每斗六千五百文旋有貫至每半石九兩二錢五分者海城一帶田禾半已下種惟天時甚旱雨少風多遼河不靖盜匪橫行小船裹足百貨不通自遼陽以下至田莊臺既無華官亦無日弁以致强人皆魚肉鄉民刼掠行旅土臺子離營口北五里一出北門即有槓子手搶刦寸步難行○蓋平熊岳早已缺糧米貴如珠貧民食草根樹皮以資果腹又值天旱百草亦黃萎遼人何辜而遭此浩刦耶推原起釁者真萬死不足蔽其辜也

臺廈電聞 ○廈門訪事人云前月十五日清晨七點鐘時駕時輪船由台灣到廈小泊虎頭山下港中所載三江兩湖潰勇紛紛登岸提憲電請閩省速派兵船來此以便載赴揚子江一帶遣令回籍旋接回電候委員前來照料遣送既而兵船尚未到廈而台北又有科麽沙小南京兩輪船載到潰勇難民多至四五千名道憲及提憲恐人多易於生事各派文武員弁十餘人分投彈壓○廣勇一千數百人既至廈門不待官輪船載送即自備船價附南澳輪船而去內有多人箱籠中銀物纍纍一人以七千圓現洋交船中人載運于以水脚銀若干○前月十七日前辦台灣撫墾事宜淡水富紳林時甫欽憲維源以銀洋二千圓雇定科麽沙輪船載之來廈茶商林鶴雲隨之旋於十八日雇五篷船回漳州原籍○某日閩省大憲派秦太守乘琛航官輪船來廈資遣台北潰勇十九日太守委廳尊升座點名每人給船票一紙告以須候抵埠上岸時照票發給川資洋銀一元派定南琛載送三江兩湖人赴上海及長江漢口等處琛航載兩粵人赴廣東越日又經端典國輪船載來潰勇一千六百餘人二十日晨小南京海龍兩輪船載運茶葉附搭勇丁不止一二千人旅廈各西商十分驚恐函請領事官電招船保護是日法國已派到一兵船德國領事亦接電音知二十日午後有兵船抵廈○有一客自麽沙船回廈門者言及日本兵船於十七日派兵登滬尾岸其數不滿三百聲擁至砲臺見砲臺上或有勇丁駐守或駐民團三四十人一二十人不等因無統兵日將以致各兵恣行搶劫並將各人身帶軍器銀錢取去如詢係廣勇則割其辮髮勒令當日兵三江及別省人一概攆逐隨即前往臺北府迫令民間開門貿易有不遂者焚屋殺人至晚日兵忽赶緊退回滬尾爭上兵船竟不敢留一兵在岸誠不解其何故基隆獅球嶺丁見府城未有日兵漸次退回新竹及中路彰化等處其有自滬尾逃回者欲入彰化內山民團力拒不納彼此開仗滬尾兵敗退遂附輪內渡刻下彰化一帶臺南臺中均安若泰山要非臺北力不能支何致日人敢越獅球嶺哉 錄申報

拍賣告白

啓者准於本月初六日禮拜五下午兩點鐘在紫竹林高林洋行內拍賣貨架代抽屜貨櫃糊屋紙架玻璃貨架貨櫃數十件並燈筒燈皂盤框等件 貴客仕商如欲買者請早來行內細看面拍可也特此佈聞

集盛洋行啓

啓者敝行新到上等三鞭酒金牌每大瓶二元七角五分小瓶一元五角銀牌大瓶二元二角五分小瓶一元二角五分色如玫瑰味勝哀梨 諸公欲購者請來本行 看便知不謬

西賓館洋行啓

浙紹朱鈍翁醫術精細脉方穩妥屢治危症著手回春於婦幼經產驚痘等科尤有妙術寓爾勒菴

閏五月初四日輪船進口

順和 輪船由上海 怡和行

明義 輪船由上海 招商局

閏五月初五日輪船出口

桂陽 輪船往上海 太古行

禮定 輪船往上海 招商局

閏五月初四日銀洋行情

天津九七六錢

銀盤二千七百四十五文

洋元二千零二十文

紫竹林九六錢

銀盤二千七百八十五文

洋元二千零五十文

告白 盛世危言一書香山鄭陶齋觀察所著也觀察負經世之才庚申之變目擊時艱遂棄舉業日與西人游足跡半天下攷究各國政治得失富今時勢強鄰逼儼成戰國之局凡有關與中外情勢商權利弊旁搜遠紹無遺隨手筆錄積年累月共成五十篇凡用錯礦設電綫建鐵路開礦織布商務農工治河防海防邊練兵等事瞭如指掌皆時務切要之言凡 士大夫留心經濟者家置一編俾人人洞達外情事事講求利病使天下除厥弊端不誠有裨於大局哉 每部五本存書無多急來購取可也

文興齋謹啓

告白 諸親貴友知悉今義和客棧歇業兌與金姓接作爲主如原棧有拖欠帳目以及客存貨物等件俱有原業主承管不與新置主相干特此通知勿使自悞特此佈聞 金姓謹白

直報

光緒二十一年閏五月初五日　第一百三十一號
西歷一千八百九十五年六月二十七日　禮拜四

上諭恭錄

上諭奉天府府尹善聯奏假期屆滿病仍未痊籲懇開缺一摺善聯着准其開缺欽此　上諭太僕寺卿林維源奏病難速痊懇請開缺一摺林維源着准其開缺欽此　上諭太僕寺少卿岑春煊奏假滿病仍未痊懇請開缺一摺岑春煊着准其開缺欽此　上諭李秉衡奏革員虧短本代鉅款潛匿無蹤請飭嚴追一摺山東已革知縣畢炳炎前署鉅野縣任內虧短正雜各款爲數甚鉅延不完解降旨查抄監追玆據李秉衡奏該革員潛匿無蹤難保不遠颺他省着湖北巡撫及各直省督撫一體嚴密查緝解往山東監追以重庫款該部知道欽此

強弱辨　續前稿

雖然勝國之事猶己事也自古視之則爲今自今視之則爲古自遠視之則爲近自近視之則爲遠善言古者必證於今善言遠者必證於近近莫近於身試卽一身而論身之所主爲心心之所之爲志志者氣之帥氣者體之充故曰強弱在志氣不在形體也志與氣相輔而行卽子所謂斷肢體剜臟腑不能爲人之說然存其心以養其體持其志勿暴其氣則至大至剛塞乎天地豈第能全其肢體臟腑乎蓋血氣之氣與浩然之氣初無二致能養與不能養之異持志與養氣也非兩事能生與不能生之故也世之相反者莫如強弱相似者亦莫如強弱奮然勁捍與弱相反者強之似也退然溫克與弱相似者強之眞也似強者勇小眞強者勇大寇敵之來多至百萬我談笑而卻之如摧枯槁此足爲大勇眞強者乎未也猶其形之似強似大而非眞強眞大者也強大莫強大於心敵忿慾之與勃然鬱然熾如烈肝肺爲焚此其際劍戟不能撞車騎不能衝雖有賁育韓白戰勝攻取之技無所施而毅然自主默無所形內克其敵犯而不校外觀似弱小而不知其眞強大也故強與弱之相去其間不能以一寸惟持志養氣者能辨之非是者莫辨也何也志與氣相輔而行實猶有主從之別善持養者以志爲主使氣從之不善持養者以氣爲主使志從之聽命於氣者逸則肆勞則怠樂則淫憂則懾生則盈死則涸志隨氣而不自覺聽命於志者以志御氣志不爲氣所御以志移氣志不爲氣所移勞逸變於前而志不變憂樂變於前而志不變生死變於前而志不變持養之自素也非然者外侮猝至志隨氣驕聱然軒然陵乎一世之上勢將舉山以壓頂時事偶乖志隨氣餒惴然眇然甘伏一世之下且將畏溺而投河夫非猶是一人哉何驕與餒之迥不相謀耶以不能自持其志而暴其氣因蹶趨而反動其心也所以不能持志則心無主第隨形勢爲強弱而漫不自知勢大則氣隨而大志亦猝大由大視細不期驕而自驕勢敗則氣隨而敗志亦頓敗由敗視勝不期餒而自餒驕餒兩念是爲一心是爲無心人孰無心有心而不能自主其心卽無心世未有無心而能有志者卽未有無志而能有氣者無志無氣故易驕亦易餒驕似強餒似弱實則有弱而無強以其強之非眞也眞強者必有小心必有大識必有遠慮必有實力必有成算必有沉機殊非淺近之所得窺想像之所可議也竊卽我　國家發祥開國之事觀之爾時草創開基篳路藍縷地之里未盈數千兵之衆未滿數萬惟赴

我　太祖父子君臣同心合力以直爲壯率股肱心膂親冒矢石授方畧用能以少勝多戰無不克計自己未二月勝國命楊鎬杜松經略等統兵二十萬號四十七萬於三月朔雲集遼瀋逼我興京又招台朝、葉赫分路進攻五六日間悉被我軍或破敗或受降迅奏膚功雖全勝王基開帝業定焉每伏讀　高宗純皇帝書薩爾滸戰事實錄未嘗不嘆我　太祖及　聖嗣實身抒勞效悃志定故氣盛氣盛故勢强初未嘗以地之廣狹人之衆寡論也　此稿未完

日使抵京　○都門日本署房舍無多此次日使及參贊繙譯學生人數較尋常多逾三倍學生十人賃居交民巷大李飯店初一日學生輩往遊石刹海清和堂飯莊假座筵宴盡歡始返日使已於初三日午後二點鐘隨帶繙譯人等至總理各國事務衙門拜謁各堂官云云

君子可爲　○日前會典館招考畫繪學及通測量算術者備充謄錄官以便修輯大清一統輿圖新志刻下聞此項投考之人在吏部投呈者約有百餘今會典館出示傳諭投考諸生監即於閏五月初一日起至十五日止各執投考執照及同鄉官印結到館呈繳以便發領試卷靜候開場校藝古云一藝可以成名今之抱荆關米倪才及嫻開方勾股術者果得備用館閣雖曰小道豈非致遠之端哉彼閻立本之羞呼畫師齊桓時之輕覷九九固未足爲定評也

民之完人　○前門內蘇線胡同居民陳維瀚之父亨壽九旬晋六生丈夫子三人皆權什一利無忝孝養孫曾林立去年秋復得一元孫五世同堂洵爲　熙朝人瑞壽翁於五月十七日撒手西歸閏五月初一日發引儀導繁盛麻衣如雪盛哉

勿失其馳　○日昨宣武門內二道街地方有一車行過急撞倒某舖學徒即時面目土色幸赶緊灌救得甦而傷勢甚重當經該管官廳將車夫車輛一併扣留　車夫再四央求經排解者從中調停命車夫覓切實保人權行釋放令其暫謀生涯俟傷愈再作道理倘有不測以一日之快意馳驅致半生之埋頭禁錮悔何及耶

津勝遣散　○前報紀曹藎臣軍門將津勝營交與鄧善卿總戎係屬訛傳茲訪悉曹軍門因奉署督憲王大帥移知令將津勝團練三十營陸續遣散是以軍門遵即辦理所有一切槍砲車械原由某營撥來者仍還某營至由軍械所請領械器原件繳回其本軍製造軍械及旗幟帳棚等件均分別寄存妥處祁口上古林建築營壘即就近由該處武官派人看守以免蹧蹋馬隊勇丁裁撤其由本營所購馬匹交東征糧臺變價仍爲軍儲刻下曹軍門已飭承備造清册請王夔帥派員驗收聞已派營務某大員持册往收俟各營遣散事竣曹軍門即當回津矣

體恤商艱　○欽加二品銜長蘆都轉鹽運使司鹽運使季　爲曉諭事照得本年四月初旬風潮大作海溢成災迭據豐財蘆臺各場詳報及灶戶等稟陳鹽灘被災各情形環懇借發帑本修復灘曬當經本飭據續歷許之凱等綱總楊俊元等先後議覆以各場被災擬請仿照成案計工給本豐財場塘沽鹽灘四十一副實計五百四十工擬每工乞借帑本二十六兩鄧沽鹽灘二十二副實計四百三十九工擬每工乞借帑本十四兩共計塘沽灶戶借領銀一萬三千八百五十六兩鄧沽灶戶借領銀六千一百四十六兩又蘆臺場鹽灘一百四十三副實計七百六十三工擬每工乞借帑本十五兩七錢零共借領銀一萬二千兩統共兩場借領銀三萬二千兩此項借領庫款即由各商買灶鹽價內扣還每鹽百包扣銀一兩照案每兩按津錢三千文作價自光緒二十二年春關起由公所隨同各項鹽價挂號收存東告除豐潤縣外其餘遵化等九州縣於領引時亦按需用之鹽包數核計每百包扣銀一兩均於年終易銀交庫歸墊至豐財場屬鄧沽東沽各灶戶舊欠工本銀兩現在無力完交擬請緩至明年秋後催征蘆臺場灶戶舊欠工本銀兩前經議定每鹽百包扣繳五錢本年力難完交擬請緩至明年春運時一同照扣等情稟請核辦前來除批准由庫撥款借撥飭由蘆綱總商具領隨同各場官暨實散給嚴禁刻扣滋弊並詳明將竈戶舊欠工本分別緩征緩扣暨分別遵照外合亟出示曉諭爲此示仰豐財蘆臺兩場借領帑本各竈戶人等知悉爾等即速赴該場將每戶應借帑本銀兩照數具結承領赶即修整興曬供運倘有本司及場署吏胥人等從中剋扣需索准即扭禀從嚴究辦所有此次借領帑本即自光緒二十二年春關起遵於各商買鹽價內按包扣繳歸款繳清後即行停收並將舊欠工本銀兩

按照此詳展限期完繳其各稟遵毋違特示

續著漕艘　○凡漕糧入境往往差役人等設計訛索各剝船戶而各剝船戶亦設法行竊以資糜補于漕務大有妨碍此番漕糧入境各委員皆認眞經理各船上糧之時監視裝運艙口查封各船等無所施其伎倆各差役人等亦不敢任意訛索倘自整頓後永守成規于漕務大有裨益矣

災黎堪憫　○衛南窪係天津靜海兩縣所屬連年患水民已逃亡過半其未逃者無以爲生乃合數家夥造小排船一隻撈割野柴變賣以延殘喘詎糟船局局役高七等自去年屢向各排船訛索錢文今又勒令按照糟船輸捐查糟船開捐在咸豐八年因挑挖陳家溝引河淤塞并因糟船經過賈家大橋西沽紅橋等處每患土棍訛索經前府憲石太尊以軍需吃緊勸捐糟船助餉許爲裁革訛索陋費俾可省錢無算故糟船戶均各樂從況糟船長皆五六丈小排船長只丈餘大小既殊裝載亦異任水路亦不同今一例勒捐殊非軫恤災黎之至意聞皆船局局役高七等巧捏排船爲艓船名目蒙混局員稟由前津道憲方詳請督憲批准在案與漕船一例收捐噫災黎僅此一線生路若再勒捐實難爲活聞該處居民已有數十村聯名至道轅具稟矣

三覆題目　○閏五月初三日縣試三覆之期入場各童所帶文章不容翻閱務要沉心靜氣獨出心裁以杜倖進茲將三覆詩文題目並列於左　師也辟由也諺　賦得煮海爲鹽得鹽字五言六韻

合浦珠還　○前報紀河北大胡同周公館使女逃跑一節茲聞被該處三段守望局徐委員國光在河北窰窪腰窩地方將該使女並同跑之史孔氏其夫史得發一並拏獲送總局訊究史孔氏供在周公館作針線與使女早有秘約等詞總局將史孔氏并其夫史得發送縣懲辦周宅已將使女領回云

皆非善類　○前日有投書本館者顏曰闇無天日略謂唐山民人王某携女年十六七投親兼以擇配由火車來甫下車至西方庵地方有土棍郭二目爲拐販將女截留王懦不敢分辯投其親眷曹姓說知曹覓郭理論郭毆曹多傷云云接閱之下始而駭繼而疑土棍雖惡斷無此目無法紀者詐據訪事人聲稱郭姓截留之女爲王由唐山自買之妾已控局請追以與前信印證則郭之截留不爲無因頃又據訪事言十四段鄉甲局將一干人証送總局後畧訊送縣已將郭掌責并將截留之女帶案彼王姓亦販人者流在唐山原買得二名登車時已被截其一至津又被其截去可知俗語所云强盜遇見賊伯伯蓋天道也

禍原自取　○風月因緣可憐碧玉烟花譜牒亦有紅絲使其範圍維嚴折柳未嘗不可以懼狂夫焉所可恨者春婆之夢往往引於秋孃所以三婆六婦不可使入閨門也茲聞南門外孫氏婦人未卜春秋幾度特以雙翹廉銳藉藉傳聞且喜爲游蕩子結風月緣或鄉春色而過墻或引秋風而入院近輒爲其所浼可懼也茲聞爲告發於琴堂不日恐形鄰五木矣禍原自取宜哉爲之鄉者幸勿與流鶯爲比也

櫛髮耨苗　○茲有難民夫婦率子女三四人於昨日在南門外一帶隨處露宿乞食餬口惟其女年已十八九姿容亦爲不惡野田露宿甚非所宜倘有棍匪妄思偷香竊爲不便有地方之責者亟宜飭差協同保甲嚴密詳查以期保護被難之民全其名節德莫大焉

連斃二虎　○客有自粵東花縣來者言及縣屬山高嶺峻林密箐深猛獸長蛇實逼處此時爲人畜之患前月杪長岡鄉某甲偕同鄉右結隊登山從事樵蘇忽而樹木飄搖腥風撲鼻知爲山君將至毛骨悚然急匿橫峰以避之既而果見白額一頭嘯踞而過中俟其去遠結侶同歸道經巖谷則有一小虎盤踞石上若望虎母歸來者甲頓萌貪念即將柴棒壓小虎於地縛之回家貯以木籠飼以肉食携至省垣售與西商得洋數元乃事隔兩夕即聞虎嘯聲震動巖谷或遠或近狀如尋子潛出窺之則雌雄二虎相隨而行甲旋集議宗祠欲擒二虎以除地方之害鄉人僉韙其議跟尋虎跡暗設陷阱而置小犬於內以誘之其外則密佈槍砲預備暗號嚴密邏守迨上月初七晚虎果復至鄉人發火爲號槍砲齊施虎驚惶奔竄墜於阱內猶向吼躍聲喧勢將跳出鄉人向阱環放槍砲虎始傷斃翌早纔出驗斃則雌虎也重逾一百七十斤鄉人以雄虎未除終亦爲患仍前佈置初九晚雄虎又呼嘯而來亦墮坑中鄉人如前擊斃權其身重逾前虎鄉人

昇之來省分別求售雄虎沽錢六十餘元雌亦值五十餘元除費用外瓜分以沾其利從此猛虎既除閭閻安謐居民可高枕而臥矣　錄滬報

五羊民數　○粵垣向設保甲局清查戶口雖則奉行故事未必一無舛訛然按籍以稽亦可知其梗概茲將總局冊報總數照錄於下

計開　新舊兩城內大小街巷共有四百八十一道民房二萬四千九百六十二間廟堂寺觀二百三十三間男丁十萬零七千零三十五名婦女五萬三千九百七十五口東關街巷一百二十三道民房七千六百二十七間廟堂寺觀六十一間男丁二萬三千七百一十八名婦女一萬四千八百一十二口西關街巷八百七十五道民房四萬三千九百四十二間廟堂寺觀二百二十六間男丁一十九萬二千二百四十九名婦女八萬七千三百五十五口南關街巷六十五道民房三千四百七十六間廟堂寺觀三十三間男丁一萬三千七百三十二名婦女六千四百零二口　錄廣滬報

電請查船　○台北府城自被亂兵縱火焚燒日人乘間攻踞後所有各衙署庫藏銀兩亦被亂兵搶刦一空現悉此項銀兩均為亂兵裝入棺柩之中由某輪船載運出口不日可抵上海昨日午後台灣官場飛電至滬謂如有台灣來滬之輪船乞即嚴為搜查如遇棺柩務須開看等語聞本埠官場業已遵照來電飭差嚴查矣　錄滬報

勸播良方　○敬再啟者敝社於黃金丹一藥之神驗奇效情形業已兩登　貴報想　仁人君子一經寓目無不廣為傳佈敝社又何必一再饒舌第恐遼瀋一帶去津窵遠報章傳遞不到則被瘟之區仍舊苦於不知是不獨有辜　貴館一再登之盛心於敝社亦殊有遺憾焉為此大聲疾呼想我津之經商於遼瀋者何止數百家倘蒙　諸君子口角生春逢人傳布俾被疫之區咸知共聞則功德之大正比布命施藥者為尤厚焉

濟生社同人再啟

陳雨蒼施醫　啟者有病之家無力延醫請於早辰九點鐘午後一點鐘下午六點鐘至海大道養病院後陳宅診視有不能就診者必須寫明住址及姓氏名號送至本宅方能撥冗往診本宅存心濟世門診概不受文啊

拍賣牛白

啟者准於本月初六日禮拜五下午兩點鐘在紫竹林高林洋行內拍賣貨架代抽屜貨櫃糊屋紙架玻璃貨架貨櫃數十件並燈筒燈皂燈框等件　貴客仕商如欲買者請早來行內細看面拍可也特此佈聞

集盛洋行啟

啟者敝行新到上等三鞭酒金牌每大瓶二元七角五分小瓶一元五角銀牌大瓶二元二角五分小瓶一元二角五分色如玫瑰味勝哀梨　諸公欲購者請來本行一看便知不謬

西賓館洋行啟

閏五月初五日輪船進口

禮順	輪船由上海	招商局
明義	輪船由上海	招商局

閏五月初六日輪船出口

桂陽	輪船往上海	太古行
順和	輪船往上海	怡和行
禮定	輪船往上海	招商局

告白　盛世危言一書香山鄭陶齋觀察所著也觀察負經世之才庚申之變目擊時艱遂棄舉業日與西人游足跡半天下攷究各國政治得失富今時勢強鄰日逼儼成戰國之局凡有關與中外情勢商權利弊旁搜遠紹無遺隨手筆錄積年累月共成五十篇凡用銷礦設電綫建鐵路開礦織布商務農工治河防海防邊練兵等事瞭如指掌皆時務切要之言凡　士大夫留心經濟者宜置一編俾人人洞達外情事事講求利病使天下除厥弊端不誠有裨於大局哉每部五本存書無多急來購取可也

文美齋謹啟

閏五月初五日銀洋行情

天津九七六錢
銀盤二千七百六十文
洋元二千零二十文
紫竹林九六錢
銀盤二千八百文
洋元二千零五十文

直報

光緒二十一年閏五月初六日　第一百三十二號
西歷一千八百九十五年六月二十八日　禮拜五

濟急論

北直之患水災久矣治水無奇策不過相地勢謹隄防順水性之所趨而已治之時則自下而上先鴨尾閭復清濫觴之處而已然而非其人則弗治或治之而轉生害者病在鹵莽而已自古無不爲患之河不獨南之黃河北之永定爲然也蓋河流所經之地高低懸殊自上而下如屋建瓴其旁無決漫之虞而有涸竭之患自下而上如使在山其旁則既易衝決又易漫溢勢有必至理有固然者高處患涸竭則治爲閘低處患決漫則治爲隄凡以保其旁之田園廬舍而已神禹而後代有其人以地之爲道陵谷雖無甚變遷而平原出水壆國成田無時無有修築以制橫潰疏利以制淤塞穿渠分瀉以兼資灌溉歷代皆立官司其政如漢之文翁鄭當時莊熊羆倪寬白公張闓王景馬臻桑宏羊趙充國召信臣皆能因勢利導廣惠澤于當時晉杜預修信臣之遺跡以溉田衆庶賴之此建利于東南者也唐之興水利者若李襲長孫祥孟簡溫造韋丹白居易類以分水灌田走暴漲時蓄洩相地勢爲一舉兩得之計惟姜思度好一作所至輙開渠民多以紛紜不便其政宋尤留心治水幷論守令得以時浚導儲蓄其時何承矩引滹沱於覇州以灌屯田閻承翰自嘉山東引唐河至定州爲渠以通漕又引趙彬堰徐河水入雞距以息挽舟之役朔方自此蒙水利矣他如范仲淹趙尙寬蘇東坡障海波分江湖受湖水民之受益尤多南渡後無多善政惟水利大興若李光之張成己呂頤浩其尤著者也元立都水監各處設河渠司既疏穿通惠以濟漕又導渾河疏灤水浚治河噎滹沱而武清寧定一帶無水患又開會通河通南北疏陝西三白溉關中泄江湖之淫潦立捍海之橫塘其時郭守敬虞集輩力講其事焉明初整理疏濬諭以各因地勢毋妄興工役以勞民功最著者如夏原吉躬親經畫而東南之水利舉劉大夏躬親相度而西北之水患平所謂興天下之大利除天下之大害非其人莫任也我　朝以水利不與水害終不能去　命怡賢親王治北方之水親歷相度其時積潦徧野數十百里原隰莫辨訪之父老亦但能呻吟言水狀究不知其害之安在賢王超然遠覽溯流窮源因端竟委慨然曰吾知所以治此水矣隘者擴之容羨者分之減塞者疏之通漫者攝之注如是而已北直省南有二泊北有兩淀千流萬派之所游衍也其時滹入南泊不能成倒灌之形滹入北泊七里絕匯溢之路漲溢四出任隆甯晉之間無寧宇自穆家口開河而南泊北流黃兒營之上村浚拓而北泊東注疊相傳遞積漲頓消葅茹爲田者不可以數計西淀以趙北口爲咽喉東淀以石溝台頭一河爲脉絡趙北口橋座梗噎而白羊豬龍之水不東石溝台距清濁駢闐而七十二河之流不北泛濫無歸決隄潰岸上自高陽下至文安皆被其害　此稿未完

財重於命

○子以財而責以死貪者不爲蓋得財亡身財將焉用命固重於財也獨至爲強盜者則只知財之易得竟亡得財殺身之律此在無業遊民窘於生計盜亦死不盜亦死泊於行險以冀僥倖之生已屬非是若夫身隸甲兵歲有廩餉作奸犯科之事宜若在所不爲矣詎前五月二十八日有步軍統領衙門緝捕兵丁在城內西四牌樓磚塔胡同某佐領官房院內拿獲盜犯四名俱係八旗護軍

兵因四月下旬伊等鼓人曾於黃夜搶過東城僻處一小康人家被搶者躡蹤訪得其端倪直負贜確據遂禀知步軍統領衙門帶同眼線故一捕而得現已解送刑部先行飭旗革去名糧俟供招落實必當立時梟示夫設兵所以防賊今賊出於兵江河日下鬼蜮日多若而人者可謂愛財不愛命矣

同類相殘 ○北方風氣强悍無論因何起衅率成命案京師且習之區往往爭鬥屢見非善俗也前門外王皮胡同妓寮林立聞有宗室小溥在槐順妓寮扛叉原非善類有陳小禿者其類也於前五月二十八日突入妓寮見溥眾錢溥深知陳之兇惡當即應付纔未釋手詎陳手握洋鎗已將溥轟傷身死陳小禿則鴻飛冥冥如黃鶴矣當經該管地面總甲何成禀報中城況指揮旋即詳報城憲知會宗人府會同相驗飭甲嚴緝兇犯務獲究辦嗣經爭獲兇兒之人四名 併咨送刑部會同宗人府審辦矣

姑胡不恕 ○自家女孩即人家媳婦世之為姑嫜者於女則愛如掌珠於媳則視同敝屣虐遇之狀牛馬不如至己女于歸則望其姑嫜之愛之更勝於己之自愛其女者何人情之不恕也昨聞崇文門外閻王廟前街某姓為子娶媳入門後無日不肆姑威其虐為隣右所恨昨復因狗子偷食為姑瞥見故詢其媳媳噤不敢聲姑毒毆後復烙其肚腹胸膛傷勢甚重恐有性命之憂事經媳家聞知率領多人各持剪刀蜂擁而入意圖肆毆其姑姑見機逃遁現經和事老排解一面延醫調治一面捉獲其姑扭赴琴堂究辦云呂近溪女小兒啱云公婆夫壻掌生死心高氣傲那裏使為女兒作媳之高傲者戒以為為姑之定例謬矣

狂童宜懲 ○京師朝陽門外神道街某甲昆仲上無父母下無妻子僅有同胞女弟一人經理家政年纔二八操持一切井井有條其性情溫柔姿色亦佳不意前月二十九日甲出有隣人王某向甲處闖坐見伊妹獨坐室中淫心頓起始則調戲以言繼乃上下其手女啟推身倒喊驚於鄰鄰至王某奪門鼠竄甲歸驚悉前情赶即尋王杳無蹤影不得已赴東城告聞已飭差嚴拿以待懲治孟子云踰東家墻摟其處子特喻言耳今竟實有其事人面狼心可恨可恨

江漕迅至 ○江蘇江北各將上年冬漕提出十萬石循辦河運所有督辦漕運及押護各官銜名曾登前報漕帥於奏明後即督飭糧道盡世景二觀察赶即兌陸續開行上駛自清江浦至山東臨清路經福興通濟惠濟各閘順行無阻此次均由沿途該管官預為料理是以得迅速暢行計刻下首幫已抵東境所有江蘇漕糧正耗米共十萬五千餘石裝船三百六十隻其江北漕糧正耗米十三萬六千餘石裝船四百七十隻本月望前後約可抵津運路向多阻滯今迅速若是仰見 天庾正供神多呵護也

禀請義賑 ○順天府屬霸州文安一帶被水連年民不堪命日昨有候選教諭張菊園赴督轅呈請義賑王大帥深為惻憫批示候咨順天府尹查明辦理天津有無別項義賑並候行籌賑局查覆核辦云

憲批照錄 ○欽命二品頂戴直隸分巡天津河間兵備道李 示何家等莊民人陳德等禀批減河兩堤已無寸土可取從新補築談何容易且曾侍御現有開寬何莊孫莊金鐘等河之奏正在督同委員查勘測量亦無庸請補築此堤徒費工欵之理着俟勘明定議再行飭遵所請應不准行○又示滄州李德林等呈批所修堤工雖在青縣境內但爾等皆係滄州人民府批飭州訊斷並無錯悞何得使請提究並飭青縣查訊顯係意在朦混仰天津府仍飭滄州查案集訊秉公詳斷毋任狡延纏訟呈單抄存

營弁履任 ○天津鎮標務關路楊村汛千總葉萬年着即飭回本任世襲雲騎尉劉嗣 業着署理右營鹽山縣汛千總弁缺 卸署楊村汛千總何玉德即回安平汛把總實任

存以甘棠 ○署天津鎮吳掄元軍門自抵任以來整頓營務優視屬下事無巨細夙夜勤勞始終無怠於前年奉 命簡授大名鎮彼時三津士庶貴弁兵丁恭送德政匾牌現在奉檄榮任交卸津鎮篆務在即因思蒞津八載所有署中應需白物俱以現錢購買猶恐官弁差役有藉名在各舖賒欠未還者去任後民定遭賠累出示曉諭如有本署役等在各舖賒欠未還者即向原人索討若不歸償准許來轅禀明飭即歸償以免拖累益見軍門顧慮周詳無微不至甘棠遺愛行見有口皆碑矣

金鞭電撤 ○津艘每過浮橋開關上關時各種行船蜂擁隨集皆附灣船拉雜聯絡以爭速過浮橋一開一上甚屬煩雜道憲例

委會弁四員持鞭長丈餘驅逐雜項爭過民船名曰打當竇開路之先聲也膺是差者東浮橋上河營千總王弁名浦者品既神駿鞭法如檄金蛇每響一鞭觀者無不喝彩亦絕技也

三覆榜示　○欽加同知銜卓異候陞題補靑縣署理天津縣正堂加九級紀錄十次趙　爲歲考事照得本縣考試三覆文童名次合行榜示爲此示仰應考文童知悉於本月初六日黎明赴貢院末覆爾等毋得自悞各宜凜遵特示謹將三覆文童前五十名列後

計開

高文彬　王士瀚　華澤沅　陳寶樹　李家禎　王家瑞　王錦文　李士鈐　王文柱　陳振藻　陳寶泉　朱家琦

龐耀宗　馮遇源　趙　鎭　陳自中　華世培　穆祥和　王士珍　楊鴻綬　楊葆元　孫恢業　何家鯉　唐肇奎　李起善

楊金鏞　華以恪　華世榮　楊以寬　沈學尊　李之敏　李怡曾　黃　渤　辛錫培　黃　濤　周桂芬　黑耀賢　王學勤

米炳榮　劉毓曾　孟繼鐸　高爾昌　楊恩柏　張彤喬　華澤灝　孟賢慈　沈學寬　辛承培　劉　煜　顧寅昌

保護閭閻　○自海氛不靖宵小溷迹其間拿不勝拿辦不勝辦本埠有朱玉堂者洋貨生理頗稱小康宵小孫虎卞二等每覬爲魚肉日前朱玉堂情急難忍將孫虎卞二偷竊勾串土棍持刀訛詐等情赴縣呈控邑侯趙大令諭以孫虎卞二勾串土棍各持短刀肆行訛詐如果屬實目無王紀擾害閭閻候飭差將孫虎等拿獲按律懲辦云

好行其德　○瘟疫流行海下尤甚自四月初旬海嘯淹斃勇丁暨貿易人等不下千餘現附近營某官恐掩埋土薄屍氣薰蒸易致染傳瘟疫操練餘每飭勇丁取土培墳誠厚意也

不近人情　○夫婦爲人倫之始父子爲天性至親李常之懼人或笑其乾綱不振不成丈夫竊謂未可厚非也將軍氣同雷電大人面若冰霜寢門皆有不可問之處非過也蓋坤之爲道爲臣爲母亦爲妻身之妻即兒之母君之於臣舉國之國政倚之身之於妻舉家之家政賴之安危與共貧富憂樂無不與共仰則藉以奉親俯則藉以教子語云生一佳兒不如娶一佳婦蓋兒縱不從父命未有不從婦命者所謂家有賢妻男人不作橫事也且有賢婦未有不育賢孫者贍家道者往往於此看盛衰焉爲之夫者不以賓禮待其妻非賢才夫矣惟黑心符出蘆花變生則固又當別論耳至於鄧通之棄子郭巨之埋兒世以爲賢爲孝衡以鄙意於良心總不相符伯道因棄子而無兒究由自取茲不具論郭巨者因婦乳姑恐子奪母乳計埋其子夫子也者親之支也母固當孝子亦當慈不慈惡以爲孝巨幸掘地獲金全其孝慈否則不可以爲人父胡可以爲人子也今鄉愚因避懼內之名故虐妻避愛子之名故虐子禽獸不如何猶得意而若狂耶本埠海光寺西砲台莊某甲者兄弟友于妯娌不睦因析居娣生子無乳嫂陰惑其叔使虐娣叔以鐵鍬劃妻顱深寸餘妻哭且訴叔更拉其妻入水攜子女將埋之爲鄰所阻妻母知之索其兄嫂欲甘心焉噫庸人自擾亦大不近人情矣

名不虛傳　○行軍必先愛民古之訓也統領虎字拾營余勳臣軍門印虎恩遂以名其軍治兵四十年爲老湘宿將所到以愛民爲本卓卓有聲耳其名念餘年矣閏五月初二日予因訪舊至榆關見有紳耆士庶數百人鼓樂震天旌旗遮道公製朱緞萬民傘綴蒼生霖雨字又赤金大匾額綴望崇衡嶽字衣冠濟濟入壘獻頌後先奔走觀者如雲其時衆紳交拜畢軍門謙稱駐防此地毫無功德愧不敢當衆紳曰小民不知媚上此地上年夏初游勇騷擾不可枚舉自軍門奉　旨駐關淸查戶口保衛居民半載以來相安無事不徒營勇安謐農商均受裨益即驃馬亦蒙示禁從未嘗踐踏生芽至各屬災黎倡捐助賑尤爲功德無量感戴同聲地方無以紀盛績不過藉此區區聊以伸獻曝之忱願軍門早晉提封或擢疆吏則爲天下造福更無涯涘軍門遜謝不遑歡談良久而散嗚乎人患不爲善耳未有爲善而民不知感者予以老諸生寂處蓬門嘗見兵勇擾民且有甚於寇讎者民之畏兵勇亦甚於畏寇讎以此衆傳何怪其一敗塗地茲觀余軍門之行軍紀律森嚴兵民一體洵不愧古之名將可謂名不虛傳矣士人爲予道其詳座中客亦各舉所見謂遠近帶兵官無出虎營之右者特走筆識其事以爲天下握兵符者勸　濟南尚義老人書於臨榆治北角山棲賢寺

運兵保護　○有載運三千六百餘噸之英國巡海兵輪名來衡扒者刻遞述及曾由香港載兵二百名於二十五日赴台南府上岸保護英國官商產業免遭不測之變云　錄新聞報

行劫傷人　）杭垣艮山門外地名興隆橋離城不過五里之遙日前有鄉人某甲攜絲進城在馮廣順行售得英佛二十餘元於五點鐘出城行至興隆橋地方其囊中之物不知如何被匪徒窺見頓遭搶劫互相爭奪之餘該匪即以白刃奉敬某甲遂昏倒于地幸有幼孩數人在旁喊救衆鄉人始紛紛到來將該匪獲住送交本地武員添派兵弁四人押解入城由守備邵君送縣訊辦但聞某甲傷勢甚重刀痕入喉已有寸餘據士人傳述該匪向在姚店橋開設飯店手中所持凶器係廚刀一柄然已不能從輕發落矣　錄新聞報

秦淮消夏　〇西門外莫愁湖爲六朝名勝兵燹後省城克復經曾文正公捐資建造樓閣數楹月榭風廊頗饒幽趣屋之四周遍蒔荷花每至端陽節過紅衣翠蓋嫋嫋波心消夏遊人莫不爭集於此湖前大門有華嚴庵一座其住持僧補雲工山水善吟詠文人學士樂與之遊近因天時漸熱芙蕖皆已着花由僧雇茶博士多人特瀹清泉爲遊客藉消煩渴逐日寶馬香車往來者絡繹於道蓋絕妙一清涼世界也

藏圖繪竣　〇西藏幅幁數千里自隸中國版圖之後設立將軍參贊領隊各大臣分治地方前蒙後藏邊界與印度有交涉事件朝廷派員會同英官商辦賴赫總稅務司竭力調停得以言歸於好分界立約相安無事惟藏地山高箐密向無專圖刻下旣廑朝廷西顧之憂不得不認眞經理當由總署王大臣奏派同文館肄業生訥葆賁斌誠齋二君前往藏衛學辦測量繪圖事宜以便知何處扼要何處坦夷何處可以屯兵何處可以拒敵是誠當今之急務也近得川電知二君進藏以來已將該處地輿仿照西法詳加測繪不日即可告畢回京銷差從此萬里邊庭瞭如指掌不必復以隔膜爲虞矣　錄滬報

天雨白線　〇小呂宋有地名彭濱某日天大雷雨自下午二點鐘至五點鐘止黑雲密佈天雨白線其線有長至十五莖打者雨後樹顚屋脊絲絲掛滿狀類北邊之冰線現聞西人延請精於格致者考究其是何形質主何朕兆矣

日主回京　〇自中日決裂後日主移駐廣島以作大營節制水陸各軍事無大小皆親自裁決目今兩國和約已成干戈解釋玉帛重敦故特於本月初七日復由廣島以回日本當其鸞輿抵東京時日民俯伏恭迎歡聲載道

意國地震　〇地多火山時有地震之虞此因火山之下硝礦蘊蓄一發難收故因而震動也意大利國富羅連士城於西歷上月中浣忽爾地震附近村落損傷物業甚多君民之壓斃者亦復不少有教堂一座方當禮拜之時被震傾圮人皆被陷於內斯亦慘矣

啓者敝行新到上等三鞭酒金牌每大瓶二元七角五分小瓶一元五角銀牌大瓶二元二角五分小瓶一元二角五分色如玫瑰味勝哀梨　諸公欲購者請來本行　看便知不謬
西賓館洋行啓

告白　盛世危言一書香山鄭陶齋觀察所著也觀察負經世之才庚申之變目擊時艱遂棄舉業日與西人游足跡半天下攷究各國政治得失富今時勢強鄰日逼儼成戰國之局凡有關與中外情勢商權利弊旁搜遠紹無遺隨手筆錄積年累月共成五十篇凡用鎗礮設電綫建鐵路開礦織布商務農工治河防海防邊練兵等事瞭如指掌皆時務切要之言凡　士大夫留心經濟者宜置一編俾人人洞達外情事事講求利病使天下涂厥弊端不誠有裨於大局哉　每部五本存書無多急來購取可也
文英齋謹啓

閏五月初六日輪船進口

禮順　輪船由上海　招商局

武昌　輪船由上海　太古行

閏五月初七日輪船出口

重慶　輪船往上海　太古行

明義　輪船往上海　招商局

閏五月初六日銀洋行情

天津九七六錢

銀盤二千七百六十文

洋元二千零二十文

紫竹林九六錢

銀盤二千八百文

洋元二千零五十文

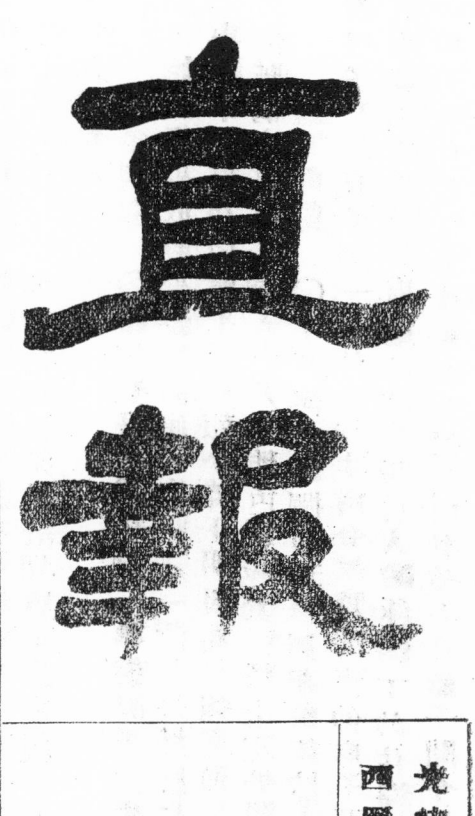

直報

光緒二十一年閏五月初七日　第一百三十三號
西歷一千八百九十五年六月二十九日　禮拜六

上諭恭錄　濟急論　日署生輝　洋隊將旋
善以權力　是亦人子　憲示照登　必須明白
刦糧再紀　爲民除莠　亟宜收回　眼前功德
舟車宜愼　雞以愛殺　似是而非　助藥清單
港疫可慮　臺北軍事續聞　臺南近信　重慶安電
告白照登　京報照錄

上諭恭錄

上諭謙光奏旗兵被毆身死知縣未能審明確供請交部審辦一摺所有密雲縣駐防正黃旗滿洲前鋒庚音布被毆身死一案着交刑部提集人証卷宗秉公研訊確情按律定擬具奏欽此　上諭奉天府府尹着松林補授欽此　上諭刑部奏審明太監致斃人命按律定擬一摺太監門進幅着照該部所擬絞監候秋後處決欽此　上諭給事中洪良品奏刑部司員承審旗婦平宣氏一案威逼人命請飭查辦一摺刑部司員覺羅崇廉着先行解任歸入前案交啓秀徐郙訊明辦理欽此　上諭孫毓汶奏病難速痊懇請開缺一摺孫毓汶着賞假一個月調理毋庸開缺欽此　上諭福錕奏病難速痊假期又滿懇請開缺一摺福錕在內廷行走有年平日辦事謹厚老成茲以久病未痊陳請開缺着以大學士致仕加恩賞食全俸欽此　上諭山東按察使着松壽補授欽此

濟急論　續前稿

自橋道增修而咽喉始利永定改導而脈絡全通濱河數十州縣始獲安瀾此隘而擴之之效也西淀瀦決無涯之水畢納于玉帶一河曰衛二河奔騰浩瀚之流爭趨於三岔一口而淀河挾子牙永定渾濁湍悍之勢復來會之所謂驅萬馬于方軌欲無迸逸橫奔豈可得乎于是開中亭河分枝入淀用洩玉帶之餘瀹滄青減河拓筐兒港舊垻刷道歸壑不爭三岔之隘支港多則經流減尾閭暢而宣洩疾民生運道均有賴焉矣此義而分之之效也玉帶東來至苑口以會局名𦊏羣流之所滙也又東至蘇橋分爲三汊台山一汊受中亭之委而歸勝芳趙家房一汊亦於勝芳合流其沿隄一汊之自石溝來者復與之會而畢出于台頭自永定入淀勝芳河久已絕流石溝台頭一帶咸成斷港茫茫淀水無復經流決大隄而南文安城郭僅如洲渚用是開勝芳河以導三汊之歸挖石溝台頭之淤以湍達津之路由是洋洋清駛高下攸分麻麥與黍稌同登秔稻偕菰蒲並茂此塞而通之之效也往年滹沱決於州頭播爲九股漫流於束鹿深冀之間民不得耕行旅幾絕自第四溝疏引循古河而注之滏水滹以永甯豬龍河決柴淀口奪流而東漫及鄚州驛道爲澤旣而淩其淤塞其決復于下流之出岸村莊建閘開河而奔突之狂瀾始弭節安流而北去矣乃若牤牛河漫流于良涿易河漫流於通武鮑邱窩頭二河漫流於香寶所壞田園廬舍不可以殫數及各爲河以輸而注之則散者於以有所統氾者於以有所歸焉他如修隄以資防護作壩以裨節宣則又在隨其地而相勢爲之非膠柱者且夫水利於營田相爲表裏者也而營田較水利爲倍難土曠人稀則議墾難民愚習惰則慮始難地方官膜視則觀成難浮議旁撓則任事難以故歷宋元明屢興屢廢未有毅然必行行之大收成效而永無後患者我　朝以爲水不治則田非其田欲營亦無從着手田一營則水仍此水所患頓易爲所需蓄溝渠洫澮濬畎距川無往非所以取水利即無往非所以除水害也依古以來之水聚之則爲害分之則爲利行之則爲利壅之則爲害其大較也夫以一川之水散爲百溝一溝之水散爲千畝第恐不足何患有餘兩

人之所以惜水如金北方之所以畏水如虎者特此用與不用之異耳誠使用水以爲田實即用田以分水出成而水則散利興而害乃去矣邇日後湖之湖湖也疏泉可田大殷之淀淀也開河可田天津寶坻陸穉之區也引潮可田任邱寗津蛙蠙之藪也圍泊可田水高於地溝而導之水與地平壅而溉之水卑於地車而升之爲之圩埝以防霖潦爲之閘洞以備蓄洩法俱具矣第其爲是舉也事非常事功非常功非常者固爲常人所驚駭亦即小人所猜忌者也　此稿未完

日署生輝　○日使自去年出都後署前冷落車馬爲稀前月三十日日使復來每日門前客應接不遑是月初五日午後二點鐘恭邸偕五堂官員同拜爛其迎門東交民巷業買賣轎車者利市較前三倍云

洋隊將旋　○自去歲中東失和訛言四起不無奸人在內煽惑意圖搶掠所有駐京各國使臣知都城萬家萃處良莠不齊恐匪徒藉端生事因預爲安置各調來洋兵四五十名護衛各使署以防未然現在和議已成地面亦頗安靖各國使臣會議將所調之兵盡數歸隊仍回原營英法之兵擬於閏五月初五日由京起身至通州乘船下駛云

善以權力　○都城右安門內白紙坊收買字紙改造還魂紙張久經示禁在案閏五月初二日有荷字紙担之某甲四人以所收字紙賣與該紙坊冀得錢分肥適爲善士任鏶尹所見即囑令將字紙送至其家權輕重以照價給錢另加送費若干詎紙坊張某反以任爲多事言出不遜幾欲敵以老拳任知若輩不可理喻即稟城憲飭令立將紙坊封閉永遠禁止並聞五城院憲業已定期會議擬設法重申嚴禁噫設非具此大力又烏能爲此善事哉

是亦人子　○昔人勸恤奴婢詩云若能事事如君意他便將身作主人奴婢粗材主當寬恤苛以求之非忠厚矣況稚弱奴婢不見爺孃已懷慼意倘爲吾子憐宜如何乃不憐之而反虐之致使若輩因懼戕生冥冥中不懼種孽根乎頃聞地安門外鼓樓大街有旗員某年輕性躁新收一婢甫十歲因侍晚飯覆羹於裘主怒以鞭撻無算喝逐之無使存女懼退夜鼓三撾更夫聞吼聲意來自下房者呼儕燃燈視則女懸樑矣急稟主人如法救治幸得活夫覆羹汚裘小過耳裘縱能値千金何遽送人一命乎性躁者其戒旃

憲示照登　○欽命二品銜新授福建按察使司按察使長蘆都轉鹽運使司鹽運使隨帶加六級紀錄十四次季　爲出示曉諭事光緒二十一年五月初六日奉　署督憲王札開光緒二十一年四月二十二日准　戶部咨開捐納房案查近年各省捐輸案內經部駁查各員令其呈驗執照者據各該省督撫將原捐執照送部本部查閱假照頗多相應飛咨各該督撫轉飭各捐局張貼告示剴切曉諭各該捐生不能自行赴局捐納官職務須轉託切實可靠之親友赴局報捐以免被人誆騙並令各捐局每月將報捐人姓名官職大書榜示門首一面飭屬嚴查倘有私造假照之人立即按律懲辦毋得視爲具文可也等因到本署督部堂准此除分行外合行札飭札到該司即便查照辦理此札等因奉此除將蘆捐請獎各捐生姓名官職按月榜示外合亟出示曉諭爲此示仰各捐生一體知悉自示之後如各捐生有不能自行赴司請獎者務須轉託切實可靠之親友赴司呈請以免被人誆騙倘有私造假照之人一經訪實立即查拿按律懲辦不貸勿違特示

必須明白　○昨報登廣聚成被竊一事據訪事傳來照例錄報而廣聚成店夥來言並無其事本館不厭詳求以期核實因派人細查始悉廣聚成與聚源益同㕑一宅夥走一門門外挂廣聚成字號而內屋實聚源益居之既屬同業又係同鄉是夜被竊實係聚源益之事訪事不察乃以廣聚成來報今特正明附局員報案節畧於後○第五段守望局委員王學總局五月初四日夜估衣街聚源益綢綠店被賊竊去雜色綾綢六十八疋雜色東綾套褲料七疋外門拴一條等因

刦糧再紀　○子牙河上游攔河刦糧屢紀前報然未聞有確實詳報者茲悉靜海縣候選縣丞李星森來津報案據云伊在靜海縣界子牙鎮瓦子頭一帶作糧行生理令鋪夥邢連仲向子牙河上游裝載糧石偕祥泰鏢局保險押運來舖于前月初六日行抵獻縣界樊屯鎮以下里許其處鳴鑼聚衆數百人毆逐鏢丁截住糧船十六隻大肆搶刦在臧家橋又截住糧船二十六隻至沙窩又被土匪持洋槍短刀截住若干隻李[illegible][illegible]刦[illegible]米計共値七百餘千聞今日向道轅報案矣

爲民除莠　○十三段守望局委員陸榮何貳尹鴻甫拏獲逃軍呼玉和一名係山東人搜出腰牌一面上寫安徽練軍某營左哨九棚該犯在小聖廟地方煽惑民心聞已送縣嚴究矣

亟宜收買　○本埠大王廟文昌宮延生社等約有十餘處收買字紙敬謹焚化誠善舉也每歲沙船進口夾帶字紙帳簿數百觔斤每斤價值三四十文不等有某村收買以爲撈紙之用殊屬不善有收買之責者亟宜查禁自行收買爲是

眼前功德　○茲有難民夫婦二人男則肩挑家俱女則抱男携女行至東門外城根據言數日未曾一飽其子女皆各有疾夫婦困頓已極席地坐臥該處爲某鹽號二巨家後門每日紳家女僕憐恤給以饘飯得以充飢難民安之迄今數日未去但其處上無片瓦傍無寸墻難蔽風雨說者謂富家女僕既有意憐貧盍上稟主家大發慈悲聊給資財使難民老幼數口赴小店住宿待其子女病痊再謀生路其功德更何量也又各處難民現仍陸續來津每晚聞三五成羣或率領子女之難婦在於街市沿行乞討或得有飯菜再得錢數十文方可覓店住宿否則行於何處即宿於何處於婦女大不相宜況以後炎熱津地男人多在街上納凉睡覺更多不便且有恃其婦女向舖戶強索強討者昨有難婦在南門以錢二十文要買燒餅二個該舖未許難婦遂來鬧搶去三枚似此等類欲懲治之重則於心不安輕則刁風日長涖茲土者其何術以安之

舟車宜愼　○本埠岸上東洋車河中小划搖頗便游覽然洋車翻倒致傷殘廢划搖入足致傷性命不如安步以當之爲得也日昨北關口有登划搖者不愼失足落水無踪竟與河伯爲伍船夫趁驚慌之際飛棹而逃聞淹斃者年僅二十餘伊可嘆也其舟車以代步者盍愼諸

幾以愛殺　○自端陽節以來吞服洋烟者不一而足本埠西門外有某甲者年近古稀有三子分居各爨甲傳食爲甲愛子甚忽念米珠薪桂兒輩食指日繁不欲以老而不死之身復爲兒累竟擬以阿芙蓉膏畢命被次子查知赶緊救活倘或不救以禍延兒輩憐兒乎害兒乎何計之左也

似是而非　○本埠五方雜處良莠不齊拐帶之案層見疊出有某甲者其妻由家逃走甲疑爲其堂弟拐去將其堂弟毆傷兼有致命之處堂弟之婦某氏赴縣喊控拘甲到案邑侯趙大令諭甲云伊妻逃走必被旁人拐誘焉有堂弟拐帶其嫂之理既被毆傷數處俟傷體平復再爲訊究云

助藥清單　○經募黃金丹藥資第二次清單　敬啓者鄙人前因皖東一帶被災地方瘟疫盛行特托親知募資配製黃金丹分寄災區用者補救除宋桂堂大善士經募到爲字第一號捐册內收津錢二百八十一千又洋銀七元已經登報外茲將經收第二次藥資並分寄各路代施數目抄登　貴報用廣流覽而昭信實即希　公覽　計開　宋桂堂大善士續募到宗榮洵大善士津錢三十千文周益江大善士津錢五千文以上共三十五千文　又魏薪傳大善士經募到爲字第二號捐册內收羅雲章　無名氏　舒宜子　又無名氏各津錢一千文　餘慶堂　曬復氏各津錢二千文　張伯裕洋銀一元　孫惠堂津錢五百〻以上津錢八千五百文洋銀一元　又延陵子大善士經募到爲字第三號捐册內收延陵子　裕盛成寶號津錢二十五千文　延陵子　德厚堂　重新堂三戶各捐津錢五千文　公善堂十千文　白忍堂三千文　延陵堂七千文以上統共收藥捐錢一百零三千五百文洋銀一元　分寄各路藥數列後

遵化義賑局代施七十五料　豐潤縣宣莊鎮同泰鹽店代施五十料　閻莊煤壓公所代施二十五料　宗徽甫觀察代施四十一料

青縣平糶局代施二十五料　河頭新泰興洋行代施前後共四十五料　津務中軍副營代施十料　長蘆鹽運分司署代施十料

廣生社代施二十五料　命範之善士代施十六料　恒利金店代施　料　武清縣蔡宮孔少瑜代施六料　又新泰興洋行分寄東西口並南樂與濟等處各莊友共十四料　又宋桂堂大善士零星分送捐資各善士共十八料　以上共散出黃金丹三百六十八料鄙人前在宮北同善堂藥舖定配五百料除分寄各路善士代施外尚存百餘料如有　仁人君子確知被瘟地方即請　致函津宮北新泰興洋行或同善堂藥舖轉交鄙人即當照函寄奉不誤

試驗有效人謹啓

港疫可慮 ○文滙西報館接到昨日上午香港來電云自華歷前月二十二日起港中居民漸染瘟疫至二十八日患者十八人此十八人內死者八人其餘二人向在就醫診治

臺北軍事續聞 ○東洋西報載華歷五月十八日鹿兒島來電言日國某總兵前於十五日在基隆發來軍電報稱日兵攻踞基隆計獲武弁及兵目共四十人所刼之物計槍一千二百零二桿大砲十四門小砲二十九門槍彈五十四萬枚砲彈四千七百十二枚火藥一千零二十五箱乾糧及銀錢無數降日者有台官二名武弁及兵目等共七十名○是日台灣日總督亦有電音發至鹿兒島據言接到確實信息台北守將張軍門受傷之後又發狂疾大約已身故矣基隆至馬沙嶺及台北二處路上現無敵兵駐紮台北之台兵大隊已逃其未逃者多與匪徒乘亂搶掠居民因有英國水兵三十人德國水兵二十五人均在該處上岸保護本國商人

臺南近信 ○昨得台灣消息言英兵艦之現在臺南者計有三艘寓居該處各西婦俱已趁輪前往厦門刻下臺南一帶尚未見日人蹤跡此信見文滙西報

重慶安電 ○字林西報館接到昨日下午四點二十分鐘時重慶來電云成都傳教人之逃至重慶者已於昨日離此而他適其由嘉定雅州叙州而來之傳教人先已經過此處現在此處安靜如常

事同功異 本埠著名五大河曰永定曰清河曰子牙曰南北運永定即俗呼渾河者是也與清河相隔最近邇年以來清河下游被渾水到澱淤高凡鹽船暨往來貨船行此處或僱小船起剝或由子牙盤垻艱難萬狀真畏途也客歲 傅相派晏誠卿觀察周勘地勢闢新河築新堤修垻埽疏濬清河下口將積淤冲刷無餘至今上下船隻揚帆載一往直前莫不舉首相慶頌聲載道焉以視夫去年挖鳳河者亦同時興工至今該河淤成平陸水無一勺之多何其事同而成功獨異諺云事在人為豈精神所至河伯亦為之歸順也

同人公啓

敬啓者昨閱貴報有夫也不良一則捧讀之下不勝駭異緣義成德桑姓為人持躬謹厚辦事精勤卑鄙之事所不敢為且平日在濟生社襄辦善舉尤能不遺餘力其潔身自愛久為鄉里所欽慕也至于此舉或係傳聞之誤抑或挾嫌造淫污人亦未可知夫名節所關者重伏乞 更正 以昭信實而釋 羣疑 肅此即呈 荃察敬候 箸安

無自欺主人謹啓

啓者敝行新到上等三鞭酒金牌每大瓶二元七角五分小瓶一元五角銀牌大瓶二元二角五分小瓶一元二角五分色如玫瑰味勝哀梨 諸公欲購者請來本行一看便知不謬

西賓館洋行啓

告白 盛世危言一書香山鄭陶齋觀察所著也觀察負經世之才庚申之變目擊時艱遂棄舉業日與西人游足跡半天下攷究各國政治得失當今時勢強鄰日逼儼成戰國之局凡有關與中外情勢商權利弊旁搜遠紹無遺隨手筆錄積年累月共成五十篇凡用鎗礮設電綫建鐵路開礦織布商務農工治河防海防邊練兵等事瞭如指掌皆時務切要之言凡 士大夫留心經濟者宜置一編俾人人洞達外情事事講求利病使天下除厥弊端不誠有裨於大局哉每部五本存書無多急來購取可也

文美齋謹啓

閏五月初七日輪船進口

運陸 輪船由上海 怡和行
武昌 輪船由上海 太古行

閏五月初八日輪船出口

重慶 輪船往上海 太古行
禮順 輪船往上海 招商

閏五月初七日錢洋行情

天津九七六錢
錢盤二千七百六十文
洋元二千零二十文
紫竹林九六錢
錢盤二千八百文
洋元二千零五十文

直報

光緒二十一年閏五月初九日　第一百三十四號
西曆一千八百九十五年七月初一日　禮拜一

上諭恭錄

上諭曾祺奏故員欠解銀兩延不完交請飭革職嚴追一摺已革前署黑龍江綏化廳通判理刑員外郎祿祥欠解地租燒課等款爲數甚鉅迄未完繳實屬玩延祿祥着即行革職仍勒限該家屬將數完繳並將該故員任所原籍所賫財家產一併先行查明備抵以重庫款該部知道欽此　上諭陝西督糧道着姚協贊調補所遺員着補授山東兗沂曹濟道欽此　旨榮祿着補授閱兵大臣欽此　旨麟書着補授內大臣欽此　上諭啓秀着充武英殿總裁欽此　上諭山東沂州府知府員缺着錫良補授欽此　上諭徐桐着稽察欽奉上諭事件處欽此　旨廂紅旗滿洲都統着載瀅調補廂黃旗漢軍都統着依克唐阿補授未到任以前着裕德署理欽此　上諭啓秀着補授總管內務府大臣欽此

濟急論　續前稿

農之中不免游惰士之中不無憸邪吏之中不乏不肖保無造浮言逞私臆謬謂民情不洽輿論不協以上混政府之聰聽撓應時之急務者初試其說或亦小效而利於俄頃害及百年利於數家害及萬戶執政惑其說銳意主行不可少過固非一人之口舌所可回也且執政者既聽其言必用其人目前之利雖小而已見將來之害雖大而未形以小人之利口兼大臣之銳意欲以未形之害爭已見之利雖力具萬牛莫挽滄江之東逝即使小人所言其害已見而小人既任其事大臣既任其人小人必巧爲造作彌縫大臣必曲爲周旋呵護免職其事以張一己之虛功以杜衆人之譴責爲小民者又喜苟膚末之利忘腹心之害先事令拔一毛則視同腰膂臨患則忍割心肉以補眼瘡愚民之愚姑不具論其有夙經水害能言水利者又苦於一不勝衆下不干上情莫由以轉達而內外臣之不在其位者又以爲事不關己恐生越俎之嫌以招吏議故相率箝口一付於莫可如何前此之治設非怡賢親王以王室之懿親奉　朝廷之明詔其識慮而明靜而定見善如不及愛才惟恐失奚以奏一代之膚功造萬民之福命哉且其當日猶有遺憾也直隸省可營之田尚多所營者不過十之三四而文安一邑尤其所留意者嘗謂其屬下太史陳文安曰汝之鄉可田然須待其水涸分上下以次第營之亦無須爲引河以洩水今其時也比時農民非不知爲長久計只以退水之後田多稼且易耕但無奇災定爲豐歲妄念既慣於貪天久盼水涸幸見隴畝焉肯驟耕救急迫於度日因相率苟安力阻其事會王逝事遂寢後每患水輒追悔焉且文民之悔非自賢王始也前此有別司馬元爲者撫文篆以文窪形如釜底四面水患狂瀾隄易潰決一經潰決或十數年或數十年莫淡其災其地西界雄縣北界覇州保定南界獻縣入城每值伏秋汛發文獻雄覇保大之民動以守隄扒隄互相殘殺地之廣狹則文半幾兼乎數縣司馬備悉其情擬營文窪由兼除鄰封之患議於保定縣界古闢防旱於龍堝濟立閘防澇中聯溝洫高種禾低種稻文窪治則鄰封不治而自治事已繪圖貼說具詳因代而罷民久悔之夫事一

則毋於苟安畢後輙深其追悔何莫不然文民固未足深怪也今文窪患水又二十餘年矣建閘控引河已數次矣國帑屢糜水灾莫淡往歲擬請遷民於東省又聚飢民赴都城官無以爲計民亦無以爲計以其地處於鄰境低於鄰境且低於鄰境之諸河水性就下人何能挽曩以南北泊淤濤氾久失歸泊之路於是開新河使就近與子牙一水同歸下游新正河以達海其新開之河則有北堤無南隄南爲獻縣界水至則任其漫衍子牙河自臧家橋以下西隄則官督民修東隄則聽民自修東隄西隄之間河套之窪處向亦應寬三百丈沿河千埝例皆一律剷除乃河西之河埝屢歲加高專爲文窪計也今歲新河北隄又復增高增厚計愈周矣不知文窪屢年積水雖有引河數道萬不能消釜底之一分文窪屢年守堤雖致命案重重萬不能禁上游之扒毁大抵治水以四海爲壑不能以鄰國爲壑上游潰决必思去下游壅滯水之性然地之勢然人之情然也非聞臧家橋以上子牙河南獻縣界聚民千餘已將河北大隄扒毁時事至此雖有重典亦莫如何情急故也古人云法不能以自變善變法者莫如因民之不得已而自變上之人因與爲法以善待其後此因利而順導之機也爲今之計及其河水窪水未漲速令窪民之田近高阜去釜底遠可耕種而得取土者聽其糾集高阜等村圍築圍埝以備窪水之漲先於無水處預開溝洫待將來之雨集水漫則高處可藝黍稌低處可藝稻秔最低處則聽其水之暴來挾泥沙以直灌其底然後徐徐四溢則溜散沙沉釜底可以漸淤釜邊可無傷稼果有此令無使匪徒藉端阻撓小民自無不樂爲果獲一熟來歲定踴躍從事數歲之後俟國帑稍充民力稍裕則官民協力同治溝洫而營田之事舉矣其新開河以南之獻縣界與青大靜三邑子牙河以東之地其上游決口可謀堵塞者及河水未漲地方牧令急宜與民設法堵築以衛民生裕國課其政較賑當急十倍此財源也其下游近泊之處亦宜明示曉諭聽其圍泊爲埝藉豫爲溝洫以防潦漲又其下則就高下以次分別漸治爲黍稌稻秔之地他鄉瀕河瀕淀之區皆由官紳相地勢而漸治之其積水近溝者則併入溝近河者引入河近淀者引歸淀要以無法之法先濟燃眉久之則宜擇安耆之員厚其俸專其事而重責其成其庶有瘳乎至治河之事又非一言可盡者也

與衆棄之　○閏五月初四日刑部奉天司由獄提出斬決盜犯張大六等五名在提牢廳點名受綁納囚車派南營兵丁百名護解至宣武門外菜市口市曹梟首示衆

裁汰護勇　○去歲軍興奉　旨簡派王公大臣督辦軍務曾派統帥各路招募勇營以成勁旅而應大敵復派志公銳募勇十營由戶部撥發餉銀數萬携帶前赴天津滄州河間等處即派邵統領瑞齡招成銳字四營又派委員羅東朝赴耶置辦軍裝器械陸續再募六營以歸十營之數業經軍裝齊備志帥旋因鳥里雅蘇台參贊大臣命因此前未續招繼因中日已和將銳軍所成四營亦即遣散所有天津置辦之軍裝器械統歸邵統領押解來京於廣濟寺存儲委派武弁劉錫亦前護兵二十名晝夜看守前月十五日所存軍裝等件均經工部司員驗收入庫餘存廣濟寺者皆非要件現已裁去護勇十四名均係滄州南皮等處人每名月餉五兩外加路費一兩當日每名給銀六兩該勇等當即各回原籍云

呂宋兵旋　○英法兵勇回國歸隊由京起程之期已登前報呂宋使署今又於華曆閏月初四日禮拜三招買兵丁之皮衣等件當日已皆賣淨該署護兵等定於初八日自京動程下駁回國歸營云

一誤再誤　○涿州顧某甲在東留牌樓爲小生理賠累過多今春歇業欠某糧店錢若干遂避債他逸前五月三十日糧店夥某乙遇諸途索負甚急甲行而乙躡其後甲子施役身之不敢向邇日將暮甲行至官廳轉入小胡同店夥追至廳側適廳官某面壁立欲溺乙誤以爲甲也即掌摑其頰某官遭辱罵不絕口廳役聞聲出捽乙髮使跪官喝令鞭笞時黃昏燈未上也甲子誤認官實其父踉蹌至崩角求曰勿鞭吾父小人願代父受刑官即詭爲甲父甲子曰適才責者余就視之乃店夥某乙也復踉蹌鼠竄去衆詫其異間乙得其情官判云爾誤打官又誤受人之稱父太便宜矣責以相而逐之聞者莫不捧腹

宜以友于　○中人所最重者爲孝而必兼言弟者以少子孱子癡子多疾之子皆親心所不能釋然者非友于莫解親憂也故孝則必弟弟即是孝孝弟斯爲人瑞福報多在天倫隱處皆然不必定獲遺命也獲命尤其顯見者耳朝陽門內南小街張某者有弟而不从

其兄兄則恒友其弟弟以枕席情密遂致棠棣情疎張有房產兩處其一落嘎嘎胡同者盡破屋也析居則以破屋十餘椽與其兄完整者弟悉佔之兄移居後日以畚插從事修砌忽掘得磁甕四具揭視之藏銀也兄頓裕人以爲孝弟之報云

不善種因　〇瓜因瓜生豆因豆生無因不生有因必生世人所宜善種因也鴉片煙流毒中華已如病入膏肓不堪救藥其所以嗜而不厭者以能振精神療疾病其效如神故抱痾恙與年力衰者往往得力焉至小兒甫經落草即嗜煙霞似屬罕聞然非出無因以其種有夙根也前門外皈子廟地方某姓者富有資財夫若婦嗜阿芙蓉膏每日兩燈相對一榻橫陳吐霧吞雲別有世界婦一索得男於閏五月初二日弄璋誌喜詎次日啓視小兒奄奄一息赶即醫治終不奏效漫置榻側不料對燈呼吸　際噴煙一縷吹入兒鼻立時嚏嚔一聲呱呱而泣夫婦恍然時噴以煙習以爲常昨因噴煙稍遲因癮殤矣因憶數年前有諸生者擅風騷每以鴉片爲釣詩鈎置煙泡於臥榻弄兒以嬉兒誤吞遂不救殤亦不善種因矣

候補集賢　〇本埠輔仁問津三取各書院每屆二月初旬開考之期名曰甄別名列考榜者准其一年考試以後不准請補惟集賢書院係考外省士子外省各生等在津賦閒者來津或遲回准呈請補考昨有江蘇附生宗逢瀛赴督轅呈請補入集賢續考督憲王牌示候飭郡城司道查核辦理云

經之營之　〇本埠西門外親兵營于月之初二日全隊回營已紀前報該營以去歲軍務吃緊蒙督憲札飭王少卿軍門續添副營一營現在營中房屋與人數不敷擬在西營門迤南修築小營盤一座以資駐防今已興工不日可竣詩云經之營之可爲斯營詠之矣

以答神庥　〇吳掄峰軍門鎮津八年威惠兼施兵民愛戴固不獨標下屬僚昔頌仁風有口皆碑已也近奉飭赴大名鎮本任諏吉閏月十六日榮程茲悉軍門以在津多年諸凡平順於初七日赴城隍廟拈香並雇某戲班演戲兩日以答神庥標下大小屬員皆衣冠整齊赴廟站班濟濟蹌蹌洵極一時之盛

以祈同仁　〇靜邑西境東爲南運河西爲子牙河上通青大兩縣決口連年未曾堵塞自去歲春間已蒙委員查勘大城縣界內蘇莊窪決口問據覆云擬緩至今春再議至蘇莊下小河村迤南迤北堤段屬青大兩縣工程詎兩縣大令去歲業已估工均未興修以致伏秋漲發復決口數十丈今年四月河水偶發便由舊口復灌入窪故靜西一帶野無青草茲幸河水漸落窪水漸消決口旁亦有乾土可取尚未動工惟念下游低處固屬萬不能栽種其上游高處雖未概能栽種尚望秋來可種秋麥近因以軍務平靖他處隄工自蒙憲籌款議修者同爲子庶當不忍獨令向隅是以該靜邑西鄉紳董田某等來轅叩乞道憲設法拯救以免再淹云

試榜彙誌　〇欽加同知銜卓異候陞題補靑縣署理天津縣正堂趙　爲歲考事照得本縣考試民竈文童大案名次合行榜示爲此示仰應考文童知悉爾等各宜遵照特示謹將考定大案民籍文童前五十名列後計開

陳寶樹　李家楨　高文彬　李士鈐

王家瑞　陳寶泉　穆祥和　陳振藻　趙　鎭　王士瀚　朱家琦　汪文煜　王士珍　華澤沅　龐耀宗　陳自中　王錦文

楊鴻綬　馮述源　王文性　孫恢業　華世培　楊葆元　黃　渤　魯沛文　沈學尊　李起善　楊以寬　辛承培　張彤喬

高爾昌　楊金鏞　何家鯉　辛錫培　唐肇奎　李之敏　李怡曾　孟廣慈　黃　濤　周桂芳　孟繼鐸　吉夢熊　華澤灝

劉毓曾　沈學寬　劉鵬翔　米炳榮　華世棨　黑繼賢　華以恪　又將竈籍文童考定大案前十名列後　馬緒卿　郭恩第

鄭秉典　張體元　李允昌　周晉昌　于鳳章　劉升彥　滕殿林　郭鳳藻　又將考校武童大案取定共廿一名次序開列於後

穆聯貴　劉金榮　穆祥魁　楊士鵬　張起祥　穆祥雲　蕭琳瀚　王　淇　穆蔭槐　李葆琛　劉錫光　杜源楨　張國清

尹學榮　于毓藻　張鳴昌　劉樹棠　王文治　崇玉銘　張鵬　〇縣試末覆作起講二藝幷將試題列左　道二　舉一

望君如歲　〇靜海縣屬九十三村被水者過半河西村民被災尤甚以南運河子牙河各決口經年未堵積水未消新漲又至兼以四月初旬連綿大雨倒房若干民無棲止茲聞靜邑史大令逐日清查戶口計倒房一間給錢四千文以資修造並給小米大口一斗小口五升俟清查完竣按戶散放云

一方保障　○前梁王莊汎黑千戎在任有年堤工一切無不盡心保衛民每頌之今接任趙家場汎趙家場西舊有小決口一處顏家樹林西有小決口一處河水稍發即行漫口淹沒田廬日前黑千戎將各決口一律修補完竣將來趙家場梁家嘴邵公莊佟家樓四村田園可保矣有口皆碑宜哉

因羅斂羅　○本埠土棍飛帖訛錢每以善舉爲羅羅而致之以充腰橐名曰打網有陸大王大麗二托言開溝向張大訛錢張大以賦閑不能餬口左右支吾陸大等索錢益急張大情急赴縣喊控邑侯趙大令立傳陸大等到案張大持其請帖呈堂大令飭將陸等杖責交差管押再爲核辦云云噫羅人而自罹于羅可以戒矣

會黨宜防　○字林西報言探聞日前有美國兵輪名批曲哩而者駛抵蕪湖該處哥老會黨因此不敢鬧事蓋該會黨之頭目已由重慶至蕪欲在該處謀爲不軌事成之後直下鎮江黨中以剪滅海外人爲口號幸現在鎮江道憲已經得信想必能趕早設法消除此患也且由此事觀之則知目下各口岸必須有兵輪停泊方能保護平安

經營臺地　○東洋西報言有日匠七百人於華歷五月十六日由東京起程往廣島再由廣島往台灣○又西報言有木匠及粉刷匠多名又小工一千九百人擬于十八二十一兩日由吉野地方分乘日輪二艘而往台灣○又東洋報言日國輪船公司因欲撥船數隻由東洋行走台灣澎湖等處往來不斷故於二十三日特派日人沙加記前往台灣一路測量水道

[illegible]同功異　本埠著名五大河曰永定曰清河曰子牙曰南北運永定即俗呼渾河者是也與清河相隔最近歷年以來兩河下游[illegible]渾水到處淤高凡鹽船暨往來貨船行此處或僱小船起剝或由子牙盤垻艱難萬狀眞長途也客歲　傅相派晏議卿觀察周勘地勢闢新河築新堤修垻埽疏濬兩河下口將積淤冲刷無餘至今上下船隻揚帆滿載一往直前莫不舉首相慶頌聲載道焉以視夫去年挖鳳河者亦同時興工至今該河淤成平陸水無一勺之多何其事同而成功獨異諺云事在人爲豈精神所至河伯亦爲之歸順也

同人公啓

悦來洋貨號

開設天津紫竹林大街自運各國洋貨鐘表剪絨荷包靴掖烟盒口袋電鍍金銀鮮花盤子花籃洋火盒烟捲盒名片盒雲羅紋釣小刀子玳瑁首飾呂宋料器鼻烟壺花露蜜礶粉盒點心匣子洋糖盒奇形杯盤玻璃磚磨花彩畫三連油木雕花過梗邊框大抬頭鏡茶机等

格外減價消售發客

啓者敝行新到上等三鞭酒金牌每大瓶二元七角五分小瓶一元五角銀牌大瓶二元二角五分小瓶一元二角五分色如玫瑰味勝哀梨　諸公欲購者請來本行一看便知不謬

西賓館洋行啓

浙紹朱純翁醫術精細脉方穩妥屢起危症著手回春於婦幼經産驚痘等科尤有妙術寓[illegible]勒菴

告白　盛世危言一書香山鄭陶齋觀察所著也觀察負經世之才庚申之變目擊時艱遂棄舉業日與西人游足跡半天下攷究各國政治得失當今時勢强隣日逼儼成戰國之局凡有關於中外情勢商權利弊旁搜遠紹無遺隨手筆錄積年累月共成五十篇凡用鎗礮設電綫建鐵路開礦織布商務農工治河防海防邊練兵等事瞭如指掌皆時務切要之言凡士大夫留心經濟者宜置一編俾人人洞達外情事事講求利病使天下除[illegible]弊端不誠有裨於大局哉每部五本存書無多急來購取可也

文美齋謹啓

閏五月初九日輪船進口

禮務	輪船由上海	招商局
新濟	輪船由上海	招商局
怡生	輪船由上海	怡和行

閏五月初十日輪船出口

公義	輪船往上海	招商局
連陞	輪船往上海	怡和行

閏五月初九日銀洋行情

天津	九七六錢
銀盤	二千七百一十三文
洋元	一千九百九十文
紫竹林	九六錢
銀盤	二千零七十五百文
洋元	二千零二十文

直報

光緒二十一年閏五月初十日　第一百三十五號
西歷一千八百九十五年七月初二日　禮拜二

上諭恭錄

旨褚成博稽察祿米倉烏爾慶額稽察南新倉裴維安稽察舊太倉林燦垣稽察海運倉英樸稽察北新倉宗室載存稽察富新倉楊福臻稽察興平倉恩溥稽察太平倉聯錦稽察本裕倉慶祥稽察儲濟倉國秀稽察中倉曹志清稽察西倉暨廷獻稽察豐益倉李念茲稽察內倉欽此　上諭此次散館補行引見之庶吉士張瀛着以部屬用欽此

散兵議

歸馬華山放牛桃林車甲衅而藏之府庫當日頌其事而後世仰其庥以爲成周盛治也而不知周之衰實甚於此或曰以子之言兵不宜散兵可常聚乎曰非也兵之爲政宜常散不宜常聚然則子胡謂周之衰甚於散兵也曰坐我明語子夫兵也者發之則聚收之則散聚則必有所統散亦必有所歸自我發之自我收之即所以散之散之而實以收之也然而先王不觀兵實不廢兵非用則以月餉爲招募而不問其何所來不用則以路費爲遣散而不問其何所去也不問其來故泛濫嘈雜而不適於用不問其去故散漫狂悖而不可收拾倘猝用而驟聚之聚則無不爲患不用而驟散之散則無不致變此必然之勢也故凡事宜善謀始非獨用兵爲然而用兵其尤要者也試以周之兵言之周以農事起家至太王避狄遷岐民以爲其仁不可失而効死隨之則太王之仁民自疇昔以至播遷必如一日而無此故民綿其仁効死弗去其民非兵而無非兵者詩曰來朝走馬至於岐滸以其走馬觀之亦得太王英明神武之概必非漫不知兵者王業已基之始矣後世謂其有翦商之志故傳季歷以及昌事不具論要之文以文德而專征伐是伐是肆其武功亦可概見詩亦言之曰予曰有疏附予曰有先後予曰有奔走予曰有禦侮其疏附先後固非致之於崇朝即奔走禦侮亦斷非招之於一旦或設而或去也自古成大業者必有夙將有夙將自有夙兵以太王王季文王數世貽謀必得老練如太公者始得左鉞右旄奮鷹揚於牧野以成永清大定之功其軍之可操勝算者雖以孟津衆會之八百國壯其威而其能敵殷人億萬之師者不過三千此三千者斷非猝用而可現募之兵不必問其何所來不用而可遣散之兵不必問其何所去也其在書曰受有臣億萬惟億萬心予有臣三千惟一心心無不服然後可收其臂指之力武成而後未幾遽與小腆之師我公復破斧缺斨東征三載雖得罪人何敢忘戰零雨之什云在車下在桑野掃穹窒懷室家特詠以慰勞車士非投車士於閒散而如棄敝屣也嘗考其禮因井田制車賦方里而井井十爲成成十爲終終十爲同同十爲封封十爲畿稅以足食賦以足兵鄉遂以五起數成爲鄉遂之兵邱甸以四起數成邱甸之兵兵民不分將不外設其兵自用有不用故有聚亦有散散之而其兵仍歸於所屬之將非若今之散而去之一去遂無所統轄也至晉作州兵而一鄉一軍之法壞魯作邱甲而一甸一乘之法壞於是楚有荊師秦有三軍非古制矣管子作內政寄軍令變司馬法爲速勝之兵於是國之士爲兵里之民爲農兵不兼耒耜農不識干戈兵農遂分而爲

之然其兵可靜可動猶非可有可無也漢制兵不常聚將無常員雖足以綱維大體而節目不謹科瑣邊吏致倉猝無可用之兵不能防外戍卒以實邊中尉亦出討擊王旅失鎮衛無以防內唐作府兵將帥握兵之重權勳勞如汾陽無事則退居府第將之權退兵之食不沒無事則力耕以候非時非常而虛糜兵食亦非無事則盡去兵籍也宋收天下兵權而歸諸內其軍政則有召募揀選廪給訓練屯戍遷補器甲馬政八者之額自王安石罷諸路義勇變民兵爲保甲意以爲募兵者皆偷惰不振之人取其費以供保甲訓練既成可代正軍上番然以更制而日多紛擾未及觀成而天下多故南渡以後疲於奔命每致有將而無兵然亦以名將不可多得之故若韓若岳强將下卒無弱兵兵亦無須遣散也勝國之衛兵制頗善而日久就廢于中肅汰京兵之老弱於額兵三十萬中得勝兵十五萬改爲十團營汰之而不散之是也嗣後或置或廢廢則散之矣又久而各營皆虛空糜餉項則不散而散矣其季也又以閹竪牽制闒帥其弊至無兵亦無將兵不散而自散終非罷其兵而散置不用也然考歷代在外長戍之兵因歲月過久外雖無警戍不可減費不能支譌爲不散而散散而不散之法爰即兵以務農爲屯田策亦良善　此稿未完

侍臣添喜　○領侍衛內大臣禮邸暨六堂憲以旗漢侍衛升途壅滯若不設法變通深恐當差勤苦賠累堪虞且侍衛一官向皆出自　特賞本無定額而所設馬匹則有定數往往有當差多日未領馬匹者近來隨侍各差數倍於前自應疏通升途以示策勵擬將兵部奏准變通侍衛月缺章程再行推廣截選請於每年例歸部選副叅遊都守除將兵准截歸以漢侍衛月選各缺不計外再行奏定專用副叅遊都守各數缺此項不准扣歸外補庶侍衛升途不致如前壅滯俟各堂議定後即可具疏　上聞也

情有可原　○日前宛平縣張明府鑒瀛飭差傳與前門外西河沿仁記洋藥店等十家各捐銀三百兩共計捐銀三千兩以濟車需乃富矩成等三十六家牛意頗大因號不同未能報効等情已列入報茲聞宛平縣承發科某先生傳云此事雖已飭差傳喚前門外觀音寺洪順號煤市街協豐得和各洋藥店等四十六家皆因買賣蕭條願捐與否其說不一至今未傳諒俱置之度外矣

法終難恕　○京師西單牌樓北魚市路西酒飯舖某甲因改修門面商諸地面官於甬路側挖坑取土俟工竣即以破碎甎瓦填坑閏五月初五日長石農鎮軍行經其地見坑詢知本段看街兵以某甲蓋房挖土對鎮軍謂其通同舞弊將看街兵暨舖掌一併交本段步軍校解交衙門懲辦是晚經北署司務廳具稟請示長鎮軍諭該司員將看街兵及舖掌枷號半月發交步軍校押令於該舖前示衆仍令將所挖土坑立時填平枷滿釋放

無賴犯法　○盜墓見骨律擬斬絞立法何嚴乃肅愚無知竟誤犯之法雖宥矣閏五月初二日京師西便門外白雲觀後身某氏故塋松柏如林望而知爲牛眠吉地日前竟有胆大匪徒乘夜偷掘新墳緣匪徒夙稔春間新葬金玉錦綉充牣其中也豈料看墳傭王某于睡夢中聞聲即出當將該匪徒獲住翌日同明墳主執送琴堂矣

霽諭彙紀　○欽差署理北洋通商大臣直隸總督雲貴總督部堂王　示據職員縣丞洪丙炎稟批查十九年北洋海防保案盛軍請保單內有附貢生洪丙炎保以縣丞選用經部復准會據前會統盛軍湖南永州賈鎮由天津營務處開單呈請當即塡發獎札彙交賈鎮給領在案茲據來稟該員係入水師新副營由營請保殊與原保清單所列營名不符此外亦無另有新副營保案究竟盛軍請保之員是否即係該員抑另有其人仰候飭縣擬現充賈鎮統領盛字營駐札洋河口距津甚近如所保即係該員應即就近前往該營稟請給領以免舛誤此批仍候照會印結抄存○欽命二品頂戴直隸分巡天津河間等處地方兵備道李　示據職員夏露生稟批林委員係候審之員無所用其迴護今被原斷辦理足見李委員所斷並無不公何得狡稱袒護希添砌張藎臣情托等詞來轅翻控實屬刁健仰天津縣迅速即核明詳奪勿再延宕詞抄存○又示河間縣民甯永稟批子牙河堤關繫最要爾等既係帮修村庄即當照章辦理共贊群策何得藉詞諉免殊屬巧詐聽不准行至稱劉殿林句攬十方詐索錢文是否屬實仰河間縣查明嚴禁具報稟抄存○欽加同知銜卓異候陞題補靑縣署理天津縣正堂趙　爲招告事照得土棍結黨訛索商船久爲沿河之害本縣准批驗所移送索詐鹽船之土匪韓六等數名訊供狡執顯係恃無質證查該匪等黨羽甚多其詐索載鹽船隻必非一次該船戶或畏累而不肯控訴或因鹽載上船不暇與之校論以致

該匪等益無忌憚此次竟敢彰明較著結黨橫行未始不由於此查韓六等向在蘆坨附近居住各裝鹽船戶自當早知其名究竟曾經受其害者何人本縣無憑查悉除將該犯等嚴押候辦外為此示仰遠近載鹽船戶知悉無論遠年近月如有曾被韓六等詐索錢文者為數不論多寡准其迅速來案指名首告本縣一訊即行釋回萬不使該船戶等受一日羈留之累亦不使告者與之質對該匪等均嚴押候辦更勿肅慮其尋衅復報本縣專為懲治根匪起見俾該船戶等得以操業河干慎勿遲疑隱忍致該匪等惡跡終掩而河干仍有遺孽為他日詐索根株也各宜凜遵毋違特示

好散甚難 ○閃殿魁軍門帶馬步十三營駐紮洛亭縣界上憲以遣散此軍時恐或有變特派沈軍門所帶綱字五營調往鎮撫今魁軍於是月初二日收本營軍械該勇等云千里遠來並無路費餉不加放械不能繳也至初三日果變將糧台米麪一搶而空幸綱軍五營與魁軍親兵護住銀櫃殺變勇數十名方定每名各給兩月餉乃散

未容朦混 ○永平灤化所屬各州縣被水成災均蒙愷惠詎灤州城西姚莊冒集鎮等赴道轅呈稟懇乞給賑等情道憲李勉林觀察閱悉駭異以豐潤無被水村莊未能給賑昌黎設立粥廠亦未給賑除豐潤昌黎外按戶清查並無遺漏委員等不辭勞瘁頗費苦心至今絡項業已殆盡庫欵支絀何得藉口乞賑希圖朦混況大秋伊邇止可趁傭謀生所請給賑之處應毋庸議

為民請命 ○津郡為直省百川尾閭夏秋間諸淀諸河盛漲大至加以海潮頂托每致漫溢其患在下多壅滯故上不暢行農民連歲被淹實不堪命茲幸水涸方盼有秋旋又聞豫省道口一帶水勢漸漲司水利者尙其設法速籌以備水災以保民命乎

不容相混 ○鄉民無知往往因小忿赴縣呈控情形刁狡不知一字入公門九牛拖不出累及終身悔何及也本年喬奎六者每以呈控為嬉戲日前有某差下鄉索費規喬奎六以此事赴縣呈控邑侯趙大令閱畢已悉云郡中良莠不齊假冒某差亦未可定以案關假差訛詐鄉民虛實均應徹究候即傳訊云

懲一警百 ○聞河北某小店住有難婦某氏於今春隨夫來津夫歿氏以二女一子乞食過活土棍呆甲設計假以貧財氏感中德不已甲因藉其女誘人漁利似此計謀孤寡從中肥己實屬膽大惡極若非官長嚴拿懲辦恐失身喪節者更為不少矣

盜賊充斥 ○語云與善人居如入芝蘭之室與不善人居如入鮑魚之市其香臭自與俱化者河間州縣雖連年災歉然尙不甚彫敝無如毗連東省以外匪勾結致多不靖自去歲搶刼偷竊積案重重晝則沿河刼搶夜則劈門入室行旅畏出其途居民不安其堵茲吳橋縣于家集有職王萬隆家素豐於前月下旬之夜賊越墻入砸毀屋門搜掠銀錢衣服首飾等物啓街門而逸王暗處見賊十數人持洋槍利械懼不敢聲任其飽掠聞已開單報縣矣

玷不可為 ○姚永和者以雜貨為生理舖設楊柳青鎮自子若孫足享門庭清福詎孫與鄰右高張氏之子大吉玩耍始戲以言繼怒且毆雖經兩家家長自行解開未免各庇己子惟高張氏係女流姚姓乃男子氏以姚出語不遜憤極購服阿芙蓉膏坐姚氏內毒斃斃命當由該管地方報案因距津稍遠尙未及時相驗吁以口舌細故構此巨禍悔之何及也

助賑清單 ○啓者敝局自辦唐山賑務以來屢蒙 各大善士惻隱為懷源源接濟則所全活者奚啻億萬人數此皆諸大善士之賜也但飢民太衆不止一隅除唐山外如永遵各屬之災況與唐山相埒敝局已分往該邑查勘果見飢民滿路待哺嗷嗷其勢必須與便登鬼籙是以敝局又添辦玉田賑撫茲謹將第十三次助捐各大善士姓名捐數登報牘以昭徵信此乞 四方樂善君子慨解慈囊千金不厭其多百錢不嫌其少即祈送至溜米廠濟生社代收 計開裕盛成代募各處賑欵統計公砝化寶銀二百一十兩洋銀一百元 集義社募到各處賑欵統計九七六津錢二十八吊文九六津錢一百五十三吊六百文公砝紋銀四兩 敦本堂助錢平化寶銀五錢 恒順成及舖助洋銀十元 元慶號助洋銀四元 元達號助洋銀四元 恒慶號助洋銀四元 滄海一粟禱求心安主人助津錢一百吊文 姚煜川助津錢十吊文 無名子助藥當洋銀二元 歸章氏袁閨壽女史助藥當洋銀五元 三多堂助津錢十吊又 槐蔭軒助津錢一吊文 張子啟代募無名氏助錢平化寶銀五十兩

天津義賑局同人具

淡水西音　○昨有德國兵船名愛而鐵司者由淡水廈門至申其船主報稱前禮拜六即五月十六日有日兵一小隊入探淡水遣無一人迎敵次日之晚又到大隊兵艦先是有旅居該處之西人數名通信於日提督坐船之船主告以淡水現無臺兵但望日兵早到蓋緣該處亂兵匪類四出搶掠恐遭波及故也迨日人入踞淡水後諸事安靜如常○又云該處電音曾有二日不通因打報學生俱已散走惟管理電局之西人仍在局繼恐身遭不測亦即舍之他去（譯文滙報）

東報摘錄　○華歷五月二十一日東洋西報言外間謠傳泰西各國擬將聚議同保高麗自主之事此言已謠傳數日矣究從何處傳播而來則無從知悉也○又云日俄兩國重訂之和約于華歷五月十六日在俄京簽字○又云橫濱二層樓棧房內裝有預備出口之茶葉若干件忽于二十一日失火燒毀約值銀十二萬元○又高麗日報言近日華商仍至高麗貿易不使日商沾獨得之利○又云日廷擬於東京設一頌揚本國得勝之會不日即可定期○又云因運船缺少故現在中國之日兵須至西十月底始可一律撤回○又云神戶地方將造一修船廠可容一萬五千噸重之船○又云駐高日公使井上氏於前月二十二日由高麗回至馬關

華人計數　○滬西報言日人於西歷四月三十號稽查華人之在東洋者其數列下　東京八人　霍開道二十八人　大坂八十九人　橫濱一千三百二十一人　神戶五百七十四人　長崎三百七十一人　總數共二千三百九十一人

東報彙譯　○日報言高廷現已擬定派一公使至日致謝蓋因中日兩國所議和約條內俾高麗得爲自主之國故也○又云日人攻得澎湖砲台時曾將砲台擊毀之處稍加修理現在日政府爲長久之計擬將澎湖砲臺重行修整以臻堅固○又云去年中日兩國投戰書後駐紮東京之華欽使束裝回國日政府派兵於使署周圍保護之至今無恙而在中國北京之日使署則自使臣回國以後漸致坍毀故新任使林氏抵京後欲請中朝重新建造○又云日本派駐上海總領事名有蘇達者凡鎮江蕪湖九江漢口宜昌寧波溫州福州廈門諸處通商之事皆爲所轄以上諸則均見捷報

事同功異　本埠著名五大河曰永定曰清河曰子牙曰南北運永定即俗呼渾河者是也與清河相隔最近幾年以來清河下游被渾水到處淤高凡鹽船暨往來貨船行此處或僱小船起剝或由子牙盤拱艱難萬狀眞畏途也客歲　傅相派晏誠甫觀察周勘地勢闢新河築新堤修塡埽疏濬清河下口將積淤沖刷無餘至今上下船隻揚帆滿載一往直前莫不舉首相慶頌聲載道焉以視夫去年挖鳳河者亦同時興工至今該河淤成平陸水無一勺之多何其事同而成功獨異諺云事在人爲豈精神所至河伯亦爲之歸順也

同人公啓

啓者敝行新到上等三鞭酒金牌每大瓶二元七角五分小瓶一元五角銀牌大瓶二元二角五分小瓶一元二角五分色如玫瑰味勝哀梨　諸公欲購者請來本行一看便知不謬

西賓館洋行啓

告白　盛世危言一書香山鄭陶齋觀察所著也觀察負經世之才庚申之變目擊時艱遂棄舉業日與西人游足跡半天下攷究各國政治得失富今時勢強鄰日逼儼成戰國之局凡有關與中外情勢商權利弊旁搜遠紹無遺隨手筆錄積年累月共成五十篇凡用鎗礮設電綫建鐵路開礦織布商務農工治河防海防邊練兵等事瞭如指掌皆時務切要之言凡　士大夫留心經濟者家置一編俾人人洞達外情事事講求利病使天下除厥弊端不誠有裨於大局哉每部五本存書無多急來購取可也

文奐齋謹啓

閏五月初十日輪船進口

禮裕　輪船由上海　招商局

怡生　輪船由上海　怡和行

閏五月十一日輪船出口

新濟　輪船往上海　招商局

閏五月初十日錢洋行情

天津九七六錢　銀盤二千七百二十三文　洋元一千九百九十五文

紫竹林九六錢　銀盤二千零七百六十五文　洋元二千零二十五文

直報

光緒二十一年閏五月十一日　第一百三十六號　禮拜三
西歷一千八百九十五年七月初三日

散兵議　續前稿

西漢屯在西域武帝初破胡於燉煌開田以防羌昭帝置戍己校尉常惠在烏孫傅介子在伊循其法之尤善者爲趙充國取金城等處開田公田留兵以分治要害人各分田二十畝農業車務兩受其益以便宜事十二上其法於朝東漢初李憲在武宮馬援在二輔土覇在新安侯進在順陽皆屯也爲漢武侯屯於渭水以息兵統漢之制皆爲兵屯誠以每成一軍必得一天下不數觀之人以將將然後以之招致名將時精兵又必錄數十年之久以糾合四方之精銳以其才非一州所能有也然則兵將聚之之不還何教寄散故無事則以屯田爲養兵計魏晋六朝倣之魏武經畧四方屯田於許合肥暨沿淮一帶凡兵所久駐之區各領其將治爲屯比比然也晋之名將惟羊祜屯田最多其鎮襄陽時墾田八百餘頃分兵治之初年無隔日糧不數歲有十年之積兵爲國守土即爲己守家其守之也堅其戰之也亦必力且久於其地水陸地理既熟出入道里亦諳設伏策應之計可於暇時知其地以險爲之而於是設鄣戍傍窺伺全便也以至元帝皆重屯於惟唐之營田不以兵而以民如河中爲郭子儀之營田豐州爲婁師德之營田代州爲張公謹之營田以及韓重華營田振武杜佑營淮海非爲足兵實爲足食爲營田非屯田計亦得也宋倣漢唐之制何承矩營田於河北歐陽修議弓箭手以營於河東陳恕則營田于河東北范仲淹則營于陜西耿望則營于襄州皆爲足國而設祥符中屯與營猶異其制咸平時襄州營田既罷夫又取鄰州之兵是營田又不獨以民也熙甯間營屯不限兵民皆取給用是營田又不獨兵也南渡後如韓鄜王岳忠武以名將著奇勳其時皆有營田之政韓於金陵岳於鄂州韓岳之軍餉足兵強大率以此他如王之奇以兵治田於兩淮皆養兵也自古治邊之策無有善於屯田者故明太祖每嘆屯田之善以其養兵而不病農不病農更有益於兵也故各就衛所閒曠之土分軍治田每軍授田二十畝納租六石俾之且耕且守所以明之制有備則有屯即今以各行省之丁糧賦役及北直市鎮村落非其名相其勢以追維其制班班可考每與父老編古蹟因想見當年某公於某歲駐兵於此其偉烈豐功照人耳目軼事猶嘖嘖於口相傳道而弗衰及論其弊則以唐之憲宗權民以耕借傭以耕以瘠地易民上地民苦其政爭守邊將吏得請官田以自便遂使膏腴盡歸官瘠薄盡歸軍又以邊城變亂出政每畝必取盈而屯政大壞田是兵無強兵將無強將兵與將或不相能每謀不利于其官未嘗不太息痛恨於兩朝末造之所任非人也　此稿未完

鐵面無私　○日前刑部奏請派審平宣氏自抹身死一案業經旨派二欽憲會同審訊變富氏願有誣告該部司員覺羅崇廉誤斷平宣氏捌帶妄用刑求以致含冤雖伸當堂自盡等情己將顯富氏重責收禁正在訊辦間欽奉　上諭給事中洪良品奏刑部司員承審孀婦平宣氏一案威逼人命請飭查辦一摺刑部司員覺羅崇廉着先行解任歸入前案交啓秀徐郙訊明辦理欽此已見邸報茲聞五月初六日會審之期已將承審官覺羅崇廉解案一併質訊實屬威逼人命咎無可辭將來覆奏恐該員僅以褫職不足蔽辜其中或另

有別情未得深悉洪給諫業經指劾覆奏諒無異詞視此雷厲風行凡問刑衙門訊斷一切訟案有請託等事者當有戒心矣

領署梟飛 ○大興縣知縣補明府文粹升授南路廳同知所遺員缺現奉順天府尹憲牌委即補知縣吳明府大兆署理

情亦宜然 ○昔王導之短轅牛車長柄麈尾王文穆公之四畏堂於天命大人聖人之言外兼畏夫人其人皆貴爲一品室有悍妻竟不能別置姬妾蓋婦人之妬幾若性成雖偉人亦無如何也茲却自嫡爲妾制者不但爲爲若夫者一振精神且可爲凡爲媵妾者一吐小星之氣爲冢婦者未免醋海波靡也今闕前門內化石橋有□宦者以乏嗣購側室良家子也於三月下瀚爲桃葉之迎入門後抱衾與裯朝夕維謹詎冢婦素性奇妬閫以不著從不容側室一薦枕蓆兼之凌虐百端欲置死地而後已一日夫因公外出側室淡掃蛾眉者家時衣靚妝趨入冢婦室冢婦方詬誶怒未休也側室袖出利刃跪冢婦而致詞曰吾之來此原因爾家宦人乏嗣也今若此與其苟延歲月終不免死若手不如先斷送汝吾以死從俾主翁得別娶以延宗祧也言問直刺冢婦幸爲婢媼力救側室亦未獲自戕乃揚言曰吾今以往絕無生理然已拚性命於度外殺封車流唯汝命死當爲厲鬼以相報言罷翩然退衆婢媼無不慄慄爲側室危詎冢婦則落然若喪且對衆引咎自責反若深感江沱之化者今數月矣聞大紘嘈嘈小紘切切頗和聲而不相犯意是冢婦之勇於改過歟抑怵於側室之威而然歟因憶數十年前有年家某者亦京秩也室有小星嫡奇妬嫡再索皆偶庶再索皆奇嫡益暴遇庶一日嫡携二女自別院乘輿歸馬逸不能止直走入河幸午後衆屬目立挽車出母女已氣絕救之嫡婦蘇二女殤矣今庶生之子皆成名父子効職都門嫡庶聚處無間人以爲其子孝其父慈祖德厚故有此不幸 幸類書之以警嫡婦之肆虐者

狎故多死 ○世俗好附會往往以被溺身死之人謂爲水鬼作祟謂之討替代語殊不經事或偶然頃聞閏五月初六日公善堂掩骨會遺雇童子二人赴右安門外掩埋枯骨童子一年甫十三一年方十二行至護城河邊因炎熱脫衣入河推波以嬉後竟凶占滅頂撈起已體冰氣絕矣咸謂三年前曾有某某在此溺斃此童應爲鬼攫作替身以冀得生人世此種陰例孰司之孰傳之而藉藉若是也總之火烈民望而畏之故鮮死水懦弱民狎而玩之故多死爲父母者當時怵以登高臨深之禍勿任兒以游泳爲得意也可

術同縮地 ○荔支之美見於篇什者不勝枚舉然皆產於閩廣嶺南及川蜀之間北方止得食其乾者鮮者未嘗有也蓋荔支之鮮者最易腐敗越三五日即不堪食遠道莫致天生之地限之人憾之矣昔楊妃喜食蜀中荔支特置驛馬晝期遞送幾致馬煩人殆杜工部詩云一騎紅塵妃子笑無人知是荔支來蘇子瞻荔支嘆云十里一置飛塵灰五里一候兵火催顛坑仆谷相枕藉知是荔支龍眼來即二詩可見荔支來北之難乃近自端陽以來北京及天津牛口等處新荔支之美幾於盡人能嘗風枝露葉玉潤珠圓刻已見鬻於都市每枚不過賣京蚨五六文昔人轉致之難如彼今則購買之易如此設非輪船運行之速焉能致即得此飛航不羨長房縮地矣

照譯西電 ○頃接西電出使俄國慶賀大臣王芍棠方伯由俄都秉節回華行抵西貢地方忽有刺客行刺電音簡略未述其詳想吉人天相當不致大受夷傷也

一麾出守 ○吳春生太守積絫起家牧令歷任繁劇勤政愛民前由灤州洊升知府奉委總辦守望局務緝捕巡防不遺餘力以故津民安如磐石頃悉河間府胡輯五太守請假修墓員缺需賢吳太守奉署督憲札前往署理河間素屬衝途以太守之才之德處之當綽有餘裕也

如天之福 ○津郡舖民團練等局以及蘆團先後撤散均紀前報茲悉署督憲夔帥以近日各處遣散營伍散勇游兵不免隨處勾留良莠不齊宜預籌防範因札委護衛練軍等營在城外分段下夜又派親兵營在西頭分段下夜嚴密巡防以安閭閻而資彈壓洵地方如天之福也

以便縴艘 ○本埠人烟稠密稍有片土即蓋房棲止侵佔河岸亦無有過而問者現因漕糧來津絡繹不絕縴夫人等聲言繞道狹窄窒碍難行昨上憲已札飭邑侯趙大令飭差傳諭附河居民赶將運河兩岸房屋圍墻籬巴等一齊拆去以便縴行云

餉課起運 ○運署季都轉現飭庫吏提兌紋銀一萬兩係南引加價除劃清欵項外餘銀札飭候補批驗所大使壽祺督解將欵

裝訂十輛用車運載赴戶部交納

憲批謹登　○靜海縣職員李星森批　前據辦工委員程丞稟報當蒙　督憲派委吳守積鑒會同何間府前往查辦詐據稟稱曾因災民求賑糾衆滋生事端已飭獻縣孫令嚴拿首夥吉存忠等訊究懲辦等情該職被搶小米錢文俟吉存忠等獲案究明追辦可也仰獻縣查照遵辦繳抄存○靜海縣六品銜監生田繩武批　堵築決口不如改修近堤較爲有益着仍聽候籌賑局核議奉到　院批再行飭遵毋庸多瀆

軍民去思　○署鎮憲吳軍門蒞任八載凡軍關民情地面一切無不悉心核辦約束屬下無絲毫不德而署附近居民近知軍門榮遷在邇懷德恭製大傘一柄文曰秉公衛民又軍門統領之雲字營馬隊管帶暨四哨哨官及大旂隊長字識亦恭製紅紬大旂四桿德政牌四面文曰恩威並濟志勇兼優靈鍾皖北望重畿南同於今早用執事鼓吹送至鎮署軍門辭不獲已始受之於此益見軍門德惠廣施政聲卓著矣

去方見德　○管帶津勝中軍右營花翎都閫府趙營總自去歲成營後訓練有方兼多慈愛今津勝各營陸續遣散右營各哨官弁勇夫等仍有依戀之情各哨等擬送德政牌兩對額曰戰則有威嚴而能暇智仁嚴具東土屏藩其字現交刻工操作俟各工完竣即敬獻焉噫倘非感恩有素何以致此

民戶須知　○欽加同知銜卓異候陞題補靑縣署理天津縣正堂趙　爲剴切曉諭事照得民間置買房地例應隨時過割投稅粘給司頒契尾如有隱匿不報即應懲罰原所以昭信守而免隱漏津邑地方遼闊民間置買田房者自必不少惟聞買定立契之時聽信牙紀愚弄圖省稅銀不按原契投稅兼有匿名不投契任意延擱甚至契交房書代稅致其侵吞經手累月未能粘尾積習深堪痛恨本縣洞悉此弊茲當下車伊始合行剴切示諭爲此示仰津邑城鄉居民人等知悉嗣後爾等置買田房一經成契過割即於五日內赴縣投稅以憑粘給司頒契尾收執嗣後業所有從前未經報稅之白契及已交房書代稅被其侵吞稅銀者統限一月內自行檢舉仍親賫文契赴縣補稅粘尾免予既往之咎倘敢仍前抗違隱匿不稅或仍交房書包攬任意延擱一經查出或被告發定將該業主照例懲罰並將該房書究革本縣言出法隨決不姑寬各宜凜遵毋違特示

鋪局將撤　○去歲因海氛未靖各街設立鋪民等局以資彈壓兼衛地方意良法美現在中東和議已定大局各鋪民勇本各有正業謀生毋庸久曠茲邑侯趙大令詳請以地面安謐毋庸彈壓等情蒙已如所請於閏五月初旬即將各街鋪民局一併裁撤云

理有未順　○夫婦佳緣生宜井臼亡宜守貞理固然也詎上海縣某商民在津物故日前伊戚屬甲赴縣以移柩回南等情呈稱聞邑侯趙大令諭以爾帶回南安葬理宜與各同鄉等商明辦理至該孀婦遞回上海歸母家收養所請發賣之處尚難准行云

台事確情　○前日黃埔輪船由台灣駛來滬有土藥中人乘該船抵埠後至本館縷述邇來台南情形更爲詳確除已經錄報不再贅述外惟云劉大將軍現與林邱諸君互商守台各務先行出示曉諭官商略謂爾等欲避戰事者將所有輜重之物交明保守惟現銀須充餉需事後如數歸償並由熟番招集山內生番約十餘萬編入隊伍教習戰事甚爲勇猛當由劉大將軍暗遣黑旗兵扮作土人投入日軍日人賄以重金囑爲先導詎黑旗兵將日兵引入時山內早已埋伏用鐵鍋置備火藥硝磺藏於土中劉軍知日兵已經引進遂出隊抵敵投降土人亦反身夾攻日兵情知中計正思退回忽然鍋中火藥悉已燃着轟死日兵不計其數生擒者亦復不少日兵經此懲創不敢再進故近日日兵毫無動靜並云劉大將軍現在餉需可支十年儘可固守云爲亟錄登以慰海內同仇之諸君子　錄新聞報

開誠布公　○昨接本館派赴厦門訪事人來信內有劉大將軍曉諭台民告示特錄之以供衆覽其示云本軍門將准車裁撤趕用斯美船送之內渡僅留親兵數千足資抵敵爾等毋得驚惶我軍戰守自有十分把握惟糧餉一節爾等自當接濟本軍門實爲爾等忠義起見故將舊部慣戰之兵保護身家昨已收服生番千餘名俱耐勞善戰以後切勿自相鬭殺訟獄之事仍赴本轅呈訴本軍門派員秉公剖斷殺人者償命强佔者賞還武驗　錄新聞報

詞嚴義正　○厦門訪事人又云日總督華山氏派員親赴軍門帳前游說據云敝國自開戰以來百無一敗貴國　大皇帝己允割地求和永敦盟好而台灣大局精華均已爲我貴軍帥豈獨力所能支乎如果軍帥部下難於遣散敝國即當奉送銀十萬兩作爲散兵之費以免生靈塗炭素仰貴帥名震中外識時務者爲俊傑幸熟圖之軍帥云戰雖危事貴國一時之勝僥倖耳偶然耳天下土地惟有德者居之本帥雖兵稀餉絶尚能勉支數月貴國果能前來取務自當奉還否則兩國亦爲列國英雄所恥笑也速去毋溷乃公　錄新聞報

錦州紀事　○奉天錦州府屬去歲荒歉民不聊生經將軍裕壽山留守祿奏請由部撥銀賑邺錦縣增大令痛切民瘼又因地方多警眠不安席在郡城大佛寺設立賑濟團練總局邀集紳士前順天南路同知李蘭樵司馬賡雲等逐日親詣商辦選勇盜曾立籌捕役緝獲多犀更夫巡邏街巷務使實惠及民盜賊歛跡浸浸乎有夜不閉戶之風焉○錦州府錦縣地面連年歉收小民困苦於四月間奏明發欵賑濟該地方首數同本地郡紳金壽廣驗明發賑詎該紳僅將伊舊住之村及其親友所占之堡廣爲賑給其附近各村一概不賑物議沸騰調反不如無賑之爲愈也○今春八旗兵丁演放槍礮傷去右手華醫王〻廷深明西法爲之療治均已不日痊愈該醫現在錦州府城內北街新設華彰醫局開市日傷痊諸人紛贈匾額多方及賀聯鉋掛等物并用鼓樂彩旗送至舖中藉申救命之忱

玆啓者本堂新刻畢門孟筱帆孝廉平舒劉紫山選拔兩名士合刻賦鈔註釋詳明誠爲後學之津梁也更有青照阜堂重註七家詩帖試帖畢隅二種大爲士林推重湖蠶古學金針又有覇州吳河帥文安陳學士台輯水利叢書實爲目前急務近日津沽周衣亭太史孟子讀本講義精詳不徒經生足資討論制藝宗題尤爲見地公諱人麒著作甚富玆姑印其一以供膾炙合計五種除本堂發售外津郡文美齋書局一併寄售至於各種書籍筆墨無不揀選精良爲本以期近悅遠來凡刻詩賦文集善書等類刷印裝訂書籍自當精益求精工省價廉萬不敢稍涉含混有負　賜顧

寓河北關上毘盧室義合主人謹啓

告白　盛世危言一書香山鄭陶齋觀察所著也觀察負經世之才庚申之變目擊時艱遂棄舉業日與西人游足跡半天下致究各國政治得失當今時勢强鄰日逼儼成戰國之局凡有關與中外情勢利權利弊旁搜遠紹無遺隨手筆錄積年累月共成五十篇凡用鎗礮設電綫建鐵路開礦織布商務農工治河防海防邊練兵等事瞭如指掌皆時務切要之言凡　士大夫留心經濟者家置一編俾人人洞達外情事事講求利病使天下除厥弊端不誠有裨於大局哉每部五本存書無多急來購取可也

文美齋謹啓

浙杭
元吉永號

本莊自置紗羅綢緞新樣洋辮花素洋布川廣夏貨團摺雅扇南貨頭油俱全祇爲近時錢市漲落不同故而各貨減價開設估衣街中間路北凡　仕商賜顧者無悞特此佈達

告白　彭公案　楊家將　昇仙傳
南北宋　金鞭記　雪月梅　後聊齋
後列國　玉姣梨　小八義　草木
春秋　西湖佳話　醉菩提　前
後七國　鐵花仙史　挑燈新錄
後英烈傳　三續聊齋　巧合奇冤
花月姻緣　髮逆圖記　第一奇女
續施公案　醒世姻緣　五虎平西
南　續今古奇觀　續永慶昇平
萬年青初二集　五十名家手札

文美齋謹啓

閏五月十一日輪船進口
飛鯨　輪船由上海　招商
通州　輪船由上海　太古行

閏五月十二日輪船出口
怡生　輪船往上海　怡和行
禮裕　輪船往上海　招商局

閏五月十一日銀洋行情
天津九七六錢
紋銀二千七百三十三文
洋元二千零零五文
紫竹林九六錢
銀盤二千七百七十五文
洋元二千零三十五文

直報

光緒二十一年閏五月十二日　第一百三十七號
西曆一千八百九十五年七月初四日　禮拜四

上諭恭錄

上諭御史易俊奏各省匣金積弊太深請飭妥定章程以杜中飽一摺着戶部議奏欽此　上諭御史易俊奏各省遊幕太多或報捐官職營謀鑽引薦者祇顧私情不問賢否若輩自愛者少一經收錄恣意妄爲流弊不可究詰等語近來各省仕途冗雜入幕於事往往輾轉請託營求差使無非意圖牟利奔競成風於吏治民生殊有關繫嗣後中外大小臣工各宜遠嫌自重破除情面不得仍蹈瞻徇故習致負朝廷澄敘官方至意將此通諭知之欽此　上諭唐景崇奏請假省親一摺唐景崇着賞假兩個月准其回籍省親欽此

散兵議　續前稿

然而任雖非人甚至有兵無將而屯兵卒無或叛者則以其即農即兵不獲餽餉爲前驅猶可荷鋤於南畝非若猝募之兵半無身家素多匪類一聞行間如虎生翼朝飽肉而聚爲羣夕則飢之逐之聽其結黨憤憤而任所之有不肆其噬人之毒者幾希矣往歲粵匪不靖江湖間潮勇寶勇之變其前車也且邊疆宿衛之寄重兵也冒矢石爭元首危機也河山之安危繫之蒼赤之性命依之是宜如何詳慎明察以掄才既得其才宜如何歷試於未事之先如何鄭重於臨發之際哉昔者先王以爲天下國家之貲大不可徒恃一手一足爲理也良莠強弱之不齊不可第以常法恒情爲馭也奇節異能之士非可以不養而得也忠義智勇之臣非可以一呼而集也故必置文臣復置武臣既養之於平日復選之於臨時其養也先示以君臣父子之揭使明兩間之大義以淪浹於肌髓然後進之以史冊諸書使博覽治忽興亡之成迹以長其識觀忠邪善惡之已事是非毀譽之定評以壯其氣而一其志才斯育矣其選也訪之於鄉里舉之於學校試之以庶績庶績屢有成勞乃付以心腹之重寄任斯得矣至若古書所載高宗傅說文王尚父之事以夢兆之卜遂舉天下而奉之此千古不數之奇緣或亦史筆舞文故爲釣詭矜奇之說不必盡信信其說之近古而信今者則莫如孟子所云國君進賢如不得已一語實爲任人之要蓋國必有世臣斯有親臣有親臣斯可收耳目股肱之用以統御中外允釐百工苟無親臣國已不成爲國所謂親臣者固非以倉猝致之卤莽收之予以不甚愛惜之官付之可有可無之例遽可目爲親臣若齊宣之昔者所進今日不知其亡之漫不加察也且所謂親臣者又非徒以其分重誼親支承世牒遂可寄以大事也三代聖主無不尚賢非獨夏商唯周亦然周道親親而武王母弟八人五叔無官非尚賢乎若然則非親而賢猶不得以親臣目也無親臣安得有近臣無近臣安得有遠臣親臣不賢則近臣遠臣自必以類相招惡得賢舉國與天下之大一賢且不能爲治無一賢者與致其事尚可問哉此孟子所以不憚苦口逆耳大聲疾呼爲齊宣告實天下萬世正告也天下之人所視以爲去就者權也天下之人所視以爲奔走者利也權在則非是非可否而生殺之利在則可以予奪貧富而聚散之鄉有富室以贏餘贍恤鄰里可豪一鄉國有巨室以資財招致賢才可豪一國如戰國之信陵春申平原門下食客動輒數千說士刺客爲之死勇李如遂與李成聚麻貫等以厚賞音健兒家將用以靖土發拓邊域因其有權利以致之也況天子者持天下之權利可以爵祿慶賞刑戮誅滅其操與

稍甞信陵春申平原成梁廉貴等所可擬其萬一乎故以權利奔走乎天下天下之謀臣猛將爲之盡心竭力有死無二社稷臣可死宗廟郡縣臣可死封疆言臣可使死于諫武臣可使死于戰下至伍兩卒徒非荷戈執殳以備前驅者歷風雪冒矢石而不顧當寇敵而不懼賜賞罰而不變其處心積慮皆以爲分所當然義所必然情所安然蓄由于養事千日用軍一時夙昔之感恩者深故遇事之圖報者果非可聚可散者比也　此稿未完

初吏難爲　○京師各部院書吏掣補經承於著役之三日內向有堂官車轎夫役任意勒索錢文稍有不從即率黨衆衆岀至將其人裝入車內飛奔而逃關閉下處以銀錢贖情事前曾有吏部某堂轎夫因向驗封司經承鄧湛庭強索錢文未遂致轎夫聚衆突至鄧湛庭寓所蜂擁而入將其室內物鏡器具任意砸毀經鄧之房役蔣某向前攔阻不服理論即用磁碎磁瓶將蔣某毆傷左胎膊脉門致命處當即斃命比時該轎夫等知禍已臨頭赶即逃遁而鄧受此凌虐敢怒而不敢言但已釀成命案不得不據情報驗尋見死屍許給銀三百兩爲蔣母養贍之資另外從豐棺葬由中城將此案咨送刑部審辦又恐若經研詰必貽大憲失察之咎是以未經深究具結完案而若輩經此小懲稍稍斂跡乃近日故態復萌各部院車轎夫役人等遇有新掣經承向索錢四五千吊之多以致司官車夫亦起效尤肆無忌憚竟敢在衙署滋事實屬目無法紀日前有戶部雲南司某部郎車夫李三者亦行強橫在戶部署內大堂前因向雲南司倉科經承某甲強索錢文未遂肆行嚷罵甚欲逞兇旋經司務廳值班皂役喝退不服始嘗官役繼至膽敢辱罵司務廳經司務廳某部郎稟明翁叔平大司農以車夫李三滋閙衙署辱罵官長飭由南城取來大枷一面即將李三枷號在大堂前示衆聞李三每日清晨肩荷大枷南城坊綵差押至戶部署內遇有堂官出入令其跪接跪送枷上封條並未標寫釋放日期現在天氣炎熱而李三垂頭喪氣不作一聲昨遇翁叔平大司農入署時李三長跪迎接高聲痛哭哀求施恩初時未經准許迨至散署時李三復行跪哭叩求施恩始蒙吩咐司務廳將李三枷號一個月再行開釋而某部郎之失察恐亦難辭厥咎矣正在懲儆之際又有某堂轎夫聚衆向廣東司倉科經承董某強索錢文不遂即各持器械將董某毆傷行強搶去白鏹若干兩次晨董某帶傷進署同明印憲呈請究辦並聲明輿夫似此強橫肆無忌憚祇可乞恩准其退差俾免誤公經印憲稟明堂官出示曉諭略謂本部堂近日風聞各堂車輿夫役向本部書吏勒索銀錢往往該吏等皆畏堂憲服役之人不敢聲張舉發以致釀成事端等情查車輿夫役勒索銀錢本干例禁種種惡習殊屬痛恨若不嚴行懲辦何以安良善而儆刁風爲此示仰闔署書吏知悉嗣後各堂車輿夫役人等如有勒索銀錢情事將其人扣留立即呈報送交刑部從重治罪亦不准書吏私給錢兩希圖了事倘經查出一併究辦各宜凜遵毋違特示經此次煌煌憲諭若輩雖屬愚夫當亦知所斂跡歟

快人快事　○僕有自京東林亭鎮來者據云該處水災亦與京南相若小民屋宇既傾倉箱告罄不得不典衣質物糴米而食該鎮有典當一處兼買賣糧石生涯積穀頗多附近災民方謂糴糧甚便詎該鋪遽起居奇之念竟行閉糴之謀佯稱屯穀雖多實爲都門糧店早經買去業將糧價交收不日即必起運入都故伊鋪不敢再行販售也災民被阻無可如何久之奈飢餓俱窮勢難望梅渴死因聚里長而謀各計需糧若干即出錢價若干開具花名一單照各鋪價現錢繳交里長及素行公正鄉耆數人之手一日晨刻衆災民羅挽里長及鄉耆直入該鋪院中揭啓倉儲即令里長司斗斛鄉耆勒清單按名分付如數而去該鋪因無法阻撓乃邀人赴寶坻縣城鳴之於官官經該邑侯迅飭親赴村鎮始猶恨災民之肆橫繼爲里長等稟明端委邑侯乃命里長等即將花名單另行照錄一分一交該鋪一帶縣署存案令將糧價錢仍交還各戶囑諭各災民今本縣爲爾等賠此糧價俟明歲秋後務當加利歸還該鋪可也並向該鋪諄諄開導以慰其心呼刻了出一宗公案邑侯此舉不惟仁政仁心且尤爲快事也已

因姦釀命　○計事二今有阜成門內王府倉兒胡同居住某甲夫妻度日其妻現年三十餘歲與比鄰王大有染甲明知之而故作痴聾藉飼食之資悉取給於王大故甘戴綠頭巾而不以爲恥也無何會盡床頭取求不能應手甲已有拒絕之意而猶念先日交情無未十分決裂於端陽節前甲以度節無着向王稱貸王無以應甲遂峻其門墻不令越雷池一步王戀姦情熱時欲前往一續舊情奈甲防範甚嚴致如海上蓬瀛可望而不可即於是因戀成恨而生妬嫉因妬嫉而起殺心前日之夜手提兇器找至甲家甲見勢不佳抱頭鼠竄士

提刀追趕甲一面狂奔一面喊救該管地方聞聲出視向前排解王不聽必欲得而甘心追至阜成門外三里河半里許甲仆在地王舉刀砍斫甲已身首分離魂赴冥府矣當經該地方將王鎖拏解案訊辦未悉能否擬抵訪明再錄

開市剪綹 ○閏五月初九日有某臣侍白金十餘兩在前門外大栅欄某銀店中換取二兩餘銀並錢票以布巾包置袖中行了而行適逢戲園散場街中人如潮湧擁擠不開某臣行未數武探其袖則空空如也細審之刀痕宛在呆立移時始垂頭喪氣而去

體恤貧民 ○欽命頭品頂戴督辦津河廣仁堂事務監督新鈔兩關直隸津海關兵備道盛 爲出示曉諭事照得前因津郡五方雜處貧民生計維艱當經本道在於廣仁堂存本生息之欵內動量從發在滬先後購置東洋車七百五十輛由堂查明貧民取保租領以資餬口其車價內本道悉體恤貧民減價作定錢一十吊六百文後每十日交錢六百文一年爲滿將車即歸貧民自管不令再收車價俟車價收有成數再陸續添置上年月起至二十一年五月止計一年除陸續繳清車價者四百七十七輛尚有已繳未清者一百七十三輛計欠津錢千八百一十一吊九百文不應追繳勒繳惟念此等未清各車或因糧食昂貴日所得脚力除日用之外雖有多餘再繳車價本應格外從寬一律豁免以示體恤如有司事人等私向各車索取分文准其到堂指名控告從嚴除批飭堂董遵照外合行出示曉諭爲此示仰欠繳車價各貧民一體遵照毋違特示

學海課題 ○鹽道學海堂師課舉貢生童題目 經解題 羽謂之柳 賦題 幼安木榻以其榻上當膝處皆穿爲韻 論題 汲黯好黄老而毀儒 文題 書淮南子後 歌題 火輪車用昌黎陸渾山火韻

米船覆溺 ○行船走馬三分命蓋險事也本埠新浮橋下水溜甚急過橋時倘船夫不力貽禍非淺有東河小對子船一隻裝運小米約有六七十石昨早過新浮橋下正行間忽北風大作不料該船忽傾仄落水船米俱沒殊屬可惜聞米價約値數百千文船主不免傾家敗產幸水手熟習浮沉尚無淹斃人命云

清理地面 ○本埠西門外前一二十年各項生意攤甚屬寥寥近年山東女大鼓書津中男大鼓書時調小曲神巧戲法平講各書無一不備每日人山人海直無立足之處洵可謂之極盛現以各處遣撤兵勇本埠又爲四達之區此種熱鬧地方易肇事故昨經官局設飭令各書場除平講各書外其餘有響器者一概驅逐俟大兵過後再照常擺攤以資餬口云

超度冤魂 ○前河北大街聚和當胡同王潤田之妻凌虐兒媳因傷斃命一案兩紀昨報旋經親友等說合各節王潤田無不應允昇以爲罷訟日前請僧經一棚先爲超度母家各親屬皆乘轎而來各仲哀悃闘若輩聲稱須給十台經以後再准發引云云噫王潤田縱妻凌虐兒媳致死現經如此花費可謂人財兩空已

名角亮台 ○本埠協盛襲勝金聲廣慶四大名園自十年兵燹仍生意蕭索幸今和議已成各園主皆欣欣有喜色齊赴上洋特處特邀名角各樹一幟冀獲厚利昨蒙內金聲茶園昇平班由上洋邀來紫才子一名色藝皆精久已馳名海上樹族茶園聲稱此角與衆不同定於十二日開演新安驛自必有目共賞若果如所言則金聲高朋滿座少長咸集斷不致如從前之寥落也

第三起唐山助賑姓氏數目清單 ○建幫福長春助津錢六吊文 建幫德盛合助津錢六千文 建幫福興隆助足津錢六千文 建幫松茂號助津錢六千文 建幫復興號寶藏春豐泰號助足津錢廿千文 建幫福利泰助足津錢六千文 建幫裕昌號助津錢六千文 福建敦厚堂助津錢四千文 建幫榮昌號助津錢四千文 建幫茂記棧助津錢六千文 潮幫義德昌助津錢四千文 潮幫東泰亨助足津錢四千文 潮幫捷茂助津錢四千文 吳敦禮堂助津錢四千文 林拔俊助津錢二千文 鄭少衡助足津錢二千文 陳禹村助津錢四千文 戴長順助足津錢四千文 源聚號助足津錢二十千文 周綬堂王助足津錢四千文 知命堂助足津錢十千文 積餘堂張助足津錢十千文 存心堂助足津錢十千文 潮幫萬裕助津錢四千文 潮幫全興助足津錢四千文共足津錢一百吊文 九六津錢十吊文○第四起唐山助賑姓氏數目清單 信義堂助錢千松紋一百兩整 隱名氏助津錢五百文 隱名氏助津錢五百文 隱名氏助津錢五百文共錢千松銀一百兩整 九六津錢 千五百文

俄心叵測

〇俄京官報云俄前皇本充西伯里亞鐵路督辦其會辦幫辦諸員日前聚議於俄京俄皇曰使我國自西至東能從一氣呵成誠我皇考之榮光所炯然朗照者也此路覺成不特廣太平宏教化實足增我國之聲價朕又念此要工係我皇考兢兢業業委諸朕躬故尤盼其速成務望諸卿節省趕築以底厥成旋議定增撥俄金一萬五千羅卜以爲歐人撥往黑龍江畔入籍之路費查俄國有一種馬兵名曰可薩克例不得自主耕種田園概免納稅其子若孫可以任聽俄主之派調以爲開疆拓土之謀其意亦深矣哉故此次又撥八萬六千羅卜以充可薩克一百五十戶遷往滿洲烏蘇里河一帶之費該處正在鐵路之旁緣俄兵部議以彼處常有中國馬賊越界騷擾今遷馬兵以往分給田地使之耕種省費兼防賊也查此路東頭由琿春地方向內已造成二百三十五英里西頭則開通一千英里比去年十二月十二日以前事也俄主之意以路工僅成四分之一其迤邐向內已築有土路者深望速佈鐵軌以便行車且注意於東方者如此其急旰衡時務者不能不代抱杞憂也

襄電兩則

〇昨晚接襄陽來電據稱上月二十九日襄水又漲二尺連前共漲一丈餘〇又接老河口來電云連日大雨日夜不止繼長增高襄河水已漲一丈有餘現尚有增無減

賣地告白

啓者本行定于本月十四日下午四點半鐘在利順德拍賣地畝一塊約六畝之大坐落海大道迤西內地會傍如欲購者請赴利順德拍買可也　再拍賣此地非以打錘爲定必須經西洋國領事指證契紙方爲賣妥此佈

集盛洋行啓

告白　盛世危言一書香山鄭陶齋觀察所著也觀察負經世之才庚申之變目擊時艱遂棄舉業日與西人游足跡半天下攷究各國政治得失當今時勢强隣日逼儼成戰國之局凡有關與中外情勢商權利弊旁搜遠紹無遺隨手筆錄積年累月共成五十篇凡用礮設電綫建鐵路開礦織布商務農工治河防海防邊練兵等事瞭如指掌皆時務切要之言凡士大夫留心經濟者家置一編俾人人洞達外情事事講求利病使天下除厥弊端不誠有裨於大局哉每部五本存書無多急來購取可也

文美齋謹啓

寓彌勒菴　浙紹朱鈍翁醫術精細脈方穩妥屢治危症著手回春於婦幼經産驚痘等科尤有妙術

浙杭元吉永號

本莊自置紗羅綢緞新樣洋縐花素洋布川廣夏貨闔摺雅扇南貨頭油俱全祇爲近時錢市漲落不同故而各貨減價開設估衣街中間路北凡仕商賜顧者無悞特此佈達

告白　彭公案　楊家將　昇仙傳　南北宋　金鞭記　雪月梅　後聊齋　後列國　玉蛟梨　小八義　草木春秋　西湖佳話　[illegible]　前後七國　鐵花仙史　挑燈新錄　後英烈傳　三續聊齋　巧合奇冤　北月[illegible]　髮逆圖記　第一奇女　繡像公案　醒世姻緣　五虎平西南　續今古奇觀　續永慶昇平　五十名家手札　庚子青初二集

文美齋謹啓

閏五月十二日輪船進口
飛鯨　輪船由上海　招商
禮定　輪船由上海　招商局
通州　輪船由上海　太古行

閏五月十三日輪船出口
怡生　輪船往上海　怡和行

閏五月十二日錢洋行情
天津九七大錢
錢盤二千七百一十五文
洋元一千九百九十九文
紫竹林九六錢
銀盤二千七百五十五文
洋元二千零二十文

直報

光緒二十一年閏五月十三日　第一百三十八號
西歷一千八百九十五年七月初五日　禮拜五

上諭恭錄

旨中書科中書着楊樹統補授禮部司務着陳炳華補授奉天府經歷着于鏡璇補授廣東雷州府知府着鄧馨補授四川茂州直隸州知州着長清補授雲南麗江府維西通判着劉金榜補授江西分宜縣知縣着馮全琮補授四川安縣知縣着田耀焜補授廣東徐聞縣知縣着葉叔亮補授山東長山縣知縣着劉文煃補授雲南恩安縣知縣着石渠補授廣東海康縣知縣着吳朝昌補授廣東樂會縣知縣着張澍滋補授廣東永安縣知縣着姚庭燁補授甘肅鎮原縣知縣着王鳴齡補授山東新城縣知縣着崔煥文補授截取舉人楊志體着以知縣用戶科筆帖式二缺着崇華崇惠補授兵部筆帖式着花沙布補授刑科筆帖式着德齡補授翰林院筆帖式着興元補授詹生國仁奏着以侍衛用江蘇江甯府理事同知着崇山補授截取內閣中書沈桐洲仰熊保舉廣東候補知縣郭壽鎏廣西候補知縣汪文畬俱照例用改館前陝西安康縣知縣陳潤璨着仍以簡缺知縣補用擬補吏部郎中于熹禾員外郎徐士佳主事姚炳熊俱准其補授欽此

散兵議　續前稿

伏讀前史自漢大臣爲之君必有親近之賢臣天下之文武賢士亦皆奔走而趨之勢使然也使無親近之賢臣天子雖有納諫之明外之大吏雖有沈機深識遠慮之議亦惟於其國是之小小得失者乃敢直言以諫至於安危所繫罔敢以言受禍也惟旅進旅退承命唯謹而已法律雖嚴亦無實是不必待覆亡潰亂之相仍而大局知已潛散矣方唐宋之盛也兵安其將而樂用命良將勁兵所向無前上足快天子之鬱外足抗敵國之患及其衰也變亂四起不可收拾唐末所命之將類多盜賊亡命或素行不軌之徒迫於時勢不得已而以爲將惟與之相忍姑息而不欲搖撼變動以偷一日之安卒至求一日之安而不得宋之末造天下之人拜爵食祿纍纍若若從吏卒縱橫赫耀者踵相接肩相摩而廣南之亂大吏據封疆擁重兵賊至莫敢一戰逃遁奔竄伏草莽以避敵鋒致令蠻夷之人猖獗縱橫於中原人民流離數千里內幾爲邱墟無一吏死於職無一將死於陣國家歲收天下士士之出於饑寒釋褐而登者歲數百及隸仕籍俸滿無過失輒擢之增秩祿一二卓異之士又特拔其尤以加諸同僚之上不十年可安坐爲兩制宋之法何負於天下而天下莫肯踴躍發奮以爲之用者何哉蘇子曰變在我則奔走者人也變在人則奔走者我也宋之君不能以其法變天下反令天下以其法 之故也爲官者概以六年爲考計之期循例而漫計之即循例而漫舉之朝廷遂不能不循例予之爵祿是天子之爵祿非天子所予實例之所予而天子無恩受之者且以爲己所應得得之而不以爲德不得而輒以爲怨是命爵祿者無權而受爵祿者反以其權爲權此宋之君不能以其法變天下而天下反得以其法 之也豈獨君臣將帥之與士卒何莫不然其弊由於始進之時選之不加慎既進之後漫不加恩亦漫不加察君與帥帥與將將與士卒彼此素未相通下之與上不敢仰視不識其面安識其心其成軍也聚之則若浮萍其毀軍也散之則如落葉一若隨風之南

北東西將帥士卒進退皆無以自主細尋其故其來也爲錢而來召募之月餉不如意則不來其去也自必爲錢而去遣散之路費不如意則不去所謂同仇敵愾者不過羽檄中循例敷衍之具文實則其心爲錢之外並不知同仇之心爲何如心敵愾之心爲何如心也成軍之後例餉外毫無體恤關切之意例餉之內不無抑勒剋扣之私兵與將微第不相親抑或隱多抱憾特格于例而不敢相干貪其餉而不敢與校一旦無故罷斥從此永奪其餉大拂其應募之初心彼士卒者且將謂拋家舍業千里迢迢招之可來揮之難去特其衆以挾持將帥而莫可誰何豈非其初之不慎而莫由以善其後乎大抵時事愈急愈宜防增制之憂因變而率意增新募之兵無論兵之未練不能望其克敵也

此稿未完

知縣掣籤

劉廷珍福建奉天
崔保齡江蘇安徽
王從禮湖南奉天
李慶霖雲南廣西
劉　輝湖北奉天
黃葆初福建河南
邢　驤湖北四川
張錫鴻山東直隸
王樹人四川湖南
王志昂山西四川
呂徵純正白漢山西
吳江瀠直隸四川

○安文瀾直隸貴州
鄭宗郇福建浙江
李樂善陝西江蘇
潘宜經陝西江蘇
鄒增祜四川廣東
陳　侃河南福建
楊道鈞江蘇河南
馬如鑑甘肅湖北
楊允文河南廣東
陳養源甘肅山東
余熙春安徽湖南
張受中山西浙江
張　樸山西直隸

黃瑞蘭湖南山東
李景祥浙江奉天
邱炳萱福建湖北
瑞　徵廂黃滿山西
林振光福建陝西
楊瑞鱣雲南湖南
劉興東安徽廣東
周丙榮江蘇河南
林宗侖福建奉天
劉國良河南山西
王耀南甘肅河南
陳永昌江西浙江
德　銳正白滿陝西

曹邦彥陝西直隸
王繩武陝西江西
朱遠綬廣西四川
張仲儒直隸山東
高如恂山東四川
陳　楨雲南山西
張鳳台河南直隸
凌洪才江西直隸
王桂枝陝西奉天
張之銳河南江西
鮑俊卿直隸廣東
石寅恭山西陝西

周鳳鳴直隸雲南
崔登瀛廣東甘肅
林朝圻四川山東
恒　善正黃滿四川
朱遠纘廣西甘肅
楊雲卿雲南直隸
張致安貴州福建
藍　鏞江西江蘇
黃世澤四川福建
李體仁山東陝西
邊三益陝西廣西
林向滋直隸江西

方朝治湖南山東
彭錫蕃安徽江西
桂　福正白滿雲南
李發宜湖南湖北
豫　咸廂藍漢浙江
愛興阿廂黃滿廣西
姜良材江蘇安徽
楊書勳廣西河南
高暄陽江西奉天
米　檀甘肅奉天
詹　愷湖北貴州
文　俊廂黃滿山西

飲和食德

○京師肩担背負之流日馳逐于通衢僻巷雅不知其幾千萬億當茲盛夏酷暑不思清泉之飲以沁心脾向例宣武門外騾馬市衆鋪商捐資由公善堂遍設水桶於孔道之間以便行人式飲庶幾藉免病渴固善舉也而諸善士積善爲懷樂善不倦復於閏五月初十日飭丁特備清茶在棚下施送供行人作一勺之飲于是往來絡繹消渴解煩無不飲和食德矣

衛身宜慎

○京師自入夏以來時疫流行兼多染患白痧喉症諸大善士捐資施藥雖有多處無如其勢甚急藥不及施即已殞命凡此項喉症精歧黃之術者亦往往束手無策以此死者甚多近日節逾夏至得吐瀉之病者亦復不少醫治不及亦即爲幽冥之客一月之間計宣武門外一帶每日死亡有數名之多聞之無不驚懼最可慘者崇文門外巾帽胡同居住朱某今春妻故遺留一子昨患霍亂吐瀉頃刻間即命登鬼錄朱某痛子暴疾殤亡不免有過情之傷是夜三更時同患是疾亦赴修文之召嗚呼慘矣

大好身手

○京師居家鋪戶近日每于夜深時被妙手空空兒鑽穴踰墻探囊胠篋以致失物之家層見迭出雖經報官無從追緝有著名竊賊渾名賽時千計專能飛簷走壁每日在彰儀門內馬道空廟藏匿被五城官役暨步軍統領衙門訪知底細正擬緝拿後經菜市汛弁兵於閏五月初八日天色將明在火藥局地方巡查忽見自南而北突來一人行走如飛該巡兵各持鉤杆即行追赶至北烟閣地方將已天明未能捉獲現經五城會同步軍統領衙門一體緝拿務期獲案懲辦以靖地方云

毋貪便宜

○世風不古騙術愈出愈奇幾令人防不勝防洵風俗之憂也京師各飯館甲於天下凡有慶弔等事席筵一切無不由飯庄承辦尋常生意則令舖夥掣壺送茶奉敬觀劇之人所有戲價必由飯館代付蓋亦兜攬生意之意也風俗相沿已匪伊朝夕閏五月初九日不知其何許人假扮某舖夥手提茶壺赴慶樂園內向官座送茶並稱戲價若干由櫃上代付蓄經館夥開銷可省數千文之譜

於是某某者貪省小費當即照付戲價廿六千令其代償誆匪接收錢帖後倉皇而去移時園主收歛戲價某某愕然曰適已交某飯館代付矣何得倍償也園主曰無之當即將某飯夥喚來詢以前由亦云並無其事再覓其人已杳如黃鶴矣始知被人詐騙然亦追悔莫及此事甫平而他處戲園亦傳有前項情弊聞被騙者已有十數處是誠爲風俗之憂也現經各飯館戲園會禀中城坊已蒙派差嚴拿究辦矣

美國慶賀　○昨閏月十二日爲西七月初四日南北花旗大美國華盛頓開國日期泊津美國明輪兵船高揭國旗附以彩幟午刻聲砲二十一門肆筵設席邀請旅津各國官商一同慶賀午後一點鐘起於兵輪所泊之岸上搭棚列座演唱各色小劇至夜九點懸旗之處易以五色明燈並於棚之周圍密挂燈彩西樂迭奏聲調和平觀者人山人海巡捕周流彈壓而又肅靜無譁河中另有一船施放流星花爆並各色烟火直至鐘鳴十二下燈火始息人各散歸亦近日一盛事也

課題兩紀　○三取書院閏五月初十日鹽運使課生童題目　生題子曰清矣至焉得仁　童題清矣　詩題生童同賦得新月樹端生得新字生五言八韻童五言六韻　縣尊閏五月初十日補行課試會文書院肄業舉人題目　文題爲人謀而不忠乎與朋友交而不信乎傳不習乎　詩題　賦得中原將帥憶廉頗得頗字五言八韻

各官懔遵　○總理天津海防營務處爲出示曉諭事照得現在營務稍鬆各軍撤防該軍兵勇過往天津者多誠恐有不肖之兵勇在此逗遛滋事除派員查拿外合行出示曉諭爲此示仰各軍兵勇及本地舖商客店人等一體知悉自示之後各軍過往津境毋許逗遛滋事如在街市購買食用各物及住宿客店亦不准少給錢文故意騷擾舖商客店營生務宜公平交易更不得高抬市價存收店錢總期兵民相安方爲妥善如敢故違一經查拿定即從重懲辦決不寬貸各宜凛遵毋違特示

連村乞賑　○灤州豐潤兩邑災區較重各村貧民雖經得賑而青黄不接爲日正長昨有石佛口鎮韓城鎮新軍屯等約有八處同赴津郡籌賑局連名叩懇再施接濟局憲批示畧謂貧民困苦所禀自係實在情形奈庫欵支絀早已罄盡現大秋伊邇正可趁傭謀生不至毫無生計所請給賑之處尚難核辦云

割股孝姑　○文安縣所屬勝芳鎮地處窪下屢年被水成災民不堪命有王某者今春以餬口維艱全家來津就食寄居北營門外治魚爲生王有母年近古稀昨患時疫勢甚危殆王妻鄭氏於夜半時禱天爲母請命苦無藥資又無力延醫氏因自割股肉一片煎湯代藥其姑服之即愈而王妻因割傷不無疼痛面色稍變家人亦不之察昨氏父鄭某來津接女歸寧觀氏氣色根問情由始告割股療親之事家人深爲敬服頃聞鄭某已雇船携女回家延醫調治矣

供詞狡展　○前三月間河剝船戶穆大赴某剝船討要帳目木淹身死已紀前報前邑侯李大令派委相驗淹死屬實即將欠帳之某甲帶案審訊後釘鐐鎖押至今已及兩月昨某大令提堂覆訊穆大落水之由堅不吐實一味狡展大令飭差責大板二百仍押候覆訊云噫案關人命豈容狡展想天網恢恢終莫逃王法之外也

火災例誌　○本埠自入夏以來天乾物燥被火之事已經疊見昨夕西門內郡安會所東醫房後某宅因添煤油取火燃燈不料火光四起烟燄冲霄致擧焚如幸郡城內外火會等一時齊集努力撲滅未致延燒鄰右僅焚去本院灰房三間亦云幸矣噫煤油燃燈者可不慎諸

無觸相爭　○昨河東鹽坨有東洋車夫與十字街車夫因拉車坐口角相爭後鹽坨車夫領二十餘人往十字街辱罵十字街車夫亦有十數人打至一處毆傷三人到縣控告○河東大口有李二者以小船爲業又有李大者亦搖小船爲生二人不知因何忽有口角各持短刀一把打到一處李二將李大一刀剁在頭上血流不止不知死活亦到縣控告

老嫗行善　○凡爲善之事無論老幼無論男女原不擇人皆可行之蓋所以求其心之所安而已本埠南門外有王某者靜海縣人乞食爲生每日風餐露宿慘不可言昨晚王某之妻產生一子有劉嫗者見之善心忽動即赴街隣挨戶歛錢約有千餘以爲糖米之費並買蓆兩床蓋窩舖一間以資遮蔽而保產婦夫劉嫗亦窶人也乃能乞諸其隣盡心布置救全兩命其樂善之心功德爲何如乎

重修佛塔 ○杭省候潮門外江干有山爲名曰月輪山南宋時武肅王築塔其上以鎮江潮即今之六和塔也凡九級高五十餘丈後雖改爲七級而江潮尙不至爲患居民乃元明以來屢修屢燬至我 朝雍正十三年世宗見此塔有係民生發帑鼎建至乾隆十六年於塔之七層各 賜御書匾額第一層曰初地堅固二層曰二諦俱融三層曰三明淨域四層曰四天寶綱五層曰五雲扶蓋六層曰六鰲負戴七層曰七寶莊嚴迄今一百餘載斷垣寄落毀壞難堪富紳朱某見而憫之思爲本地居民造福緣不惜重資鳩工興築聞所費資財係吳閶信女懺解香囊出七萬元之數至經營量度則由丁某經手延請甯郡工師不日即擬擇吉開工從此氣象巍然耳目聿新江干一帶定有一番熱鬧矣

日本大火 ○上月初十日日本尼依加打地方災遭回祿雖經水龍馳救而燎原勢成不可遏邇人力難施迨至火熄則已燒燬屋宇二千四百餘椽有五人奮勇救火致殞厥命並有二十五人因是受傷洵非常之災也

茲啓者本堂新刻津門孟筱帆孝廉平舒劉紫山選拔兩名士合刻賦鈔註釋詳明誠爲後學之津梁也更有青照草堂重註七家詩館試帖舉隅二種大爲士林推重洵屬古學金針又有覇州吳河帥文安陳學士合輯水利叢書實爲目前急務近印津沽周衣亭太史孟子讀法講義精詳不徒學生足資討論制藝宗題尤壽見地公諱人驥著作甚富茲姑印其一以供膾炙合計五種除本堂發售外津郡文美齋書局一併寄售至於各種書籍筆墨無不揀選精良善本以期近悅遠來凡刻詩賦文集善書帶板刷印裝訂書籍自當精益求精省工價廉萬不敢稍涉含混有負 賜顧

寓河北關上毘盧室義合主人謹啓

賣地告白

啓者本行定于本月十四日下午四點半鐘在利順德拍賣地畝一塊約六畝之大坐落海大道迤西內地會傍如欲購者請赴利順德拍買可也 再拍賣此地非以打錘爲定必須經西洋國領事指証契紙方爲賣妥此佈

集盛洋行啓

告白 盛世危言一書香山鄭陶齋觀察所著也觀察負經世之才庚申之變目擊時艱遂棄舉業日與西人游足跡半天下考究各國政治得失審今時勢強鄰日逼儼成戰國之局凡有關與中外情勢商權利弊旁搜遠紹無遺隨手筆錄積年累月共成五十篇凡用銀礦設電綫建鐵路開礦織布商務農工治河防倭防邊練兵等事瞭如指掌皆時務切要之旨凡 士大夫留心經濟者家置一編俾人人洞達外情事事講求利病使天下除厥弊端不誠有裨於大局哉每部五本存書無多急來購取可也

文美齋謹啓

浙杭元吉永號

本莊自置紗羅綢緞新樣洋辮花素洋布川廣夏貨團摺雅扇南貨頭油俱全祇爲近時錢市漲落不同故而各貨減價開設估衣街中間路北凡 仕商賜顧者無悞特此佈達

告白 彭公案 楊家將 昇仙傳 南北宋 金鞭記 雪月梅 後聊齋 後列國 玉蛟梨 小八義 草木春秋 西湖佳話 聊齋志怪 前後七國 鐵花仙史 挑燈新錄 後英烈傳 三續聊齋 巧合奇冤 花月姻緣 燮逆圖記 第一奇女 續施公案 醒世姻緣 五虎平西 南續今古奇觀 續[illegible]慶[illegible]平 萬年青初二集 五十名家手札

文美齋謹啓

閏五月十三日輪船進口

禮定 輪船由上海 招商局

順和 輪船由上海 怡和行

閏五月十四日輪船出口

飛鯨 輪船往上海 招商局

通州 輪船往上海 太古行

閏五月十三日銀洋行情

天津九七六錢

銀盤二千七百一十五文

洋元一千九十九文

紫竹林九六錢

銀盤二千七百五十五文

洋元二千零二十文

直報

光緒二十一年閏五月十四日　第一百三十九號
西曆一千八百九十五年七月初六日　禮拜六

上諭恭錄

上諭福建泉州府知府員缺緊要着該督於通省知府內揀員調補所遺員缺着鄭秉成補授欽此

救亡決論第三書後　韞輝堂稿

案此篇言多過當駟不及舌其爲蛇足也大矣作者有不滿於周孔前已微露其端幸即自爲救正不意至此竟悍然絕無忌憚忍哉忍哉夫變通著於周易迂儒膠執固無足責耳先言秦火爲誘過淵藪尚似子貢論紂之不善至後竟言我華之教化學術本非六經五子亦與有責焉則不甚其攸誣古聖爲束縛劫持天下後世者果何所據而云然也尚謂不自由歟則聖訓節性固非全妨自由且彼自由亦非全無節度安更推其含意未申之隱幾欲將我華諸書仍如秦之焚盡然後別從右行文字問津則又竊幸其今猶是牽犬出上蔡東門耳作者於諸書已什九過目特早啟西學先入爲主竟至忘本如斯則其餘僅通西學之一偏者更不必言又無怪乎士大夫之斥爲異類矣他有謂天將以西學還中國者如盛世危言序所云此等議論謂其有負西儒立學著書之盛心宜也然實足鼓勵華民之向學善恢復舊物之情倍爲踴躍孟子所以必言人性本善者即此意故見還之說未可厚非且今我華所以不憚脣焦舌敝者豈好奇立異哉無非自分知覺稍先理宜引掖同類速趨救亡故并但驕吝不可即詞辟亦應損之務期使人易從若此篇之可駭則適足使人掩耳疾走尤不識其出言之意果何取也惟謂西學與教判然不合者獨得要領詳考西事非但不合且西教早忌西學善恐其學而明於事理將不復爲教所蒙今果學盛而教日衰華人於西事茫然因鄙薄西教而并棄西學則甚於懲羹吹虀有似因噎廢食故愚謂賴此言而此篇尚未爲虛作然究亦得不償失重可惜已若其舉英之禁販黑奴爲證則愚嘗謂英近來有大善大惡各一善爲禁販奴惡爲販鴉片凡物愛則取而憎則舍獨鴉片既憎而愈難舍故無分吸與不吸罔或不恨謂彼明知爲害而販售及我拒之而又以兵力脅使必行於是恨之甚至不辨其爲何國而概憎西人且因憎其人而并棄其學彼日本之向學較易者雖由上爲提撕半亦由於未經鴉片之毒耳今詳審鴉片之害非但昔侍郎言漏銀者爲皮膚之見即謂害人身者亦淺顯其最甚在中於民心雖有譯傳盡美盡善之學亦絕不過問是則販烟之惡倍蓰於禁奴之善宜乎未足使五大洲咸推服矣作者不及其惡而獨舉其善無乃又偏乎

呈進黃牛　○順天府密雲縣呈進黃牛十六頭於閏五月十一日解到禮部查驗掛號已將可用黃牛十四頭發給草束飭佃餧養尚餘二頭皆因沿途缺少餧養瘦弱不堪難以入選業經札飭該縣迅速採買補解俾免誤處而昭慎重云

德莫大焉　○京師順天府嬰濟堂向備牛車一輛每日在崇文門宣武門月牆停候專收夭殤嬰孩載往義地掩埋此舉創自今順天府尹陳六舟大京兆歷有年所人皆稱善本年入夏以來臭霧刺鼻致孩提染患喉症瘟疹者十有四五醫治不及即名登鬼錄故

牛車載運嬰孩屍骸每日至有數十具之多順天府兼尹孫燮臣大司空以法久玩生恐滋流弊諭令委員認眞稽察毋得視爲具文自經此諭凡經辦其事者皆奉行維謹無敢或違於虞大司空之功德爲無量矣

興高采烈　〇日使恭贊翻譯學生人等往遊地安門外十剎海會和堂飯莊筵宴已列前報茲聞是日在該飯莊內僅見塲內堂女落子多人鑼鼓喧闐笙管嘈雜歌聲聒耳艷曲驚心由辰至申始各散歸該女落子班中人言是日共洋銀一百二十餘元云噫日人之興高采烈哉

姑妄言之　〇鬼神之事儒者弗道婦人再醮又例所不禁頃都友函稱一事殊屬迷離徜恍因其言之確鑿姑錄以資談柄已耳崇文門外石虎胡同曹某者染疫而亡妻梁氏年方花信於閏五月初三日殯葬其夫後越三日改醮于沈某爲婦鄰居聞之無不傳爲笑柄詎該婦自入沈家未逾三日夜間恍惚見曹立於床前披頭散髮梁既驚且懼驟得瘋病語無倫次延請巫醫迭爲施治百無一效至初八日夜間梁氏項頸自指中掐痕作青紫色沈某益加恐懼焚化紙鏹祝告始得稍安然尚不知作何究竟也

豫愷移防　〇統領河南豫愷馬步八營牛軍門去歲奉札調赴榆關防堵茲中東和議已成軍門奉差諭令將所部馬步等軍一律撤回移駐山東要隘以資彈壓等因現在該營馬隊業已來津住西門外各客店隊伍尚未到齊俟全部到齊後即雇民船向山東進發云

賑局批示　〇督辦直隸籌賑總局　示具稟灤州石佛口鎮附近村莊生員伍雲章等　灤州長甯鎮馬城鎮各村莊李文懷王永錫等　灤州姚莊社等村舉人孫汝漳等　灤州喩家莊各村民崔熊飛等　又豐潤縣韓城鎮各村民田福慶等　豐潤縣南宣莊鎮各村民李果勝等　豐潤縣南新軍屯監生王恩溥等　灤州豐潤縣茨榆坨等三鎮各村民等稟　批查辦賑之舉原爲災區極苦窮民勉延殘喘幷非取家有蓋藏之戶人人而周濟之也本年辦理永遵兩屬賑務實已竭盡心力官賑義賑春撫加撫至再至三爲歷年所未有況地方辦撫與否本賑局自有權衡何待該紳民等嘵嘵瀆請今閱來呈所開各村莊早經一律給賑即或間有未經賑及者自係勘不成災當印委下鄉查勘時均經悉心區別隨時報聞豈容爾等作無厭之求希圖朦混現在奉省糧已弛禁本地麥秋伊邇貧民趁傭謀食不至生計毫無所請碍難照准至灤州喩家庄各村民崔熊飛等所呈陡河決口請撥欵堵築各情至該處向係民工應歸民辦所請由官修堵未便准行仰即各自回村妥謀生計勿再干瀆致干查究特飭此批

輔仁課題　〇津海關道憲閏五月十三日課試輔仁書院生童題目　生題不如鄉人之善者好之其不善者惡之　童題湯執中　詩題賦得書長吟罷蟬鳴樹得吟字　生五言八韻　童五言六韻

部餉過境　〇山東巡撫李撫部委派知府用候補同知秦太守寅莞解本年戶部頭批正項銀五萬兩並禮部飯食進政司歲修經費各欵由東省起解至德州改由水路過津赴都交納本郡文武各衙門照章派役派兵護送首途後秦太守久宦山東於河工賑務緝捕頗著勞績各處紳民素所愛戴聞其人亦極知兵張勤果撫東時爲嵩武等軍總查軍心極爲帖服富茲多事之秋太守其有意乎

不准保釋　〇陰地不如心地好善勸人爲善不可於陰地求福也若地屬族葬祖孫父子同此一邱則木本水源所關尤切何得以藉詞遷葬棄同敝屣即此則應以盜賣論罪不容誅矣訪事云本埠有胡某父子商同盜賣祖塋聲稱地方連年水浸亡人體魄不安賣與某姓俟積潦退盡指明坟頭起挖事經成訟到官鎖押現胡某以水退無日擬請保釋大令批示案關盜賣礙難准行云云噫本埠盜賣墳塋之事層見疊出實有並非自己之地指誣價賣者其中爲鬼爲蜮非秦鏡高懸不能破此伎倆也

武職調署　〇臥龍堂汛經制向飛虎與宮庄驛經制李梓山互相調署　舊州營榆垡汛把總孫作斌因案撤革遺缺以督院富差劉樹堂請補　祁口營存營把總章文元與四黨口營羊兒庄汛把總陳學元互相調署

縱火未成　〇一星之火可以燎原縱火之律罪在不赦日前北營門外有某姓爲子娶媳高搭席棚爲親友會聚之所暢飲終宵不料是夜二更時分忽有縱火情事火蛋一枚遺於鄰右屋內僅將舊棉花套焚毀餘俱無碍誠如天之福彼縱火之犯如經拏獲必按律

應辦決不容寬也

一舉兩得 ○本埠西門外一帶娼寮林立平時即易生事端現榆關內外兵勇遣散陸續過津若輩安分者恒鮮每遇賣笑者流則無事生非動輒滋鬧與其生事再辦何如防患未然昨該管地面各局員飭差將鶯鶯燕燕一併驅逐若再逗遛定行嚴辦云此禁看似無關緊要實則裨益不少兵勇無所戀戀不至徒耗盤川自然各回原籍不能久住既靖地方又保全兵勇一舉而兩得矣

是宜禁絕 ○日前十一段守望局書辦手持毛錐帳簿率同數人並協同地方將東城根附城居住無論良賤俱爲於簿上計開某人住房幾間所業何事究不知是何用意自謂係因附城多居土娼故爾查明以備驅逐地步有謂係役吏藉差查明另有益己之事究竟莫衷一是迄今數日亦未見有何舉動而娼寮依然艷幟高張有添無減以致引誘良家婦女代爲招客夜來明去並糾集聚賭徹夜不休甚則強訛嫖客剝留衣物種種惡詐不一而足當此游勇散兵紛紛沓至此等藏垢納汚之所亟宜一掃而空以免藉端生事該段既經明查何弗稟請憲示將土倡局賭盡力禁絕實亦地方之厚福也

叩恩捕蝗 ○靜海縣所屬各村自入夏以來深耕易耨可望有秋不料飛蝗餘孽到處叢生蠕蠕遍野禾稼未免受傷近已成蝗繁衍至小王村地方距城僅二十餘里附近各村民人俱赴縣署叩懇恩施設法捕治當此青黃不接之時民困未舒之候而蝗孼爲災將近城市不識賢大令如何設法捕盡以救斯民也

拒傷事主 ○慶雲縣僻處海濱地多斥鹵又値年景蕭索民鮮蓋藏近以青黃不接貧民更多不逞之徒乘機而動[illegible]黑牛旺莊李紹曾家家道小康上月某夜竟被賊入院經紹曾之弟紹先聞知出捕被賊拒傷拉去騾馬數匹開門逃逸李因其弟被傷亦不敢追緝只得報案縣主蒙勘驗不知能否弋獲耳

無恥之尤 ○有果三者不知何處人氏在守望總局呈控朱起順勾其妻果張氏賣娼一案昨將原被傳到局委黃大令國瑄訊究朱起順果張氏二人供認賣娼不諱堂訊之下即將朱起順板責二百取保開釋將果張氏責頰四十飭果三將妻領回安分度日具永不賣娼甘結縱之使去

戲攤被責 ○西門外禁止玩耍各攤已紀前報昨有某茶館仍開場演戲被該管局段查知將地主班主一併傳局各責局棍四十下以爲違禁者戒

將星回鎮 ○太子少保督辦江南防務馮萃亭宮保日前在江陰等處閱視砲臺畢即乘輪赴金陵與南洋大臣張制軍面商一切宮保事畢即於上月三十日午刻乘坐官舫用小火輪帶引下駛六點鐘時行抵京口舟泊德勝門先是丹徒縣王大令飭辦差人役在江干預紮綵棚高掛紅燈寶蓋山新兵營勇丁在蒜山列隊鵠候自頭帛鎮道呂觀察在城文武各官及萃字各營管帶聞信後紛紛詣碼頭恭迓駐防常鎭萃字各營亦振旅而出齊集廿露港一帶旌旗拂拂槍砲隆隆迨憲舟既抵碼頭文武各官咸詣舟次投遞手版宮保接見有差鐙鳴十下宮保登岸乘大轎排儀仗至考棚行台各官迎迓禮畢始分道回衙時已明星萬點矣

教案續述 ○成都打毀教堂一事已紀前報茲接川中訪事人詳信合再錄之當五月初五日滋事時四聖祠地方醫院房屋幾於片板無存惟樂捐士瑞歸然無恙匪等將牆塗以糞水其名赤誣指爲剖孩之處血痕向在又用多骨置之牆上又一小孩約十三歲口不能言用鐵箱裝之擡至縣署作証謂在地板內搜出由是全城哄動初七日教堂打毀至午刻劉制軍調兵保護在縣衙各西人下午華陽縣請問西人名姓開列清單並問小孩之事詰恪教十斐教士往看該孩果不能言惟能寫字謂有人用藥迷倒要殺以供食初八日下午又請啓教十斐教十等同看審訊小孩之案小孩與各教士向不相識是日制軍出示謂如有造言生事者格殺勿論幷將所獲數人分別裝籠枷號示衆謠言稍息惟成都附近各州縣教堂早經匪人聞風而起洶洶滋鬧嘉定府雅州附教堂相繼打壞叙州府亦有匪人蜂屯蟻集經地方官彈退惟學憲尚在考試嘉定轉瞬即按臨叙府瀘州重慶一帶武童雲集難保不生事端緣光緒十一年重慶鬧教半皆武童所爲也現在上游各教士紛紛來渝前赴宜昌暫避重慶亦有諭令李道憲督飭文武員弁兵役逐日梭巡嚴密查訪尚覺安靜

惜大足丞川等縣有土匪嘯聚搶劫已檄兵勇暨白崩往協捕以致軍屬兵力甚形單薄六月間武竜永渝恐不敷彈壓也　錄中報

格致課題　〇今年格致書院夏季正課由浙江甯紹台兵備道憲吳福茨觀察命題共題　道其一問中東議和之後大要在籌欵練制練兵三事息貸[illegible]急未可常恃購船置械籌在需費如何地利則開礦墾荒擴商務則設廠製器汰冗員則停捐實官恭和糴以運漕設銀行以用鈔烟酒加徵絲茶剔弊鹽禁私以裕課貨併稅以抽釐除中飽　節流似宜急籌良策定制未可驟更而文廢帖括武習槍礮減官增俸減兵增餉或編農兵或則烟稽造鐵路以速徵調置郵局以收利權節短取長興利除弊亦應講求至練陸軍以西法全改綠營舊制復海軍以巨艦多購新式快輪選器用人戒虛糜尤戢浮惰海軍合南北洋為一家陸軍聯各省為一氣火[illegible]鐵中相輔而行營壘礮臺沿海林立必如身使臂臂使指泯畛域而一事權庶幾可日期彊富然言非艱而行惟艱應如何整頓創興以維時局其各抒所見切實言之其二中西有閏無閏辦法中日和議既成亟宜於善後諸事力圖整頓量為變通先當借材於異地如礦務鐵路郵政三者皆當立時舉行卽以其所出為籌款之用則事速而易[illegible]絲茶宜籌良[illegible]鹽亦為食物一大宗亦宜剔弊清源福茨觀察所問皆當今要務當必有善法以維其後庶足以上裨國用下益民生歷法中西各異三代以上已知以閏月定四時至今不改惟中國所行從太陰轉曰陰歷西國所行從太陽轉曰陽歷中國有閏月西國則有閏日西國二月止二十八日自閏則多一日積四年而一閏上下數千年[illegible]無[illegible]忒未嘗沈括謂不如以二十四節氣分月以立春日為元旦不必置閏永無積餘後世帝王必有行之者余謂以朔望弦晦定月亦西國古法也昔猶太人亦如是諸生肄業書院者明於時局長於歷算必能悉知以對今日出題之日為始限於六月杪截止逾期不收凡繳卷者仍至三馬路格致書室可也

告白　盛世危言一書香山鄭陶齋觀察所著也觀察負經世之才庚申之變目擊時艱遂棄舉業日與西人游足跡半天下攷究各國政治得失[illegible]今時勢強鄰日逼儼成戰國之局凡有關與中外情勢[illegible]權利弊旁搜遠紹無遺隨手筆錄積年累月共成五十篇凡用鎗礮設電綫建鐵路開礦織布商務農工治河防[illegible]防邊練兵等事瞭如指掌皆時務切要之言凡　士大夫留心經濟者家置一編俾人人洞達外情事事講求利病使天下除厥弊端不誠有裨於大局哉每部五本存書無多急來購取可也　文美齋謹啓

[illegible]西[illegible]　啓者有病之家無力延醫請於早辰九點鐘午後一點鐘下午六點鐘至[illegible]大[illegible]養病院後陳宅診視有不能就診者必須寫明住址及姓氏名號送至本宅方能登冗往診本宅存心濟世門診　視一概不取文分

浙杭元吉永號

本莊自置紗羅綢緞新樣洋縐花素洋布川廣夏貨團摺雅扇南貨頭油俱全祇為近時錢市漲落不同故而各貨減價開設估衣街中間路北凡仕商賜顧者無悞特此佈達

告白　彭公案　楊家將　昇仙傳　南北宋　金鞭記　雪月梅　後聊齋　後列國　玉蛟梨　小八義　草木春秋　西湖佳話　醉茶志怪　前後七國　鐵花仙史　挑燈新錄　後英烈傳　三續聊齋　巧合奇冤　花月姻緣　髮逆圖記　第一奇女　續施公案　醒世姻緣　五虎平西南　續今古奇觀　續永慶昇平　萬年青初二集　五十名家手札

文美齋謹啓

閏五月十四日輪船進口

禮裕　輪船由上海　招商局

順和　輪船由上海　怡和行

閏五月十五日輪船出口

禮定　輪船往上海　招商局

通州　輪船往上海　太古行

閏五月十四日錢洋行情

天津九七六錢

銀盤二千七百二十文

洋元一千九百九十五文

紫竹林九六錢

銀盤二千七百六十文

洋元二千零二十五文

第一頁

直報

第一百四十號　禮拜一
光緒二十一年閏五月十六日
西曆一千八百九十五年七月初八日

上諭恭錄

上諭御史齊蘭奏請保舉獲盜犯劉立莊等出力官紳請仍照原保給獎等語着吏部議奏欽此　上諭宗人府刑部會奏宗室錫鈞呈告御史鍾德祥家人熊冀臣等訛詐銀兩牽涉本官請派大員會審一摺着派徐桐剛毅會同審訊欽此　上諭巡視西城給事中愛綿等奏尊保護各出力司坊紳董請旨獎勵一摺着吏部議奏單併發欽此　上諭御史管廷獻奏請節靡費以裕儲一摺着戶部妥議具奏欽此　上諭湖南巡撫吳大澂着開缺來京另候簡用欽此　上諭爲政之要首在得人前諭中外臣工保荐人才業經次第擢用當茲時事多艱尤應遴拔真才藉資匡濟着各部院堂官及各直省將軍督撫等於平日真知灼見器識閎通才猷卓越究心時務體用兼備者臚列事實專摺保奏其有奇才異能精於天文地輿算法格致製造諸學必試有明效不涉空談各舉專長俾資節取該大臣等當念以人事君之義一秉大公詳加考覈倘或苟且塞責謬採虛聲甚至援引私人瞻徇情面濫保之咎例有專條定惟原保之人是問欽此

救荒無善政說

天下之患莫大於慕虛名而不求實事有善舉而不獲實惠每立一政則官司之浩費胥吏之侵漁隨之徒病於國無益於民是豈政之不善哉亦行其政者或未盡善耳故自古有良吏無良法非獨荒政而荒政亦所不免焉故曰救荒無善政非無善政亦視乎執政者之存心而已矣天災流行國家代有禹之水湯之旱盛世已然自周特著爲荒政立專司誠重之誠慎之也周禮大司徒以荒政聚萬民有散財薄征緩刑弛役舍禁去譏眚禮殺哀蕃樂多昏索鬼神除盜賊之目然其政第以治荒非以備荒何者三代時民有恒業賦止十一又隨時地而加權衡民有常蓄遇荒歲上之人以政治之不煩鋤貸以救也後世民無世業賦亦不同民無遺積上不得不爲之鋤貸勢不同也漢武時河內傷水旱汲黯以便宜持節發倉廩賑貧民元帝時郡國被災詔免租賦令江陂園池屬少府者悉假貧民不得租賦成帝時關東比歲不登詔吏民能以義收食貧民入穀物以助賑贍者多寡賜爵有差今賑捐其遺義也安帝時連年水旱災異言凋殘已極非徒賑給可贍宜令慰安尤困乏者目困乏之未甚者徙置熟郡如梁惠王移民之意說似未善及權準冀州守準遣開倉給之民幾而行自爲善政所謂爲政在人也唐貞元時亦賑飢法自與前代之政詔曰從前荒歲皆奏報後開倉以給道路悠遠何救倒懸自今委州縣及採使給訖奏聞其意良厚可謂善政矣然使所委州縣採使非其人其侵漁冒報又當奚似耶宋尤仁厚遇荒歲或平糶或貸種食或直賑給或轉徙于他路或募富民出粟或出內藏或寬租賦追呼有妨農者罷之有可與民者共之又或變服減膳修省恐懼然亦不至如此善政後世多效之今則或有過之矣然又須視牧守縣令之行政爲何如果有救民之心又不必拘拘於成法也即宋之良守牧觀之則有與後世之所法不同者其時范仲淹領浙西吳中大饑縱民競渡與僚佐日讌湖上又大興土木似皆非荒政所宜者而其用意在救荒人不識也盡

費有餘之財以惠貧者使工役傭力之人皆仰給于公私而無死亡之患即後世所謂以工代賑猶常法也不救而救矣即今繙之縱競渡譏湖上汫中當吏有妙用也凡人之情上有好者下必甚遊觀之事禁之人愈多貌從況縱競渡又導以遊觀彼富室與紈袴者若勸以施濟則將以命視財從其譏遊則將揮金似土恒情也富棄之而貧取之則是以有用之財置諸無用實移於無之中而轉得以無用爲大用也公誠智歟公乃仁矣又自彥博文公會曾爲益州牧民閒米價騰貴官糶價廉則限以升斗又或減抑民價後世平糶之政概做之不知適以長奸滋增價之氣歟何也官愈減抑商愈閉其囤積而不輕糶價鐵則市價不增而自增是因平價而市價愈不能平矣自來法弊之後制以法則其弊愈生不如制以無法則其弊頓已公蓋計此至熟也於是官糶米減價不限以升斗之數斷語一出通衢傳之市價頓減蓋官與商同價且不限以數民盡糶官米不糶商米彼商之米豈其存以自食者其與官爭糶自必然者又有趙汴者知越州吳越大饑公告富室無閉糶又榜示令人有米增價以糶於是商賈輻輳歲荒之際人第知閉糶以防此鄉之米出而不知增價以招彼鄉之米來於是鄉尤爲有益也此數公者仁人也其政皆反荒政而爲之其救荒尤爲得力是何也誠至則明生仁至則智生彼膜視民者第知遵例以爲之且或思藉例以射利雖自善舉政惡乎善故曰救荒無善政人善則政斯善矣

例貢到京　○署理直隸總督王　咨派昌平州差役陳自起管解光緒二十一年分糧粟四十八担呈進內　廷蔴備御用已於閏五月初十日午刻赴內務府交納云

餉銀到部　○四川候補知縣董繼昌管解本年固本京餉銀一萬兩地丁京餉銀三萬兩於閏五月十二日午刻赴戶部交納○山西候補知縣謝霖管解地丁京餉銀五萬兩於閏五月十二日巳刻赴戶部交納云

一案糾彈　○都察院會審平宣氏自抹身死一案經啓徐二欽憲審出平宣氏並無拐帶情事三紀前經查此案實因慶富氏與瑞有染視童養媳慶氏如眼中釘屢次凌虐起意託胞妲將其送至平宣氏家內隨即以拐帶揑詞控告當指傳時帶領看街兵將平宣並慶氏鎖拿解送步軍統領衙門候訊並由看街兵出具切實甘結與慶富氏交刑部收禁嗣經戶科給事中洪大給諫良品訪聞刑部司員覺羅崇廉於承審時未能秉公剖決妄用刑求勒令平宣氏供認拐帶罪名乃平宣氏實因屈抑難伸屢遭刑逼自無生路祇得以薙刀自抹身死核其情節實與威逼人命無異司員覺羅崇廉當即解任歸案訊辦茲聞初八初十兩期會審據覺羅崇廉將案呈遞親供音語支離諸多迴護復經洪大給諫專摺指糾事關人命自必澈底根究斷不容稍有迴飾已俟有續聞再行寄達

安步當車　○閏五月十一日東華門內有某內侍乘車自西而東正馳驟如飛之際驟內使突由車中跌落被車軋傷當經覓人舁回醫治未效至次日名登鬼錄矣

樂盡悲來　○京師宣武門外南橫街全浙會館內寓京官於閏五月十二日晚邀請同鄉五六人在內院暢飲比客散後已魚更四躍方擬入室就寢詎室內衣帳枕箱等物已盡被賊匪踰墻竊去某官亦惟徒呼恨恨而已

形迹可疑　○閏五月十一日西城練勇局哨弁率領勇丁數十名在彰儀門內興順茶館見有形迹可疑之人五名當即盤獲鎖拿解往西城增壽寺練勇局經局紳哨弁嚴加訊詰尚未吐實連日審訊未悉有無他案供出俟訪明再行續錄云

自取目傷　○鄭某者在前門外王皮胡同開設牌九賭局本宗室某某入局賭博不知因何起釁將賭匪拽出攢毆桂某帶傷而逃奔至中西坊營控訴坊主派捕前往則賭具已因信透風怕早將門緊閉而已

有備無患　○現在關外紛紛遣撤兵勇卒多仍由天津過境前往山西馬隊散軍在西頭一帶因購買食物意欲滋擾幸由上憲預爲籌備西頭一帶親兵前營派撥勇丁稽查到處梭巡毫無鬧滋散兵等未敢動作河北及城外一帶即由練軍分段查察城內則爲二營責任在此防備諒游兵散勇決不敢施其跳梁技倆矣

酬勞局首　○去歲海氛不靖前邑侯李捕府大令與郡紳張小農部郎創辦鋪民等局保衛地方兼資彈壓部郎爲鋪民總局其餘各街爲分局約有六七十處局首皆公正士人按日向各鋪戶捐錢以充局費數月以來地方頗稱安謐皆部郎之力也茲中東和議已

定大局于閏月初旬將各舖局一律裁撤已登昨報十五日部郎請各局首事等在北門東當行公所宴會羅昇平連陞兩班合演各局首事衣冠楚楚齊至公所暢叙觀劇至晚始散部郎此舉一則酬勞局首以聯綿誼再則時際昇平藉以歌咏盛世洵雅意也

上緊嚴緝 ○天津客民于夔遠在老米店被搶烟土一案經駐紡雲字營馬隊立將贓賊並獲已紀前報所獲之賊送交武清縣訊辦玆悉邑尊蒞任事地方勘驗屬實遂將賊犯王三等五名分別研訊據供聽從首犯張洛黑糾合攔路搶封餘無別案潘邑尊飭捕上緊嚴緝務獲張洛黑到案按潘大令緝捕勤能實心任事諒此賊不能漏網也

奸匪宜懲 ○鼎山災歉民人窮泊往往售兒鬻女生離雖勝於死別而悽慘情形途人酸鼻非由該處來者皆及在火車中見有某甲頗類津人攜帶幼女一名年約十一二齡並衣包一個又有某乙者與甲同車向甲攀談許久甲忽將車票遺失必須備價再買因囑女坐侍甫下車買票乙即問女爾係買來者女曰是乙又言他買爾將來必轉賣入娼家實非好意爾不若隨我去自有好處遂不容分說即攜女並包袱下車回去同車目覩之人皆聞是言惟素性懦弱未敢過問究不知甲乙二人孰良孰莠適時甲回見女及包袱不見驚覺吃驚未敢向車棧究問亦即隨車至蘆台甲下車而去後事不知如何按此項奸人專以販賣人口為事何處荒歉即赴何處販賣人口且輒轉賣入娼門以圖重價嗟嗟彼販人口者亦思及生離情況否耶

切案疊見 ○千貫如者在獻縣杜生鎮開設恒太昌錢舖忽於上月中旬夜間來賊多人撞門入室綑綁周姓驚喊捕立被賊傷搶去銀錢洋元烟土衣服等物約值長錢六百餘吊當即報案尚值邑尊公出公旋後勘驗飭捕嚴緝外並即通詳各大憲以該縣屢出搶封等案實屬捕務廢弛仰即上緊嚴緝務獲究辦云○孟春和者攜帶銀錢衣物行至獻縣馬家舖迤北忽遇賊一人施放洋槍將孟轟傷遂搶去銀錢等物孟只得赴縣喊控邑尊即案立蒙勘驗飭捕追緝能否弋獲不得而知云

故智復萌 ○本埠混混一流雖經各大憲嚴定刑章無如愍不畏法時思蠢動一言不合即故態復萌洵惡俗也昨南門外劉某與西門內某甲在紫竹林北相遇頓觸舊仇某甲持刀將劉某渾身剁有二十餘處腦門胎膊肩膀三處傷痕極重漏髈血污人不忍見昨劉某之母赴縣喊控據稱伊子受傷已經抽風兩次命在旦夕趙大令疾惡如讐定必從嚴懲治也容訪再錄

无妄之災 ○本埠西門外城根最為熱鬧之區玩耍生意無一不備每日在城上觀看之人亦復不少日昨城內某姓之子年十三歲在學讀書當放早學時偷閒赴城上觀看玩耍各藝不料愈看愈癡忘在何處一時失足落於城下頭顱摔破血流不止昏迷倒地不省人事有識其人者赴其家送信稱摔傷極重死活尚未可定噫不登高不臨深古人已戒之矣今該童登城貪玩致來生无妄亦可慘已

因賭起衅 ○賭博成風牢不可破雖屢拿屢辦尚難杜絕根株西門外某洋車廠每日拉車人等稍有閒暇即聚賭成局日日如此習以為常有某甲者欠于某賭帳若干于某逼勒並當時付錢不能結局某甲難以措辦又以為賭帳無關緊要何致如此逼索愈思愈忿昨早用木棍將于某亂毆傷痕極重兼有致命處日昨廠主恐被拖累已雇工抬至縣署叩乞相驗矣噫因賭傷人此風何可長哉

游僧破戒 ○佛門弟子最忌者酒色財氣而今之為僧者不以色為戒而反以色為業何也殊出清規之外矣昨夜河北腰窩地方有游僧二三人溷入娼寮尋花問柳與會淋漓不料有無賴棍徒三四人相隨僧後俟其入門彼則搶衣此則搶扇該僧情急即持其人多以老拳奉敬該無賴棍徒將該僧頭顱毆破血流不止僧始逃逸鬧同類之僧欲赴該管局叩喊冤云

助藥清單 ○敬啟者鄙人自解募資合丹藥資以衆仰蒙各大善士源源樂助下懷感激殆同身受玆將經收第三次藥資各大善士姓名前捐資數目抄登 貴報以希 欽鑒 計開 劉筱舟大善士捐津錢三千文又經募寗春舫天津北城根洋行啟包醫善士于兆霖耕心子義成茶店劉財迷闆衡山于秀山王德德和行德和洋行鬃房諸位善士等十一戶各捐津錢二千文又陳從德常安然杜振義徐貫等四戶各捐津錢一千二戶文又胡寶善朱贊善王恩貴李七頭等四戶各捐津錢一千文又存忍堂捐津錢六千文以上統共津錢三十九千八百文又蓮柳莊大善士捐錢二千文又經募嶠游客張樂月川周樹亭等三戶各捐津錢二千文又敬善堂徐日本大洋銀四元又李子岐助洋一元以上統共洋銀五元津錢八千文兩宗合共收捐錢四十七千八百文又洋銀五元 獻瀛有效人謹啟

仁川客述 ○仁川友人來信云上月中旬朝鮮設立獨立慶會於五宮東園已登前報茲訪得立會之前兩日由農商工部大臣金嘉鎮折柬分請各國公使赴會中日與清國干繫斥絕故設立獨立慶會等語惟致英總領事之函內則無清國干繫斥絕之句各國公使接函之後從備覆函蓋謂自通商以來即認貴國爲獨立之國因何此時又復設獨立慶會平合將原函奉繳等語工部遂將獨立慶會四字改爲遊會二字再行分函邀請其辯駁獨立二字者惟俄美法德等國公使獨英總領事則不在其內 ○駐鮮中國總理事署有自弁因兵亂與王泉觀看不料其心不良竟敢將署內值錢之物漸次偷賣其笨重之物則勸令看署之鮮兵搬移於伊之住所鮮兵有不從者即呵斥隨之於是鮮兵十人同至英署控訴經總領事將該弁面斥一番飭令將搬移之物歸還原處某弁聞知局已成將來中國官府來漢追究逆料其亂不得了遂日日盤算買得鮮婦一名作爲己妻將未曾變賣之皮衣各件均用皮箱裝好於上月二十日席捲所有自弁攜帶鮮婦擬由中國輪此遠道赴義行至仁川由海關扦子手查檢皮箱七八只內裝皮衣十數件另有零星值錢等物及紅蔘五包詢其究係何人之物廿云是我老爺之物海關人知其來路不明緣將該弁及各物併扣留鮮婦亦被前夫撞見查朝鮮向有禁止婦女出口之例如該弁者直順風搶劫之強盜耳但不知如何辦理也 錄新聞報

敬啓者本堂新刻津門孟夜帆孝廉平剖劉紫山選拔兩名士合刻賦鈔註釋詳明誠爲後學之津梁也更有青照草堂重註七家詩館試帖舉隅二種大爲士林推重洵屬古學金針又有覇州吳河帥文安陳學士合輯水利叢書實爲目前急務近印津沽周衣亭太史孟子讀法講義精詳不徒爲學生足資討論制藝宗題尤爲見地公諱人讀著作甚富茲姑印其一以供膾炙合計五種除本堂發售外津郡文美齋書局一例寄售至於各種書籍筆墨無不揀選精良善本以期近悅遠來凡刻詩賦文集善書等版刷印裝訂書籍目當精益求精省工價廉萬不敢稍涉含混自負 賜顧

寓河北關上毘盧室義合主人謹啓

本日還失日昌存摺一扣平化銀二百四十兩津錢七十六千八百九十八文已向該舖掛號有人拾得作爲廢摺 楊公館告白

告白 盛世危言一書香山鄭陶齋觀察所著也觀察負經世之才庚申之變目擊時艱遂棄舉業日與西人游足跡半天下故究心各國政治得失質今時勢洞悉日遍備成戰國之局凡有關與中外情勢權利弊旁搜遠紹無遺隨手筆錄積年累月共成五十篇凡用槍礮設電綫建鐵路開礦織布務農工治河防海防邊練兵等事瞭如指掌皆時務切要之言凡士大夫留心經濟者家置一編俾人人洞達外情事事講求利病使天下除厥弊端不誠有裨於大局哉每部五本存書無多急來購取可也

文美齋謹啓

浙杭 元吉永號

本莊自置紗羅綢緞新樣洋辮花素洋布川廣夏貨團摺雅扇南貨頭油俱全祇爲近時錢市漲落不同故而各貨減價開設估衣街中間路北凡 仕商賜顧者無悞特此佈達

告白 彭公案 楊家將 昇仙傳 南北宋 金鞭記 雪月梅 後聊齋 後列國 玉姣梨 小八義 草木春秋 西湖佳話 聊齋志怪 前後七國 鐵花仙史 挑燈新錄 後英烈傳 三續聊齋 巧合奇冤 花月痕緣 爱逆圖記 第一奇女 續施公案 醒世姻緣 五虎平西 南 續今古奇觀 續永慶昇平 萬年青初二集 五十名家手札

文美齋謹啓

閏五月十六日輪船進口
海晏 輪船由上海 招商局
武昌 輪船由上海 太古行

閏五月十七日輪船出口
禮願 輪船往上海 招商局
順和 輪船往上海 怡和行

閏五月十六日銀洋行情
天津九七六錢
銀盤二千七百三十七文
洋元二千零一十文
紫竹林九六錢
銀盤二千七百七十七文
洋元二千零四十文

直報

光緒二十一年閏五月十七日　第一百四十一號
西歷一千八百九十五年七月初九日　禮拜二

擬治淀池議

直省地多平衍當伏秋雨集之時諸山諸河盛漲大至除北之北塘涌河與南之數減河而外其尾閭率以津沽爲百谷朝宗之道南則以南北二泊爲宣洩之區二泊半已淤塞諸河多失歸泊之路　國家久思疏通而工費過於浩繁兼之地形高下不無遷變不得不就淀驗所向之區曲爲引導北則以東西兩淀爲宣洩之區兩淀亦屢淤屢浚其涯略尚可尋故治之則爲工較易也淀之名始見於左思魏都賦所謂掘鯉之淀是也字亦爲澱水經注新舊唐書志皆云九十九澱酈道元又稱爲清河後世約其數爲七十有二其名不可臚舉其散見宋遼金史者今或淤廢或傳聞譌舛所可指者僅四十餘其他或曰泊曰窪曰窩曰港曰灣其方俗之所稱統而言之則爲東西兩港西淀之大周三百餘里縈州一縣凡東淀尤大周凡百里而贏縈州縣七其爲藪澤也廣矣畿南多隰衆水所鍾爲之渟之呀然成淵而以淀特其輸瀉大則沽淪瀦瀝小則山泉澗流無所不容而旁境之溝澮汙涔亦無所不赴其受水多故兩淀中又各有經河以條貫疏導之依城溫義亢其首以角引以吭玉帶會同緣其督扼以茅灣掖以中亭十字絡以南北中三股歛於台頭滌於大清河趨而沽之尾閭以洩焉其上則千里長隄控界維犖下則格淀隄以拒子牙大郎諸堤以障永定而歸而涵洞羅布以節宣者無弗具凡達津入海之水由西淀以達東淀者多惟南北運河去淀少遠不能入淀南之子牙北之永定不宜入淀蓄淀爲定水能容蓄不能衝刷二水性濁入淀則溜散沙沉淤塞去路淀病即河病一河病則諸河皆病下不暢行上必潰決羅正衞廊滑淀池　上諭令引渾河別由一道入河無使入淀此治淀之首務也至於溢者擴之羨者分之塞者疏之漫者禦之自可隨地隨時以爲治西淀以趙北口爲咽喉東淀以石溝台頭爲脈絡趙北口橋座梗噎而白洋豬龍之水不東石溝台頭清濁駢闐而七十二河之流不北泛濫潰決上自高陽下至文安同被其害惟擴之宜西淀濟決之水畢納于玉帶一河白衞二河浩瀚之流爭趨于三岔一口倘再以子牙永定決漫入淀渾濁湍悍復來會之其分之使玉帶東來至苑家口以會同名瀝歸流也東至蘇橋爲三汊台山　汊受中亭委流歸勝芳趙家房　汊亦歸勝芳沿隄一汊自石溝來復歸勝芳與二汊相會皆由於台頭若使永定入淀則勝芳河淤石溝臺頭一帶無復繇流矣是非由之不可至濘沱之下游爲子牙河又其下爲新正河與東淀備格一隄天津紅橋一帶海水上潮由河濁流下注兩相抵觸盛漲時易漫入淀入則淀之下口易淤而上游皆被矣是非收其隄而堅固以禦之未有不爲淀害者此其大畧也近歲淀池屢被永定子牙二河連年漫入愈淤愈淺去歲永定已蒙　欽憲親治上游幸獲安瀾而子牙下游之新正尚多決漫所宜亟爲捍禦也若夫淀河之中除荇藻以免壅流夾淀泥以利翕受是又宜時時搜剔疏浚爲容蓄節宣之急務矣

奉諭會審

○日前欽奉　上諭宗人府刑部會審宗室錫鈞呈告御史錦德祥家人熊冀隆等訛詐銀兩牽涉本官請派大員會

審一摺著派令桐剛毅會同審訊欽此己見邸報茲聞吏部徐蔭軒中堂委派司員郎中延熙長福戴錫鈞員外郎王嘉善禮部鬫子良少宗伯委派郎中文濟員外郎聯榮郎中吳景祺員外郎々十瓚經行知宗人府刑部定於閏五月十五日辰刻在吏部滿檔房會審是日宗人府刑部承審司員票知中城南城司坊官將一干人証押解赴吏部會審至所訊何情因事甚機密一時碍難訪悉俟訪明再行續錄

照例省刑　〇刑部五城司坊步軍統領衙門順天府大宛二縣各衙門刑尚門遵照向例於三伏內無論何案概停敲審遇有刑仗照例八折刻己由各理刑衙門出示曉諭矣我　朝法外施仁不誠遠邁千古哉

藉端訛詐　〇某甲為人服役分雖卑賤而主人顯貴不獨衣食充裕即氣體亦大異尋常家有細君伉儷素篤閏五月十三日忽有少年至其家呼其婦為姊稱為某甲騙娶將控告於都察院云云聲色甚厲大肆咆哮並將器具毀壞一空經旁觀調埋暫從緩議某甲亦退縮後巡一若甘受屈詞窮[illegible]其來路知非正大光明也然某少年亦不過窮極無聊藉端訛詐將來略加拂拭即可了事使或激之生變則亦以速鼠牙之訟天下事大抵如斯耳

小綹宜防　〇京師彰儀門外有土地廟焉每月逢初三十三二十三等日大啓門宇任人遊玩一切賣食用等貨者亦各紛至沓來爭覓蠅頭之利後院則演雜耍巧戲法魚龍變幻鼓樂喧闐凡白叟黃童紅男綠女莫不爭先快覩一擴眼界閏五月十二日天氣清明稀赤麴塵遊人尤興高采烈較往次更為熱鬧燒香者亦絡繹如梭有一女郎當破瓜之年紀檀如玉之丰姿扶至廟燒香者曲陽柳之腰深深下拜合蓮花之掌默默通誠不隄防微妙手空空兒將其所攜摺扇偷去比及知覺而鴻飛冥冥已不知所之矣

各宜懍遵　〇署直隸總督部堂王總督倉場部堂祥示為嚴行諭禁事本督部堂本部堂風聞糧由津兌剝運通每有奸民十棍串通船戶沿途攙合抵盜偷相買賣如鹽關下之小劉莊則以黑米抵換好米鹽坨一帶以稻米抵換金家窯上下以水麩抵換北河口西沽丁字沽等處以稻子抵換穆家莊至北倉地方則偷賣抵盜米石北倉上天津武清所管之馬家口則以壞稗子抵換楊村自賣碎輒上船者河西務有抵盜賣米者土門樓與香河碼頭一帶有賣土瓣與船戶攙雜者通州所管之橋上則以礓石抵換好米劉各莊以土處則又攙糠使水進河泊驗稗種弊竇皆係就地土棍勾結串通所致並有富買奸民視為利藪相率效尤　天庾正供豈容若輩如此暴殄本年轉運伊始合行出示嚴禁為此示仰沿途各處車民人等知悉試思身家性命所值幾多偷米盜糧罪名極重務各洗心滌慮貴力湔除倘敢不畏法一經訪拿定即從嚴加等治罪彼時身家性命均不能保　本督部堂本部堂不忍不教而誅先行示諭仍一面派員密訪並飭沿河各段委員實力查拿擎獲之後就近先交地方官收禁一面具報以憑從重治罪以肅漕政　本督部堂本部堂言出法隨勿謂告戒之不早也懍之切切特示

呈進砲單　〇去歲海氛未靖臣民忠義填膺急思報効者指不勝屈府屬南皮縣有某富紳自造忠字砲單一輛可藏十六人砲眼十六只外箱粗鐵絲前後兩門中包洋鐵渠黑油漆色長一丈五尺寬五尺左邊五砲眼右邊五砲眼前門兩砲眼後門四砲眼內外俱係鐵製堅固己於日昨已由該紳運到督署聞王夔石大帥不日即擬驗看矣

賑局批示　〇籌賑總局示　據天津西北鄉劉家堡等四村民人郝曉川等稟雙口村職員趙炳麟等稟安光村董事李長棋等稟李家場等十四村鄉民孟尊臣等稟批　稟悉爾所呈各村被災甚重自係實情惟本局派員會放急賑甫竣遽請續賑近於無厭之求現麥秋已屆傭趁可以謀生如果該各村等實在窘苦應俟秋間派員察看情形隨時酌辦以資接濟毋再瀆稟此批〇又示霸州總貢生候選復設訓導張桑園等稟批　稟悉直屬連年歉遭水患錦一帶被災甚重亟急工繁庫儲已分支絀無款可籌所稟碍難照准至天津津牛祉紳現在兼辦過承義賑恐亦無可籌撥姑候照會濟生社紳查覆核辦可也此批

會查即確　〇北大屆鄉劉門很之馬甲於他省所屬南皮縣白玉珂者與同邑林少四等素有嫌隙以致無端起釁殊屬藐玩己稱日前白玉珂之父白輔臣來津赴督轅呈稟督憲王夔石大帥核閱之下已悉各情批示爾子白玉珂與林少四等爭毆究在何處抑

天津道檄飭南皮慶雲兩縣會查明確即由地方官備傳原被人證秉公訊究詳辦毋任纏訟云

直藩牌示 ○北路同知謝錫芬奉部議駁另以密雲縣知縣殷謙升補 贊皇縣知縣沈寶善期滿遺缺以正任沙河縣知縣鮑國琦署理 阜城縣知縣孔慶升期滿遺缺以新選初河縣知縣張石署理 准補大名縣知縣陳忠儼奉部覆准飭赴新任 署灤州楊補大名縣陳俱進省 調署磁州朱幹臣調津委辦通商事務遺缺詳委正任藁城縣文濂代理 調署鹽山縣羊二庄巡檢謝長齡撤省遺缺詳委試用巡檢阮本壽署理 署平山縣典史席同恩撤省遺缺詳請飭令買缺之張藻仍回本任 房山縣磁家務巡檢韓成棣病故遺缺詳請以鄭工遇缺先用巡檢王宗沂咨補 遷安縣喜峯口巡檢史昭藩病故遺缺詳請以鄭工遇缺先用巡檢王濬廣咨補

三取課題 ○臨連使閏五月十六日課試三取書院生童題目 生題 非惟百乘之家為然也雖小國之君亦有之 童題 雖小國之君 詩題 賦得五月江深草閣寒得堂字 生五言八韻 童五言六韻

公地興工 ○本年四月間風雨交作所有多年老屋無不傾圮本埠東門外襪子胡同闔津水會公地有罩棚 座目被風雨之後盡行滲漏廊此辦公諸多不便經各善士資助鳩工庀材棚內滿鋪磚地改作官座初七日興工尅日工竣煥然一新於衆會宴客酬勞均有裨益也

兇徒到案 ○昨南門外劉某在家竹林北被西門內某甲揉傷呈控到官一則已紀前報茲悉縣委某大令查驗屬實刀傷二十餘處傷痕極重難保無性命之虞標截立拘某甲到案大令訊究持刀傷人直言不諱飭差且責大板五百下聲令保辜二日鎖押候辦云

嚴查散勇 ○目今中東和議已定大局榆關內外營務稍鬆所有駐防各營陸續遣散約有六十營津郡為往來經過之區倘或任其逗遛難免不滋生事端殊非地方之福各營營哨等官熟悉情由每日遣親隨兵丁在西門外一帶晝夜巡查不辭勞瘁聞三日內即行出境云

一推而下 ○父慈子孝至理昭然往往有子未嘗不孝而父竟不慈者殊可怪已訪事云勝芳鎮有某甲者未詳姓氏生有一子游手好閒不務正業每以偷鴨為事其父不之知也一日在家匿鴨兩隻父見之問所從來口角囁嚅無以為應父知偷竊無疑竊謂此子將來敗壞門庭不堪設想數日前父子同渡船沂彼心承其不備一推而下同渡人等訊其情由聲稱因偷鴨之事夫偷鴨小過耳一鴨能值幾何何遽致子一命乎噫殺為父者眞可謂忍心人也

時疫流行 ○福州訪事人云省城西北疫氣流行死亡枕藉小古樓畔某甲家八日之內連斃 人閩縣署前人王溥向充州房書吏五月二十二日家中婢女猝然病斃次日伊孫亦疾作而逝 幼子年纔十二頭角崢嶸逾時亦神識昏迷至夕而殞千悲萬交集延至二十五日又一命嗚呼可哀也某日有一大家婦乘輿至下殿山忽然昏暈自輿中顛出氣息全無渡雞里柴行主某中文定某乙之女為妻擬吉四月某日納采五月二十八日行合巹禮屆期甲偶感時疫遽赴黃泉至東街宮巷西門街等處亦多卒斃之症據閩中人曾言疫氣未發時先有鼠瘟與去歲廣東無異云 錄申報

襄河暴漲 ○漢口訪事人云連日襄陽來電報稱襄河之水陡漲七八尺許潮頭滾滾已於五月二十六七日出江漢口襄河寄椗之大小各船聞報之餘一律嚴行戒備少焉果見驚濤駭浪砰磅奔騰幾疑萬馬千軍憑空蹴踏幸各船早經駛避無一受傷識者謂苟無電報飛傳則江上奇災當不知若何景象也 錄申報

天滿大雨 ○揚城久晴不雨禾苗枯槁鄉農待澤孔殷江甘兩邑侯深恐亢旱成災稟請府憲在郡廟設壇祈禱茲悉上月十六十七兩日天氣炎熱倍異三伏十八日午後得有暴雨一陣約歷一點鐘雖非大霈甘霖而土脈已稍滋潤此固天心慈愛活我蒸民抑亦留父母之精誠所致也不意二十六日早晨四野烏雲濃如潑墨 飛廉氏跋扈而來繼以大雨傾盆若銀河之倒瀉自是達宵達旦計越七日六夜勢猶未停其最甚者為二十八九兩日雷電晝夜不止加以簷溜如注不異匡廬飛瀑眺望四郊一片汪洋出曉但成澤國其[illegible]山[illegible]茅者[illegible]山水漂去無以存身至各處低陷地方積水約有三四尺許貧民或搭閣而居或存身漁艇浮家泛宅命等螻蟻[illegible]內

□門橋□司街地勢稍卑之處積水成渠淺者三五寸深者尺許直至本月初二日晚雨始住點次晨曙色蒼茫中畧放晴□城內街道積水亦曾稍退據父老云似此雨勢之大水勢之猛誠爲近數十年所罕見所冀天公做美就此暢晴則一經水退稼穡尚無大碍云　錄滬報

東人聚宴　〇刻下已到滬地之日本人約二百餘名於前禮拜六晚間齊集虹口日本輪船公司請日總領事吉田氏及館員等偕臨宴會盡歡而散　錄滬報

仁川客述　〇現在朝鮮政府重立礦務章程數十條派出礦務委員多名分往黃海道咸鏡道江原道各處察視開辦〇內閣總理大臣一缺着樸定陽補授〇又云漢城華商總事陳德濟自去秋任事以來雖未受有薪水且勤且慎衆商咸愛戴之前數日有北幫董事某中去歲因避亂回國茲復來漢欲仍舊辦理前事會某甲係胸無一物之孝廉昔年爲某大商薦入會館故此次同來一見陳德濟即鄙背□一切次日陳德濟他出某甲遂入室尋物毫無顧忌陳知其不可理喻因於初六日三點鐘邀集北幫大商數家暨明職董田英總領事派委漢城華產董事貼錢辦公將近一載備叙某甲種種無禮各情某甲即欲逐我亦不應如斯之迫不及待是以請各位公舉撤銷我之董事舉某中接辦衆商答云斷無此理彼之言行荒謬已極吾等當面責之請君照舊辦事現以商家回漢者日多一日故暫囑某中隨同料理而大局一切則仍歸陳君掌管云〇朝鮮妓名弄玉者年方二八丰姿可人與富戶某乙有嚙背盟前日某乙不幸與世長辭弄玉聞之痛欲絕於購阿芙蓉膏擇密地服之移時即香沈玉殞如該妓者亦花柳中所不可多得者矣〇又云此次輪船到仁港載來華商計一百七十餘名　錄新聞報

本日遺失日興昌存摺行平化銀二百四十兩津錢七十六千八百九十八文已向該號掛號有人拾得作爲廢摺　楊公館告白

浙紹朱鈍翁醫術精細脉方穩妥屢治危症著手回春於婦幼雜症驚痘等科尤有妙術寓□□勸巷

告白　盛世危言一書香山鄭陶齋觀察所著也觀察負經世之才庚申之變目擊時艱遂棄舉業日與西人游足跡半天下攷究各國政治得失當今時勢强鄰日逼儼成戰國之局凡自關與中外情勢□權利弊旁搜遠紹無遺隨手筆錄積年累月共成五十篇凡用鎗礮設電綫建鐵路開礦織布商務農工治河防海防邊練兵等事瞭如指掌皆時務切要之言凡　士大夫留心經濟者家置一編俾人人洞達外情事事講求利病使天下除厥弊端不誠有裨於大局哉每部五本存書無多急來購取可也

文美齋謹啓

浙杭

元吉永號

本莊自置紗羅綢緞新樣洋辮花素洋布川廣夏貨團摺雅扇南貨頭油俱全祇爲近時錢市漲落不同故而各貨減價開設估衣街中閘路北凡仕商賜顧者無悞特此佈達

告白　彭公案　楊家將　昇仙傳
南北宋　金鞭記　雪月梅　後聊齋
後列國　玉姣梨　小八義　草木
春秋　西湖佳話　聊齋志怪　前
後七國　鐵花仙史　挑燈新錄
後英烈傳　三續聊齋　□台奇冤
花月痕緣　髮逆圖記　第一奇女
續施公案　醒世姻緣　五虎平西
南　續今古奇觀　續永慶昇平
萬年青初二集　五十名家手札

文美齋謹啓

閏五月十七日輪船進口
豐順　輪船由上海　招商局

閏五月十八日輪船出口
海晏　輪船往上海　招商局
重慶　輪船往上海　太古行
武昌　輪船往上海　太古行

閏五月十七日錢洋行情
天津九七六錢
銀盤二千七百四十三文
洋元二千零一十文
紫竹林九六錢
銀盤二千七百八十三文
洋元二千零四十文

直報

光緒二十一年閏五月十八日　第一百四十二號
西曆一千八百九十五年七月初十日　禮拜三

上諭恭錄

上諭德壽着調補湖南巡撫貴州巡撫着嵩崑補授欽此　上諭芬車奏拿獲偷竊禁城木植人犯請交刑部審辦一摺所有賊犯張六一名着交刑部嚴行審訊按律懲辦欽此

條議

竊查中國自古以海洋爲大防自輪舟製興海外遠隔數萬里之國莫不以師船梭巡我海疆出入我口澳布伏我肘腋窺伺我虛實于是向之恃爲大防者今則處處設防而談國是者莫不抵掌而言水師者亦然水師之亟宜講求亟宜整頓之故原奏已歷歷言之姑不具述至原奏以酌設水師事宜分條爲六尤以設立水師衙門爲重誠深得整頓中國水師之要領者歐西諸國始創水師亦隷兵部其員弁與陸營可互相升調嗣以水師職事至專且繁精自推步測算粗至升火添煤廢一則不舉水師器械至多且賾小至繩索水管大至帆檣電位缺一則不良苟權無專屬事無統宗勢必至精粗小大之事紛無紀律則雖有人有船而用違其才與無人同器不適用與無船同平時無以振聲威臨事又何以濟緩急是故設海部以總督之其人員則凡自統帥總領以至舵工火夫其工程自船台繩墨之始基以至氣表遠鏡之美備均屬焉近來日本講求水師立海軍卿卽師此意竊維中國自籌辦水師以來統計大小兵輪自製與購成者已有四十餘號徒以分省設防劃疆而守遇有事變　朝廷固嘗擬調他省師艦以爲接濟而號令不齊衣械不一平日無上統下屬之分臨事雖收使臂使指之效朝鮮之役南北洋師艦相遇且不能以旗號通語更何望其合操布陣南北洋不能一律已如此而他省可知矣論者方且謂竊前明戚繼光俞大猷所論防海之唾餘以爲南北沿海設立水師提督爲三分守爲防以時會哨爲海防上策是徒讀父書而不知因變制宜之道幾何不爲趙括之罪人也歷查我　朝每以一事牽合數省則責成一人以督理之故各省漕務則立有漕督長江五省水師則立有長江水師提督擬倣此例如原奏所請請　旨特設水師衙門以知兵重臣領之職掌機要綜决凡務凡各省之大小兵輪以及沿海之機器船政各局皆歸統轄衙門既設更擬倣照外洋海部設立五司以綱理庶務一軍政司二典選司三驗儲司四糧餉司五會計司初時挑選練達正直之員以領其事俟水師人才輩出則擇其尤者以輪補之于是設立議事處稽察使各職事大而不能遽决者則詢議事處以獻其可否事遠而不能親至者則派稽察使以知其得失夫然後綱舉目張水師之能事畢矣伏惟我　憲台年來殫精竭慮整備水師立有機器支應船塢各局規模亦已畧具然開途必於已經立法責求至善英法始立水師歷百餘年至於今舉數十萬水師之將士而人皆自愛事盡職舉數百萬之帑金而無絲縷之虛糜無分毫之浮報者夫豈盡外洋之人賢於中國哉亦法制使然也伏以　憲台之才力威望轄理海防挈領提綱原無取拘泥成法惟中國水師創制伊始非得一大有力者將一切制度爲之釐定俾得張弛因革悉協其宜

以垂為百世令典將繼起者何以為蕭規曹隨哉水師衙門既設則何學士所陳六事然後可以次舉茲謹次第其先後權衡其緩急分條逐縷為我 皇上陳之 此稿未完

雞人報曉 ○刻下 皇上駐蹕南海三海外圍合朱車及值班官兵自初更至天曙傳遞更籌幾無片時停歇每夕自公所發籌為數至五十餘枝際此夜短傳遞甚忙 欽派專司翼長學操官帶領內委員暨步 堂司各官往來稽察晝夜抽查絡繹不絕並聞三海外圍牆垣旁闕各朱車值班官兵名數本屬寥寥現經 欽派稽察大臣於閏五月十二日為始另添值班朱車官兵五十名晝夜分班輪值倘有貽誤一經查出即行革去錢糧聞自分班輪值至今未及數日即已斥革四名亦可見令出法隨矣

兵餉到京 ○山東省歷年應解京都固本兵餉銀六萬兩嗣由部議撥歸海防經費銀三萬兩其餘一半分作三批解京今經藩庫將第一批庫平銀一萬兩並應解內務府經費銀一萬兩飭委候補知縣傅大令齎晉解於閏五月初八日起程赴京交戶部兌收

因傷斃命 ○崇文門內東單牌樓中街居住黑七者回民也家道小康素日善權子母刻在東單牌樓一帶開設羊肉舖數座始則盤剝重利繼而殺害生靈從此聲名狼藉都人皆稱黑七大王聞有某宗室婦因手中空乏曾向黑七以每月旗下錢糧借銀二十兩言明連利息共借銀二十兩立券六個月歸清名曰打印子自借貸之日起刻已歸還本利銀十五兩該婦近因囊中無貲又向黑七商量再找銀十兩黑七聲稱須另立欠銀二十兩字據始能允借否則即成畫餅也該婦一時情急未免言語啓鋒不料黑七竟令黨羽以木棍從事將該婦遍體毆傷當即魂赴枉死城中矣乃黑七見勢不佳遂生一計速購紫霞膏抹入該屍口內僞裝服毒身死當即赴該管地面官廳稟報步軍統領衙門崇中南城指揮帶領吏仵婆相驗因該屍係宗室女未便解衣相驗屍親到案復稟請擱驗是以竟按服毒身死填格詳報乃作聞屍兄細詢前情深恐伊妹因傷斃命知其中必有朦弊屍兄代為伸冤即將伊妹因傷身死種種情和盤托出復經委派中東兩城指揮會同相驗以銀針由該屍口內插入腹逾時取出銀針驗視並無黑色惟遍身紅赤傷相連難量分寸均係木物傷痕委係並未服毒因傷身死詳經步軍統領衙門咨送刑部審訊至其中有無別情俟訪明再錄

罪不容誅 ○矢人惟恐不傷人函人惟恐傷人巫者祝人生匠人欲人死孟子云故術不可不慎誠以天地之大德曰生人世託業之途無慮千百故不可以不仁之術上干天地之和也詎都中竟有一流妄人專以打胎為藝滿街張貼報單此則曰專門打胎彼則曰祕胎即下日變易其詞曰善打鬼胎擬若輩亦未嘗不以打胎為保全婦女廉恥豈知天下畏人之事未有不愈掩愈彰者彼既北禮越範而為之固早置廉恥於度外產恐人知不產人亦未必不知況治得其當勢必更恃此術大肆淫行倘治失其宜尤易母子俱傷而敗乎所以都中向設育嬰堂數處正為收養姦生兒女起見乃若輩只圖厚利罔顧天良上拂天地好生之德下戕婦女無辜之命昔夫子以作俑象人猶曰無後若打胎者殺人於無形其罪孽尚可問耶

憲批彙錄 ○欽差署理北洋大臣直隸總督雲貴總督部堂王 示行營中軍禀批據禀已悉巡捕在轅當差求補一缺尚在情理之中乃自己求補把總而又以所遺外委指名請補此則荒謬太甚不成事體矣仰督標中軍副將會同明缺分如果酒春無碍擬補合例即以該弁請補其所遺外委仍在左右營額外中秉公揀補不得別有瞻徇行營張中軍據禀轉禀本屬不諳政體並即轉移知照此繳○又示具呈文童白輔臣禀控南皮縣人祖爾子白玉珂等與林少四等爭毆究存何縣地面仰天津道檄飭該二縣會查明確並田畝地方官傳集原被人證秉公訊究詳辦毋任延訟懸案存○又示秦省粮商劉義等禀相據扶護照存查茲另辦發護照一張仰即具領迅速辦運以資接濟並飭行津海關道轉飭經過關卡免抽稅釐驗照放行此批

東津又至 ○山東濟寧衙臨東東昌各營漕津糧船過關日期及船隻數目歷經登報茲採得濮州帮運官白世峻率旗丁王江逢押解濟船二十三隻於本月十三日抵津候何日過閘再為續報

問課題 ○閏五月十六日 課試生童題目 生題 牛顙非惟小國之君為然也雖大國之君亦有之 童題 大國之君 詩題賦得皎皓五月秋得涼字 生五言八韻 童五言六韻

集賢榜示 ○在任候補道特授直隸天津府正堂沈 爲榜示事照得本府於五月十六日齋課集賢書院舉貢生監賦策論課卷分別評定甲乙等第名次並獎賞銀兩數目合行臚列榜示須至榜者 計開 賦識超等八名 陸沛賢 崔作樞 李璁 呂德銘 崔作棟 劉圯雲 崔作模 陸洪賢 第一名獎銀一兩二錢二名三名各獎銀八錢餘俱獎銀六錢 特等十名 張果瀛 蒲輪召 傅修予 余開中 蕭承基 姚陛聞 王樸 崔作傑 松鈞 各獎銀三錢 一等十七名 李炳榮等俱無獎 策論超等八名 蒲輪召 賈學元 徐汝翼 劉華封 田文田 黄乃達 方裕庠 吳蘷慶 一名獎銀一兩二錢二名至四名各獎銀一兩餘各獎銀六錢 特等八名 汪家鼎 湯聘之 陸沛賢 崔作棟 華世傑 英瑛 劉圯雲 徐忠揚 各獎銀三錢 一等十三名 李咸熙等俱無獎

富紳餞行 ○鐘壽吳倫峯軍門在津署任八年於茲矣保衛地方頗稱得力現赴大名任邇攀轅之意刻動遐思郡城張少農部郎十七日午請軍門在本宅宴會作爲餞行之舉並請何軍門梅軍門陪坐招連陞合班演戲以資暢飲叙談終日聞至晚間軍門始各歸衙署云

超度忠魂 ○光緒元年海運委員知府石師鑄同知蒯光烈等二十人並僕從十三人海內遭風同時溺斃奉旨石師鑄等准其在天津、海兩處建立專祠四時享祭本埠溜米廠大街忠愍祠于十七日海運人等請僧經一棚超度忠魂以表寸衷云爾惟合埠專祠千秋俎豆雖同時溺斃流芳萬古矣

拿獲竊賊 ○目今城廂內外偷竊之案層見疊出雖無拒傷事主情事而臥不安枕時加防範亦津人之大患也昨早經署捕廳人等在西門外地方拿獲竊賊一名年約二十餘頭上無髮俗言馬子蓋精神百倍觀者僉稱西方偷竊大半此人居多今已被獲庶相安謐現趙大令整頓地面之時當此雷厲風行宵小之徒宜必盡法懲治决不容寬也

肆行無忌 ○歷年沙船進口夾帶字紙帳簿約數萬餘斤已紀昨報本埠西莊李家坟姜井等村撈紙爲業者實繁有徒每日大車小輛拉運殘紙肆行無忌伏思敬惜字紙童子皆知而竟任意泡毀改爲還魂紙張殊屬可恨惟望有該管之責者亟宜設法嚴禁庶可以敬惜字紙而懲嗜利徒矣

亡媳發引 ○本埠河北關上王潤田之媳被虐身死請僧超度屢紀報端據訪事云自開經之始迄今已滿十日爰於十七日午時發引安葬先舉打幡摔盆係幼孩一名以爲大事並幼孩津錢三十五吊文傘幡亭座無一不備並有鮮花四抬提燈盤燈香首等件夥數異常一時觀者人山人海共相傳爲熱鬧云

滬江旅籍 ○上海西報云英工部局於前禮拜一造册查得外洋各國人之旅居上海租界者列其大數於下 西歷一千八百九十五年計英國一千九百三十六人 西洋七百三十一人 美國三百二十八人 德國三百十三人 日本二百五十人 法國一百十三人 丹國八十七人 瑞典國四十六人 哪喊國三十五人 總共四千六百八十四人 溯查五年之前爲西歷一千八百九十年彼時册載各國人之寓滬者其數亦列於後 計英國一千五百七十四人 西洋國五百六十四人 美國三百二十三人 德國二百四十四人 日本國三百八十六人 法國一百十四人 丹國六十九人 瑞典國二十八人 哪威國二十三人 總共三千八百二十一人 以本年人數比較五年之前共少八百六十三人 錄滬報

盜賊猖狂 ○杭垣來信云前月下旬某日武林門外大關小河地方有盜數人明火執仗入某尼庵肆行搶刦老尼高喊救命即被盜刃傷斃處翌晨稟知湖墅保甲總巡踏勘後移報縣署請緝聞已於某日破案獲到四名當即解縣訊問據該盜供係湖墅巡防局所撤之勇因無術謀生是以出此下策等語然既爲刦盜豈非倖逃法網哉○本月初一日夜閘東街昌石巷某機坊被偷兒穴牆而進坊主某甲聞有人跡即疑而起視瞥賊蹤伏梯下被甲瞥見正思掩執詎賊竟用利刃迎砍數下甲之手臂受傷旋即暈倒迨家人知覺賊已杳如黄鶴聞被竊去洋縐兩疋綵綫八十兩翌日稟報保甲董及總巡湖墅署各官次第臨勘蒙伍芝濤大令飭差嚴緝務獲究辦遺說

器送存縣署甲己由家屬延醫診治據傷科云傷痕雖重尚不致命惟就痊後不免稍有殘疾矣○邇來省垣竊賊橫行每於更深人靜時試其妙手空空之技不特冶街僻巷屢有失竊情事即鬧市中亦復時有所聞某夜荐橋直街某醃臘店及某南貨店爲偷兒等患覷覓用竊尺攪門格格有聲幸經該店夥聞聲起視賊始遠颺又某夜福聖菴巷王姓家亦被偷兒攪開大門干姓知覺即行追逐賊仍空空而去宵小猖狂一至於此有牧民之責者可不設法以善其後耶　錄滬報

海虞魚素　○聞有四雛虎生三子孳生繁息鳥獸自然至於人則孿生已不概見從未有得三成衆壘兩爲雙喬梓聯芳後來居上者有之自虞東鄉人某甲始某甲即史遷所謂農家者流也年逾知命壯盛時共生三子一女由一母兩乳而得男女各歸一胎人已詫爲奇異迨後僅存二子餘俱夭折去年春中以二子年已長成急宜授室即爲子聘定鄰村某姓長次二女同日成婚未幾長媳即占熊夢厥十四月之久始於上月下旬某日半蓐臨盆不意一產之餘四雄並得產母身頗安健台家喜慶及四五日後殤去其二其先生之二子則至今無恙茁壯非常此亦　熙朝人瑞也惜其間有生而不育者未免美猶有憾　錄滬報

啟者本堂新刻律門孟筏帆孝廉平舒劉紫山選拔兩名士合刻賦鈔註釋詳明誠爲後學之津梁也更有青照草堂重註七家詩並試帖舉隅二種大爲士林推重洞闢古學金針又有羁州吳河帥文安陳學士合輯水利叢書實爲目前急務近印津沽周衣亭太史孟子讀法講義精詳不徒學生足資討論制藝宗匠尤壽見地公諱人瓛著作甚富茲姑印其一以供膾炙合計五種除本堂發售外津郡文美等書局　併寄售至於各種書籍筆墨無不揀選精良善本以期近悅遠來凡刻詩賦文集善書等板刷印裝訂書籍自當精益求精省工價廉爲不敢稍涉含混有負　賜顧

寓河北關上毘盧室義合主人謹啟

本日遺失日興昌存摺行平化銀二百四十兩津錢七十六千八百九十八文已向該舖掛號有人拾得作爲廢摺　楊公館告白

告白　盛世危言一書香山鄭陶齋觀察所著也觀察負經世之才庚申之變目擊時艱遂棄舉業日與西人游足跡半天下攷究各國政治得失盲今時勢強鄰日逼備成戰國之局凡有關與中外情勢商權利弊旁搜遠紹無遺隨手筆錄積年累月共成五十篇凡用餉礦設電綫建鐵路暨礦織布商務農工治河防海防邊練兵等事瞭如指掌皆時務切要之言凡　士大夫留心經濟者家置一編俾人人洞達外情事事講求利病使天下除厥弊端不誠有裨於大局哉每部五本存書無多急來購取可也　文美齋謹啟

浙杭
元吉永號

本莊自置紗羅綢緞新樣
洋辮花素洋布川廣夏貨
團摺雅扇南貨頭油俱全
祇爲近時錢市漲落不同
故而各貨減價開設估衣
街中間路北凡　仕商賜
顧者無悞特此佈達

告白　彭公案　楊家將　昇仙傳
南北宋　金鞭記　雪月梅　後聊齋
後列國　玉蛟梨　小八義　草木
春秋　西湖佳話　聊齋志怪　前
後七國　鐵花仙史　挑燈新錄
後英烈傳　三續聊齋　巧合奇冤
花月姻緣　燮逆圖記　第一奇女
續施公案　醒世姻緣　五虎平西
南　續今古奇觀　續永慶昇平
萬年青初二集　五十名家手札
文美齋謹啟

閏五月十八日輪船進口
新裕　輪船由上海　招商局
新濟　輪船由上海　招商局
連陞　輪船由上海　怡和行
盛京　輪船由上海　太古行

閏五月十九日輪船出口
武昌　輪船往上海　太古行

閏五月十八日錢洋行情
天津九七六錢
銀盤二千七百四十三文
洋元二千零一十文
紫竹林九六錢
銀盤二千七百八十三文
洋元二千零四十文

直報

光緒二十一年閏五月十九日　第一百四十三號
西曆一千八百九十五年七月十一日　禮拜四

條議　續前稿

一原奏勸訓練一條以儲人材勸教練爲水師第一急務此誠至當不易之論蓋水師莫急於師船師船莫急於將士師船之值最巨者多則二三百萬小者亦不下數十萬然價雖昂使款項可籌剋期亦可蕆事若水師將士自入學至升管駕少則十年多至十餘年方可稱職此人材儲之說也歐美水師之分強弱不在船而在兵以俄國之大船富兵多乃黑海之戰戰艦四十五號未敢犯英法師船之半其攻土爾其也以鐵中巨艦五十餘艘闖入黑海海口而英國僅遣師船十餘艘以偵之俄艦亦遂未敢肆步出離海澳何哉俄之水師兵多而未練將少而未教雖致練嘗勤之說也曾與法師船數足相將法之官員學問每優於英而英之水師反中於法國者以法之水兵其精者無逾十萬而英兵之精者乃可至四十萬其教練然也美國之師船少於歐洲各國而濱大西太平兩洋之居民勝兵數十萬指顧可集且精銳不亞於英故南北花旗之戰卒收水師之效〇今談水師者莫敢軒輊英美此將官練而兵尤宜多練之說也練將之法自學院始練兵之法自練船始目有四分陳於下　一擬分設小學以廣收羅也現在天津設有水師學堂但沿海各省不乏英俊子弟或因路遠間隔以致裹足不前誠如摺內所慮造就之途太隘成材或恐不多惟若各口設一水師大學院經費既慮不支而日後各學造就之士志趣未能一律則共事難於和衷擬請倣照西國章程於沿海廣東福州上海天津等處設立水師小學學內選取十四五歲幼童以五十人爲額必取身家清白五官無病漢文稍通者充之入學一年課以英語十法幷用華語課以數學及幾何淺近者數十題旁及漢文課以論說每歲由水師衙門派員臨學校課藝考考如式者送入大學院每學取送十五名四學所取歲計六十名各學由水師衙門監督派洋文兼算學教習各一漢文教習二幼童年及十五歲考不取者黜之未及十五歲者可留學再考入學幼童由監督選補歲中中取者不及十五責在監督濫取者責在考官此小學之大較也　一擬設立大學院以專造就也水師之人材至不一矣然今日聚之一學之中他日卽分爲各舟之用故宜一其心思齊其志趣方可收同舟共濟之效擬倣西國章程於水師衙門近處設一大學院定年限分各科凡有小學送入幼童卽教以英國文字以華語教以幾何八線審面重力流熱光電以至天文輿圖及格致諸學之淺近者圈讀中國史鑑課以論說誦習外洋史書課以尺牘如是者二年而後考考者六十取用五十選其軀幹魁偉心靜膽壯者三十名送上學生練船專學駕駛又選精於算學者十名專學製造又取五名學醫學又取五名學會計凡取學製造醫事支應者仍留大學院分門而求如是者又二年而考考取製造者爲考工生派入各廠學習考取會計者爲支應生派入各艦稽械兼習各法以司文案考取醫事者爲醫學生派入醫院臨症以上各科宜先派外洋專門教習各一其入學院之幼童約派教習六人以教之學院必課英文者欲其異日通曉外洋專門新舊書籍不至故步自封也必以華語講解各種學問者取其易于進境也外洋諸國學院皆以本國語音講解各種學問現在總署同文館所課算學

亦用華文未嘗有扞格不通之病惟專門之學如製造醫事等項須創學院中國人才未出故擬先請洋教習以英語教之其時學生已讀英文三年似可通曉矣但外洋重力格致諸學名目繁多而近年各處翻譯未能劃一擬乘方學之時當飭學院教習採取古今書籍內相當名目釐定成書奉為典則庶無隔閡矣航海之處各船上各色口令尤宜準定頒諸練船師船奉為定式此雖細事然或不慎貽害匪淺數年前德國中艦二艘駛近英法峽海口令不一艦工誤聽以致二船相擊人船俱沉可為殷鑒外埠水雷學堂一凡水師官員廿為佐領選入學內專習製造演放各種水雷之體用六個月即可學成事非鑿空故成功較易也　此稿未完

玉食萬方　○內廷　御膳房應用猪羊鷄鴨魚蝦菜蔬等類例由光祿寺徵收各佃戶敬謹上呈以備　御用本年立夏後各佃戶報解寥寥殊不足備萬方　玉食現由光祿寺飭令通州所屬燕郊夏店西集等處嚴飭欠租佃戶高某劉某等限於本月二十五日以前務將所欠地租一律備齊以供　御用倘再違悞即行從嚴懲罰以儆厥後

禍生不測　○北方天氣炎熱茶博士每於夏令擇半村半郭樹林陰翳之區搭蓋蘆棚瀹茗以待行客名曰野茶館是亦消夏之勝地也京師西便門外三里許有道口地方輒約不到衆綠陰森郁人開設野茶館以供盧陸之流披襟品茗時當盛夏生涯亦頗不惡以致門前如市車馬之跡絡繹如梭閏五月十六日南橫街某中策騎而前繫馬於樹正於座頭評品茶經滋味詎有舉襄者雞聲鏜鞳突如其來致驚馬掙扎而逃踐踏附近孩提當場斃命其父痛子情切扭中學稟驗屍云

拐匪宜懲　○京師地安門外大翔鳳胡同有蔡某夫婦年皆五十命育有一子二女長女年十三次女十一其子年方九齡閏五月十五日遣子女同赴某糧店買麵不料行至街前突遇匪人將其子女誘令卒廠地方一併裝入布袋盛之以車匿跡某處及蔡某知覺四出偵騎杳無蹤影至十七日為西四牌樓護國寺開廟之期蔡某尋至廟前遇一旗官眷屬於駐車之際見一女貌似長女當即向前扭赴該管地面官廳控告詳細步軍統領衙門票傳媒媼某氏拐匪于某一併咨送刑部鐵製八蘇司審辦聞買婢者係某京官壽宅當堂將婢女交案令其父領回惟次女幼子尚未尋獲復經當道嚴拷訊追于某供稱賣在京北某處現經西曹與傳人証到案再行科斷云

感深戴德　○山東撫院李大中丞接到王夔帥電達各省謂柏直屢遭水患小民困苦難堪今春大雪耕種失時四月初旬復大雨連綿兼之海嘯田疇蕩為澤國百萬嗷鴻呼號待賑況兵民雜處尤宜撫綏而庫欸又萬分支絀惟有專求各省勸捐接濟等語來電語意極為迫切弟思勸捐功效緩不濟急而鉅款難成刻下東省幸尚粗安以饑饉之重情形之迫不得不力籌兼顧茲擬撥提局存義賑庫平銀五萬兩移緩就急札行賑捐各局擬議詳覆遵即照辦速將銀兩裝鞘封固飭委候補知縣沈大令瑞祺王大令桂林於閏五月初四日起程解赴直隸交督王夔帥行轅交納論直隸所屬頻年被災現值青黃不接實屬困苦已極得蒙夔帥為民請命遍告各省又荷李大中丞首先接濟力全民命感不分百萬饑民當無不感恩戴德矣

捐輸榜示　○去歲海中告警本省勇丁已逾數萬各營餉項浩繁籌欵維艱幸各紳士等捐納輸誠以資接濟而固餉需本年郡城運憲季都轉創辦團練所需月餉各營薪餉由各生捐項動用現都轉將第四次所捐各姓名官職已詳請督憲轉奏咨明吏部日前都轉將本届前後十一名已登榜示矣

皇恩浩蕩　○楊村鎮所轄江浙等省剝船約有一千餘隻今春因海氛未靖漕船較遲各剝船戶異常窘迫耗蕩一空兼有連日不得一飽者茲聞由通州津各船上歡聲振動緣每船交納完竣由津通局委員發給銀十兩以資調劑皇恩浩蕩有加無已船戶等亦宜激發天良盡心漕事方不負　朝廷軫恤之至意已

輔仁課題　○輔仁書院閏五月十八日府課生童題目　生題　生財有大道　童題　年饑用不足至曰二吾猶不足　詩題賦得喜聽蟬吟第一聲得聲字　生五言八韻　童五言六韻

集賢榜示　○在任候補直隸天津府正堂沈　為榜示事本府考試集賢書院舉貢生監制藝試帖現已評定甲乙等第名次並將賞給銀兩數目合行榜示須至榜者　計開　超等二十名　沈朝樹　朱晉藩　李重熙　阮晉賢　屠仁彬　連　芳　李煜華

傳祖蔭　姚陛闢　蒲輪召　崔作棟　吳彥賓　凌文曜　方裕庠　李璁　崔寅來　舒翹　陸洪賢　趙雲龍　汪元

一名扣膏火錢不給　二名獎銀一兩　三名四名各獎銀一兩二錢　五名至八名各獎銀一兩　九名至二十名各獎銀七錢　特等四十名　王樸等一名至十名各獎銀五錢餘各獎銀三錢　一等四十三名　虞維翰等俱無獎

私爐破案　○河東十字街于立者亦爲霸中之霸鄰里多不睦焉前有某甲開德合米舖生理因修理板橋一道亦爲方便行人與于之住房遠爲毗連詎王以板橋佔其地址因此建訟遂蒙邑尊飭繩紀丈量斷實王之房基向有侵佔官道處此足見恃強作刁誣人自誣而王尤不自加修省因此被人密控王私鑄小錢爲衆飭尊於十四日天夕傳齊八班親往查驗至王門首飭役入內當將王拏獲並由地窖內搜出造成小錢三十餘千文並鑄錢之爐灶家俱等物一併帶入署中既自負贓爲據該犯縱然狡展亦難逃其法網並聞知其事者聲稱王私鑄小錢已三十餘年未嘗破案此足見作奸犯科天網恢恢疎而不漏按邑尊卜車伊始即能獲此巨犯從此市面錢法肅清商民感頌於無極矣

毒打幼丐　○府屬各鄉村民自被水災以來就肆乞食者指不勝屈有年幼無知乞食之時惹人煩腦亦在所不免日前有一幼丐年約十餘歲在河北大街東口胡同內不知因何事故被某甲毆傷步履不能移動疼痛之聲不絕於口噫童子何知童子而爲乞丐稍有知識者皆憐之乃不憐之而反毆之此人之居心太忍真有令人莫解者

長舌無益　○本年人烟稠密各堡居民異姓同寓者實繁有徒婦女等理宜謹防其口各安閫範倘一言不慎其禍非輕南門外有王某者拉東洋車爲生其妻某氏年方花信善于修飾身服布衣亦頗不惡外面遂誤傳與某甲有染口角時有院之某婦背談此事不料被王某之妻聞知即時用武相與拚命幸隣右某媼出爲解說任罪配禮聞王某之妻尚未應允噫一言出口駟馬難追人可不慎之又慎乎

武林消夏　○浙江運署書稟劉某年逾而立人頗誠實且工楷書久爲主人所賞家中僅有一妻年亦相若雖出自小家居得倡隨之樂賃樓屋一所於署之左側雇女傭執炊向本和睦近因家中乏人照顧夜則歇宿家中初七晚由署歸公回家已交三鼓其妻因懷娠倦懶早登樓睡臥由女傭啟門進門當亦就睡劉見四顧無人獨自走至廚房取切菜刀一柄向頸項猛割當即血流涔涔某似無痛癢放下廚刀將所穿藍紡綢長衫曳起接血傾刻盈懷登樓喚妻曾自異物在懷急起觀之妻在睡夢中貿貿然時見滿身血染一驚而暈某亦即暈倒在樓逾時其妻少蘇大聲呼救鄰右齊集衆觀當即報至署中爲運憲所知即委伍東二大令立即驗看并請英醫院梅君診視幸未傷喉管尚不至有性命之虞大令再四追問因何致此劉因不能開口取筆書寫數字謂並無別故自亦不知大約遇鬼祟所致大令方始釋然當即對運署禀覆該梅君云調養一月餘可期痊愈云噫亦幸矣○台州人周某販牛爲業前月往吳收得牛帳洋一百元藏諸袋中於初五日由吳登程返台道經硤石夜宿旅棧明晨起程途中遇有兩人均操慈谿口音與周同至杭垣夜則同宿旅舍由是漸漸熟識彼此交口始知一係姓朱年十九歲一係姓顧年約四旬自言薙髮匠今係赴紹探親至十一日清晨相率出候潮門乘義渡局江船過渡其時船上已有數人在焉周即與陳顧同下江船顧則孑然一身陳攜有小衣包一個周則棉被一條青布鈔袋一只顧陳雖不知其藏洋在袋而虎視眈眈終難下手適值潮水盛漲船戶王某年已花甲把舵惟艱進退維谷周即將鈔袋藏諸艙中到船梢爲王把舵俾當狼與風浪周即回艙少憩將鈔袋攜動輕已逾半大驚失色急即探摸已早化蝶飛去大呼有賊暴跳如雷船上王某徐言曰何事驚遑求在船上遺失客盡在此定能歸璧因即停泊江心於是同渡者議得各人身畔各須搜檢周本疑陳顧同行之異且袋在二人之側以先搜顧然天氣炎熱僅穿衫褲頃刻之間摸索已遍而並無贓証周又搶顧搜陳尤無影響更覺倉皇失措滿船喧嘈將搜他客內中有一諸暨人俞某年最長性尤戇曰汝洋一包已早於搜檢時由陳拋諸江心矣既未能留心於前而失竊又未能留心於後而被拋尚欲向我等搜檢[illegible]何居耳時客皆起各自解衣開襟無可如何周遂一泓清水深不可測周忿怒交作扭陳顧痛打并作一團船戶恐其落水當即將船泊岸[illegible]顧陳隨身所帶中取出剃頭剪刀一把向顧陳曰汝帶此何事耳拋洋於江則惡極矣今若放汝難免不再禍他人然實

之丐洋匠買汝倖人之眼目將汝瞎盲販本匠偏去睇陳哭泣欲絕不勝悲忿迫于制勢之心遂爲領可周懇求由社
下跪用自亦甘鄉洋川陳以曲解救用取剪刀將陳左眼珠挖出擲地又挖右眼睛把臂未免太眼珠亦已下由傍人
代爲齊進去必再能了了矣用叩藏眼珠一粒以懷陳將袋而去當挖時陳挣縛已緊不能少動以至白周所爲後爲傍人解放亦痛恨欲
絕明日將斬帶之衣包代爲檢點中有元青棉綢裙一條竹布女衫一件綠布女鞋一雙青布兒鞋一雙洋一元錢七百餘文始知前日
有某公館女傭因子病渡江回紹年已花老携一衣包踽踽獨行被一不識姓名少年奪去後在江干痛不欲生由各店舖湊錢一千文送
其過渡所失之物與包中相同諒亦係陳某所爲後聞負包向蕭山暗撲而去○城中荐橋街地方市面甚鬧前月有女丐二人操甯波口
音年四十許一二十左右似瘋非瘋向各舖戶求索食物蓬頭垢面喜怒無節前日不知何故一絲不掛在街上行走毫無羞縮各舖因
其可惡着丐頭驅逐出城○臨浦孔志成米行由黃台寄到帳欵洋二百元分作兩封由福潤信局遞到該行中當即交估洋友估看詎知
內中第二封百元係白鉛兩塊於是大相驚駭立喚信局賠償該局謂該行到此經手已有五人不知究係何人掉換以致彼此推諉無
從切實核台行中賬房之友係本店學徒執事十餘年從無錯誤亦不認帳故議有斬牲咒咀之舉然牽連多人徒然無益福潤局東謂
此事必得水落石出方可不然以後局中難以寄帶銀錢其候有續聞再行佈告　錄新聞報

悅來洋貨號

開設天津紫竹林大街自運各國鐘表洋貨新到外國上等細磁玲瓏過枝奇形盤異樣菓盤水池烟盤筆架表架手照玩物呂宋傘磨料電鍍金銀首飾花籃花盤釵釣表鍊雲羅玳瑁梳篦荷包靴掖洋畫玻璃磚磨花描銀彩畫茶机三連大檔鏡等　格外減價消售發各

啓者昨午遺失源豐厚津帖十千文當向該舖掛號倘有人拾得作爲廢紙此白　胡公館告白

告白　盛世危言一書香山鄭陶齋觀察所著也觀察負經世之才庚申之變目擊時艱遂棄舉業日與西人游足跡半天下考究各國政治得失富今時勢強鄰日逼儼成戰國之局凡有關與中外情勢商權利弊旁搜遠紹無遺隨手筆錄積年累月共成五十篇凡開礦設電線建鐵路開礦織布商務農工治河防海防邊練兵等事瞭如指掌皆時務切要之旨凡士大夫留心經濟者家置一編俾人人洞達外情事事講求利病使天下除厥弊端不誠有裨於大局哉每部五本存書無多急來購取可也　文美齋謹啓

浙杭元吉永號

本莊自置紗羅綢緞新樣洋辮花素洋布川廣夏貨團摺雅扇南貨頭油俱全祇爲近時錢市漲落不同故而各貨減價開設估衣街中間路北凡仕商賜顧者無悞特此佈達

告白　彭公案　楊家將　昇仙傳
南北宋　金鞭記　雪月梅　後聊齋
後列國　玉蛟梨　小八義　草木
春秋　西湖佳話　聊齋志怪　前
後七國　鐵花仙史　挑燈新錄
後英烈傳　三續聊齋　巧合奇寃
花月姻緣　髮逆圖記　第一奇女
續施公案　醒世姻緣　五虎平西
南　續今古奇觀　續禾屬昇平
萬年青初二集　五十名家手札
文美齋謹啓

閏五月十九日輪船進口
新裕　輪船由上海　招商局
新濟　輪船由上海　招商局
閏五月二十日輪船出口
連陞　輪船往上海　怡和行
盛京　輪船往上海　太古行

閏五月十九日銀洋行情
天津九七六銀
銀盤二千七百四十文
洋元二千文
紫竹林九六銀
銀盤二千七百八十文
洋元二千零三十文

直報

光緒二十一年閏五月二十日　第一百四十四號
西曆一千八百九十五年七月十二日　禮拜五

上諭恭錄

上諭貴州布政使着岑毓寶補授湯壽銘着補授雲南按察使欽此　上諭本日引見之前吏部主事盧昌詒着開復主事原官發往山東交李秉衡差遣委用欽此　硃筆稽察正黃旗滿洲旗務着毓隆去欽此　上諭孫家鼐等奏遵查同知陳鏡清參欵覆陳一摺順天東路廳同知陳鏡清派丁訪案任用非人致招物議陳鏡清着交部照例議處供事彭亦山着即斥革與黃子和楊二均着分別遞解回籍交地方官嚴加管束以示懲儆該部知道欽此　上諭孫家鼐等奏請仍以永清縣知縣王言昌升補東路捕盜同知一摺着吏部議奏欽此　上諭孫家鼐等奏兩淮勸辦賑捐出力各員懇恩獎勵一摺着該部議奏單併發欽此　上諭雲南臨安開廣道員缺着鄒馨蘭補授欽此

條議　續前稿

一擬設學生練船以備駕駛也水師人員依船爲命必須衽席風濤習與性成方可爲駕駛之選英國水師學生年十三歲即入練船在國學生年十六歲入選他國學生入選至遲亦不過十七歲者若如以上所擬幼童年十五歲入大學院二年後考選練船則已十七歲矣擬請於旅順口置一八練船船可容八十餘人歲由學院考送學生三十名上船簡派專門教習教以測量星象推算經緯運用儀器以及演習帆篷運舵掉艇結繩升桅探水演砲試鎗舞劍之法并溫習學院所課各學而精求之講解汽機砲火之體用以及旁採各史所載用兵制勝之條復簡其耐性勞人教以測繪海圖之事如是者二年而考考取者派入各艦以爲少從初時所請教習專用洋員再派帆船二艘附於練船使學生輪班出洋自行駕駛外附管輪練船一凡各小學與大學院未經錄取簡其有力而心巧者送入管輪練船專習拆配輪機布繪圖式之學其製造輪機之理亦稍稍論及如是者歲取二十人年終考試取者派入各艦爲管輪生各項練船可由水師衙門調取他省木身輪船以改之而經費可省矣　一擬請分設練船以練兵卒也中國沿海七省之民風氣不一剛柔異宜招爲水師兵卒各可適用擬於粵之南澳閩之北館浙之定海奉之旅順設立練船各一艘就近招募十五歲以上約身高五尺一寸胸寬二尺六寸者歲四百人派入練船教以操演步伐槍砲刀劍量水繩纜盪槳鳧水捲放帆篷運舵結繩接索縫紉各事各色口令皆用北音以便他日南北各船互調不至有隔閡之病年終由水師衙門派員考演技藝全者錄取取額每艘無過三百練船四艘歲取千二百名已取者派入各艦充當下卒其火夫輪夫亦在各艦分年挑選學習歲二十人共計八十已取者派入各艦充當下等火夫輪夫如是者九年可練成兵卒萬餘人　一擬請設卒長練船以精技藝也一船之內號令者將領也奔走者兵卒也而其間承度指示者則有卒長卒長得人則一船理矣擬請於旅順設一卒長練船凡派入各艦充當下卒者以次考升中卒上卒後即由各艦管帶拔其尤者歲送若干名分門教演準砲操作帆篷傳語繪圖工作日記各事統計各艦選送無過百名越六閱月而考試取者分派各艦充當砲長隊長藝長之副約歲取八十名其技藝精熟者

即可挑作兵卒練船之教習卒長多多益善故曰一人善射百夫決拾又曰一人學戰教成百人百人學戰教成千人考之英國水師督領五十人督領一百五十人佐領六百人英國戰艦既夥需材自多中國初設水師但得督領十人督領五十人佐領二百人已可應用不費約計督領之材至少須養之十五年可成督領之材養之十二年可成佐領之材養之九年可成今若按照以上擬請各條辦理九年之後約可得佐領二百人而今之爲佐領爲督領者再加甸練淬勵之功已可升爲督領督領矣再以九年之中各練船踐更遞換新舊相參則可練兵卒萬餘人可練卒長五六百人此中國水師之根本也　此稿未完

日使覲見　〇皇上於閏五月十五日用膳辦事後還宮午初升　文華殿　召見日本國使臣巳見宮門抄茲聞日本國林董使臣於是日巳刻由府第乘輿自東交民巷北御河橋東安門至東華門柵欄前停輿至　文華殿恭候　中國大皇帝由　內廷率領御前軍機大臣王公貝子貝勒文武大臣暨總理各國事務大臣蒞　文華殿　宣召日本國欽使覲見禮成從此兩國永敦和好共享昇平豈不懿歟

罰產釀命　〇崇文門外閻王廟前街地方有張致齋夫婦夜行至此乘閒服毒經巡夜勇丁盤詰始吐眞情當經灌救張致齋幸獲更生該婦因灌救稍遲旋即斃命遂將張致齋解案訊實供稱因儲某謀罰家產輕生等情已列前報茲聞南城劉虞廷指揮飭差將儲某傳案訊辦供詞狡展堅不吐實後經蔣華墀爲和事老先將該婦棺殮復議以白鏹三百金爲息訟之資儲某理屈即行如數交付詎蔣華墀見財起意從中剋扣六十金竟入私囊而張祇得二百四十金未能滿欲仍然曉曉不休將蔣剋扣各情和盤托出仍復興訟劉指揮因案關人命咨送刑部轉詳河南司訊辦惟聞蔣華墀業經遠颺未悉能否弋獲俟訪明再錄

頑石作怪　〇石之一物女媧鍊以補天精衛啣之填海以及人間宮室之需尤屬不可或少石之爲用大矣哉京西石窩地方羣峯聳峙峭壁摩空巖巖數十丈不無寶藏之與時有石工搜求山骨穿鑿甚根登千仞之山採一卷之石閏五月十六日正於山腰攻錯間忽有石塊破空而下壓斃五人受傷三人工頭雷某幸免奇災然倉皇失措從高跌於山徑之谿間兩股並折不知頑石何竟作此惡劇耶噫

爲貧所迫　〇韓汝如雛鳳年荒値幾錢辛勤當自愛不比在娘邊此古人賣婢詩也近日養媳情形正復相似京師德勝門內大石橋胡同居住有楊某者一妻一女女年僅十一早許字於隣右黃宅刻因女己未怙其母鍾愛異常不忍遽離膝下奈家道窘迫地無立錐室如懸磬不得不暫送姑家爲童養媳男女兩家望衡對宇祇隔一巷詎該女幼小無知僅駐一宵即遁歸母家黃某往尋理論其女之母無辭以對忍淚携女仍遣之去其女牽母之衣悲啼不釋一時觀者莫不酸鼻云

升遷誌喜　〇直隸提標八瀦營參將譚與對迴避逾限由部開缺現經署督憲王會同提憲聶揀選得奏留鎮筸荊關參將德春堪以調補其所遺荊關參將員缺查有花翎總兵現任天津鎮標左營守備劉金相堪以補授惟係直隸人氏以補授本省參將例應迴避係照部議准再由鄰省揀員對調等由業經具奏諒不日即奉部覆按劉參戎自抵左營任事以來惡惠並施體恤寒弁凡有候補寒素之弁俱能予以優差至於訓練兵丁整頓營務莫不實心實事迄數年以來屬下無不交口感頌今果蒙上憲優視指日榮升可預爲之賀耳

奧槍解津　〇徐州等處江南轉運總局沈檄委候補縣李大令孟康千總胡茂蘭領解第三起奧槍一千枝奧槍彈一百萬粒皮袋一千副並附頭起短解奧槍彈二十三萬餘粒又委候補縣梅大令長元把總黃佐材領解第四起奧槍一千枝奧槍彈一百萬粒皮袋一千副並附解二起短解奧槍彈十三萬餘粒又委候補同知仲丞文熙守備杜錫純領解奧槍一千枝奧槍彈一百萬粒皮袋一千副均由徐裝車由陸路解赴天津江南轉運局交納在徐尚未開行己探悉山東汲縣帶河流漫溢車軌均被水佔繞越行走立即稟明署兩江督憲張香帥札派候補縣陶大令另雇船隻隨同江北河運糧船運津並派千總張得義六品軍功歐陽從武隨同原委李大令妥爲起解仍委徽州胡弁劉文捷護送儘趲妥速到津

榜示照登　〇欽命二品銜新授福建按察使長蘆都轉鹽運使司鹽運使隨帶加六級紀錄十四次季　爲榜示事照得蘆勇薪

餉捐輸案內第四次請獎各捐生姓名官職合行榜示須至榜者　計開　牟炳南由雙月選用通判請改捐州同不論雙單月分發指省直西試用　鄒梅卿由分指浙江試用巡檢請以遇缺先補用免試用　石盛明由舉人請捐漢膽錄　王壽祺由舉人請捐漢膽錄　陳鴻焯由舉人請捐漢膽錄　王儀通由己揀選舉人歷事府中書職銜請以內閣中書不論雙單月分發行走　甘永熙由保舉補缺後知府用山西候補直隸州知州請免補本班離任以知府仍留山西歸候補班補用　高啓人由舉人請以教職四項統選　洪桂芬由舉人就職教諭請以遇缺先選用復設教諭　劉奎璧由附貢生請捐雙月府經歷　宋小濂由五品頂戴候選隨大使報捐雙月州同直本班先用因銀數不敷請改作州同雙月選用

陸續撤防　○去歲海中告警各省兵勇馳赴前敵者指不勝屈惟兩江督標各營等駐紮關外防守要口奮勇直前獨擋一面現中東和議已定大局日前兩江督標長勝果勝等營陸續撤防昨早各營等已抵津半住西門外客店聞全隊到齊仍歸原省駐防云

憲批照錄　○欽命二品頂戴直隸分巡天津河間等處兵備道李　示文童宋士元稟批昨已提案訊明該童塋地係由典主秦眾發轉租與護衛營作爲操場地內故塚業經營中加土並無平毀情事何得藉詞狡賴已令地方回明何統領再爲加高仍不得有碍操演着即遵照○又示楊柳青生員周鑾等稟批北運河果有根徒訛索應由地方官查禁懲辦何得率請派委郭本往查揆該情形顯係勾串舞弊意在科歛覬累斷難准行仰天津縣知照至公議局究係何時設立賠補客貨出自何項有無稟明案據及勸派客商情事並由該縣查明具覆仍嚴禁沿河土棍人等毋任訛索滋擾　粵抄存

蝗蟲入境　○府屬所轄靜海一邑十餘年來屢被水災村莊貧民苦不勝道河西一帶尤苦中之苦現所食者落花生之糠粃名曰豆餅甚有野菜樹皮以資果腹情形可慘惟望大田多稼乃亦有秋庶可稍舒夙困不料飛蝗蠢動田禾被傷昨夕郡城西北地方飛蝗遍野村民聲稱此蝗由東南而來勢甚猖狂未悉邑侯趙星甫大令如何捕獲已

無故輕生　○本埠張某者七歲小怙倚孀母撫養成人孤苦零丁艱辛備歷前在聚豐園飯莊充當夥計後因賦閒在侯家后河沿地方梁二十妓寮內爲龜奴日昨不知因何事故仰服阿芙蓉膏斃命張姓之母聞知痛子情切意欲呈控被梁二一流人從中排解斷給張母洋蚨一百千文作爲養老之資其事方寢其中有無別情俟訪明再錄

縣試題目　○五月二十六日靜邑縣試之期據靜邑某童來津寄稱每次考試城鄉市鎮應考諸童不下三四百人之譜惟本年糧米昂貴餬口維艱各童等四方謀食者不堪枚舉以致此次之考僅到二百餘人尚缺大半於考場中甚爲減色茲將邑侯史大令所出文題詩題附列於左　頭題　孟子對曰仁者惟仁者　二題　文少與之處　詩題　賦得海雨驕風夏亦寒得寒字五言六韻

好善可風　○人之好善誰不如我小黨有好善者出而風興起即不乏人故稱古者觀于鄉而知王道之易易也本年四月河水氾濫惟河北府屬之鄭家路口被災甚巨該鎮小命疾病相扶持之義不忍袖手旁觀聚族中之富厚者籌銀二千二百兩爲周恤貧乏之舉鎮中富戶聞而嚮慕公同集議亦募千餘金之譜於本月望日起清查戶口分列上中下三等自行賑濟以期實惠均沾聖人云富仁不讓見義勇爲不禁爲該鎮紳民擬之

臺南消息　○字林西報云據台灣消息言日人已在距台南打狗三十三里之某島上岸該處未有戰事聞黑旗兵願待日兵來攻地溝再行相機而動不欲先出開戰又謂日人欲由該島東面渡至打狗惟因該處樹林甚密且水土不宜祇得作可止則止之想

蕪米再誌　○前錄蕪米叢談一則言廣商等請米糧弛禁遵經詳請捐江甯厘餉每石六分詳懇南洋商憲爲時已久仍未聞如何定奪茲接蕪湖信云此事已探悉大畧緣憲意以蕪禁餘弛江省歲增厘金二十餘萬一旦蕪禁允弛此欵勢必驟失於江省餉源所關實大故必熟思審處現擬小籌兩全之策疊次電詢無餘每年專收米稅數目及蕪市情形蓋欲將江皖兩省彙爲一局通盤籌畫如果蕪地祇因少收　米稅無欵濟公前籌解者協名則此稅無多而爭得之於鎮小妨小明由鎮江關照數劃撥如此於皖省毫無所入而江省議增之二十餘萬即可移爲公家添一巨餉兩全之策不外此也江省亦此委員羅太守至蕪與道憲熟商聞亦即此意惟其此等事茲

權利於江實病於呪逼鄰省商務及百工手藝生計向皆恃米爲生活米消則各貨流通民生利賴禁則百業擊動市面清寥而商市無根柢爲之告匱商計蜆己虧雖民生勢必失所是以封禁以來非但米稅全空即各項雜稅亦去十之七八甚至巍然一關每月徵稅於本關開支尚屬不敷其困憊情形爲何如耶蕪向年蕪米歲消二三百萬石或四百萬財源所進即有六七百萬此六七百萬由闤闠流通民家以至南北米之數十州縣以有易無仰事俯育生計悠忽恒不覺其利一旦封禁則各業支絀始覺其病民之劇袁觀察暨地方紳當仰體憲意而下民之脂膏亦須痌瘝在抱不得不披瀝上陳並聞稟復統籌全局之電內直言利害小而病皖大而礙補之舉究非所以兩得其平故不敢遷就遵行云云同時羅太守除會同稟復外又將蕪市情形兩次電復所言亦能洞中窾竅特未知香帥果何以處此耳至天津所辦之東米三十萬石謂已蒙香帥允准用輪船陸續來運玆恐所准仍只一萬三千石蓋因此米已經繳關納稅勉予放行一次其餘則仍禁止驗商無可如何祇得將此 萬三千石用招商局飛鯨輪船於上月杪裝運 去其廣商所蒙批准之七萬六千石除坤埃隼來等輪船運三四萬八千後又有南洋北洋等鐵艦於上月下浣本月初旬兩次來蕪受載現聞已將運完米市又如前無擊矣　錄申報

茲啓者本堂新刻肄門孟筱帆孝廉平舒劉紫山選拔兩名士合刻賦鈔註釋詳明誠爲後學之津梁也更有青照草堂重註七家
詩韻試帖學階二種大爲士林推重洞鑑古學金針又有覇州吳河帥文安陳學士合輯水利叢書實爲目前急務近印津沽周衣亭太史
孟子讀本講義精詳不徒爲生童討論制藝宗題尤尋見地公諱人麒著作甚富茲姑印其一以供膾炙合計五種除本堂發售外津郡
文美齋書局併寄售至於各種書籍筆墨無不揀選精良齋本以期近悅遠來凡刻詩賦文集善書等板刷印裝訂書籍自當精益求精
省工價願廉而不敢稍涉含混有負 賜顧　寓河北關上毘盧室義合主人謹啓

斯紹安銳翁醫術精細脉方穩妥屢治危症著手回春於婦幼經症驚痘等科尤有妙術寓爾物巷

告白　盛世危言一書香山鄭陶齋觀察所著也觀察負經世之才庚申之變目擊時艱遂棄舉業日與西人遊足跡半天下致究
各國政治得失當今時勢強鄰日逼儼成戰國之局凡有關與中外情勢者權利弊旁搜遠紹無遺隨手筆錄積年累月共成五十篇凡用
槍礮設電綫建鐵路開礦織布商務農工治河防海防邊練兵等事瞭如指掌皆時務切要之言凡士大夫留心經濟者家置一編俾人
人洞達外情事事講求利病使天下除厥弊端不誠有裨於大局哉每部五本存書無多急來購取可也　文美齋謹啓

浙杭 元吉永號

本莊自置紗羅綢緞新樣
洋綢花素洋布川廣夏貨
團摺雅扇南貨頭油俱全
祇爲近時錢市漲落不同
故而各貨減價開設估衣
街中間路北凡 仕商賜
顧者無悞特此佈達

告白　彭公案　楊家將　昇仙傳
南北宋　金鞭記　雪月梅　後聊齋
後列國　玉嬌梨　小八義　草木
春秋　西湖佳話　聊齋志怪　前
後七國　繡花仙史　挑燈新錄
後英烈傳　三續聊齋　巧合奇冤
花月姻緣　髮逆圖記　第一奇女
續施公案　醒世姻緣　五虎平西
南　續今古奇觀　續永慶昇平
萬年青初二集　五十名家手札
文美齋謹啓

閏五月二十日輪船進口

桂陽	輪船由上海	太古行
北直隸	輪船由上海	怡和行

閏五月二十一日輪船出口

新濟	輪船往上海	招商局
新裕	輪船往上海	招商局

閏五月二十日銀洋行情

天津九七六錢
銀盤二千七百二十文
洋元一千九百九十文
紫竹林九六錢
銀盤二千七百七十文
洋元二千零二十文

第一頁

直報

光緒二十一年閏五月二十一日　第一百四十五號
西歷一千八百九十五年七月十三日　禮拜六

上諭恭錄

旨分發陝西試用道升允浙江知府郭懷珠廣西知府濮曾恒山西同知徐兆灃江西同知倉爾禎廣東同知黃晉銘山東同知周文充浙江同知沈維驕湖南同知江燁福建同知趙銘安徽直隸州知州陳先覲四川直隸州知州萬錫珩東河通判鄭德潤廣東通判宋夢槐兩淮鹽運判曾晉煦直隸直隸州州同吳睿直隸知縣章熹江蘇知縣何亮棨山東知縣秦守中山西知縣廷良張兆熊浙江知縣盛鼎彝周錫康湖南知縣王承珍四川知縣穆秉文廣東知縣俞文萊宋恒坊安徽知縣李文爵山西知縣梅鬱九汪敦元陝西知縣徐晉楊宜瀚浙江知縣呂遐齡江西知縣沈秉權湖南知縣劉燦藜四川知縣吳有林袁鼎王聘婁棟張繼丙馬道節李端棨廣西知縣魏達文陳景華殷有棻曾觀星貴州知縣廖映旭兩淮鹽大使聶和光俱照例發往保舉湖北補用知府傅屺孫山東補用知縣孫葆耀吳增勳浙江補用知縣俞宗渭俱照例用卓異俸滿河南許州直隸州知州吳憲瑞着回任准其卓異加一級仍註冊候升欽此

條議　續前稿

一原摺有擬選拔一條內稱嚴行料簡信賞必罰官則較優劣別勸惰限年以爲遷轉兵則定格挑補等語夫待將之道黜陟明待兵之道賞罰明而後將能用卒能效死百戰百勝此養陸軍之術也陸軍如此水師亦何獨不然惟水師之與陸軍其勞逸夷險固不同而其學問技能則有勝於陸軍者何以言之陸軍步步立營訓練之餘寢食安逸水師以船爲家出沒風濤無間寒暑或颶風起而檣艣擷簸或兩雪至而肢體僵瘃夜宜力刻難偷安此水陸將士平時勞逸之不同也陸軍出戰可進可退心有所恃膽氣自豪水師以船迎戰汪洋巨浸之中一遇敵船轟雷炮倘使機器船艙偶一中傷全船覆沒長平坑卒無此慘烈此水陸將士臨時夷險之不同也而況陸營兵卒演鎗準砲各有專營騎士材官立有專營苟能步伐整齊號令不亂即已盡陸軍之能事水師訓練兵卒事多且精使之升桅則如猱之捷使之泅水則如鳧之安使之操砲演鎗則必如由基之射一纜一索考據精詳一槓一帆體用悉曉此水陸兵卒技能之不同也陸軍之將所長者騎射所精者擊刺且地理之阨塞險易古今之陰謀韜畧悉置不問即使披堅執銳建樹奇勳此皆匹夫之勇制於人而非制人者也若水師之將自入學也既已稍通文墨及且課習各事莫不殫極精微於算學則闡圓錐曲線之微於格致則極分化體質之細於製造則盡機械相輪輕重互配之理於公例則曉局內局外主戰主和之機而彈藥之疾徐鋼鐵之堅窳水火之分度礁沙之隱顯風信之徵驗桅舵之修迎器具分所研究至通曉外國語言文字以資交際之應對以讀本國之陰符又其餘事耳此水陸將弁學問之不同也水師將士既非陸軍所可同不同而無以異之則激勵無由真才不出無以私之則忠義不深効用不力語曰所以異與所以私之術有三　一水師官學擬請別立名目以崇體制也西國仕途武重於文蓋能武者必能文而能文者未必能武合文於武故第以武名而武重矣是以西國

水師有以巳尸王孫之貴結髮入學而躋升統師者有千把外委之微族而與國之相見亦僅其優長可用矣而國初設水師所有官員以其職掌武事故居以武職而因其職掌武事而授以武職可也授以武職而令文武兼全之才上與外引其恍然之粗人不可也但中國重文輕武之風積重難返凡聞在武職者不復問其才學何若即脫而不屑爲伍由是自以數年充當駕之員間有一二讀書兵長者繼臨立受杖責反不如數十金捐納之未入流者其習俗使然也查外洋水師人員自督領曾領佐三等々等又分一級凡皆理一軍事務率領戰艦或一隊或數隊而獨當一面者則曰督領自統師副師偏師之別即水師之提鎮內其領艦之多寡不一而品級以差爲凡員午管駕治理全艦之事者則曰督領自總領副領參領之別即水師遊擊之類以其領艦之大小不一而品階以差爲凡佐艦管帶分治一艦之事者則曰佐領自正佐副佐參佐之別即水師千把之類二佐之官階不一各以其服官之資格爲差爲凡自練船派入師艦之學生則曰少從次於三佐之下又查外洋水師員視品級相當之文官與陸路武員體制儀注則加一級相待以表優異又凡水師員員濟升至督領者可充當各口海疆使之任兼治地方事務而海部尚書與外藩首撫各缺惟用水師督領任之至出使外國等必使多有以之充當者今中國甫辦水師應照成例乃歸武途惟事體初創而欲延攬兼通文武之才則品式宜加詳延攬尤從寬厚方足以昭激勸擬請參酌西國水師官命名之義另立名目而已經保請各項武職悉改作相稱職守之名並將其品級如督領可當一二品督領可當三四品佐領可當五六七品自位至督領者擬請仿照都統副都統與長江水師提督之例又武職改至出使外洋大臣等亦可以督領之長於專對者充當兵艦凡水師官員所有一切體制儀注則例擬請均按品級相當之文員辦理如是以武員治武事仍合文武兩途之義立名目以稱職守則顧名思義而輕視武弁之成見可除且體制品級與文員相同又懸一文武轉升之格以待之則異人傑士莫不踴躍奮興競赴水師一途人材不可勝取而使必以水師人員與待以挾大流等量齊觀是等頓牧資育伍長卒於拜階也且無論異日無智兼備之才足任海疆之寄即今日水師學堂之召且投筆而應者勢必將人爭彼將用其才力學爲帖括章句小楷々技以種高第而列顯秩又誰肯入學堂練船攻苦五年航海數十年仍不免台杖之辱哉此乃轉移風會之樞紐振刷水師之關鍵故不覺言之長也

此稿未完

罪不容誅　○京師人類不齊中於各省故作奸犯科敗常亂俗之事恒較各省爲尤多而最爲人心所共忿國法所不容莫若誘拐災黎婦女者迭經筆記之不禁令人髮指而眦裂矣昨聞宣武門外棉花頭條胡同甜水屋內曾訪孫某山東產也素日担水爲生閏五月十七日由寶坻縣拐災民婦劉氏女一子三同行入都在繳家坑地方覓屋棲止十九日午後孫某起意僞以十二歲之子覓學徒之處誘婦信以爲實亦不之拒詎料甫將其子領出被鄰右看出破綻向誘婦盤詰言語支離始知被誘情由即赴珠市汛都司衙內控告將孫某傳案實押解送步軍統領衙門按律懲辦矣

因賭釀禍　○京師賭風甚熾衆賭抽頭原爲宵小所熟悉曾經巡視中城察院等會議專摺奏請一律禁止嚴飭地方文武各官不時巡查緝拿懲辦近年以來閭閻無此惡習詎法久玩生今聞西華門內有賭匪與守禦所兵丁勾通在北長街一帶以偕物借錢爲名暗設賭局呼盧喚雉晝夜不絕恐被步軍統領衙門查知即將白山談相偏額懸掛門首以圖掩飾昨有賭人吳某因輸錢口角竟敢勾去衣衫肆行毆打傷勢甚重經右翼大班番役訪聞即帶領胥役數十名前往賭處立將聚賭首匪並通同作弊之兵丁一併解交步軍統領衙門按律究辦似此小懲大戒賭風其稍殺乎

消夏名區　○京師宣武門外南下窪龍爪槐即龍樹寺也該寺內花木掩映處時窺一曲紅欄池沼澄清微漾半篙綠水兼有琪花瑤草弱柳由垂易綴其爲幽雅每逢夏秋之際恒有提壺挈榼來納涼者亦自具大僚遺預時定座爰於閏月十八日由縣尚市餘慶堂飯莊備辦各色酒肴以宴作士足也天朗氣清惠風和暢昔王右軍蘭亭序所云此地有崇山峻嶺茂林修竹又有清流激湍映帶左右雖無絲竹管絃之盛而一觴一詠亦足以暢敘幽情彷彿之龍樹寺殆有過之無不及者談欽領山水佳趣者查借二三知己效李白春夜宴桃園故事乎聞風設想爲之神馳

選將挑兵 ○自軍興以來各省新舊兵勇調赴榆關不勝枚舉現在軍務稍鬆經晚帥奉 命將各軍詳細裁汰不拘何省兵勇
不論新舊但是年力強壯器械精良者仍留營遣用或挑統領或易營官務期統將廉潔兵丁奮壯仍勤加操練總期 兵有一兵之用不
得稍有斛扣疲弱等情是以 晚帥督飭營務處各員迅細確切挑選四大枝每枝四十營共計關內外一百六十營足資防勦之需以此
歸併將以前積習一掃而空當可虎旅名軍實

東漕北上 ○山東漕糧各幫過關日期屢登報牘茲悉東糧尾幫即東平所幫運官張毓松旗丁龐登林押解漕船三十五隻於
本月十八日過天津關北上訖

無厭之求 ○籌賑總局 示據城東何家莊等十一村鄉民馮祥等稟 批稟悉查閱所呈合村被火甚屬可憫惟本局派
員查放急賑甫經放竣遽請續賑近於無厭之求現麥秋已屆傭趁可以謀生如果該各村等實在窘苦應俟秋間派員察看情形酌
辦以資接濟毋再瀆稟此批

裁革陋規 ○署理長蘆天津鹽運分司即補鹽運分司加三級紀錄五次駱 為剴切曉諭事照得本署分司世受 國恩家聲
清白曾襄筦政畢門為久宦之邦初任蘆綱幼弊尚從公之裝本署分司自去冬抵任所有本署節壽年貼各項陋規均照章裁革決不敢
稍事優容及商民第恐一人之耳目有限防範或有未周難保狡猾之徒不無從中影射以及本署家丁書役人等假公需索弊難枚舉為此
示仰合屬商民人等 恐自示之後倘有本署家丁書役人等在外招搖假冒本署名目需索各項陋規准即來署指控本署立即嚴辦決
不寬貸各宜凜遵特示

升遷誌喜 ○天津鎮標舊州營東安汎千總朱德局因案斥革遺缺請以儘先守備楊玉生借補茲已奉到 督憲委牌楊千
戎擬即束裝赴 矣

德莫大焉 ○靜海縣所屬村庄連年水患災民窮困已極今春大雪耕種復又愆期雖有已種秋麥亦多受病兼之首夏大雨連
綿倒房淹地者不勝枚舉目然小民之日不聊生也邑尊彰念民艱除春撫外復以極貧之家倒房一間給予津錢四千並大口小米一斗
小口五升該民咸知感德已紀前報茲據該處民人來津言及各村莊 雖有此賑濟而惡衆士關出為攪擾赴各家藉端需索以及賄
賂吏役合謀朦混藉端查賑委員什吏專恐伊等所報而委員以為鄉約以甲斷無舞弊情事詎知其中種種弊端更有擢髮莫數者惟
望司事各務當親蒞確查力杜弊竇勿使奸民污役得以藉手庶拯民於水火之中功德為無量焉

紙貨到津 ○歷年福建浙江等省 船販運貨物來津銷售茲有浙江象山縣商船船戶長勝駕掌江順興率水手二十 名裝運
紙張於前五月二十四日自本省開行至本月十七日到津郡大沽海口循例仍由大沽營查驗方始入口泊住閘口下一帶卸貨名曰洋
船者即此船也

似有邪祟 ○本埠人烟稠密異姓而同居者不獨一處為然也據訪事云河東于家廠地方有田姓與程姓者同居一院昨晨兩
姓婦人不知因何事故口角相爭甚至出武喧譁聲洋溢街巷正值將打未打之際田姓婦忽然倒地奄奄一息當經衆人扶起歷時許
忽然喊叫笑罵支離大似瘋癲之狀噫斯人也有斯疾也倘良人施施從外來尚其驕焉否耶

助賑清單 ○敬啟者鄙人經募寅命丹藥會以來仰蒙各大善士慨解義囊源源樂助拜登之餘感同身受謹將經收第四次捐
資各大善士姓名數目並寄赴各處藥料清單 併抄登 貴報即希 公鑒 計開 俞芝岩大善士經募 桐陰主人樂安氏各捐津
錢 千文 蓮主人捐錢五千文 榮貴堂 城氏各捐錢 千文 榮陽氏捐錢六千文 從心齋善士捐英洋兩元 大陵氏天昌
和 盛成恒隆號瑞承泰恒德厚 泰承德義厚瑞隆泰恒 號元慶號各捐津錢三千文 又宋性堂大善士經募 余榮潤善士經捐
津錢七千五百文 以上十九戶統共捐津錢五十七千五百文又洋兩元○二次分寄各處藥料數目 豐潤縣宣莊同泰鹽店二次代
施二十料 寶坻鎮 莊 公所二次代施十料 昌黎車站電報局蔡 善士代施前後三十料 天津分局 二次代施十料

事務[illegible]前經代施[illegible]料 鄭原亨國卿[illegible]彥生善士經施三十料 宋椎堂大善士零星經施十料 新泰興洋行零星經施十料
以上共施廿一百三十料[illegible]二次所[illegible]散寄各處之三百六十八料合共四百九十八料除配就之藥業已將次散完外[illegible]人仍分託各藥
舖[illegible]監配製[illegible] 仁人[illegible]子念[illegible]饑[illegible]溫地方樂貲代施者請即致函宮北新泰興洋行索取定即隨函寄奉不悞 試驗有效人謹啓

浙省官話 ○[illegible]運局[illegible]總[illegible]莊太守人實業已回省銷差昨奉[illegible]憲札知仍[illegible]辦省[illegible]洋貨落地捐務盖太守未[illegible]滬時曾充是差故也○正任[illegible]杭[illegible]吳大令士愷去年[illegible]簾[illegible]省後業已請調[illegible]現在奉准部復[illegible]憲即令飭赴新任所遺餘杭縣缺已擬定以新海防補用知縣吳大令忠詔[illegible]補[illegible]大令籍隸江西現充[illegible]局差使平時辦事精勤[illegible]躬廉潔其缺[illegible]而以大令處之自必措置裕如[illegible]縣花封可[illegible]日矣之○秀水縣[illegible]大令木瑜石門縣[illegible]大令毓森均因事調省秀水遺缺以優貢知縣[illegible]補分水縣金大令廷棟署理石門遺缺以候補[illegible]熊大令志方署理

臺[illegible]大度 聞之信[illegible]臺[illegible]散勇之來閩者日以千計或百數十計不等督[illegible]邊制軍以此等散勇逗遛內地恐滋事端[illegible]令[illegible]守協朱祺祥[illegible]廳唐蘇亭司馬保中局梁爵臣[illegible]史於其來也[illegible]令上下橫直[illegible]阮徐唐崔四委員妥爲安置廟宇[illegible]名列册[illegible]口糧一俟官輪[illegible]令下[illegible]一[illegible]給以川資俾得各歸田里既便散勇自遂田園之樂免生飄泊之嗟而於地方亦裨益不少惟[illegible]是邑之文武官吏夙夜宣勞[illegible]形勞瘁[illegible]苦[illegible]也○各有從福清縣來者據稱[illegible]勇之由福邑經過者每日不下千百人幸[illegible]新任張大令派令勇役[illegible]路彈壓并發給口糧出境地方賴以安謐邑中向有花會[illegible]害民之[illegible]大令下車甫二日即購眼綫[illegible]獲會首吳阿光到[illegible]執實之下差役[illegible]弊[illegible]之[illegible]刑大令洞知情僞立子痛責二三千下遠近聞之無不同聲稱快治亂民用重典但使法令行則花會自能絶跡而散勇亦不敢逗留滋事矣 錄申報

告白 盛世危言一書香山鄭陶齋觀察所著也觀察負經世之才庚申之變目擊時艱遂棄舉業日與西人游足跡半天下攷究各國政治得失當今時勢强鄰日逼儼成戰國之局凡有關與中外情勢[illegible]權利弊旁搜遠紹無遺隨手筆錄積年累月共成五十篇凡用[illegible]礦設電綫建鐵路[illegible]機織布商務農工治河防海防邊練兵等事瞭如指掌皆時務切要之言凡 士大夫留心經濟者[illegible]置一編俾人人洞達外情事事講求利病使天下除厥弊端不誠有裨於大局哉每部五本存書無多急來購取可也 文美齋謹啓

浙杭
元吉永號

本莊自置紗羅綢緞新樣洋辦花素洋布川廣夏貨團摺雅扇南貨頭油俱全祇爲近時錢市漲落不同故而各貨減價開設估衣街中間路北凡 仕商賜顧者無悞特此佈達

告白 彭公案 楊家將 昇仙傳
南北宋 金鞭記 雪月梅 後聊齋
後列國 玉姣梨 小八義 草木
春秋 西湖佳話 聊齋志怪 前
後七國 鐵花仙史 挑燈新錄
後英烈傳 三續聊齋 巧合奇冤
花月痕緣 髮逆圖記 第一奇女
續施公案 醒世姻緣 五虎平西
南 續今古奇觀 續永慶昇平
萬年青初二集 五十名家手札
文美齋謹啓

閏五月二十一日輪船進口
桂陽 輪船由上海 太古行
平義 輪船由上海 招商局

閏五月二十二日輪船出口
新濟 輪船往上海 招商局
北直隷 輪船往上海 怡和行

閏五月二十一日銀洋行情
天津九七六錢
銀盤二千七百一十五文
洋元一千九百九十文
紫竹林九六錢
銀盤二千七百五十五文
洋元二千零二十文

直報

光緒二十一年閏五月二十三日　第一百四十六號
西歷一千八百九十五年七月十五日　禮拜一

上諭恭錄

上諭廣東惠潮嘉道員缺着陸元鼎補授欽此　上諭雲南雲南府知府員缺緊要着該督撫於通省知府內揀員調補所遺員缺着奎華補授欽此　上諭四川夔州府知府員缺着劉心源補授欽此

客說　龍沙紫陽氏稿

旃蒙之歲五月仲夏積雨忽霽炎威逼人予時夙疾新瘳客居無事因命僮布席於大樹下科頭跣足箕踞其上手捉鵝翎扇時自揮之傍置一几擁書默觀意甚得焉忽報客至將起迎之已昂然入則固十餘年之老友也甫就坐即詰予曰子不在今之所謂順直賑捐局司筆札事乎何今日在家假塞爲子曰辭矣客憮然曰何時子曰近日事耳客曰子胡然子亦知是果今之頂煌煌而衣楚楚者朝夕伺候於名公鉅卿之門殫精竭慮百計鑽營而不可得者也子胡然予曰病耳客曰以吾觀子貌無瘠而神閒氣定有病者果若是乎予曰昔者病今日愈客曰是則予之飾詞矣子言近日事何子之病之愈若是之易且速乎意者子其以鑿枘之行獲罪於上之人而爲所斥乎予曰未嘗斥也固辭而退也客曰不然今之斥人者不一道矣有顯然斥之者有微詞斥之者即有以不斥斥之者甚有以固留斥之者子之見斥其不斥之斥乎予曰予言誠有見斥予自維職局事者幾二年矣始亦惴惴焉惟恐不勝任而月後得以縱觀局中十數年來之公牘例案初非有經史之高深諸子之離奇也繼又按萬軸諸鉅公之言論風采亦惟因事論事而未嘗發爲崇論宏議以恢廓乎見聞也諒亦以其愚幼卑賤而不足與聞乎斯歟心竊稍自安遇有書　勉擬成稿惟自幼以經史是耽文詞已非所長此種學問從未一問津每自苦不合格久亦遂稍稍得其形似自顧鈍拙恒不敢自暇逸以冀毋負委任所得固豐然較之人已獨紬新進無知所職亦易涉世尚淺利心未熾故從未出一語以較論其短長同事中恒有得優保者意非不艷羨之然自念既無奇材異能又無積日累勞濫登薦牘徒取汗顏加以素性不善營謀偶出一求人語已覺慚愧無地以是三年之久依然故我夫拙而能勤上游之所不甚惡者也不爭名而不爭利同事之所不甚嫉者也不甚惡於上游不見嫉於同事予必力辨其爲見斥予果何所見而云然客曰若然則予之斥固宜而吾言益信矣夫當今仕宦場中在下位者伺候上之人其容貌詞氣倍極卑謙矣頭容低肩容脅手容瑟縮足容趑趄時復赧赧然作一欲笑不笑狀以曲致其親媚而於言語之間尤加之意毋土音毋高聲毋狂論毋強辨是非不妨倒置也邪正不容過分也亦惟默伺上之人喜怒可否而先意迎合之一遇利害切身之事則更甘言卑詞效婦人女子態或爲上所呵斥則形容愈益可憐忽起忽跪嗚嗚哀苦求必得當而後已是以朝遂宦而夕晉階什分肥而彼沾潤者高而厚何往不宜至於職守之所在不過以餘力畢之於是上之人亦深喜其爲人而稱稱之曰能員能員今子則不然貌落落然言吶吶然徒唇唇焉以不曠職守不爭名利爲有恃無恐取訴之且不暇尚何足恃哉是故子之所自恃者人之所

忽而不講者也人之所優爲者子之所茫乎未聞者也試以子居上之位行上之意不子之斥而誰斥乎且職守之不曠猶有說焉若名利之所在則舉世無愚智賢不肖孰不竭力以爭之而子偏以不爭爲貴則子何必讀書應試且何必就此振局之事乎愈以見子之飾詞而其爲見斥也無疑已子猝無以應客起而去已而思之客亦不合時之流也何所言若是其殆托詞以一洩其不平之氣乎而其言有足以藥子之病者然昔人有言曰贅疣則生不贅疣則死子病之宜藥與否姑俟異日而還問諸客

一消夏盛舉 ○閏五月十六日爲總理海關署內赫德君恭請駐京各國欽使消夏之期是日備辦筵宴恭候 英法德美俄日比義各國欽使並各國學生由晚八點鐘至夜一點鐘始各興盡回署並聞是夜有西人所教中國幼童演習外國音樂於酒筵之間音樂齊奏並燃放大花盒數架內中各色火彩層層變化足令人喝彩誠謂消夏之盛舉矣

裁汰義勇 ○京師五城練勇所設勇額共二百五十名分撥每城五十名以爲巡夜捕賊之需因近連年水患災民紛紛聚都經五城院憲奏請添設粥廠數處需勇彈壓嗣續勇額二百五十名分撥五城派赴各處粥廠彈壓去秋因中日興兵五城會議共招募勇丁二千五百名分撥各城門駐紮助守以備不虞現在軍務已靖隱聞該勇丁等自倚任官人役狐假虎威時向妓寮賭局索詐錢文或聚衆逞兇滋事兼有乘閙搶刦舖商種種不法情事現經五城院憲訪悉前情深有所慮今聞自閏五月二十一日爲始每日清晨操演技藝熟習素日謹慎者尙可留用每城仍復舊制以原額一百名餘者分別遣散云

冤家路窄 ○閏五月十七日西城粉子胡同有甲乙二人猝然相遇未及數語甲出利刃直刺正中乙腹登時殞命甲見勢不佳方欲奔逸適爲該管官廳所見當即捉將官裏去據壁上觀者聲稱甲乙二人俱係輿臺賤役同私一故家孀婦彼此爭風遂致結怨成仇甲固蓄恨已久今故一觸而發耳諺云賭爲盜媒奸與殺近觀於此而益信但殺人償命律有明條甲刺乙死在甲固謂吾忿已洩吾氣已伸惜乎其未計及償命時也

畏罪自盡 ○日前曾有某媳不孝於姑咬傷姑指等情已列前報今又聞宣武門外海北寺街地方居人某甲娶妻某氏性情潑悍不孝於姑閏五月十九日以勃谿咬傷姑體姑痛喊驚四鄰鄰且解且責氏知罪無可逭遂自盡當經地方相驗結案夫某氏死不足惜爲氏之母爲氏之夫者亦不能辭失教之咎矣

辦理妥善 ○去歲中東啓釁安徽統領龍軍門所帶馬步五營札調榆關馳赴前敵數月以來頗稱得力現中東和議已定大局日前將五營各軍全隊撤防昨由火車已抵津埠現住西門外慈惠寺聞內督憲王夔帥札飭親兵營王少卿統領撥去槍隊數十名在廟前左右彈壓聞在津加餉兩月以資川費二十日發給完竣二十一日早五點鐘仍飭親兵營勇丁護送五營各軍乘輪回南地方安謐辦理極稱妥善云

問津榜示 ○欽命二品銜新授福建按察使長蘆都轉鹽運使司鹽運使隨帶加六級紀錄十四次季 爲榜示事今將問津書院五月初二日官課考取內外附生童試卷等第姓次並獎賞銀兩數目開列於後須至榜者 計開 內課生二十名 李鵰池 王春瀛 魏震 曾登泰 陳澤寰 蔡彬 陳振鐸 孟繼坡 鄧承鏞 劉葆善 張珣 劉士蘭 王奉璋 李智華 陳鴻齡 孫履晋 董恩祥 魏恩錫 梅士珍 徐人杰 外課生二十名 何錫齡 李雲章 樊陰慈 黃澐 杜寶書 張毓藻 王德純 張克一 喬瑞年 耿壽曾 劉廷棫 顧文敏 何駿聲 梅士俊 劉書掄 于長藻 陳自珍 何錫珍 于長懋 高振岡 附課生七十四名 徐人文等 內課童十五名 趙湘等 外課童十五名 張在藻等 附課童四十九名 徐鴻勳等 內課生一名獎銀一兩五錢加獎一兩五錢 二名三名各獎銀一兩加獎一兩五錢 四名五名各獎銀一兩加獎一兩 六名至十名各獎銀八錢加獎八錢 十一名至二十名各獎銀六錢加獎六錢 外課生一名至十名各獎銀四錢加獎四錢 十一名至二十名各獎銀四錢 內課童一名獎銀八錢加獎一兩 二名三名各獎銀六錢加獎六錢 四名五名各獎銀六錢加獎四錢 六名至十名各獎銀四錢加獎四錢 十一名至十五名各獎銀三錢加獎三錢 外課童一名至五名各獎銀二錢加獎二錢 六名至

十五名各奬銀二錢　內課生各膏火銀八錢　外課生各膏火銀六錢　附課生各膏火銀五錢　內課童各膏火銀六錢　外課童各膏火銀四錢　附課童各膏火銀三錢

雲津宦轍　○守望總局吳春生太守於十九日交卸局事是日上轅稟辭前往河間府任遺差以候補府江蘭生太守印槐序於是日接視局務○吳軍門掄峯於十九日交卸津鎮印務於二十一日由津乘船赴大名鎮本任所遺天津鎮員缺羅軍門耀亭即於是日接印

職事

法不容恕　○昨報載陳家溝二甲地方龐洛寶之母由唐山買來幼女一名年約十四五歲女因飢成疾難以出售龐將女活埋輕義阡局查出當即送交地面官閻東汎暨守望局已各派差弁往拘龐洛寶母子到案觀此忍心害理因利殘生實不容恕以後汎局如何發落俟訪明再登

天網恢恢　○五月間大城縣界內白洋橋恒聚增錢舖夜間被槍賊衆首夥十餘人入院扭住該舖學徒髮辮令其指示存錢處該徒年僅十五六歲無計脫身又不欲縱賊肆掠因指一箱曰曾見舖掌於此存銀未審其有無多寡也賊衆舁箱甚重且劈且砸照以火把轟然一聲賊衆倒地該徒因焚辮絕蓋箱存火藥數十斤該徒擬藉以敗賊也賊起爭投院中魚缸內以濯該徒潛奔更舖鳴鑼賊逍遁焚斃五屍其七賊者行抵滄州因焦頭爛額爲捕役所獲經聞文安縣頭壯班奉文赴南皮縣緝辦他案適獲四賊乃係搶大城白洋橋恒聚增案內者如是則此案之賊無多噍類矣

士棍宜懲　○本埠河東于家廠李洛者土豪也與東鄉新來寄居樂姓衡宇相望樂姓之子與李姓之子因戲成毆經兩姓家屬自行解開李洛至適相値不問情由向樂家大肆咆哮並將樂姓母子毆傷頭面出血聞樂姓母子已赴琴堂控告想大令嫉惡如仇當必重法以懲兇惡也

假以示儆　○假票爲害肆塵無處蔑有犯而罹于法者亦不可枚舉昨北門外單街內平升鞋舖查出用假票之人富經十二段勇丁將某甲並錢票一併帶局審訊某甲私作假票直言不諱棍責後枷號派勇二名押遊街市鳴鑼示衆云

枷號示衆　○前西門外王大龐二陸慶雲等飛帖訛索張大錢文赴縣呈控已紀前報茲悉日前提堂覆訊王大等飛帖訛索直言不諱當即各責大板一百並賞給獨桌酒於海會寺前示衆俟枷滿日再行責放云

義不忘祖　○本埠在理公所約有十餘處不飲酒不吸烟頗屬正道遊其門者生齒日繁每屆入伏之頭一日同門諸弟子潔身沐浴叩謁先塋各伸誠敬是日本埠西營門外道路間此來彼往絡繹如梭自朝至於日中尽播聞之祭一時傳爲極盛云

合併聲明　○閏五月十二日報載第三起崗山助賑姓氏數目清單並第四起清單未登首尾閱者未免致疑緣此項賑款係集義社捐募送交敝社代爲施放者首尾善長諸公姓字爵里暨捐欵均無從考合併聲明以釋群疑　濟生社謹白

萑苻待靖　○湖郡西門外數十里有名泗安鎮者烏程長興兩縣交界之區也是處萬山叢雜與廣德境毗連久爲綠林淵藪近來湖屬各縣盜案疊出幾於捕不勝捕烏程縣徐大令訪聞該處有盜魁出沒遂於日前帶同兵役親至泗安探悉盜穴在深谷之中須起早六十里方至其地大令遂徒步而行將及四十里疲乏不堪始就道旁僱驢前進迨既入虎穴即得虎子四頭而返想訊明後必須詳請上憲置諸重典也按大令湖南人軍功出身遇事剛斷除暴尤其所長此次於炎風烈日之中往返百二十里不特大令辛勞過甚即各兵役亦無不喘若吳牛卒之一舉擒渠從容不迫非胆略兼優之健吏其能若是乎　錄滬報

潯陽夏景　○烟水亭在甘棠湖中四壁雲山一泓烟水層樓小閣位置天然絕好一幅圖畫也每逢盛夏碩賈巨商文人騷客多避暑於此或載酒留連或臨流嘯詠幾無虛日初二日有某甲與某乙打槳相撞竟至用武幾占滅頂之爻幸他舫救起旋有魯仲連者力爲排解始免兩造紛爭

白門官話　○翰林院侍讀學士文芸閣學士前經在都奏請賞假回籍掃墓旋於上月杪買舟南下道經白門日與張香帥觴

叙香帥即於三十日在署設席欵待在座者係辦理江南防務馮子材宮保新授江西臬臺翁廉訪會辦總辦水師學堂桂觀察嵩慶臧觀察候補道陳觀察江西候補道惲觀察廣東候補道王觀察等約十餘人俱衣冠濟楚到座相陪至席終時已夕照啣山各官於是聯轎而返聞閱學擬於初四日起程回里矣〇江蘇候補道王觀察灃辦事精明不辭勞瘁素爲上游倚重香帥以楊州保甲一差非幹員辦理不足以靖地方特於本月三十日札委觀察接辦是差翌日觀察詣轅稟謝即行擇日束裝就道

茲啓者本堂新刻津門孟筱帆孝廉平舒劉紫山選拔兩名士合刻賦鈔註釋詳明誠爲後學之津梁也更有青照草堂重註七家詩館試帖舉隅二種大爲士林推重洵屬古學金針又有覇州吳河帥文安陳學士合輯水利叢書實爲目前急務近印津沽周衣亭太史孟子讀卄講尊精詳不徒爲生足資討論制藝宗題尤爲見地公諱人顧著作甚富茲姑印其一以供膾炙合計五種除本堂發售外津郡文美齋書局一併寄售至於各種書籍筆墨無不揀選精良善本以期近悅遠來凡刻詩賦文集善書等板刷印裝訂書籍自當精益求精書工價廉萬不敢稍涉含混有負　賜顧

寓河北關上毘盧室義合主人謹啓

浙紹朱鈍翁醫術精細脉方穩妥屢愈危症著手回春於婦幼經產驚痘等科尤有妙術　寓彌勒菴

悅來洋貨號

開設天津紫竹林大街自運各國鐘表洋貨新到外國上等細磁玲瓏過梗鮮花菓品糕心盤碟筆架表架手照水池玩物呼喚人手鐘夏衣小掛五色呂宋◆磨料器玻璃磚磨花描金彩畫茶杌三連銅邊鍍金連仲三元福壽長元團圓寶鏡等　格外減價消售發各

告白　盛世危言一書香山鄭陶齋觀察所著也觀察負經世之才庚申之變目擊時艱遂棄舉業日與西人游足跡半天下考究各國政治得失當今時勢强鄰日逼儼成戰國之局凡有關與中外情勢商權利弊旁搜遠紹無遺隨手筆錄積年累月共成五十篇凡用鎗礮設電綫建鐵路開礦織布商務農工治河防海防邊練兵等事瞭如指掌皆時務切要之旨凡士大夫留心經濟者家置一編俾人人洞達外情事事講求利病使天下除厥弊端不誠有裨於大局哉每部五本存書無多急來購取可也

文美齋謹啓

浙杭吉永元號

本莊自置紗羅綢緞新樣洋辦花素洋布川廣夏貨團摺雅扇南貨頭油俱全祇爲近時錢市漲落不同故而各貨減價開設估衣街中間路北凡仕商賜顧者無悞特此佈達

告白　彭公案　楊家將　昇仙傳
南北宋　金鞭記　雪月梅　後聊齋
後列國　玉蛟梨　小八義　草木
春秋　西湖佳話　聊齋志怪　前
後七國　鐵花仙史　挑燈新錄
後英烈傳　三續聊齋　巧合奇冤
花月姻緣　髮逆圖記　第一奇女
續施公案　醒世姻緣　五虎平西
南　續今古奇觀　續承恩平
萬年青初二集　五十名家手札

文美齋謹啓

閏五月二十三日輪船進口
通州　輪船由上海　太古行
新豐　輪船由上海　招商局

閏五月二十四日輪船出口
飛鯨　輪船往上海　招商局
樂生　輪船往上海　怡和行

閏五月二十三日銀洋行情
天津九七六錢
銀盤二千六百九十五文
洋元一千九百八十文
紫竹林九六錢
銀盤二千七百三十五文
洋元二千零一十文

直報

光緒二十一年閏五月二十四日　第一百四十七號
西曆一千八百九十五年七月十六日　禮拜二

上諭恭錄　條議　中外褆福　蓮出汙泥
詩亦成魔　春色惱人　德便過津　冠蓋往來
催繳護照　福曜臨津　憲批照登　週日軍情
喜誌鳧飛　政績有聲　弛令懷恩　登車覽命
念殃宜防　豫章錦字　考試吏治　煤礦佳音
食物加價　告白照登　京報照錄

上諭恭錄

上諭前據宗人府刑部會奏宗室錫鈞呈告御史鍾德祥家丁熊翼臣等訛詐銀兩牽涉本官當派徐桐剛毅會同審訊茲據訊明具奏鍾德祥雖無訛詐銀兩情事惟於錫鈞之賄求免參輒御史收受贓私訊據熊翼臣等供詞業已衆証確鑿乃尤希圖狡卸捏稱郭松亭赴津情弊顯然致難確切根究以期水落石出鍾德祥着先行革職歸案審辦欽此　上諭敬信等奏籌保辦理團防出力員弁開單呈覽一摺着該部議奏單二件併發欽此

條議　續前稿

一水師人員擬請明立升格嚴定俸銀也查西洋水師官員並非差使即以所居之職為其官守不復他遷嚴定升格以杜倖進之弊其升格如下凡自少從以次遞升而參佐而副佐而正佐以至參領副領各有額限其升額半按班次半由選拔班次輪到不升者准其控告其自副領升總領以至偏師副師統師必由選拔不按班次良以總領以上之職皆可督帶一軍非有器識宏深者不足以當此任斷不可以循序按資之弊濫竽充數也惟水師之才半由學問半由閱歷其學問已於學堂練船歷考而知至閱歷必須俟以年歲其學問雖優而閱歷未深者不得以次選拔為藉口故於每級詳定居職之年限限滿則班次已到者方可推升即班次未到而真有才者亦可選拔凡少從升參佐參佐升副佐每級必須派入師船供職二年方可遞升至副佐須歷遠洋扣足二年方准轉升正佐正佐須在職四年內二年曾歷遠洋者方准轉升參領參領或居職三年內一年曾督帶小號師船曾歷遠洋者或居職四年內二年曾經署理副領管帶中號師船者方准轉升副領副領或居職三年內一年管帶中號師船曾歷遠洋者或居職四年內二年曾經署理總領管帶大號師船者方可轉升總領總領必須居職三年督帶大號師船出巡遠洋或居職四年內二年曾經統領師船至少三艘出洋者方可超升偏師偏師須督領師船一隊出巡外洋扣足二年方准拔升分師分師或曾督一軍身經海戰或出巡遠洋卓著勛勞方可洊升統師統師每國不過三四人凡督領年逾六十五歲者即當辭職此外洋水師官員升遷之大略也至俸銀之數皆以官階為定既升此官即食此官應有之俸惟每階官員所食之俸有供職不供職之別供職又有陸居行海之別其俸銀亦以是為差焉行海者食全俸陸居者有遠近之分近者海部以及海疆要下當差者則食全俸十之八遠在外藩當差者則食全俸年內告假不過一旬准不扣奉其供職時食俸大約之章程也告假過二旬者則食全俸十之二則食其半凡巡洋年回國准假三月其有內事撤差調番者則食半俸此不供職食俸大約之章程也至兼辦他職則兼食其半俸若在他處則有另飯津貼在艦供職則有飯食津貼種種俸銀之數各有一定則例不相混淆凡計全俸必以到差供職之日為始其減俸亦以離差之日為始此則外洋水師人員升格與俸銀之大略也中國各省自設水師以來所有一切督領佐領

之職不過另派之差使且有同一差使各省薪水豐儉不一既爲差使則不按資格而舉不稱職者有之矣既曰薪水則數無定額而去此適彼者有之矣開倖進之風長鑽營之習莫此爲甚今既擬請更定水師官員品級卽以所有品級爲所居之官階擬請依照外洋水師官員升轉之格詳定每級年限不得越級超升惟刱始之時人才不多其每級所有年限視外洋之例稍減如二年者減爲年半三年者減爲二年之數至輪班拔選之格亦宜酌照外洋之例較爲實在若著有戰功綽有勞績之員亦宜倣照外洋水師賞給寶星之例賜以藍翎花翎勇號惟食翎奉勇號奉視軍需則例所載者約減若干以昭寵異萬不可因其一時一事之功越限超升授以未經閱歷不能勝任之職蓄酬庸之典與器使之權不容或淆也至學製造者學支應者學醫事者學管輪者外洋亦皆定有品級升格俸銀與水師官員無異若立有水師衙門亦宜詳加考訂方足以示鼓勵　此稿未完

中外禔福　○欽命出使日本國星使裕公庚於閏五月二十日乘輿至東交民巷拜謁駐京日使賜談歡刻臨別日使林董君步送至使署外和好之情溢于言外

蓮出汙泥　○京師近年妓館漸移自揚州金四之後倡條冶葉爭妍獻媚無不各極其勝海全堂名勾闌也設前門外柏順胡同中有妓女排小者搔首弄姿亦頗姣好夜間乘輕車赶條子恒達旦不息鴇母常以錢樹子目之詎意楊花無刀徒墮溷之堪嗟橘葉生香竟尋粽之忽至先是女在家自幼曾許某甲爲室前被販賣人口者誘拐來京價售該妓館倚門賣笑已一載有餘日昨其夫弟至都偵訪得耗遂招集數十人齊至海全堂蜂擁而入挾女徉徜而去鴇奴自後追敢互相毆打隨扭赴中西坊訊究詳城將海全堂妓寮封閉咨送刑部按律定擬矣

詩亦成魔　○市肆間就地設攤猜壓詩句昔名敲詩今名五度亦賭局也閏五月廿日有李姓者在前門外大街設五度攤地棍某甲向索陋規致相口角李忿不能過將甲毆傷經地面官廳官兵將李獲解移送中城坊訊辦擬以枷號一個月限滿發落釋放云

春色惱人　○京師烟館久干例禁誠以俾晝作夜最易藏奸也至花烟館則都中尚不多覯乃近聞前門外興隆街亦有之吐霧噴雲中藏春色狂蜂浪蝶嘯聚其間雖不至豔幟高張而輕薄少年已多一桃源捷徑矣弟履霜堅冰宜防其漸所望良家子弟時懍瓜李之嫌執法有司宜思剃棘之斬是亦風俗之所係也

德使過津　○大德國欽差紳柯由京來前赴烟台隨帶領事官羅百祿繙譯官柯達士俱見王中堂登輪舟南下

冠蓋往來　○江蘇糧道吳觀察印承瀞稟見王中堂辭赴通州○浙江溫處道袁觀察印世凱稟見王中堂聞於二十四日乘津航輪船赴都引　見

催繳護照　○督辦直隸籌賑總局　爲出示曉諭事照得京津一帶糧價過昂兵民日食維艱欽奉　諭旨飭令招商前往河南山東等處採買米糧由衞河運至天津等處平糶准免沿途稅釐當經本局擬議章程詳請發印護照陸續招募殷商取具妥保分別塡照轉給飭令前往採運限定一月回津公平糶賣以濟兵民日食並經派員在道口天津灤州等處認眞稽查在案自開辦以來各商紛紛領照購運爲數甚鉅果能依限全數運到足敷接濟現在奉糧弛禁二麥業已登場小民亦無虞乏食山東米糧已經山東撫院奏准以五月底爲限以後照章收納釐稅刻已屆滿自應遵照停止俾免奸商藉端影射現經本司道稟奉　督憲面諭飭將豫東運糧護照暫行停發並令將已發護照查明嚴催繳銷如逾限玩延不繳卽傳該商保究追等因奉此除飭委員遵照查催外合亟出示曉諭爲此示仰各該商民人等一體知悉嗣後赴豫東等省販運米糧應卽查照向章完納稅釐不准藉端偷漏如有已領護照尚未屆一月限滿者務卽赶緊運津報驗減價糶賣依限繳照其餘限滿護照無論米糧已否運到尅日繳足資銷以憑彙詳倘敢延逾不繳定將原領商保人等飭縣傳案究追不貸各宜凜遵勿違特示

翻曜臨津　○新任天津鎮憲羅耀亭軍門於二十日在新城防次接印任事於二十二日蒞止津署拜廟參堂畢晉謁李傅相王夔帥並拜會通城文武日內卽拜發　皇上萬壽賀表遂再將大沽防務一切面陳傅相夔帥必須數日之商並須檢閱本署及所派雲字

營馬隊整頓一切事宜約在下月中旬方可回新城防次按軍門久歷戎行素嫻韜畧在大沽將及二十載操防一切均極詳備即如今春督報屢傳而沽口安謐如常益見平素恩威並濟兵民輯睦今蒞鎮篆展布宏才於防務營務更必盡翔妥善津郡得此夙將國之干城民之福曜矣

憲批照登　○欽命二品頂戴直隸分巡天津河間兵備道李　示據交河縣高文周呈批蒲洛四押出地畝何以分兩回贖兼係非別有轇轕仰交河縣集案覆訊秉公核斷並將所稱差役詐贓一節質明懲辦實虛並坐據實詳覆呈單抄存

邇日軍情　○貴州古州鎮丁衡三軍門印槐於二十二日稟見稟辭王中堂不日赴都所帶槐字十　營暫駐灤州○甘肅寧夏鎮牛慕琦軍門印師韓因中東議和由前敵帶回豫凱軍八營暫駐津郡西關外聞擬添募十二營共爲一十營開往甘肅以靖回匪云

喜誌鳧飛　○現在軍務稍鬆善後諸事尤須妥爲經理所有天津海防支應局公務亟爲係重必擇士發帥復委即補道杯觀察印志道會辦局務於昨日到局視事又新委守望局總辦江蘭生太守印槐序於十八日抵津廿日到局任事又大津鎮標東光汎經制侯士鑾與右營磚河汎經制余恩錫互相調署

政績有聲　○守望總局吳春生太守在總局一載除暴安良民皆感戴昨於十九日携眷赴河間府任十二段公送萬民傘四柄五段公送萬民傘一柄聞他段因行期太促均赶備未及㤙送云第五段守望局王大令在該段前後十餘年持正不阿昨於各舖民局徵防時街民公送守望局匾額一方曰公正廉明舖民局匾額二方一曰恩重鄉鄰一曰居仁由義

弛令懷恩　○語云能將千軍不將一夫誠以法令可施於戎行勢力不加於鄉黨也晉郤子曰禮樂慈愛戰所需也古之名將與士卒絕甘分少能得人之死力故未有不能愛兵而能用兵者古今一體兵民一情也不善將者不以情聯徒以法馭權在之日兵之於將畏法愈甚結怨愈深兵散則權去權去則兵變勢也亦情也邑人張登科者民團左營左哨之哨官也民團與他營事同而情不同蓋即民即兵兵即民其將之賢否兵知之其兵之甘苦將知之使非相知有素心悅誠服烏能得去後之思哉茲民團散已數月衆兵爲張哨官送匾一方額曰恩深待衆張某其得治兵之道歟

登車斃命　○南華有曰萬物生於機而入於機機之所在行乎其不得不行止乎其不得不止至製器爲機遂以機運器其法無量其力無量故其便捷神速亦無量司其事者必矜之又矜慎之又慎以其成功多而爲害巨也自輪舟火車火磨與機器廠作通行內地獲利者固多遇害者亦不少今早老龍頭火車第一次開行有買票登車者不知爲誰氏子年約十八九歲身穿缸靠大褂甫將登車不料火車掛鈎車復倒行其人被車撞倒由肩膀及腰腹車軋處骨碎腸拖登時斃命傳言臨行時衆見有十餘歲孩與某送來包袱一個書信一封孩去某斃想某家尚無音問夢魂中能一意及否慘矣哉由是而推行船走馬可不慎歟記曰一舉足而不敢忘父母曾子守身所以成爲大孝也○適訪友又晉軋斃之屍係山海關人向在津華學作生理云

念殃宜防　○念殃某者曾習鐖務以不潔被黜終日即在西門內一帶或舖戶或烟館或作葉子戲或肆口皂白藉事生風假名招搖人以狗食目之因相呼以爲綽號今正開報館重開自言己入館爲探訪公然包攬招搖嗣被人偵知其僞道破其奸始行斂跡詎又鑽牽某大署之書吏爲其所惑不免稍假詞色伊又因某大署官長新舊交卸時有鄉下捐職某甲者意欲趁此謀入候補班其友引與念殃某會晤某即力担其事毋不惜資財邀其觀劇飲酒問柳尋花以爲結其歡心事必速就因循冉再迄無一成甲始確切追詢某始以飾詞延緩甲近聞某大員榮行有日即再根究某且匿而不面甲悔恨無及逢人輒道其事噫世途險惡爲往不然如某某者何堪勝數執事權者倘被念而假之權則爲害豈淺顯哉慎之慎之

豫晉錦字　○客有自金陵至江右者據稱張香帥振作奮興規模廣遠將一切積弊掃除盡淨近日籌集鉅欵向外洋定購鋼甲兵輪數艘並擇水師學堂學生數十名送往外洋學習海道駕駛及攻戰防守諸技皆爲權頭南洋海軍要務也自蒞兩江以來適值中日事亟辦理一切幾至朝夕不遑內無刑名錢穀之幕友外無門稿執帖之家丁凡上而奏摺中而咨會下而書札公私案牘皆必躬親從未假手

…俄人恒數日夜目不交睫而不見倦容旬材異稟實罕比倫任督撫二十年兩皮原籍未嘗置有田產而地方義舉如振災卹傷及書院膺學會之類動捐鉅款曾不少吝公忠廉正兼而有之真當代之賢豪國家之柱石也　錄申報

考試吏治　○金陵候補人員督憲張香帥訂於每月十二日輪流考試吏治今屆五月分由藩憲瑞方伯主政是日黎明應試大小班約百餘員衣冠楚楚齊集藩署二堂點名給卷然後扃門考試題目錄下　中日和議已成應如何善後策　錄申報

煤礦佳音　○湖北大冶礦產質之佳實甲天下無如煤不合用是以當道不得已而採之四方究苦不能應手當張香帥在鄂時不惜巨資曾於距省相近之處廣爲探測江夏南鄉馬鞍山中多煤礦質極精良當聘西人購辦機器與工採取時逾一載所費近三十萬金掘洞深三十丈而煤竟不得人皆以枉費爲虞香帥始終不中止復於今歲二月間另聘某國煤礦師來鄂重行開挖於前洞三十丈之旁改進三丈竟得煤倉煤塊皆大如斗若煉焦炭其質又在歐洲各煤之上且煤苗甚旺除供鄂廠應用外尚有贏餘按三十萬成本計之每兩已有一分二釐之息月前蔡黃兩觀察親詣查勘喜形於色特詣南洋面陳於香帥之前語云有志者事竟成其此之謂歟　錄滬報

食鹽加價　○前者海氛不靖需餉浩繁張編修百熙在京條陳籌餉內有通行鹽務各省每食鹽一斤加價二文以佐軍需一條當經大部議准行知各省遵辦在案兩淮運司江部轉奉文後當將淮南所屬之鄂湘西皖四岸咨請各督銷局察核岸銷情形論商辦理其實揚兩屬各食岸則由部轉札淮南總局轉諭各商悉心核議酌量加價第近年以來岸務日形疲滯銷市殆不如前且價壞窮鄉私梟鬧販灑賣如果將鹽價驟增誠恐小民貪賤食私必致自虧課餉部轉一再籌躊不得已遵照部飭減半每斤加收鹽價錢一文藉濟目前要需刻已諭飭各岸商酌定於閏五月初一日起一體照加另加錢文諭令各該商等先行籌墊若干以便轉解濟餉說者謂從淮南鄂湘西皖四岸及儀揚兩屬各食岸歲銷引數計之如每斤加價一文每歲約可得錢八十餘萬串得此補助軍需裨益良非淺鮮也　錄滬報

告白　盛世危言一書香山鄭陶齋觀察所著也觀察負經世之才庚申之變目擊時艱遂棄舉業日與西人游足跡半天下致究各國政治得失富今時勢強鄰日逼儼成戰國之局凡有關與中外情勢商權利弊旁搜遠紹無遺隨手筆錄積年累月共成五十篇凡用餉礦務設電綫建鐵路開礦織布商務農工治河防海防邊練兵籌餉事瞭如指掌皆時務切要之言凡士大夫留心經濟者家置一編俾人人洞達外情事事講求利病使天下除敝興利不誠有裨於大局哉每部五本存書無多急來購取可也　文美齋謹啟

浙杭 元吉永號

本莊自置紗羅綢緞新樣
洋辮花素洋布川廣夏貨
團摺雅扇南貨頭油俱全
祇爲近時錢市漲落不同
故而各貨減價開設估衣
街中間路北凡仕商賜
顧者無悞特此佈達

告白　彭公案　楊家將　昇仙傳
南北宋　金鞭記　雪月梅　後聊齋
後列國　玉蛟梨　小八義　草木
春秋　西湖佳話　醉夢志怪　前
後七國　鐵花仙史　挑燈新錄
後英烈傳　三續聊齋　巧合奇冤
花月[illegible]緣　髮逆圖記　第一奇女
龍圖公案　醒世姻緣　五虎平西
南[illegible]　續今古奇觀　續[illegible]平
[illegible]初二集　五十名家手札
文美齋謹啟

閏五月二十四日輪船進口
順和　輪船由上海　怡和
怡生　輪船由上海　怡和
新豐　輪船由上海　招商局

閏五月二十五日輪船出口
梓陽　輪船往上海　太古行

閏五月二十四日[illegible]洋行情
天津九七六錢
[illegible]二千六百九十五文
洋元一千九百八十文
[illegible]九六錢
[illegible]二千七百三十五文
[illegible]元二千零一十文

光緒二十一年閏五月二十五日
直報
第一版
〇六〇一

直報

光緒二十一年閏五月二十五日　第一百四十八號
西歷一千八百九十五年七月十七日　禮拜三

條議　續前稿

一水師兵卒擬請別其等第定其口糧也查外洋水師則例有上卒中卒下卒之分又拔其尤者以爲砲長隊長藝長長各有副其自下卒升中卒中卒升上卒少則六月或技藝平常或操作不勤者雖一二年不得挑升其口糧則視上中下三等以分多寡至各長之闕非派入卒長練船學習一事技藝精到者不得充補自副長以遷正長須試看一年方可轉升正副長於口糧外各有加糧以爲表異其輪夫火夫亦分三等亦立正副長挑升之法如前其餘一切詳細則例具有成書每卒各領一本後有空白若干頁每月發糧呈送領糧劃押旁記每月所習之事與其勤惰另存副本於支應處以便稽核若有搶險立功者則賞給功牌隨加口糧以爲鼓勵兵卒轉升至隊長而止終不得超遷佐領此即學成而上藝成而下之義也查北洋水師設有練船各船兵卒亦分頭二三等至各等如何挑升與各長如何挑補似宜略照外洋水師則例一一厘定而口糧之多寡亦由此分則兵卒知有挑補定章莫不發奮以勤操作矣又原奏內稱兵則定格請補年十五至二十募之學成授兵五十休之募新者以補其缺其休者籍爲餘兵酌給名糧四分之一註籍聽調又在營之兵弁皆須終年住船不得上岸三年予假換班遣歸等語查外洋水師兵卒有自十三歲上船練習者至二十五歲則役限已滿若該卒情願仍留水師者則以三年爲限另加口糧若干約每日百文名曰宿卒如是遞加三年至三十五歲凡限內不得辭去三十五歲後若該卒情願仍留水師者不復續加口糧良以水師操作勞苦壯年方可承受其航海或在水師或在商船歷三十五年者則給贍老口糧因公受傷者亦在此例中國水師擬請召募十五歲以上之人逾十八歲不得應募應募之時須保五年非有大故不得擅離兵籍五年後復願充當者再保五年另加口糧若干如是者至四十歲而止若歷年操作勤奮並未犯有大過者可派入沿海機器各廠充當巡丁惟外洋水師有贍恤口糧故兵卒情願出海效力贍恤入項款目甚多無論官商人等以及沿海漁戶所得辛工悉扣若干其餘若逃卒未領之口糧亡卒所遺之什物以及戰時擄取敵船財貨關上抄出禁物悉歸該庫存貯中國初創水師必難兼顧及此然非此亦不足以鼓勵故往往練成水手一旦遠行即有逃亡者無事如此則有事可知矣擬請倣照中國海關華人當差七年後則多給一年薪工之例凡兵卒已役五年則多給半年口糧已役十年則加給一年口糧出洋後二年准其告假三月食半口糧其屯住口內不在艦上執役者亦食半口糧卒長巡洋回口例准告假不領口糧又擬請倣照外洋水師設立孤子學堂以恤其後凡兵卒受傷或因公死亡准其子入學專學卒長之事學二年派往練船始給口糧學有定額孤子補不足者然後選及卒長與卒中執役最勤之子無子亦准以親戚入選又宜酌定功牌格式另加口糧若干以賞異常出力者如冒險救人救火等事此即原奏所謂其餘賞卹等項亦條別而爲之制之意以上各款皆宜參酌外洋成例妥定一不苟不濫之細章而後兵皆樂於執役矣

此稿未完

解蠟到庫　○河南巡撫咨送候補知縣周萊祺督解黃蠟五千斤於本月二十三日午刻赴戶部顏料庫交納當即掣給回批令該委員回省銷差矣

與衆棄之　○閏五月二十日刑部安徽司由獄提出斬決盜犯島鳳起等六名在提牢廳點名後綁入囚車撥派營兵一百名沿途護解至菜市口市曹地方行刑將首級六顆裝入木籠懸杆示衆以儆盜風又由河南司提出斬決人犯楊二一名解赴市曹行刑聞該犯因光緒九年間致斃二命在逃之犯現今被獲擬抵以重人命云

以縛易縛　○安定門外地方爲無賴嘯衆之所故綑人勒贖之事時有所聞某甲曾娶再醮婦某氏以主中饋已及半載忽被混混李五等十餘人見其室有紅顏囊餘白鏹起意窘辱爲勒贖計閏五月二十日聚集其室不問情由雙雙綑縛過寫厚貺時某甲知勢不可犯不得不以孔方兄爲釋縛計事後愈思愈忿巡投營汎控告聞已將李五等拿交琴堂懲辦矣

途宜戒嚴　○京西西直門外海淀地方有重載車輛四乘內坐男婦十數人聞係祁姓由昌平州赴京公幹閏五月二十一日黃昏行至該處突來結夥賊匪二十餘人手持洋槍刀械肆行搶刼銀兩衣物並施放洋鎗將祁某之子轟傷當赴北城外坊報案會同營汎勘驗被刼情形詳城究辦飭捕嚴緝贓賊務獲云

示領工本　○欽命二品銜新授福建按察使長蘆都轉鹽運使司鹽運使隨帶加六級紀錄十四次季　爲出示曉諭事照得本年四月初間風潮大作海溢成災迭據嚴鎭場詳報及各竈戶稟陳鹽灘被淹情形環懇借發帑本修復興曬當經本司飭據大津分司覆以該場灘副被災擬仿照成案借給修灘工本銀二千兩以資興曬所借銀兩即自光緒二十二年起分限五年由場徵解歸欵不准藉詞延欠等情詳請核辦前來除詳准由庫照數借撥飭場具領按照被災灘副大小需用工本多寡分別核實散給嚴禁剋扣滋弊外合亟出示曉諭爲此示仰嚴鎭場借領工本竈戶人等知悉爾等即速赴場將每戶應借工本銀兩出具保領切結照數承領赶卽修整與曬供運倘有本司及場署吏胥人等從中剋扣需索准即扭禀從嚴究辦所有此次借領帑本即自光緒二十二年起按照詳定限期完繳毋得臨時延欠致干查抄究追其各凜遵毋違特示

安不忘危　○天津屬畿南海國嚴疆由大沽而來爲後路最緊要之地各署倉庫糧臺局所以及各省調赴▯敵與榆關內外駐紮各營總糧臺外又多轉運分局一切軍儲所關極重平素雖有淮練與親軍駐防爲之保護一經有事輒須征調四▯更募新勇以補其闕則未諳紀律人地生疎既不嫻習營規亦不善詰奸究倘一聞警雖有民團水會可聚數萬終不如有律之師可以動靜從令經前憲吳軍門由三營挑選精壯者五百名改習洋槍駐紮四城以備地方以壯聲氣是以自去秋屢有警信而安謐如常盜賊亦不敢恣肆現在撤軍紛紛來津又幸蒙練軍營總憲▯撥兵彈壓津城內外安堵實賴有此項練兵每月僅有津貼爲數不鉅可否久作護城之兵想當路自有權度無煩杞人之憂也

一律緩征　○欽加同知銜卓異候陞題補靑縣署理天津縣正堂趙　爲出示曉諭事照得本年四月初三四等日風雨交加宵達旦以致四鄉遠近各村麥田多被水淹經前縣並本縣會同委員勘明各村災歉情形分別電輒會稟各憲內除上年成災五六七分村莊應征本年春賦錢糧及各項旗租雜租銀兩已奉又蒙至本年秋後啓征不計外其餘村莊多係上年歉收三四分應征本年春賦地糧及各項旗租雜租照例緩至本年麥後啓征此次復又被水是以請將麥後應征本年新賦糧租並各項雜租暨上年成熟各村莊上忙尾欠糧租均展緩至本年秋後啓征以紓民力稟蒙▯藩憲批示據稟勘明該縣麥田被淹房屋倒塌各村民情苦累應准將丁字沽等一百十三村麥後應征本年新賦地糧及各項旗租雜租並馬莊永豐屯等一百二十三村應征本年上忙尾欠並節年底欠地糧及各項旗租雜租均一併緩至今年秋後啓征以示體恤聽候彙案詳　奏另檄行知仰即遵照等因奉此誠恐該村民等僻處鄉隅未能週知合行出示諭飭爲此示仰城鄉各花戶人等知悉所有境內村莊無論上年災欠成熟其本年麥秋應征新舊糧租均一律緩至本年秋後啓征以示體恤各宜凜遵毋違特示

胡不自愛　○文之州縣佐貳武之千把經額官秩雖微居然民上宜自愛勿自恣也昨登榆汛把總與東安汛千總某某均因參斥革不免令人詫異茲悉榆垡汛兵誣良爲盜又誘賣婦女以假詞朦朧本官竟至擅受民詞及受屈者赴有司控告則無可遮飾不得不將該案訊辦夫文官受詞猶不能不擧揭上憲按律科斷況武官乎宜其難以保全矣至東安乃係乘廟會之期查拿賭徒以輕擧釁致激民憤兵丁燃槍示威詎將民人黃姓轟斃遂致控經有司該汛官以所獲紙牌賭具本輕難以重咎具犯因將舊存寶盒呈案誣爲現獲上憲以事關人命不能不澈底根究是以水落石出議將該汛革職夫官雖武武亦官也果居其位思其職宜如何廉潔自愛何不也愛惜若是乎可不戒哉

勿爲馮婦　○燕趙古稱多感慨悲歌之士慕義急公出乎其性不遇則鼓刀屠狗無所不爲臨敵則揮刃揩膚一往莫禦其事異其趣同也古今止觀成敗丈夫何論出身乎然其間有善不善者一則能蓋前愆一則復萌故態也每憶右陳之卒章曰亦罔不能惟厥初惟其終嗚呼曷哉津埠王有宏者幼失怙乏教與混混居遊日相狎里莫之善也去歲投効車前隸吳軍門屬下管帶鳳字一營頗有勞績居然羣將是良材是義士可嘉也茲因鳳營遣散同籍與夙仇孫某值孫某扭控邑侯案下聞已提訊差押是非自有公斷惟王某既立戰功卒爲善士案結之後自當刮垢磨光砥名礪行珍重自愛上爲　國家之干城下爲同仇之模楷幸勿效昔之馮婦見虎攘臂而爲士者所竊笑也愼旃勉旃

無力殺賊　○首夏大雨爲災幸南運河一帶麥尚有秋瓜菓園蔬亦頗有獲而盜仍未弭可變也茲據客談寶坻縣自去歲盜案疊見層出前月初旬何家寨林姓依家賊越牆入林祖母驚喊賊入室毆嫗身傷復去銀兩衣服自帥寺物外以書生無縛鷄力任賊飽掠而去幸林祖母係被木傷尚不得命但拒傷搶物賊亦橫矣

快牛破車　○河東于家大院地方李某素與該處土棍爲伍(非)其子向外鄉人袁姓子爭吵李知即集同類數十人將袁某夫婦毆打無算袁以外來就食未敢與較俟李走後袁姓赴該管十四段守望局喊冤經局員李大令派勇將李某並帮打之吳大傳局訊究將帮打之吳大棍責四十斷令具永不滋事甘結始釋去夫李因兒戲肆兇吳因帮打受責語云快牛必破車然哉

不慈之慈　○昔人畫虎顧衆彪圖題曰惟有父子情一步一回顧故世有不孝之子斷無不慈之父第恐慈之太過反致有欲慈不得者此其弊人人知之每每犯之貧者或差富者特甚蓋貧多勞勞則思思則善心生富多逸逸則忘善忘善則惡心生情也亦勢也至因逸生惡雖欲用慈爲得而用之本埠紫竹林租界外某甲者業瓦木作頗稱小有其子與羣小往來在外賒欠若干假作其父戳記一味支吾昨被父查知赴縣送子並連其黨友八人聞其子已逃匿其八人者則按名傳案矣又有城內某姓家頗裕有子一人鍾愛之十七歲即爲婚娶計以遂其慕少艾之私心也不料狠子野心久住侯家後某妓館揮金似土父知無奈昨乃設法在妓館誘出至家則項以鐵索横加足以巨石爲絆禁錮一室不令少出此二事者皆非愛子之初心勢至無可如何則又不能不以不愛爲愛矣

方得肘後　○古語云鄉無醫國手頗有活人心此古聖人爲醫藥以濟生死之要義也然或謂刮骨療毒華陀而後鮮傳其方術世之得其方者又或不以術顯然受其惠者則感莫忘焉津埠紫竹林臨紫東者習按骨疔毒惡瘡內外諸科在此十數年所治奇效之症不可枚舉名醫或望而棘手陳則一到病除且其審症最精可治者愈後隨意送給藥資不可治者必先告諸病家不肯朦混誤人可嘉也

臺南西簡　○字林西報館接到華歷閏五月初七日台南訪事友來信云百姓及生番等均助劉淵亭軍門聲勢甚大故軍門能現在全台成一四散拒敵之法日人來攻不但不易得手且其死傷者必多○現適在風信之內海中多風岸上多雨皆足以阻止戰事故現在之處較前已增數倍○前聞日軍於五月二十一日由旅順起程來攻台灣乃至今不見其踪跡大約該兵船等因遇此種大氣故均停泊澎湖按兵不動也且聞現在台北之日人患疫者甚多○謠傳台南居民有染患霍亂之事全係子虛現在打狗地方甚爲安靜其近處守兵不多且此種守民皆是土著鄉人性和而有禮　錄滬報

臺軍勝敵續音　○台軍勝敵情形疊列前報又有客自臺北府城避難至廈告於本館訪事友曰臺地紳士擁唐薇卿爲總統未

何日而基隆三貂嶺報警其時楊軍門顧方伯暨太守李大令以及得力將佐早經遁曾內渡各處關隘亟須佈置徵帥乃發電至中路催促吳霽軒軍門林蔭堂觀察督帶所部星夜來援吳林未即應調閱日基隆陷民間多有置辦白旗為敵內應者徵帥見威令不行民心離叛遂於五月十二夜二鼓孑身出轅由廣軍護送至大稻埕江干登輪出口旋有轅下親兵馬姓等數人將署內細軟席捲一空并遺火於上房霎時燎原民間大譁翌日爭執白旗導敵入城敵兵即分駐藩學各署并出告示數道勸令民間將家藏軍器限日獻出違即處死又患食物昂貴強為定價米一元兩斗五升魚每觔七十文菜蔬一律一斤十二文小民苦之又禁婦女纏足男丁穿長衣民尤以為不便且敵兵全無紀律動輒強入人家攫取食物姦淫婦女種種虐擾不一而足所最慘者凡曾充團紳團丁之家或為奸民指告即將其人衣服剝盡身澆火油置諸乾柴之上縱火焚燒呼號之聲遠聞數里半月間罹此刑者已不下二百餘人日人休息旬日遂留若干往守臺北其大隊望新竹進發見仗數次均為林吳邱各軍所敗而本月初一日一仗斬殺尤衆不下三四萬人刻下日人直退至陂角下寨矣按陂角距新竹六十里去臺北統三十餘里許　錄滬報

茲啟者本堂新刻津門孟筱帆孝廉平舒劉紫山選拔兩名士合刻賦鈔註釋詳明誠為後學之津梁也更有青照草堂重註七家詩前試帖舉隅二種大為士林推重洵屬古學金針又有覇州吳河帥文安陳學士合輯水利叢書實為目前急務近印津沽周衣亭太史孟子讀法講義精詳不徒經生足資討論制藝宗題尤壽見地公諱人麒著作甚富茲姑印其一以供膾炙合計五種除本堂發售外津郡文美等書局一併寄售至於各種書籍筆墨無不揀選精良善本以期近悅遠來凡刻詩賦又集善書鋟板刷印裝訂書籍自當精益求精省工價廉萬不敢稍涉含混有負　賜顧

寓河北關上毘盧室義合主人謹啟

敬啟者竊謂善與人同期於利濟因人所利各盡其心今值灤邑　帶州縣災黎失所慘動行人雖官賑義賑疊施而飢號流離不免災誠普矣於是本館勉步樂善之塵約集各名家立同濟書畫館於城內以筆墨為生涯擬集腋成裘藉書畫而助賑願共成善舉如衆善諸君賜此愚忱將書畫各件　惠交本館為幸並列諸名家姓氏於左　吳佐廷　石冶子　姜蔗樵　李幼竹　周鐵圳

山水人物　陸幼薌　李喬卿　張燮然　王菊生　陳銳生　黃益如　朱紫臣　張閬卿　樊君竹　花卉竹蘭　陸純甫　趙體仁

李星垣　凌素瑩　李二聊　李桐菴　王竹林　李芹香　劉荇吟　張聘臣　張在洲　各種書法　張錫臣　劉小亭　鐵筆　以上

謹按潤格登報以供衆覽其未交潤格者概不登報　天津東門內二道街獅子胡同口西路北同濟書畫館謹啟

朱銑翁先生醫道久著昨有牛公館內眷染患時瘟悞服麻黃勢甚垂危一經銑翁診救立覺回春

浙杭 元吉永號

本莊自置紗羅綢緞新樣洋縐花素洋布川廣夏貨團摺雅扇南貨頭油俱全祇為近時錢市漲落不同故而各貨減價開設估衣街中間路北凡　仕商賜顧者無悞特此佈達

告白

彭公案　楊家將　昇仙傳
南北宋　金鞭記　雪月梅　後聊齋
後列國　玉蛟梨　小八義　草木
春秋　西湖佳話　聊齋志怪　前
後七國　鐵花仙史　挑燈新錄
後英烈傳　三續聊齋　巧合奇冤
花月姻緣　髮逆圖記　第一奇女
續施公案　醒世姻緣　五虎平西
南　續今古奇觀　續永慶昇平
萬年青初二集　五十名家手札

文美齋謹啓

閏五月二十五日輪船進口
順和　輪船由上海　怡和行
怡生　輪船由上海　怡和行

閏五月二十六日輪船出口
新豐　輪船往上海　招商局
通州　輪船往上海　太古行

閏五月二十五日錢洋行情
天津錢九七六錢
銀盤二千六百九十二文
洋元一千九百八十文
紫竹林九六錢
銀盤二千七百三十二文
洋元二千零一十文

直報

光緒二十一年閏五月二十六日　第一百四十九號
西曆一千八百九十五年七月十八日　禮拜四

上諭恭錄

上諭步軍統領衙門奏緝獲交拿人犯請交部審辦一摺所有拿獲之趙逢源一名着交刑部審明辦理其劉敬三即劉起山一名前據倉場衙門奏稱實係盜倉花戶並非倉匪等語着刑部一併歸案質訊如無把持擾害情弊即行奏明釋放欽此

條議　續前稿

一原奏辦船等一條內凡沿海各口必先測量水道審度地形備其何式為宜量行購造等語查西洋師船共分三種曰甲艦曰快艦曰防艦三種之艦功用不同即製法不一聞嘗細考而得其說焉船之功用有因地者有應變者何謂因地中國濱海七省港汊紛歧水道不深迥異英法嚙水稍深之船艱於出入前讀美國海部製造司員經士所著二十二國師船通攷之言曰美國水師亟宜製造新船以防海疆要害擬請造鋼體木底頭號快艦速率每小時行逾十五海里前鑲衝鋒上安巨砲者二十餘艘中等鐵脅快艦二十餘艘三號鋼身快艦速率須在十八海里以上者亦二十餘艘船身每噸應配兩匹馬力嚙水必淺以便出入港汊防海之利器備於是矣謹按地理美國海岸之紆曲迴環與中國相埒經士以製造擅名游歷歐西二年專攷各國師船之利弊研究美國海岸之形勢所論各節誠有得之言縱令外國專門名家為我借箸亦不外此數語此因地之說也何謂應變經士所請製造三號快艦祇能近防不能遠攻遠攻之船以甲艦為最海洋迎戰敵以甲船來我以甲船往則軍威可振士氣可作且遠攻之船亦宜配甲快船防船雷艇方足應變西國水師公會嘗論之曰近有謂甲船快船防船三種宜分用無須配用者不知三種之船功用雖異而以之應變缺一不可凡海洋巡哨當有頭二號中船數艘外有快船十餘艘攜帶雷艇數十隻更有水砲台式之防船數艘尾之海洋迎敵則中船居中其快船雷艇進則衝鋒陷陣退則左右甲船併力攻擊水砲台常隨甲船遠發巨砲以補快船之不逮夫水師之有快船甲船防船猶陸軍之有步隊馬隊砲隊互有功用其名雖異其効實同此應變之說也至於製船之法有三事焉曰船式曰機器曰砲身請分論之泰西水師公會之論船式曰輪船之製始用木繼用鐵今則鋼輕於鐵有以鐵易鋼之說快船與雷艇二者非鋼不足以致用頭號甲船笨重非常運艇不靈而駛行不速甲板雖厚而彈力日加各國已逐漸停製近議專製小號甲船以載重八千餘噸身長一百八十二英尺速率約行十四五海里為度中置百噸重砲二尊旁置十四生的濼當口徑砲十尊中腰帶甲板厚一尺六七寸船首置機以放水雷數者俱備斯最利之甲船矣至快船約以載重三千餘噸行駛十六海里為度至防船與雷艇之式議論紛紜莫衷一是船身則造隔堵以防敵彈為宜此船身大畧之情形也機器則以康邦雙推輪為最汽釜則因船而施少則四釜多則十二不宜膠柱其機器之長短大小配合勻稱方見功効即如英國新式之快船曰依利斯長約三百尺寬四十餘尺載重三千七百噸馬力七千匹置雙推輪於後初製時推算家皆謂此船成後可行十八海里及下水試行祇行十六海里半又幾

經改製幾經試驗終未行至十七海里其初推輪四頁後去其二復殺之以減阻力然後行至十八海里半而所費已不貲矣故機器式樣必用試驗多次者乃可無弊斷不可以他國未經試用者為人嘗試機器如此船身亦然此機器大畧之情形也外洋近年考礮最精每以能穿鋼鐵甲為程式其大砲之製則以威德活為最克虜伯次之阿蒙士莊又次之威德活砲彈中鐵甲斜角小至十八度力猶貫甲此則阿蒙士莊砲彈所不及其製砲之法以流質壓成鋼體渾堅縝密以克阿二廠之砲較之瞠乎後矣其砲式則後膛勝於前膛無待擬議德法美俄新式戰艦悉用後膛而英國狃於成見乃創為小槍利用後膛大礮利用前膛之說另樹一幟比及珊德爾船上八十噸炮以悞裝雙彈炸裂死傷甚多脫用後膛則前彈未出後彈奚由而入然後方悔其欺人適以自欺之誤今將水師大礮改為後膛其經費詎可計耶至於連珠小炮以擊雷艇現以那登飛為最捷此炮身大畧之情形也驗之功用既如彼考之製法又如此是中國水師應添師船之數與應配師船之式不言可明惟西國師船之強弱不在多寡而在堅窳英國甲船號稱五十六中惟三十九艘為新式法國甲艦號稱五十一中惟二十六艘為新式意國甲船號稱一十七中惟八艘為可用德國甲船號稱二十五中惟九艘為可用其餘則自檜以下概以鐵皮木質之炮船充數使聽者不察徒震驚夫各國甲船之多欲令中國步其後多製戰艦勢必有所不能統計中國海疆綿亘之長四倍於英六倍於法十倍於德幾將於美而弱於俄至少約需甲船六艘大中小三號快船各十二艘一切船身機器炮式約如前議除己訂鐵甲二艘已購中號快船二艘以及閩廠製成鐵脅船三艘外尚需甲船四艘價約六百萬大號快船十二艘價約一千二百萬中號快艦七艘價約四百二十萬小號快艦十二艘價約三百六十萬統計二千五百八十萬兩以九年分計每歲製造經費二百八十六萬兩有奇尚不及英法德俄各國每年續添新船經費四分之一然而計臣束手小儒咋舌矣

禮部牌示　○禮部示傳覺羅官覺候補教習何丙晨限三日內赴部驗到並攜帶筆墨以備當堂填寫親供核對筆跡毋得自悞特示

剌兒銅生　○西國富强無人不知其所以致富致强要不外開礦鐵路數大端中國何嘗不可富何嘗不可强措有礦而不開有路而不造遂覺貧弱不振耳近年中國于此數大端亦知講求創辦再遲數年吾知可與西國並駕齊驅矣京西一帶崇山峻嶺數年前有西人某甲挾貲在京西五十里剌兒山開採銅礦有始無終半途而廢現在又有西人某乙擬步甲之後塵於閏五月二十二日偕紳士吳丙前往續採辦理果能得法不難立致巨富也

各任浮沉　○永定門外吊橋下護城河內浮有男屍一具年約三十孩屍一具年約十餘齡均大腹膨脝厥狀甚慘經本地面總甲協起旋赴南城報案稟請劄飭廳廷指揮帶領吏仵相驗其男屍身帶多傷當經屍父游一當場認領據供伊子與劉六因口角毆傷致令氣忿自盡求請伸冤旋即飭差拘傳劉六到案實訊供認不諱詳城咨送刑部審辦至孩屍並無親屬認領由官發給棺木殮埋矣

生慶卬須　○閏五月二十二日有友自京西三家店來者談及三家店地方渾河水勢漲泛致將浮橋冲塌往返行人皆用小舟擺渡日前有行人十數口正在渡行之際忽然河水暴發波浪洶湧致將渡船冲溜數里之遙彼時所渡之人皆面如土色喊救失聲後經農夫數人設法援救始慶更生誠謂不幸中之幸矣

訊有到頭　○閏五月二十二日提督衙門奏送交拿人犯趙逢源一名解交刑部審辦已見邸抄茲聞該犯素日結交匪黨吃倉訛庫控案纍纍此次獲案澈底根究至如何定案容俟訪明再錄云

示領護照　○王制憲慨念民艱曾飭津海關前道盛黃觀察發給護照免抽厘稅查驗放行數月以來頗舒民困茲奉省糧商劉義等赴督轅呈稟請護照買米平糶復蒙允准該商等迅速領照裝運糶米以資接濟仍飭津海關道盛觀察轉飭經過各關卡照章免抽厘稅查驗放行等因制憲愛民之心有加無已洵萬家之生佛也

名將星韜　○良將為國家干城不獨生而壯河山之氣死亦增社稷之光周有十臣周以之興殷有三仁殷以不泯蓋其人之名存即其人之心存即其人之國亦與之長存矣古之名將其歿也不特上關天象下係安危義氣犧徹三軍賢聲感及萬姓即後之讀書論

世者往往聞風出涕爲其時頗足郎爲其國動色曰某朝某某者眞罕覯也人心如是今古同情自去歲中東啓釁以於王事如左車门實貫鄧總戎世昌以及陣亡諸將婦孺皆爲扼腕亦若身受其恩感激無地者所可慰者猶幸前敵一帶有若宋聶呂徐諸帥倚爲長城不料適接電音徐帥見農病故又弱一个何天心之不祚也　朝野同聆軍民滋痛矣

升遷誌喜　○原任正定總鎮徐見農軍門邦道在前敵病故所遺員缺現奉制軍王制憲札調署大名鎮李軍門大霆移署正定總鎮篆務○署提標右營遊擊蘇世常於昨日稟見王制憲謝委

三取榜開　○欽命二品銜新授福建按察使長蘆都轉鹽運使司鹽運使覺羅帶加六級紀錄十四次季　爲榜示事今將閱過二取書院齋課考取內外附生童名次並獎賞銀兩開列於後須至榜者　計開　內課生十名　劉良基　喬從鋭　李耀曾　王樹昌　周良弼　王家彥　何家駒　張　誥　陳寶彝　李培元　一名獎銀一兩五錢加獎一兩五錢　二名三名各獎銀一兩加獎一兩　四名五名各獎銀一兩加獎八錢　六名至十名各獎銀七錢加獎三錢　外課生十名　高增奎　鍾汝廉　徐曜奎　陳奎齡　曹錫儁　李春城　馬　伸　劉鍾霖　范廷芳　郭道芬　一名至九名各獎銀四錢餘無獎　附課生三十九名　王文琴等　內課童七名　李怡曾　韓景雲　陳自正　陳自中　屛紹儒　楊樹堂　朱家琦　一名獎銀八錢加獎八錢　二名三名各獎銀五錢加獎五錢　四名五名各獎銀五錢加獎三錢　六名七名各獎銀三錢加獎二錢　外課童七名　劉嘉璘　王國瑾　張鳳岡　劉嘉璜　汪金鑑　陳寶奎　李士鈐　一名至三名各獎銀三錢餘無獎　附課童二十六名　胡元錯等　內課生各膏火銀八錢　外課生各膏火銀六錢　附課生各膏火銀五錢　內課童各膏火銀六錢　外課童各膏火銀四錢　附課童各膏火銀三錢

詰盜奇方　○變亂類起於盜賊盜賊必引於奸細奸細概械於保甲周禮大司徒令五家爲比比有長五比爲閭閭有胥四閭爲族族有師長之祿視下士胥之祿視中士師之祿視上士累而上之爲黨正州長則下中大夫之秩祿亦如之遂人之法里有宰鄰有長鄙有師祿秩亦視士之上中下累而上之爲縣正亦下大夫之秩祿也其政爲均役而弭盜之法寓焉保甲之法肇焉矣厯代行之於今爲烈顧行之善與不善則又不在政而在人津郡守望局總辦憲署任河間府正堂吳春生太守辦理認眞地方安靜茲新憲江蘭生太守接任局政尤期振作新之又新昨已傳齊津郡十八段地方今具結認眞清理地面不准影藏土匪娼賭稟札總局員弁及各段委員一體查拏務期除莠安良一舉兩得矣

認眞追究　○閏五月二十三日八段守望局委員金大令文杜拿獲拉東洋車人卞慶德拐去候補知縣趙大令光祖之木匣內有公文等件除將匣內物件當場領去外尚短玉器五件該段委員即將窩藏卞慶德之主楊仲山並車主王興雲協同地方張起升一並送總局轉稟總憲江太守訊供無異即將該犯等一併送縣懲追矣

巧將西洋　○昨由大沽船廠造來快礮長四五尺口二寸有餘後門下子造法按照德國鎗快與德國鎗一樣本月十六日練軍何統領黃翼長同親兵營王軍門在西門外驗看委係堪收實用

舉家失教　○孝弟慈雖屬三事實是一心易其位則易其名耳世未有母不愛其子者亦鮮有愛季子而欲其生惡長子而欲其死如鄭莊之母武姜者即如武姜使爲莊公者眞心愛段如舜於象未嘗不可因弟於其弟以迪象故古今孝子每每藉弟於其弟以盡孝前因燕孝而能使親無傷慈由其秉一心無兩念原不必多爲之術效鄭莊之克段于鄢寔眞姜氏于城潁也津郡河東于家廠程二者因與胞弟程五口角程五駕母同赴十四段守望局控其胞兄程二被守望局委員李大令將程五枷責二十以懲其刁程五固罪有應得若程二者因不弟以不孝因不孝以致母不慈亦不得爲無罪焉至程母憐幼棄長乃老嫗糊塗之俗情無實焉矣

天時釀病　○現在天時不正者垣居人往往患吐瀉之症卽俗所呼爲鬼偷肉者計自患病至死不及數日城中人人驚懼皆以爲服食所致昨有寫貼告白者云此症實因食莧而起詢其故亦莫能言其所以然斷謂口腹戕生本知命者所不取何況紫茄白莧祇屬園蔬之味非比珍羞又何必指斥其妄而以性命相搏耶

匪首正法

○前在臺北府倡亂謀殺撫標中軍之武弁李文魁向本崇奉在理教後爲會匪首投効在台曾隸劉省三爵帥麾下嘗著嗣被革逐去秋又復過台投効撫標復敢謀殺中軍要挾唐撫憲委以統帶緝捕營營官仍兼中軍事務唐撫憲慮其黨羽衆多又在有事之秋不敢繩以 國法祇得大度優容待軍事稍平再行處置不料李文魁負不敢過於唐撫憲上駕時官輪展輪出口時即就砲台開砲勒逼唐撫憲給銀五千元始聽出口復乘勢糾集羽黨并緝捕營兵在滬尾一帶搶刦殺人無算滿載衣箱雜物攜帶台灣婦女二人附輪來厦住三仙客館公然以軍門自稱拜會提憲乘轎招搖任性勒詐凡由台北滿載而回之各統領營官以及機器局各局委員無不被其詐騙又前月二十五日鎮東輪船開回上海有方姓武員前在基隆當瞭望海口差有撫憲給發千里鏡一隻値價二三百兩李文魁向之索取方不肯付即呼羽黨就媽祖宮碼頭前指揮孟姓將方衣箱等件搶刦俵分方赴道憲衙門喊控李仍不畏法以爲官盡無奈伊何孰料道憲亦不動聲色電稟省憲回電飭令就地正法即經督帶恪靖營洪軍門派兵數十名於上月二十九日下午至三仙客館將李文魁拿獲李猶格鬥因頭面胸臂均受刀傷始被擒獲反綁兩手押赴曾厝垵恪靖營內請令以獲拿匪首軍令正法一時街市人心大快謂爲天理昭彰否則在台手殺中軍不治其罪反即升授營官而得兼任中軍匪類之膽更熾將不知國法之可畏大譴之難逃矣是日李文魁被拿後其羽黨分住各客館者均至三仙館內將李之貲財搶掠一空次日卽各分散不知去向唯李所携臺灣婦女有私蓄數百元并衣物首飾另由地保稟請保甲局查存該樣以待具結領取聞李文魁在恪靖營親供首倡殺害撫標中軍乘隙造謠惑亂軍心以致臺北軍心散潰基滬不保此眞貽害大局之罪魁也搶掠情事亦直認不諱又李之胞弟在臺北於前月十三日一日之內殺害四十餘人皆爲刦財害命起見嗣被本地民兵處死云　錄申報

敬啓者竊聞善與人同期於利濟因人所利各盡其心今値灤邑一帶州縣災黎失所慘動行人雖官賑義賑疊施而飢號流離不免災誠普矣於是本館勉步樂善之塵約集各名家立同濟書畫館於城內以筆墨爲生涯擬集腋成裘藉書畫而助賑願共成善舉如樂善諸君鑒此愚忱將書畫各件　惠交本館爲幸並列諸名家姓氏於左　吳佐廷　石冶子　姜蔗樵　闞雨山　李幼竹　周鐵圳

山水人物　陸幼薌　李喬卿　張燮然　王菊生　陳銳生　黃益如　朱紫臣　張閬卿　樊君竹花卉竹蘭　陸純甫　趙體仁

李星垣　凌素瑩　李二聃　李桐菴　王竹林　李芹香　劉荇吟　張聘臣　張在洲各種書法　張錫臣　劉小亭鐵筆　以上

謹按潤格登報以供衆覽其未交潤格者槪不登報

天津東門內二道街獅子胡同口西路北同濟書畫館謹啓

浙杭 元吉永號

本莊自置紗羅綢緞新樣洋辮花素洋布川廣夏貨團摺雅扇南貨頭油俱全祇爲近時錢市漲落不同故而各貨減價開設估衣街中間路北凡　仕商賜顧者無悞特此佈達

告白

順昌永保險車船局

本局代運各處車船包攬客貨沿路保險由津運至通州運用五間船隻護送至京東便門外如有中外客位貨物欲運者定期不悞　貴官商凡貨物到京者請至本局面議可也　開設在紫竹林紅樓後鐵路公司旁

閏五月二十六日輪船進口

豐順　輪船由上海　招商局

重慶　輪船由上海　太古行

閏五月二十七日輪船出口

順和　輪船往上海　怡和行

怡生　輪船往上海　怡和行

閏五月二十六日銀洋行情

天津九七大錢

銀盤二千六百九十二文

洋元一千九百八十文

紫竹林九大錢

銀盤二千七百三十二文

洋元二千零一十文

直報

光緒二十一年閏五月二十七日 第一百五十號
西歷一千八百九十五年七月十九日 禮拜五

上諭恭錄

上諭吳大澂奏特參造言生事挾制統領之營官哨長請旨懲儆一摺寶捷營管帶左營副將周吉斌哨長遊擊朱正霖於該營裁撤時輒敢揑造謠言煽惑勇丁至統領鄭連拔寓所滋鬧實屬目無法紀周吉斌朱正霖均着即行革職永不准投効軍營以儆刁玩而肅紀律該部知道欽此 上諭御史聯錦奏劣員把持勒索請飭查辦一摺據稱理藩院司員通同書吏於圖什業圖親王等報劾爭襲各案取巧營私廢公索賄請旨飭查等語着理藩院堂官按照所參各節確切查明據實具奏欽此

條議 續前稿

一原奏立營制一條有分三大洋定爲六營等語查西國水師建閫擇地其要有六水深不凍往來無閒一也山列屏幛以避風颶二也路連腹地以運糗糧三也土無積淤可建塢壩四也口濱大洋以勤操作五也地出海中以阨要害六也原奏所擬天津崇明南澳臺灣各口按之六要缺憾尚多天津攔江沙朔望潮汐深不過十三尺有奇不特巨艦難進即小號兵船亦有進退維谷之勢崇明彈丸之地講地學者謂爲長江淤而成兵船斷難停泊南澳三面受敵亦非駐船勝地台灣周岸巨浪山湧終年如是且當颶風之衝不利泊焉闇嘗細考濱海各口形勢六要相合者北惟旅順南惟北館可以設營可以建壩可以造塢誠足爲水師之重鎮他如澎湖足以阨守閩廣台灣定海膠州澳足可顧及江浙妙島威海衛可爲旅順犄角海洋島東可控制朝鮮西可屏蔽遼海至朝鮮全羅道之巨文島尤當仿照英國佔有地中海瑪爾島之意設防駐泊以爲控禦日俄往來之路此皆天造地設以衛我東南數萬里海疆要害之區誠能次第經營於各處相稍布置建砲台設水雷預屯煤斤子藥即有一夫當關之勢若不及時經營萬一如庚申之變致法船泊妙島英船泊大凌灣海洋島而定海一島爲其後路方憤恨夫臥榻之下爲人鼾睡則遲之晚矣然而設防有次第焉興工有先後焉辰下開辦水師以北洋爲最要而北洋水師以旅順爲歸宿是宜竭力經營九年之間先使旅順屹然成一重鎮則北洋之門戶可固海洋島妙島威海衛三處亦宜及時布置繼及北館澎湖終之定海膠州至洋人垂涎之巨文島尤當早爲之計此設防之次第也閩辦旅順工程繁多似宜揀派深明外洋水師工程之員如鄭濂魏瀚陳兆翱等人飭令通盤籌算畫一全圖估計需欵若干復派一公明正直之大員以督理之而後權其緩急自開浚口門淺泓而挑淤泥建塢而甃澳以及設塔燈安水雷置砲台造藥庫攤分九年則各項不竭成功有效此興工之先後也至長江吳淞虎門南澳等處統由水師衙門按季輪派兵船梭巡以其餘力則分年撥派甲艦快艦先往鄰近島國繼往歐美各國環游東西大洋以彰 國威以練將士計無有逾於此者 一原奏編艦隊一條內有泰西艦隊約分二等宜略仿其意定爲若干隊而擇其尤者爲艦長等語查外洋水師之船有甲艦以攻敵有快艦以迎敵有水砲台以防敵三者當因地制宜隨機應變功用既異分合難拘則艦隊有無庸先編也惟

水師之船既經分鎮各口所謀之艦即可成隊合操水師之魚貫雁行即陸師之步伐止齊此合操時則有然者平時師船巡洋亦分隊伍海上相逢亦應逐隊而行官不相等自應統於所尊官若相等則推資格深者爲長一切號令憑其施發雖無實缺艘長之入而常待艘長之用外洋各國水師官員每歲將各官之資格官階以及所居之職詳刻一書如縉紳錄之類師船或於海上相遇或於口內寄碇皆知誰爲艘長既不紛爭亦不相讓另艦隊可大可小可分可合並無一定成例至海上用兵艘長受傷出缺他員立即按格升補使各艘知所統屬不致張皇無主如不講按格推升之例徒事編隊設長究亦空文無補　此稿未完

粵餉源源　○自海道不靖各省應解京餉需多由票莊滙兌以期妥愼茲廣東將應解鹽課項下第二批京餉銀五萬餘兩又另欵加復俸餉銀三千餘兩又內務府經費銀五千餘兩均由票莊開清滙票交委員試用庫大使與義省解滙票往滬附搭輪船至津再赴京支取銀兩聽候戶部開庫交納云

恩周佃戶　○今夏四月順直之水莫不駭爲僅見王夔石制軍軫念民艱據情入告蒙恩蠲免錢糧以示體恤並出示曉諭各屬紳富凡地畝內有佃戶承種交租者既被災歉其租項亦應一律減收　憲諭煌煌理應遵照乃聞五月間由籌賑局所發之免租告示四鄉仍未粘貼一槪留于紳富之家致蠲租之恩徒有其名而佃戶並未實沾其惠嗣經某委員勸令各紳富將已收之租如數追還佃戶始皆歡欣鼓舞口頌委員之德未幾委員差竣撤局旋都今據鄉紳等竟聯名投某縣控佃戶之租項不交蒙將各佃戶傳案除責押枷示外並飭將前經委員勸退之租交還紳富不遵則刑驅勢迫甚則挖肉和糧甚至有賣女賣兒退還租項者以致啼饑號啖遍野　國恩雖大奈胥吏不能均霑何敬告當道諸公遴委慈惠之員詳察暗訪果有其事分別治罪庶滿壑餘生不致死于枵腹斯民幸甚　國家幸甚

命不値錢　○京師地面寬闊人烟稠密屢有匪黨身衆逞兇棄屍逃逸致害閭閻者督捕之責者稍自失於覺察致罹戶咎爲地安門外大翔鳳胡同泉中向井安業良民無所不爲甲之寓所門首日前不知何人棄有內侍屍身一具身帶傷痕甚多甲於次晨嘗見倉皇失措即負移身地面官廳看街兵從中說計孔方兄了事忽延一夜所棄屍身未經官驗即化爲有可謂錢能通神也又聞地安門外鼓樓一帶昨有倒斃乞丐屍身二具亦未報官相驗即將看街兵向各舖戶歛錢購薄材一口盛殮屍身二具速爲抬埋縱命不値錢而官當警察矣

雲銅續解　○自去歲朝鮮銅貢不來而中十銅無缺乏者以中十儲多銅產特未嘗廣搜以勸採耳除京西刺兒山銅礦正在議開昨已發報外玆悉雲南礦務局應解第十五起第二批官銅已於五月二十日自滇受兌起解赴京交納其委員爲該省試用同知張司馬書押運解云

可聽生還　○頃聞訪友云日本駐津領事官荒川己次接奉全權大臣林轉准外務大臣知會以中日自開兵端所有俘虜現已和議告成應交還其日兵在金州俘虜應在旅順交還以便捷便在廟島俘虜者送至大沽交還惟一次不能裝載今分兩次以日之八月二十日即中之七月初二日交還一次再以日之九月二十日即中之八月初二日交還一次臨期由中派文武官查收等因由日領事知會津海關道呈明　傅相以日國所交還中國俘虜但至今尚未據文武具報自應移行前敵各營查明定期交還惟金州俘虜在旅順交還而現在旅順尙未接交其是否於交地後再議交還之法候訪明再錄然中日和好之情於此益見矣

蘇浙漕音　○江蘇浙江等省糧艘帆船自二月初津標北上以早正供沿河一帶生意藉以起色茲聞本年糧船共十八幫大約于六月初旬即可抵津現在津市糧價雖較去年減少未甚平伏南北大子居民不致窘迫矣

蝗蝻宜防　○自古有不食患之蝻斯不食患之螽斯羽詵詵和集乎其孫宜振振繩繩其衆多難以數計或云此物係稼與否有種司之悉屬天定何也一蝗所生其種不一一穴之內必有異類一頭俗名曰氣不過分天欲成災此一頭則多衆而生待其出穴衆蝻已躍躍而去天不成災也一頭則先衆而生出俟穴蝻中穴時躍即噬斃不遺一醜事雖不見解史實則信而有徵農民每每見之奇哉但罕覩耳春秋書秋有蜚左氏傳曰秋有蜚不爲災也或者時已納稼抑其爲異類歟數二百四十餘年不少槪見時亦無所謂捕蝗

法也自大唐宮中見有飛蝗太宗捉而生吞之曰與食吾民寧食吾心嗣後皆謂蝗屬天災究亦人事之不力故捕蝗之法代有其政然兩
蝗之飛也來無端去無迹蝗所過境遺子便飛不少留停故其爲災也淺所遺之子歷十八日便生既生之後必一週兩始脫皮而一變
數變之後乃翼而飛數變之中生于斯聚于斯卽食于斯比及飛時往往野無青草矣昨有自南運河來者言附河田地麥類登場以丹故
粒皆不足民惟大秋是盼又突至飛蝗遍野緝緝而來遺孽更復可虞然此鄉猶云有麥秋也所尤甚者靜海縣西鄉一帶子牙河決口經
歲未堵下游田廬盡付波臣其上游或稍稍栽種稻梯高阜處間種雜田田間之蝗復如蟻聚將來蝗子之災不特晚禾可慮卽稻梯亦恐
被傷撫茲土者宜如何思患豫防以救災黎殘命乎

風俗堪憂　○物聚於所好然往往取其似而遺其眞非眞物之不可多得亦所好者之喜其似惡其眞故輕其眞而寵其似焉昔
葉公好龍眞龍降庭而葉公懼古今之爲葉公者豈勝道哉節義廉退世所欽也無恥橫行貪婪爭競世所鄙也以此詰世世皆帖然以此
操世世皆膜然知俗情則自所在也孰謂節義謂其能於無中生有以致財孰謂廉退謂其能以趨事多方而取巧至眞實節義廉退者
財概以無能二字抹煞　夷且鄙之積俗也夫民之不田而食者承平之歲女倚門而得帛男入市而獲粟衣肥食佞佛香揮毫自
在自詡其能人誇其盛　遇荒歲若輩又串通莠民招集婦女老幼藉稱貧民借糧明則爲呵護一鄉實則陰肥己橐恃衆訛索而搶
刦爲之官者復不欲認眞詳察但求敷衍省事取使于己甚或任其鑽營受其干謁以抑遏愚賤之富民遂使一薰一蕕十年猶有臭不
知安分力田之民終歲勤動辛苦墊隘儉嗇之習幾與性成豐稔圖飽無他求饑饉亦死不易操上畏法而不爲盜下知恥而不爲娼流離
失所之四方塡溝壑比比皆是此等貧民乃係眞實節義廉退安有貧而爲變者哉貧民爲變皆地方不善辦理有以逼之激之使然耳近
聞獻縣所屬沿河刦糧聚衆扒隄聽紀而郷茲悉扒隄與劫實非同類扒隄者委係該處田戶屢淹情亟其人並不劫糧劫糧者乃該處
宿名老槍之流藉端生事且婦女老弱皆老槍輩率來以助聲威每名每日工資京錢若干由老槍發給所刦糧米皆歸老槍等自行瓜分
貧民毫無所取此等情節他處亦自或爲善紳所排解或爲良吏所覺察獨此亦相沿成俗似難齊其政難易其俗者其然豈其然乎

亟宜緝捕　○大城縣屬白洋橋恒聚增錢鋪被搶已登前報茲悉該鋪業在該縣報案云搶去紋銀四百兩又聞該縣屬里坦鎮
百義祥雜貨鋪同日被搶去烟土二包又吳橋縣屬安陵鎮蘇清瑞雜貨鋪內於前月上旬被賊刦去錢文衣服等物該賊旋於隣右爭搶
堂雜貨鋪內又刦去錢文衣服等物頃刻之間連刦二鋪始行携贓而去該賊若係一夥膽何大若係兩夥賊何多也

以昭核實　○昨報登巧將西洋一則今接訪事人函述此項槍支係海光寺製造局所製精利非常並非大沽船廠所造合亟更正
以昭核實

規模宏遠　○字林西報述金陵來信云現聞兩江總督張香帥已擬定添購戰船二艘各重八千噸頭等鐵甲巡船二艘各重五
千墩二等鐵甲巡船四艘各重三千墩以上諸船半向德國定造半向英國定造以爲南洋水師新艦並擬選派水師學生一百五十餘名
亦將陸續出洋肄習兵書香帥之規模宏遠不又窺見一斑哉

勝敵傳聞　○昨由本埠商家由臺灣來函抄示本館展閱之下知劉大將軍於初六日又大獲勝仗雖此信非得諸訪事人難免
有不實不盡然觀其設計之巧誘敵之工則酷肖劉軍門用兵之法似此又未必盡屬子虛姑無論其果確與否而既承商家抄示又未便
沒其一片忠義之忱爰照錄之以當露布據云前月二十六劉軍門與日人交戰大獲勝仗殺死日人四千餘人燒燬日兵艦七只日人受
此大創之後未見動靜而劉軍門逆料其必來報復於是先行布置將松柏稻草浸透桐油緊縛成捆暗藏海底十壓巨石又將雞毛編成
大扇之形橫直有二尺大小以粗糠浸透火油置於扇上在安平口內外復將水雷魚雷埋藏海底及安排既定始遣探子四出探聽消息
聞探報稱見有日兵船多隻在安平口外六十里下椗而水兵水鬼卽將浸油粗糠流放下并用毛竹等物團團圍住以免粗糠等飄散
至於水底竹木上所壓巨石亦潛行除去而松柏柴草於是飄浮水面又命水鬼將亂繩鐵線暗繫日船輪舵輪機後來窮退之時日人但
見海面無數竹木柴草隨流而下心知有異則燃巨砲轟擊方欲將船退出無奈舵已綑縛竟不能移動日人惶遽異常團時傳令開砲

又不見劉軍船隻兵丁只見無數雜物蔽塞海面急放杉板撈取忽聞一聲號礮而水底之水雷魚雷一齊發作岸上亦鎗礮齊鳴所有水面竹木粗糠引火之物被火燃着頃時烈燄飛騰但覺海面一片紅光赤壁燒兵無此利害是役也計燒燬木質兵船二十四隻鐵中兵輪亦盡成廢物計燒斃日兵一萬餘人究竟是否盡屬日船抑有他國之船夾雜其中一時無從查核然此次日人全軍覆沒台地人民皆稱頌劉軍門之功邁今越古即諸葛復生恐不是過而軍門則曰此誠出於不得已耳燒斃人數太多大傷天地之和又恐誤將他國之船燒燬則結怨愈多此後正宜同心協力格外愼防也　錄新聞報

茲啓者本堂新刻舉門孟筱帆孝廉平舒劉紫山選拔兩名士合刻賦鈔註釋詳明誠爲後學之津梁也更有靑照草堂重註七家詩前試帖舉隅二種大爲士林推重洵屬古學金針又有覇州吳河帥文安陳學士合輯水利叢書實爲目前急務近印津沽周衣亭太史孟子讀法講義精詳不徒經生足資討論制藝宗匠尤尋見地公諱人讜著作甚富茲姑印其一以供膾炙合計五種除本堂發售外津郡文美齋書局一併寄售至於各種書籍筆墨無不揀選精良善本以期近悅遠來凡刻詩賦文集善書等板刷印裝訂書籍自當精益求精省工價廉萬不敢稍涉含混有負　賜顧

寓河北關上毘盧室義合主人謹啓

敬啓者竊謂善與人同期於利濟因人所利各盡其心今値灤邑一帶州縣災黎失所慘動行人雖官賑義賑疊施而飢號流離不免災誠普矣於是本館勉步樂善之塵約集各名家立同濟書畫館於城內以筆墨爲生涯擬集腋成裘藉書畫而助賑願共成善舉如樂善諸君鑒此愚忱將書畫各件惠交本館爲幸茲列諸名家姓氏於左

山水人物　陸幼薌　李喬卿　張燮然　王菊生　陳銳生　黃益如　朱紫臣　吳佐廷　石冶子　姜蔗樵　闞雨山　李幼竹　周鐵圳

李星垣　凌素瑩　李二聊　李桐菴　王竹林　李芹香　劉荇吟　張聘臣　張閬卿　樊君竹花卉竹蘭　陸純甫　趙體仁

張在洲各種書法　張錫臣　劉小亭鐵筆　以上

謹按潤格登報以供衆覽其未交潤格者槪不登報

天津東門內二道街獅子胡同口西路北同濟書畫館謹啓

告白　啓者今有利順德內有方兩榆木七百餘根又梁家園外邊砲台前有大南榆木七十二根欲買者請到利順德內面議可也

竹林下利順德主人啓

浙杭元吉永號

本莊自置紗羅綢緞新樣洋辦花素洋布川廣夏貨團摺雅扇南貨頭油俱全祇爲近時錢市漲落不同故而各貨減價開設估衣街中間路北凡　仕商賜顧者無悞特此佈達

白
順昌永保險車船局

本局代運各處車船包攬客貨沿路保險由津運至通州運用五閒船隻護送至京東便門外如有中外客位貨物欲運者定期不悞　貴官商凡貨物到京者請至本局面議可也　開設在紫竹林紅樓後鐵路公司旁

閏五月二十八日輪船出口

豐順　輪船往上海　招商局
重慶　輪船往上海　太古行
順和　輪船往上海　怡和行
怡生　輪船往上海　怡和行

閏五月二十七日銀洋行情

天津九七大錢
銀盤二千七百文
洋元一千九百九十文
紫竹林九六錢
銀盤二千七百四十文
洋元二千零二十文

直報

光緒二十一年閏五月二十八日 第一百五十一號

西歷一千八百九十五年七月二十日 禮拜六

上諭恭錄

上諭奎俊奏特參疎防刦案之知縣請交部議處一摺本年三月間江蘇六合縣城內舖戶被刦該匪放槍拒捕逃逸無踪捕務實屬廢弛六合縣知縣裘宗圻着先行交部議處以示懲儆餘着照所議辦理該部知道欽此

條議 續前稿

一原奏謹併省一條有沿海額設水師亟宜裁省等語查裁撤各省艇船與裁汰額設水師此說屢經入告無如各省狃於成例猶戀此不能航海之船不習操舟之人以爲羊存之顧惜故至於今各處之晉舩長龍依然歲修歲造擱置沙岸無人看守甚有以篷索槓具變賣以入私囊者客歲中堂試駛快船至旅順目擊金州水師廢弛晉舩擱朽情形入奏請撤與何學士所議併省之意相合竊思各省舊設水師迫以不得不裁不若寬以設法自裁之爲愈也水師衙門既設各省輪船盡歸統轄惟閩滬所製兵輪除四五艘外其餘祇可以供巡緝不足以振軍威擬請將該兵輪仍撥各省爲巡洋之用至各船員弁兵卒仍由水師衙門訓練承派以備有事調用可期號令一律其一切養船經費即由各省歲減修造艇船之費塡補是各省雖裁艇船而仍得梭巡實效此漸裁修造艇船經費之法也沿海額設水師爲數不少概行裁汰失業者多查外洋水師每船各配陸兵數百名專爲登岸守口以及遠藩戰守之用往年台灣之役今年朝鮮之役倘各船已配陸兵則師船一至即可登岸設防先發制人辦理易於得手擬請查明各省水師兵籍由水師衙門派員前往挑選其精壯者每營約抽幾成另立營伍操練歸併水師倣照綠營改歸練軍之法舊兵經費即以舊有口糧扣撥老弱者恐行裁汰惟准其送子姪頂補於各口所設兵卒練船補額以示優恤此裁汰額設水師之法也至沿江五省汊港林立易於藏奸[illegible]船淺水難入不能巡緝所有槳艇碍難裁撤惟裁併十號艇船足養一小輪船一小輪船梭巡足抵二十號艇船之用似亦併省之一法更有請者各處製造局船政局亦當仿照外洋海部之例歸入水師衙門一手經理其利有二師船之砲大小不一即子彈不同苟無一人分飭製造且不時派人稽查勢必有砲多彈少砲少彈多與不符或有彈式不稱藥力不齊之弊誠得一人以統理之則平時各廠有分造之責臨事各船有應用之資而各廠所省委員之經費有不計也其利一中國惟船政局可製輪船前者上海機器局所造者率皆不良於行今已停造專惟船政局獨當一面不與南北洋海防聯爲一氣勢必所造非所用且自沈文肅後領其事者其威望不足以籌款才識不足以濟變誠使將船政局歸水師衙門統理則可備有着之經費以造適用之兵輪至不能造者始向外洋購辦而分調機器與裁汰冗員所省之經費有不計也其利二又查西國水師建閫之地其船澳內即寄泊各色空船員弁撤去只派巡丁看守一時有警立可配齊出洋中國水師俟甲船快艦陸續製成其時旅順工程亦可完竣每年可撥派數十艘停泊澳內全駛子各船專供防口之用尤可概行寄泊惟留一二號蚊船輪派員弁上船操習砲艙船之經費可省至九年後練成之佐領管領以及卒長小卒其數必浮於用即可撤往旅順營內惟食半俸則養兵之經費可省此乃水師已成後

應辦之事因論謹叨省而連類及之以上六條皆就何學士原奏參以西國定例畧具綱領而已六者之中以勤訓練精選技爲得人之始甚以辦船等立會制爲簡器之實用此皆本原之務積漸之功非旦夕所能爲力但使行之以漸守之以恒上下同心泯水火之形跡章程一定猶泰山之難移行之九年必可觀成矣夫持九年之計以之訓將可得三百餘人以之練兵可得萬餘人以之製船可成數十號以之立營可設要害五六處本三年求艾之深心爲十年教訓之遠畧未有不能稱雄海上者或謂英法各國其君若相講求水師垂數百年始克臻此美備以德國之精心果力以俄國之地大物博歷四五十年創辦水師猶未敢與英法爭長而謂中國能稱雄於九年之後不亦誣乎不知帆力廢而用汽機先膛廢而用螺旋未聞用汽機者必先習帆力用螺旋者必先習先膛此所謂善作者未必善成而善因者易於善創也今以各國聚精會神講求船身機器砲位之精實課訓將練兵用人之效固已登峰造極無美不收中國當初創之時目耳所其智謀祛其成見器械精者仿而用之不必問其爲德爲英章程善者采而行之不必計其爲中爲外苟始炫於英法諸國講求水師之久而甘居其後是猶眊夫俗子惑於敝帚自享之說而不復求珠玉於山淵也　此稿未完

內府向例　○總管內務府大臣爲知照事准內總管趙來福傳旨　皇后嬪妃於六月初六日由　內宮駐蹕　南海所有應行導引扈從以及跟隨觸妨各項官員侍衛人等均於是日寅刻在順貞門外伺候等因交出相應知照各該衙門凡有應行傳派自備之處即希查照向章辦理可也

吏部文章　○吏部爲傳示事所有本部帶領引　見之廕生奎明繼昌內閣侍讀榮鑾山東道監察御史茹棻截取山東道監察御史胡薰馨戶部主事富緒內閣中書楊廷璣吳欽中城兵馬司副指揮吳紹時國子監學錄周濂徽擬升長蘆鹽運司運同蔡壽臻山西西場鹽大使柳彬西安將軍衙門筆帖式伍貞布吏部筆帖式延焜陝西延安府經歷事同知雙琳禮部員外郎斌儒山西長治縣知縣馬鑑等均限於閏五月二十九日辰刻赴鴻臚寺署內學習謝恩毋得違悞特示○閏五月二十四日吏部帶領引　見人員第一牌四員皆滿廕生例繙　國語履歷聲音長短不齊起跪參差不一帶領是班者爲延靖臣選掌示以手而禁以目仍難中節幸　天恩寛大未以失儀被斥然同班者已爲危懼聞廕生每有不屑先期赴禮部演禮或到部不候班齊故有此失世家積習大抵如斯然　天威不違顏咫尺倘或因此獲咎詎不深噬臍之悔哉噫

的是將心　○新任鎮壸羅軍門仍兼統雲字營馬隊茲於二十五日早刻輕裝減從乘小輪船前往楊村防營閱看該營弁勇操演並器械馬匹等項按軍門籌備海防多年無論馬步兵勇操演何陣何技知之最詳今該馬隊得軍門指授機宜定必精益求精可成勁旅矣閱畢於二十六日已回津署云

何來妙手　○某署差官張兆元前在北門外江叉胡同被人搶去銀時表一個已紀前報當即稟明文武官及縣署局署各卽通詳上憲茲蒙批示差官張兆元在江叉胡同被二人按倒搭傷搶去銀時表一個以關係重地胆敢拒傷搶物緝捕殊屬廢弛仰即將印捕各官記過一面選差購線上緊嚴緝務獲解報並移營將該管汎弁記革一體嚴緝毋任遲延云

無途非畏　○童貳尹振棫捐職候補縣丞於前月乘車行至西甕各莊天將晡突來暴客數人攔住去路亮出凶器喝令下車即將銀兩衣服搶刦而逸童遂輾轉赴文武官署報案未識可能獲案否

有口皆碑　○永平府屬灤水餓殍相望於途經各憲大發仁慈一賑再賑茲聞四川建昌鎮羅閃軍門殿魁五月間在樂亭縣邑施放義賑共二千五百兩不論大小口每口東錢兩千文該邑民來津聲稱軍門施放義賑救活者不下數千餘口均感愷惠有口皆碑頌聲載道矣

直東田景　○昨有友人自山東臨清來津云自天津以至唐官屯田禾佳處甚屬寥寥河西一帶仍一片汪洋積水未淨民不了生遍野哀鴻不堪寓目山東武城一縣雨澤稀少亢旱異常則苗稿矣其餘山東各州縣穀豆無不暢茂可望有秋據各州縣村民聲稱數年來罕有此象茲登報端以資快覩

伏汛汎期 ○自四月中旬雨澤稀少南北運永定子牙諸河水日漸消沿河一帶各村灌園汲水之處頗形費力昨一雨後各河水皆漸漲或一二尺三四尺不等據村民聲稱渾水灌園田益肥美倘自此不至大漲則秋成可盼矣

集賢開榜 ○欽命二品頂戴直隸分巡天津河間兵備道李 爲榜示事照得本道於閏五月初二日考試集賢書院舉貢生監議論課卷業經評定甲乙等第名次應獎賞銀兩數目合行榜示須至榜者 計開 超等一名 周之棫 獎銀三兩 特等二名 李重熙 來佐清 一名獎銀二兩 二名獎銀一兩 一等十三名 吳錫金 華世傑 吳夔颺 方紹 傅修予 余開中 劉華封 李瑛 王蘂初 徐翰 李煜華 羅福保 湯銘 前五名各獎銀四錢餘無獎○又榜示事照得本道於閏五月初二日考試集賢書院官課舉貢生監經策課卷現已評定等第姓次合行臚列榜示須至榜者 計開 超等三名 楊敬秩 崔作棟 吳錫金 一名獎銀三兩 二名獎銀二兩四錢 三名獎銀三兩 特等三名 朱晉瀋 崔作樑 姚陞閣 一名獎銀一兩餘各獎錢八錢 一等二十四名 李煜華 劉圯害 李重熙 李咸熙 潘文林 湯銘 崔曠 賈善仁 華世傑 方賓穆 王蕊初 徐之壎 來佐清 吳振升 李瑛 吳彥彬 方欽庠 羅福保 吳錡 劉華封 余志遜 田振甚 前五名各獎銀四錢餘無獎

安宅誰爲 ○子牙河上游東岸決口經連年未課堵塞以致靜海縣下游賈口諸村現仍水深六七尺雖屢蒙賑濟宗附近處無可謀生水中荇藻採亦將盡昨諸村婦孺老幼齊赴該縣署約有四五百人茲聞除該縣養病堂已收養若干外餘衆郡城亦飲水養病室收養以免坐以待斃亦可哀矣

跳梁被獲 ○入春以來偷竊之案層見獲犯者無多茲河東三道金鈎地方某姓者前夜三鼓被賊竊去首飾衣服等件昨早赴縣待單呈控現聞已獲竊賊楊三小羅兩名交縣懲辦云

暗失明珠 ○拐帶之案紀不勝紀昨本埠西門外又有某氏者有女十餘歲秀外慧中母愛之如掌上珠不料昨夕出門製辦菜蔬一往莫回其母遣人四外偵尋遍覓無跡其母晝夜啼哭如痴如醉聞已赴縣呈控不識將來能得珠還否

突尋白刃 ○南門外王洛與南門內達摩庵廟南田洛劉玉素日相識於昨天三人偕同閒遊行至紫竹林忽然劉玉抽出刀子將王洛砍傷王立卽赴縣控告不知如何訊斷矣

冤逢魯仲 ○諺云不是冤家不聚頭非第謂因愛成仇也其冤冤相報者何莫不然前紀侯家後開某妓館之曹萬與侯家後混混某甲門毆曹萬特爲某署頭役諸多强橫而混混某甲等恐不畏也稍有不合亦尋衅無休刻兩造皆在侯家後地方枷號示衆經街隣出爲排解聞不日卽可結案矣

顧侍周郎 ○禽惜鴛鴦花矜姊妹東墻紅滿園有鎖而難開南浦綠多水無波而不浪擲果賣風流之雅意贈芍原士女之芳情總之林下月明有約亦紅絲早繫野田露溢可憐縱碧玉何嫌況六郎擅蓮花貌花少羞顏蓮花締六郎緣花旋孕子五更風緊井邊之露醉仙桃三月春深堂上聞香巢燕子友遂求凰之願以偕卜鳳之占聞則云兩小無猜何莫非一時佳話哉某某者其伉儷情人數年曾爲津埠京班中春風得意之花也因悅而于歸雖非完璧實則價重連城然昔日夭桃今已綠葉成陰子滿枝矣其如童狂未改夫也不良每因蝶使尋花蜂媒惹鶯來占柳傳聞藉藉或謂其婦襲潯陽故事復抱琵琶比及千呼萬喚出來始知遮面人爲桃根並非桃葉嗚呼西施而後東施難以效顰或者大喬之行小喬更爲出色想其轉軸撥絃定不免時時誤撫第不識座中年少亦得有周郎否耶

富頭棒喝 ○婿有半子之分賢者知之愚者昧焉至爲人招贅既服其疇兼食其德尤自孝養之責非尋常之子婿比也本埠河北關上有某者夫婦年及甘甲止有一女去秋贅婿其家本爲養老起見不料此婿某甲非嫖卽賭無所不爲將家口置之度外昨婿之岳母查知各情怒氣填胸用木棍將婿頭擊破幸有好事老人取藥敷治出爲調停其岳母仍逼令將逐某甲官與去語云女婿不是兒此之謂乎

黑旗覓勝 ○昨日西字報載初十日聞本埠官塲傳述距安平百里之遙有日國兵艦三艘進該處海灣向岸上地潰開砲轟鬥見守兵並不還擊以爲空虛無人即派大隊上岸偵探乃甫經登陸忽聞信砲一聲有無數黑旗從山後抄出兩下接戰移時日兵竟被斬首五六十人傷者又不可勝數餘俱逃回船上云

臺島紀要 ○閏端午日由厦沙輪船自淡水載搭臺北難民三四百人其中婦女居四分之三男子不過百數十人緣日兵苛虐民人掠辱婦女强取財物肆意騷擾紳商萬萬不能安居是以携眷同行爲避我邦族之計有陳阿順者曾由日本總督委辦臺北事務陳見匪類横行不可一日居遂揮手長辭束裝內渡近日基隆滬尾及台北府一帶時疫盛行日本兵丁死亡枕藉民間傳染死者尤多宜乎人皆去之若浼也○臺北基隆兵潰失守時在事文武各官及幕中佳客麾下健兒各擁厚貲滿載而歸又有各營官統領各局委員經理司事細載白鏹先期滙兌或臨時兌換滙單回厦向各洋行或轉香港支取銀款計數何止百數十萬緣有官庫銀在內也某官素爲上峯賞識待以心腹且以事權細日宏綱悉歸操縱獲貲最多此次回籍携帶滙銀一二十萬兩其次如某軍門某太守某別駕等向票局滙兌銀洋其數自數萬兩數千兩以至六七百兩不等爭先恐後但覺氣溢金銀一本糊塗帳誰與理算○差役之訛詐良民真有神出鬼沒之勢令人防不勝防近日臺北婦女避難回厦門者不知凡幾大半寄住親友家亦有暫樓客館者上月底有南安縣人某甲由台北大稻埕携眷到厦適其同鄉人某乙在打鈎巷開設剃頭店相見之下各訴闊衷且述亂離之苦遂下榻焉忽有自稱爲道轅差役者三人到店大聲曰奉縣稽查指甲所帶婦女由台北拐帶而來須送署徹辦甲告以妻己娶十餘年生有子女況妻亦屬南安人何得誣以拐帶心實不甘即與揪扭欲赴道署喊冤旋經途人解勸始各散去聞似此訛詐者已見十數處何台北之民所遭不幸如此耶　錄申報

告白　盛世危言一書香山鄭陶齋觀察所著也觀察負經世之才庚申之變目擊時艱遂棄舉業日與西人游足跡半天下致究各國政治得失當今時勢强隣日逼儼成戰國之局凡有關與中外情勢及權利弊旁搜遠紹無遺隨手筆錄積年累月共成五十篇凡用鎗礮設電綫建鐵路開礦織布商務農工治河防海防邊練兵等事瞭如指掌皆時務切要之言凡　士大夫留心經濟者家置一編俾人洞達外情事事講求利病使天下除厭弊端不誠有裨於大局哉每部五本存書無多急來購取可也　文美齋謹啓

賞格

於五月二十五日本行院內曾得失去花山羊皮裀五包每包三十四條皮版有子國圖章如有人知下落即至紅樓商輝邑洋行報信當賞洋五十元決不食言此佈

浙杭元吉永號

本莊自置紗羅綢緞新樣洋辮花素洋布川廣夏貨團摺雅扇南貨頭油俱全祗爲近時錢市濰落不同故而各貨減價開設估衣街中閭路北凡　仕商賜顧者無悞特此佈達

告白　順昌永保險車船局

本局代運各處車輛包攬客貨沿路保險由津運至通州運用五閘船接護送至京東便門外如有中外客位貨物欲運者定期不誤　貴官商凡貨物到京者請至本局面議可也　局設在紫竹林紅樓後鐵路公司旁

閏五月二十八日輪船進口
鎮遠　輪船由上海　怡和行
新濟　輪船由上海　招商局
武昌　輪船由上海　太古行

閏五月二十九日輪船出口
怡生　輪船往上海　怡和行

閏五月二十八日錢盤行情